In Roger Willemsens gesammelten Kurztexten aus den Jahren 1988 bis 2005 ziehen mehr als anderthalb Jahrzehnte noch einmal vorüber – mit ihren großen und kleinen Ereignissen, Stars, Skandalen und Absurditäten, mit all ihrer Komik und Tragik. Willemsens besondere Aufmerksamkeit gilt dabei den Medien und hier vor allem dem Fernsehen auf seinem Weg vom »Testbild zum Reality-TV«. Mit Durchhaltevermögen und Lust an der erkenntnisfördernden Provokation schreitet Willemsen durch die Hölle des Entertainment und das Paradies der Werbung, zwischen denen auch die Politik ihre Claims abgesteckt hat. Ein gemütlicher Fernsehabend gibt ihm Anlass zum »Nachdenken über Dolly Buster«, »Ehen der Volksmusik« und überhaupt »Allerlei Nacktes«. Er weiß, dass der Schnee von gestern auch der von morgen sein wird. Dabei steckt hinter Willemsens Sprachwitz und manchmal atemberaubender Gedankenakrobatik ein durchaus ernster Antrieb: Die Sorge um den Fortbestand einer kritischen und aufgeklärten Gesellschaft in einer Zeit der Mediendemokratie und eines auch kulturellen Wirtschaftsliberalismus.

Roger Willemsen, Jahrgang 1955, war Nachtwächter, Reiseleiter, Museumswärter, Dozent, Autor, Kritiker, Übersetzer und Auslandskorrespondent, bevor er 1991 zum Fernsehen kam, wo er vor allem mit ›Willemsens Woche‹ bekannt wurde. Darüber hinaus arbeitete er als Dokumentarfilmer und Produzent. Zuletzt erschienen im Fischer Taschenbuch Verlag die Erfolgsbücher ›Deutschlandreise‹ und ›Erotik‹, bei S. Fischer der Porträtband ›Gute Tage‹ und der große Liebesmonolog ›Kleine Lichter‹.

Unsere Adresse im Internet: www.fischerverlage.de

ROGER
WILLEMSEN

Unverkäufliche Muster

Gesammelte Glossen

Fischer Taschenbuch Verlag

Originalausgabe
Veröffentlicht im Fischer Taschenbuch Verlag,
einem Unternehmen der S. Fischer Verlag GmbH,
Frankfurt am Main, Oktober 2005

Satz: Pinkuin Satz und Datentechnik, Berlin
Druck und Bindung: Clausen & Bosse, Leck
Printed in Germany
ISBN 3-596-16733-7

Im Sendekreis des Walrosses

Ich kam nach Hamburg im Januarmatsch. Die Stadt war, wie sie sich gehört: Mausgrau in Mausgrau, mit schwer hängendem Wetter und voller Individualisten, die in Surviver-Monturen an der Käsetheke Karaseks letztes Feuilleton diskutierten. Erst hielt ich das für hanseatisch, dann entdeckte ich: »Bolle-Safeway« in der Eppendorfer Landstraße ist eine Filiale der »Zeit«- und »Spiegel«-Redaktion, wo man zum Käse die Milch der frommen Denkungsart gereicht bekommt. Aber was verstand ich damals von ›Eppendorf‹? Gar nichts.

Monate später fuhr ich im Taxi eines gelassenen Rassisten in die Eppendorfer Landstraße. »Sie sind aber nicht von hier?«, fragte er. »Nö«, erwiderte ich. Da brach es aus ihm heraus: »Ihr habt es überhaupt nicht verdient, hier zu wohnen!« Kann sein, aber wenn jeder wohnte, wo er es verdient hätte, wäre die deutsche Bronx nicht kleiner als die deutsche Bucht.

Es wurde Frühling, und ich wohnte immer noch im Hotel. Wir hatten, im Dufthauch von Peichls »Eternity«, zu senden begonnen, hatten vielleicht ein paar hundert Zuschauer, aber schon in der ersten Woche zweimal die Seite 1 der »Bild«-Zeitung, d. h. den Olymp des Tagesgossip. Heimlich versprach ich dem, der mich zuerst auf der Straße ansprechen würde, eine goldene Uhr. Er kam schräg über eine Kreuzung von einer Baustelle her auf mich zu, trug eine Art ›Rolex‹ und bezeichnete mich als ›Ansager‹. Dafür ging er leer aus.

Es war Frühling, und auf den Plakaten zeigte ein Herr Voscherau seinen Mitbürgern und Mitbürgerinnen die blühenden Bäume. Irgendwo im Hintergrund hätte man sich eine Ehefrau und die Sprechblase gewünscht: »Liebling, ich habe die Anzüge geschrumpft«. Stattdessen versprach der Bürgermeister: »Foftein machen wir später«. Ich werde nie verstehen, warum man einen Mann wählen soll, der sich dem hochdeutschen Wort »Zwischenmahlzeit« verweigert. Schade, die Deutschen würden niemanden wählen unter der Parole: »Jetzt erst mal Mahlzeit«. Einmal bin ich ihm im Foyer des »Thalia«-Theaters begegnet, wo er nach der »Lear«-Premiere umlagert wurde, als sei er der verwaiste Steuerberater des irren Königs. Sonst ist er nur im Fernsehen an mir vorbeigeflimmert, wo er gern die Schönheit Hamburgs mit Worten preist, die ein Schwindsüchtiger für sein Sputum finden könnte.

Was ich in den kommenden zwei Jahren von der Schönheit Hamburgs vor allem sehen sollte, war die im »Shell«-Atlas mit einem grünen Leuchtstrich für landschaftlich attraktive Stellen gekennzeichnete Route Hauptbahnhof – Wandsbek Ost. Wer seine Kenntnis über diesen Stadtteil mit dem »Wandsbeker Boten« des reinen Matthias Claudius in Zusammenhang bringt, der wird durch die pittoreske Ansammlung von Konsummüll und Lebensschrott hier jäh der Neuzeit versichert – eine Strecke, die ich immer gerne hatte, weil sie eine der wirklich großstädtischen Etappen in Hamburg ist. Ihre plausible ästhetische Fortsetzung findet die Wandsbeker Chaussee in der Kantine des »Studio Hamburg«, die Anfang der siebziger Jahre mit einem Innenarchitektur-Preis ausgezeichnet wurde, was sie so sehr verdient hat wie die dortigen Insassen den Fraß von der Drehscheibe. Da es sich bei den hier Arbeitenden im Wesentlichen um dramatische Menschen handelt, fliegt von Zeit zu Zeit mal ein Protesttablett vor die Füße des schuldlosen Küchenpersonals, was mit einer Hausmitteilung geahndet und als Einfall zu einer entsprechenden Episode in einem Serienkrimi ausgebaut wird. Hier begegnet man den charmanten Synchronsprecherinnen der »Golden Girls«, Wolfgang Völz oder Menge, dem Wontorra-Jörg oder Jürgen Roland. Hier findet der Blut- und Samenaustausch verschiedener Nachrichtenredaktionen statt, und im nobleren Restaurant-Teil reformieren solvente Medienmacher ihre Erfolgssendungen in die Pleite. Man muss sich folglich daran gewöhnen, dass die Kantine des »Studio Hamburg« für das Fernsehen unserer Tage etwa die Bedeutung hat, die das »Café Central« für die Literatur der Wiener Jahrhundertwende besaß. Aus dem Kompost von »Gemüsebratling mit Schleim« sind die geistigsten Artefakte unserer Fernsehunterhaltung aufgestiegen, und das riecht man ihnen manchmal auch an. Die Konkurrenz sitzt in einem ästhetisch nicht minder geadelten Ambiente in Lokstedt und hört auf den Namen NDR, was mir von einem Kameramann mit »Nur die Ruhe« übersetzt wurde. Entsprechend ist der NDR die einzige Fernsehstation der Welt, die im Sendekreis des Walrosses ausstrahlt.

Vier Wochen vor Beginn unserer Sendung wurde eine ungemein sympathische Sprachbildnerin des NDR darauf angesetzt, meinen Fistelfalsett um eine halbe Oktave abzusenken, was dazu führte, dass ich bis zur ersten Ausgabe von »0137« fließend im Stimmbruch sprechen konnte. In jener Zeit habe ich erfahren, dass der NDR nicht minder schwer bewacht und gesichert ist als Lech Walesa in seinem Präsidentenpalast in Warschau. Man muss also vermuten, dass in Lokstedt ungemein Gefährliches und Aufrührerisches vor sich geht. Und tatsächlich habe ich einmal vor dem Außentor einen Mann mit einem Transparent gefunden, auf dem stand »Kein Blut für Öl«, was eines Tages zur Entfernung des Subjekts führte. Die Zwingburg SAT 1 liegt in einem Komplex aus Supermarkt und Tiefgarage, was im Hinblick auf das Programm nicht ohne Symbolik ist – ein schönes, volksnahes, den Grundwerten Heimat und Familie verpflichtetes Programm, wie ich mich beeile hinzuzufügen, denn ich bin schon einmal ermahnt worden, weil ich etwas vermeintlich Hässliches gesagt haben soll. Wenig später bin ich aus der »Talk im Turm«-Sendung »Macht Fernsehen dumm?« (kein Zusammenhang!) wieder ausgeladen worden. Nimmt man hinzu, dass Springer Anteilseigner bei SAT 1 ist – was sich an der wechselseitigen Dauerbefruchtung von »Schreinemakers live« und der »Bild«-Zeitung fast täglich nachbuchstabieren lässt –, dann weiß man, wie weit reichend es sich unter Umständen auswirken kann, selbst in einem Weltblatt wie der Hamburger »Szene« in dieser Hinsicht von seiner Meinungsfreiheit Gebrauch zu machen. Lassen wir also das Programm gegen sich selbst sprechen. Wenn ich mich an zwei Jahre Hamburg erinnere, dann fällt mir überhaupt auf, wie oft ich in dieser Zeit für Dinge ermahnt worden bin, die ich gesagt oder geschrieben habe oder haben soll. Aus irgendeinem Grund halten es selbst Konzerne und einflussreiche Medienmacher für wert, nicht Kritik – so weit geht das ja gar nicht –, sondern eine Geschmacksäußerung, eine Missfallensbekundung, ein Rümpfen und Runzeln bereits mit Unterdrückung und Verfolgung zu überziehen, was einigermaßen deutsch anmutet, dazu führt, dass hinter jedem vorlauten Wort zwei Schwadronen von Rechtsabteilungen gegeneinander laufen, das Klima im politischen Kommentar wie in der Unterhaltung schlicht feige ist und sich die wenigen Beherzten so viel auf ihre Kritik einbilden, dass sie selbst schon wieder läppisch werden. In Hamburg achtet man den verbindlich unverbindlichen Ton auch deshalb, weil man sich auf dem engem Raum ständig wieder begegnet. Man möchte sich doch nicht meiden müssen, schließlich wird jede sachliche Differenz als eine höchst persönliche verstanden und geahndet. Dabei ist das wirklich Unausstehlichste an den Antitypen der Medien, dass sie privat so nette Leute sind. Marie Hüllenkremer, die ehemalige Chefredakteurin und sporadische Erneuerin des »Zeit-Magazins«, hat manchen Rüffel für mich eingesteckt, für Kolumnen, für eine Satire über die Helden des Jahres 1991, für eine Kritik an den Folgeerscheinungen der so genannten Wiedervereinigung und schließlich für eine umfangreichere Glosse zum englischen Königshaus, die von der blaublütigen Hausleitung für unschicklich gehalten wurde, auch wenn sich die Wirklichkeit in der Folge als weitaus unschicklicher entpuppen sollte. Neinnein, »Die Zeit« liebt die freie Meinungsäußerung, aber nur bei Meinungen, für deren Äußerung man keine braucht. Was sie dagegen für ›Stil‹ hält, ist in aller Regel eine Mischung aus Mutlosigkeit und Humorlosigkeit in gediegenstem Sprachgewande und die Bereitschaft, lang gedienten Mitarbeitern nach ihrem Fall oder »Rauswurf (Raddatz, v. Westfalen ed alteri) noch öffentlich hinterherzutreten. Leider. Nur die Rechtsradikalen müssen vor der »Zeit« Angst haben. Denen wird hier nämlich so was von die Leviten gelesen, also, wenn die ihre Wochenration Theo Sommer hinter sich haben, dann kriegen sie vor Unrechtsbewusstsein keinen Molotow mehr hoch. »Die Zeit« entwickelt sich im Laufe der Zeit zu einer Satire ihrer selbst. Keiner bekommt hier einen Bericht vom Skandal der Woche, der nicht bereit wäre, sich durch ein allgemeines Sendschreiben zum Verhältnis von Politik und Moral inklusive anhängender Paralipomena zu kämpfen – was einerseits damit zusammenhängt, dass hier vor allem vom Schreibtisch aus recherchiert (d.h. der »Spiegel« gelesen und die Allgemeinbildung mobilisiert) wird und dass sich hier zweitens jeder Leitartikler so sensibel in die Machtpolitik einzufühlen weiß, damit man merkt, diese Chefredaktion könnte ein ganzes Kabinett stellen. Neulich hat sie uns allen per »Manifest« für 1993 »Verzicht« anempfohlen – tapfer, diese Sozialfälle aus der Chefredaktion, beginnen wir also mit unserem Verzicht bei der »Zeit«. Meine Lieblings-»Zeit«-Schlagzeile aber war jene, die den Hanauer Atommüllskandal überstrahlte, sie lautete: »Die Büchsen der Atom-Pandora«. So viel zur Frage: wie mache ich dem Altphilologen die Brennstäbe schmackhaft? »Die Zeit« lässt sich inzwischen besser durch das darstellen, was nicht in ihr vorkommt, als durch die Dinge die drinstehen können. Aber weil selbst der klassische Studienrat irgendwann ausläuft und man aus Hochschulanzeigen-Rahmenprogramm kein lebensnotwendiges Blatt macht, wird die Stunde der »Zeit« wohl bald geschlagen haben. Vorher bekommen wir noch in diesem Februar »Zeit«-TV – also vermutlich gesammelte Leitartikel für verteilte Rollen – dann im März Bissingers Weekly »Die Woche«, wie Branchenkenner vermuten, die einzige publizistische Neugründung, die die Jahrtausendwende überleben und »Die Zeit« anfechten dürfte.

 Die einzige gelungene Fernsehveranstaltung eines Blattes gelang dem »Spiegel« mit seinem Aust-TV, einer Unternehmung, die sich so weit vom Mutterschiff entfernt hat, wie es für die Handhabung des visuellen Mediums erforderlich ist. Stefan Aust bewirtschaftet im Chile-Haus ein labyrinthisches Büro, dessen innere Organisation Kafkas »Bau« nachempfunden ist. Die gesamte Anlage wirkt derartig autark, dass man sich von hier aus eher eine Wirklichkeit ohne Wirklichkeit als eine ohne »Spiegel-TV« vorstellen kann. Tief im Inneren pochen die roten Kolumnen der Einschaltquoten-Tabellen, deren steigende Tendenz gleichzeitig die Parabel für Dr. Austi Himmelfahrt in den Olymp des deutschen Fernsehjournalismus abgibt.

Diese Kolumnen sind zugleich die Herztöne des Magazins, das es in wenigen Jahren geschafft hat, sich in Tausenden von Metastasen im deutschen TV-Journalismus fortzusetzen. Die zitternde Handkamera, die ins Objektiv gereckte Abwehrhand des Opfers, das überhelle Gesicht im Lichtkegel, laufend, die Physiognomie des Elends, des Rauschs, des Krieges, des Hasses, der Katastrophe aufgelöst in der eleganten Spannungslinie der Dramaturgie und doch authentisch, das sind Formelemente, die »Spiegel-TV« jede Woche zur Nationalsprache der Fernsehreportage zusammensetzt. Vielleicht wäre diese Sprache noch reicher, wenn sie mehr Schattierungen und mehr Sprecher hätte. Es ist so populär, das »Spiegel«-Haupthaus mit einer Legebatterie zu vergleichen, dass ich es hier sofort tun muss, auch wenn es von innen eher einem publizistischen Pentagon ähnelt und man sich wundert, dass nicht bestimmte Staaten schon vom »Spiegel« eingenommen worden sind (sollten sie es sein, so hat es jedenfalls nicht im »Spiegel« gestanden). Der hiesige Staat jedenfalls beweist durch den »Kanzler der Montagsverweigerung« (wie der Volksmund sagt) die wahre Größe des »Spiegel«. Selbst prominentere Informanten werden allenfalls durch eine Meldung unter der Rubrik »Personalien« entlohnt. Die wahre Bedeutung Genschers etwa ließ sich zeitweise daran ablesen, dass er unter den »Personalien« eine eigene Kolumne unterhielt. Ein weiterer Beleg für die Größe des »Spiegel« ist, dass seine Angestellten regelmäßig von »diesem Blatt« sprechen, also gewissermaßen als Frösche in der Vogelperspektive, und man fühlt: so spricht sonst nur noch die Queen von ihrer »Firma«, dem Königshaus.

Die entsprechende Form der rhetorischen Repetition liegt beim »Stern« im Hinweis auf das Debakel um die Hitler-Tagebücher. Der wird vor allem von den Blattmachern mit einer Geschwindigkeit in die Konversation eingeführt, als wolle man dem Gegenüber zuvorkommen. Von den »Stern«-Journalisten sagt man, dass sie lange brüten, bevor sie laichen. So entstehen kolossale »Auto-Journale« und aparte Zwischentexte zu langen Bilderstrecken, und Rolf Schmidt-Holz, der Chefredakteur, hat die intensivsten blauen Augen der gesamten Branche. Der Affäre um die Hitler-Tagebücher verdanken wir alle viel. Mir hat sie einen Ausspruch geschenkt, der mich zwei Jahre durch Medienhamburg begleitet hat, der als Fanal auch den Weg in die Zukunft der Medien überstrahlt und der wahr ist, auch wenn er bloß gut erfunden sein sollte: Als der Londoner »Times« die Hitler-Tagebücher zum Druck angeboten wurden, schrieben die Verantwortlichen ein Telegramm an Rupert Murdoch in Australien, des Inhalts, man habe ihnen die Tagebücher Hitlers angeboten, ein Professor aber habe Bedenken bezüglich der Echtheit angemeldet. Das Antworttelegramm war vier Worte lang: »Fuck the Professor, publish!«

Der Sklave der Erkenntnis

In einem Wiener Museum gab es ehemals einen ausgestopften »Neger«, wie man zur Zeit seiner Akquisition sagte, einen »wollhaarigen Afrikaner«, wie die Ethnologen verzeichneten, einen »schwarzen Mann«, vor dem niemand Angst zu haben brauchte, war er doch tot.

Während der Körper des ausgewachsenen Mannes säuberlich präpariert worden war, mussten die Augen durch ein gläsernes Imitat für Weiße ersetzt werden, weshalb der schwarze Afrikaner seelenlos aussah und wirkte, als sei er zum Aufziehen oder sonst noch nach seinem Tod mechanisch zu betreiben. In seinen Augen war jedenfalls kein Bild mehr zu erahnen von allen Bildern, die er auf seiner Reise vom schwarzen Kontinent nach Wien gesehen haben musste, wo er eine stämmige Wienerin heiratete, welche nach seinem Tode die anatomisch interessante Hülle des Gatten dem Naturhistorischen Institut vermachte, angeblich ganz gemäß seinem eigenen Willen.

Dies geschah im Sinne der Aufklärung, als eine Überwindung der Völker- und Rassenschranken, damit die Besucher kommen und staunen konnten, wie um im Neger ihre eigene Vergangenheit zu bewundern, bis tief hinunter ins Äffische, Tierische, Kreatürliche, von dem sich ja auch die schwarze Rasse noch einmal bis zu Onkel Tom, Billie Holiday und Joe Frazier emporarbeiten sollte.

Während einen lebendigen Schwarzen nur Kinder ungeniert betrachtet hätten, scharten sich um den toten zahlreiche Erwachsene, stellten Spekulationen über sein legendäres, aber schamhaft verborgenes Genital an und erfuhren durch Meyers Konversations-Lexikon (das noch 1906 mit diesem Wortlaut erschien), in vivo habe der Schweiß der Neger eine »öligere Beschaffenheit« als der der Weißen. Es muss den Besuchern eingeleuchtet haben, die Eigenart der Rasse durch ihr Exsudat zu bestimmen, sah man Schwarze doch immerzu – in der Plantage und im Ring ebenso wie beim Singen,

Spielen und Tanzen – im Schweiße ihres Angesichts. Doch wusste das Lexikon auch, Neger seien im »stürmischen Kraftaufwand« den Weißen überlegen, für ununterbrochene Arbeit aber weniger geeignet und insgesamt »gefallsüchtig«, »lügenhaft«, »sinnlich«, doch »sehr gelehrig«. Das ›Wissen‹ vom Schwarzen entsprach deutlich dem Nichtwissen des Herrenmenschen.

Ihm zu Gefallen stand der eitle Schwarze nachts allein zwischen den ausgestopften Tieren der Savanne, zwischen Affen, Giraffen und großen Wildkatzen, in einem auch für ihn völlig künstlichen Habitat, das versammelt worden war, ein nach dem Leben gearbeitetes Bild aus dem Schwarzen Kontinent zu geben, geeignet, unsere weißen Erkenntnisse zu mehren, auch wenn man den Schwarzen dazu seinen Tod gewissermaßen noch einmal sterben lassen und seine sterbliche Hülle dem Sarg vorenthalten musste.

Zum akademischen Zweck war der Leichnam erst abgebalgt worden, womit an der Sohle begonnen wird, also dem Körperteil, das zu Lebzeiten auch die Bastonade empfängt. Dann wurden die Beine so aufgeschnitten, dass man die Nähte hinten verbergen konnte, und schließlich die ganze Haut ins Wasser geworfen, gut abgewaschen und vom Fett befreit. Hierbei ging man behutsam vor, kannte man doch Berichte, die besagten, dass bei ertrunkenen Schwarzen die Haut wieder weiß wird, so wie die Missionare den Afrikanern auch erzählten, sie würden mit unsichtbaren Affenschwänzen geboren, die erst bei der Taufe abfielen. Für den Präparator ein großer Säuger, baute man dem Schwarzen ein rotglühend geschmiedetes Gerüst, stark genug, die schweren Häute zu halten, in die man nun mit Hanfgarn umwickeltes Heu in Würsten und Ballen einfüllte. Zuletzt wurden die Muskeln mit Torf nachgebildet und die Beinadern durch das Auflegen von mit Ton bestrichenen Bindfäden kopiert. Damit war der starke Körper des verlaufenen Mohren natur-ebenbildlich nachgeformt.

Als der schwierigste Teil aber erwies sich wie immer der Kopf, und im Eifer vergaß man eine sachkundige Überprüfung der Forschungsthese, die Schädeldecke bei Schwarzen sei dicker als bei Weißen, folglich habe das Gehirn weniger Platz. Dieses Urteil also überlebte den Toten und nebenbei noch seine Enkel. Als man endlich die Augen einsetzte, erreichte man zunächst einen grotesken, weltfremden Gesichtsausdruck, der durch mühevolles Korrigieren des Augenabstands und -sitzes so verbessert wurde, dass zuletzt ein beinahe lebensechtes Double entstand. Jetzt wurde noch alles Nackte gefirnist, die Krause gekämmt, ein kleines natürliches Ensemble rund um die nackten Füße versammelt, und fertig war das lehrhafte Exponat.

Die Wahrheit vom Fremden war ein Kunstprodukt, gewonnen an einem Toten, der noch in seiner musealen Auferstehung nicht sein durfte, was er war. Gestattet war ihm nur, als das Hirngespinst seiner Erforscher und Bewahrer auf die Nachwelt zu kommen. So holte ihn das künstliche Paradies heim, das man zu Erkenntniszwecken rings um ihn aufgerichtet hatte. Hier stand er nun nackt – denn das hielt man für seine Natur – in Edens Wildlife, einer von Vorurteilen errichteten Vitrine: ein Fremder, sich selbst fremd.

Im Ausstopfen und Präparieren dieses Toten war kein Schritt, der nicht symbolisch anklänge an das, was man den Lebenden seiner Rasse angetan hat. Rassismus ist Urteil ohne Erkenntnis. Was ihm seinen verführerischen Charakter gibt, ist, dass er vollstrecken kann, ohne kennen zu müssen, und dass er nur kennen wird, was er schon getötet hat.

Der Staat in Schwarz

Glaubt man der Regierung, dann hat kein menschliches Wesen so viele gute Tage wie der deutsche Staat. Von der Macht geht ein Schmunzeln und Glänzen aus, ein Optimismus und Zukunftsglaube, der an jedem Einzelmenschen einfältig wirken würde, ist doch auch der Fortschritt, der uns da lächelt, glockenreine Fantasy.

Gleichzeitig aber steht der Staat mit beiden Beinen auf der Erde, ein Lehrer und guter Hausvater, dem der ›Sachzwang‹ den ›Rotstift‹ führt, der den ›Gürtel enger‹ schnallt, kein ›Patentrezept‹ hat, sich aber an die ›Spielregeln der Gesellschaft‹ hält oder so ähnlich. Dieser Staat ist kein Bonvivant, sondern ein braver Wirtschafter und Biedermann mit verlässlichem und verlässlich eindimensionalem Innenleben, und weil sich Politik zum guten Teil kraft der Dinge verwirklicht, die wir nicht über sie wissen, und weil es also zu ihren Aufgaben gehört, Undurchsichtigkeit zu schaffen, deshalb sind wir dennoch für jeden signifikanten Halbsatz aus dem Mund dieses Biedermanns so dankbar wie für ein verwackeltes Prominentenfoto von einem Ferienstrand. Der anthropomorphe Staat, der Staat als verantwortlicher Patriarch, das ist eine Metapher für das, was wir nicht über ihn wissen und nicht wissen sollen.

Am menschlichsten wirkt dieser Staat, wo er Schwäche zeigt, wo er sie zeigen darf: in der Staatstrauer. Da baut sich seine empfindsame Innerlichkeit zu Denkmalsgröße auf. Gesenkten Kopfes, gebeugten Knies, haltenden Händchens wendet er sein wagnerianisch verwundetes Seelenleben in die Götterdämmerung heranziehender Blitzlichtgewitter – ein lebendes Bild nach klassischen Vorlagen. So wurde aus Helmut Kohl eine Charlotte Wolter der politischen Bühne.

Es muss was Herrliches sein um das Trauern! Dann, aus der stummen Denkmalsstarre zurückgekehrt in den Tonfilm, spricht der Potentat sein Trauern aus, und zwar meist indem er, wie die Linguistik sagen würde, den Sprechakt nicht durchführt, sondern ihn bezeichnet. D.h. er hat keine Worte, die Trauer verraten, nur welche, die sie etikettieren: ›wir sind tief betroffen‹, ›mit sprachlosem Entsetzen nehmen wir zur Kenntnis, dass ein Leben dahin ist‹ etc. So torkeln aus seinem Munde die Sprechblasen und Kranzgebinde, und dennoch fühlt sich das Gemeinwesen erleichtert, dass da jemand in seinem Namen als Pompe funèbre hinter dem Sarg herläuft und düstere Miene zum guten Spiel macht.

16 | Solche Trauer nennt sich sprachlos, darf aber, als eine Inszenierung staatlicher Hygiene, nie wirklich sprachlos sein. Sie ist Öffentlichkeitsarbeit und als solche voller ungelöster und unbewusster Widersprüche. So müssen nach einem Attentat alle führenden Repräsentanten des Staates auf der Klaviatur eines Sentence Switchboard spielen, die da anbietet: wir verurteilen den feigen/den menschenverachtenden/den heimtückischen Mord auf das Schärfste/Entschiedenste/Nachdrücklichste etc. Als sei der Politiker der Komplize, der sich distanzieren müsse! Als sei der Mord, der nicht sprachlich verurteilt wird, damit schon legitimiert! Als sei es nötig, diesen aus der Gemeinschaft aller Morde herauszuheben und separat zu verachten! In alledem liegt eine ungewollte Identifikation mit dem Täter. Denn wenn im Alltagsleben dem einen sein Portefeuille gestohlen wird und der andere erwidert: ich verurteile diesen Diebstahl auf das Schärfste, dann macht er sich entweder verdächtig oder über den Bestohlenen lustig.

So zeigt die amtliche Trauer den Staat als ein Empfindungswesen, das auch im innigen Fühlen, im Leiden zu Hause ist. Da er aber in der Auswahl derer mit Staatstrauer-Anspruch etepetete ist und lieber nur ›des Staates Eigene‹ (Manager, Banker etc.) mit dem Halbmast auszeichnet, und da er Präsidenten hat, die vorbildliches Trauern vormachen, so errichtet der Staat in seinem ritualisierten Schmerz eigentlich eine Trauersperre, hinter der Opfer und Ämter verschwimmen.

Damit die Staatstrauer aber komplett werde, muss nach Empfinden und Verurteilen noch ein dritter Schritt vollzogen werden: das Appellieren, die Rückführung in den Alltag der Pflicht. Die schönste Kür in dieser Disziplin entwickelte beim Olof-Palme-Begräbnis ein ausländisches Staatsoberhaupt, und da Präsidenten, als die Titelverteidiger im Volkstrauern, immer auch am weitesten in den kosmischen Raum hinaustrudeln dürfen, formulierte dieser durchaus standesgemäß, als er sagte: »die Menschheit hat die moralische Pflicht zu überleben!« Das bedeutete: sollte uns auch das Leben durch den Verlust so vieler Staatsmänner verleidet werden, so dürfen wir aus sittlichen Gründen den wüsten Planeten doch nicht den Flatterfüßlern und den Nacktsamern überlassen, sondern müssen in unserer Existenz als brave Beamte der Schöpfung fortfahren.

Staatsmännischer und trostloser ist wohl noch kein Preis des Lebens ausgefallen als dieser, der endlich wider Willen echte Trauer auslöst über ein Leben, das man nur noch als Erfüllung einer Bürgerpflicht genießbar finden könnte.

Esels Botschaft

Vor Jahren habe ich Maria und Joseph nahegestanden – als Zeuge bei der Verfilmung eines Krippenspiels. Die Inszenierung näherte sich ihrem Gegenstand realistisch, das heißt, die Maria war schön und Joseph proletarisch, das Heu echt wie das Baby obendrauf und der Stall aus naturidentischem Holz. Auch Ochs und Esel standen gutmütig und warteten auf Weihrauch und Myrrhen und den ›Action‹-Ruf des Schöpfers.

Als es dann aber so weit war, hatte sich ein einzelnes unbeobachtetes Detail der Szenerie indezent emanzipiert. Aus dem zottigen Vlies zwischen den Hinterbeinen des Esels ragte mit einem Mal etwas ›lustweh Gekrümmtes‹, wie Robert Musil das einmal nannte, und es ward nicht ›Hosianna‹, sondern ›Cut‹. Die Natur war dazwischengekommen. Also wurden Kameras und Scheinwerfer ausgeschaltet, die drei heiligen Könige kamen von draußen und die Hirten vom Feld, um sich den exaltierten Esel anzusehen und zu staunen, wie er sich allmählich, ganz ohne äußere Einwirkung wieder beruhigte.

Kaum war aber das Ensemble wieder drehfertig, da ragte es wieder groß und drohend zwischen den Eselsbeinen ins Bild, und noch dazu schrie jetzt das Tier so markerschütternd, dass an ein Krippenspiel nicht zu denken war. Nach einigem Hin und Her und mehreren neuerlichen Versuchen, die alle zu demselben Resultat führten, wurde resigniert, und damit stellte sich – zumindest für jenen Tag – Christi Geburt als unfilmbar heraus.

So blasphemisch es scheinen mag, gerade die Ankunft des Erlösers mit einer erotischen Exaltation zu verbinden, man muss kein Esel sein, um vom Aroma des Religiösen aphrodisiert zu werden. Nichts ist bekanntlich erregender als ein Erregungsverbot. Bis in die neueste Kunst, Literatur, den jüngeren Film, bis in Werbung und Videoclips hinein, werden nicht nur im Westen, sondern selbst in Asien heilige Stätten, Kirchen und Klöster, Sakristeien und Krypten aufgesucht als die Orte mit dem natürlichsten Verbotsklima. Nirgends sonst lässt sich auch die Verwandtschaft zwischen der Verherrlichung durch den Glauben und der Verherrlichung durch das Begehren so rein zusammenführen wie hier. In all ihren wattierten Beichtstühlen, entweihten Presbyterien und zweckentfremdeten Devotionalien, in allen aufgedröselten Kuttenkordeln, abgeworfenen Kapuzen und gelüfteten Ordensgewändern honoriert die erotische Kunst den Beitrag der Kirche zur Verfeinerung der Verbote wie der Lust. Wenn man also in Zeiten der Glaubenskrisen nach dem Fortbestand der Kirche fragt, so wird man in der erotischen Kunst, die sie am liebsten profaniert und schändet, starke Argumente für ihren Erhalt finden und in der Kirche, die den ungezügelten Unterschleif ächtet, einen heißen Ansporn zur Aufrechterhaltung des Erotischen im Allgemeinen und der Produktion von erotischer Kunst im Besonderen.

Beide, der kirchliche Moralismus und die verfeinerte Erotik der Blasphemie, sind in ihrer Existenz gefährdet. Wenn sie überleben, so nur symbiotisch, indem sie sich wechselseitig in ihrer Existenz bestätigen. So wird man eines Tages am Verschwinden der erregenden Lästerung das Siechtum christlicher Sexualvorschriften erkennen. Allerdings existiert diese innige uneingestandene Allianz in ihrem vorgetäuschten Streit schon seit vielen Jahrhunderten, leben doch beide recht gut auch aus der Substanz dessen, was sie bekämpfen. Es ist diese Substanz, die sich ebenfalls in sakralen Werken – psychologisch gesprochen: als der Inhalt des Verdrängten – bahnbricht, so wenn der tote Christus in einer spätgotischen ›Position‹ in den Schoß der Maria rutscht, wenn lüsterne Magdalenen vor den nackten Füßen des Herrn niederknien, wenn in der entgrenzten Trunkenheit scholastischer Ekstasen die Grimasse des Beischlafs die Verschmelzung mit Gott bezeugt, nur so Erregung ohne Schuld, Genuss ohne Reue versprechend.

Dieselbe Ausdruckssprache speist auch die edlen Lästerungen der erotischen Kunst. Doch die religiöse Kultur bringt das schon mit, was die erotische sucht: Heimlichkeit und exzessive Phantasie, Verherrlichung und Schändung, Glorie und antiidealistische Herabsetzung, Apotheose und Sadismus – viele Mittel, das Heiligste in das Profanste zu verwandeln.

Anders hat es beide nie gegeben, und da die Liebesliteratur voller Anrufungen an Gott ist im Augenblick, da den Sprechern die Sinne schwinden, und da die religiöse Kultur voller Hurerei, Buhlerei und Beiwohnerei ist, da also beide einander so inspirieren, verbieten und bedienen, hätte man den Esel ruhig in seiner enthemmten Form in die Ikonographie des Krippenspiels aufnehmen sollen. Man hätte sagen müssen, dass dieser historische und anscheinend unvergängliche Zusammenhang von Mystik und Eros, dass der Tatbestand ihrer Symbiose dem gelassenen Esel gerade wunderbar leiblich erfahrbar geworden, dass es wie das Licht der Erkenntnis über ihn gekommen sei … auch wenn sich am Ende herausstellen sollte, dass nur das Licht der Scheinwerfer zu heiß gewesen war für sein sensibles Gemächt.

Im Schatten des Körpers des Kanzlers

 Wenn es wahr ist, dass der Mensch etwas Warmes braucht, dann hat der Deutsche seinen Kanzler auch aus gesundheitlichen Gründen. Zwar spricht mich die »Fünf-Minuten-Terrine« persönlicher an als die Regierungserklärung, in der Kälte der politischen Welt aber hat nichts so viel Kalorien wie ein gutes Kanzlerwort: die Übersetzung von ›Macht‹ mit ›Verantwortung‹, von ›Monolog‹ mit ›Dialog‹, von ›Randgruppe‹ mit ›Solidargemeinschaft‹.

Sprachlich abgespeckt laufen diese politischen Grundworte darauf hinaus, dass wir in Wahrheit nichts zu sagen haben, deshalb mögen wir sie lieber ein wenig unwahrer und aromatischer. Das politische Vokabular ist nicht auf der Höhe der politischen Realität, aber schließlich ist die Zeit insgesamt nicht auf der Höhe der Zeit, und es gibt ja schließlich auch immer noch Ehefrauen, die beim Duschen vom Postboten überrascht werden, und andere altmodische Dinge.

Für den Bürger besteht eine befriedigende Konsonanz zwischen dem Körper und der Sprache des Kanzlers. Hier wird der Antagonismus zwischen der Lyrik des Herzens und der Prosa der Verhältnisse versöhnt und der Zusammenhang von Sprache und Gesicht fast forciert vorgetragen. Entsprechend hat die Öffentlichkeit, intellektuell oft im Stich gelassen, eine besonders sensible Lesart für die Leiblichkeit des Kanzlers entwickelt – so als ließe sich diesem Charakterpanzer in ausdauerndem physiognomischen Studium doch noch das Geheimnis seiner Mitteilung und damit der Kraft, die unser Schicksal formt, entreißen.

Seit man die Gezeiten seiner Leiblichkeit überhaupt beobachten kann, beschäftigt sich die Nation – weit mehr als bei allen Vorgängern – mit dem Körper des Kanzlers. Das liegt nicht am Körper selbst, es liegt am Entwicklungstand des Politischen. Seit Jahren folgt die Nation ihrem Oberhaupt allsommerlich auf dem Leidensweg zur Waage, die Entwicklung des »Du-darfst-Bockwürstchens« fällt folgerichtig in seine Amtszeit. Wie fast alle Politiker hat er seine politische Karriere mit dem Verlust der Lippen bezahlt, sich aber sonst ein physisch derartig resistentes Image zugelegt, dass man bei seinem Anblick immer an den alten Taschentücher-Slogan denken muss: »49 Schneuzungen – keine Rötung«. Von seinen Bäuchen und Kinnen ist viel die Rede, schematische Karten haben uns ehemals fachkundig an der Entfernung seines eingewachsenen Fußnagels teilhaben lassen, und schon seine Vereidigung wurde in der Zeitung von einem Foto begleitet, das von fern wie die Ablichtung eines Voodoo-Knochens aussah, sich aber bei penibler Zusammensetzung der Rasterpunkte und unter Zuhilfenahme der Bildlegende als »die Schwurhand des Kanzlers« herausstellte. Als hätte sie sonst nichts zu tun!

So ließen sich zahlreiche Beispiele dafür aufführen, welch hochentwickelte Intelligenz es inzwischen für die Lesarten des Kanzlerkörpers gibt, der wie ein erratischer Block aus der Gesellschaft ragt, entziffert wird wie ein bretonischer Findling und unser Kraftzentrum ist, jedenfalls wenn man die physikalische Definition ›Kraft gleich Weg durch Masse‹ zugrunde legt. Zur Bestätigung dieser anspruchslosen Beobachtungen hat Gilles Deleuze davon gesprochen, die Maschine des Staates werde ›übercodiert‹ durch ein Gesicht, und so ist es hier gewissermaßen das Gesicht des ›Chefs‹, der seinen physischen Körper dem sozialen Körper leiht. Dieser Körper wird vom Wahlvolk abonniert und als lebende Fahne aus jeder Staatsführer-Konferenz gelöst und gegrüßt – worin sich ein ganz anderes Verhältnis manifestiert als wenn wir beispielsweise Hoss Cartwright in seiner Männergesellschaft agieren sehen.

So darf man den Kanzler nie in Konkurrenz zu anderen Männer seines Scharfsinns und Umfangs bringen, muss ihn vielmehr durch das Prisma des Nationalen betrachten, und während man den Normalmenschen daran erkennt, dass man ihn in eine Fernsehserie beliebig integrieren könnte, wäre allein der Versuch im

Falle des Kanzlers unpatriotisch. Seinen schutzmantelartig ausgebreiteten Körper überhöht die Macht des Patronats.

Der Kanzler ist Hausvater und Steuermann, das hat er mit Gott und Pharao gemeinsam. Außerdem aber distinguiert er sich vom modernen Möllemann-Typus – dem Politiker als lebender Jukebox – durch das Ärzte-Charisma aus dem Sylvia-Roman. Den Kanzler stimuliert das Vorbild des sorgenden Hausvaters, der Tag und Nacht über den Seinen wacht und selbst von Morpheus überwältigt, stets gleich so sehr Staatsmann sein wird, wie in der Nacht der Bombardierung von Tripolis und Bengasi: »Ich war sofort hellwach, aber ich bin, nachdem ich mir das anhörte und ein, zwei Anweisungen gab, wieder eingeschlafen.«

Die Idee der Sorge und Obhut ist also in seiner Gestalt derart fleischern festgemeißelt, dass der Kanzler eher Allegorie ist denn psychologisches Individuum. Seinen Körper hat er uns nur gewissermaßen zu unserer Beschäftigung zurückgelassen, während er dabei ist, nicht sich selbst, sondern unser Glück zu verwirklichen, und gerade weil er das tut, werden wir, bei aller Körperkonturkritik, seine Kräfte zuletzt doch an seinen Taten messen müssen, und nicht »nach den Ochsen, Schafen und Schweinen fragen, die er gegessen und die ihm die Kräfte gegeben« (Goethe).

Politik als Körperkultur zu beschreiben ist also nicht unpolitisch und beschleunigt den Prozess der sich ins Unsichtbare und Unüberprüfbare zurückziehenden Politik keineswegs, sondern im Gegenteil: nichts ist politischer als der Kanzlerkörper, das Medium abstrakter Macht. Würde Politik nämlich nicht in altmodischem Phlegma vermittelt von der in einen Hautsack eingenähten Existenz von Menschen, sondern wäre zeitgemäß digitalisiert und ein Produkt künstlicher Intelligenzen, wer wollte sich für sie interessieren? Wer wollte wissen, ob sie sich für uns interessiert?

Vorurteile

(nach Peter Handke)

Dass die Fanpost in Waschkörben kommt und es Heiratsanträge hagelt; dass das erste Filmangebot nicht lange auf sich warten lässt, ja, dass sich die süße Bianca, kaum hatte sie sich für ein Herrenmagazin entblättert, vor Filmangeboten kaum retten konnte; dass wir unsere Reiseflughöhe von 18 000 Fuß erreicht haben, und Sie das DSG-Team im Speisewagen gerne erwartet; dass die Moral in der zweiten Halbzeit nachließ und sich der Unparteiische unbequeme Wahrheiten sagen lassen muss; dass der Roman schonungslos erzählt, entlarvt, die Maske runterreißt und den Spiegel vorhält; dass die Naturkatastrophen die Rache der Schöpfung sind und die Galapagos-Inseln das letzte Paradies; dass die Behörden geschlafen haben, der Staat schlank werden muss, der Abgeordnete, Steuerzahler, Patient, das Ehebett, dass sie alle gläsern werden müssen; dass der Flugzeugabsturz auf menschliches Versagen zurückzuführen ist und das unpersönliche Sterben auf die Apparatemedizin; dass im Augenblick des Todes nochmal ein Film vor unseren Augen abläuft; dass die Witwen immer noch weinen, dass Bargeld lacht und die Kurse freundlich sind; dass die Familie Geborgenheit gibt, Geld die Welt regiert, Dummheit sie zugrunde richtet und unser Egoismus sie zerstört; dass es zu spät ist; dass Hitler der verabscheuungswürdigste Mensch war und Richard von Weizsäcker der verehrungswürdigste ist; dass die Zukunft schon begonnen hat, auch wenn die Mauer in den Köpfen und Herzen noch steht; dass die Formel 1 ein Wahnsinn und die Oper tot ist; dass jeder Mensch Streicheleinheiten braucht und Diktatoren Phantasie-Uniformen tragen; dass ertrunkene Neger wieder weiß werden und ungelüftete Anzüge Rheuma erzeugen; dass mein Freund Ausländer ist und eine Stadt ›Nein‹ sagt; dass totalitäre Staaten ihre Exekutionen als zynisches Medienspektakel inszenieren und demokratische nur ihre Geiseldramen – das alles ist alles nicht wahr. Denn in Wirklichkeit kann sich der Steuerzahler vor Heiratsangeboten kaum retten, und die Witwen richten die Welt zugrunde; die Formel 1 ist das letzte Paradies, der schlanke Staat schläft im Speisewagen, und im Augenblick unseres Todes läuft noch einmal die zweite Halbzeit der Naturkatastrophe vor unseren Augen ab. Da lacht der gläserne Unparteiische und lüftet die toten Diktatoren.

Der ewige Ilja

Es ist Friede.

Die Kinder dürfen wieder länger draußen spielen, die Zeit der Knechtschaft ist vorbei. Denn die Russen sind weg. Nur einer bleibt. Nur einer muss wachen. Seit Jahrzehnten hilft sein Porträt, deutsche Illustrierte mitzufinanzieren, immer auf den hinteren Seiten, immer bescheiden, immer zwischen Mitteln gegen Darmträgheit, Zimmeraufzügen für Alte und Haartransplantationsangeboten.

Hier ist Ilja Rogoff, der gute Kaukasier, ein Star, hier überlebt der Sinatra unter den Kapseln. Ilja Rogoff sieht Reginald Rudorf zu ähnlich, um attraktiv genannt zu werden. Dem Absatz hat das nicht geschadet. Niemand will ausschauen wie er, aber sein Alter wollen sie alle haben.

Da ist es faszinierend zu denken: Genauso also muss Knoblauchwerbung wirken, will sie erfolgreich sein. Ein weißhaariges Kopfbild, die grüne Ödnis der Tundra, der blaue Streifen ferner Hügel, zwei fortstrebende Ohren vor dem opalisierenden Himmel Tadschikistans – fertig ist die Langlebigkeit!

Und damit es so wirkt, als hätte Rogoff seine Heilkräfte auf die eigene Anzeige übertragen, ist dieses wohl die langlebigste Kampagne im deutschen Zeitschriftenwesen. Ja, steter Rogoff höhlt das Herz. Wir alle müssten, wenn es mit rechten Dingen zuginge, einmal von diesen Augen gemustert worden sein. Glückwunsch, Ilja!

Ilja Rogoff ist der ewige Zeitgenosse, er hat Tschernobyl begleitet, zu Watergate geschwiegen und das Papst-Attentat verfolgt. Was immer sonst auf der Welt geschah, er fand gleichzeitig Menschen, die ihm glaubten. Er war nie alt-, nie neumodisch, nie gestrig, nie out, inzwischen sollte er Kult sein, und wenn es je wieder heißt, »der Russe kommt«, heißt das nur: Ilja Rogoff (130).

Er ist älter als Kohl, er wird älter als Kohl werden, und das ohne »Deutschland«, sondern mit dem einzigartigen Halbsatz: »Wenn Sie mehr als Knoblauch wollen ...« »Ja«, sagt der Manager, »ja«, die Serviererin, »yes«, flüstert Molly Bloom, »I will«. Es sind nun Jahrzehnte, dass die Rogoff-Menschen unter uns still ihre Antwort geben: »Ja, mehr als Knoblauch!« Und hat Rogoff Berater? Pfuschen junge Chefredakteure an seinem Äußeren herum? Trägt er Lidstrich auf?

»Wenn Sie mehr wollen als Deutschland ...« »Original Helmut Kohl – geruchlos.« Wäre das denn so schwer gewesen?

Die Pieta auf dem Strich

Der Held wird enthauptet. Die Geliebte stürzt hinzu, ergreift den Kopf und begießt ihn mit Tränen. Der Dichter Stendhal kommentiert: »Welche Frau, die heute lebt, empfände nicht ein Grauen bei dem Gedanken, den Kopf ihres enthaupteten Geliebten anzufassen?«

Fast hundertsiebzig Jahre nach der Entstehung von »Rot und Schwarz« ist das Grauen noch unverbraucht, nicht aber das Bild vom Grauen, schließlich hat es einen Gebrauchswert erhalten.

»Die Welt« lebt wie alle Zeitungen davon, dass was los ist auf der Welt. Für ihre Art, die Welt zu sehen, wirbt sie unter anderem mit einem ganzseitigen Foto aus dem Balkankrieg: Eine Greisin presst, überwältigt vom Schmerz, ihre runzeligen Wangen gegen einen Totenschädel, den sie in beiden Händen hält. Mit dieser Momentaufnahme aus dem Intimstleben eines Kriegsopfers macht uns »Die Welt« ihre Sicht der Dinge schmackhaft: Ja, es stecken in diesem zu Ende gehenden Krieg immer noch unerhörte, nie gesehene Bilder, geradezu Ursituationen menschlicher Zerrüttung. Früher hätten wir gesagt, es handele sich um Bilder des traumatischen Schocks, heute erkennen wir eher: Dies sind Bilder aus dem Kriegsmarketing, Motive, mit denen sich Kriege immer noch bewerben lassen. Es sind jene Bilder, in denen sich der Fortschritt der letzten hundert Jahre vollendet als Vernichtung des Reizschutzes. Es sind Bilder, durch die sich ein müdes öffentliches Interesse immer noch einmal zu einem Seitenblick auf Sarajevo stimulieren lässt. Es sind Bilder, die eine Zeitung verkaufen, eine Zeitung, die ihren »Chefreporter Peter Schmalz« neben das Bild dichten lässt: »Der Krieg auf dem Balkan hinterlässt unbeschreibliches Leid und Verzweiflung.« Ja, und er hinterlässt einen Journalismus, der immer noch keine Worte und keine Bilder gefunden hat, der aber das, was er nicht sagen und nicht zeigen kann, für seine Kunden zum Verkaufsargument veredelt: Mit Pieta und Totenschädel auf dem Strich. Wenn aber einer abgehärteten westlichen Öffentlichkeit nicht mehr anders von Sarajevo berichtet werden kann als mit kulinarischen Schreckensbildern und Phrasen, dann lasse man die Stadt lieber im Stich oder bediene sich gleich des Slogans: »Hinter dieser Zeitung steckt immer ein Totenkopf«.

Rauchende Rackets

Von der privaten Steffi Graf wissen wir nicht viel, und das ist gut so. Denn das wenige, das wir doch erfahren, zeichnet das Bild einer allein stehenden jungen Frau, die eine ungesunde Beziehung zu ihren Spaghetti unterhält und deren berufsbedingte Transpirationsenergie nach einem Deodorant verlangt, mit dem man das Mururoa-Atoll sprengen könnte.

Außerdem aber setzt sich Steffi Graf für die Arterhaltung des Opel Calibra und »unter der Schirmherrschaft von Dr. Helmut Kohl« für »ein Leben ohne Drogen« ein. Marihuana ist eine solche Droge, und ihr Genuss ist legal. Steffi Graf und Dr. Kohl haben also eine genaue Vorstellung von einem Leben, das noch legaler ist als legal, und auch wenn sie beide nicht im Verdacht stehen, selbst vom grünen Grase je probiert zu haben, formieren sie sich doch gerne zur Koalition der Rauschmittelexperten. Solche Experten treiben junge Menschen dem Haschisch in die Arme!

Für ihren ganz persönlichen Legalitätsrausch aber hat Steffi Graf eine ganz persönliche Begründung: »Jede Droge ist ein Schlag gegen dich selbst.« Das glaubt man ihr, denn mit Schlägen kennt sie sich aus, und es ist ja auch wahr: wer einen Longline gegen sich selbst schlagen kann, der muss ja so was von bekifft sein, dass ihm der Return im Schlagarm verkümmert.

Den zweiten Satz ihrer Botschaft hat Steffi Graf ihrer Schwester in Nüchternheit Nancy Reagan zu verdanken: »Sag nein zu Drogen«. Dieser Satz aber wurde im Rexona-Rausch empfangen, gemeint war ursprünglich »Sag nein zu Steuern«, denn »jede Steuer ist ein Schlag gegen dich selbst«. Auch wahr.

Da sich im Zuge der Ermittlungen aber herausstellte, dass Menschen, die solche Aufforderungen herstellen oder in Umlauf bringen, zunächst mit Werbegeld-Verlusten nicht unter vielen Millionen Mark bestraft werden, könnte es dazu kommen, dass Steffi Graf unter der Schirmherrschaft von Dr. Helmut Kohl bald nicht einmal mehr vor den Schlägen der Drogen warnen darf, sich doch noch vom Tennis zurückzieht, ganz den Nudeln hingibt und endlich herausfindet, dass ein unsicherer Mensch, der bekennt, dass ein Körperdeo ihm »24 Stunden Sicherheit« gibt, längst in jenem Zustand lebt, für den der Kiffer mindestens zehn Inhalationen oder einen Schlag gegen sich selbst braucht.

Der gute Hirte

Michel Foucault sprach von der Herrschaft als von einem »Pastorat«, in dem das Oberhaupt wie ein guter Hirte über die Seinen wacht, auch wenn sie schlafen, und sogar wenn sie in ihrem Schlaf Feuer fangen sollten.

Roman Herzog schien diese Hirten-Position lange vakant zu lassen und den Staat eher zu kommentieren als ihn zu repräsentieren. Jetzt aber hat er mit einem rhetorischen Wurf sein Pastorat in beide Hände genommen und zum Lübecker Brand die Aussage getroffen, sollte dieser Brand auf ein fremdenfeindliches Attentat zurückzuführen sein, dann sei seine, des Präsidenten, Geduld erschöpft.

An diesem Satz ist vieles, aber nichts so bemerkenswert wie die starke, durchwegs zustimmende Reaktion, die er auslöste. »Ich verliere die Geduld«, sagt der Lehrer, wenn der Schüler dreimal ohne Hausaufgaben zum Unterricht erschienen ist, sagt die Lehrerin, der gleich die Hand ausrutschen wird. Es handelt sich um einen Satz für Bagatelldelikte, formuliert von Menschen mit der Lizenz zu strafen.

Rassistische Attentate sind keine Bagatelldelikte, und der Bundespräsident besitzt laut Verfassung nicht nur keine Lizenz zu strafen, er ist sogar von allen direkten Maßgaben politischer Einflussnahme abgeschnitten. Herzog hat sich also mit einer autoritären Geste eine Macht zugeschrieben, die er de iure nicht hat, und darüber hinaus nahe gelegt, allen vorangegangenen rechtsextremen Attentaten mit der Toleranz des Hausvaters zugesehen zu haben.

Rechtsradikale Attentate kosteten in Deutschland weit mehr Todesopfer als die RAF in ihrer ganzen Geschichte. »Geduld« ist mit schuld an dieser Situation und an der Liebe des Volkes zu jener starken Geste, mit der jemand die politische Zuständigkeit an sich zieht, der nur für Geduld zuständig ist. Entsprechend verlängerte denn auch Herzog seine Gebärde, rief zum Schutz der »inneren Sicherheit« auf und damit den Hirtenhund, Minister Kanther auf den Plan – auch ein Ungeduldiger, allerdings ohne Fahndungserfolge im rechten Milieu.

Helmut Kohl sagte einmal, Ex-Jugoslawien zu helfen, »das ist eine moralische und eine tatsächliche Pflicht«. Wieder hat niemand gelacht. Aber heute wissen wir wenigstens: Ausländische Mitbürger zu schützen, ist offenbar nur eine moralische, keine tatsächliche Pflicht.

Der Kanzlerdarsteller

Heinz Klaus Mertes – Sie wissen schon, der Denunzio der Stolpe-Forschung, der jetzt bei SAT 1 die Einfaltsquote im Ressort Politik verwaltet – Heinz Klaus Mertes hat neulich etwas Revolutionäres schriftlich in Umlauf gebracht. Er hat formuliert, das Schielen auf Quoten dürfe beim Programm-Machen nicht ein und alles sein. Damit wurde nicht die 33-teilige Verfilmung des »Kapital« angekündigt, sondern das Desinteresse des Publikums an Dr. Kohls SAT-1-Sprechstunde abgestraft.

Also: mehr Kohl kommt auf uns zu. In einer Fernsehdemokratie, muss sich Mertes gesagt haben, fährt der Kanzler die besten

Quoten ein. Fehlschluss. Mag Kohls historische Bedeutung noch so gravierend sein, seine Attraktivität als Werbeträger liegt kaum über der von Hoss Cawtright. Folglich kriegen wir Kohl nun als Teil eines Verlustgeschäfts, das sich der Sender im Interesse der Volksbildung leistet. Aber was lernen wir aus Kohl?

Ungeübt im Umgang mit dem Fernsehen, präsentiert er sich in der linkischen Form des Saalkandidaten, der aus dem Stegreif etwas Telegenes aus sich machen muss, lieber aber nur sein Zuhause grüßen würde.

Gleichzeitig weiß Kohl, dass er im Fernsehen nicht Kanzler ist, sondern Kanzlerdarsteller, also spielt er sich redlich durch jenes Spektrum von Eigenschaften, das ein Pubertierender mit der Würde Bismarcks verbindet. Da er aber nicht spielen kann, ist er nicht abgeklärt, er sagt es nur, ist nicht gelassen, sagt es nur, ist nicht unberührt, sondern sagt es.

An jeder dieser selbst gewählten Facetten hängt ein Preisschild dran, auf dem sich der Kanzler selbst beschreibt, flankiert von einer Mimik, die das Gesicht beherrscht, so weit die Nerven tragen. Die Beobachtung dieses Schauspiels hat mich süchtig gemacht. Es bildet die reinste Umsetzung des Brecht'schen Verfremdungseffekts im deutschen Fernsehen und unterhält besser als der Gottschalk der reifsten Periode: das Phantom einer Macht, die nur abwesend gegenwärtig ist und sich im Fernsehen als die Kraft entpuppt, alles unwahr zu machen – die Macht im Zauber der Schmiere.

Das große Moderatorensterben

Es hätte ein ganz normaler Donnerstag werden können. Doch alles kam anders. Harry Wijnvoord (»Der Preis ist heiß«) hatte sich an einer reißfesten Gardisette-Gardine für 44-fuffzig aufgeknüpft und konnte von Ilona, die auf ein Tässchen Ariel vorbeigekommen war, gerade noch abgeschnitten werden. Werner Schulze-Erdel (»Familienduell«) gestand acht Bottropper Reihenhäuslern die Sinnlosigkeit seiner Existenz und starb den Gnadentod in der Studio-Deko, Maren Gilzer (»Unglücksrad«) schließlich löste ein großes A aus der Buchstabenwand und erschlug sich selbst.

Der Grund: »Nase voll von Gaga-TV« hatte der »Stern« seine große »Forsa«-Umfrage betitelt, und während mancher noch klugerweise fand, es müsse »Nase vorn mit Gaga-TV« heißen, studierten die Kollegen die Hochrechnungen und gingen, sich in den Kulissen aufzuknüpfen.

Weh! Der Zuschauer hat gesprochen. Er will weniger Gewalt, weniger Gameshows und Serien, weniger Krimis, seriösere Nachrichten, mehr Tierfilme-süüüß und weniger Werbung. Mit einem Wort: Er will ›Artes‹ Marktführerschaft, und das auf allen Kanälen. Und wer sieht nun den ganzen Serien- und Gameshow-Schrott? Wer treibt die Einschaltquoten der »guten« wie der »schlechten Zeiten« in die Höhe? Offenbar nicht der Zuschauer, den der »Stern« befragt hat, und den er nicht hätte zu befragen brauchen, denn was das Magazin nicht weiß: seine »Forsa«-Umfrage wird täglich durchgeführt. Mit seiner Fernbedienung sagt der Zuschauer: mehr Serien, mehr Gameshows und Verrecke Arte! Seine Erfolgsorientierung macht das Programm der Privaten zum treuen Spiegel der Publikumswünsche.

Der »Stern« will ein besseres Fernsehen? Dann hätte er seinen Befragten die Kategorie »Dokumentation« oder »Dokumentarfilm« wenigstens anbieten sollen, und künftig könnte er in seiner Fernsehkritik darauf verzichten, erst die Quote einer Sendung abzulesen, um dann nach ihr sein Urteil auszurichten. Mit einem Wort: er könnte auch die weniger gagaisierte TV-Geschichte im eigenen Blatt berücksichtigen.

Warum er das nicht tut? Weil sich auch der »Stern« mit den Publikumslieblingen aus »Gaga-TV« besser verkauft als ohne. Und weil das so ist, deshalb schnäuzt man sich in eine Umfrage, damit alle denken, man hätte »die Nase voll von Gaga-TV«. Erstens wird diese Nase nie voll und zweitens lebt man von ihr.

Die Dämonen der Idylle

Diese privaten Fotos haben Sie noch nie gesehen! Beim Zähneputzen, beim Rudern im Trachtenanzug, im Kornfeld. Ja, Stefanie Hertel denkt immerzu an Stefan Mross, ihre erste große Liebe.

Er singt. Sie singt. Das Leben ist ein C-Dur-Dreiklang.

Vreni und Rudi drücken wieder die Schulbank, die Zillertaler Schürzenjäger haben Heimweh, auch Judith und Mel zeigen die schönsten Bilder aus ihrem privaten Fotoalbum. Selbst um ›Rößl‹-Wirtin Waltraud Haas ist es nie ganz still geworden, und Cindy und Bert geben bekannt: Unsere Wunden sind verheilt! Wir haben Fehler gemacht! Wir freuen uns auf einen Neubeginn!

Worauf freut sich Gottfried Würcher vom Nockalm Quintett: »Auf mein Essen«. Was ist das Lieblingslied von Ex-Nabtal-Duo-Interpret Willi Seitz? »Aber nicht mit meiner Frau«. Mit wem kuschelt Patrick Lindner? Mit seinem Westhighland-Terrier namens Amadeus. Wie will Hitparadensiegerin Mara Kayser den Sommer verlängern? Mit roten Farben. Und mit Ernst Mosch. Im Herzen jung. Im Herzen lustig. Von Herzen in Ihrem Magazin »Die lustigen Musikanten«.

Doch, die Welt ist schön, wenn sie von den »lustigen Musikanten« betrachtet wird, und schlicht ist sie auch, doch ihre Schlichtheit ist die von Furnier auf Folie, und ihre Schönheit ist die einer Manie, frisch ausgelebt und ganz privat. Denn das Gute und Gemütliche, sie drücken all diese Musikanten-Gestalten fest in ihre Lebensräume, und all das Private zuckt wie unter einer Zwangsvorstellung zusammen.

Das Gute ist nicht gut und das Gemütliche nicht gemütlich, aber es ist das Ambiente für den Artenschutz der Einfalt, und hochprofessionell in der Entfaltung der Einfalt muss sein, wer das Gesamtkunstwerk seiner eigenen Person musikalisch, textlich und in der Darstellung des Privaten auf die Bekämpfung alles Dissonanten abrichtet. Schließlich geht es ja nicht um die Bewahrung der heilen, sondern um den Schutz vor der realen Welt. Also vor Fremdwörtern, Steuererklärungen, Multipler Sklerose, Camilla Parker-Bowles und Anthropologie.

Man hat beobachtet, dass sich unmittelbar vor Ausbruch einer Katastrophe das Tierverhalten ändert: Der Vogel kann sein Nest nicht finden, der Fuchs verfehlt seinen Bau. Volksmusik ist ein vernünftiges Verhalten dieser Art. Sie hat etwas von organisierter Katastrophenpanik, ja, vermutlich gibt es keine zweite Kulturäußerung, die ähnlich vom Weltuntergang geleitet wird. Er ist es, den sie sich schön singt, der apokalyptische Verfall des Fühlens und der Sitten ist es, den sie verdrängt, und deshalb ist sie Ausdruck ohne Mitteilung.

»Sie sehen diese verstreuten Häuser«, sagt Sherlock Holmes einmal zu Doktor Watson, als sie mit der Eisenbahn durch eine ländliche Idylle reisen, »und sind von ihrer Schönheit beeindruckt. Ich schaue sie mir an, und das Einzige, das mich beherrscht, ist die Empfindung ihrer Abgeschiedenheit und der Gedanke an die Ungestraftheit, mit der hier ein Verbrechen begangen werden kann.« Ja. Die Schönheit der Volksmusik, das ist ihre Konträrfaszination, das ist das Erhabene ihres Drecks, das ist das Laster in ihren Augen, die Katastrophe unter ihren Füßen, der Horror vacui ihrer Welt.

Habemus papam

34 | In Deutschland erkennt man das Desinteresse an allem, was Politik ist, nicht zuletzt am Interesse dem gegenüber, was wie Politik scheint.

Die Wahl des Bundespräsidenten ist keine Politik, aber weil sie sich leicht dazu stilisieren lässt, hält sie das Land stets monatelang in Bann mit den Viten sensibler Kandidaten, samt dekorativer Ehefrauen und patriotischer Wallungen. Man nennt dies eine ›Kandidatenkür‹ (Listen up, Tonya Harding!), obwohl man es besser als Synchronschwimmen für Herren bezeichnen sollte – so schwer ist es abzuweichen, so leicht unterzugehen.

Obwohl es sich also nicht eigentlich um eine Wahl handelt, sondern recht eigentlich um eine Farce, nämlich darum, dass die stärkste Fraktion ihren Kandidaten wie gewohnt bloß inthronisiert, wird mit höherer Zahlenrabulistik ein Moment von Suspense und letzter Unwägbarkeit erzeugt. Dadurch soll den im Grunde unbeteiligt Zusehenden ein Showdown zur Stunde der Entscheidung suggeriert werden. Die Entscheidung aber ist keine wirkliche, nur just another day in Bundestag.

Aber wäre uns der Präsident ohne Gegenkandidaten, ohne ›Wahl‹, ohne demokratischen Budenzauber, ohne diese ganze High-Noon-Klimax noch so wichtig? Nein, die Präsidentenwahl ist keine echte Wahl, sie heißt nur so, und ebenso wenig ist sie Politik, denn laut Verfassung hält sich der höchste Würdenträger raus, er repräsentiert, das heißt, er verdrängt und trägt fortan nur noch an seiner guten Figur. Wollte er wirklich einmal Politik machen, eingreifen, umgestalten, verändern, man würde ihm schnell genug zu verstehen geben, er sei ungeeignet für sein Amt.

In Wahrheit ist der Präsident des Staates erstes Fotomodell. Er repräsentiert das Land in aller Welt durch telegene Wirklichkeitsberührungen und rhetorische Figuren, die die Erde aus göttlichem Blickwinkel sehen – aber nur bei Bodennebel. Kein Elend, zu dessen Betrachtung er herbeifliegt, ist noch elend, wenn es mit ihm fotografiert wird, kein Unheil noch drückend, wenn erst mal ein Toast über ihm ausgebracht wurde.

Deshalb heißt es von einem guten Präsidenten zu Recht, mit ihm stehen wir gut im Ausland da: Die lässt er ungeschoren und uns nehmen sie nicht für das, was wir sind. Man kann das mögen, und Repräsentieren ist sicherlich ein schönes Hobby. Wenn aber Politik die Gestaltung des sozialen Lebens bedeutet, dann fängt sie eigentlich immer erst an, sobald die Wahl des ersten Mannes im Staat vorüber ist.

Generation Ungelöst

Der altmodische Jugendliche trug zu langen Haaren einen Parka, rauchte Mary Jane, lebte in Rebellion gegen Staat, Arbeit und Hygiene und löste Angst aus. Der neumodische Jugendliche trägt einen Nasenring zur Tätowierung, schmeißt Smart Drugs, lebt in Rebellion gegen Langeweile und löst Mitgefühl aus.

So etwa sehen die Generationen auf dem Objektträger ihrer Erforscher aus, die wiederum aus der Mutterlauge der Popper, No-Future-Kinder oder Baby Boomers in die Redaktionen aufgestiegen sind, um schreibend der guten alten Spaßoffensive nachzuhängen, die täglich irgendwie an ihnen vorbeigeht.

Der jüngste Schwung der Saisonkinder trägt das Label »Generation X«. Das ist so alt wie der Fransenlook und geht statt auf Douglas Coupland eher auf die Fotografin Gisèle Freund zurück und ihre Fotoreportage über die rebellische Nachkriegsjugend, erschienen unter dem Titel »Generation X«.

Damals hatte man ein Bild von der Jugend, das durch die Nouvelle Vague, die Carnaby-Street-Floosies, selbst durch Antonioni und Oshima konturiert wurde. An jener »Generation X«, die heute im Kino zu sehen sein soll, ist dagegen Jugend das Unauffälligste. Ihre Filme kommen als aktualisierte Historienschinken zur Welt und spiegeln statt der Jugend den dreißigjährigen Lebensherbst ihrer Macher und den zähen, kompromissfreudigen Weg bis zur Einnahme der Produktionsmittel.

Die Kindergreise aus »Reality Bites« und »Shopping« gehören eher zu Mama Walsh aus »Beverly Hills 90201« als zu Madonna. Winona Rider, Sadie Frost und Shannen Doherty sind so genannte »Stars« nicht dank, sondern trotz ihrer filmischen Arbeit. Auf Fotos schießt sich die erste mit zwei (Stinke-?)Fingern in den Mund (Glückauf, Curt Kobain!), die zweite räkelt sich in schwarzem Leder (Abgang, Julie Burchill!), die dritte sitzt nackt im Spielgeld (Farewell, Material Girl!). So weit, so eigen.

Erst die Lügen ihres filmischen Habitats aber machen sie zu wahren Artgenossinnen: Das Medium, das ihnen Bekanntheit verlieh, hat ihnen Ausdruck und Wirklichkeit verweigert. Deshalb ist das Beste und das Traurigste, das man über die »Generation X« sagen kann, nicht, dass es sie nicht gibt, sondern dass sie darüber hinaus auch noch sprachlos und unsichtbar ist.

Talk and Go

Wenn dereinst die Kulturgeschichte dieser Jahrhundertwende verfasst wird, dann muss ein futuristischer Dialektiker der alten Schule auftreten und sagen, die Menschheit habe sich zur Abschaffung des Menschen eben jenes Mediums bedient, das einmal zur Selbstreflexion des Menschlichen angetreten sei: des Fernsehens.

Der Forscher wird Kulturpessimist sein, sagen, man habe eine Chance vertan, und belegen, dass etwa Gesprächssendungen genau zu dem Zeitpunkt den Höhepunkt ihrer Popularität erreichten, als die Gesellschaft des Gesprächs insgesamt überdrüssig war. Es gab hier, wird er ermitteln, weder Sprecher noch Adressaten, eher ein kollektives Meinen und Bekennen, das elektronisch verstärkt in die mit Elektrosmog gesättigten und verödeten Wohnzimmer eingespeist wurde. Die Menschen dort waren längst gestorben, aus der Talkrhythmus-Maschine Fernsehen aber erklang immer noch der Sinuston des Palavers über jene Menschheitsfragen, die länger leben werden als die Menschheit selbst.

Alle hier auftretenden Personen, so wird der Forscher herausfinden, empfanden den Verlust ihrer eigenen Persönlichkeit nur noch als einen Phantomschmerz, der sie von Ferne an ihre verblichene ›Individualität‹ erinnerte. Die Leistung des Fernsehens bei der Einebnung von Charakteren ist magisch. Es macht Ernst mit der Überzeugung primigener Stämme und löscht mit jedem Auftritt Persönlichkeit aus, denn dies ist die kleinste Münze der Unterhaltung: Menschen reduzieren, in Nachthemden stecken, ins Scheißhaus sperren, hüpfen, greinen, grinsen lassen. Daran vergnügen sich die Betrachter. Schließlich macht jeder solche Akt aus dem Individuum »eine(n) von uns«, ein serientaugliches Talk- und Showvictim ohne Anspruch auf Besonderung.

Die Bereitschaft zur eigenen Infantilisierung, so der Forscher, wurde dabei rätselhafterweise nicht als obszön, sondern als Selbstironie noch dann verstanden, wenn kein Selbst mehr existierte, das ironiefähig gewesen wäre. Nach und nach wurden so Menschen aus dem Fundus der überlebensgroßen Figuren in der Fernsehunterhaltung verklappt, damit sie in einem sadistischen Akt der Erniedrigung das Geheimnis ihrer Persönlichkeit aushauchten und verrieten. Die Show, so wird der Forscher folgern, vollendete so das Weltbild des Drills.

Mach ihn platt!

 Würden Sie jetzt lieber ein Bundesligator, einen Tennis-Matchball, einen Weltrekordversuch im Stabhochsprung sehen oder diese Glosse lesen? – Eben. Offensichtlich ist die Kultur nicht zu retten, aber die Körperkultur. Früher blickte man von Seiten der ernsten Künste missgünstig auf den Sport und seinen ungeschliffenen Enthusiasmus. Heute, da sein Wallungswert unbestritten über dem des ›2. Faust‹ liegt und er auch richtig in der Zeitung vor dem Feuilleton abgehandelt wird, wäre es altväterisch abzustreiten, dass man ihm Stunden von unbeschwertem und ungezügeltem Patriotismus verdankt und daneben beispielsweise auch das gedankliche Muster der Tabelle, des Rekords, des Punkt- oder K.o.-Siegs – lauter Dinge, die sich ja in der Welt des Geistes bewährt haben.

Die wichtigste Komponente aber bleibt dabei außer Acht. Während das, was die Zeitungen ›klassischen Kunstgenuss‹ nennen, nicht selten auf recht unzarte Handgreiflichkeiten und sittliche Fouls zurückgeht, verlangt die entsprechende Konditionierung als Empfangsbestätigung höflichen Applaus, moderates ›Bravo‹ und ein schmallippig herausgesäuertes Kritikerwort. Dagegen fliegt bei sportlichen Veranstaltungen schon mal ein Fernseher durch das Fenster, ein paar Anhänger der Gegner lassen ihr Leben, und der Rest der Menge liegt sich grölend und delirierend in den Armen. Wer zum Torschuss nicht pünktlich in katatonische Raserei verfällt, ist der Menge genauso suspekt wie wer im Tristan-Akkord nicht die höchste Sublimierung des eigenen Begehrens erfährt. ›Boris Jaaaaaa‹ gilt als durchschnittlich aufgeklärte abendländische Schlagzeile, während ›Wagner geillll!‹ zu Unrecht als nichtadäquater Bayreuth-Kommentar angesehen würde. Kurz: man hat das Gefühl, der Sport ist im Grunde ernster als die ernste Kultur, es geht um mehr, nicht nur weil es manchmal ums Leben geht. Was aber ist so ernst, dass man sich das Überleben der ernsten

Kultur nur noch als eine Befruchtung durch den Sport vorstellen kann?

Im Fernsehen konkurrieren auch die Kulturgattungen im sportlichen Wettbewerb um die heftigste Erregung. Als Erregungsmassiv nämlich ist der Sport fast ohne Konkurrenz. Dabei verdankt er seine Popularität – ähnlich wie alle anderen Kulturtätigkeiten – weniger dem Mitmachen als dem Zuschauen, und bei diesem Zuschauen muss es sich, gemessen an der freiwerdenden Aufregung, um etwas ganz Besonderes handeln, etwas, das Menschen spontan offenbar inniger freut als etwa Politik sie empört.

Die Attraktivität des Sports als Objekt des Zuschauens basiert – darin sind sich Wahrnehmungstheoretiker von jeher einig – auf Identifikationen. Längst weiß aber das Fernsehen, dass das simple Auftrumpfen mit Fahne, Hymne und Nation so wenig ausreicht wie die Verschmelzung mit der Person des Sportlers. Es müssen vielmehr verschiedene, selbst widerstreitende Identifikationsprozesse angestrengt und von Bildern gestützt werden.

Da ist zunächst der Körper des Sportlers, ein Bild der Gesundheit, wenn auch tatsächlich geflickt und zerschlissen. In dieser ›Kampfmaschine‹ symbolisieren sich Leistungsfähigkeit, Potenz sowie gebändigte Gewalt in vorbildlicher Weise. Vor allem männliche Sportler erlebt der Zuschauer häufig als den nur aufgeschobenen Eintritt der Katastrophe. (›Du Jeck, saach Aap für misch‹, der Boxer Peter Müller zum Studioreporter, nachdem ihn dieser mit ›Herr Müller‹ angeredet hatte.) Zwar wird der Betrachter, erlebt er den Sportler außer Dienst, meist feststellen, dass es an ihm ›irgendwie zu viel‹ Körper gibt, im Grunde aber hängt er der Idee an, dieser sei urmenschlich und zugleich das letzte Veredelungsprodukt des ›eigentlichen‹ Menschen, etwas, das abwärts zum blassbäuchigen Homo sapiens degeneriert sei. So kommt es, dass Sportler als vervollkommnete Menschen und ebenso als anthropomorphisierte Tiere gelten, außerhalb ihres Einsatzes dagegen eher uninteressant gefunden und vor allem als Anschauungsexemplare für die zoologische Vielfalt des Menschen oberhalb des Pongo Pygmaeus gezeigt und angesehen werden.

Die eine Seite dessen, was der Sportler psychologisch repräsentiert, ist dabei schön und erleichternd. Wer sein Leben mit dem Kampf gegen die Gravitation zubringt, beschneidet es ja zwangsläufig um andere Probleme. Deshalb geht von einem Leistungssportler immer mehr Beruhigung aus als von einem Fernsehkommissar, der auch mal die Zeitung liest oder sich mit seiner Frau streitet. Die andere Seite ist die gefährliche. Schönheit und Kostbarkeit des Sportlerkörpers nämlich sind die Voraussetzung dafür, dass Wettbewerb und Spiel immer noch eine zweite Suspense-Linie erhalten: die drohende Zerstörung des Körpers durch Bruch, Riss, Gehirntrauma oder offene Wunde. Die Arbeit des Fernsehens am Körper des Sportlers ist insofern nur teilweise in Bildern von Muskelbergen oder Zeitlupeneinstellungen rasanter Bewegungen nachvollziehbar. Daneben werden Trainingsberichte gegeben, ärztliche Informationen zitiert, sogar Versicherungssummen genannt – der Wettlauf gegen den Gegner und den Eintritt des Kollaps kann beginnen. Die Präsentation arbeitet an Stärke und Schwäche des Sportlers. Nur in dieser Dualität garantiert er das ganze Soll vorgesehener Unterhaltung.

Unterstellt sei nicht, Fernsehen oder Zuschauer wünschten sich die Zerstörung des Sportlers, sie wünschen jedoch die Bedrohung durch eine noch nicht ausgebrochene, aber vielleicht nur aufgeschobene Katastrophe. An ihre Möglichkeit lässt sich der Zuschauer gern erinnern. Verluste in Mannschaftsspielen rhythmisieren den eintönigen Spielverlauf, und gegen die physische Zernichtung des Gegners ist in der Regel wenig einzuwenden. Die Darstellung des Sports verlangt also nach einer Identifikation mit Partei und Gegenpartei. Es muss deshalb nicht Fairness sein, wenn das Fernsehen den Gegner als fast ebenbürtig herauspräpariert, es folgt den Prinzipien der notwendigen Spannungsbildung, wie sie jeder Spielfilm beachtet.

Michael Rummenigge berichtet in einem Buch, der bayerische Trainer Udo Lattek habe die Mannschaft auf Busfahrten vor ›Entscheidungsspielen‹ mit Video-Ausschnitten aus Gewaltfilmen berieselt, um die ›Killerinstinkte‹ der Spieler zu schärfen. Kriegsmetaphorik und kriegerische Strategie gelten nicht nur sportlichen Gegnern, Fernsehen und Publikum lernen sie auf den Sportler anzuwenden. In jedem Fall sind beide sich einig: der Sportler soll es schwer haben, er soll leiden, er soll fast daran zerbrechen, dass er den Gegner niederringt, dessen Zerstörung umso wertvoller ist, als auch er einen schönen, zerstörbaren Körper hat. Im Sport bündelt sich so viel Kraft, dass man in jedem Augenblick mit ihrem Ausbruch rechnet, als Aggression gegen andere oder als Selbstzerstörung. So soll es sein.

Der Zuschauer muss kein athletisches Training absolvieren, aber sein Zusehen ist gut trainiert. Du sollst nicht töten, heißt das Gebot, aber die Abschwächung lautet: Du sollst zusehen. Der Zuschauer ist unfair, nicht weil er parteiisch wäre, sondern weil er mit dem Körper des Sportlers verfährt, wie es ihm passt und weil er ihn immer in der Situation des Ernstfalls wünscht: Sieg oder Zerstörung. Damit der Sport im Fernsehen ein Maximum an Genussfähigkeit erreicht, muss er folglich so inszeniert werden, dass er der Vorstellung genügt, die sich die Sendeanstalten von der Lüsternheit des Publikums gemacht haben. Es ist schließlich dieselbe, die sie mit Horror und Romanze bedienen. Der Zuschauer will das Leben im Bild gefährlicher, er liebt also auch im Sport erschwerte Bedingungen, unsicheres Terrain, bedenkliche Bodenverhältnisse. Er liebt die kleine Schmiere menschlicher Anekdoten und das Versprechen der Lust. Da nun aber die Gefahren des Sports immer nur durch das Auge des Dritten, das Objektiv, dargestellt werden können, fällt hier die unmittelbare Identifikation mit der Aktion aus. Die ›subjektive‹ Kamera ist unmöglich. Der Zuschauer kann die Gefahr nur schätzen, sie muss also fotogen sein, damit er sie als solche erkennt und anerkennt. So dicht ins

Geschehen hineingezogen, rückt er in die Position eines Rivalen zum Schiedsrichter, und diese Position ist eine mehrfach symbolische. Unter dem Vorwand, der Rechtsprechung durch die Kamera assistieren zu müssen, führt man ihm die brisantesten Situationen – nur Triumphe und Katastrophen – in Zeitlupe wieder und wieder vor. Die Berichterstattung sättigt den Zuschauer, indem sie die Zeit immer an der Stelle umkehrt, an der der Sport seinen Zweck erfüllt. Diese Wiederholung ist nur in der Sportreportage erlaubt. Auf den kommerziellen Spielfilm angewendet, wäre das gleichbedeutend damit, Gewalt- und Sexszenen im ›da capo‹ vorzuführen.

Eine Präsentation, die ganz auf das Betrachten von teilentblößten Körpern in physischer Kraftentfaltung konzentriert ist, macht schließlich das Erotische zum Thema, ob sie will oder nicht. Und sie will. Vor allem die männliche Phantasie spielt mit Disziplinen wie dem Damentennis ein symbolisches Spiel, in dem zwar der sportliche Ablauf noch durchsickert, gleichzeitig aber ein intimerer Wettbewerb um die Frauen angestrengt wird. (Ein Umstand, auf den etwa die RTL-Moderatoren beim Masters-Turnier unverblümt Bezug nahmen.) Der gut trainierte Zuschauer aber ist längst weiter und braucht keine Ermunterung. Die unvermeidlichen Entblößungen werden gesucht, die Posen und Gesichter in ihrer Verwandtschaft zur Pantomime des Liebesakts förmlich isoliert. Vor einiger Zeit gelang einem Fotografen ein Shot, der den frei gewehten Slip Gabriela Sabattinis von vorn zeigte, während ihr Gesicht in prustender Anstrengung dem Ball folgte. Das Foto erschien in zahlreichen Zeitungen und Zeitschriften, mal mit genüsslichem, mal mit pressekritischem Kommentar unterlegt. Ein andermal strengten englische Blätter vor der gebeugten Rückenansicht einer Spielerin die Diskussion darüber an, ob diese unter dem Rock überhaupt bekleidet sei. Die Sportlerin tritt zum Spiel an, und das heißt für den Zuschauer auch: zum Liebesspiel.

Die Ausübung des Sports begünstigt Situationen, in denen zu

sehen ist, was nicht gesehen werden soll, und da der Sportler sein Spiel gegen die Kamera von Anfang an verloren hat – er kann nicht effizient arbeiten und fotogen bleiben –, deckt die Kamera unaufhörlich Intimes und Indezentes auf: einen Gesichtsausdruck, eine Geste, ein Stück Haut, eine Position, einen Ausbruch aus der geschlossenen, aseptischen Bildwelt des Dallas- und Denver-Schönen. Der Serien-Bedienung des Voyeurismus gegenüber wirkt der Sport also oft wie eine Katharsis. Insofern identifiziert sich der Zuschau-er an erster Stelle nicht mit dem Sportler, sondern mit der Kamera, die er zum Sehen immerzu ermuntert: leg ihn frei, zeig was vor, enthülle! Dieser Aufforderung der souveränen Phantasie an den naiven Körper entspricht die parallel verlaufende an den Sportler als Kampfmaschine: gibs ihm, nimm ihn zu Brust, mach ihn platt. So konsequent vermag es nur der Sport, von der Kamera geschickt aufbereitet, eine symbolische Sprache für den Sex zu entwickeln, ohne diesen auszusprechen oder auch nur nennen zu müssen.

So viele Sportarten, so viele Möglichkeiten zugleich, sexuelle Varianten, verdrängte und vermiedene Neigungen in der transformierten Sprache sportlicher Bilder anzuerkennen. Der Mann konfrontiert sich plötzlich mit dem Männerkörper, mit der Eleganz Turm springender Jünglinge, mit der Überlegenheit der Kugelstoßerin oder den kindlichen Umrissen slawischer Bodenturnerinnen. Die Menschenbörse, die der Sport in sich darstellt, bildet er auch für die Phantasie.

Plausiblerweise ist man entsprechend, von der Spielart zur Objektwahl schreitend, zunächst immer Fan einer sportlichen Disziplin, dann der eines Sportlers. Zu den unmittelbar parallel organisierten Elementen in der Darstellung von Sport und Sex gehören also die Entblößung, das Vorzeigen des Indezenten, der nicht-fotogenen Gesichter, der ›Übertretungen‹ in den Ausdrucksgebärden, gehören das Spielerische, die Anstrengung, das Gegenüber, teils Phantom, teils körperlicher Widerpart, teils Aggressionszentrum, gehört die Katharsis des Triumphs, die ja ihrerseits in allen Wettbewerbssportarten mit expressiver Zärtlichkeit gefeiert wird.

Zugleich hat aber der Sport ein weiteres und wichtiges Element mit dem Sex gemeinsam: er ist nicht komisch. Die Lust ist nie komisch, denn im Lachen löst sich die Spannung. Ebenso ernst ist in seiner Spannung der Sport, auch er vergäbe die zentrale, notwendige und aggressive Erregung im Lachen. So initiatorisch das gelegentliche Sportlerlächeln sein mag, annehmbar ist es nur, so lange es den Ernst der Ausübung nicht infrage stellt. (Während der letzten Winterolympiade hat man dem britischen Skispringer Eddie ›The Eagle‹ die Starterlaubnis u. a. entziehen wollen, weil er es an gebotenem Ernst fehlen lasse.) Voneinander infiziert sind das Erotische und der Sport schließlich in jener Idee von Ökonomie und Verschwendung, die (im Sport) in der Erfüllung der Spielregel festgelegt ist.

Zunächst ist dieser in seiner Orientierung an Rekord oder Sieg eine ständige Übertreibung. Er erkennt im Resultat nur ein digitales System an: es geschafft oder es nicht geschafft zu haben. Es zu schaffen ist der ›Sinn des Spiels‹, die Regeln entsprechen diesem Zweck, werden mit größter Wirksamkeit und Sparsamkeit angewendet und von der Kamera mit entsprechenden Einstellungen begleitet. Gleichzeitig aber ist der Vorgang nicht nur eine einzige Verschwendung – an Kraft wie an Hysterie –, sondern er wählt auch hundert Umwege, wird aufgehalten, verzögert, der Triumph wird durch Einwirkung des Gegners herausgeschoben etc.

Erotisch am Sport ist für den Zuschauer in dieser Hinsicht vor allem die Überlegenheit des Weges über das Resultat. Er will das Ergebnis nicht vorher wissen, er will den Prozess. Er liebt am Sport das Barocke, Umständliche und Umwegige. Der Torstand allein sagt ihm so wenig wie die Zentimeterangabe, beide verfallen in ihrer Bedeutung rapide. Vielmehr braucht der Zuschauer das Bild, das Gesicht, die Bewegung, die Reaktion des Konkurrenten, die Leidensgrimasse, den Triumph als Folge einer zähen Liebesarbeit am Gegner.

Das Fernsehen inszeniert diesen Ablauf als Menage à trois zwischen den sportlichen Gegnern und dem Zuschauer. Nur weil der Zuschauer in diesem Liebesakt als Einziger etwas von der Liebe hat, sich gleichzeitig aber schon auf einem Gebiet befindet, wo Kraftentfaltung Sprache ist, beantwortet er den sportlichen Interruptus mit Jähzorn, Aufruhr, Empörung, Gewalt, den Sieg mit Kraftmeierei, Imponiergehabe, phallischem Drohen. Es geht ihm wirklich um das Wichtigste, wenn auch nicht wirklich, sondern nur im Sinne einer spielerischen Erinnerung an den Ernstfall Sex. Als Spiel aber ist dieser Ernstfall unter Umständen noch ernster.

?!

Johann Wolfgang von Joop hat nachgedacht. In Millionen von doppelseitigen Anzeigen, die auch Klein- und Schulkindern zugänglich sind, baden wir es aus. Joop hat sich geoutet und eine ganzganz rare Anomalie eingestanden, es musste einfach raus: »Ich liebe Frage-Zeichen und Ausrufe-Zeichen. Beides setzt Denken voraus.«

Was mich persönlich angeht, so liebe ich außer Knaben und Kaiserschmarrn noch den Bindestrich, denn er setzt Trennendes voraus, von dem ja Richard von Weizsäcker sagt: »In der Musik wird Trennendes überwunden.« Auch in Jeans, möchte man anfügen.

Der Binde-Strich bei Joop ist eine Art Wiege-Schritt der Sprache, er heideggert so schlicht durchs Textil wie das Denken des Meisters durchs Dickicht der Zeichensetzung, und die einfachsten Dinge werden uns plötzlich merk-würdig.

Außer dem Bindestrich liebe ich noch leidenschaftlich die

deutsche Sprache, denn ihre Beherrschung setzt Denken voraus. Ist das Sprachzentrum allerdings stonewashed, wird Denken zu
 einer blödsinnigen Arbeit. »Frage-Zeichen und Ausrufe-Zeichen« – Jeans haben zwei Beine – also: »Beides setzt …« Joop ist so einzigartig, dass er den Plural selbst da nicht braucht, wo die Grammatik ihn braucht. Doch wer mit der Sprache spielt, wird darin umkommen, und wenn nicht er, so der Gedanke, falls einer anwesend war.

Was also, fragen die Studienräte, will uns der Schneider damit sagen? Hä? ist Ausdruck zerebraler Hochleistung? Kotz! Würg? setzt Denken voraus? Ist was dran, nämlich ein Haufen Quatsch, und wer denkt an den Abgrund im Semikolon, wer an die Metaphysik der eckigen Klammer?

Was Joop sagen will, ist: Keiner versteht mich, deshalb habe ich im Jenseits zur Hose noch eine Filiale für Sprachphilosophie eröffnet, wo ich mit der Schere am Sprachleib operiere. Anders gesagt: Ich stell zwar nur Tinneff her, aber denken kann ich auch nicht, deshalb liebe ich es ja so. Ich selbst bin Satzzeichen gegenüber eher frigide, aber ich liebe Jo-Op und Co-Op. Beides setzt Knete voraus, doch wo der Mann so unsicher spricht, heißt er überhaupt Joop? Oder Jupp? Keinen Dunst! Beides setzt Denken voraus.

Auf ein Altes

Das Erste, das wir am neuen Jahr bemerken werden, ist, dass es nicht neu ist. Neu wäre allenfalls, würde zum Auftakt des Wahljahrs auch vom Fernsehen das Ideal des dummen Volkes proklamiert. Doch, das ist ein Ideal. Denn nur das schlechte Fernsehprogramm ist ein gut verkäufliches, also gutes Fernsehprogramm, und wer es trotzdem schlecht findet, ist ein Massenverächter, Menschenverächter, Intellektueller.

Neu kommt dazu passend der Typus des Menschen, der als ernsthafter Journalist begonnen hat, und nun kommerzielle Sendungen behandelt, als seien sie einem moralischen ›Auftrag‹ entsprungen. Der beste Absatz ersetzt die beste Absicht. Das wahre Anliegen aber besteht in dem Wunsch, das inferiore Fernsehvolk möge dem Macher seine Überlegenheit finanzieren.

Neu ist das Selbstbewusstsein von Verkäufern, die ihren Talmi ans Volk bringen und nicht nur glänzend verkaufen, sondern auch noch gelobt werden wollen, was wiederum dem Zuschauer erscheinen muss wie der Vertreter, der ihn erst über den Tisch zieht und diese Leistung dann nochmal separat berechnet.

Nicht neu, aber am Ende einer Versuchsreihe mit ›Niveau‹-Sendern und ›Niveau‹-Programmen belegbar, ist die tröstliche Erkenntnis, dass das Publikum exakt so dumm ist wie die Macher es haben wollen. Wer also nicht ohnehin das Fernsehen als Medium der ungebildeten Stände begreift, beschwere sich über ein schlechtes Programm nur, wenn er es mit den besseren je versucht hat.

Neu ist deshalb die einzig tragfähige Schlussfolgerung aus allen ernsthafteren Fernsehversuchen: Die Popularität einer Sendung hängt nicht davon ab, dass sie gefällt, sondern dass sie erregt. Da aber Abscheu in der Regel eine stärkere Bindung erzeugt als wohlwollende Zustimmung, sind die populärsten Sendungen solche, die dem Publikum entsetzlich vorkommen – vielleicht, weil es sich selbst in ihrem Angesicht so viel anspruchsvoller findet als das Programm. Es ist also nicht Masochismus, der das Publikum wie die Macher vor Programme zwingt, die beiden zu doof sind, es ist der kollektive Minderwertigkeitskomplex. Er wird helfen, auch das neueste Fernsehprogramm als Katalysator unseres Widerwillens zu perfektionieren.

Eine Frage der Knete

 Alle Ereignisse der Welt werden größer, wenn RTL die Rechte an ihnen hat. Dann werden selbst die Hauptnachrichten zur Programm-Promotion, und ein Abreißkalender, der die Tage bis zum Abend des nächsten Henry-Maske-Kampfes runterzählt, präpariert uns für ein Ereignis, das eine »Frage der Ehre« sein sollte und fraglos eine Schande war.

Zuerst also wurde die presserechtlich verankerte Scheidung zwischen Journalismus und (Eigen-)Werbung geschleift. Dann haben wir die Trainer, die Manager, die Ehefrauen, die Auftrittshymnen, Maskes Mantel, Maskes Mahlzeiten, Maskes Shampoo kennen gelernt und hätten auch vor seinem Stuhlgang nicht Halt gemacht. Wir haben uns durch eine Laser-Show gearbeitet und uns zuletzt sogar zur Nationalhymne erhoben, die hier endlich mal zum Auftakt einer Dauerwerbesendung erklingen durfte.

Ja, und trotzdem hat uns all das nicht blöd genug gemacht, als dass wir nicht gemerkt hätten, für was hier Boxer und Zuschauer verkauft wurden: eben für blöd. Denn wenn schon vor Stickern, Logos und Bodenapplikationen die Faustkämpfer selbst manchmal nur wie in einem Suchbild identifizierbar waren, so hatte sich der Kampf selbst nur auf ein paar Programminseln mitten in einem Reklame-Vollprogramm retten können. So ärgerlich es war, dies immer wieder zum Boxen unterbrechen zu müssen, so erfreulich war es, dass dafür der Gong nicht immer abgewartet und ein andermal der Kampf schon im Gange war, als die Werbung unterbrochen wurde.

Schön war außerdem, dass Maske ja auch in der Werbung immer wieder freundlich herantrat, um sich vor unseren Augen den Skalp zu massieren, und am schönsten war, dass er beim Niederschlag stilgerecht neben dem Logo von »Tango« zu liegen kam, was der Idee des Losers für einen Augenblick eine regelrecht oszillierende Bedeutung verlieh.

Erst wurde Werbung nur als Preis des Vergnügens angesehen, inzwischen ist sie göttlich und darf Vergnügen geben und nehmen, auch wenn sie dabei Sportarten zerstört. Dass alle Bilder des wahren Dramas, der Ringpausen mit ihrer Erschöpfung und Aufmunterung, des frischen Triumphes und der Enttäuschung, fehlen oder nach dem Kampf nachgeliefert werden, beweist: Die das Ereignis verkaufen, wissen nicht, was es ausmacht, nur wie man es kaputtkriegt.

Kein Herz für Klikeh Petra

Die Ruppla GmbH für Pyrotechnik kann einpacken, die LOBO Electronic GmbH für Lasereffekte gleichfalls. Uwe Diedrichsen, Waffenmeister, hat 35 Colts und 45 Gewehre zu verstauen und den Verlust von 50 000 Schuss Munition zu beklagen. Auf dem Karst der Bad Segeberger Freilichtbühne liegt der Schwefeldampf bleischwer.

»Gezählt sind die friedlichen Tage der Prärie«, so hebt die Erzählung an, aber jetzt, zwei Monate später, sind die Tage ausgezählt, und ungezählt jene, in denen die Prärie wieder dem Revival von »Smokie« oder den »Flippers« dienen wird. »Frei nach Karl May« sind hier dreißig Pferde, ein Adler und ein Kakadu feuergetauft und hundertfünfzig Kilogramm Schminke verschmiert worden.

Das »Beil des Krieges« wurde ausgegraben, die »Pfeife des Friedens« geraucht, und als eine Rothaut Sam Hawkins Perücke »Doppelskalp« nannte, musste dem Vater hinter mir die Inkontinenzwindel seines zweijährigen Sohnes angelegt werden, er wollte sich schier nassmachen.

Übrigens hatte er eine Art Kriegsbemalung aufgetragen, die in Brechts Sinne zur Überbrückung der Ferne zwischen Bühne und Proszenium beitrug. Sein Nachbar dagegen, ein Ex-Müsli mit

Open-Air-Erfahrung, trug einen traurigen Sombrero und kuckte ganz wehmütig, als die kleinen Indianerinnen einen Kreistanz mit Bändern so engagiert darboten, als wollten sie vom Platz weg für »Schwanensee« entdeckt werden. Kinder, deren Fontanelle noch kaum geschlossen war, brüteten stumm zu »Spiel mir das Lied vom Tod« und den flankierenden Detonationen, andere flennten bereits bei Erscheinen der Rothäute los. Indianer machen nun mal viel Krach.

Viele junge Menschen aber blickten in Disney-Abstumpfung leider nur so vor sich hin, belächelten selbst den Tod von Klikeh Petra und hätten bloß gern die Patronenhülsen abgestaubt, die sein Leben kosteten.

Beim Rausgehen hörte ich den kriegsbemalten Vater dann sagen: »Vor zwei Jahren habe ich mich mit dem Winnetou unterhalten. Der war ganz normal geblieben.« Sein Sombrero-Nachbar zeigte ihm dafür ein Souvenir: das selbst geschossene Polaroid von Winnetou, fünfzehn Meter hoch auf dem Felsen. Da stand der edle Wilde im Nachthimmel, nicht größer als Zäpfchen. »Er verkörpert den Genozid«, sagte der Open-Air-Profi. Der auf dem Kriegspfad nickte mitschuldig.

Sch Sch

Großes Blaues-Blutvergießen wochenlang: Graf-Steffi geschröpft, Grimaldi-Steffi geschieden; Caroline von Paparazzi am Kopf retuschiert, Camilla von Charles resozialisiert, er sich folglich regeneriert, Fergie abserviert, sonst nichts passiert. Ach, nur Queen Mom hat jetzt schon fünfundneunzig Jahre lang ebenso viele Kilometer Fad Couture angeschmuddelt, doch nie ihren Ruf. Haust denn, wie Anatole France sagt, die Tugend wie der Rabe wirklich nur in Trümmern?

Prinz Edward von Heiratsultimatum schockiert, Fürst Rainier vor seinen Untertanen blamiert, Diana und Fergie am Pool observiert und das ganze TM3 apportiert, Frauchens Sender. Da lagen sie, die Langeweile im Zweiteiler. Nein, wir wollen uns von unseren Kindern später einmal nicht vorhalten lassen, wir hätten von all dem nichts gewusst! Wir leben in Zeiten spätrömischer Ausschweifung und Dekadenz. Gekrönte Häupter werden kahl, Gekrönte Häuser kollabieren, Hochadel und Halbwelt gehen Mesalliancen ein, und Ehen werden nur geschlossen, damit man sie besser brechen kann. Sodom und Gonorrhoe überall.

Doch Mutter Blamage ernährt ihre Kinder. Jede wahre Zeitschrift hält sich jetzt einen Adelsexperten, jedes Boulevardmagazin einen Medizinmann der Hautevolee, und Michael Graeter, der Heinz Sielmann der Hohen Tiere, steht mitten auf der Lichtung großer Parties und muss zusehen, wie seine Günstlinge, all die Faltigen und Fettigen, die arbeitslosen Betitelten und Bedröppelten des Industrie- und Zwergadels, selbst als Royal-Experten auftreten, die die große Leere des königlichen Lebens im Innersten nachbilden und komplettieren. Ach, wo ist jetzt Prinz Alphonso von Hohenlohe, der früher unsere dringendsten Fragen beantwortete: Womit waren die Barhocker auf Onassis' Yacht bespannt? (Antwort: mit den Vorhäuten weißer Wale) Wie klang das Geräusch, mit dem bei Gunther Sachs' Festen Vampire imitiert wurden? (Antwort: »sch sch«)

Heute ist alles psychologisch, also nichtig. Der psychologische König ist selbst nur ein Biedermann, der vor dem eigenen Bild in der »Bunten« kuscht. Diese Glanzbildchen vom Niedergang der hohen Häuser aber enthalten mehr, nämlich den Eros des untergehenden Abendlands. Sie handeln von der Herabsetzung und Zerstörung von Lustobjekten, die im Vorgang der Erniedrigung zum letzten Mal Aroma abgeben – bevor sie sich als unersetzlich erweisen.

Schlachtenbummler

 Je länger der Jugoslawien-Krieg dauert, desto klarer wird die öffentliche Meinung: Ob das alles so richtig ist? So weit, so klar. Normalerweise wird diese Frage vor der Bombardierung gestellt, diesmal aber wurde mehrheitlich erst geschossen, dann gezweifelt und zuletzt dagegen entschieden. Wie sollte man auch wissen, dass es im Krieg zu »unschuldigen Opfern« kommt, dass man am Ende mehr vernichtet, als es Milošević je vermocht hätte, dass also Deutschlands erste Militäraktion für die Menschenrechte mit der Totalzerstörung des Gebietes enden würde, zu dessen Rettung man ausgezogen war?

Und wie davon berichten, in der Abwesenheit der immer gleichen Bilder? Also wird Slobo jeden Tag ein bisschen mehr Saddam, und ohne Auschwitz-Vergleiche könnte mancher Schlachtenbummler die Nato-Angriffe nicht mehr überstehen. Mental. Trotzdem desertieren die Talkshow-Grenadiere, und an den Kriegsshowplätzen sammeln sich vor allem Unverbesserliche mit dem Eisernen Kreuz der Unterhaltung.

Ließ sich anfangs noch jede Sendung zum Erfolg peitschen, indem man den Kosovo auf die Kulisse malte, sind die Falken der Couch jetzt müde: n-tv macht keine Quote mehr, CNN verlor allein Ausrüstung im Wert von einer Million Dollar und macht schon Abstriche an anderen Programmen. Jetzt müssen hübsche Kosovarinnen, schöne Flüchtlingsmädchen mit Kriegstagebüchern und Briefen aus Pristina her, sonst wird der Krieg auch am Kiosk zum Flop.

Da ist es gut, dass endlich der PEN seine von der Welt mit Spannung erwartete »Resolution« vorgelegt hat. Dort stellen die, die nichts zu fordern haben, überraschende Forderungen: »Krieg beenden«, »Frieden schaffen«! Kann Milošević das ignorieren? Hier erfährt er, dass die Zerstörungen »sinnlos« sind und dass die »Eskalationslogik« des Krieges »durchbrochen« werden muss.

Es folgt der Eskalationslogik der PEN-Rhetorik, dass sie fünfzig Tage nach Kriegsausbruch für »diplomatische«, wahlweise auch für »politische Mittel« eintritt, bis dahin könnte man in den Medien ja, so der PEN-Vorsitzende, auf »Unterhaltungssendungen« verzichten – heißt das, auch auf die PEN-Berichterstattung?

»Das Leben ist schön«, wirbt die »Zeit« zur rechten Zeit. Wenn's denn so schön ist, hätte dem PEN nicht einfach ein entschiedenes »Heile, heile Gänschen« reichen können?

Snuff

Vor zwanzig Jahren inspirierte das Sharon Tate/La Bianca-Massaker das Ehepaar Michael und Roberta Findlay zu einem Film namens »Slaughter«. Gedreht wurde aus Kostengründen in Argentinien, die Endfertigung fand in den USA statt, wo der Streifen – anders als noch ihr Film »Satans Bed« mit einer Unbekannten namens Yoko Ono – wegen seiner dürftigen Qualität keinen Eingang in die Kinos fand.

Da der Film auch nach Ansicht seiner Macher »ohne jeden Sinn« war, verfiel der Verleiher Allan Shackleton auf einen Trick und drehte einige Szenen nach, in denen die Filmcrew bei der Arbeit eine Nebenfigur pseudo-authentisch vor der Kamera ermordet. Gestartet wurde der Film dann im »National Theater« am Times Square, versehen mit der Empfehlung: »Das Blutigste, das eine Kamera je festhielt ... gefilmt in Südamerika – wo ein Menschenleben billig ist« und »auf geheimen Wegen in die USA geschmuggelt«.

Der neue Titel des in Deutschland unter »American cannibale« verliehenen Streifens lautete »Snuff« und begründete jene legendäre Gattung blutrünstiger Filme, denen man zuschreibt, sie zeigten reale Morde, für die Menschen in den Dritt-Welt-Ländern ihr Leben lassen müssen. Tatsächlich fehlt bis heute jeder Hinweis auf die Existenz ›echter‹ Snuff-Filme, doch werden sie offenbar vermisst: Von den Demonstranten, die wider besseres Wissen wochenlang gegen den realen Tod im Film auftraten und dem Film sein Publikum sicherten, wie von den Konsumenten als Durchbrechung des beharrlichsten Bilderverbots. Neben dem nicht-simulierten Coitus der Pornographie der nicht-simulierte Tod der Gewaltfilme.

Das Verlangen nach solchen Filmen ist Film geboren. Der fiktive Schwulst stimuliert das Bedürfnis nach dem Urbild der Gewalt. In der realen Hinrichtung erfüllt sich der faszinierte Gaffer, bewaffnet mit Kamera und Messer, den Kindertraum, selbst Subjekt des Films zu sein, doch so souverän zu agieren wie die Kamera. So befriedigt sich an der Vorstellung, man könne mit den Mitteln des Films zum echten Entsetzen vorstoßen, nicht nur die Sehnsucht nach echten Bildern, sondern auch die nach dem echten Gefühl und der vollendeten Abhärtung – analog der Werbung für einen anderen Genrefilm: »Money back if not shocked!«

Vom Testbild zum Reality-TV

Vierzig Jahre nachdem das Fernsehen auf die Welt gekommen war, kam die Welt ins Fernsehen und machte dort Karriere unter dem Künstlernamen ›Reality-TV‹. Danach war nichts mehr wie zuvor. Reporter wurden Helden, Helden wurden Reporter, und alle Menschen wurden Meiser, patrouillierten in den Spannungsgebieten von Bad Driburg und Bebra mit der Super-Acht-Waffe und protokollierten den Thriller ihres Menschseins, mitten in Deutschland.

Der Eiserne Vorhang fiel, zeitgleich fielen die ehernen Grenzen herkömmlicher Genre-Definitionen: die Dokumentation mutierte zum Drama, die Reportage zum Rührstück, das Feature zur Farce und wieder zurück, und selbst die Hochburgen der Unterhaltung blieben von der Leidenschaft des Investigativen nicht länger verschont.

Offenbar betört von der Lebenswahrheit ihrer Darstellung, fragt der findige Reporter Anja Kruse, die delikate Förstersgattin aus ›Forsthaus Falkenau‹: »Könnten Sie auch privat einen Förster lieben?« Die Mimin aber – zwar kurz verführt von dem Gedanken, so echt könne wahrlich die Försterei nur spielen, wer selbst zur Hälfte Försterin sei – bleibt bei der Reality und belehrt den ermittelnden Redakteur: »Solche Förster wie Christian Wolff in ›Forsthaus Falkenau‹ gibt's in Wirklichkeit gar nicht.«

In Wirklichkeit, das Reizwort. Aber ist »Forsthaus Falkenau« wirklich weniger Wirklichkeit als »Spiegel-TV«? Setzt nicht die Analyse der vorhandenen Bedürfnisse nach unkompliziertem reinem, ruralem oder waidweibischem Leben und unverschmuddelten Gefühlen eine ebenso präzise Versenkung in die Wirklichkeit voraus wie des Herrn Aust periskopische Fahrten durch das Hamburger Drogenmilieu? Anders gefragt: Ist der Kitsch etwas anderes als das dialektische Gegenstück zur Reportage, und sind beide nicht förmlich metaphysisch auf die einzige Wirklichkeit gerichtet, die hinter aller Reality existiert: die der Einschaltquote?

Denn was heißt da Wirklichkeit, wenn es doch eigentlich um einen Blend unterschiedlicher Realitäten geht, in dem mal das illusionäre Moment, mal das ernüchternde triumphiert, und wenn die einzige Wirklichkeit, an der sich alle abarbeiten, die sie analysieren, beantworten, bedienen – die der Quote – in ihrer bestimmenden Form nicht Thema werden darf?

Und ist die Quote wiederum etwas anderes als der rechnerische Ausdruck für die Souveränität des Publikums, sich eine Wirklichkeit nach eigenem Geschmack auszusuchen, eine Wirklichkeit unter anderen und keineswegs die wirklichste von allen, die da kommen? Dass diese Wahl allenfalls partiell vom Fernsehen, weitläufig aber immer noch von den äußeren Lebensverhältnissen gesteuert wird, das ist das eigentliche Skandalon der Wirklichkeit, die das Reality-TV umarmen möchte. Die Grenzen seiner Authentizität liegen nicht zuletzt darin, dass die Reality-TV-Macher niemals offenlegen werden, wie sie Wirklichkeit beschneiden, phrasieren und fälschen, damit sie im Sinne des Fernsehrealismus telegen wird.

Dass diesseits davon die Grenzen zwischen Seriensoap und seriösem Soap längst verwischt sind, lässt sich nicht zuletzt am fiktionalen Charakter der Politik ablesen. Nehmen wir Jürgen Möllemann – nach Erscheinung und Auftreten ein Mann von der Anlage des Serienhelden: Wäre nicht auf ihn mit gleicher Berechtigung die Anja-Kruse-Frage anwendbar, »Könnten Sie auch privat einen Wirtschaftsminister darstellen?« Und die ehrliche Antwort müsste ganz ebenso lauten: »Solche Wirtschaftsminister wie Jürgen Möllemann gibt's in Wirklichkeit gar nicht.«

Ohne verlässliche Informanten und ohne Vorwissen bleibt der Zuschauer dem Fernsehbild des Ministers gegenüber in einer Sphäre des Make-Believe, die ihm keine Handhabe lässt zu entscheiden, ob er sich in einem Clip des Reality-TV oder in der Wirklichkeit der Politik befindet, anders gesagt, ob er im Hoheitsbereich der »Tagesschau« wildert oder im Unterholz der Privaten.

Entscheidend an der jüngst aufgeflackerten Diskussion um Reality-TV ist, dass sie nicht fürs Fernsehen nachholt, was die Malerei im 16., die Literatur im 19. und dann noch einmal in den fünfziger Jahren des 20. Jahrhunderts getan haben: nämlich einen dem Medium adäquaten Begriff von Realität und Realismus zu entwickeln. Täte sie das, dann müsste bestimmt werden, was eine Nachricht ist, was ihre Vermittlung verlangt, was sie zur Orientierung in der Gegenwart beiträgt und was sie bewirkt.

Wollte man die Nachrichtenberichterstattung als eine Form von gegenwärtiger Geschichtsschreibung betrachten, müssten Nachrichtensendungen keine Diskussionen darüber verbrämen, wie gut sich die Parteien miteinander verstehen.

Die Realismusdebatte im Fernsehen ist anders entstanden. Was

›Reality-TV‹ heißt, wurde gewissermaßen als Antidotum gegen alle jene Blähungen verabreicht, die der Dauerabusus an Fiktionalität verursacht. Entstanden ist Reality-TV nicht als ein Ringen um mehr Wirklichkeit, sondern als Überdruss am Eingebildeten. Um sich des süßen Schwindels zu entnüchtern, entwickelte man semi-dokumentarische Schwulstformen, die der Choreographie der Heimvideos nachempfunden, aufrichtig bieder und halb geschwindelt waren, nachgestellte Dramen aus dem Leben jenseits des Fernsehens, wo man – quod erat demonstrandum – immer zuerst das Walten von Fernsehgesetzen findet: die Unglücksfälle werden vom Crescendo orchestraler Mitempfindung begleitet, die Helden sind Polizisten und verkleidete Polizisten, die vermittelnden Moderatoren kommen direkt aus der Blaulichtzone ins Bild, als hätten sie dem Herrgott ein paar Minuten gestohlen, dem lüsternen Zuschauer die gute schlechte Botschaft brühwarm zu bringen – lauter Gesetze des Spielfilms, übertragen in den Low-Budget-Bereich des Pseudo-Authentischen und dort formuliert, als schreibe man Nachrichten von unten.

Die Handschrift dieser Darstellungsform ist nicht minder manieristisch als die der Oper. Die schlechtere Bildqualität bürgt für höhere Authentizität: die Kamera wackelt, die Hand des Filmopfers verdeckt das Objektiv, der Lampenschein zittert, der Dialog stottert: das muss das Leben sein. Was ›Reality-TV‹ sein soll, lässt sich folglich weniger trennungsscharf an Themen darstellen als vielmehr an der filmischen Sprache, an Stilelementen und pseudoaufrichtigen Formulierungskünsten.

Als das Leben erstmalig in Deutschland Fernsehregie führte, tat es dies unter dem Pseudonym ›Eduard Zimmermann‹, und es ist kein Zufall, dass heute gerade sein fahnderischer Geist in allen Kanälen laicht und neue Formate an die Oberfläche spült. Als er begann, nach dem Drehbuch des Lebens zu spielen, tat er es für den vermeintlich guten Zweck nicht der Zuschauer-, sondern der Menschenjagd, die er in seinem Standardwerk zur Serie gern

in den Vokabeln der Sauhatz beschrieb: da wurde »das Netz ausgelegt«, der Täter »psychologisch reifgeschossen«, Pannen waren
 »Impfschäden«, und am Ende war »die Falle [...]zugeschnappt«.

Heute darf das nachgestellte Leben auch zu profaneren Zwecken ins Fernsehen, heute ist es der Zuschauer, der ›psychologisch reifgeschossen‹ ›ins Netz‹ einer Wahrheitsfindung geht, die generell keinem Informationsbedürfnis dient, sondern einer sublimen Unterhaltung. Dagegen ist nichts zu sagen, nur bleibt die Bezeichnung ein Ettikettenschwindel, wenn man hinter dem ›Reality-TV‹ mehr Bezug zur Wirklichkeit vermutet als hinter dem Komödiantenstadel.

Tatsächlich gibt es nur einen echten Beitrag des Reality-TV zur Vergewisserung über die Wirklichkeit, und dieser ist unfreiwillig. Je unbeholfener nämlich die falschen Polizisten mit ihren laubgesägten Dialogen den wirklichen Ereignissen hinterherstolpern, desto faszinierter registriert der Zuschauer die Abweichung vom Realen: so redet kein Polizist, so verhält sich kein Opfer, so liegt keine Leiche.

Reality-TV erfüllt seinen Begriff folglich wider Willen: als ein illusionskritisches Medium, in dem der Zuschauer – anders als im amerikanischen Kommerzfilm – unablässig die Reibung zwischen dem Stoff und seiner Inszenierung beobachtet und ständig genötigt wird, einen Wahrheitsanspruch zu demontieren, der so aufdringlich wie unglaubwürdig artikuliert wird.

In Wirklichkeit, ahnt der Zuschauer, gibt es in Deutschland nur ein einziges echtes Reality-TV: das Testbild des Offenen Kanals, die Direktübertragung aus dem Aquarium und als unmittelbare Höherentwicklung hiervon: die Live-Übertragung des Senders TV-Weißblau vom Münchener Oktoberfest. Mehr Wirklichkeit geht wirklich nicht.

Fünf Sätze über den Star

Deutschland hat etwa hundert Stars und etwa tausend Journalisten, die hauptberuflich davon leben, diese auf den Objektträger zu legen, zu kommentieren, zu kritisieren und zyklisch zu demontieren. Der Star ist ein Wirtschaftsfaktor, deshalb muss er sich verarbeiten lassen, muss wie eine Maschine dauernd Geschichten ausspucken und noch im Leerzustand immer etwas »hergeben«.

Die Langeweile, die Stars vermitteln, hängt damit zusammen, dass über sie berichtet wird, auch wenn es nichts zu berichten gibt. Bewegt der Star sich selbst nicht, wird er bewegt. Oft trägt der Star ein diffuses Gesicht zur Schau, ein Gesicht voller Spuren aller Geschichten, die je über ihn veröffentlicht wurden – immer gewärtig, dass man im nächsten Augenblick wieder ein Bild, einen Satz, eine Geschichte, einen Standpunkt von ihm festhalten und davontragen könnte.

Stars sind in der Regel freundlicher als andere Menschen. Sie sind freundlich aus schlechtem Gewissen ihres Ruhmes wegen und weil man erwartet, dass sie eine Art Dankbarkeit zur Schau tragen und weil sie gewohnt sind, für sich zu werben. Sie wissen auch, dass sie menschlicher sein müssen als andere, denn jede Begegnung mit einem Nicht-Star hat für diesen symbolische Bedeutung und wird zum Charakterbild vergrößert: Mein Star, hat der Erfolg dich verändert? Als ob es überhaupt eine Möglichkeit gäbe, vom Erfolg nicht verändert zu werden!

Der Star weiß, dass jede seiner Handlungen schon deshalb Bedeutung hat, weil sie gedeutet wird. Er weiß auch, dass die beste Geschichte über ihn jene ist, die ihn entweder als Privatmenschen entblößt oder ihn erniedrigt. Er ist das wandelnde Gleichnis für Erfolg.

Wer den Star erkennt, hat ihn zwar bereits bestätigt, doch dabei die Hoheit nicht aufgegeben, ihn im nächsten Augenblick zu verwerfen. Insofern ist die Berührung mit der Öffentlichkeit wie eine unfreiwillige Kontrolle der Börsennotierung, und da Öffentlichkeit nun einmal das Element ist, in dem der Star arbeitet, ist jeder bevölkerte Raum sein Arbeitsplatz. Insofern ist der Selbstgenuss des Stars in der Menge vielleicht nichts anderes als die Kompensation der Angst vor der unmittelbar bevorstehenden und irgendwann unausweichlichen Entlassung ins Vergessen.

Das Lächeln der Opfer

Der Verletzte kriecht aus dem Wrack, der Kranke erfährt seinen Befund, der Verlierer nimmt seinen Hut, keiner tut es ohne Lächeln, als sei der Schmerz überlagert vom Glück, dabei angesehen zu werden. Die Opfer lächeln mit diesem schiefen, verrutschten Ausdruck von Tapferkeit, als wollten sie sagen: Macht euch keine Sorgen, wir werden weiterleben und appellieren an eure Mitfreude. Doch während sie selbst lächeln – wie im Vorgriff auf ein Leben, das hinter diesem Lächeln kaum mehr vorstellbar ist und das sie deshalb umso beherzter fortzusetzen entschlossen sind –, ist dem falschen Komplizen Zuschauer die Tatsache ihres Weiterlebens völlig gleichgültig.

Hinter dem Lächeln der Opfer verpuppt sich der Schmerz als der Skandal der Person. Ihre Trauer hat einen Gegenstand, das Lächeln hat keinen, und das Publikum liebt schlechte Nachrichten, aber es honoriert Tapferkeit. So lächeln die Opfer in einer Solidarität mit allen, die ihr Leben noch führen können, als seien die Zuschauer Verbündete und nicht jene Gemeinschaft aus Teilnahmslosen, die das Unglück im Grunde schon weniger ernst nehmen, wenn ihm die Kamera lächelt.

Und auch wenn die Geschichten in den Abendnachrichten aneinandergereiht erzählt werden, lächelt die Sprecherin zum guten Schluss, so als habe sie es nicht ganz ernst gemeint. Denn außer dem Brüten über das Unglück der Erde gibt es noch etwas anderes: Vergessen, und die Brücke zum Vergessen ist das Lächeln. Es breitet sich über die Geschichten vom Leben wie eine eigene Macht, wie ein Terror der Gleichgültigkeit, der in der Leere des Gesichts implodiert.

So gewinnt man den Eindruck, dass die Zerstörungen des Lebens oft nur aufgerufen werden, damit man sie der Vergessenheit übergeben kann, indem man nicht eigentlich sie vermittelt, sondern eine Methode, sie zu entsorgen. Wissen die Opfer inzwischen, dass Radiosprecher lernen, die Nachrichten auf einem Lächeln zu lesen, und dass Opfer im Fernsehen dann gut sind, wenn sie die Indifferenz der Kommentierung schon an sich selbst ausüben, oder hat das Fernsehen die Formen zu trauern so verbildet, dass es authentisch geworden ist, telegen zu trauern?

Worum kämpfen sie denn?

Nun dauert der Krieg in Jugoslawien schon hundert Wochen. Soldaten sind gefallen, Zivilisten gestorben, Erwachsene und Kinder, Städter und Bauern. Den zerfallenen Staat eint die Nation der Opfer. Das Fernsehen hat den Tod begleitet, jede Woche in einem anderen Ambiente. Sie haben ihn aus der Luft beobachtet, in einem Graben, in einer Einkaufsstraße. Mal hat er nur geknattert, mal sind Rauchwolken aufgestiegen, mal ist jemand ungelenk zu Boden gefallen, mal hat er bloß die Hände vors Gesicht geschlagen oder mit glasigen Augen aus dem Lazarettbett durch die Kamera hindurchgesehen: Das ist der Jugoslawien-Krieg! Mögen seine starken Bilder entschuldigen, dass er nun schon so lange dauert und dass seine Politik ermüdet! Die Botschaft dieser Bilder, das sind sie selbst, sie erklären sich, indem sie sagen: Seht her, der Krieg ist kriegerisch. Sie sagen auch: egal, welche Kriege noch kommen, ob unsichtbar wie am Golf oder durchsichtig wie hier, sie werden künftig aus Déjà vus bestehen.

 Nun dauert der Krieg schon hundert Wochen, und immer noch gibt es Fernsehjournalisten, die ihre geladenen Gäste und Korrespondenten burschikos mit der Frage überfallen: Sagen Sie mal, worum kämpfen die eigentlich?

Rassismus ist auch die Entscheidung, die Realität des anderen nicht zur Kenntnis zu nehmen. In dieser Hinsicht hat Ignoranz Züge von sublimem Rassismus. Man muss sich schon anstrengen, diesen Krieg bis heute nicht zu verstehen. Man muss sich abgerichtet haben, um vor jedem Filmschnipsel nicht mehr als ein Pawlow'sches ›schrecklichganzschrecklich‹ herauszubringen. Die Bilder des Krieges erzeugen dabei nur die Illusion von Realismus, sie kaschieren, dass dieser Krieg in wesentlichen Teilen aus nicht erzählten und nicht bebilderbaren Geschichten besteht. Der Krieg hat auch die Informationsbildung kriegerisch gemacht.

Deutschland erlebt hier noch einmal die Genugtuung der eigenen nationalen Einheit gegenüber der Inferiorität des europäischen Hinterhofs, es erlebt vor diesem Szenario auch jene Bewaffnung der Stammtische und des Staates, die Jugoslawien als Vorkriegszeit erfuhr.

Die Haut als Medium

Was ist Aids? Ein demaskiertes Gesicht, in dem sich der Tod durchsetzt. Was ist der Krieg? Ein Genrefoto, das haften bleibt. Unklare Zusammenhänge, diffuse Erklärungen, vage Moral, die Bindungen fallen, die Bilder bleiben übrig. Man konsumiert vom Krieg und von Aids, man senkt das Echolot ›Karposi-Syndrom‹ oder ›Bosnien-Winter‹ tief in die eigene Empfindsamkeit und kann sagen: Tatsächlich, ich bin bewegt. Wovon? Wozu? Aids und

Jugoslawien bewegen nicht mehr als ›Casus‹ und nicht als ›Problema‹, nicht mehr als Politikum und nicht als Tragödie, aber sie bewegen in der neokünstlerischen Verarbeitung zur Benetton-Werbung.

Dass dort die Haut beschriftet und bestempelt zu Markte getragen wird, erregt die Konsumenten stärker als der Sachverhalt, auf den Beschriftung und Bestempelung hinweisen sollen. Wieder treffen die Verstöße des Mediums die Rezipienten empfindlicher als die Verwüstungen in der Wirklichkeit.

Aber was für Verstöße? Benetton wird vorgeworfen, Aids in die Sphäre der Kaufanreize eingeführt, die Sensation der Krankheit zur Ware gemacht zu haben, ja, wie ein Wirtstier in Wollwaren auf der Immunschwäche zu sitzen, um von ihr zu profitieren.

Ist die Nachricht keine Ware? Ist nicht sogar der Protest, der hier vermeldet wird, selbst Ware, der durch seinen Nutzen für das publizistische Organ, seine Verdrängung möglicher anderer Nachrichten das Benetton-Stigma des Verkaufes selber trägt? Und ist Jenny Holzers Blutdruck des »SZ-Magazins« und seine Entblößung der Haut etwas anderes als der alte ästhetische Versuch, das Fleisch zu materialisieren – hier nur altmodisch ›künstlerisch‹ verbrämt durch den Ehrgeiz, dem Resultat auch noch eine Botschaft mitzugeben?

Beide Initiativen schreiben ihre Mitteilungen ins Nackte. Was sie eigentlich vermitteln, das ist: Aidstod und Jugoslawien sind Peep Shows. Sie sind peinlich. Ihre Peinlichkeit resultiert daraus, dass sich die Erregung nicht einstellt, dass der Zuschauer kalt bleibt. Die Leser, die Konsumenten rebellieren gegen die Zumutung, das so scharf sehen zu sollen.

Und Nero vergießt eine Träne.

Ex negativo

 Vor Jahren, als es noch eine ›kritische Öffentlichkeit‹ gab, lag das Monopol der Verneinung bei Intellektuellen, Künstlern, Punkern. Sie sind nicht mehr, und wenn, dann nicht kritisch, und wenn doch, dann unverbindlich. Die Kritik ist eine Sprache des abweichenden Denkens. Sie ist unbezahlbar, denn sie kündigt die Gemeinschaft dessen, der sie übt, mit jenen, die sie vereiteln, und sei es nur, indem sie sich erst spröde stellen und später Revanche üben.

Die Kritik verlässt das Vorgedachte, das macht sie schwerer zugänglich. Konservative Zeiten sind deshalb immer auch geistfeindliche Zeiten, die offen für so kosmetische Tugenden wie Popularität, Verstehbarkeit und Zugänglichkeit plädieren, im Grunde aber die Neutralisierung der abweichenden Meinung im Auge haben. Im pseudosozialen, populistischen Ideal einer universellen Zugänglichkeit der geistigen Arbeit wird der emphatische Begriff des Sozialen, ja sogar das Denken selbst verraten und mit ihm der Entwurf eines anderen Lebens.

Inzwischen wird die Sprache der Kritik kaum noch als solche, sondern nur noch negativ gesprochen, ihre Avantgarde ist die Werbung. Was ein rechter Genussmittelspot sein will, muss aussehen wie Gottvaters Ferienvideo. Nichts ist abstrakter, das heißt reduzierter. Die Wirklichkeit füllt das Bild zum Bersten aus, aber sie beherrscht es nur als abwesende. An der gleißenden Schönheit jener Prospekte, die an ihre Stelle getreten sind, lässt sich ablesen, was nicht ist, und zwar weder als Inhalt der Wirklichkeit noch eigentlich des Wünschens.

Der Sozialismus ist dahin, aber nicht das Ideal einer gleichmäßigen Verteilung des Kitsches unter das Volk. Die Utopien der Menschheit sind leer, die der Individuen vulgär geworden, aber dafür nicht minder unerreichbar. Von allen Leitwerten der Französischen Revolution – Liberté, Fraternité, Egalité – ist nur der

Letztere übrig geblieben: Es ist nämlich nicht nur völlig egal, was gedacht und gewünscht wird, sondern seine Formulierung bleibt bloße Prätention, so als müsse eine endemische Sprechweise altruistisch, also nur noch um ihrer selbst willen, erhalten werden.

Die kalten Hände

Erst wenn man nachts zum Fernsehen das Licht ausmacht, merkt man, wie es strahlt. Ich kannte mal eine alte Frau, die mit dem Fernseher das Zimmer heizte. Manchmal konnte man sie sehen, wie sie sich in dem blauen Licht vor dem Schirm die Hände rieb.

Grenzenlos sind die Illusionen des Fernsehens. In die kargsten Lebensräume bringt es ein Moment des Überflusses und befriedigt das Bedürfnis nach Verschwendung, das es nicht befriedigen kann. Das Fernsehen ist ein Miniaturmedium. Dreißig mal vierzig Zentimeter, das ist nicht die Welt, soll sie aber sein. Die Zimmer haben keine Decken und keine vierte Wand, die Liebe tritt nur mit Musik auf, die Menschen sitzen ganz possierlich an winzigen Tischen, laufen durch Puppenstuben und fürchten sich vor Mördern im Spielzeugformat.

Der Zuschauer ist ein Gulliver, der sich von einem einzigen Blick bannen lässt. Unter der Magie dieses Blicks sinkt er in sich zusammen, arretiert von einer Welt, die gerade mal so groß ist wie sein Bauch, und die er sich nie wirklich ins Große übersetzt.

So nivelliert das Fernsehen alles, was in ihm erscheint, und tut nur immerzu so ernst, als müsse es einen Minderwertigkeitskomplex kompensieren. Es will bloß nicht niedlich sein und nicht übersehen werden. Dabei kann es keifen und flennen, es fällt doch kaum auf, und alle seine Anstrengungen, unsere Wahrnehmung einzuzingeln, laufen darauf hinaus zu sagen, dass wir durch das

Fernsehen nichts zu befürchten haben, keinen Schmerz und keine Veränderung, dass wir schon in Ordnung sind, solange wir bleiben, was wir sind: Zuschauer. »Das Fernsehen hat immer nur Vergessen produziert«, sagte Jean-Luc Godard.

Es will dafür nicht mehr verehrt und bewundert, aber desto heftiger will es behandelt werden wie es uns behandelt: mit Duldung. Es simuliert eine Auseinandersetzung mit der Wirklichkeit, die nicht mehr geführt werden muss, wo wir uns damit abgefunden haben, sie durch das Fernsehen führen zu lassen und selbst von der Medienkritik allenfalls eine Interpretation der Zuschauerzahlen, nicht aber eine Übersetzung der Bilder und Thesen einfordern. Im Fernsehen hat sich der Status quo ein eigenes Medium gegeben, ein Medium für die Pause der Entsorgung, das unseren Drang nach Veränderung so wenig kompensiert wie es unsere Hände wärmt.

Die Floskel im Herzen Europas

Es gibt eine Wortverbindung im Deutschen, die hält so fest wie »die Zukunft sichern« oder das »Bündnis für Arbeit«, ich meine die Verbindung: »Klaus Kinkel fordert« – drei Worte so kompakt wie die drei Backsteine von Schwäbisch Hall. Vermutlich handelt es sich hier im grammatischen Sinn nicht einmal um Subjekt und Prädikat, sondern um eine Art Vokativ, eine Form des Rufens und Sich-Bemerkbar-Machens, die bereits so sehr mit dem Namen verwachsen ist, dass wir in ihr eine eigene Deklinationsform dieses Lock- oder Rufnamens erkennen können. Ja, streng genommen müssen wir sogar zugeben, dass es sich hier um eine besondere Form des Doppelnamens handelt, der »Klaus Kinkel-Fordert« lautet.

Und wirklich: Was dieser Mann in einem einzigen Monat schon hin- und weggefordert hat, das übersteigt den Ausstoß an rhetorischem Jahresmüll ganzer Fraktionen und überfordert Bürger wie Grammatik. Der Bürger stellt sich den Wecker auf fünf Uhr früh und horcht rasch im Radio, ob Kinkel-Fordert schon wieder was gefordert hat. Die Grammatik wiederum schrumpft auf Appellativ und Adhortativ zusammen und lässt sich kaum mehr bedienen, ohne dass sich in der Syntax Häufungen von »wir müssen« und »wir dürfen nicht länger« bös verkeilen.

Zusätzlich ergibt sich ein linguistisches Problem, denn Kommunikation verlangt mindestens Sender, Empfänger und Code. Kinkel-Fordert aber ist Sender, Empfänger und Code in einem und peitscht unablässig sich selbst auf in Ermangelung eines, der hören, und eines, der verstehen, und eines, der seine Forderungen gar umsetzen könnte. Auf diese Weise sind die Forderungen von Kinkel-Fordert zu Meisterstücken dadaistischer Selbstbezüglichkeit geworden: Sie sind Sprache ohne Sprecher, ohne Hörer und ohne Mitteilung und dabei doch nicht sinnlos, denn in diesem ganzen Gespinst fordert Kinkel-Fordert eigentlich sich selbst, seine Vormachtstellung mitten auf dem Gemeinplatz im Herzen Europas. Beispielhaft bekam diese Macht Schirinowski zu spüren, als er einen Krieg gegen Deutschland ins Auge fasste und Kinkel forderte: Das nicht! Widrigenfalles habe er sich nämlich für den Ausbruch des Dritten Weltkriegs eine neue rhetorische Formel zurechtgelegt: Er werde diesen Krieg nämlich entschieden zurückweisen. Und Schirinowski erbleichte.

Entfernte Kontrolle

Um die Mitte des 18. Jahrhunderts saßen die Menschen an den Poststationen und warteten, dass der Groschenroman erfunden würde. Um die Mitte des 19. saßen sie mit dem Groschenroman und warteten, dass das Fernsehen erfunden würde. Um die Mitte des 20. saßen sie vor dem Fernseher und warteten, dass die Fernbedienung erfunden würde. Seither erwarten sie nichts mehr, aber

eine unbewältigte Liebe zum Groschenroman geht noch durch alles, was sie am Fernsehen lieben.

Die Elementarbausteine der Fernsehunterhaltung könnten Schürzungspunkte des Melodrams sein. Hier fällt sich das Paar um den Hals, da sitzen sie weinend am Krankenbett, hier liegen sie sich in den Haaren, dort macht er ihr schwanzwarme Geständnisse, dort endlich baden sie in Vergebung. Der einsame Leser griff zum Schundheft, um der drohenden Selbstbegegnung auszuweichen und sich im Melodram vom Selbstbewusstsein zu erlösen. Zu diesem Zweck überließ er sich der Erzählung und vibrierte mit ihr.

Der Zuschauer dagegen kennt keine Geschichten mehr, nur noch Pointen. Für ihn hat meist schon die Ankündigung eines ganzen, syntaktisch organisierten Films den Charakter einer Bedrohung angenommen. Das Unausweichliche liegt jetzt nicht mehr in der Innenwelt, sondern in der Syntax der Einbildungen. Der gesamte Film ist nicht weniger Zumutung als die Monotonie des eigenen Lebens.

Mit der Fernbedienung schafft sich der Zuschauer nicht nur ein eigenes, atomistisch auf ›schöne Stellen‹ fixiertes Programm, er etabliert in seiner Ersatzwelt auch eine eigene grammatische Logik, die er der Filmsprache selbst übrigens keineswegs zugesteht. Die filmische Montage ist unpopulär geworden, seit der Zuschauer selbst montiert. Denn wenn er schon auf den Einfallsreichtum des eigenen Lebens keinen Einfluss hat, ist er doch Souverän von der Gnade der Fernbedienung.

Den Soziologen der Zukunft steht deshalb die Entdeckung bevor: Nicht die Kunst hat Wahrnehmung und Praxis maßgeblich verändert, sondern die Fernbedienung und ihre Anwendung auf das Leben. Die Fernbedienung ist also wirklich ›remote controll‹: entfernte und Entfernung der Kontrolle.

Made in Japan

Combat, der Kakerlakenkiller in Aktion; eine Frau lächelt zwei Köpfe über einem Mini-Kreml; ein Buffo verbrüht sich in der Gameshow-Wanne; drei Maiskolben nehmen auf einem fliegenden Teppich Platz; ein junger Mann wird interviewt, während er an einen Zaun pisst; ein Boxer bearbeitet einen Sandsack zu Carmens »Hochzeitsmarsch«; ein Bankdirektor kratzt sich lange an einer Gesichtswarze; mit ihrer Kiepe auf dem Rücken hastet die verkleidete Hofdame durchs Gebüsch; zwanzig junge Männer sterben einen verdienten Heldentod im Blumenbeet; weinend fotografieren zwei Frauen einen Geist zwischen nächtlichen Sträuchern; auf einem Suppenlöffel balanciert der Kandidat die Weltkugel; die Invasion der weißen Hemden; ein Mann mit rotem Plastikhammer liest in einem Nacktmagazin; Mann und Frau, einander im Restaurant gegenübersitzend, telefonieren mit Handies: Gesichter, denen man nichts zufügen kann …

Und? Bei uns sitzen die Fernseh-Perversen im Kinderställchen und Margarethe Schreinemakers aß um 1700 Tapeten!

Wenn aber Japan, wo man überall der Zukunft begegnet, auch einen Blick in die Zukunft des Fernsehens erlaubt, dann handelt es sich hier um Ausnahmebilder, und eher wird dieses Fernsehen niedere »Schaubude« sein als höheres Nintendo. Am Ende haben nicht die Hightech-Spiele, die großen Rührungen und Grenzüberschreitungen gewonnen, sondern der Bodensatz aller Talkshows, die beliebige Familienrunde, nur noch rudimentär und immer im Doppel moderiert, von Musik komplett unterlegt und bis ins Szenenbild hinein völlig ohne Ambition – bestenfalls die Öffnung der Presseschau zur Party.

Ringsum sind ganze Gattungen verblichen, die Reportage, die Dokumentation und mit ihnen Bilder, Verhaltensweisen zum Wirklichen, nur noch einzelne Sequenzen, Sportereignisse und verirrte Nachrichten bebildern den Tag. In seinem Kern sucht das

Fernsehen so die Unverbindlichkeit optischer Berieselung und hat sich zu einem Escort-Medium gewandelt, dass da sein will, ohne aufzufallen, und weit über sein Haltbarkeitsdatum hinaus, erschöpft, abgetakelt und belanglos, nur noch in einem einzigen Augenblick frisch wird und dem Eindruck widerspricht, hier handele es sich um Fernsehen nach dem Tod des Fernsehens: in der Werbung.

Mein Mao

Mao exklusiv. So haben Sie ihn noch nie gesehen. Aufblende: Kein Mao. Aber sein Auto. Oder das eines Maoisten. Sitzt einer drin und sagt: Mao ist noch nicht da. Aha. Wagen entfernt sich, Kamera hinterher. Ihr freundlichen Straßen Chinas! Cut. Mao auf der Couch. Aha: Couch. Mao redet. Mal sehen, wie der so wohnt! Aha. Möbliert. Und die Vitrine. Und die Zimmerpflanzen und die Fotos. Was hat er jetzt gesagt? Und die Hände? Da liegen sie. Ganz still, normal halt. Redet immer noch. Frager hört zu. Ach, da sitzt noch jemand Drittes, schwenken wir gleich mal hin, nettes Gesicht, nur fünf Meter weg von Mao, und jetzt mal den Flur runter, niemand da, na ja, er redet ja noch. Noch Footage zu holen? Danke. Alles im Kasten. Next. Mao im Garten. Redet. Ist das ein Stuhl, worauf er da sitzt? Tatsache! Ist das nicht ein Baum hinter ihm? Tatsächlich! Stamm rauf, Stamm runter, ein ganzer Baum, gar nicht so anders als andere Bäume, so dicht bei Mao. Frager fragt, Vorsitzender sitzt vor, Film wird belichtet. Sind da keine Wachen? Doch, zwei Stück im Garten. Schweigen und wachen. Mao redet. Könnte man den nicht mal von hier wegbringen? Mao im Auto. Blick durch die Windschutzscheibe. Ja, so sieht die Straße aus, wenn Mao sie befährt. Da ist auch ein Hund. Da gehen auch Leute vorbei. Typisch Mao. Jetzt kommt er bei seinen Freunden an. Aha. Sehen wir uns doch mal ein paar Fotos an! Nichts entgeht dem Auge von Agfa. Da ist ein Haus drauf. Packend. Hinsetzen, Mao! Er sitzt. Sehen wir uns mal die Wände an. Rauf und runter, so sieht das aus bei den Freunden von Mao. Jetzt mal wieder sein Gesicht, ran und weg, ran und weg, und ein bisschen zitterndes Kreisen, ein interessanter Mann, dieser Mao. Aber wenn er nicht so oft von der Werbung unterbrochen würde, müsste man noch mehr historisches Material reinschneiden. Aha, jetzt verlässt er das Haus, die Stufen runter zum Auto. So ist das, wenn ein Mao ein Haus verlässt. Da war auch eine lange Allee, eine lange, lange Allee. Wieder im Garten. Aha, die Wachen kenne ich, immer wachen, immer im Garten, ein Wachenleben lang. Jetzt liegen die Hände von Mao im Schoß. Die Hände von vorhin. Aufziehen zum Brustbild, Kreisen, Zittern, Cut. Fragen wurden auch gestellt.

Schnee von morgen

Des deutschen Dadaisten Lieblingssendung trug ursprünglich den Titel »Briefbombe«, aus dem Hochdeutschen ins RTL-Deutsche übersetzt: »Explosiv Telegramm«. Später sollte »Exklusiv« daraus werden. Den Sprengstoff handhabt die Moderatorin Frauke Ludowig, deren Kurzatmigkeit den Begriff »Hecheln« lautmalerisch unterstreicht, was auf den Zuschauer so bedenklich wirkt, als könne unsere Ansagerin jeden Augenblick zum Thema ihrer eigenen Sendung werden.

Jedoch hilft es dem spektakulären Programm, dass es wie der aufgeschobene Ernstfall aussieht. Aus einem Studio in Grau erhebt sich das Brustbild dieser unten abgesägten Frau und laicht und laicht. Vom Boden herauf quellen alle möglichen Schnurren über Zelebritäten, von oben regnet der Schnee von morgen, und das Leben ist gehaltvoll wie die Tränen der Schönheitskönigin. Nur fern. Nur fad. Nur frivol.

»Charlotte Wiedemann.« Wir sehen das Foto einer weißhaarigen Schauspielerin. »An der Seite von Ekel Alfred wurde sie zum Star.« Und ohne dessen Seite zu Nichts. »Heute sagt sie: Täglich brauche ich Sex!« Drei Szenen aus dem Leben einer Frau: Sie wird getauft, sie gelangt an eines Mannes Seite, sie verfällt in Besessenheit.

Freuden des Ruhms: Über das am Rande der Öffentlichkeit gefristete Leben der alten Dame fällt noch einmal das Zwielicht der Fernsehaufmerksamkeit. Aber nur, weil jetzt ihre Leistungen auf dem Gebiet des Lasters ihre Arbeit als Schauspielerin in den Schatten stellen. Mehr noch: der Erfolg ihrer Darstellungskunst verlieh ihr erst jene Fallhöhe, die ihre vermeintliche Nymphomanie zur öffentlichen Angelegenheit macht. Das ist nicht tragisch, nicht tragikomisch, nur lächerlich wie alles, was in der Belanglosigkeit eines »Explosiv Telegramms« aufgelöst und zur Nachricht hochgewichst wird.

Das »Explosiv Telegramm« ist die Avantgarde des Boulevards, weil es unfreiwillig die Farce der menschlichen Bedeutung, die Farce des Ruhms auf den Begriff bringt. Was diese Sendung leistet, ist Autopsie am lebenden Objekt. Zugleich wird sie zur wichtigsten Quelle, wenn eines Tages der Prozess rekonstruiert werden soll, in dem sich die Zerstörung des Privaten vollzog. Die Rätsel der Persönlichkeit werden dann gelöst sein, und der einzige Bodenbedecker, den die Erde dann noch toleriert, ist Öffentlichkeit als Nacktbadestrand.

Fetisch Aktualität

Richard der Glaubwürdige kennt die Gegenwart in zwei Ausführungen. Erstens: »Unsere Gegenwart ist nichts anderes als der Augenblick der Geschichte, der uns gegeben ist«, zweitens: »Unsere Gegenwart ist der Augenblick im Ablauf der Geschichte, der uns zugehört.« Vulgo: Heute ist heute.

Wirklich? Was in der Welt der Nachrichten ›aktuell‹ heißt, ist allenfalls aktualisiert und beerbt nicht nur die Welt von gestern, sondern vor allem die Parameter, in denen wir sie gestern erfasst haben. Die Daueraktualität verschwindet, wird aber durch die Simulation immer neuer Ereignisse künstlich reanimiert. Die Terminaktualität triumphiert, ergibt aber nur den Sinn von lauter Einzelereignissen ohne Zusammenhang und ohne Begründung. Während wir die Welt zunehmend systematisch verstehen, lassen wir sie uns durch Ausnahmen erklären.

Auf die Weise verdrängt die Information das Wissen. Die Information teilt mit, dass es eine Sturmflut gab. Hinter der Präzision der Anschauung, der Angaben über Opfer und Schadenssummen aber verschwindet das Wissen von der Kausalität der Katastrophe, ja von ihrem Zusammenhang mit dem Leben derer, die aus der Ferne zusehen. So machen die Nachrichten den Einzelnen zwar zum Zeitgenossen, aber nicht zum Komplizen der äußeren Vorgänge. Im Grunde sind sie ein Reservoir von Informationen aus einem Leben, auf das er verzichten kann.

Informationen unterliegen marktwirtschaftlichen Kategorien. Aktualität ist der Fetisch mit dem am leichtesten zu beziffernden Mehrwert. Man meint, an der Avantgarde der Tagesereignisse teilzunehmen und zockelt in Wirklichkeit der bilderlosen Verwandlung des eigenen Lebens hinterher.

Angesichts der Inhalte unserer Nachrichten sollte ihre Verarbeitung schwieriger erscheinen als ihre Aneignung, tatsächlich aber wird die Entsorgung schon mitgeliefert. Erst wenn man in den

Fanfaren der »Tagesschau« die Sirenen des Katastrophenalarms durchhört, wird man Nachrichten unverzichtbar finden, weil man versteht, dass sie einmal nicht vom Leben anderer, sondern vom eigenen Überleben handeln.

Der letzte Star

Als die Götter menschlich wurden, nannte man sie ›Stars‹, und wie die Sehnsucht den Glauben verdrängt, degradiert die Darstellung das Sein.

Magie des Stars: seine Anhänger erkennen sich im Unähnlichen und verleihen dem, was sie nicht wissen, Gewicht. Stars sollen raten, sollen Lebensentscheidungen erleichtern, sollen das Leben ihrer Fans mitführen. Einer stürzte im Kino zur Leinwand und brach vor der Garbo zusammen, eine Sechzehnjährige schickte Norma Shearer Stücke der eigenen Haut, zwei töteten sich vor dem Hotel, in dem Valentino starb, und vor 1930 war es mit dem Star-Nimbus unvereinbar, schwanger zu werden.

Die Erscheinung des Stars war immer ein Anschlag auf die seelische Volksgesundheit. Projektion und Verdrängung, Beziehungswahn und Fetischismus umlagerten ihn, als Reliquien sammelte man Berührtes und Benutztes: Zigarettenkippen, Knöpfe, ein Stück Rasen, ein Taschentuch.

Im Star vollzog sich die Lösung der Person von der Rolle. Zu ihm passte kein Happy End, sondern die Aufrechterhaltung der Konflikte, kein Gesicht, sondern das Make-up der Maske, kein häusliches Leben, sondern ein feudales, keine Psychologie, sondern mythische Identität und ein Repertoire von nicht mehr als zwei Gesichtern.

Für den Star ist die Rolle nichts, in dem er aufgeht, sondern etwas, von dem er sich emanzipiert. Man darf das Gefühl nie verlieren, dass ein Film nur der Vorwand ist, einen Star zu zeigen, ihm zuzusehen und ihn zu verfolgen, wie er sich von der Rolle löst, sie verdrängt. Er ist die einzige Größe, die sich der Anforderung der Szenerie nicht unterwirft, sondern die Kontrolle über die eigene Erscheinung bewahrt.

Der einzige europäische Star alten Zuschnitts ist Isabelle Adjani, in deren aufgerissenen Augen noch das Hypnotische des Stummfilms widerscheint, das Glühen von Lilian Gish und Mary Pickford. Sie kehrt aus fünf Jahren öffentlicher Abwesenheit mit der Entschuldigung zurück: »Ich habe geliebt« und verschwindet, um das Rätsel ihrer Abwesenheit zu erneuern. Stars von solchem Zuschnitt sind romantische Helden, die schon zu Lebzeiten ihren Verlust fühlbar machen und dem Menschen eine Bedeutung zurückerstatten, die er im Wirklichen nicht mehr, aber im fiktiven Leben hat.

Kartoffelwestern

Ein Luftschloss hat Richtfest, der »neue deutsche Film« soll sein Name sein, und alle seine Architekten und Handwerker frohlocken: Er boomt, der neue deutsche, kommerzielle Film.

Was wirklich boomt, ist sein Marketing. Amerikanische Verleiher nehmen deutsche Kartoffelwestern unter die Fittiche, ihre Werbecampagnen werden unausweichlich, ihre Agenten unausstehlich. Unglaublich, wie tough eine Verkaufe sein muss, damit nur noch Kartäusermönche ihre Tage ohne Veronica Ferres zubringen können! »Ich gebe so viel preis von mir«, seufzt eine andere deutsche Heroine, einer Komödie entsteigend, die ihr abverlangt, ein Badetuch auf dem Kopf zu tragen. Hätte nur Hoss Cartwright gewusst, in welche Begriffe man Darstellungskunst kleiden kann!

Immerhin. Was hängen bleibt, ist: Der deutsche Film verdient unser aller Unterstützung. Und warum? Aus demselben Grund, aus dem wir uns für deutsche Wurst und deutsche Autos entscheiden sollen. Eine Schießerei aber wird nicht besser dadurch, dass sie deutsch ist, sondern billiger. Sollen wir den deutschen Film also dafür loben, dass er preiswert ist und Schauspieler aufwendet, die sich preisgeben? Und hat dieser kommerzielle deutsche Film nur Budget und Darsteller oder auch Inhalte?

Er hat. Nur im deutschen Film trägt eine junge Taxifahrerin bei der Arbeit im nächtlichen Berlin eine sexy Bluse, ärmellos. Nur im deutschen Film rast diese Taxifahrerin mit hundert Stundenkilometern auf einen Betonkübel, sodass der Gangster-Beifahrer für tot durch die Scheibe aussteigt, sie selbst aber nur geschrammt durch die Tür. Nur im deutschen Film verheilt eine geplatzte deutsche Lippe in einem Tag, eine Schürfwunde dagegen erst nach einem Bad im Pool. Nur hier nehmen die Etagenkellner tausend Mark Trinkgeld grußlos an, und selbst wenn ein Film im Milieu des Films spielt, ist hier nichts, aber auch gar nichts wie beim Film, sondern alles wie im Film.

Kommerzielle deutsche Filme sind trotzdem nicht bloß Märchen. Sie mögen das Kino lieben, die Realität lieben sie nicht, sonst hätten sie mehr von ihr. Kann aber, wer nicht einmal die Gesetze der Gravitation und des Berufslebens kennt, etwas so Diffiziles darstellen, wie das Komische oder Dramatische zwischen Menschen? Die Antwort in Ihrem Kino.

Contre Christo

Süssmuth ist dafür, Schäuble dagegen. Wenn es eine Kunst ist, die CDU zu einer Meinungsverschiedenheit zu bewegen, dann ist der verpackte Reichstag Kunst.

Sonst ist er genau das, was sich der Gaffer unter Kunst vorstellt: organisierte Unvernunft, große Geste, diffuse Botschaft. Also winkt uns als Nachfahre des Hirschs in Öl der röhrende Reichstag: stumme Einfalt, beliehene Geschichte, pomphafter Kitsch. Während zeitgenössische Werke, die sich um den Titel ›Kunst‹ bewerben, ihre marginale Rolle in der Gesellschaft reflektieren und selber flüchtig werden, beleiht Christo noch immer den überkommenen Begriff des Erhabenen – als vulgären Ausdruck für den eigenen künstlerischen Appetit auf Bedeutung.

Dass aus diesem Vorhaben eine Sache der Öffentlichkeit wird, dass überhaupt ein Künstler mit der Hybris auftritt, seine Sache zur nationalen Angelegenheit zu erklären, verrät einen Kunstbegriff der Geniezeit, als die Inspirierten noch ›Schöpfer‹ genannt wurden, als Rasende auftraten und das Volk erzogen. Wenige, die sich heute der Hervorbringung von ›Kunst‹ verschreiben, werden ihren Namen so fraglos im Munde führen wie jener, der sich anstelle eines Namens einen Sticker gemacht hat.

Allein die Tatsache, dass die Gegner Christos gern mit dumpfpatriotischen Argumenten auftreten, macht es ihm leicht, alles, was in der Natur contre Christo auftritt, ›banausisch‹ zu nennen. Wann hat zuletzt ein Mann so apodiktisch den Ausdruck ›Kunst‹ zum Sockel des eigenen Denkmals verarbeitet wie dieser Einwickel-Colani? Dabei verweist der ›Gehalt‹ seines Bemühens auf längst verweste Begriffe der Moderne: Dass der Gebrauchswert einer Sache verkappt wird, um ihren ästhetischen zu prononcieren, das hat der Dadaismus radikaler formuliert, ähnlich wie der »Running Fence« durch die Videoanimation und die »Umbrellas« in der Landschaft durch ein »Pet Shop«-Video ihrer Banalität überführt werden.

Christos dekorative Stückchen haben nur noch kraft der Unverschämtheit ihres Anspruchs mit Kunst zu tun. Im besten Falle nämlich macht er halbe Sache. Gelobt sei deshalb David Copperfield, denn der lässt seine Objekte wenigstens ganz verschwinden!

So ein Reichstag, so wunderschön ...!

 Ist das herrlich: da kommen sie zu Hunderttausenden und wandeln, wie im alten Hellas, debattierend um das Kunstwerk des bulgarischen Einwickel-Colani! Nicht nur im Parlament wurde selbstbewusst über Kunst diskutiert, sogar das Volk draußen im Land wurde vom Kunstverstand aufgehetzt.

Danke, Deutschland! Du hast uns den Kunstkritiker Heinrich Lummer geschenkt und dir alle jene Fragen gestellt, die wir nie über Kunst zu stellen wagten: Ist das Kunst? Ist das noch Kunst? Was darf Kunst? Ist Kunst, was erlaubt ist? Muss Kunst provozieren? Mit Stolz erlebt das Land, das eine Gebrauchsanweisung wollte und eine Kunstdebatte erntete, dass es auf alle seine Fragen keine Antworten gibt. Das eben ist die Kunst.

So wurde der verhüllte Reichstag auf Gemeinplätzen errichtet: Kunst ist, was man ›Kunst‹ nennt. Gelernt haben wir trotzdem mit Karl Valentin: »Kunst ist schön, macht aber viel Arbeit.« Oder mit der Süssmuth-»West«-Werbung: »Was verhüllt ist, sieht man besser.« Wir haben auch gelernt, dass kein Joseph Beuys und kein André Heller dieselbe Aktion hätten durchführen dürfen, sondern nur einer, der von der Kunst wie vom Zirkus einen massenwirksamen Sicherheitsabstand wahrt.

Aber vor allem haben wir gelernt, dass man »Verhüllen« sagt, nicht »Verpacken«, was Christo mit einem Beispiel von unschlagbarer ästhetischer Prägnanz begründete: »Wenn Sie aus der Dusche kommen, sagen Sie doch auch nicht, ich habe mich verpackt.« So wollen wir ihn denn den ›eingemummelten Reichstag‹ nennen und die Chance nutzen, auf dem Weg von der Dusche zur Toilette selbst zum Kunstwerk zu werden – etwa wie die Zeitschrift »MAX«, die Christo noch vor der Reichstagsaktion einer verhüllungsjournalistischen Performance unterwarf.

Darf Kunst denn wirklich alles? Selbst den Deutschen mit seiner Geschichte versöhnen? Das Bauwerk wurde als »Reichstag«

eingepackt und wird als »Bundestag« ausgepackt. So steckt in der »Verhüllung« auch eine Säuberungsaktion, die die Schärfe des Übergangs bemäntelt. Der Reichstag aber wird künftig in Erinnerung bleiben als jenes kunstfähige Bauwerk, in dem die bundesdeutschen Abgeordneten ihre Arbeit antreten, geküsst von den Musen der Verhüllung. Wie sagte Clemens von Alexandrien: »Die Scham sitzt im Hemd.«

Himmelskunde

Wenn wir, wie in diesen Wochen üblich, die Historiker, Pedanten und Skeptiker einmal beiseite schieben und einfach glauben, glauben, dass sich das Wunder von Jesu Geburt am ersten 24.12. der neuen Zeitrechnung in Bethlehem ereignete, wenn wir das glauben, dann war Christus Steinbock, Aszendent Jungfrau.

Typisch Steinbock zeigte er sich als Kind tüchtig und gut erziehbar, allerdings mit jenem für Steinböcke bezeichnenden Hang zum Altklugen – setzte er sich doch schon zwölfjährig unter die Gelehrten im Tempel und benutzte Worte, die seine Eltern nicht verstanden (Lukas 2,50).

Der Steinbock ist oft schüchtern, ja verstockt im Verhältnis zum anderen Geschlecht – und wer wäre zurückhaltender bei den Frauen als der junge Jesus? Nicht nur, dass er einigen interessanten Versuchungen des Teufels mit der Geradlinigkeit des Steinbocks widerstand, er nahm selbst Maria Magdalena erst in sein Gefolge auf, nachdem sieben böse Geister aus ihr gefahren waren.

Dergleichen hätte der Löwe-Mann mit Aszendent Widder (Typ Barrabas) als Herausforderung begriffen. Der Steinbock ist ein Erdzeichen. Er untersteht nicht der Taube, sondern dem Saturn, der die Abweichungen vom Maß regelt oder auch beschneidet [sic!].

Wieder erschließt uns das Horoskop als einen wesentlichen Charakterzug Jesu dessen Hang zur Mäßigung. Es ist wahr: das Verprassen und Vergeuden ist seine Sache nicht. Hier erkennen wir nun das Deutsche an Jesus: wie alle Steinböcke ist er nicht allein tüchtig, maßvoll und desinteressiert am leiblichen Sündigen, er liebt die Ordnung bis zur Pedanterie.

Jedem klingt hier sogleich das auch bei Jesus steinbock-typische Insistieren auf Ordnung bis ins Jenseits (siehe: irdische und himmlische Ordnung) im Ohr, das er mit einem gewissen Starrsinn propagiert. Unverkennbar schlägt hier auch der Aszendent zu Buche. Die Sonne im vierten Haus steht für die Vorsorge zur Sicherung des Lebens, was bei Jesus (ewiges Leben, Markus 16, 19) übermäßig ausgeprägt ist.

Genug, Jesus ist ein typischer Steinbock, wie man ihn gerne in Jugendgruppen (Jünger) oder Gewerkschaften (Pharisäer) findet, es sei denn, er macht als Einzelgänger Karriere (Auferstehung).

Hätte nur Pilatus einen anderen Aszendenten gehabt!

Der elektronische Artenschutz

Vermutlich werden alle Menschen tierlieb geboren, nur übertragen sie diese Liebe irgendwann auf das Fernsehen. Da dieses nicht zuletzt ein Museum ist, unterhält es auch eine Naturkunde-Abteilung. Während man aber in einer zoologischen Ausstellung die Tiere ausstopft und ihnen den Tod in die Glasaugen drückt, begegnet man Tieren im Fernsehen unter der Spezies der Untoten, also jener Wiedergänger, die zwar im Freien schon ausgestorben sind oder aussterben, während wir gerade zusehen, im TV-Bild aber erscheinen sie uns immer noch springlebendig.

Wir wissen, die Chance, einem Tier in freier Wildbahn zu begegnen, ist wesentlich geringer, als die, sich ihm im Fernsehen gegenüberzusehen, denn hier wird eine Art ektronischer Artenschutz gepflegt. Die Tele-Arche hat sich die Tiere nicht aufgepackt, um ihr Überleben zu demonstrieren, eher damit wir sie auf ihrer Reise ins Aussterben begleiten. Tierreportagen unterstehen nicht selten eigentlich der Gattung Nekrolog.

Zuvor aber sieht sich das Fernsehtier einer Prozedur unterworfen, die der tierliebende Zoobesucher selbst gern ausübt, wo er an der Käfigscheibe hundertjährigen Echsen putzige Bewegungen abringen möchte: Die Tierwürde wird herabgesetzt, bis sie die des Menschen kaum noch überragt.

Rex, der Quoten-Schäferhund, bis zur Unkenntlichkeit abgerichtet, apportiert wöchentlich ein Menschenleben; die Brüllaffen der Toyota-Werbung geben der TV-Fauna den Ton an, und »Spins tierisch wilde Welt«, Produkt aus einer Raffinerie der Cartoons und Videoclips mit Tieren, veredelt das Ganze zur Animation ohne Anima.

Vor vierzig Jahren startete die berühmte Natural History Unit der BBC die erste moderne Tierserie mit Namen »Look«, Grzimek drehte »Serengeti darf nicht sterben«, und dein Haustier, das unbekannte Wesen, wurde bekannt.

Heute sind gemeinsam mit den Tieren die Tierfilm-Moderatoren ausgestorben. Die Programme sehen einander ähnlich: Die Fauna muss gewalttätig, betulich oder niedlich-komisch sein. Was an Tieren einmal fesselte, das Authentische, Unberechenbare, es verschwindet hinter den Bildern des Menschenähnlichen. Wen wundert's, wenn also parallel zum Sterben der Tiere die Bilder verderben, die man sich von ihrem Leben einmal gemacht hat.

Der Schutz des Ungedruckten

 Endlich! Der Kanzler hat eine Antwort auf alle Skandale. In einer Initiative unter dem Codenamen ›Unser Land soll schöner werden‹ erwägt er ›hochvertraulich‹ die Verschärfung der Pressegesetze. Durch sie will er die ›Privatsphäre‹ schützen. Wohl dem, der eine hat!

Derselbe Staat nämlich, der sie als ein kostbares Gut vor der Presse verteidigt, verrät sie selbst so unbedenklich an seine Organe, dass der Datenschutzbeauftragte Innenministerium und Sicherheitsdienste abermals wegen zahlreicher Verstöße gegen das Persönlichkeitsrecht verwarnen musste. Aber es geht ja der Initiative auch nicht um den Schutz des Normal- oder Showmenschen, der gewohnt ist, in dem Feuer unterzugehen, mit dem er gespielt hat, es geht um den Schutz der Politiker-Privatsphäre, die von der deutschen Presse in der Regel ohnehin mit unenglischer Dezenz respektiert wird.

Sollte sich das jüngst geändert haben, so weil Skandale und Selbstinszenierung die Grenzen zwischen Show und Politik gleichermaßen verwischen, aber auch, weil die Verachtung gegenüber der Politik das Bedürfnis weckt, sie zu schänden. Politiker genießen in Deutschland die größte Fallhöhe, folglich erleiden sie diese auch. Deshalb ist die Veröffentlichung aus dem Privatleben des Politikers nicht per se viel sagend, aber sie ist es als symbolischer Akt der Staatsverneinung, als Ausdruck des Wunsches, den Staat antastbar zu machen.

Tatsächlich spiegeln alle indezenten Veröffentlichungen nichts Feierlicheres wider, als die komplette Langeweile bürgerlichen Normallebens mit seinen Seitensprüngen, Entgleisungen und ordinären Fehlleistungen. Wenn solche Enthüllungen also nichts bewirken, als die Biederkeit außerparlamentarischer Liaisons in die Praxis normalmenschlicher Promiskuität einzuordnen – wem schaden sie dann?

Sie beleidigen vordergründig den Fetisch des Privatlebens, genauer besehen schädigen sie nur die Autorität der entrückten Staatsgewalt. Ein Missbrauch der Pressefreiheit sind sie weniger als die Ballung der Medienkonzerne oder eben der Einfluss der Parteien.

Liebesflimmern, Liebesrauschen

Der umnachtete Nikolaus Lenau stand einmal vor einem Brustbild Platons und rief aus: »Das ist der Mann, der die dumme Liebe erfunden hat.« Die nicht-platonische ist auch nicht klüger geworden, wo sie Bild wird.

Auch das Fernsehen reflektiert die Liebe nicht und gibt ihr im Kameraauge keinen eigenen Blick, sondern es reproduziert ihre Bilder, so als sei die größte Erregung, die man mit der Liebe meint, nur noch zitierbar durch jene Bilder, die man sich immer schon von ihr gemacht hat. An einer Sequenz aus wehenden Gardinen und krachenden Kaminfeuern wird man dereinst die Geschichte der Liebe im ausgehenden 20. Jahrhundert rekonstruieren können.

Die Liebe hat im Film kaum je eine eigene Geschichte, sondern sie steht bereit, Erregungen aus der Welt des Geschäfts oder der Kriminalität zu grundieren. Sie ist eine Unterbrechung der Geschichte und lädt ein, weggezappt zu werden wie eine Werbung für den hypothetischen Zusammenhang zwischen Menschen. Im Film ist die Einsamkeit der Individuen nie inniger als in der Gestalt von Liebe, denn mehr noch als in den Beziehungen der Paare waltet im Verhältnis der Kamera zu ihnen eine Fremdheit, die daran erinnert, dass man Menschen gefunden hat, in denen Angst die Sexualität vollständig zerstört hatte.

Film und Fernsehen haben, statt die Liebe optisch zu erfinden, die fotogene Liebe erfunden, in der das schöne Bild die schöne

Empfindung vertritt und die Expressivität der schönen Bilder allenfalls durch eine Vereinnahmung des ehemals ›pervers‹ Genannten gesteigert werden soll. Einen echten Exzess hat der Film nie gezeigt, denn dafür müsste die Erregung so echt sein wie die Materialzerstörung oder die physische Gewalt, und zwischen dem Künstlerisch-Kommerziellen und dem Pornographischen dürfte man ebenso wenig unterscheiden, wie man außerhalb des Films Sentimentalität und Begierde trennt. So hat das Fernsehen zum hartnäckigen Glauben, es handele sich bei der Liebe um etwas Geheimnisvolles, nicht beigetragen, indem es diese fortwährend reproduzierte, sondern indem es die Liebe verschwieg und das Rätsel, das gelöst werden sollte, nicht einmal formulieren konnte.

Die Helden des Jahres

Zum Beispiel das Jahre 92: Seine ›Helden‹ des sind Gaffer, Opfer, Bystander, Verurteilte, Tote und solche, die es werden wollen. Die einen haben den Attentaten im Land beifällig zugesehen, die anderen haben in den USA eine Dampfwalze über das Gesamtwerk der irischen Papstkritikerin Sinead O'Connor rollen lassen. 1992 war das Jahr der Fremdenverfolgung und der entarteten Kunst. Aber wer hat eigentlich an diesem Jahr praktisch teilgenommen, außer den Glatzen, gegen die der Staat erstmalig die Höchststrafe einer Großdemonstration verhängt hat, verschärft durch Präsidentenreden?

Und wer war der Einzige, dem diese Form von staatlicher Autofellatio gerecht wurde: der Gegenpräsident aus Bayern, der uns mit dem Streibl'schen Kessel erst ein liebwertes Stück innerdeutscher Action und bajuwarischer Polizeifolklore geschenkt und anschließend so richtig argumentiert hat, der Staat könne schlecht gegen sich selbst auf die Straße gehen.

Nein, in diesem Jahr ist viel verhandelt, wenig gehandelt worden, und selbst Jürgen Möllemann hat alle seine Enten nicht mehr als geschichtliche Großtaten verkauft, sondern schon mit dem American-Express-Vibrato: »Und weißt du was: Ich hab die Titelstory!« Die Titelstory trug die Schlagzeile: »Du intrigantes Schwein!«, womit die Injurien-, Merdismen- und Invektiven-Statistik des Deutschen Bundestags verbessert, die Außenministerei vor dem Äußersten bewahrt und Irmgard Schwätzer-Dolorosa ins Tal der Tränen und des Bauministeriums verbannt war.

Ganz Deutschland buchstabierte sich an der gereizten Retina der Spät-Verschmähten zusammen, wie gern sie sich für die deutsche Sache unter Ausländern stark gemacht hätte. Ihr Überwinder Kinkel ließ denn auch gleich einen Schock deutscher Waffen in die Türkei schicken, wo sie sich seither gegen das wilde Kurdistan bewähren, was der schwäbische Menschenrechtsfan eingestandenermaßen nicht »glauben« mochte: ›in der Türkei ist der Kurde noch König‹.

Überhaupt spielte der Glaube eine überraschend starke Rolle im Zeitgeschehen dieses Jahres: Richard der Glaubwürdige erboste sich glaubwürdig gegen das politische Personal. Manfred Stolpe provozierte eine eigene Form von Seligsprechung zu Lebzeiten. Da man nichts weiß, muss man ihm glauben, wenn man denn gläubig ist; wenn nicht, wird man vielleicht die ganze historische Widerstandsbewegung Kirche stolpisch genug finden, alles zu glauben. ›Habemus Papam‹ frohlockten die Zweifler und kürten Eugen Drewermann zum ihrigen, dem Vertreter einer Kirche mit menschlichem Gesicht, d.h. nicht mit dem seinen, sondern mit dem des Häretikers Gottschalk, welch selbiger das volle Lebendgewicht eines Doppel-Whoppers auf die Feststellung legte: ›Kirche? Nein danke!‹ bzw. ›Nicht ohne meinen Eugen!‹

Der Fall Woody Allen eröffnete völlig neue Dimensionen des Glaubens, der Kino- und Kinderschändungsexperten aus aller Welt die Möglichkeit gab, ihr Credo zu formulieren, das überwiegend im Dienst des Kindes zu Lasten der Filmkunst ausfiel und seine heidnischen Wurzeln im Künstleropfer verriet, das alle Jahre wieder das Menschenopfer ersetzt und im Vorjahr Christa Wolf den Flammen übergeben hatte. Wie Hitchcock sagt: »Die Moral ist sehr viel billiger zu haben als die Unterhaltung«, und dies ist eben Unterhaltung durch Moral, ein Genre, das in den Fällen Mike Thyson, William Kennedy Smith und Anita Hall durch liebenswerte open endings und Glaubensbekenntnisse triumphierte.

Happy endings dagegen wurden 1992 unpopulär. Stephanie von Monaco, einst der kostbarste Barbusen unter Blaublütern, entwuchs an der Seite ihres Körperwachts den eigenen Bademoden und bereitete so verdrossen wie ›resistable‹ die Niederkunft einer kleinen monegassischen Skandalnudel vor, die im Jahre 2007 weit genug sein dürfte, Intimschmuck mit Gracia-Patricia-Punze eigenhändig zu entwerfen und sich mit einem selbst gemachten Hackbrettsolo in die Fürstentum-Charts zu promovieren. Das zweite Baby des Jahres wurde, noch in der Fruchtblase des ehemaligen italienischen Parlaments-Möpschen Cicciolina schnorchelnd, von den Anfeuerungsrufen des Publikums erreicht: ›Mach so schweinisch wie du kannst!‹, kam also in anstößiger Nacktheit zur Welt und wird folgerichtig im Jahre 2012 – es hört auf den Namen ›Luttwisch‹ – als Spießerpapst kandidieren, wogegen die dritte, im lebenden Sarg emporgezogene Leibesfrucht zur Wiedergeburt der Karin Struck in der Hall of Fame der Talkshows führen könnte, aus der sie sich zuletzt gläserwerfend und Unterwäsche lupfend selbst exiliert hatte.

Gelupfte Unterwäsche war es auch, die Nicole Meissner an die Seite von Boxpromoter Eberhardt Thust und beide auf die schiefe Bahn (engl.: »Ebby Road«) brachte. Die Entbindung der ohne Vermittlung eines Tennisvatermediums gezeugten Leibesfrucht wurde den Massenmedien meistbietend zur Live-Abfilmung angeboten, fand jedoch ärgerlich privat statt.

Zur Entschädigung setzte Sarah-Fergie ihrem gutmütigen Falklandkrieger und Windsor-Kalbskopf Hörner auf und regierte die Teleobjektive der versammelten Weltpresse einmal vor dem Mann, der sich die Freiheit nahm, an ihrem großen Onkel zu saugen, ein andermal vor einem Stückchen mohnblattfarbener Brust, das – aufgrund der periskopischen Fotografiertechnik – weltweit in tausend spektralfarbige Rasterpunkte zerlegt und zur Abstraktion einer Brust oder eines Garagentors oder eines Sittichkräckers mutiert, in den Zeitschriften fleischbeschaut und erregend royal gefunden werden konnte.

Diana, ihre Schwester im Geiste des Kuschelrocks, wird sich künftig hinter dem Skalp von der Farbe einer ADAC-Autobahnarbeitermontur nicht mehr verstecken können, was sie, nicht unerregt, einem verwanzten Telefonhörer anvertraute, der so beredt zurückstöhnte wie einst dem Charles seine Dahlie. Was Wunder, dass die bonbonfarbene Queen Elisabeth (benannt nach dem gleichnamigen Schiff) auf ihrem Deutschlandbesuch aussah, als bereite sie sich insgeheim auf die Finalrunde eines Hans-Moser-Wettbewerbs vor!

Wie beglückend wäre dieser Besuch ausgefallen, hätte sie sich nur ein wenig in leichteren Rollenfächern üben wollen, etwa nach dem Vorbild Ross Perots, der uns eine überzeugende Sam-Hawkins-Imitation geschenkt und klargemacht hat, dass sich in der Buffo-Type der Geist des amerikanischen Wahlkampfs so rein verkörpert wie die Filtertüte im Melitta-Mann.

Womit wir bei den eigentlichen Helden, den Helden der Werbung wären. Die Spitzenreiter hier sind Dr. Helmut Kohl, der für zehn Jahre Bundesadlerwerbung von einem Rudel der allerkritischsten Always-Ultra-Frauen interviewt wurde (›Ultra trocken, Ultra sicher und mit Sicherheit ein gutes Gefühl‹) und Claudia Schiffer, der man, wie dem Erstgenannten, zwar die Bewältigung der Einheit, aber nicht die geistige Beweglichkeit zutraut, ›Hilfe!‹ zu schreien, wenn ihre Kleidung Feuer fangen sollte.

Das aber, Feuer gefangen, haben 500 Jahre nach der Entdeckung

Amerikas, die deutschen Frauen in Anbetracht einer viel wichtigeren Entdeckung: der des männlichen Körpers. Seit Cameron Alborzian, Levis schönster Maschinist, seinen polierten Nackttorso vier sekündig, ja, jeder einzelnen im dunklen Kino Schmachtenden zuwandte, genießt das unbekleidete Männchen ungeahnten Wallungswert, und der Slip des Nudisten wird bei einer Abendveranstaltung heute etwa so voll wie der Schoß des japanischen Premiers, als George Bush sich darüber beugte.

Wir wollen aber auch die Opfer der Werbung nicht vergessen: Beide, Lothar Matthäus und Rudi Völler, zogen sich unmittelbar nach Abschluss eines Werbevertrags für Sportgetränke schwere Verletzungen und italienische Geliebte zu, was zu sofortigem Formtief und sportlichem Aus führte.

Und damit bleibt uns nur noch, der Verschwundenen des Jahres '92 zu gedenken: Leb wohl, schöne liderflatternde Erika Berger, und sei ohne Sorge, wo immer zwei Menschen zusammen ins Bett gehen, da bist du mitten unter ihnen. Leb wohl, Franz-Xaver Kroetz, wer immer an der Börse der Skandale seinen Namen verspielt, er wird den deinen nicht geschenkt haben wollen. Leb wohl, Franz-Moses Alt, der du im Schilfgras einen Bestseller fandest! Du hast das Wunder vollbracht, aus Stroh Heu zu machen. Lebt wohl, alle, die ihr in diesem Jahr so vorbildlich untergegangen seid!

Der Gala-Hirte

Hier füttert er ein Vögelchen: Caritas, die Fürsorge. Hier setzt er im Trainingsanzug zum Sprint an: Fortitudo, die Tapferkeit. Hier streichelt er im Abendlicht die Wange seiner Frau: Clementia, die Milde. Hier überspringt er eine tiefe Gletscherspalte: Audacia, die Kühnheit. Hier steht er mit Schneebrille und Spitzhacke:

Vis, die Stärke. Hier studiert er im Flieger seine Akten: Prudentia, die Klugheit.

Ja, das fotografische Familienalbum derer von Weizsäcker (Potentia, die Kraft), aufgeblättert in »Gala«, ist kein bloßes Exzerpt aus Gottes Heimvideo, sondern eine Versammlung jener Allegorien, durch die schon die antike Bildersprache das gute Regiment ausgezeichnet hat, um dem Bürger abstrakte Tugenden zu versinnbildlichen.

Zehn Jahre lang hat der Fotograf den guten Hirten »ganz privat« begleitet. Zwei Agenten der Öffentlichkeit arbeiteten einander zu. First Lady und Fotograf sind nun einmal die wahren Assistenzfiguren eines Präsidenten. Die Gattin vertieft die Kontur des sensiblen, auch häuslichen Mannes; der Fotograf erfüllt eine Präsidentenpflicht: die Übertragung des Amtes ins Bild.

Denn was wäre dieses Amt ohne jene Literarisierung des Banalen, die schon einen Sicherheitsabstand ›Aura‹ nennt und die Diskretionszone nur durchbricht, um ein Stück Verhüllungsjournalismus zu apportieren. Die Geschichtsschreibung der Gegenwart findet nun einmal in den Klatschzeitschriften statt.

Den Antagonismus aber, der sich eigentlich im Bilde manifestiert, hat Nietzsche in der Unterscheidung des Dionysischen vom Apollinischen gefasst: unten das dumpfe Gewusel des Volkes, oben die Ordnung des reinen Scheins, die erlösende Lüge, in lauter fotogenen Wirklichkeitsberührungen festgehalten, uns die landesväterliche Welt als Pastorat zu vermitteln.

Wie schrieb noch Bischof Alois Wagner zu einer früheren Weizsäcker-Folge: »Die Darstellung hat mir sehr gefallen. Ich danke für eine solche positive Lebensvorstellung.« Mag sich des Bischofs Leben auch durch die Illustriertenlektüre verbessert haben, eigentlich spricht hier die Misere einer Zeit, in der man sich freuen muss, wenn Menschen überhaupt noch positive Vorstellungen mit ihrem Leben verbinden – selbst wenn sie dafür einen Präsidenten aufwenden müssen.

Potemkins Nazis

In Lübeck sterben zehn Menschen. Wir sammeln für sie: Spenden und Verdachtsmomente, tagelang. Zwei Wochen später hat der Mantel der Geschichte seine Arbeit getan, das Vergessen trägt den Namen »Nachrichtensperre«.

Nein, Lübeck, wir vergessen dich nicht, hat sich der NDR gesagt und den Flurschaden inspiziert, den ein »ARD-Brennpunkt« (tatsächlich: »Brennpunkt«!) im Sendegebiet angerichtet hatte. Weil nämlich zwei der vorübergehend verdächtigten Männer aus der mecklenburgischen Kreisstadt Grevesmühlen stammten, zog die ARD einen wenige Jahre zuvor gedrehten Beitrag aus dem Archiv, in dem es um die Mitwirkung hiesiger Rechter an den Attentaten von Rostock-Lichtenhagen ging.

Dort sah man Hakenkreuz malende, mit faschistischen Emblemen dekorierte Jugendliche: »War'n gutes Feeling«, sagte einer über seine Mitwirkung an den Attentaten, »und hat ja auch was gebracht«, die Ausländer »sind ja raus jetzt«. Nur eine Mutter fasste ihr Bedauern über den Brandanschlag in das antifaschistische Argument: »die Häuser sind ja für niemanden mehr zu gebrauchen«.

So also war es damals gewesen. Nachdem diesmal die Verdächtigen entlassen waren, leistete der NDR Abbitte für die Aussendung jenes alten, aber tadellosen Beitrags, fuhr neuerlich nach Grevesmühlen und fand: Keine rechtsradikalen Gewalttäter, nur liberale Rechtsradikale, die das mögliche Lübecker Attentat mit den Worten kommentierten: »ich mein, ich hab auch was gegen Ausländer, aber dass man so was macht, das muss nicht sein«. Außerdem entdeckten die Reporter noch die »Verkehrsberuhigung« und »noble Fußgängerzone« sowie den türkischen Imbisshändler, der alle seine Kunden »nett« fand.

Anschließend geißelte sich der NDR-Chefredakteur dann vor der Kamera: »Wir müssen uns im Nachhinein fragen, ob wir nicht an solchen Tagen, trotz aller Hektik, auch kritischer gegenüber uns selbst sein müssen.« Trotz aller Hektik: gut gefragt!

Wenn aber Lokalpatriotismus Vorrang hat vor Antifaschismus, dann ist Grevesmühlen das Potemkinsche Dorf des politischen Journalismus, es kommt und geht, gebiert Gewalttäter und hat sie nie geboren. Wenn man also wieder mal über Rechtsradikalismus berichtet oder sich für seine Berichte entschuldigt, dann bitte mit dem Hinweis, dass man in jedem Fall nichts gesagt haben wolle.

Schönheit in Serie

Sadismus, Rechtsextremismus, Triebtäterei; Pädophilie, Pyromanie und Vandalismus – keine Unart, für die nicht das Fernsehen verantwortlich gemacht worden wäre. Also ist die Glotze ein Bakterienherd, vor dem auch Franz Alt zum Punk mutieren könnte.

Wenn man aber vom Fernsehen ein schlechter Mensch werden kann, dann muss man auch ein guter werden können. Trotzdem hat offenbar noch niemand die sittliche Gediegenheit einer Gertrud Höhler oder Rita Waschbüsch auf ihren Fersehabusus zurückgeführt. Dabei wäre es so einfach.

Das Fernsehen hat nämlich einen erheblich höheren Ausstoß an Schönem, Wahrem und Gutem als an Frevel. Gerade in den beliebten amerikanischen Serien ist die Welt so wie sie sein muss, damit sie recht schön wird: schön doof und schön konservativ. Im amerikanischen Gemeinwesen bekommt jede gesellschaftliche Institution eine Serie: die Familie, die Polizei, das Militär, das Gesundheits-, das Erziehungs-, das Bademeisterwesen und die Presse. Kein Stützpfeiler des Staates ohne seine Seifenoper.

Hier wird die Gesellschaft unter der Kategorie des Happy Ends reflektiert: Kriege sind problematisch, weil auch Böse in ihnen kämpfen, Schulen sind problematisch, weil man sitzen bleiben kann. Dabei geht es nicht einmal primär um die Erhaltung des Status quo, es geht um den Gattungserhalt der Seifenoper. Die Anarchie schreibt keine Serien.

Der Erfolg der Serien beruht auf der Gewissheit, dass man hier dem eigenen Leben nicht wieder begegnen wird. Nehmen wir den Klassiker »Beverly Hills, 90210«: Säße nicht auf Myriaden von in den Orbit hinausgesendeten Fernsehminuten je eine solche Gestalt, die Figuren wären als Menschen gar nicht mehr identifizierbar. Sie sind Replikanten von Replikanten, zusammengesetzt aus falschen Gefühlen, falschen Dialogen, erschwindelten Problemen, ihre Gedanken sind keine, ihre Gefühle kommen schon in Kondomen zur Welt, und ihre Sexualpraktiken sind die weich gezeichnete Antizipation von tausend Jahren ehelicher Duldungsstarre.

Die Mütter haben die Wärme von Piktogrammen, gegen die Väter ist Harry Wijnford ein Hooligan, und niemals werden sie sich vorwerfen müssen, in ihrem Leben etwas Unvorhergesehenes getan zu haben. Ihre Botschaft aber ist dennoch echt: Familien müssen ein Horror sein, damit sie Serien produzieren, in denen die Schönheit der Familie nur irreal gedacht werden kann.

Die Phantasie an die Macht? Die Macht regiert die Phantasie. Wer auf Wirklichkeit nicht verzichten will, muss sich an Horror und Terror halten. Womit wir wieder am Anfang wären.

Zensur

Auf jemanden muss man ja hören. Deshalb ruft jemand von Zeit zu Zeit an und sagt: Das geht nicht. Ihr Beitrag macht Ärger! Ihr Gast ist der falsche! Sehen Sie nicht, wie Ihr Artikel schadet! Gegen jenen Essay habe ich mein ganzes Leben lang gekämpft! So einfach ist das nicht!

Keine Sorge, eine Zensur findet nicht statt, nur fliegen Beitrag und Gast, Artikel und Essay raus. Rausfliegen, das ist ihr Leben, Rausschmeißen ihr gutes Recht. Eine Wahrheit, aber ohne Erfolg, eine Überzeugung, aber ohne Mehrheit, ein Schnitt, aber ins eigene Fleisch – ein Dilettant, wer gleich ›Zensur‹ schreit, wo bloß Journalismus verschwindet.

Niemand schreibt mehr über Zensur in Deutschland, also findet sie nicht statt. »Die Censur macht jede verbotene Schrift, sei sie schlecht oder gut, zu einer außerordentlichen Schrift, während die Pressefreiheit jeder Schrift das materiell Imposante raubt.« Haben wir, Karl Marx bei Fuß, keine materiell imposanten Texte mehr, weil Parteien und Konzerne selbst dazu da sind, über das Wirken der Parteien und Konzerne im Körper der Öffentlichkeit zu berichten?

Dochdoch, wir haben auch unsere Geheimnisse, ›Tabus‹ genannt, wir kitzeln Drüsen, lassen Slips runter, können öffentlich schon freihändig reden über Schwänze. Das ersetzt das Ausplaudern anderer Geheimnisse: des Geheimnisses, wie Nachrichten gemacht, Magazine gemischt, Meinungen bestellt, Recherchen verklappt werden.

Wir haben die DDR dafür, Systemkritik zu üben, denn sie ist tot. Anpassung für Unrechtsregime, das ist immer noch was anderes als Anpassung für einen Rechtsstaat, und wenn die Feigheit des Westens den Kleinmut des Ostens hundertmal in die Tasche steckt! Wir sind feige für den richtigen Staat und können uns, während wir dem Osten posthum Zivilcourage abfordern, im Westen schon gar nicht mehr erinnern, wann es hierzulande so was mal gegeben hat. Wer wird einen Konzern angreifen – der ihm anschließend die Arbeit raubt? Wer wird einen Medienmogul bezichtigen, der danach prompt seine Hunde loslässt? Wer wird sich mit irgendwem überwerfen, der ihn ernähren könnte? Kritik ist unbezahlbar, deshalb gibt es sie nicht. Sie schneidet die Kritiker von ihren Lebenswurzeln ab. So einfach ist das. Glaube ich. Bis mir jemand schreiben wird: So einfach ist das nicht!

Suzana im Keller

Manchmal, wie durch Zufall, filmt das Fernsehen einen Menschen in dem Augenblick, in dem er am schönsten ist. Dann wird auch das Medium schön. Neulich in der Nacht gab es einen solchen Augenblick. Die Stimme der jungen Frau, ein Mädchen eigentlich, war vielleicht zehn Jahre älter als ihr Gesicht – ein Gesicht ohne Nation, klar, doch innerlich verletzt, mit etwas Flehentlichem im Blick, in den die Lebenslust manchmal ein verschmitzes Lächeln eintrug und seufzend begrub. Sie trug auch ein bisschen Lippenstift auf ihren aufgesprungenen Lippen, und das opulente Kornblumenblau ihres Wollpullovers stützte den Kopf wie der Stewardkragen eine spanische Adlige.

Sie saß in einem Keller. Später ging sie auch einmal durch die Ruinen ihrer Stadt und sprach nicht. Dabei hörte man sie sagen, was sie im Keller zu sagen begonnen hatte: dass das Glück so etwas war wie das Eintreffen von Zigaretten oder das Singen oder das Paket-Auspacken. Sie sagte auch, ich brauche eine Rückenoperation und eine Augenoperation und ein Land, in dem man nicht nach meinem Namen fragt und mich danach beurteilt, und keinen Freund, denn der Flirt, der ist doch hier nur ein Theater, das niemand mehr glaubt. Sie sagte solche Sachen ängstlich, missverstanden zu werden, obwohl es eigentlich kein Gegenüber gab, niemanden, der antworten oder eine praktische Schlussfolgerung hätte ziehen können. Eher behandelte sie die Kamera wie etwas, das ihr verheißen worden war, wie ihren deus ex machina, zu dem sie redete wie eine große Frau, als sie noch nicht groß war.

Die Hoffnung löste sich beim Sprechen nicht von ihrem Gesicht, denn sie wusste nicht, was uns eine Kamera bedeutet, wozu wir sie eigentlich benutzen, und dass jenes Bild, das sie von Suzana herausarbeitete, um es auf die Reise zu schicken, hier nur in der Nacht und nur auf »Arte« den Menschen zumutbar ist. Es handelte sich um ein schönes Bild, und es kam aus dem Krieg, aus Sarajevo, wie ich erst jetzt sage, denn Texte mit diesem Namen auf der Stirn werden auch nicht mehr gern zu Ende gelesen. Suzana war klug, lebte aber sicher zu lange außerhalb dieser Welt, um ahnen zu können, wie wenig ihr Bild uns über ihre Gefährdung verrät, wie viel über die Belanglosigkeit unseres Friedens.

Tag für Tag

Konferenzen, Detonationen, Blutlachen – bald 700 Tage Jugoslawien-Krieg, und nichts bleibt als Blödheit vor den Bildern und spezialisiertes Wissen über militärische Strategien und Versorgungssituationen. Ist das der Krieg, von dem manche deutsche Korrespondenten heute schon berichten wie Veteranen?

Bald 700 Tage, und der Krieg hat endlich einen Programmplatz: »Tag für Tag«, kurz vor halb Neun bei »Arte« – und zur Blamage aller anderen deutschen Sender nur da. Er kommt als Miniserie, wenige Minuten Echtzeit lang, tagsüber in einer anonymen Straße von Sarajevo aufgezeichnet und abends ausgestrahlt: statt dröhnender Off-Kommentare, untertitelte Original-Dialoge; statt dramatischer Handkamera ein wie abwesend wirkendes Objektiv; statt spektakulärer Einschüsse das Fällen einer Birke; statt Heckenschützen Kinder beim Wasserholen; statt zerfetzter Opfer zerschlissene Überlebende – lauter Nahaufnahmen aus einem Alltag, der in seinen banalen Verrichtungen den Krieg ausspricht, den Krieg, der in die Gesichter geschrieben hat wie in die Kinderspiele, der den Streit zwischen Nachbarn und Ehepaaren treibt und die Löcher, Höhlen und Keller bewohnbar macht.

Der Krieg ist Regisseur und imaginäre Hauptfigur in diesen monumentalen Minidramen, das heißt, er ist alles, was sichtbar und hörbar ist. Alles, was belichteter Film zum Sprechen bringen kann, ist Krieg, aufgezeichnet mit den kargsten Mitteln, gestimmt auf den immer selben tonlosen Klang, in der engstmöglichen Annäherung an die Perspektive einer belebten Kamera, ein einziger innerer Monolog aus der Existenz der Davongekommenen oder Noch-nicht-Gefallenen.

Daran, dass dies kaum wie Fernsehen aussieht, erkennt man nicht zuletzt, wie sich das Medium hierzulande diesen Krieg gefügig gemacht hat: als ein Reservoir von starken Bildern und Stimmungen, deren Mitteilung kaum mehr infrage gestellt wird. Und an dem Umfeld rings um diese Implantate aus der wirklichen Welt erkennt man die Gewalt, die Hysterie und auch die Banalität dessen, was der Zuschauer in seinem Fernsehen als Frieden bezeichnet und 1438 Minuten täglich gegen diese zwei Minuten Realität verteidigt.

Nachruf auf einen Krieg

In Irland hält das sinnlose Morden immer noch an … – Wieso ›sinnlos‹? Kommt es denn zu gar keinem Fortschritt? – Doch, es gibt jetzt einen so genannten Friedensprozess. – Das heißt, alles wird erst mal blutiger? – Nicht unbedingt. Gary Adams hat Bill Clinton besucht. – Und dadurch wird es friedlicher? – Nicht unbedingt. Aber John Major war verstimmt. – Und dadurch wird es friedlicher? – Angeblich. – Der Frieden ist jetzt in greifbarer Nähe? – In greifbarer. – Warum denn erst jetzt? – Das liegt am Wandel. – Also, der ist ja jetzt ein internationales Phänomen. – Das Ende des Kalten Krieges usw. – Genau. Der Fall der Mauern, Berlin, Gaza, Johannesburg usw. – Genau. – Aber worum haben die eigentlich so lange da in Belfast gekämpft? – Das geht jetzt schon Jahre. Jahrzehnte sogar. Fast schon immer. – Und was waren ihre Ziele? – Der Krieg vor unserer Haustür … – Wie Jugoslawien. – Genau. – Und was waren jetzt nochmal ihre Ziele? – Da gab's mehreres. – Wegen der Religion oder wegen England? – Die Iren sind ein freiheitsliebendes Volk. – Schon historisch. – Und was war der Sinn dieses Krieges? – Kriege sind immer sinnlos. – Aber worum haben sie dann gekämpft? – Ja, da wurde jeden Tag geschossen. – Wegen der Protestanten? – Teilweise. – Wegen der Königin auch? – Jeden Tag kam da einer um. – Und die Katholiken? – Auch, starben auch. – Auf welcher Seite steht England denn? – Die sind dagegen. – Warum sind die dagegen? – Schon historisch. – Im Falklandkrieg waren sie nicht dagegen. – Genau. – Und in Irland? – Nur verteidigt, und zurückgeschossen. – Dann die Prozesse. – Was das allein gekostet hat! Und wofür? – Selbst Kinder und Haustiere, alle wurden erschossen, täglich. Attentate mitten auf einer Hochzeit, alles da gewesen. – Die Mütter … die Witwen … – Selbst schuld, die haben ja auch mitgemacht. – Lauter sinnloses Morden. – Und unschuldig vergossenes Blut. – Und unermessliches Leid. – Genau. Und warum, fragt man sich. – Sie sind in einem anderen Geist aufgewachsen. Das ist es. – Also, so einfach ist das. – Letztlich, ja. – Das geht schon Monate, schon Jahre. – Schon Jahrzehnte. Das ist historisch. – So einfach ist das. Letztlich. – Und auf welcher Seite steht England? – Ich meine, ich bin gegen den Krieg. – Klar. – Schon historisch.

Die doppelte Demi

Als Bill Clinton sein Herz für Tipper Gore entdeckte, zitterten Hollywoods Liberale. Ein Kulturkampf entbrannte – wie immer um den sauberen Bildschirm. Hollywood reagierte umgehend und schickte fünf Filme zum Thema Striptease in die Produktion. Auch Demi Moore war mit von der Partie, zeigte sich aber der Bedeutung ihres Vornamens verpflichtet und beteiligte sich an beiden Kampagnen jeweils zur Hälfte. Einmal saß sie, ganz method actress, undercover in amerikanischen Strip-Lokalen und studierte, was Claudia Nolte simultan in Bangkok studierte.

Ein andermal beklagte sie im Interview die ausbeuterische Weise, in der Nacktheit filmisch eingesetzt wurde, und machte sich für einen künstlerisch bewussteren Umgang mit dem Nackichten stark. Freunde von Masturbationsvorlagen erinnerten sich bei diesen Aussagen an jene Herrenmagazins-Moore, die ehemals nicht allein ihre fotogen gereckten Brustspitzen, sondern sogar die struppige Zone im Schritt selbstbewusst in das Objektiv geräkelt hatte. Auch erinnerte man sich an die sexuelle Präsenz eines vom Airbrush gnädig hochgegeilten Demi-Leibes aus »Disclosure«, der schon auf dem Plakat von solch hohem Wallungswert war, dass man in Frankreich das Plakat verbot und zu einem entschärften Motiv überging.

Offensichtlich besitzt Demi Moore ihre Moral in doppelter Ausfertigung, und das ist schon besser, als wenn sie nur die von Tipper Gore besäße. Unerlässlich aber ist eine solche doppelte Moral offenbar, will man ein Sexsymbol sein, bringt dazu aber ein Gesicht mit, das man schon von unten fotografieren muss, soll eine Oberlippe zu sehen sein. Eine doppelte Moral sexualisiert einfach stärker als ein Kussmund. Dank ihrer erregt man den Eindruck, mit der eigenen Nacktheit anspruchsvoll und schuldbewusst umzugehen, veredelt aber gleichzeitig den Körper in seiner erniedrigten Nacktheit zum erotischen Massiv.

In Demis nächstem Film, »The Scarlet Letter« nach Hawthornes historischem Roman, gibt's deshalb wieder Selbstbefriedigung im Wannenbad, Zeitlupensex in der Scheune und auch sonst das Übliche: Wieder spielt sie den Vordergrund der Lust, weil sie ihren Hintergrund nicht kennt, denn der ist schon so besetzt von Kalkül, dass die Lust lustlos wirkt und Tipper zu Ehren auch lustlos macht.

Opus Eligmann

Mein Name ist Barbara Eligmann. Ich bin blond. Ich bin exklusiv. Sie nicht.

Mein Name ist Barbara Eligmann. Ich kann aus jedem Juckreiz eine Kanzelrede machen. Sie nicht. Ich lese Ihnen was vor. Ich lese flüssig. Das Leben ist ernst. Morgen ist auch ein Tag. Morgen bin ich wieder Barbara Eligmann. Sie wieder nicht.

Mein Name ist Barbara Eligmann. Ich bin vertraut mit dem Schmuddel wie die Mutter mit dem Babyrotz. Sie nicht. Ich bin Journalistin – oder das, was ich dafür halte. Ich bin clean. Ich bin weiblich. Ich habe keinen Auslauf, keine Ansprache, aber ich gucke in die Kamera. Die Kamera guckt nicht in mich. Denn ich bin nicht da. Ich bin im Fernsehen.

Mein Name ist Barbara Eligmann. Sie sehen mich bei der Arbeit. Meine Arbeit ist, Barbara Eligmann zu sein. Nicht Sie. Dies ist kein Fernsehstudio. Es ist ein Hock-Abort. Ich hocke für Sie. Mein Name ist Barbara Eligmann. Catherine Deneuve finde ich »toll«. Die hat »Stil«. Ich auch. »Die kann heute noch jeden Mann haben.« Ich auch. »Ich habe keine Faustregel, wenn ich zum ersten Mal mit einem Mann ins Bett gehe. Ich entscheide spontan.« Nicht jetzt. Jetzt bin ich spontan – Barbara Eligmann.

Mein Name ist Barbara Eligmann. Ich habe mich an mich gewöhnt. Sie auch. Sie finden mich kühl. Ich nicht. Ich finde: »Sex ist nur mit wahren Gefühlen richtig schön.« Und Fernsehen wird durch Bild erst schön. Und Gesundheit ist das höchste Gut. Ich bin ich. Sie nicht. Mein Name ist Barbara Eligmann. »Findet man bei getöteten Pferden menschliches Sperma« (ist es von uns, nein:), »ist Sodomie für uns ein Thema. Zeigt man aber nur Perversionen der Welt, zum Beispiel einen Mann, der nur mit Windeln Spaß beim Sex hat, ist das reiner Voyeurismus.«

Mein Name ist Barbara Eligmann. Ich untersuche Pferdegenitalien. Für Sie. Vor Windeln mache ich Halt. Ich weiß nicht, warum.

Ich weiß nicht, was Voyeurismus ist. Ich weiß nicht, wer ich bin. »Zu Hause bin ich manchmal gern die kleine Zuckermaus und passe mich an.« An Pferdegenitalien. Nicht an Windeln. Mein Name ist Barbara Eligmann. Ich weiß nicht, was ich will. Ich weiß nicht, was Sie wollen. Sie sehen mir zu. Davon lebe ich. Sie sind Barbara Eligmann. Tag für Tag.

Die Tränen der Schönheitskönigin

Visage 94. Willkommen im Advent der Schönheitsköniginnen! Jeden Tag erblickt irgendwo eine Miss Sachsen die Welt des Lichts, jede Woche stürzt aus dem Dunkel der Kaufhauskassen und Bankschalter eine Star-Schnuppe auf den Laufsteg und verglüht in Blitzlichtgewittern, ehrgeizig, Kitsch zu werden und sich eine Pension rauszuknobeln.

Miss Saigon, Miss Sarajevo, Miss Universum – Meilensteine für den Imperialismus des Fotogenen. Das ist schwere Arbeit, aber schließlich ist eine Schweinemast auch kein Zuckerlecken – für die Schweine.

Nachrichten an! Wir defilieren mit, mit den Augen der Juroren, die uns sagen werden, wo das größte Geschlechtsteil des Menschen, das Gehirn, seine appetitlichste Verpackung gefunden hat, mit den Kameras und ihrem Schweifen zwischen Food Photography und Veterinärmedizin, mit den Programmmachern, die sitzen, zu richten die Lebendigen und die Quoten. Plötzlich sind die hässlichen Nachrichten voller Fleisch, und das Fleisch ist vom Weib, und das Weib ist abgehangen und hat gelernt, auf und ab zu gehen und Charme zu haben und eine Persönlichkeit anzudeuten. Und während unten in der Jury so ein Plastic Hippy seinen Ballaststoffriegel vervespert und neben ihm die TV-Moderatorin mit dem Wash-and-Go-Charisma und fachfraulichem Stutenbiss eine vorbeizitternde Wade belächelt, stieren oben zwei Mädchenaugen verdunkelt wie im Ecstasy-Rausch in den kommenden Ruhm, fanatisch wie ein Fan der eigenen Person, besessen schön.

Am schönsten aber sind die Aufnahmen, die uns von hinter der Bühne erreichen, aus der Twilight-Zone der Verwahrlosung, der Laster, des Schmutzes und der psychologischen Entgleisung, wo die Landpomeranze Pillen schluckt, sich der Zigarettenrauch mit dem süßlichen Odor aus Cremes und Unterwäsche mischt und die Körper sich vorbereiten, ihre Körper zu verlieren, um vom Purgatorium ins Paradies aufzusteigen.

Jetzt steht uns nur noch ein Gesicht bevor, das zeitlose, internationale, wie im Orgasmus verzerrte Triumphgesicht der Schönheitskönigin, entsetzt vor Glück, in einem stummen Schrei die Hände vor die prämierte Larve schlagend, aus der augenblicklich schwere Tränen herausflennen. Die müssen schmecken wie ein Lufthansa-Feuchttuch und tun gut, denn sie begießen unsere Sehnsucht nach Schlampen.

Mit aller Gewalt

Natural Born Killers« hat es geschafft: die Winterkollektion der Argumente gegen die filmische Gewalt ist eingetroffen! Doch während sich das Räsonnement immer gleich bleibt in seinem Bemühen, die Statistik der Leichen mit dem alttestamentarischen »Du sollst« zusammenzubringen, hat die Gewaltdarstellung selbst sich verändert. Sie ist drastischer und harmloser geworden – drastischer nicht im Numerischen, sondern in der Präzision der Abbildung und harmloser als Reihung von Bluttaten, die nur mehr dem Kino ähneln und seine Manierismen verraten, wenig mehr.

Wenn in der Schlusssequenz von Polanskis »Chinatown« Faye Dunaway von einer Kugel durch den Hinterkopf hingestreckt wird, so entpuppt sich Gewalt als Thema, weil der Film diese Kugel in der ersten Szene abgefeuert, ihren Lauf verfolgt und dem Opfer seine Geschichte gegeben hat. Der Film lässt einen Trauerfall zurück.

Wenn Oliver Stone oder Quentin Tarantino blutige Todesfälle verhängen, dann sind die Opfer Komparserie, Gefallene unter der Willkür der Regie, die in der Darstellung der Gewalt einen verloren gegangenen Wirklichkeitsbezug simuliert. Diese Filme sind ›meisterlich‹ und genauso leer, Dokumente eher des Umgangs mit Kino und Kinopublikum als mit realer Gewalt.

In ihrem Angesicht wird man der Gewalt müde, nicht weil man einen moralischen Einwand gegen ihre Darstellung hätte, sondern weil man sich an dieser neuen Form der Soap Opera so schnell überfrisst. Sie packt ihr Reizpotential in die immer selben blinden Aggressionsbilder, in Stereotypen mit einer höheren Konventionalität als der Filmkuss. In der Darstellung von Gewalt wird eben nicht zwangsläufig Realität zum Thema und der Überschuss verrät keinen ironischen Umgang mit dem Medium, eher Desinteresse oder Kalkül. Die Gewaltdarstellungen der jüngsten Zeit unterbrechen das Verhältnis zwischen Gewaltbild und Affekt. Das macht sie stumpf.

Ihre Inszenierungen spekulieren immer noch auf Moralisten. Das macht sie bigott. Wer aber diese Moral und den schlechten Geschmack hinter sich hat, wundert sich nur noch über die fixe Idee und den opernhaften Pomp der immer gleichen Inszenierung. Tatsächlich ist die Gewalt ja nicht nur belanglos geworden, weil der alte Schock nicht mehr zündet, sondern auch, weil ihre Opfer so belanglos wirken.

Mein Schaden

Ich habe Schaden genommen. Vor dem Fernseher. Und das ging so: Ich schau gern VOX, den Sender mit dem informationsorientierten Vollprogramm. Neulich schalte ich ganz informationsorientiert eine ethnologische Studienreihe über die Schönheit der schwarzen Wilden an. Die schwarze Wilde heißt Laura Gemser oder »Black Emmanuelle« und ist, wie alle Film-Schwarzen, in ihrem Herzen ein richtiger Ethno-Nackedei.

Wie ich also noch zusehe und total informationsorientiert erfahre, dass so eine schwarze Frau ja auch die Liebe am Pool oder im Zug durchaus praktiziert, fällt mein Auge auf eine kurzhaarige blonde Perle, die schon vorher so am Rande, also eher parasitär mitgesündigt hatte. Aber plötzlich – Black Emmanuelle ist nur mal kurz tanken – liegt diese Blonde beim Tankwart hinten in seinem Verhau. »Hier, Madam, bitte bedienen Sie sich«, hatte der Angestellte von »Kenya Oil« noch ganz freundlich gesagt. Da holt sie seinen Leibhaftigen, sein Corpus delicti, einfach so aus dem Overall-Schlitz, streckt ihn samt dem Tankwart nieder unter einem Plakat der »African Airways«, und dreimal kurz hintereinander flammt ihr Geschlecht auf, aber mit dem schwarzen Tankwart drin, ganz deutlich zu sehen, und dreimal ist auch die Tankuhr zu sehen, wie sie auf zehn, auf zwölf, sogar auf dreizehn Liter springt und fast platzt. Draußen hantiert der Junge mit dem Einfüllstutzen, der überläuft. Auch die schwarze Emmanuelle kuckt schon ganz komisch. Drinnen macht ihre weiße Freundin, das Luder, »ohh« oder »ohhhh«, je nachdem, und benimmt sich, als gäbe es keine Pornographie auf der Welt.

Ich sofort auf die Uhr gekuckt. Mitternacht längst vorbei. Da konnte ich förmlich zusehen, wie der Schaden wuchs. Nie mehr werde ich diese Bilder los. Es waren Haare dran. Der Mann war schwarz, stark und prall, die Frau weiß, schlaff und faltig, und beide arbeiteten hart, so furchtbar hart.

Aber morgen werden die Straßen schwarz sein von all den Protestierenden, »Kenya Oil« wird boykottiert, und sei es auch nur, weil wir nach fünfzig Jahren Schutz vor dem Schmutz einen traumatischen Schock geerntet haben, weil wir so lange warten mussten, bis das deutsche Fernsehen einmal Pornographie sendet, und dann hat sie mich nicht erregt, und wie ich erst jetzt weiß: auch sonst niemanden.

Zwei Frauen

Es schlug ein Uhr mittags, und in ganz Irland blieben die Busse stehen. Polizeistationen, Krankenhäuser, Fabriken ruhten. Rundfunkstationen unterbrachen ihr Programm. So wurde eine Siebenunddreißigjährige geehrt, die bei der Ausübung jenes Berufes ums Leben gekommen war, der in Deutschland auf der Beliebtheitsskala noch unter dem des Politikers rangiert. Zur Beerdigung waren auch Mary Robinson, die Präsidentin, gekommen sowie Vertreter der Kirchen und Gewerkschaften. Der kleine Sohn der Toten trug ein Foto ihres Idols, des Fußballspielers Eric Cantona.

Die Journalistin Veronica Guerin war in ihrem Wagen erschossen worden, nachdem sie durch ihre Recherchen Vertretern der organisierten Drogen-Kriminalität zu nahe gekommen war. Auch der Regierung war sie nicht bequem gewesen, hatte – nach einem gescheiterten Attenat auf ihr Leben – vor der Unterwanderung der Staatsorgane gewarnt. Das hinderte Mary Robinson nicht, am Grab von Veronica Guerin zu erscheinen.

In derselben Woche unterschrieb eine andere Frau, achtunddreißigjährig und weit weg von Irland, den mit 1.5 Millionen Dollar pro Jahr höchstdotierten Auslandskorrespondenten-Vertrag der Welt. Christiane Amanpour war für CNN im Golfkrieg, in Somalia, in Bosnien. In Sarajevo dachte sie, als Margaret Moth, ihre

Kamerafrau, von einer Kugel ins Gesicht getroffen wurde, kurz an den Ausstieg, kehrte aber, gemeinsam mit der kaum genesenen Kamerafrau, nach Bosnien zurück. Sie wird jetzt gemeinsam für CNN und CBS von den Orten berichten, an denen die Welt am gefährlichsten ist.

In Deutschland gibt es keine nationale Trauer für tote Journalisten, und es gibt Millionengehälter nur für Unterhalter. Auch trauern keine Präsidenten am Reportergrab, und die meisten Programmmacher finden, Achtunddreißigjährige gehören nicht an den Krisenherd. In Deutschland sind auch lange keine Fälle von journalistischer Zivilcourage mehr ruchbar geworden, nur von Gefälligkeit und Manipulation, und der Reporter, der sich mit der kugelsicheren Weste dekoriert, ist bloß ein Quoten-Buffo. Hier ist der investigative Journalismus keine nationale Angelegenheit, er genießt keinen Schutz, kein Prestige und kaum Selbstachtung. Wahrscheinlich verdient er deshalb hierzulande auch kaum etwas Besseres als Geld.

Unternehmen Zukunft

Mag die Welt auch vor die Hunde gehen, die Zukunft hat dennoch ein blendendes Image. Wenn man es jedoch genau bedenkt, ist vom Anfang aller Tage an alles immer schlechter geworden. Luft und Wasser sowieso, dann die Manieren, die politischen Persönlichkeiten, die Haltbarkeit der Autos, die Popmusik, der Zusammenhalt unter den Menschen, das Herrentennis und die FDP.

Trotzdem verkauft sich Zukunft immer noch besser als Nostalgie. Die Küchengeräte kommen aus dem All, die Autos sind bestückt mit futuristischen Accessoires, in den Waschmittel- und Zahnpastalabors arbeiten Mad Scientists am Endsieg der Hygiene, und die Zigaretten schmecken nach Morgen, eben nicht nach der

Unwirtlichkeit der Großstädte oder nach transzendentaler Obdachlosigkeit.

Die Zukunft, das ist der röhrende Hirsch über dem Sofa, ein Kitsch, voll gesogen mit rührender Sehnsucht und Schwindel. Trotzdem werden Zeitungen und Fernsehen auch im neuen Jahr so viel Erstmaliges und Einmaliges produzieren, damit man den Einbruch der Zukunft in die Vergangenheit als erregende Gegenwart empfindet und die Chance bekommt, zum Zeitgenossen zu reifen.

»Immer mehr Menschen probieren ...«, werden sie sagen, und dann kommt eine neue Sexualpraktik oder ein Hobby, zu dem es keinen anderen Aufhänger gibt als die Zukunft. »Immer mehr ...« flunkert uns vor, die Zeit sei in Bewegung, wo sie in Wirklichkeit steht. »Kohl in der Krise. Stürzt der Kanzler?«, werden sie fragen wie alle Jahre, und wie alle Jahre stürzt der Kanzler nicht, aber wir erhalten den Eindruck, in einer lebendigen deutschen Geschichte zu leben.

Ein Verbrechen oder eine neue Krankheit werden sie so sicher wieder »die Geißel« nennen wie gewisse touristische Attraktionen wieder »das letzte Abenteuer«. Auch den »neuen Mann« wird man wieder kreieren, parallel »kommen« die alljährlichen starken Frauen wieder »mächtig« und langweilige, unspektakuläre Interviews werden so sicher das Prädikat tragen »packt aus« wie die neuen deutschen Komödien das Label »zwerchfellerschütternd«.

In Wirklichkeit ist der neue Mann eine Geißel, Verbrechen und Krankheiten geraten in die Krise, und die letzten Abenteuer strapazieren die Lachmuskeln. Wo der Boulevard die Bewegung der Zeit fixiert, steht sie still, wo sie sich wirklich bewegt, nämlich ins Desaster, da scheint sie nur stillzustehen, so gleich bleiben sich die Bilder. Was nicht neu ist, das also ist die Zukunft.

Lob der Talkshow

In den letzten fünf Jahren habe ich viele Talkshows, Tausende von Gästen und Themen kommen und gehen sehen, und genauso oft den immergleichen Artikel gelesen, mit dem Refrain: Talkshows sind blöd. Offenbar müssen Talkshows ihre Themen variieren, Artikel über Talkshows nicht.

In der letzten Woche startete RTL eine neue Talkshow. Zuvor druckte der »Stern« einen in deutschen Talk-Studios recherchierten Artikel, der zu dem überraschenden Fazit kommt: Talkshows sind blöd. Verfasser Wolfgang Röhl ist es nicht, und das lässt er im Text auch durchblicken. Genau gesagt sind nämlich alle deutschen Talkshows nicht nur blöd, sondern sie sind zu blöd für Wolfgang Röhl und den »Stern«. Der hält sich zwar ein eigenes Talk-Magazin, fällt aber dessen Machern wenigstens schriftlich in den Rücken: »Im Fernsehen werden von jeher Märchen erzählt.« Im »Stern« auch, möchte man hinzufügen, z. B. über Talkshows, die Röhl nicht von Chatshows oder Late Shows unterscheiden kann. »Nichts ist tabu«, klagt er dann von den Zinnen der Tabu-Hochburg »Stern«. Wie viele Themen im Fernsehen wirklich unmöglich oder wie viel Talk-Zensur es gibt, hat er natürlich nicht recherchiert. Dafür kennt er sich bei den Gästen aus, »Peanuts« kosten die, nämlich »500 bis 1000 Mark«. Fast. Schon Sonja Kirchberger und Harald Schmidt verlangen 10 000, Sophia Loren 90 000 DM. »Die immergleichen Visagen« hat Röhl, selbst Elmar-Wepper-Double, in Talkshows ertragen müssen und dabei wöchentlich mehr an Debut-Auftritten nationaler und internationaler Größen übersehen, als der Wepper-Fritz in seinem Leben an Indizien. Aber dann wird's nochmal originell: Früher war alles besser, findet Röhl, aus zwanzig Jahren Talkshow fallen ihm immerhin fünf Eclats ein. Heute dagegen der »Niedergang«: Es »wird nur noch smallgetalkt«, und im Großdruck geschrieben, jawoll, du niveauverwöhnter »Stern«-Autor: »Die Zahl halbwegs origineller Köpfe reicht maximal für eine einzige Show pro Woche aus.« Nicht nur verschleißt der »Stern« selbst mehr Köpfe, selbst der FDP wäre so viel Elite-Gekotze zu viel.

Fazit: In einer Talkshow würden so viel Dünkel und Inkompetenz auffallen, und genau das macht Talkshows so beliebt!

Sightseeing mit Bildtapete

Wenn Menschen alt und einsam werden, kultivieren sie das Selbstgespräch, denn es verschafft ihnen ein bisschen Gesellschaft, führt zu keinem Konflikt, transzendiert die Gegenwart und hört sich ungefähr folgendermaßen an: »So, ich geh jetzt mal in die Küche, jetzt gieß ich hier das Wasser in den Kessel, schön voll, so, jetzt setz ich mir hier ein schönes Teechen auf, schön warten, bis es heiß ist …«

Die Wiederkehr dieser Sprechform heißt »Moderation einer Jugendsendung« und begleitet nicht nur die Bewegungsabläufe im Fernsehstudio, sondern im Sommer auch im Freien. In dieser Jahreszeit nämlich ist die Saison, da ziehen die Moderatoren gen Süden und machen sich die Welt untertan. Das hört sich etwa folgendermaßen an: »So« (der Moderator steht in der Brandung), »ich bin jetzt hier am Meer. Puh, die Sonne ist ganz schön heiß (er fächelt), ich geh jetzt mal hier in den Schatten (er tut es), zu viel Sonne erzeugt ja Krebs (er reibt sich den Arm), aber hier unter der Palme (Kamera zeigt Palme) bin ich schön im Schatten (Kamera zeigt Schatten) …«

Ja, die Welt ist ein Wohnzimmer, man reist mit dem Finger über die Bildtapete und erfüllt dabei den Generationenvertrag zwischen Senilem und Infantilem. Der Senile aber war mal erwachsen, der Infantile darf es nie werden, sonst wird er für seine Aufgabe untauglich.

So sucht der elektronische Reiseleiter auf seiner biederen Reise von einer Sehenswürdigkeit zur nächsten jeder echten Sinneswahrnehmung, jedem Gedanken, jeder plötzlichen Sehschärfe auszuweichen, denn all dies wäre bereits Besonderung, Überordnung, Vereinzelung. Gesucht wird vielmehr das größte gemeinsame Vielfache, also die Unterordnung unter jeden möglichen Standpunkt des Publikums. Der Moderator muss Sklave sein und er muss die Kamera penetrieren können. Er muss weder beobachten noch denken, weder schildern noch überhaupt reden können. Er ist die Stimme des weißen Rauschens. Sein Auftrag liegt in der Fortsetzung der Berieselung mit anderen Mitteln. Insofern ist auch seine Rede nicht einfach hohl, sondern verfolgt nur einen anderen Zweck: Sie simuliert persönliche Ansprache unter Umgehung von Persönlichkeit und Sprache. Heraus kommt eine eigene Art Pop: Ausdruck ohne Eindruck.

R.I.P. WM

Die »Ecclesia-Bildpredigt« meint: »Der Reifeprozess schafft Probleme – der Fußball löst sie nicht.« Sowahrsowahr.

Doch schlimmer noch: der Fußball ist das Problem. Noch Wochen nach der Notschlachtung des deutschen Trikot-Adlers in einer amerikanischen Arena werden die Deutschen schwer über dem Fußball und der Fußball wird schwer über ihnen. Wer in dieser Verdüsterung reifen wollte, er müsste zum Kinde reifen wie Bebeto, er müsste etwas können wie Gewinnen oder Verlieren, statt Leisten oder Versagen.

Weil das so ist, weil Deutschland also nicht gespielt, sondern bloß geleistet hat, konnte diese Mannschaft – von Kanzler Kohl aufgebaut, mit der Hymne im Mund und dem Adler über dem Herzen, unter besten patriotischen Bedingungen – nicht verlieren, nur erbärmlich versagen, was nun Trillionen von Mallorca-Deutschen in den sengenden Blicken ihrer Mit-Touristen aus aller Welt ausbaden müssen.

Und während das Fußvolk statt durch WM-Gedächtnisbücher noch einmal durch die Alben mit den gepressten Stilblüten der Reporter blättert, räsonnieren die Sportjournalisten und ihre Trabanten immer noch, als könnten sie posthum das Schicksal abwenden und gewissermaßen im Replay die WM doch noch gewinnen.

Was wir wirklich dabei gewinnen, ist der Eindruck, es handele sich nur vordergründig um ein Spiel, eigentlich aber um eine symbolische Begegnung. Es beschleicht den Deutschen nämlich der furchtbare Verdacht, dass er, der wie niemand auf der Welt seine nationale Identität immerzu sucht, sie genau hier besitzt, sodass er als Einziger dem Spiel nicht zusieht, sondern dieses Spiel wirklich und durch sein Leben ist: so verbittert, so lustlos, so uninspiriert.

Wenn es so wäre, dann enthielte der Hass auf die deutsche Mannschaft vor allem den Hass auf das eigene Bild, dessen unbeachtete Schönheit aber doch wenigstens darin besteht, dass dieses Land beim nächsten Mal als Außenseiter ins Rennen geht. Vielleicht hält dies dann sogar den Kanzler fern. Denn dass Politiker den Fußball für ihre Zwecke missbrauchen, sagen die Reporter zwar nur afrikanischen Negerkönigen nach, da aber schon Berlusconi das »Forza Italia« verekelt hat, hätte hierzulande die Schlagzeile lauten müssen: »Riesenschlappe für Kohl – Deutschland nicht Weltmeister!«

Nichts gemeint

Erich Kästner ist alt geworden, hundert Jahre alt, doch manche seiner Sätze klingen noch älter: »Nie dürft ihr so tief sinken, von dem Kakao, durch den man euch zieht, auch noch zu trinken!« Schwach gesehen, schlaff gereimt, doch was waren das für Zeiten, als die Dichter noch mit dem Finger auf ihr Publikum zeigen und Imperative formulieren durften! Heute hieße das wohl: Wir sollten alle gemeinsam in einem vernünftigen Umgang miteinander ein Stückweit Normalität gewinnen!

Aber auch abgesehen davon, hat sich der ironische Zeitgeist gegen Erich Kästner durchgesetzt: Franz Müntefering und Hartmut Engler werden bei Harald Schmidt erst als »Lieblinge des Monats« veralbert, dann sind sie zu Gast bei ihm. Ricky von »Tic Tac Toe« fühlt sich durch die »Wochenshow«-Groteske von »Rickys Popsofa« so geschmeichelt, dass sie eines Tages selbst drauf sitzt. Achim Menzel, von Oliver Kalkofe als Sachwalter der schlimmsten Sammelsickergrube deutscher Fernsehmusik diffamiert, tritt inzwischen gemeinsam mit Kalkofe auf. Gerhard Schröder wirkt an einer buchgedruckten Schröder-Persiflage des Frühstyxradio-Teams mit, Verona Feldbusch trifft auf ihr Double in RTL-Samstagnacht, und nun sitzt selbst Hilmar Kopper in einer FAZ-Werbung zwischen »Birdsong Peanuts« und ironisiert seine eigene Schandvokabel, die zum »Unwort des Jahres 1995« wurde. Daran ist zunächst interessant, dass die Sprachpietätler bei der FAZ keine Bedenken tragen, mit einem Jahres-Unwort zu werben. Da Kopper später auch noch den Klassiker nachschob: »Die deutsche Armutsgrenze liegt irgendwo zwischen Mallorca und den Seychellen«, hat die FAZ außerdem wohl auch keine Schwierigkeiten, mit brachialer Gesinnung werbend auf sich aufmerksam zu machen. Vielleicht empfiehlt sie ihren Lesern ja demnächst auch das »sozialverträgliche Frühableben«. Schließlich aber wissen wir nun wenigstens, dass das Prinzip der vermeintlichen Selbstironisierung von Verona inzwischen auf die Hochfinanz übergegangen ist.

 Am Ende war Helmut Kohl der Letzte, der Kritik noch ernst und persönlich nahm und mit den Kritikern anschließend schmollte. Zeitgemäß aber wäre, man macht sich zum Teil der Kritik und beweist so, dass man sich selbst nicht wichtig, den Kritiker nicht ernst, seine Kritik nicht übel und Kästner nicht für voll nimmt.

Systemveränderer

Am Tag, als Monika Hohlmeier geb. Strauß bekannt gab, sie werde einen Hohlmeier heiraten, an jenem Tag habe ich den Ausdruck zum letzten Mal gehört. Ob er denn, wurde der bayrische Ministerpräsident damals gefragt, auch mit der politischen Linie seines künftigen Schwiegersohns übereinstimme. Da brach es in Brocken aus ihm heraus: »Sie können sich ja vorstellen«, belehrte er den Frager, »dass ich mir keinen Sy-stem-ver-ände-rer in die Familie geholt habe!« Ich mir.

Damals gehörten sie noch zur politischen Folklore, jene, die sich »Systemveränderer« nannten, und die anderen, die sie bekämpften, und sie lebten voneinander in jener vitalen Symbiose der Verachtung, die nicht die schönste Lebensgemeinschaft ist, aber wohl die stabilste. Rückblickend erscheinen sie bizarr. Denn man glaubt vielleicht Daniel Cohn-Bendit, dass er das System für veränderbar hielt, wäre es aber wirklich veränderbar gewesen, Strauß hätte es längst geändert. Die einzigen wahren Systemveränderer sind nun einmal die, die an der Macht sind. »An-der-Macht-Sein« – wieder so ein altmodischer Ausdruck!

Zunächst aber glaubten beide Seiten an die Existenz von so genannten Systemveränderern, und das, obwohl keiner von diesen das System je erwischt und verändert, sondern allenfalls die eigenen natürlichen Gegner rhetorisch bekämpft hatte. Selbst wenn es also de facto gar keine Systemveränderer gegeben haben sollte, gerade Strauß hätte auf jeden Fall an sie glauben müssen, zu gut ließ sich Politik damit machen, den Iwan im eigenen Land zu beschwören. Das waren noch echte Allianzen: Dutschke und Strauß, Nannen und Löwenthal, Hochhuth und Habe, und selbst Horst Herold hat einmal geäußert, vermutlich verstehe niemand Andreas Baader so gut wie er selbst. Ja, die Gesellschaft schien wenigstens im Aufriss ihrer Oppositionen wie im Austausch ihrer Vokabeln aufregend geistig.

In Wirklichkeit hat der Systemveränderer dem System nie so viel Schaden zugefügt, wie er ihm nützte. Er war ein absurder Held, denn am Ende hat er dieses System allenfalls durch sein Verschwinden verändert. Ein Phantomschmerz ist geblieben, würde doch mancher Politiker immer noch gerne irgendwie, selbst billig, mit Idealismus in Verbindung gebracht.

Menschlich unauffällig

Jetzt muffelt es wieder von allen Titeln, das Gesicht der Zwangsmillionärin Stephanie, vulgo Steffi Graf, der Meisterin im Pokalestemmen und Scheckwedeln. Die hat sich im weißen Sport eine weiße Weste erspielt, so weiß, dass man sich fragt, was, außer trockenem Ehrgeiz und verbissenem Siegen, sie so sehr zur Identifikationsfigur prädestiniert, dass immer noch weit mehr Menschen sagen werden: Sie hat sich um Deutschland verdient gemacht, als, sie hat um Deutschland herum Verdienst gemacht.

Verdient gemacht? Ja, sie hat etwas von typisch deutscher Leichtigkeit in die Welt getragen, hat ihr doch der Sport stets etwa so viel Spaß gemacht wie dem Polarläufer der Gefrierbrand. Immer wieder hat sie deshalb beteuert: »Tennis macht mir Spaß«, immer wieder mit exakt jener glaubwürdigen Emphase, die ehemals ihren »Beginn einer kochenden Leidenschaft« zu einer Art »9½ Wochen

für Spaghetti« hochkochen ließ.

Auch ist Steffi Graf nie über die Stränge geschlagen. Ausgelassen ist sie nie gewesen, hat niemals auch nur die leiseste Zivilcourage gezeigt, sich niemals durch caritative Tätigkeiten unangenehm in Erinnerung gebracht, hat nie eine Meinung gehabt, nie Stellung bezogen, hat alles zu Geld, aber nichts zu ihrem eigenen Anliegen gemacht, sich nie engagiert, außer für die eigene Wohlfahrt und für »Keine Macht den Drogen«, ein Spot, der nur vor »Rexona« Halt macht, jenem Deo ex machina, das eigentlich unter das Betäubungsmittelgesetz fallen und dessen Freigabe apothekenpflichtig sein sollte.

Abgesehen von diesem lobenswerten Deo-Engagement hat Steffi Graf auch sonst jede Gelegenheit genutzt, uns irgendein Produkt anzudienen, uns durch Fotos und bewegte Bilder an die Produktpalette Graf zu erinnern, aus deren Zucht sie sich kaum wirklich herausdifferenziert hat, sie, bei der Konsum bestenfalls wie Verschwendung wirkt oder wie eine sinnlose Investition in Lebensfreude. Warum löst das immer noch eher Sympathie aus als Apathie?

Vielleicht ist Frau Graf eigentlich anders, in ihrer Medien-Persona aber hat sie bloß nostalgisch Wirtschaftswunder-Deutschland inkarniert und dabei, neben allem Verdienen, versäumt, sich durch etwas anderes als durch ihre Steueraffäre zu vermenschlichen.

Der Gipfel der Gefühle

Vor zwanzig Jahren wurde die Primaten-Forscherin Biruté Galdikas in eine amerikanische Talkshow eingeladen. Im Vorgespräch belehrte sie den Interviewer: »Ich werde sagen, wenn

Brandrodung, FCKW- und Pestizidproduktion nicht sofort eingestellt werden, hat die Welt noch fünfzig Jahre zu leben.« »Sagen wir hundert«, erwiderte der Talkmaster, »wir sind eine positive Show.«

Es sind immer wieder die Showmaster, die Umweltkonferenzen und Klimagipfel abhalten, und als sie es jüngst wieder taten, da war er so positiv, dass sie sich alle angesteckt haben in ihrer Larmoyanz. Gut angekommen ist wie immer der Eingangsappell, eigentlich eine Präambel, die besagt, die Staaten möchten ihre eigenen Interessen doch bitte zurückstellen. Das sagen sie immer, denn so haben die Industrienationen etwas, worüber sie sich hinwegsetzen können, und die Inselstaaten verstehen trotzdem richtig: Man wird sich ihrer Rechte unverzüglich annehmen, nachdem sie vom Meer weggespült sein werden.

Am besten aber haben an diesem Gipfel immer noch all die Dinge gefallen, die in den Bereich der Kunst gehören und interesseloses Wohlgefallen auslösen. Schon lange hat man nicht mehr so viele Aktionen gesehen, die das berühmte und immer konsequenzlose Walten der »Phantasie« von Friedens- und Ökobewegung dokumentierten, Aktionen, für die Jürgen Möllemann den Ausdruck »pfiffig« geprägt haben dürfte und die glücklicherweise nirgends auf der Welt abgehalten werden, ohne dass jemand einen schwarzen Sarg durch die Menge trägt oder irgendwer am Galgen hängt, ein Opfer, ein Unschuldiger, ein Leidtragender.

Dieses Mal erhielt die deutsche Umweltministerin außerdem einen Hammer: der symbolisierte Durchschlagskraft; an einem anderen Ort schwebte die Weltkugel in einem wackligen Glaszylinder: der symbolisierte das wacklige ökologische Gleichgewicht, glaube ich; und vor der Tür gab es noch eine Pyramide aus Schnee: die symbolisierte etwas, das ich vergessen habe.

Die Kunst am Bau der Katastrophe ist manchmal noch schwerer verständlich als diese selbst.

Baby per Hotline

Also, Ostersonntag, so haben die Pietät-Paparazzi festgehalten, da ist Jesus auferstanden. Wohin die Reise ging, wissen wir nur unvollkommen, er soll aber selbigen Orts auch Ostermontag logiert haben, weshalb wir jenes Fest ebenfalls gern mit Fernreisen feiern. Außerdem war Jesus ja nicht für immer weg, sondern hat sich »aufgrund der großen Nachfrage« später nochmal gezeigt. In diesem Jahr wurde weniger gereist, und Ostern war eigentlich Advent, denn die Überlieferung wollte, dass Margarethe Schreinemakers ein Kind bekommen sollte.

So erschien auch über dem Himmel Kölns ein leuchtender Sat-1-Ball, allerlei Volks eilte hinzu, und Wontorra am Wegrand weinte Weihrauch und Myrrhe. Mit der Geburt des kleinen Kristoph aber begann eine echte Fastenzeit. »Ihr sollt Euch kein Bildnis von ihm machen«, sprachen die Zeitungen ganze zwei Tage lang. In Düsseldorf stand der Flughafen in Flammen, im Libanon starben die Menschen unter Raketen, und das Bündnis für Arbeit bekam Milchzähne.

Da, am dritten Tag hatte das Schreinemakers-Management ein Einsehen und schickte quer durch das gelobte Deutschland ein Fax mit dem Text: »Aufgrund der großen Nachfrage schon heute: Schreinemakers-Baby: Das 1. Foto. Bitte auch an Ihre Bild-Redaktion weiterleiten!« Ich hatte nicht nachgefragt und besitze keine Bild-Redaktion, Schreinemakers' Baby brauchte also nur drei Tage auf dieser Welt und wurde schon lästig. Denn dass es das Fax selbst geschrieben hatte, verriet mir seine Unterschrift: »XXX«!

Auch das mitgelieferte Foto entsprach meinen Erwartungen. Auf diesem sieht der Säugling zunächst aus wie alle Säuglinge, trägt sogar zur Irreführung einen Knebel im Mund. Aber wer will sagen, ob er nicht eben noch seine Geburt live mitmoderiert hat, wer will wissen, ob er nicht schon heimlich an einer Sondersendung zum Thema »Achselnässe bei Tieren« arbeitet?

Bei dem Foto jedenfalls, so das Fax, handele es sich um eine »Privat«-Aufnahme. Ich verstand das Wort »privat« nicht, war aber beruhigt: Das Veröffentlichungshonorar kommt einem guten Zweck und das Baby einem Zweck ohne Güte zugute. Dann heißt es jetzt nur noch zwei Wochen warten und das Video auf den Markt schmeißen: »The Making of Schreinemakers' Baby« – wegen der »großen Nachfrage« halt und dem »guten Zweck«.

Etwas Böses braucht der Mensch

Als ehemals Franz Josef Strauß empfahl, man solle die deutsche Vergangenheit endlich Vergangenheit sein lassen, erhob sich der Chor der »üblichen Verdächtigen« und bestand auf dem Grundrecht, Gedenktage zu feiern. Dabei ist die Aufforderung zum Vergessen nicht nur mutiger, sie ist auch aussichtsloser als die zum Erinnern. Denn immerhin braucht die Welt Hitler.

Die Filmindustrie braucht ihn als Vater aller Schlachten, die Fragebogenindustrie braucht ihn als »verabscheuungswürdigste Gestalt in der Geschichte«, der Journalismus braucht ihn als Analogon für jede historische Schweinerei, und der Mensch von der Straße braucht ihn bei jeder Gelegenheit, da ihn ein persönliches Unrecht auf den Gedanken bringt, in jeder Politesse stecke eine Gauleiterin.

Ted »Mouth of the South« Turner, millionenschwerer Besitzer von CNN, TBS, TNT und dem Cartoon Network, ist so ein Mensch von der Straße. Die Tatsache, dass ihm der Erwerb eines weiteren Medien-Networks soeben unmöglich gemacht wurde, inspirierte ihn zu der Bemerkung: »Ich fühle mich wie die Juden in Deutschland 1942. Ich weiß genau, was es bedeutet, eingekreist, zusammengetrieben und irgendwohin in den Osten verschleppt zu werden.«

Herr Turner lebt nicht exakt im Osten, sondern in Montana, im Westen der USA, auch wurde der Zaun rund um sein Anwesen nicht errichtet, ihn am Ausgang, sondern andere am Eintritt in sein Lager zu hindern. Auch wird er nicht regelrecht bewacht, seine Einzelhaft allerdings verschärft durch die Anwesenheit von Gattin Jane Fonda, die ihm die Zwangsarbeit vorturnt. Woher also die Verwirrung?

Turners eigener Sender TBS hat gerade eine Dokumentation über Holocaust-Überlebende fertig gestellt. Die war offenbar nach »his master's voice« gearbeitet und so treffend ausgefallen, dass sich der Konzernherr im KZ-Häftling einfach wieder erkennen musste. Jetzt brauchte er nur noch die eigene Lage zu verkennen, das Geschäfts-Ich mit der leiblichen Person zu verwechseln und der Geschichte Gewalt anzutun, und der Vergleich lag schon fast auf der Raff-Hand.

Wenn aber das Leiden des Ted Turner echt ist, dann leidet er für uns, nämlich daran, nicht noch mehr Kanäle zu besitzen, uns allen von der grausigen Analogie zwischen Holocaust und Holo-Ted zu berichten.

Entsext

Der bayerische, schwedische, hausfrauliche, dieser solide, praktische, handgreifliche ist nicht mehr, Sex, meine ich, dieser gesunde, der das Wunder der menschlichen Nacktheit denen verkündet, die noch nie davon gehört hatten, um es anschließend der Albernheit preiszugeben. Immerhin hat er mit seismographischer Akribie verzeichnet, was Sex in Deutschland über allem ist: brunftblöde.

Stattdessen hat sich das Sexualleben des Bildschirms in zwei Richtungen entwickelt, die am Indifferenzpunkt zusammenlaufen: sexual correctness und Perversion. Das Emblem der sexual correctness ist aus Gummi. Was man früher phallisch nannte, ist heute kondomisch. Auftritt die patente Yuppie-Frau, der man zwar keinen Sex zutraut, der diesen Namen verdient, ihre Kenntnisse der Kondombenutzung aber breitet sie aus wie einen Bastelbogen. »Wenn Sie heute Abend noch was vorhaben ...«, neckt die Stimme aus dem Off, »... ziehen wir uns warm an«, ergänzen die wedelnden Schwänze. So libertin, so jung, echt total ohne rot zu werden, so verschwindet die Vorstellung von einem Sex, der schmutzig, gewagt, dramatisch ist.

Sex soll Spaß machen? Kondom verhüte! Ob dieses die Liebe beeinträchtigt, sei dahingestellt, die Rede von der Liebe hat es jedenfalls nachhaltig fad gemacht. Wo man es dagegen nicht ausdrücklich mit Sex zu tun hat, parzelliert sich das Begehren und nimmt Züge merkwürdiger, gegenständlicher Obsessionen an.

So ist das Werbefernsehen inzwischen ein Katalog sexueller Abarten. Die Kameraperspektiven sind voyeuristisch, das Verhalten zur Ware ist fetischistisch, das Verhalten zum Körper narzisstisch, die Reinlichkeitshysterie hat koprophile Züge, und dieselben Yuppie-Frauen, die uns eben noch ihre sterile Zuneigung zu Kondomen eingestanden haben, senken ihre Nüstern nun gebläht vor Wollust in eine Dose frisch geöffneten Katzenfutters. Kaum hat sich das Tier dann die letzte Fibrille Pansen aus dem Barthaar geleckt, da wird es schon geküsst wie zum Foreplay. Und während noch der Zuschauer von der Raffinesse der in diesen Bildern geballten Perversionen gebeutelt wird, geht über dem friedlichen Tête-à-tête von Frau und Katze die Sonne auf des Safer Sex. Denn sauber und sicher ist der Sex erst, wo er seinen eigenen Begriff pervertiert.

Der Triumph über den Menschen

Der Ernst des Lebens beginnt morgens um zehn. Da kommen die Quoten, und die Menschenhändler in den Sendern werfen sich über die Ausdrucke, zu richten die Lebendigen und die Toten. Lebendig ist, wer Minute für Minute den Zapper an sich reißt, tot ist, wer ihn laufen lässt. Also schrei, schmeichele, überschlag dich, drohe, breite Tote aus und lass Nackte sich wälzen! Heinz Schenk ist lebendig, Dolly Buster unsterblich, Jürgen Habermas mausetot.

Die Zwei-Quoten-Gesellschaft leistet sich neben dem Ressentiment gegenüber dem Wahren, Guten und Ernsten die Zensur-Entscheidung, Bedürfnisse nur noch zu befriedigen, nicht mehr zu wecken. Wer je gedacht hat, das Fernsehen sei der Gesellschaft zu ihrer Selbsterkenntnis dienlich, den belehrt das Medium eines Besseren durch seine Mühe, Wirklichkeit zum Verschwinden zu bringen, statt sie freizulegen.

»Die wahre Antidemokratie«, hat Pier Paolo Pasolini gesagt, »ist die Massenkultur.« Auch ein Toter, voller toter Sätze, denn die fette Quote, das ist das Resultat der Verdrängung von Massen und ihren Problemen, und mehr als das: Sie bezeichnet oft den erreichten Entwicklungsstand in der Abschaffung des Menschen.

Die Nachrichtenmoderatorin hüpft, in ein Känguru-Kostüm eingenäht, auf einer Matratze, aus dem Himmel fallen künstliche Mangos, die sie in ihrem Beutel sammelt. Daneben der Gastgeber in Ekstase: »Mangos, lauter schöne Mangos!« Das ist gebührenpflichtig, nicht Kunst und nicht debil, bloß obszön, wenn man unter dem Obszönen die anstößige Zurschaustellung des Innenlebens versteht.

Hier wird, wenn es ihn denn geben sollte, der Mensch im Menschen gedemütigt. Unmenschlich in seiner Abrichtung auf digitale Impulse, ist dieser Mensch zugleich schwerverständlich wie einer, der geistig zu unbeweglich ist, ›Hilfe‹ zu rufen, wenn seine Hose

Feuer fängt. Hier geht es um die Hinrichtung des Individuums, das sich noch unter Anwendung banaler Abstraktionsschritte am Leben erhält.

Solche Unterhaltung gefährdet die Gattung, erstickt den Fortpflanzungsinstinkt und wäre gesetzwidrig, wollte man nur Hebbel bei seinem Wort nehmen: Es gibt Unterhaltungsshows, die selbst dann nicht entschuldigt wären, wenn es in den Zehn Geboten hieße: Du sollst Unterhaltungsshows machen.

Europatrioten

Europa – ein Rumpfschollengebirge wird plakatiert, und Iren mit Briten, Korsen mit Franzosen, Basken mit Spaniern, Flamen mit Wallonen, alle Feinde, Fatzkes und Piefkes wandern mit Kind und Hund in den Wald und atmen Sicherheit in Europa.

Nicht genug der Eurovision und Städtepartnerschaften, der Clownskurse in der Toskana und Gebärmutter-Workshops auf Lesbos, nach fünfzig Jahren im Nahkampf der Gruppenreise wollen wir Europa »für Deutschland«, also am liebsten ein deutsches, ein nach dem Ebenbilde Gelsenkirchens geschaffenes Europa – unser Beitrag zur heiligen Mesalliance.

Gott, was haben wir den freien Arbeitsmarkt (vulgo Völkerverständigung), den freien Waren- und Diensteverkehr (vulgo Nachbarschaftlichkeit) vermisst, und ein neues europäisches Parlament als Gruppenkläranlage der nationalen Ideen: ein holländischer Delegierter verlangte die Abschaffung des Fernsehens, ein italienischer einen UFO-Landeplatz, ein französischer die Tätowierung von Haustieren und eine Standardverordnung zum Öffnen von Austern.

Und dann erst die Osmose der Kulturen: Ja zum Montparnasse in Pirmasens! Ja zum Prado in Höxter! Und wenn wir einst gegen die Neuseeland-Auswahl Fußball spielen, wählen wir Hooligans, die für »Europa« randalieren. Doch am Ende geht die Vereinigerei immer weiter, wir werden die Vereinigten Staaten von Eurasien und Eurastralien, da ist nichts mehr als Fairnesspokale, Schulterreiben und kalter Kaffee, und diese kleinen morphologischen Unterschiede, an denen man heute fast nur noch in den Vorstädten die abweichenden Lebensformen der Länder erkennt, sie werden verschwunden sein, und Europa wird sich als Aufhebung des Artenschutzes entpuppen.

»Europa stirbt in Sarajevo«? Nein, Henri Bernard Levi, dort sterben Individuen, die sich Europa inzwischen nicht einmal von Ihnen als Kampfbegriff andrehen lassen. Den nämlich erkennt man eher daran, dass fast alle europäischen Staaten im Vorfeld dieser großen parlamentarischen Nabelschau ihre Entwicklungshilfeetats gekürzt haben, und da der neue Europatriotismus so martialisch wie unausweichlich ist, bleibt dem echten Europäer nur das Vorbild der mythischen Europa: Sie verließ schwimmend mit ihrem Stier jenen Kontinent, den die Griechen »Europa« nannten.

Simpson Boulevard

Als O.J. Simpson auf dem Radarschirm des öffentlichen Interesses erschien, saß er am Steuer seines Wagens, hatte einen Hubschrauber über, Presse und Polizei hinter und das Gefängnis vor sich. Auch das Auge des Präsidenten wachte über der Ausfahrt des Mannes im Fadenkreuz, ›Flucht‹ genannt. Der als Footballer, Kinoheld und Ehemann gleichermaßen Ehemalige überquerte in diesen Bildern soeben die Schwelle zur vollendeten Gegenwart.

Er war der Mann der Stunde und würde der des Jahres sein, und für ›die Medien‹, die von nun an keine Sekunde aus dem weiteren Lebensweg des schwarzen J.R. uninteressant fanden, war klar: hier lag ein archetypischer Fall von Verbrechen vor, einer, der viele hoffentlich kommende Verbrechen dieser Art zu Déjà vus degradierte, so wie der Golfkrieg für alle Zeiten die Top Ten der kriegerischen Kassenknüller anführen sollte.

Die Berichterstattung folgte dem Genre, in dem O. J. zu Hause war, der Sportreportage: Reine Gleichzeitigkeit, ebenbürtige Evaluierung der gegnerischen Mannschaften, Psychologisierung des Schiedsrichters, Superzeitlupe wo möglich, Standbild wo nötig.

Ein Jahr ist es her, da begann als Prozess, was heute kein Prozess mehr ist, sondern ein Zustand. In Bosnien, Tschetschenien, Ruanda, Liberia werden Menschen von Kugeln getroffen und bleiben als Leichen liegen. Der Prozess gegen O.J. Simpson ist ein Supplement hierzu. Er verteidigt seine hohe Vorstellung vom Recht als Spiegel einer hohen Vorstellung vom Wert des Lebens. O.J. Simpsons Fall – das Zusammenkratzen und Prüfen von Indizien, das Wägen und Widerlegen banaler Aussagen, das Aufrufen und Verwerfen kleiner Zeugen – begleitet die Kriegsgeschichte wie ein ironischer Kommentar. So grobmaschig kann Öffentlichkeit mit dem Leben umgehen, aber auch so pedantisch und zugleich so willkürlich.

O.J. Simpsons Prozess ist ein Archetypus aller Prozesse, ein Schau- und Musterprozess mit internationaler Verbreitung, altmodisch darin, dass er das Leben seiner Opfer so wichtig nimmt, als wolle er ein für alle Male zeigen, wie schwer, wie umständlich, wie aufwendig es ist, jene Gerechtigkeit auszuüben, auf die sie offenbar Anspruch haben. Aber eben nur sie. Ein Jahr nachdem der Prozess ins Rollen kam, sind seine Protagonisten zerschlissen.

Damals war O.J. ein gefallener Held, die beiden Toten waren erbarmungswürdige Opfer und die Zeugen fassungslose Unbeteiligte. Heute ist O.J. Delinquentendarsteller, die beiden Toten verlieren sukzessive ihren Anspruch auf Rührung, und aus den Zeugen wurden Komparsen auf Höhenflug.

In dieser Woche wurde Denise Brown, die Schwester des Opfers, verhört, und Justitia wischte sich die Tränen aus den blinden Augen. Denise Brown ist für die Großaufnahme geboren. Sie ist schön, auch schön in Schwarz, trägt Goldschmuck und verbraucht viele Taschentücher. Nicht doch, schließlich spielt sie diese Rolle nicht freiwillig, wendet den Kopf von der Kamera ab, verwandelt das Court Room Drama ins Drama Court TV. Wer vom Frühstücksfernsehen an gewohnt ist, Menschen dabei zuzusehen, wie sie zu Knast oder Freiheit verurteilt werden, der stellt an einen echten Schauprozess die höchsten Ansprüche. Denise Brown wirkt, als kämpfe sie mit diesen Ansprüchen nicht minder als mit Justiz und Tränen.

Die Welt, die sich hier um eine Lokalposse drängelt, hat an ihr nichts zu lernen. Das Fernsehen jedoch könnte lernen, dass der größte Regisseur in jeder Überwachungskamera steckt. Warum nicht ein Spartenkanal 24 Stunden live aus O.J.'s Zelle, aus den Schlachthöfen, Supermärkten, Krankenhäusern? Eine Einheit von Ort, Zeit und Handlung, und bewiesen wäre, dass diese Welt als belichteter Rohstoff zu keiner wahren Tragödie mehr fähig ist.

Jeder, der in diesem Prozess eine Rolle spielte, wurde so unnachgiebig seiner Schwächen und Abweichungen überführt und bis in sein Intimstleben hinein veröffentlicht, dass von den Persönlichkeiten, die hier geschützt werden sollten, nichts übrig blieb, das schützenswert erschienen wäre. Seine Popularität gewonnen hatte der Prozess in dem Augenblick, als er noch glaubwürdig versprechen konnte, die Exekution aller Hauptbeteiligten bereits vor dem Spruch durchzuführen.

Seine Popularität verloren hat er, als die Zerstörung der Helden mit ihrer Auflösung im banalen Vulgärmenschlichen abgeschlossen war. Wenn es ein Resultat des Prozesses gibt, dann liegt es hier. Die Justiz zerstört die Tragödie und sie stiftet die Farce. O.J. weiß das. Als er seinen Selbstmord-Abschiedsbrief unterschrieb, malte er einen Smilie ins ›O‹.

Zoom in den Krieg

Der General tritt vor die Presse im militärischen Tarnanzug. Vor wem er sich tarnt, ist unklar, liegt doch die Front weit weg. Am Tarnanzug aber erkennen wir: Der General ist im Einsatz, im selben Einsatz wie seine Soldaten in der Wüste. Derselbe Krieg, dieselbe Konfektion. Jetzt wendet er sich zu den wartenden Reportern, wir sehen am Bildschirm zu. 30 Jahre Bond-Film haben uns auf das Gesicht des Generals vorbereitet, er sieht aus wie ein General. Hollywood hat Recht behalten.

Das Fernsehen ist zum Warteraum des Krieges geworden. »Die einzige rhetorische Figur, die ich kenne, ist die Wiederholung«, hat Napoleon gesagt. Während sich der General vorbereitet, den Kameras noch einmal den Krieg zu erklären, wissen wir: Gleich wird es wieder ein bisschen Schlacht geben. Mit dem Zeigestock an der Tafel erläutert der General die Frontlinien dieses Krieges, ganz wie ehemals der Lateinlehrer, als es auch um den Ernst des Lebens ging, die Stellungen aus »De Bello Gallico« erläuterte – ein Déjà vu, eine Doppelbelichtung aus zwei historischen Schlachten.

Es folgen Filmausschnitte: ein leerer Wüstenstreifen, durch den langsam die Karawane der Panzer kommt, friedlich ziehendes Kriegsgerät vor einer Wüste ohne Bandenwerbung, mit Soldaten ohne Labels und Sticker – die erste pietätvoll vergebene Chance für Product Placement. An der Abwesenheit der Konsumwelt erahnen wir den Ernstfall. Die Bilder sind verwaschen, schlecht geleuchtet, low budget, der Krieg ist es nicht. Die Annäherung an die Katastrophe des Krieges erkennt man an der verminderten Bildqualität, an der Abnahme des Fotogenen.

»Was Sie jetzt sehen werden«, sagt der General und tritt mit dem Zeigestock vor einen Monitor, »ist kein Videospiel«. Was folgt, ist eins: Unkenntliche Wirklichkeit, reduziert zum Diagramm, ein Fadenkreuz bei der Objektwahl, ein Zoom, ein Blitz, dann bersten die Konturen. Game over. In den Spielotheken haben manche dieser Apparate Frauenstimmen: »Das war ein bisschen wenig. Versuch's nochmal.«

Nochmal: das Bildfeld des Videospiels reduziert die unübersichtliche Wirklichkeit auf ein duales System: Ziel-Objekt – Non-Objekt, Treffer – Fehlschlag. Mensch und Computer sind sich entgegengekommen. Der Computer gleicht Fehler aus, steuert seine Waffen, »smart weapons«, wie man amerikanisch sagt, intelligent; der Mensch reduziert Schlachtfelder auf Zeichenfelder. Die Beziehungen werden einfacher, weil sie abstrakter sind. Jedes Element auf dem Bildschirm ist feindlich, manche sind gefährlich, andere sind verdeckt gefährlich, keines ist ungefährlich. Im Videospiel gibt es kein nicht-bedrohliches Element. Sinn des Spiels ist die totale Zerstörung des gegnerischen Apparats: »Bravo. Du hast mich geschlagen. Du bist der Champion.«

Nein, er habe nichts gegen Videospiele, hat der amerikanische Präsident gesagt, seien sie doch geeignet, das militärische Reaktionsvermögen von Jugendlichen zu trainieren. Heute erfährt Oscar Wildes Satz vom Leben, das die Kunst nachahme, seine Vollendung im Krieg, der das Videospiel kopiert.

»Versuch's nochmal«: Das Fadenkreuz schwimmt über den Chiffren für Bauwerke, Lebenswerke, Lebensräume, für Knotenpunkte der Todesangst. Das Auge des Betrachters wählt das Objekt mit aus, der Zoom bringt es heran, der Zoom, die unmittelbar exekutionsvorbereitende Einstellung. Plötzlich ist jede rasche Annäherung an das Objekt auf dem Bildschirm eine Vorbereitung seiner Zerstörung, plötzlich haben die Augen eine Flugbahn, und die Fluchtpunkte explodieren, plötzlich wird der Betrachter in den Sog der Bewegung hineingerissen, in jener unwillkürlichen, ja unwillentlichen Identifikation, die Hitchcock und Kubrick im Kino perfide eingesetzt haben und die auch hier bedeutet, Täter, Subjekt der Zerstörung sein zu wollen, die Flugbahn richtig zu lenken und das Objekt anständig zu treffen, auch wenn man nicht töten, nicht zerstören, nicht Krieg führen will.

Während das Videospiel die Zerstörung mit elektronischem Donnern unterlegt, sackt das Gebäude in der Demonstration des Generals lautlos zusammen, die Mauern treten wie die Verästelungen eines Eiskristalls auseinander, und erst da das Bild entgleitet und sich die Wirkung erschöpft, erschöpft sich auch die motorische Lust zu zerstören, die aus jeder Gewalthandlung eine sympathische, kathartische macht.

Von allen Bildern aus der ersten Phase des Krieges hat keines den Krieg bezeichnet wie dieses. In keinem fasst sich die Kriegsberichterstattung der Generäle so vorbildlich zusammen wie in jenem, das auf die Darstellung der Opfer gar nicht programmiert ist, in dem keine Leidtragenden, nur Graphiken, keine Täter, nur Blickwinkel, keine Subjekte, nur Funktionen zu sehen sind, vorgestellt im Zoom, mit dem Auge der Bombe, in jener einzigen Darstellung einer militärischen Operation, die todsicher den Betrachter mit der Waffe identifiziert und damit geeignet ist, den Vorgang unwillkürlich zu legitimieren. Es ist kein Wunder, dass bei dem Versuch, einen fast unsichtbaren Krieg ins Bildmedium zu übertragen, zu Bildern gegriffen wurde, die ebenso live wirkten wie die Konserve Kriegsspiel, und also sah sich der Journalismus gezwungen, durch Videospiele zu informieren.

»Es war wie im Kino«, berichtet der heimgekehrte Bomberpilot. Er hat aus dem Fenster, nicht auf den Monitor gesehen. Es war wie im Videospiel, weiß der Betrachter daheim, er bekam nur den Monitor zu sehen. Der Krieg ist Unterhaltung mit dem Bonus des Authentischen.

Der General entlässt die Journalisten. Sie haben keinen Krieg gesehen. Danke.

Game over.

Score?

Tod im Vermischten

 Kürzlich wurde auf einem Kommunistentreffen in Lugano der Pianist erschossen, während er ›O sole mio‹ spielte. »Er mag kein herausragender Pianist gewesen sein«, kommentierte die örtliche Polizei, »aber das ist doch noch kein Grund, ihn umzubringen.«

Da hatte der Tod wieder die Lacher auf seiner Seite, und der Kommunist, der sich ein Leben lang um den Sinn desselben gesorgt hatte, erfuhr ihn sterbend: Mit der Publizität seines Todes würde er auch zum Gedenken an den fortexistierenden Kommunismus beitragen, wenn auch nur im »Vermischten«. Da nämlich neben Katastrophenmeldungen nur Kuriosa international verbreitet werden, fragten sich jetzt Leser in aller Welt: Wachsen noch Kommunisten in Lugano? Was planen sie? Und warum spielen sie dabei nicht die ›Internationale‹? Damit sie für eine gute Meldung taugen, müssen sich auch Kommunisten volkskundlich interessant verhalten, in Italien heißt das: Singen und zur Musik ermordet werden. Die Moral des kommunistischen Märchens lautet demnach: etwas Volkseigeneres als den Tod wirst du nirgends mehr finden.

In der Hemisphäre des »Vermischten« herrscht eine andere Gravitation als außerhalb, so darf dort über den Mord gelacht werden, und die Welt erscheint, wie sie ist: tödlich, aber deshalb nicht gleich ernst. »Das Gras muss sprießen und die Kinder sterben«, hat Victor Hugo gesagt. Mit Schillers Satz, das Leben sei der Güter höchstes nicht, wendet sich die Gesellschaft betulich ab von der Leiche, lacht sich ins Fäustchen und verfüttert den Toten an das Feierabendprogramm.

Das »Vermischte« verrät den Status quo unserer liebsten Moral, der doppelten. Der Pianist soll leben, aber noch lieber lächerlich sterben. So artikuliert sich im »Vermischten« eine Avantgarde des Herzens: die Fähigkeit, das Leben insgesamt für einen Witz zu nehmen und sich über sein Ende auszuschütten.

So besteht das Ideal des Nachrichtenkonsumenten eigentlich darin, von der Wirklichkeit in der Form des »Vermischten« zu erfahren. Der mutigste Schritt in diese Richtung gelang dem Infotainment, das die Nachrichten, wie wir sie einmal kannten, so kontinuierlich in die Sphäre der ›Bunten Seite‹ überführt hat, dass es schon heute kaum noch etwas gibt, über das nicht mit einem -tainment am Ende berichtet würde. Hasta la vista, Ruanda!

Zu den großen Verbesserungen, die das Land in dieser Hinsicht durch die bewusstseinsbildende Kraft des Senders RTL erfahren hat, gehört die Verwandlung aller Lebensäußerungen in Show. Flirten, Lieben, Paaren – alle Macht dem Entertainment Value! Reisen, Röcheln, Lebensretten – keine Macht dem Audience Flow! Enthielten wenigstens die Nachrichten früher noch manchmal denkwürdige Exkursionen in die unbekannte Welt jenseits des Entertainments, sind auch sie inzwischen fast gänzlich Show geworden und bewegen sich auf das Darstellungsniveau der »Bunten« zu, die zum Golfkrieg titelte: »Die Welt ist doch so schön –« Umblättern »warum wird jeden Tag ein Saddam Hussein geboren?« Oder zu BSE: »Kuh, du hast meinen Sohn ermordet!« So denkt der Dorfdepp über die Welt, und deshalb ist auch hier nicht die Nachricht interessant, sondern die ästhetische Form ihrer Zerstörung.

Das Prinzip der Kontaminierung des Realen mit der paranormalen Welt der Show hat sich auch in den Hauptnachrichten durchgesetzt. Bricht sich RTL-Moderatorin Birgit Schrowange auf Maloche für ihre RTL-Show ihre Knöchel, so hat »RTL aktuell« die Bilder, verlangsamt die Bilder, wiederholt die Bilder und kündigt eine Liveschaltung ans Krankenbett an. Eine Frau, ein Bruch, ein Huskie-Schlitten: »Hund, du hast meinen Knochen gebrochen!« Wie gut lassen sich die Tagesnachrichten füllen mit dem, was RTL-Moderatoren tagtäglich zustößt! Künftig kriegen wir an dieser Stelle vielleicht schon »Topless Darts« mit Hans Mahr, dem Chef für diesen newsgetarnten Boulevard, und die Wirtschaftsnachrichten beginnen dann mit dem Satz: Mein Name ist Jones, Dow Jones.

 Abgeschmeckt wird »RTL aktuell« mit Unglücksbildern aus Homevideos: Hier ein Helikopterabsturz, dort ein paar Angler im Eis. Anschließend gibt es das Servicethema aus der bunten Welt der Medizin, die bei RTL, und nur bei RTL, allabendlich einen Durchbruch schafft. Man bedient sich oft schlicht aus der »Medical Tribune«, der »Bild«-Zeitung für Ärzte, die auch schon mal titelte: »Kriminelles Aussehen einfach wegoperieren!« Dazwischen gibt es die echten, trockenen News natürlich auch, aber nur als Kontrastmittel, damit wir uns freuen über jede Nachricht aus der wirklichen Welt, die wir nicht erhalten haben.

Die Tragödie der Kraken

In der Silvesternacht des Jahres 1989 hatte der Erbe der Gin-Dynastie James Gilbey (33) eine Eingebung, deren Tiefe erst sehr viel später verstanden wurde. In einem vermutlich vom Sicherheitsdienst mitgeschnittenen Telefonat bezeichnete er die Fernsprechteilnehmerin am anderen Ende, eine ehemalige Kindergärtnerin und jetzt flach atmende Prinzessin Diana, als »Tintenfischchen«, vulgo: kleine Krake.

Prinz Charles erfährt von diesem Vorfall 1991, die Öffentlichkeit im Sommer 1992. Verstehen aber können wir alle zusammen die sublime Metapher erst seit letzter Woche. Da endlich glückte einem amerikanischen Tiefseeforscher der Nachweis, dass es sich bei Kraken um Sex besessene Kreaturen handelt, die sich wegen ihrer Einsamkeit in der Tiefe des Meeres auf jedes lebendige Wesen stürzen, um es unverzüglich zu begatten.

Dianas frühere Äußerung »Ich bin dumm wie Bohnenstroh« und ihre jetzige Ergänzung »Ich bin die größte Hure der Welt«

runden das von Gin-Gilbey zoologisch akkurat gewählte Bild ab. Prinz Charles, durch den jahrelangen Dialog mit Blumen eher im Vegetarischen zu Hause, aber entsprechend rhetorisch präpariert, gibt zu Protokoll: »Es ist wie in einer griechischen Tragödie« – also nicht wie in einer englischen, wo die Königinnenmütter drei Akte lang mit der blutverschmutzten Schürze durch die Kulissen geistern, sondern wie beim Griechen eben, wo man, aus hoher Höhe schuldlos schuldig fallend, sich geblendet im Dreck wieder findet, mit nichts als einem Tintenfischchen zur Seiten, am Rande des Nervenzusammenbruchs die Katharsis erwartend – wie es uns eben allen mal geht.

Beziehungsweise nie ergeht, denn stammen wir aus einer Familie, die nur schätzt, was vier Beine hat und beim Springen pupst? Sprechen wir mit Dahlien? Fragen wir am Hochzeitstag die Mutter, ob wir unsere Braut küssen dürfen? Geistern wir als Hartwattezapfen durch die Unterhose einer Frau, die vom Volk »Rottweiler« genannt wird?

Nein, unseren Tragödien fehlt solche Pracht, solche Emblematik. Wir rutschen noch auf Bananenschalen aus, und der Bus fährt uns vor der Nase weg. Noch trauriger als der Eunuch sind die Hoden des Eunuchen, sagt der Dichter. Am traurigsten aber, wissen wir jetzt, sind die Tragödien der Kraken.

Mäßig Instinkt

Auf diesem Foto trägt sie Männerunterhose, Kniestrümpfe und Zigarre, auf jenem zwei Perlenohrringe, einen Body aus Spitze und einen IQ von 154. Hier packt eine Männerhand unter ihre Millionenbrust und hievt die Frau aus der Wanne. Ihre Beine sind braun, mit Narben auf den Knien und jener feinporigen Glätte, die eine Folge häufigen Rasierens ist. Auch eine Scham besitzt sie, und sollte es statt ihrer eine Teppichfliese gewesen sein – manchmal lässt sich der Ruhm selbst auf einem Fleckchen beiger Wolle nieder.

An dem Tag, als sie die blonden Beine übereinander schlug (und später nicht gewusst haben wollte, dass die Kamera dort hinsah, wo sich zufällig gerade kein Slip befand), an diesem Tag hat Hollywood die »Fuckability« zu einem Kriterium für die Börsennotierung von Stars erhoben, und sie, der dieses internationale Gütesiegel seither auf dem Millionenfleisch klebt wie ein agrarisches Prädikat der EG, sie reist herum wie die Geisel ihres eigenen Körpers.

Nun kommen also dreihundert Journalisten nach Hamburg, um der Weltsensation Sharon Stone etwas Fleischliches abzugewinnen, während sie ganz Slip mit Anima zu sein wünscht. »Wie halten Sie sich fit?« »Was ist das Geheimnis Ihrer Schönheit?« Solche Fragen entschädigen für die weite Reise und stimulieren die Dichter- und Denkerin in Sharon S. Deshalb antwortet sie auf die Frage nach ihrem liebsten deutschen Film: »der mit der Trommel«, und überhaupt erinnert sie der deutsche Film an »Rilke und Gryphius«. Die Nennung von Andreas Gryphius in einer Pressekonferenz ist etwa so häufig wie der Anblick von Schamhaar in einem Polizeiverhör, und nicht minder peinlich. Während die einen also geistig vor ihren Bücherschrank traten und die RTL-Dipl.-Psychologin Dr. Heidrun Bauer befand, Frau Stone sei »kein richtiger Star«, »von Frau zu Frau« sei ihr »mehr Heiterkeit« zu raten, fragte ein Radio-Kollege mit mäßig Instinkt rasch nach Sharon's Underwear. Die Antwort, da war man sich einig, fiel hochprofessionell aus und lautete: »next question«. Nein, Sharon Stone wurde in Deutschland nicht wie ein Mensch bestaunt, sondern wie eine Kultur. Man hängt ihr an, bloß weiß niemand, wie man all diesen Sex kompensieren soll, den sie aufwirbelt, und es kann sogar sein, dass ihre Größe darin besteht, andere klein aussehen zu lassen.

Das Bett der Justitia

In der Angestellten-Umkleidekabine eines Supermarkts las ich einmal ein Schild über einem Spiegel, darauf stand: »So sieht Sie der Kunde!« Hinter dem Spiegel befand sich eine Kamera. Wie der Kunde Sie heute sieht, sieht Sie morgen die Welt.

Ob in Birmingham, Somalia, Los Angeles oder Bagdad, Überwachungs- und Heimvideokameras werden zu Kronzeugen der Geschichte. In amerikanischen Gerichtssälen haben sie sich inzwischen sogar zum eigenen Spartenprogramm emanzipiert. Nachdem CNN in der News-Baisse der Post-Golfkriegszeit Verluste einfährt, hat der Sender nun den privaten Krieg zur International Affair erhoben.

Über Stunden widmet er sich live dem Prozess von Lorena Bobbitt, der Frau, die ihren Mann nach jahrelanger Vergewaltigung kastrierte – vor dem Weltlauf eine Bagatelle, vor dem Fernsehen ein Monumentalereignis, das die übrigen Nachrichten zu einem Rolltitel schrumpfen lässt.

Das Medium gewinnt seine größte soziale Intensität immer an Orten, die schon dramaturgisch besetzt sind. Der Gerichtssaal hält sich auch hier an Hollywoods Regeln, bei CNN erscheint er allerdings fast parodistisch. Es geht nicht eigentlich um die Inthronisierung des Rechts, sondern um seine Aushöhlung.

Denn im Grunde werden die Augen der Welt nur auf das kleine hässliche Geheimnis des Schlafzimmers gelenkt, dem wahren Ort der Handlung, in dem sich mit ungewollter Mythik, einem besudelten Fetisch gleich, dieser einzelne Phallus aufrichtet und den Takt der Dramaturgie klöppelt. Die Unverhältnismäßigkeit der Berichterstattung verleiht nicht dem Frauenschicksal, sondern eigentlich dem Phallus unverhältnismäßige Proportionen.

Hollywood war schon weiter. Hat die Filmindustrie jahrzehntelang immer neu die Unmöglichkeit der Familie bewiesen, so wird Lorena Bobbitt an der Chimäre einer ›normalen‹ Ehe mit ihrer phallischen Hoheit gemessen, und während sie, um einen Zugang zur eigenen Geschichte ringend, von den Gattungsnormen des Films wie von der Größe des Phallus im Gerichtssaal eingeschüchtert, zur Ware wird, kann sie in der Kamera nichts anderes entdecken als einen blinden Spiegel mit der Aufschrift: »So sieht Sie die Welt!«

Der letzte Wille

Mit dem Beginn der neunziger Jahre und dem Ablauf einer Zeit, von der Jürgen Habermas gesagt hat, sie habe die alte Bundesrepublik bis zur Unkenntlichkeit entstellt, haben sich in der deutschen Kulturgeschichte neue Schlüsselbegriffe herausgeschält: keiner aufdringlicher als der des Überlebens.

Fitnessprogramme und Reinkarnations-Lehrgänge, Survival-Training und Self-Defense-Kurse florieren als Vorbereitungen auf eine Katastrophe, die zwar nicht ausgesprochen, aber als fiktives Lernziel gedacht wird. Man redet nicht vom bevorstehenden Tod, will ihm jedoch gewachsen sein. Insofern wird die Weltuntergangsstimmung dieser Jahre nirgends präziser formuliert als in einem Vitalismus, der sich am Endsieg des Lebens stimuliert.

Ob in der Unterhaltung durch »Notruf« und »Retter«, ob bei der Schließung von Gruben, Werken und Theatern, ob in Flora, Fauna und Ethnologie, überall wird weniger die Bedeutung von Individuen, Arbeitsleistungen oder biologischen Spezies gefeiert, als vielmehr ihr Kampf um die Fortexistenz.

Hier liegt das letzte Pathos, das mit dem Leben überhaupt noch verbunden wird: heroisch, dass jemand davongekommen ist, vorbildlich, dass ein mit dem Tode Behangener dennoch lebt und sich dem Gesetz seines Verschwindens entgegenstemmt. Bald wird an einem Delphin wie an einem Schwarzafrikaner in Deutschland vor allem bemerkenswert sein, dass sie noch einmal davongekommen sind.

Tatsächlich hat dieser Kampf ums Überleben mit all seinen darwinistischen Konnotationen nicht zu einer Steigerung der Lebenserotik oder zu einem konzentrierteren Blick auf die reale Zerstörung der Lebensbedingungen geführt. Eher im Gegenteil: Jener Wert des Lebens, der als das letzte Refugium abendländischer Moral seine Geltung durch die Jahrhunderte bewahrte, steht selbst vor dem Exitus. Er bildet im Grunde keine eigene Qualität mehr, sondern ist zum Kampfbegriff geworden, zum Ausdruck des Wettbewerbs nicht allein gegen alle Fellow Survivors, sondern auch gegen das drohende Ende. Insofern ist die Katastrophe nicht mehr Vernichtung, sondern Maß des Humanen.

99 Jahre Liebesakt

Im Jahre 1895 umarmte der schnauzbärtige John C. Rice die hoch geschlossene Miss May Irwin und küsste sie dreimal in Folge. Ein Kritiker nannte diesen Akt »absolut geschmacklos« und rief nach der »Intervention der Polizei«. John und May hatten sich des ersten Filmkusses schuldig gemacht, durch Mienenspiel und Repetition angedeutet, der Akt sei gut bekömmlich, und dabei die Suggestion erzeugt, die ein Jahrhundert irreleiten sollte: Die Vorstellung von der Schönheit der körperlichen Liebe war geboren.

Die Nachahmer herzten und küssten alles, was Lippen hatte, und orientierten den echten Kuss, bei dem man wenig oder nichts sieht, am Filmkuss, bei dem man immer dasselbe sieht. Das zärtliche Bild war der Zärtlichkeit selbst weit überlegen, weshalb sich die Liebe heute auch weniger an den erogenen als an den fotogenen Qualitäten orientiert. Aber wem hängt schon im wirklichen Leben der Himmel der Liebe voller Morricone?

Gut zwanzig Jahre nach dem Kuss erfand die Filmgeschichte die Nacktheit, übrigens in ihrer heidnischen Form als Hindernis des Körpers in einem reißenden Wasserlauf. Heute folgt die Kamera zur Eröffnung aller möglicher Nuditäten in lüsterner Dezenz der Spur verlorener Textilien auf dem Teppich, dem Wehen der Gardine, dem Erzittern der Kerze, dem Erblinden des Deckenspiegels – lauter symbolischen Bildern, deren innere Bedeutung ›Sex‹ ist.

Angesichts aller dieser erregten Umwege um die »Steißschaukelei« (wie man im Barock sagte) ist erstens sicher, dass wir im Film nie erfahren werden, welche Unart und welche Langeweile wirklich im Meer der Liebe verklappt wird, und zweitens, dass Pawlows Gesetz zufolge in zehn Jahren der Anblick eines lodernden Kaminfeuers bei der Mehrheit der Bevölkerung genitalisches Wallen auslösen wird.

Die Liebenden von heute sind filmisch ausgebildet und leiden unter der ›deformation professionelle‹, die das Kino über ihr Leben gebracht hat, jenen Wahn, es handele sich bei der Liebe um ein noch zu lüftendes letztes Geheimnis, eine finale Enthüllung, und man ahnt nicht, wie viele Jahre Bilderverbot erforderlich wären, damit wieder einer auftreten könnte wie Engelbert Humperdinck, um zu gestehen: Nicht der Film, sondern »die deutschen Frauen haben mir das Petting beigebracht«.

Allerlei Nacktes

Erinnern Sie sich noch an die Zeiten des Schmuddel-Sex? Nicht? Dann haben Sie sie verpasst. »Schmuddel« war eine Vokabel, von müden Print-Organen erfunden zur Diffamierung des Populärsten im Fernsehen: des Nackten. Seit aber die vornehmen Blätter alle selbst ins Fernsehen gegangen sind, rascheln sie auch selbst in jedem ihrer TV-Magazine durch die süßliche Unterwäsche der Perversen aller Völker.

Demnach mussten also alle diese distinguierten Blattmacher den Zusammenhang von Zote und Quote nur erkennen, schon räumten sie mit dem Schmuddel auf – und zwar indem sie seinen Begriff als fernsehkritische Kampfvokabel abschafften. Mit diesem Tag hatten sich Print- und Fernsehen darauf geeinigt: Sex ist kein Gegenstand der Aufklärung mehr, sondern ein Geschmacksverstärker.

Fernsehsex basiert auf zwei Prämissen: Erstens, alles, was nackt ist, fällt unter »Erotik«, zweitens, alles, was unter »Erotik« fällt, bricht ein »Tabu«. Nur Jürgen Drews fällt auch nackt weder unter »Erotik« noch unter »Tabu«.

Die echten Tabus im Fernsehen sind dagegen Leninismus, Grillparzers Spätwerk, Konsumverzicht und Sexualaufklärung statt der Vervielfältigung von Wichsvorlagen, dem Anwitzeln sexueller Eigenarten und dem unverbindlichen Surfen durch allerlei Nacktes.

Die letzte Ekstase der Sexualaufklärung ist deshalb auch nicht die Pornographie, sondern die Ironisierung des Sex, das heißt das Verschwinden des Sex hinter Formen seiner uneigentlichen und abgerückten Kommentierung. Wir lachen über die falschen Volkserzieher und Doktoren, die den Zuschauer in den Schulmädchen-Reports in ihre Pseudo-Pädagogik einspannten.

Noch verlegener werden einmal die investigativen Expeditionen heutiger Erotik-Reports à la »Spiegel-TV« wirken, wo die Handkameras auf Genitalhöhe durchs Tierreich der sexuellen Abarten getrieben kommen und wir von Käfig zu Käfig geführt werden, an der Zoologie des Perversen den immer gleichen Blick halbkalter Erregung zu reproduzieren.

So bleibt der Betrachter in einer Sphäre lustloser Lüsternheit stecken, erträgt den Spott über seine Libido und erfährt allein, wie die Sexualität jenen Rest Ernst oder Not oder Pathos verliert, die ihr im wahren Leben noch manchmal anhaftet. Vom Fernsehsex bleibt dem düpierten Bildverbraucher am Ende nichts übrig als die eigene Lustlosigkeit.

Merry New England

England, du hast es besser! Nun feiert London Heathrow schon »40 Jahre Terminal 2«, wir aber haben »26 Jahre Köln/Wahn« verpasst. Die britische »Referendum Partei« wirbt ganzseitig mit Sätzen wie »John Major ist impotent« und »Tony Blair ist bescheuert«. Wir dagegen dürften so was nicht mal über »Kommissar Rex« schreiben. John Major ist ehemals bei der Prüfung zum Busschaffner durchgefallen, hat aber gesagt: »Immer wenn ich mit dem Rücken zur Wand stehe, drehe ich mich um und kämpfe.« Helmut Kohl ist nicht einmal durchgefallen, als er einen Scherzartikel über die Entwicklung der rheinland-pfälzischen CDU zur Promotion einreichte, weiß aber: »Die Frau gibt Heimat!« Dafür bekennt Major wenigstens: Ich gehe einmal wöchentlich zur Kirche! Blair kontert: Ich bete täglich! Ja, besucht Kohl die Kirche denn nur noch zum Staatstrauern?

Der Pressechef der Queen verlässt den Buckingham Palace und wechselt zu »Burger King«, prompt zieht der »Whopper junior« an. Der einzige Junior, der hierzulande noch anzieht, ist Guido Westerwelle. Verstoßene Generalsekretäre aber werden bei uns aus ethischen Gründen nicht aufs Essen losgelassen.

In England sind die Ermittler der Fernseh-Polizei fett und lüstern und ihre Wache ist ein Drecksladen. Bei uns sind sie körperlos, führen ihre Anzüge zum Lüften und fahren im Papamobil zum Tatort. Im englischen Kino regiert die Straße, mit echter Jugend, reiner Gewalt und gestrecktem Heroin. Im deutschen Kino regiert das Marketing für gestreckte Witze. Im englischen Fernsehen lebt die klügste europäische Comedy Wand an Wand mit der Live-Beobachtung wilder Dachse. In Deutschland heißt der wildeste Aufguss toter Witze immer noch ›Nonsens‹ und lebt Wand an Wand mit der Balzbetrachtung künftiger Ehepaare in holländischer Gehegehaltung. In England, so ermittelte jüngst eine Studie, sind die Mädchen die größeren Rowdies. Wir sind hierzulande schon froh, wenn sie die größeren Girlies sind.

Also, dieses England, das uns in allem ferner ist als der Senegal, soll Kohl zuliebe Europa angehören? Da können die einen nur hoffen, dass sich Europa nicht durch Ansteckung überträgt, und die anderen, dass nicht am Ende jenes Europa in Kraft tritt, das Kohl sich vorstellt.

Blaublüter's Weekly

Danke, England, für eine neue Woche der Superstar-Monarchie, eine Woche der »splendid triviality«, wie John Osborne gesagt hätte!

Charles – ewig möge der rote Teppich unter seinen Füßen nachwachsen – Charles begleitete sein ausgefahrenes Ohrenpaar nach Neufünfland, um daselbst die Hellhörigkeit einer Plattenbauwohnung zu überprüfen – er, der schon eine Blume reden hört!

Unterdessen zog Diana eine Ereigniskarte, begab sich direkt in ein Fernsehstudio, zog keine Erlaubnis der Queen ein und illuminierte das reine Art Déco ihres Gesichts mit Geständnissen aus dem Nachtschatten junger Mädchenblüte. Vale, mein schneidiger Rittmeister! Valete, ihr Fernsprechteilnehmer zum Mondscheintarif! Vergessen wir nicht, diese Diana, auch Göttin der Jagd, sie war die erste warmblütig Blaublütige, die in ihrem Ehegelöbnis auf die Gattengehorsamsformel verzichtet hatte und diesem Gatten nie ärger schadete, als wo sie zu Protokoll gab: »Alles, was ich weiß, hat Charles mich gelehrt!« Über Tintenfischchen, hehe? (Altherrenwiehern)

Ach, und vergessen wir nicht das Paar von der Briefmarke zum 23. Juli 1986: er, Andrew, 99 cm Brustumfang, 76 cm in der Taille, im Holzfällerhemd ein Ponderosa-Typ, Koo-Stark-gehärtet, Falklandkrieg-getestet mit einer Gattin, die »ursprünglich Mummies Wahl« war. Sie, Fergie – spatenförmiges Gesicht unter rotem Skalp, ganzkörperlich mit Sommersprossen überwuchert etc. – brachte den Sex ins Königshaus, kniff gleich beim Kennenlernen in die königlichen Semigloben, brachte später ein königliches Bett zum Einkrachen, und als beide vor der Hochzeit gefragt wurden, worauf sie sich am meisten freuten, antwortete Andrew: »auf den Tag danach«, sie aber: »auf die Hochzeitsnacht«. Vae victis! Nun haben auch diese beiden sich wieder einander genähert, nachdem endlich Gras gewachsen ist über den ausgezuzelten Zeh.

Das Geheimnis der Königsfamilie liegt darin, dass sie die höchste Klasse der Menschen nur spielt, eigentlich aber in den Physiognomien, Hobbys und Abirrungen ihrer Mitglieder ein Schmelztiegel der Mittelklasse ist. Diese aber hat sich in den Windsors inzwischen so perfektioniert, dass man zugeben muss: In dieser Woche war das englische Königshaus wieder mal die bessere SPD.

Diana revisited

Alles beginnt mit einer Mystik und endet in einem Fitnessstudio. Siebenhundert Millionen Menschen haben weltweit zugesehen, als sich der dürre Wunderling mit ödipalem Charme fragend der Mutter zuwandte ›May I?‹, und als diese nickte, reckte sich der schneeweiße Kindergärtnerinnenhals nach den Lippen des Polo-Prinzen ›I will I will‹. Ach ja, da war der Royalismus noch eine Form von säkularisiertem Gottesglauben!

Zu jener Zeit wusste man von Diana nur, dass sie ihren einzigen Schulpreis für den bestgepflegten Hamster erhalten hatte und künftig auch nicht schlechter leben würde als dieser. Damit sie außerdem eine gute Figur mache, legte Charles noch eine Dauerkarte fürs Fitnessstudio zum Haushaltsgeld. Aber Shylock saß hinter der Glasscheibe und hielt jede Schwellung des prinzesslichen Gluteus maximus für die Weltöffentlichkeit fest, und die war in ihrer Empörung solidarisch genug, jedes Blatt mit den schändlichen Fotos durch käuflichen Erwerb sogleich aus dem Verkehr zu ziehen.

Wenn alle Leiber langweilig geworden sind, werden die königlichen Körper doch ihren Wallungswert bewahren, denn sie allein besitzen die Aura der Unenthüllbarkeit. Ihre Nacktheit ist noch Verbot. Während sich der deutsche Bundespräsident noch vor aller Presse Augen das Sportabzeichen mit blanker Brust erschwamm, erlebte Diana am Musclestretcher ihre Fallhöhe vom Körper zum Body.

Unser Fitnessstudio-Besitzer aber hatte sich nur eines staatstragenden Aktes schuldig gemacht. Königliche leben von jener fortzeugenden pauschalen Verherrlichung, die sie nirgends genauer erfahren, als wo sie an ihrem banalen Bild geschändet werden. Erst in diesem Augenblick erleben sie nämlich, welche Lappalie im Falle eines blaublütigen Superstars als Verletzung der Menschenwürde angesehen wird. An dem Tag, an dem Diana im Fitnessdress kein Bild mehr abgibt, das die Mühe lohnt, mit geheimdienstlichem Equipment eingefangen zu werden, an dem Tag wird die englische Monarchie wirklich hinfällig, das heißt Monaco oder Luxemburg verwandt sein. Der Mann hinter dem Spiegel hat Diana also nicht geschändet, er hat uns an ihre Größe erinnert.

Donnerschenkels Höllenfahrt

Als Prinz Andrew aus dem Falklandkrieg heimkehrte, fand ihn die englische Presse »zum Mann gereift«. Seine Navy-Kollegen dagegen urteilten, er sei »arrogant, angeberisch und voller Scheiße«. Er selbst wählte den Mittelweg und fand, zu einem richtigen Mann gehöre eine Frau mit spatenförmigem Gesicht, rotem Skalp und sommersprossigen Beinen. Und es ward Fergie. Von der Presse »Donnerschenkel« und »Englands dickste Schande« genannt, entpuppte sie sich erst als guter Kerl, dann als geizige Ziege.

Als die beiden dann heirateten, war England schon zu arm, sich einen nationalen Feiertag leisten zu können. Fergie gelobte drinnen vor dem Altar ewige Unterwerfung, draußen grölte die Menge »What shall we do with the drunken sailor« und ein Paradepferd brach zusammen. Befragt, worauf sie sich nun am meisten freuten, sagte Andrew »auf den Tag danach« und Fergie »auf die Hochzeitsnacht«. Anschließend zogen sich die Brautleute in den Bauch der »Britannia« zurück, wo ein »Spezial-Doppelbett« mit vier Pfosten extra verschraubt worden war, nachdem sich Fergie gerühmt hatte, das alte Bett – wobei wohl? – »zertrümmert« zu haben. Ja, lange bevor sie ihre Zehen im Mund eines Unwürdigen wiederfand, hatte Fergie das Königshaus erotisiert. Diana war Art déco, Sarah Neue Prächtigkeit und angenehm vulgär.

Längst ist all das vorbei, und Sarah hat Schulden. Des einen Bulimie ist des anderen Verschwendungssucht, verkündet sie fachkundig. Ja, gäbe sie all die angehäuften Güter nur wieder ab! Aber nein, stattdessen erscheint ihre autorisierte Biographie und kann sich gegen die nicht-autorisierte prompt nicht behaupten. Also reist Fergie durch Talkshows – ein Handkuss von Larry, Tränen für Oprah, ein Giraffenwitz für David, und als was, fragte das »Today Program« von BBC 4, als was möchte sie erinnert werden? »Als Mutter«, erwiderte Fergie allen Ernstes, der man Promiskuität bis in den fünften Schwangerschaftsmonat nachgesagt hatte und die heute Kinder und Kameras mit in den Bed-&-Breakfast-Urlaub nimmt. Werden Mütter überhaupt erinnert? Als Mütter? Ein Imagetwist zu viel und kein Ende der Häme, fand denn auch die »Sun« und fragte ihre Leser: »Mit wem würden Sie lieber ausgehen, mit Fergie oder mit einer Ziege?«

Die Ziege unterlag nicht.

Für einen Sack voll DeMark

Sophia Loren wurde vor sechzig Jahren in Pozzuolo bei Rom geboren. »Vollbusig, reich belippt, mit Bäuerinnen-Sex-Appeal«, wie ein englisches Standardwerk schreibt, drehte sie eine Anzahl guter und eine Unzahl mediokrer Filme, promovierte sich mittels Ponti, Protz und Privilegien ins Pantheon der italienischen Filmdiven (wo Magnani und Masina residieren, sollten Lollo und Loren draußen bleiben!) und hat ein Herz für Talkshows, deutsche zumal, mit ihrem eigenen, diskret vernebelten Tarife-Himmel.

Gerne findet sich Frau Loren auf eine Viertelstunde Couch in Deutschland ein. 90 000 DM, drei Flüge Erster Klasse und die obligatorische Suite im besten Hotel der Stadt dürften die Strapaze kompensieren, die Riesenfrisur aus dem Drei-Wetter-Taft zu meißeln, das voluminöse Nasenmöbel vor die Augen zu fahren und von Zeit zu Zeit das herausskelettierte Komplettgebiss extra zu entblößen – eine Prozedur, die schon bei Gottschalk wie die Wiederanknüpfung an die grässlichsten Szenen aus dem balinesischen Gamelan-Theater wirkten und immer geeignet sind, Kindern Angst zu machen.

Einmal Beine übereinanderschlagen wäre dann inbegriffen, schließlich will man sich zum Tarif von zwei Jahreslöhnen eines Bauarbeiters nicht lumpen lassen, und natürlich, auch am Dekolleté soll nicht gespart werden, wenn die Kamera nicht zu nahe heranfährt. Die Wahl der Gesprächsthemen wäre völlig frei, natürlich nichts Privates, Pikantes oder sonst Interessantes.

Am liebsten spräche sie über ihr ehrenamtliches, völlig unbezahltes Engagement als UNICEF-Botschafterin, war sie doch ehemals sogar in Somalia und hat von dort ein paar unbezahlbare, kalt zu genießende Gefühle mitgebracht: von der Größe der Armut, der Größe der Krankheiten, der Größe des Elends und der eigenen Equipage. Stellen Sie sich diese Geschichten vor – »sie hat geweint!« – versehen mit ein paar ihrer unvergleichlichen Lebensweisheiten – »Das Leben hat mich bescheiden gemacht« – und denken Sie: Sie ist eine Künstlerin, eine Dienende, die sich nur als Werkzeug in der Hand des Regisseurs betrachtet ... Den können Sie übrigens gratis dazukriegen. 90 000 DM, tja, viel Geld ... aber ich verspreche, auch Ihnen wird ganz warm werden, wenn sie sagt: »Ich bin immer das kleine Mädchen aus Pozzuolo geblieben.«

5-Sterne-Sklaven

Sie kommen aus Afrika, Sie wissen schon, aus einem dieser Länder, wo man die Verbreitung des Wohlstands nur noch an der Entwicklung der Hygiene ablesen kann. Auf den ärmsten Märkten liegen Obst und Gemüse wahllos über den Erdboden verteilt; auf den besseren liegen sie ordentlich geschichtet über Bananenblättern; auf den besten dagegen wird die Ware auf eigenen Ständen ausgebreitet und sogar vom Abfall separiert.

Viele von ihnen haben auf solchen Märkten gearbeitet. Sie bringen, wenn sie nach Deutschland kommen, ihre berüchtigte Gastfreundschaft mit und natürlich ihr Wissen um Hygiene. Deshalb stellt man sie, wenn sie adrett aussehen, Disziplin beweisen und beim Bewerbungsgespräch einen zivilisierten Eindruck hinterlassen, vielleicht auf der untersten Stufe des Hotelpersonals, also im Rang von Zimmermädchen ein.

Im Vorraum der Personalchefs oder Kolonnenführer warten auch die schwedischen oder englischen Frauen auf die Gelegenheit, gut aufzufallen. Treten sie ins Büro, wird die Tür geschlossen, tritt dagegen eine Schwarze ein, bleibt die Tür angelehnt, und die Gespräche werden kürzer. Die afrikanischen Bewerberinnen wissen, was das bedeutet.

Trotzdem schaffen es einige, sich ihren persönlichen Traum zu erfüllen: einen Flurabschnitt in der Raucher-Etage, einen Wagen mit Frotteetüchern, Duschgel, Badekappen und Nähutensilien, einen Wolllappen zum Abputzen der Schuhe, einen kleinen Plastikschuhlöffel, Briefpapier mit dem Aufdruck: »Der Absender ist Gast des Hotels« – lauter Komfortartikel also, deren Gebrauch den Frauen unvertraut ist, deren Aufschriften sie nicht lesen können und deren Wohlstandssymbolik sie allenfalls erahnen.

Aber sie begreifen die Topographie des Hotelzimmers, erfahren, wo man die Gegenstände im Raum placieren und wie man sie drappieren muss. Denn all dies dient ja nicht allein der Bequemlichkeit des Gastes, sondern ebenso der möglichen Kontrolle seiner Zimmermädchen. Doch die … Sie lernen die Sprache nicht, denn wer würde sie ihnen beibringen? Aber sie lernen etwas Wichtigeres, etwas, das auf eigene Weise auch Sprache ist, sie lernen, dass man die Spitze eines Klopapierblatts unter der metallenen Halterung des Klopapierspenders, dass man diese Spitze also zu einem gleichschenkligen Dreieck zu falten hat, damit der Gast mit nur zwei Fingern das Papier herausziehen, oder damit er sich am Ornamentalen erfreuen kann oder einfach, damit er sieht, wie an der Spitze dieses Klopapierblattes jemand gearbeitet und seine Würde verloren hat – jemand, der hier, dem Gast zu Ehren, die Minderwertigkeit seiner Tätigkeit erfahren musste, indem er verstand, dass sie sinnlos und snobistisch ist. Und die Frauen, die dies leisten, haben als Erstes nicht nur gelernt, dass hier Komfort die Gastlichkeit und Sterilität die Hygiene verdrängt, sondern vor allem, dass in dem, was man im Westen »Service« nennt, der Geist

der Plantagen überlebt.

Menschenrechte schwer verletzt

In der Politik gibt es drei Formen der rhetorischen Annäherung an ein Problem. Entweder es wird »verhandelt«, dann ist ein Resultat zu erwarten, oder es wird »diskutiert«, dann ist erst mal kein Resultat zu erwarten, oder es wird »angesprochen«, dann ist sichergestellt, dass es zu keinem Resultat kommen wird! Menschenrechtsfragen existieren politisch überhaupt nur als »angesprochene« Probleme. Dabei ist bis heute ungeklärt, ob man etwas überhaupt aussprechen muss, um es hinterher angesprochen zu haben.

Werden Kohl und Kinkel aufgefordert, in ihren Reiseländern Menschenrechte anzusprechen, reagieren sie wie Peter Bond, wenn man ihm sagte, er müsse im »Glücksrad« Logarithmen auflösen. Ein Fauxpas!

Deshalb spricht Kinkel die Menschenrechte in China auf seine unvergleichliche »nicht-konfrontative Weise« an, Kohl spricht sie in Indonesien beim Angeln zwar an, aber niemand wird je erfahren mit welchen Worten, und auch die Türkei, die immer die verträglichsten deutschen Politiker empfängt, muss sich bei einem Staatsbesuch ausgerechnet von Ghadafi so deutlich zur Einhaltung der Menschenrechte auffordern lassen, dass es zum Eklat kommt. Deutsche Politiker beweisen da bessere Manieren.

So erfahren wir zwar, dass Kohl 56 Unternehmer in seiner Indonesien-Entourage hatte und dass er eine Schildkröte angelte, wir erfahren aber nach keinem dieser Staatsbesuche, exakt in welcher Form die Menschenrechte angesprochen wurden, welche Antworten gegeben und auf welche Nicht-Resultate man sich danach verständigt hat. In der äußeren Welt nennt man das ein »Tabu«, ein Verschweigen durch Ansprechen, die sicherste Form des Totschweigens. Nicht zuletzt hat dies Tabu dazu geführt, dass man hierzulande die Mietrechte besser kennt als die Menschenrechte, jene dreißig Artikel von 1948, die man heute nicht mehr ohne höhnisches Staunen mit der Realität jener Länder vergleichen kann, in denen sich Kinkel und Kohl immer so wohl fühlen. Die berühmte »Frage der Menschenrechte« ist folglich längst eine Antwort: Wir brauchen Menschenrechte exklusiv für die Vergangenheits-, aber doch nicht für die Gegenwartsbewältigung.

Bettelmann und die Brandstifter

Massenarbeitslosigkeit und Frühverelendung, Sparpaket und Sozialabbau, die Vertreibung der Bettler aus den Innenstädten, flankiert von Überlegungen zur Versteuerung ihrer Einkünfte – in diesen Wochen fängt der Ernst des Lebens für Arme erst richtig an und für alle anderen eine neue Epoche deutscher Sozialromantik.

Ein französischer Baron, so berichtet Casanova, überfraß sich einmal bei einem Diner so maßlos, dass er kaum mehr seine Kutsche erreichen konnte. Ein Bettler näherte sich dem im Polster Keuchenden und bat um ein Almosen mit den Worten: »Ich habe Hunger.« Der Baron erwiderte kraftlos: »Da hast du aber Glück, Freundchen.«

Ein solcher Baron könnte jener Hans-Joachim Widmann sein, der sich offenbar jahrelang im Speckgürtel der Arbeits- und Sozialämter herumtrieb, auf einer Lichtung bei Aldi wartete und den Asis beim Äsen zusah. Erst anschließend wurde er in und außerhalb der FDP auffällig und gegen die Bettler ausfällig, indem er die Besteuerung ihrer Sammelhüte anregte.

Zweitrangig, dass ihn seine Partei zurückpfiff und jetzt ein Misstrauensvotum zum Parteitag vorbereitet, Widmann war nur Avantgarde, das heißt, er artikulierte ein latentes Bedürfnis, und das bedeutet auch: Jeder, der jetzt Drakoner-Maßnahmen nicht gegen die Armut, sondern gegen die Armen anregt, gilt als liberal, sofern er nur ein wenig moderater denkt als jener dort. Mag Widmann selbst gehen müssen, der Mann hat seine Schuldigkeit getan.

Die Gesinnung des Finanzmilieus rüstet auf, die Mentalität der Geldinstitute und Kaufhäuser erschöpft sich nicht mehr in der obszönen Zurschaustellung ihrer Profite. Ausdrücke wie »aggressives Betteln« und »Sozialschmarotzer« sind geeignet, die Armen nicht nur aus der heuchlerischen kollektiven Solidarität zu entlassen, sondern sie vielmehr zum Feindbild zu präparieren. Das aber bedeutet: Wenn Rassismus darin wurzelt, die Realität einer Bevölkerungsgruppe nicht zur Kenntnis nehmen zu wollen, dann formiert sich in Deutschland ein Sozialrassismus, der Opfer zu Gegnern zurichtet. Es wäre kein Wunder, wenn folglich Armenunterkünfte bald denselben Hass auf sich zögen wie Asylbewerberheime. Die rechten Schläger sind gegen Bettler längst aktiv, die staatlichen Brandstifter werden es gerade.

Schlachtfest der Innerlichkeit

Deutschland anno 2040. Zwanzig Jahre ist es schon wieder her, da bebte sie einsam hinab, die letzte Tele-Träne der Menschheit, symbolisch vergossen aus nichtigem Anlass. Ein Ausschnitt, so oft gezeigt wie die Mondlandung. Der Mensch ist nun emotional trockengelegt, aber das Projekt Rührung nicht abgeschlossen. Immerhin gibt es die Sendung für den Phantomschmerz: »Verzeih mich«, junge Menschen ringen um ihre Existenzberechtigung, live, und dass ohne Existenzbestätigung – aber nein, sie bewegen sich doch!

Das Konzept der Sendung ist archäologisch-therapeutisch – archäologisch, soll doch aus trockenen Drüsen das edle Nass noch einmal herausfasziniert werden, das jahrzehntelang den schönsten Scheiß der Fernsehunterhaltung salbte, und therapeutisch, sollen doch junge Menschen angeregt werden, sich über ihre ... sagen wir ›Gefühle‹ zu definieren. Aber sie haben keine.

Seit fünfzig Jahren in Familienhand, wird dieser liebenswürdige Fernsehklassiker moderiert von Ulla Klon am Brink IV, Autorin eines Standardwerkes über die ›Unfähigkeit zu knatschen‹ und des Papiertaschentücher-Slogans »44 Schneuzungen – Keine Rötung!«. Sie macht das gut, ist wirklich zum Heulen und kommt ganz auf die Uroma mit dieser selbstverständlichen Verbreitung menschlicher Wärme, als wäre der ganze Erdball ein großer CVJM.

Und die Kandidaten, am Nasenring reingeführte Geständnistiere, breiten die Arme aus, als wollten sie ihren Interruptus mit der ganzen Welt teilen und weinen nicht. Nach fünfzig Jahren Laufzeit ist dies die beste Sendung im deutschen Fernsehen. Erst hat sie den Menschen neu erfunden, dann ausgeweidet, dann tranchiert, bis nur eine Drüse übrig blieb, die sie nun mit Surrogaten stimuliert.

Schließlich hat sie den ganzen Menschen inklusive Gast und Moderatorin abgeschafft, durch Replikanten ersetzt und die wichtigste Brücke zur Aneignung der Wirklichkeit geschleift. So ist ihr der Nachweis gelungen, dass die Erde einen Zustand erreicht hat, in dem es keinen Grund mehr gibt zu weinen. Da sage noch jemand, sie sei nicht besser geworden.

Fernsehabend

 Über dem Schaubild der Wettervorhersage steht »Vorhersage«, damit die Zuschauer nicht ans Fenster treten, um zu vergleichen, Carolin Reiber verzehrt einen Gast im Magnetfeld ihrer Güte, David Hasselhoff kommt im Trikot vorbei, zu dickhodig, um gerade zu gehen; ein Verwundeter sucht zwischen blutigen Laken sein Bein, Prof. Dr. Best wendet eine herkömmliche Zahnbürste auf eine Tomate an, sie platzt und blutet, das Gesicht über der Kaffeetasse bestätigt den Zusammenhang von Augenschließen und Genießen, bei Burger King küssen sich die Frischverliebten, die Avantgarde des Herzens; der Orient ist voll vom Atem betrunkener Chinesen, Cherno verwaltet sein Ego, ein Sechzigjähriger in Lederhose dirigiert sein Blasorchester mit winzigem Stäbchen, ein Koalabär mit übernächtigten Augen greift nach einem kleinen Zweig, das Baby mit dem Gesicht einer Hausfrau thront auf der Donnerkuppel des Mutterschoßes und bekleckert sich, nebenan liefert die Eheprostituierte eine Tagesration gutmütiger Küsse ab, eine Fünfzigjährige singt, man soll es ihr besorgen, bei Sexfilmen sind Laien am besten, die können den Höhepunkt nicht spielen; im Fenster der Limousine spiegelt sich die heraneilende Kamera, dann der Fluchtpunkt der Macht: die Waffe, Erik Ode sagt: Walter, bring noch einmal die Akte von Barbosse, Wulff sagt: wähl mich, ein Kandidat hält vier Jahre, eine Tätowierung bis zu sechs Wochen nach dem Tod, die Seele ist ein Wechselwähler.

Je mehr Wohlstand, desto mehr Fernbedienungen: man knipst die Welt an, die Garage klappt auf, die Musik beginnt zu spielen. Die Bilder tragen keine Botschaften mehr, sie tun nur so, die Signale gehen nach Nirgendwo, die Netzhaut wird belichtet, aber ohne dass dabei ein Blick zustande käme. Das filmische Leben ist ohne Epik, den eigentlichen Film klaubt die Fernbedienung zusammen: Handlung ist ungenießbar, denn Handlung hat, ungeschnitten, das eigene Leben, genießbar ist die asyntaktische Zufallsreihung von

Zuständen. Das Leben verliert den Charakter einer Erzählung, es wird nicht besser, aber fotogener, und die Letzten, die noch ein ganzes Bild von der Welt haben, das müssen die Blinden sein.

Gewaltversprechen

Wie ruhig es ist! Der Krieg in Jugoslawien vorbei, Hutsis und Tutsis versprengt, Tschetschenen zerbombt, und auch militärisch statt Offensiven nur Attentate. In diesem Sommer müssen wir die Grundversorgung an Gewaltbildern also von weit weg importieren. Interessiert uns deshalb plötzlich die ETA? Fallen deshalb mehr Flugzeuge aus dem Himmel in unsere News? Und obwohl jedes dieser Blutbilder endlos vergrößert wird: Wie weit und still die Welt, wie weihnachtlich fast!

Ist das nun besser? Fühlt sich das wohliger an? Man sagt ja, dem Menschen sind nach Feierabend keine Schrecken mehr zumutbar, aber das gilt nicht für die Volksmusik und nicht für die Katastrophenfilme und nicht für das Blut der Nachrichten, eher für den echten Ernst, den Ernst der Kultur, der Analyse, der Hintergründe. Ja, und wenn sich dieses Beluga-Volk der Deutschen trotz allen Wohlstands abends keinen Ernst mehr leisten kann, wer sollte es dann eigentlich können? Die Äthiopier? Die schauen sich nach Dienstschluss zur Erholung die Deutschen im Fernsehen an. Aber kommt den Deutschen nach Feierabend nicht mit Äthiopien, das ist einfach zu trostlos!

Peter Klöppel fordert mehr gute Nachrichten, Peter Hahne mehr Himmel auf Erden. Nachdem sie das geschrieben haben, klappen sie ihre Sekretäre zu und fragen sich, ob eine Nachrichtensendung voller ›hard facts‹ noch gut gemischt ist, wenn ihr die Wrackteile fehlen. Zum ›Format‹ der Nachrichten gehört nun einmal diese Farbenlehre aus Bedauerlichem und Betulichem, aus Service und

Sentimentalität, und wenn auch die Ressourcen der Armutsbilder unerschöpflich bleiben, das Gewaltversprechen der Nachrichten
 scheint gerade in Gefahr.

Aber vielleicht sind ja die Blut-Scouts auf der Suche nach neuen telegenen Kriegen längst unterwegs. Ist nicht auch ehemals unser Interesse an Somalia von Fotos inspiriert worden? Nach der jetzigen Flaute werden die neuen Gewaltbilder desto stärker wirken. Man wird endlich wieder von »unfasslichem Grauen« sprechen, um nicht zu sagen: Das eigentliche Grauen ist, dass man es fasslich findet, allzu fasslich. Denn man stelle sich einmal vor, Gewaltbilder führten wirklich unmittelbar zum Umschalten – auf einen Wink der Programmdirektoren hin würde unsere Welt schöner werden!

Der Augenzeuge

Als Giotto die Wunder der Franziskuslegende in Fresken fasste, malte er in jede Episode einen kleinen Augenzeugen hinein, um dem heiligen Franz den Verdacht zu ersparen, er habe seine Wunder selbst auf die Nachwelt gebracht.

Seit das Fernsehen Augenzeugen aufruft, ist die kleine Assistenzfigur zur überlebensgroßen Instanz für die Glaubwürdigkeit des ganzen Mediums geworden. Wo immer die Bilder enden und die Ferne der Welt von der Kamera zu beklagen ist, erscheint ein Gesicht mit dem Aufdruck: Ich war dabei!

Wer das Fernsehen anschaltet, erwartet optische Evidenz, tatsächlich aber ist der Bilderbogen versetzt mit den bloßen Stellvertretern der abwesenden Kamera. Ist aber schon das Objektiv nicht objektiv, so ist es der Augenzeuge noch viel weniger, der Tatsachenbericht geht in die Erzählung über.

Die Kriminologie verwendet viel Mühe auf das Herausfinden des zuverlässigen Zeugen, dem Fernsehen genügt meist der Nachweis des Augenscheins, und wenn auch subjektives Erzählen Voraussetzung für die Wahrheit ist, sagt es meist mehr über die Person als über das Ereignis.

In Wahrheit folgt der Augenzeugenbericht den Gesetzen des Verhörs, und jedes Verhör lügt, wo es eine Geschichte aus Fragen ableitet. So wird der Augenzeuge nicht vom Ereignis befragt, sondern vom Medium. Was er beibringt, folgt der Wirklichkeit nicht, sondern den Gesetzen der Fernsehattraktivität. Je besser die Zeugen das Fernsehen kennen, desto gleichförmiger werden ihre Aussagen, desto exakter genügen sie dem Charakterfach ihrer Rolle und verlieren durch die Berührung mit dem Medium das Ereignis.

Wenn Ulrich Meyer also den Randgruppen-Referenten mit dem Stricher konfrontiert und jenen als Freier outet, gilt a priori: Das erste Opfer eines TV-Streits ist die Wahrheit. Was bleibt, ist allein die Situation, in der das Fernsehen eine Fernseh-Konfrontation initiiert und sich alle Teile zum Fernsehen verhalten. Tautologischer kann das Medium nicht sein.

Von der Wahrheit, um die es angeblich geht, gilt deshalb Emile du Bois Reymonds »Ignorabimus« und von jedem Beteiligten das russische Sprichwort: »Er lügt wie ein Augenzeuge«.

Born im Auge

Die Geschichte ist zu gut, um unwahr zu sein, aber sie geht so: Als die Hitler-Tagebücher von Deutschland aus der »Times«-Redaktion angeboten wurden, sandte diese ein Telex an Verleger Rupert Murdoch. Man könne die Hitler-Tagebücher drucken, ein Professor für Geschichte habe allerdings Zweifel an ihrer Echtheit. Murdochs Antwort, so die Legende, kam prompt, zählte vier Worte und lautete: »Fuck the professor, publish!«

Seither wird der Professor ununterbrochen penetriert, dazu laufen die Druckmaschinen und Fernsehkameras und vervielfältigen Geschichten, die alle zu gut sind, um auch noch wahr sein zu können. Schauplätze, handelnde Personen, Zitate, kausale Verbindungen, alles wird gefälscht: Journalismus soll vor allem lukrativ sein, die Wahrheit aber ist selten lukrativ. Und fliegt dann irgendwann ein Schwindel auf, flattern alle ehrlichen Journalisten hinzu, um sich zu beweisen, wie sauber sie selbst sind, und damit behandeln sie den Skandal genauso wie Politiker ihn behandeln würden: als Ausnahme, die schon allein durch ihre Aufdeckung die Sauberkeit und die selbst reinigenden Kräfte der Branche beweist. Nur Pech, dass all diesen Ermittlern, die dem Chef von »Stern-TV« Günter Jauch Fehler nachweisen wollten, selbst so viele Fehler unterlaufen sind! Nun müssen sie sich dauernd berichtigen, und dadurch ergibt sich am Ende doch noch ein authentisches Bild der real praktizierten Berufsethik.

Zum Chefankläger erhob sich dabei der »Spiegel«. Der besitzt zwar seit Monaten kein Medienressort und keine nennenswerte Medienberichterstattung mehr – dazu ist er einfach zu vielen Sendern geschäftlich verbunden, gegen »Stern-TV« aber zeigt man sich plötzlich hellwach, so hellwach, wie man sich eben nur noch zeigt, wo die eigenen Interessen berührt sind, und der »Stern« berührt immer die Interessen des »Spiegel«.

Also bittet man dort zum Interview über Wahrheit und Lüge im telegenen Sinn nicht, nein, nicht Barbara Eligmann, sondern: Hans Meiser. Der ist zwar eine ehrliche Haut, hat aber mit Magazin-Journalismus etwa so viel zu schaffen wie Ignacio Lopez mit »Mainz bleibt Mainz«. Und so ist auch diesmal die einzige Wahrheit nicht ans Licht gekommen, die Kläger wie Beklagte auf einen Streich überführt hätte: Man hätte nur statt ihrer Reportagen ihre Redaktionskonferenzen ausstrahlen müssen.

Forever Kohl

Vor kurzem gab der Kanzler sein erstes BBC-Hörfunk-Interview und begegnete dort prompt jenem unsympathischen Sprechakt ›Frage‹, den er schon zu Hause nicht ausstehen kann und mit dem er, Mertes sei Dank, ja auch nicht mehr zu viel Berührung hat. Als Antwort zitierte er entweder den Sommerhit der »Crash Test Dummies« und machte »mmm mmm mmm« oder er verbiss sich in den Frager, was von den englischen Hörern so befremdet aufgenommen wurde, als sei der Kanzler auf Crack.

Noch voller Widerwillen reiste er anschließend weiter nach Frankreich, wo er dem »Figaro« gestand, Intellektuelle seien ihm »wirklich gleichgültig«, das heißt nicht in der »Gechichte« der Dichter und Denker, aber als Lebendgewicht. Da staunte die Grande Nation, die sich selbst eine höhere Meinung von Intellektuellen leistet: Am deutschen Wesen soll der Geist verwesen? Solche selbstbewusste Intellektfeindlichkeit war immer die Losung der konservativen bis ultrakonservativen Parteien, weshalb diese gerne von Menschen getragen werden, die sich für ihre Ansprachen geistig künstlich ernähren lassen oder mit dem Habitus auftreten: Denken tät ich schon gerne mal, wenn ich nur den Kopf dazu fände!

Der Kanzler für alle Deutschen ist also kein Kanzler für Intellektuelle, anders gesagt: Unter Kohl ist der deutsche Intellektuelle offenbar unregierbar, und das ist schon fast das Beste, das man von ihm sagen kann. In dieser Lage bleibt dem bekennenden Geistesmenschen also nur eine Utopie: Forever Kohl! Denn gerade diese Freiheit in Feindlichkeit macht dem Intellektuellen seinen Kanzler unverzichtbar.

Und wirklich, warum sollte er nicht da bleiben für immer, festgewachsen auf seinem Sessel wie ein afrikanischer König oder ein Südsee-Diktator, das Gesicht, das Deutschland ist? Warum tauschen wollen gegen die halbe Portion, warum das Land aus seiner Bodenhaftung reißen, warum wählen, statt akklamieren? Deutschland hat sich gewöhnt, Politik als Kohls persönlichen Lebensstil zu begreifen, und müsste er selbst sein Gnadenbrot auf dem Regierungssessel beißen und nach seinem Tode durch einen Doppelgänger ersetzt werden, damit das Land nicht in Unruhen fiele: Wir wollen nie mehr auseinander gehn. Kohls Abwahl käme einer Systemveränderung gleich.

Henrys Ende

Aus dem Staub dieser Jahrzehnte werden am Ende drei historische Gesten herausragen: Brandts Kniefall in Warschau, Kohls Händchenhalten in Verdun und Maskes Hocke in München. Es war ein denkwürdiger Augenblick, diese Berührung des geschlagenen Champs mit dem Hasseröder-Werbelogo. Effektvoller hätte es an diesem Abend nur noch durch Zewa Wisch & Weg ersetzt werden können. Wisch & Weg, ihr Funktionärstränen, Wisch & Weg, ihr teuren RTL-Zähren, Wisch & Weg, auf Nimmerwiederboxen! Ein Produkt wird vom Markt genommen.

Wir kannten Henry Maske als Sieger, als Verlierer musste er sich selbst erst kennen lernen. Da nämlich machte er die merkwürdige Figur eines Menschen, dem sein Coach die Choreographie der Niederlage nicht richtig eingebimst hat. Erst riss er noch die Arme hoch, stand auch in den Seilen, dann tigerte er durch den Ring, ging schließlich in die Hocke und teilte dem begierig eregierten RTL-Mikrophon in einem schier unglaublichen Akt der Emanzipation mit: ihm sei nicht nach Reden zumute. Das seinem Sponsor und Muttersender, der Kameras an Henrys Heldenkörper auch subkutan hätte anbringen dürfen!

Doch selbst dieses Aufbäumen folgte nur dem Kalkül des Mannes, der sich eher bemühte, den Verlierer gut zu spielen, statt sich wie einer zu fühlen. So subkutan war RTL also doch, und also schmeckte auch dieser einstudierte Niedergang ein bisschen nach »Rocky 4«. Doch dann entgleiste Maske mit dem merkwürdigen, aber authentischen Satz, jetzt hätten »die Amerikaner uns da, wo sie uns haben wollten: in der Zweitklassigkeit«. Genau da aber waren »wir« – »Henry who?« – für »die Amerikaner« immer schon. Auch kämpften nicht eigentlich »die Amerikaner« gegen »die Deutschen«, sondern ein David hatte den Maske-Konzern gestürzt, und dieser machte, die Heino'sche Deutschlandhymne noch im Kopf, den langweilig verlorenen Kampf zur nationalen Angelegenheit.

Während dann aber der Sieger geduckt abziehen musste und sich Maske der Schmiere seines Abschieds in die Arme warf, lachte in der Kulisse der ungemütliche Rocky, erinnerte sich, wie er einige der hier Verantwortlichen als »Banditen« bezeichnet hatte und signierte seinen Kronprinzen-Vertrag mit ihnen. Faites les jeux!

55 Erklärungen für Misserfolg

Ich passte nicht ins Klischee. Ich war nicht deren Typ. Ich hab mich nicht angepasst. Die Medien hatten sich gegen mich verschworen. Ich bin zu stark, die können niemand brauchen, der seinen eigenen Kopf hat. Ich bin eben nicht pflegeleicht. Ich war denen zu unbequem. Ich habe den richtigen Leuten nicht nach dem Mund geredet. Ich wurde kopiert. In einem Land wie diesem haben es Leute wie ich immer schwer gehabt. Hat auch mit meiner kosmopolitischen Ader, hat auch mit meinem Anspruch zu tun. Ich komm halt eher so vom Amerikanischen her. Ich hatte schlechte Berater, hab den falschen Leuten vertraut, ich dachte, die sind alle meine Freunde. Die haben mich doch nach Strich und Faden ausgenutzt. Die hatten einfach das falsche Marketingkonzept.

Heute geht es nun mal nicht mehr ohne richtiges Management. Ich war zu gutmütig. Ich habe es immer allen recht machen wollen. Am Ende waren sie alle nicht mehr da. Ich konnte mich auf niemanden verlassen. Das System ist zu inflexibel. Das ganze Metier ist so kulturlos, so runtergekommen. Ich stand halt eher für Anspruch und so. So was kann man den Leuten heutzutage einfach nicht mehr zumuten. Ich war krank. Ich hatte schwere psychische Probleme, bin aber heute mit mir im Reinen. Der Alkohol! Auch Drogen waren mit im Spiel. Ich kam einfach nicht mehr zurecht. Ich war ja viel zu naiv. Ich wurde nur ausgenutzt. Am Ende konnte ich schlicht nicht mehr. Niemand hat sich echt für mich interessiert. Man hat mich immer nur weitergehetzt. Gedankt hat mir niemand. Die Rundfunkstationen haben mich boykottiert. Auf Anweisung von oben. Probleme mit meiner Familie raubten mir meine Kraft. Man wollte mich immerzu in eine Schublade stecken. Die haben einfach nicht akzeptiert, dass ich mich von meiner Vergangenheit gelöst hatte. Die Verantwortlichen sind alle Beamte. Ich wurde übergangen. Ich bin halt nicht mit jedem gleich ins Bett gegangen. Die wollten mehr von mir. Das hatte persönliche Gründe. Das hatte politische Gründe. Die haben mich nie machen lassen. Die wollten was ganz anderes. Die waren nicht professionell. Denen ging es immer nur um ihr Produkt, nichts Kreatives. Meine Konkurrenten haben gegen mich intrigiert. Der Kaffee war zu heiß. Die Schranken waren runter.

Calvin Hauser

Was, ach, was hat der Mensch nicht schon alles zerteilt, seziert und analysiert – die Handschuhe des O.J. Simpson, das Badetuch von Jean Paul Marat, die amerikanische Flagge vom Mond, das Schweißtuch der heiligen Veronika ... lauter vivizierte Gewebe, zerstört, in Fasern auseinander gefieselt, tranchiert und in wissenschaftliche Gutachten portioniert.

Keines Skalpells Schneide aber näherte sich jahrhundertelang der verlassenen Unterhose des Kaspar Hauser. So feierte sie jahrhundertelang ein mythisches Fortleben als Star unter den deutschen Second-Hand-Textilien, mitten im Markgräflichen Museum zu Ansbach.

Dann aber kam »Spiegel-TV«, setzte ein Messer auf das Beinkleid des edlen Wilden an und erwarb vertraglich die Exklusiv- und Schürfrechte an allem, was in dem antiquarischen Hip-Slip gefunden würde, sei es in fossiler oder in genetischer Form. Es ist dies historisch wohl das erste Mal, dass sich ein Medienkonzern in den Besitz einer einzelnen Unterhose bringt, die noch dazu nur an einer, an einer »blutgetränkten« Stelle von der Schere getroffen und von den Wissenschaftlern bespitzelt wurde. Weh dem, der Symbole sieht!

So eine Unterhose ist ein weites Feld, und der Zahn der Zeit hat viel Gras über sie wachsen lassen. Trotzdem lässt sich heute mit Sicherheit nur vermuten: Kaspar Hauser trug einen dieser aktuellen Nostalgietypen in edlem Champagnerton, Doppelripp mit streckelastischem Einsatz und ultramodernen Verarbeitungsdetails wie den Mini-Dessins auf wäschigem Fond, abgesetzt mit einer formstabilen und hautsympathischen Streifenoptik, natürlich in XXL. Dieser Kaspar! Außen pfui und innen hui!

Nach der von »Spiegel-TV« für das kommende Frühjahr geplanten Exhumierung der Gebeine des unglücklichen Findelkinds ist in Zusammenarbeit mit Calvin Klein und unter Mitwirkung von Kate Moss eine Kampagne geplant überschrieben: »Kate und Kaspar – Mix und Match.« Dann heißt es wieder: »Mit dem Spiegel-TV-Slip weiter auf dem Erfolgspfad!« Und selbst wenn sich dann herausstellen sollte, hier habe es sich um eines anderen Doppelrippers Leibwäsche gehandelt und eigentlich sei des Agenten Mauss' kolumbianisches Beinkleid irgendwie ins Schwäbische echappiert, das Zentralorgan für Schlapphüte und Schlapphosen hat in jedem Fall seine Zuständigkeit unter Beweis gestellt.

Gewiss, die Aura dessen, den wir einmal als »Kaspar Hauser« bestaunt haben und der schließlich nicht aus Knochen und Unterhose, sondern nur noch aus Aura bestand, sie wird dann endgültig zerstört sein und mit ihr Kaspar Hauser. Aber wie hat ehemals Oscar Wilde gemahnt: »Oh, ihr Leute von »Spiegel-TV«, lasst mir meine Väter im Paradies, so will ich euch die euren im Zoologischen Garten lassen.«

Fraglosigkeit

Die Würde des Menschen ist nicht ertastbar. Stattdessen stellt man ihm Fragen, Fragen nach der Grenze zwischen der öffentlichen und der privaten Person, der politischen und der intimen, Fragen als Vehikel einer Expedition in die Innenwelt.

Sie kommen nicht an. Immer sucht man ein Jenseits, einen unaufgedeckten Widerspruch, die andere Seite. Die Arbeit des Fragens wird stimuliert von der Idee der noch ausstehenden Enthüllung, sie bezieht sich auf den Nimbus einer Persönlichkeit, die letztlich Fetisch ist. Man sucht die eigentliche Person durch den Nachweis ihrer Widersprüche zu enthüllen. Aber was sind Widersprüche anderes als der Verzicht auf eine lineare Persönlichkeit, die Entwicklung aus Zuständen?

»Man frage mich nicht, wer ich bin«, hat Michel Foucault geschrieben, »und man sage mir nicht, ich solle der gleiche bleiben, das ist eine Moral des Personenstandes.« Sie gehört dem Besitzwesen. Ja, wenn selbst der Nachweis der Korrumpierbarkeit aller zurückgelassenen Metamorphosen einer Person gelänge, was wäre anderes ans Licht gekommen als ein politischer Gemeinplatz?

Eine weitere Anstrengung der Frager bezieht sich darauf, die

Kenntnis des Privaten auszudehnen. Aber das vermeintlich Private ist das Kollektive, das Intime nichts anderes als der Bereich, dessen Preis noch nicht festgesetzt wurde und der eigentlich nur noch symbolisch geschützt wird. Es wird öffentlich geliebt, geschlagen, getötet – da sollen Fragen weiter reichen als Tatbestände, hat doch die indezente Frage keine wichtigere Bedeutung, als die Arbeit an der Demarkationslinie um die unaussprechliche eigene Person sichtbar zu machen?

Nicht das Private ist fesselnd, der Versuch, es zu retten, ist es. Insofern sind weder Frage noch Antwort interessant, das Verhalten zur Frage ist es. Gerade an dieser Stelle aber erweist es sich meist, dass der Befragte selbst gar keinen unmittelbaren Zugriff hat auf die eigene Person, und so tritt der Politiker, der Banker, der Tänzer, wo sie die Öffentlichkeit scheinbar verlassen, in die Sphäre des Schauspiels ein und simulieren sich selbst: Bin ich Thekla Carola Wied? Wir werden es nicht erfahren. Die Würde des Menschen ist nicht ertalkbar.

Gefühlshaushaltsleere

In einem Land, in dem die Aktienkurse »freundlich« sind, das Geld »arbeitet« oder »lacht« und man »Gefühle investiert«, in dem Land hat man mit dem unübersetzbaren Wort »Streicheleinheiten« einen guten Griff in den Fundus der obszönen Metaphorik getan. »Streicheleinheiten brauchen« klingt wie das amerikanische »Quality-Time miteinander verbringen«.

Es gab Zeiten, da las man die Homophobie der Werbung an ihren Versuchen ab, den Menschen in eine Ware zu übersetzen und seine Attraktivität in Maß, Gewicht und Preis aufzulösen. Heute empfiehlt man sich als sensibles Wesen, indem man sich die Eigenschaften einer Präzisionsmaschine zuschreibt, deren Bedürfnisse und deren Verschleiß von der ganz persönlichen Dosierung des Emotionalen geregelt wird.

Auch Individualität ist eben eine Frage der Dosis. So bemerkte doch selbst Bundeskanzler Kohl einmal, er könne nicht eben sagen, er bekomme genügend »Streicheleinheiten«. Pech gehabt: menschlich gestartet, mechanisch gelandet! In diesem Fall beweist der unbeholfene Umgang mit dem eigenen Gefühl nicht allein eine Entfremdung vom Emotionalen, sondern geradezu seine Rationalisierung – eine Empfehlung, Politik künftig in Trauer-, Mahnungs- und Empörungseinheiten zu verabreichen.

Die Popularität des Ausdrucks aber ist ursprünglich wohl eine Folgeerscheinung der grassierenden Psychologisierung sämtlicher Lebensbereiche und ihrer Pseudo-Objektivität. Plötzlich will der Mensch erkannt haben, dass er zu seinem Funktionieren auch jenes Spurenelement Irrwitz braucht, das man in Liebe, Freundschaft oder Exzess findet und das dem Ernst des Lebens noch nicht ausreichend unterworfen wurde.

So konnten von diesem Aphrodisiakum für ein effizientes Berufsleben nacheinander die Pädagogen (»Haben Sie Ihr Kind heute schon gelobt?«) und die Monteure des »social engineering« großer Konzerne Besitz ergreifen. Damit ist es der populären angewandten Psychologie neuerlich gelungen, einen jener irrationalen Reste zu objektivieren, die noch keiner Funktion unterworfen waren. Auf der anderen Seite bildet die Wendung von den »Streicheleinheiten« den erreichten Entwicklungsstand dieser Rationalisierung des Sentimentalen akkurat ab und stellt damit den Ernüchterten wie den Tüchtigen eine Vokabel für die Avantgarde des Herzens zur Verfügung.

Die deutsche Bronx

Dieses Jahr steht für Deutschland wieder ganz im Zeichen von Deutschland. Denn es geht um Deutschland, um Deutschland in Europa und um Deutschland in der Welt. Da ist Deutschland dreimal ganz oben auf der Liste der wichtigen Themen für Deutschland.

Deshalb wirbt Deutschland in diesem Jahr für Deutschland, und das mit Personen, die im Werbefernsehen keine Tütensuppe anpreisen dürften – Deutschland schon. Bedenkt man also, dass Deutschland, was seine Werbeträger angeht, noch unter der Tütensuppe rangiert, begreift man zugleich, warum man für Deutschland werben muss. In diesem Punkt wenigstens sind sich die ganzganz Rechten mit den Restparteien – alle mittig ausgerichtet – einig. Dabei gibt es Wichtigeres als Deutschland, zum Beispiel Bayern oder Berlin oder sogar Bonn.

Bürger, was hat der Name Bonn Patina angesetzt! Als stünde er für eine andere Republik! Er schreckt nicht mehr! Bonn ist ›Twix‹ und ›Twix‹ heißt jetzt Berlin. Dabei hatte Bonn so tapfer angefangen: als Kaff der guten Hoffnung, unser Garant der unauffälligen Lebensweise, der Dekadenz in provinzieller Dosis. Doch schon beginnt der Fisch am Kopf zu stinken: Erst verfällt das Beethoven-Haus, dann das Parlament. Kein europäisches Gremium will hierher, kein parlamentarisches soll hier bleiben, und alles, was Herrschaft war, verwandelt sich allmählich in Natur. Aus der Hardthöhe wird wieder ein Haufen Schmutz und aus der Villa Hammerschmidt ein größenwahnsinniger Bungalow, aus dem Langen Eugen ein Stück verletzter Rheinaue und aus Bad Godesberg ein Westerndorf mit treibenden Gebüschen und dem Charme erkalteter Diplomatie.

Also dann, »Schwerter zu Pflugscharen« und Bonn den Asyl und Zuflucht Suchenden geöffnet, die Staatsgebäude den Kriegsflüchtlingen übereignet, die Bürokomplexe den politisch Verfolgten! Diese friedliche Revolution könnte aus Bonn Deutschlands erstes kosmopolitisches Zentrum machen und posthum doch noch eine Weltstadt. Denn anschließend überließe man diese Metropole sich selbst und Bonn verwandelte sich in die deutsche Bronx, als das Symbol des anderen Deutschland, das keine Hauptstadt hat und keine Werbung kriegt, aus dem aber Beethovens Denkmal ragt wie das von Max Roach aus Brixton.

Vergangenheitsbewältigung

Immer wenn ein Abgeordneter vor einen Untersuchungsausschuss gebeten wird, kann er sich nicht erinnern. Wenn aber die deutsche NS-Vergangenheit Geburtstag hat, dann beginnt derselbe Abgeordnete das große Erinnern, »Bewältigen« genannt. Im Deutschen sind diese beiden Begriffe synonym.

Irgendwie muss sich hier die Horst-Eberhard-Richter-Dorothee-Sölle-Franz-Alt-Achse funktionstüchtig erhalten haben. Denn wenn ich mich beispielsweise an meinen alten Pauker erinnere, bewältige ich ihn nicht automatisch, Hitler aber kommt nur in der Bewältigungsform vor. Er braucht mir nur einzufallen, schon habe ich ihn wieder »ein Stück weit« bewältigt. Von alledem müsste er im Grunde inzwischen ganz zersetzt sein. Das verleiht ihm auch in der Geschichtsschreibung eine einzigartige Stellung.

Die gesamte deutsche Historie vom Dreißigjährigen Krieg bis zu den Notstandsgesetzen lässt sich in der Erinnerung heraufbeschwören als Genuss ohne Reue, nur im Fall des Dritten Reichs wird jede zwischen gutwillige Manuskriptseiten gepresste Stilblüte blindlings als »Bewältigung« eingestuft. Das liegt auch daran, dass man sich für Hitler moralisch verantwortlich fühlt, nicht aber für Rudolf von Habsburg, Wilhelm II., Franz Josef Strauß oder Hans-Dietrich Genscher.

So wurde die Tätigkeit des Vergangenheitsbewältigens zu einer eigenen literarischen Gattung, deren Rhetorik sich aus unspezifischen Schwulstbegriffen wie »Gräuel« und »Grauen«, Epitheta wie »unvorstellbar« und »unaussprechlich« und Imperativen wie »wir müssen« und »wir dürfen nicht« zusammensetzt. Die Vergangenheitsbewältigung hat zu den schlimmsten Auswüchsen von Appellitis auf deutschem Boden geführt. Diese gehört zu den bleibenden Folgen des Dritten Reichs.

Die Unverbindlichkeit der Rede, die man ›Vergangenheitsbewältigung‹ nennt, ist eine Gattungsnorm dieser Geschichtsbetrachtung. Sie ›bewältigt‹ durch vages Erinnern und präzises Vergessen. Jeder Hinweis auf die Kontinuität dieser Geschichte zwischen Drittem Reich und Nachkriegsdemokratie, auf die persönliche Mitwirkung von Politik, Industrie oder Kirche wäre ein Sündenfall der Gedenkreden, ja sie wäre der vagen Erhabenheit des Anlasses nicht gemäß.

Stattdessen treten vor die Mikrophone lauter Gesichter, die vom Begriff ›Problembewusstsein‹ zusammengehalten werden, und übertragen ihr Erinnern in eine Sprache, die die Wahrheit, wenn sie sich denn einstellen wollte, unschädlich machen würde, sodass nicht auffällt, wie sehr ihre Fragen bereits Antworten sind und ihre Probleme Lösungen. Sie realisieren eine Form des Vergangenheitsbezugs, den die Psychologie als »retrograde Amnesie« bezeichnet, als langfristiges Vergessen, und hinterlassen den Eindruck: die »5-Minuten-Terrine« spricht mich persönlicher an als die deutsche Vergangenheit.

In Wirklichkeit erlauben Gedenkreden nicht einmal die Darstellung dieser Vergangenheit nach dem Muster der Fortsetzungsromane – »was bisher geschehen ist« –, vielmehr arbeiten sie mit hohem Verschleiß an Allgemeinplätzen, aufgewärmten Gefühlen und ziellosen Appellen daran, Geschichte in Geschichtsverlust zu verwandeln, indem sie abstrakt und sentimental werden und vergessen lassen, dass Schweigen heroischer wäre als jene effizienteste Form des Verschweigens, ›Vergangenheitsbewältigen‹ genannt.

Trendtrotter

Wenn es eine Berührung gibt zwischen dem Triumph des Kapitalismus und der Verwandlung der Welt in Pop, dann liegt sie im Spaß-Darwinismus, in der natürlichen Auslese durch den Trendsetter. Der trottet, inkarniert im Popredakteur, durch das Ressort Gegenwart, sammelt in seiner Botanisiertrommel Tagesphänomene und labelt sie nach irgendeinem US-amerikanischen Pop-Lenné mit »fun«, »cool«, »straight«, »out«, »hype«, jedenfalls mit einsilbigen Vokabeln, die sich schneller auswendig lernen und leicht übernehmen lassen. Die so gelabelten Phänomene verteidigt der Trendtrotter wie der heidnische Druide eine bespritzte Eiche.

So viel Apodiktik wie im Pop hat es in der Literatur zuletzt bei Stefan George gegeben. Kein Kritiker glaubt sonst so tief und unironisch an Gut und Böse in der Kultur wie der Popster, der sich wiederum gerne als Vertreter der Subkultur betrachtet, während er in Wirklichkeit ein Volumen von der Größe der Autoindustrie verwaltet.

Anschließend geht die niemals selbst gemachte Meinung auf die Eingeweihten, Trabanten und sonst Rechtgläubigen über, und es handelt sich schon bald nicht mehr um Pop, sondern um Popismus, eine von reinen Feindbildern und Ikonen bevölkerte Ideenwelt mit ein paar alten und ein paar fixen Ideen. Nachdem er also die so spannende Gegenwart in den Text gerieben hat – und Text und Leben, das ist doch eins! –, trottet der Popist in den Hochspannungstrakt seines Privatlebens. Er liebt die Gefahr, war ihr aber nie ausgesetzt, liebt das Risiko, hat aber selbst nie was gewagt, liebt underdogs, war aber nie pleite, liebt die ›bitches‹ oder

Frauen von schwankendem Charakter, geheiratet aber hat er eine mit gutem. Er ist nie gereist, aber schon einmal umgezogen, und sein heiliger »Spaß«, das ist die Party mit Wochenend-Drogen und dazu die Musik, die er auch von Berufswegen hört. So entwickelt er sich mühelos zum geistigen Neckermann-Deutschen, der sich am Wochenende sein Ibiza an der Ostsee aufbaut und von Verdun erzählt. Groß ist an ihm nur noch der Stolz auf den eigenen Bewusstseinsstand und die Geste. Im Kern aber ist der Trendtrotter eher ein mit Nippes und Geschmacksressentiments eingerichteter Biedermann, der sich dem Sound der Gegenwart als Gebärdendolmetscher anbietet.

Das Altern des Weltraums

Vor fünfzehn Jahren bastelte Ronald Reagan noch an SDI, seinem »Star Wars«-Programm. Damals blickte man zum Himmel auf und konnte sich vorstellen, wie er von den Spurrinnen galaktischer Waffen und Laserkanonen förmlich zerfurcht war. Zeitgleich schickte Reagan auch eine Plakette mit den Körperumrissen von Mann und Frau in den Orbit, versehen mit der Botschaft, wir Hominiden seien friedlich. Die Glenn Gould'sche Einspielung der Goldberg-Variationen legte er zum Beleg noch obendrauf. Wir wissen nicht, wer in diesem Augenblick irgendwo im dunklen Raum kauert, die Plakette befühlt und sich dazu berieseln lässt, aber wir wissen, welche Suggestion damals noch von der Idee des Weltraums ausging.

Zigarettenschachteln schwebten als erleuchtete Raumschiffe ins All, der neueste Standard von Autos und Küchengeräten, die siebte Dimension von Konsumgütern wurde durch die Verbindung zum Orbit illustriert, und man verstand: Diese Güter besuchten uns aus der Zukunft, sie waren mit dem Komfort der Zukunft förmlich bedeckt, und sie waren so einsam in ihrem All, weil sie ohne Vergleich existierten, Vorboten einer eigenen Spezies von Waren, Unikate einer zeitgemäß futuristischen Lebensart. Bezeichnend, dass die Epoche, die die größten Massendemonstrationen der Zukunftsangst auf die Beine stellte, in der Bilderwelt aus Film und Werbung den schönen Orbit, den unbedrohten, die gute Zukunft herbeihalluzinierte.

Zwanzig Jahre später ist nichts so antiquiert wie Science-Fiction, und kein Werber glaubt mehr, ein Produkt werde jünger, indem man es aus dem Weltall anreisen lässt. Das Bewusstsein kennt weitere Fernreisen als die bis zur Raumstation Mir. Jeder Computer animiert mühelos, jedes Musikvideo simuliert genüsslich jenen Zustand von Schwerelosigkeit, der augenblicklich offenbar das utopische Lebensgefühl am besten repräsentiert und uns nur noch von fern an das All erinnert. Der Orbit ist alt geworden. War er früher Inbegriff der Zukunft, so haben wir ihn heute hinter uns, war er der unbekannte Außenraum schlechthin, so wird er heute allenfalls als der jüngste Anbau unseres medialen Bewusstseins betrachtet. Schwerelosigkeit ist unser zweites Zuhause, zeitlos zweckfrei und so das letzte Ideal des Eskapismus.

100 Jahre Jahrhundertwende

Jahrhundert, du hast Nerven: Von der Trieblehre Sigmund Freuds über die Aufklärungshilfen Oswald Kolles zu Erika Bergers Tele-Libido; von Hirschfelds Homosexualitätsstudien über Praunheims Outing zu Jedermanns Unisex; von der »Verschweinung des Lebens durch das Ornament« (Adolf Loos) über den sozialen Wohnungsbau in die Postmoderne des Prinz Charles; von Bertha von Suttner über die Friedensbewegung zur Love Parade; vom Moralismus eines Karl Kraus über die Emanzipationsideen der Frankfurter Schule zum »Ende der Aufklärung« für alle; von den Suffragetten über den Feminismus zur Schwarzerisierung Geschlechtsdeutschlands; von der Reformkleidung über »Taillana, das Mieder mit dem Streckausgleich« zu den Leggings für die jung gebliebene Seniorin; von der Makrobiotik über die Neuform-Bewegung zum Ballaststoffriegel für zwischendurch; von der Phantastischen Literatur über Castanedas Halluzinationen zur Virtuellen Realität; von den Opiumessern über die LSD-Schlucker zu den Ecstasy-Ravern; vom Flaneur über den Gammler zum Yuppie; von »Fidus, dem Lichtgläubigen« über den organisierten Nudismus zur Ozonflucht; von der Bildungsreise über die Land-Offensive zum Schnuppertourismus; vom Eskapismus über die Indien-Welle zum Survival Training; vom Kintopp über das Heimvideo zum Cyberspace; vom Lob der »Negerplastik« über den Kubismus zum »Crossover«; von den »süßen Maderln« über den »Bund deutscher Mädchen« zum »Girlie«; vom Triebschicksal über die freie Liebe ins Aids-Zeitalter; von der Todessehnsucht über den Wiederaufbau ins New Age, von der Ironie über das Pathos zum Zynismus; vom Revolutionsgeist über den Klassenkampf in den Warnstreik; vom Groschenroman über das Taschenbuch zum Gameboy; vom Helden über den Star zum Selbstdarsteller.

Mit Krisen hat es begonnen, Krisen hat es geboren, krisenhaft schleicht es weiter. Doch wenn das nächste Jahrhundert mal wieder jemanden auf den Mond schickt, werden wir trotzdem nostalgisch werden und uns plötzlich so gemütlich fühlen wie im 20. Jahrhundert. Abgesehen davon ist dieses Jahrhundert eine Erfolgsgeschichte für den Fortschritt und die immergrüne Hoffnung, eines Tages könnten die Zukunft und dieser Fortschritt eine echte Verbindung miteinander eingehen.

Die letzten Modernen

Man muss absolut modern sein.« Kaum hatte Rimbaud seinen berühmten Satz ausgesprochen, da war er schon folgenschwer und wurde von Generation zu Generation wie ein Staffelholz weitergegeben: von Symbolismus zu Sachlichkeit, von Rockabillie zu Hard Rock, von Röhrenhose zu Möhrenhose. Die Überzeugung, man müsse modern sein, leitete die Jungen und Ewigjungen, dem Fortschritt nicht einfach das Feld zu überlassen, sondern das zu wollen, was ohnehin geschah.

Ob man es will oder nicht, irgendwas ist nämlich immer modern, und wenn gerade gar nichts mehr modern wäre, dann würde man etwas dazu erklären, was eigentlich nie mehr wiederkommen sollte, zum Beispiel den Mittelscheitel, den Fransenlook, die Frauenemanzipation oder Freddy Quinn. Die »Absolut-Modernen« sind heute Herrscher übers Angesagte, übers In und Out, Domestiken des Marketings, die sich Produktreihen als Trend andrehen lassen. Irgendwie ist mit der Unfähigkeit zu provozieren, mit dem Triumph der Harmlosigkeit, auch der Begriff des Modernen verloren gegangen. Heute klingt er nach der »modernen Frau«, also nach Sozialdemokratin im Blaumann oder Gertrud Höhler.

Nein, dieser Begriff des Modernen ist einfach zu sehr mit Moral kontaminiert. Es sind noch alttestamentarische Spurenelemente darin: Du sollst gegen die Todesstrafe und den »Transrapid« sein, du sollst – »irgendwie« wenigstens – wissen, was du willst und was du nicht willst. Die jetzt modern sind, sind also vor allem nicht modern und noch entschiedener sind sie nicht für Moral, sondern stolz auf den kleinen Nietzsche in sich, der Gott immer noch einmal tötet, auch wenn sie privat darauf bestehen, dass ihr Freund treu ist und die Freundin sich mit um die Brötchen kümmert. Kulturell aber bestehen sie auf garantiert moralfreien Büchern, Filmen und Platten, und diese Moral vertreten sie wie die Ayatollahs, unlustig und fundamentalistisch.

Was sie statt der Moral seit zwanzig Jahren feilbieten, ist »Spaß«, und der ist damit schon länger modern gewesen als der Mittelscheitel. Jetzt aber kommt sogar er in die Jahre. Werden wir uns also, der Moderne zuliebe, auf eine Zeit einrichten müssen, in der endlich auch der »Spaß« eine Sache von gestern ist? Aber statt seiner?

Jugendirresein

Im Jahre 1921 wurden in Deutschland 646 Filme produziert, im Jahre 1996 waren es etwa sechzig. Das heißt, der deutsche Film war einmal groß, jetzt ist er klein. Deshalb heißt er heute auch der »junge deutsche Film«, nicht der »neue deutsche Film«, er sprießt gerade wieder, aber besonders neu kommt er einfach nicht ans Licht.

Die Jugend des deutschen Films erkennt man an exakt jenen Charakteristika, die auch beim Menschen die Epoche des Heranwachsens kennzeichnen. Da ist zunächst jene chronische Albernheit, die man filmisch »Beziehungskomödie«, medizinisch »Hebephrenie«, also »Jugendirresein« nennt, häufig eine Vorform der Schizophrenie, die den deutschen Film zwischen Anspruch und Kommerz zerreißt. Die Beziehungskomödie ist selbst inzwischen kaum mehr humorfähig, sie ist anderweitig zu berücksichtigen, und deshalb macht man keine Witze über sie, wie ja auch ihre Macher und Macherinnen sie geradezu erbittert ernst nehmen. Inhaltlich ist diese Beziehungskomödie eine Abart des Lustspiels und für das Zwerchfell meist etwa so aufregend wie der »Schulmädchenreport« für die Libido. Im Grunde operiert dieses Genre mit Typen, die noch »Beverly Hills 90210« zur Ehre gereichen würden, substanzlose Langweiler ohne Realitätskontakt, aber mit himmelschreienden Problemen und einem Sprechvorrat im Mund, der riecht wie der Kompost aus zwanzig Jahren Dr. Sommer.

Irgendwie verdonnert dieser ganze fiktive Schwulst den Betrachter zur Einsamkeit, denn er erkennt die Welt seines eigenen Erlebens im Deutschland des deutschen Films meist nicht mehr wieder, und es löst auch bei hiesigen Filmemachern allenfalls Gereiztheit aus, wenn sie feststellen müssen, dass die Tradition des jungen Realismus in England Filme hervorbringt, die uns frisch, neu, radikal und weniger porentief von der Verkaufe durchdrungen erscheinen. Tatsächlich aber kommt uns vom deutschen Film aus betrachtet dieses England fremder und exotischer vor als der Senegal, auch wenn wir uns entfernt an eine Wirklichkeit erinnert fühlen, der sich hierzulande bald nur noch die »Lindenstraße« filmisch zu stellen versucht.

Zweitens verrät sich die Jugend dieses deutschen Films an seiner Fixierung auf pubertäre Gärungsprozesse unter Menschen, die schon mit fünfundzwanzig Schwierigkeiten mit dem Älterwerden haben und selbst die Schulreife offenbar nur mit Hilfe von »Buerlicithin« erreichen konnten. Sie verlieben und entlieben sich in derart altbackenen Ritualen, dass einem das Triebleben auf der »Ponderosa« geradezu avantgardistisch vorkommt. Das deutsche Geschlechtsleben im Spiegel seines Gegenwartsfilms – das ist Libido mit zusammengekniffenen Pobacken. Offenbar ist man einfach zu versessen darauf, dass nur ja jeder »Glücksrad«-Zuschauer sein Triebschicksal auf der Leinwand auch wieder erkenne. Deshalb haftet der Liebe im deutschen Film oft etwas Feiges, tiefer noch, etwas Spießiges, Frühvergreistes an.

Nimmt man nun aber hinzu, dass die Macher des deutschen Films sicherlich privat komplizierter lieben, als sie es auf der Leinwand geschehen lassen, dann bedauert man, dass sie ihre Erfahrung offenbar nicht Film werden lassen. Dahinter steckt ein Prinzip. Denn auch deutsche Wohnungen, Innenstädte, Büros oder Arbeitsstellen sehen im deutschen Film selten aus, wie sie außerhalb davon aussehen, und das liegt einfach daran, dass Filme eher Filmen ähneln als anderen Dingen, und dass außerhalb davon die Macher die Wirklichkeit einfach nicht mögen, also auch das oft nicht gut genug kennen, was sie zum Thema machen. Unglaublich ist deshalb zwar oft die technische Perfektion, die Schönheit des Lichts, der Ausstattung, die Opulenz der Kamera, die Raffinesse der Regie, bei gleichzeitiger Belanglosigkeit von Stoff, Buch und Problem.

Vermutlich zieht man sich angesichts dieses Vorwurfs auf das Generalschlüssel-Argument zurück: Wir wollen ja nur unterhalten. Gut, dann braucht man aber auch nicht immer mit einer Weihe mit dem deutschen Film zu verfahren, als trüge man eine Monstranz vor sich her und genügte nicht eigentlich demselben globalen Anspruch, dem auch die »Traumhochzeit« zu genügen sucht. Als Molière einmal an einen Hof kam, um seinem künftigen Geldgeber seine Arbeit zu erläutern, drehte sich dieser, ein Baron, nur um und sagte: »Sie werden mich amüsieren müssen, Monsieur Molière!« Dieser Anspruch ist so großspurig wie der der Kunst, und er erlaubt ebenso wenig das Läppische wie diese. Nur harmlos darf Unterhaltung ruhig sein, und harmlos ist der deutsche Gegenwartsfilm in geradezu monumentalen Ausmaßen.

Drittens tritt dieser deutsche Film jetzt in eine halbstarke Phase ein. Doch seine Kerls sind nicht gefährlich, bloß tätowiert, seine Bräute sind nicht amoralisch, bloß phantasielos, und seine Gedanken nicht radikal, bloß unausgegoren kopiert und sichtlich feiger als die schamlos ausgeweideten, lustigen Originale der »Nouvelle Vague«. Was gefährlich wirken soll, wirkt im Deutschen allenfalls vorlaut, was unter die Haut gehen soll, geht nicht mal über die Hutschnur, und was real wirken soll, ist nichts anderes als Klein-Bayreuth mit veränderten Vorzeichen – exquisit inszeniert, mit irgendeinem Ben Hur der Triebe in der Mitte, aber pappsatt bis ans Herz und unbelebt.

Stattdessen kreisen die Kameras um Schauspieler und die Schauspieler kreisen um sich. Genau diese kolossale Selbstverliebtheit wird nun dem Zuschauer als Überlebensauftrag des neuen deutschen Kinos angetragen, für den wir auf den Straßen sammeln und solidaritätstöpfern und bewundern sollen, dass den Genie-Darstellern die Worte »geil« und »abgefahren« schon so flüssig kunstkritisch von den Lippen gehen wie Reich-Ranicki »erschütternd« und »entlarvend«? Schade, dies Kino hat keine Inhalte, bloß Komplexe, keine Probleme, außer mit sich selbst, und einen beschränkten Markt mit unbeschränktem Marketing.

Wenn man aber fragt, warum sollen wir diese Filme besuchen, bekommt man zur Antwort: weil sie deutsch sind, deutsche Kameraleute und Cutter, Regisseure und Schauspieler etc. ernähren. Also ist der deutsche Film vornehmlich eine patriotische Angelegenheit, für den wir aufrichtiger und leidenschaftlicher empfinden sollen als für den Film aus Vietnam und Burkina Faso, und wen er nicht restlos glücklich macht, der ist in manchen Kreisen heute schon so etwas wie ein Verfassungsfeind. Wirklich beachtlich ist nämlich, dass um diesen deutschen Gegenwartsfilm kaum mehr wirklich gestritten wird, gegen ihn nicht polemisiert werden darf, so unglaublich empfindlich gehen die Macher inzwischen meist mit dem eigenen Anspruch um. Ginge der deutsche Roman, das deutsche Ballett so vor, es käme uns grotesk vor. Dabei artikuliert sich in der Kritik an der Kommerzialität, der Selbstzensur, der Feigheit und Lieblosigkeit des deutschen Films doch vor allem die Enttäuschung, dass er zu keiner Jugendbewegung geworden ist, die sichtbar und erlebbar macht, die eine Gegenöffentlichkeit des Erfahrens und Denkens organisiert, sondern dass er es vorzieht, das immer gleiche Diktum zu variieren: Spaß muss sein! Muss. Muss.

Action, News!

Nicht nur Zirkusbetriebe, auch Informationen haben ihren Direktor. Der von RTL heißt Hans Mahr und knallt schon mit der Peitsche. »Überwiegend bieder, fad und langsam«, nennt er die Nachrichten bei den Öffentlich-Rechtlichen, wo »ältere Herren mit grauen Schläfen erzählen, was angeblich in der Welt passiert ist«.

Zehn ungraue Frauen und den Großteil des männlichen »Tagesschau«-«Heute«-Brat-Packs hat er da verpasst, aber so ist das eben mit den Informationen des Direktors. Nur gut, dass der ehemalige RTL-Anchorman Hans Meiser schon vor Hans Mahr ergraut und im Talk verklappt worden ist, soll uns doch lieber Blümchen flott und forsch verklickern, was wirklich in der Welt passiert ist.

Immerhin wird Mahr, so Mahr, mit seinen News, anders als ARD/ZDF den »Interessen der Politiker« nicht dienen. Dafür bürgt schon die Tatsache, dass er von einem so subversiven Blatt wie der »Neuen Kronen Zeitung« kommt, dem Kassiber unter den Informationsspendern.

Und dann müssen die Nachrichten unter Mahr »noch populärer werden. Für mich bemisst sich die Qualität der Nachrichten auch an der Einschaltquote.« Heißt: Tschetniks hinter die Milchglasscheibe und Goradze gefühlsecht präsentiert von Sibylle Rauch. Heißt auch: sollten wir je 30 % Rechtsradikale haben, kriegen wir auch Nachrichten, die ihnen gefallen. Heißt auch: Schluss mit jenem generösen Interesse, das wir manchmal selbst Ländern entgegenbringen, die nicht in attraktiven Kriegen, sondern schleichend und undramatisch sterben.

Schon richtig, Herr Mahr, Schwarzafrika lässt sich nicht gut verkaufen, aber ärmer kann der Kontinent auch nicht werden als das Zeugnis, das Sie sich ausstellen, wo Sie Nachrichten nur in Begriffen der Kosmetik, des Tempos, der Volkstümlichkeit und der Verkaufe fassen können, ohne einen Gedanken darauf zu verschwenden, welche Inhalte man Menschen durch Nachrichten nahe bringen könnte, wollte man ihrer Orientierung in der Rea-

lität dienen.

Wer aber die Grundversorgung des Menschen mit Informationen aus der wirklichen Welt vollends dem Gesetz der Verkäuflichkeit unterwirft, führt den Begriff der Nachricht ad absurdum. Er korrumpiert nicht nur die letzten journalistischen Grundbegriffe, er schafft die Realität ab und travestiert, was übrig bleibt, zum Werbespot für die eigene Marktergreifung.

Der Sonnenschein von Bihać

Der Frieden hat viele Väter, der von Bihać hat zwei. Einer heißt Atif Dudaković, ist Kommandant des fünften Korps der bosnischen Armee und hat mit kroatischer Unterstützung die Stadt »befreit«. Der andere heißt Christian Schwarz-Schilling, qualifizierte sich durch ein Sinologie-Studium für den Postministerposten und durch die Niederlegung dieses Postens für die Niederlegung von Kränzen am Grab des unbekannten Kroaten.

1992 verließ er ein Amt, das ihn nicht mochte, um der konsternierten westlichen Welt zu beweisen: Etwas-Tun ist besser als Nichts-Tun, selbst wenn es auf Irgendetwas-Tun hinausläuft. Wer allerdings die »Schande des demokratischen Europa« beschwört, »das Bosnien im Stich gelassen hat«, muss zunächst den Eindruck zerstreuen, es könne eine Gnade sein, von Schwarz-Schilling im Stich gelassen zu werden.

Dieser agitierte unaufhörlich für die Aufhebung des Waffenembargos und malte am Bild einer Stadt Bihać, die von Serben eingeschlossen, hilflos vor einer Hungerkatastrophe stehe, da der Westen keine Waffen liefere.

Im Nachhinein stellt sich alles anders dar: Bihać wurde ursprünglich nicht von Serben belagert, sondern von »abtrünnigen Muslimen« unter der Führung von Fikret Abdić, dessen Armee vom fünften Korps der bosnischen Armee vertrieben wurde, bevor er sich gemeinsam mit den kroatischen Serben an die neuerliche Belagerung machte. Im August 1995 gelingt Dudaković die Durchbrechung der Belagerung, er schließt eine Offensive an. Die serbische Zivilbevölkerung der Region wird vertrieben, Dudaković verdient vielleicht einen düstereren Titel als den eines »Haudegens«.

Journalisten, die nun nach Bihać kommen, Zerstörung, Qual, Elend erwarten, können die Spuren des Krieges auf Anhieb nirgends entdecken. War die Befreiung von Bihać ein strategischer eher als ein humanitärer Akt? Nun trifft Schwarz-Schilling ein, lässt sich feiern, ignoriert die Zivilbevölkerung, lobt die Militärs, die EU und NATO gezeigt haben, wie man Krieg gegen die Serben führt. Ohne Waffen?

Bei Kriegsausbruch hatte Kroatien einen Panzer, auf der Parade zum Jahrestag der Unabhängigkeit hatte man derer zwanzig gesehen. Fazit: Bihać war nicht Bihać, das operative Ziel nicht humanitär, das Waffenembargo kein Waffenembargo. Nur der Sieger war Schwarz-Schilling.

Denkmalsschändung

Auch Roma und Sinti haben Anspruch auf unsere Vergangenheitsbewältigung – durch zwei Gedenktafeln in Frankfurt, eine in Bremen und ein Mahnmal in Buchenwald. Sonst haben sie kaum einen Anspruch.

Die Gedenktafeln erinnern daran, dass die Zigeuner den Juden seit 1935 gleichgestellt waren, es aber bis heute über die Zahlen ihrer Opfer nur eine Schätzung gibt, die sich zwischen einer Viertel- und einer halben Million bewegt. Sie erinnern daran, dass zahlreiche ›Zigeunerfachleute‹ des Dritten Reichs nach 1945 als Gutachter für Wiedergutmachungsanträge weiterarbeiteten und andere – wie Josef Eichberger, der »Eichmann der Zigeuner« – in den so genannten »Landfahrerzentralen« jetzt Roma und Sinti nach denselben Nummern erfassten, die ihnen in den KZs von der SS eintätowiert worden waren.

Sie erinnern auch daran, dass bis heute bei Wiedergutmachungen nicht nach Volksgruppen, sondern nach »Schadensarten« unterschieden wird. Dazu benötigt der Antragsteller ein ärztliches Attest aus der Zeit unmittelbar nach der Befreiung aus dem KZ. Aus diesem Papier muss hervorgehen, dass es sich bei seinen gesundheitlichen Schäden nicht um Altersbeschwerden, sondern Folgeerscheinungen der Internierung handelt. Ferner benötigt, wer im KZ seine Papiere einbüßte, jemanden, der seinen KZ-Aufenthalt bezeugen kann, und dies KZ muss ein »Konzentrationslager im Sinne der 6. Durchführungsverordnung des Bundesentschädigungsgesetzes« sein. Auch darf der Antragsteller sich keines kriminellen Delikts schuldig gemacht haben, wozu auch jene Fälschung von Papieren gehört, durch welche sich Roma und Sinti der Nazi-Deportation zu entziehen suchten.

Auf Nachfrage teilt das Bundesfinanzministerium entsprechend mit, es gebe überhaupt keine Zahlen, weder über die antragsberechtigten Roma und Sinti noch über die gestellten und abgelehnten Anträge, noch über die Höhe der einzelnen Wiedergutmachungen, noch über die Gesamthöhe. Denkmäler sind billig, Wiedergutmachungen nicht minder. Stattdessen inserierte die Karlsruher Polizei noch 1985: »Gangster, Gauner und Ganoven, Heiratsschwindler, Zigeuner und verkrachte Existenzen, sie alle wollen nur Ihr Bestes, nämlich Ihren Schmuck, Ihre Wertsachen und Ihr Geld.«

Manche Denkmäler sind schon geschändet, bevor sie enthüllt werden.

24 Stunden Schweiß

Dass eine Sportart populär ist, heißt nicht, dass man sie gerne ausübt, sondern dass man ihrer Ausübung gerne zusieht. Auch findet der durchtrainierte Zuschauer Damentennis nur schön, wenn es nicht von Damen dargeboten wird, sondern von Kampfmaschinen, Mädchen oder Schlampen. Die Kampfmaschinen dürfen lesbisch sein, die Mädchen milchschnittig, die Schlampen erfolglos. Ein Viertes aber sichert für Deutschland den Arbeitsplatz Centrecourt.

Das ist Steffi Graf, deren Mimik seit Jahren gegen den Spaß am Spiel antritt, wenn sie ihre Erfolge herunterwürgt und Niederlagen wie Rückschläge in der Evolution des Homo erectus behandelt.

Dafür wünschen sich die Zuschauer Grafs Kampf gegen das Gravitationsgesetz zerstörerisch. Ihr Körper, eine geflickte und labile Kampfeinheit, soll zum Äußersten getrieben, sein Verschleiß durch Unfälle und Überanstrengungen in der Zeitlupe eingefroren und genießbar gemacht werden. Wer glaubt schon, dieser Zuschauer sei ein anderer als der Gewaltfilm-Konsument? Tennis soll Kampfsport sein, es kennt nur Sieg oder Zerstörung. Des Menschen elementare Werte werden nun einmal nicht in der Kultur, sondern in der Körperkultur verteidigt, weshalb in der Zeitung das Feuilleton ja auch hinter dem Sportteil zu finden ist.

Zugleich wünscht sich der Zuschauer das ›Zuviel‹ an Körper sublimiert durch den Eros der unfreiwilligen Entblößung, des schamlosen Gesichtsausdrucks, und weil man nicht effizient und fotogen zugleich spielen kann, belohnt Steffi den unbekannten Voyeur durch ein Liebesspiel, in dem sich der Betrachter mit dem Kameraauge identifiziert.

Überhöht wird diese Romanze durch die Vorstellung, dass Steffi privat in eher ungesunden Verhältnissen lebt, seit Jahren »den Beginn einer kochenden Leidenschaft« mit einem Pfund italienischer Teigwaren unterhält, eine Nudelkollektion besitzt und nun für einen Anti-Transpirations-Stift mit den Worten wirbt: »Das hat noch keiner geschafft.« Das? Oder nur: das Bukett ihres Geruchs zu neutralisieren? Egal, der Satz hat Steffis Körperlichkeit vollendet, und während noch der Schweiß ihrer Erstrunden-Niederlage unter »Rexonas« Aroma-Offensive trocknet, blickt Chanel vielleicht bereits gen München und bereitet »Lothar Antaeus« vor.

Stars der Bekleidung

Paris, um 1900. Ein Delinquent wird nach zehnjähriger Haft aus dem Gefängnis entlassen. »Was ist deine größte Sensation«, fragt man ihn, »was überrascht dich am meisten?« Er erwidert: »Die Silhouette der Frau.«

Paris, heute. Reformkleider, Tarnanzüge, Designerleibchen. Siebzehnjährige in androgynem Schwarz, streng bis ans Herz; Siebzigjährige in Pink, auf dem Busen in Pailettenschrift: »Palm Beach Summer«.

Die Mode triumphiert, die Silhouetten sind verschwunden. Was einmal Stil war und gleich darauf stillos, ist heute nebeneinander da. In der Ära der Gleichzeitigkeit wird alles eklektisch. Die Kleider sprechen durcheinander, in Zeitsprüngen, in sozialen Sprüngen, in gleitenden Übergängen zwischen sinfonischer Durcharbeitung der ganzen Person und ihrer Verwahrlosung. Die Mode hat gewonnen. Da alles Mode ist und alles Mode zu werden vermag, kann nichts mehr Mode sein. Die Mode hat verloren. In den Showrooms steht die Zeit still. Im Reservat der Couture gehen die Lichter aus. Die Silhouetten werden geboren. Und während das Defilé der Schattenrisse beginnt, wird der Steg zur Straße des Stils und die Schönheit zur Uniform.

Und die Models, angetreten zu einem Bewegungsritual der

Beschwörung, flanieren vorbei als steifbeinige Morphinistinnen oder Absinthtrinkerinnen in Trance, den Blick auf einen Indifferenzpunkt genagelt, die Duldermine kaum zu einem Lächeln verzerrend: Ich bin das Gesicht des Kleides, ich bin das Genie der Textilien.

Doch die untreuen Gaffer nehmen, zwischen Kleid und Körper schwankend, sofort die Witterung der Wirklichkeit auf und konzentrieren sich auf Reales: die schotterfarbenen Knie, die Ellbogenspitzen aus Nashornhaut, die entgleiste Geste, die stark überflaumte Kaumuskulatur, die hysterische Euphorie der Ältesten mit der Gewissheit in den Augen: Ich laufe noch einen Sommer. Die Inszenierung patzt.

Die Saison der Kleider und Gesichter schließt, die Realität wird wiederhergestellt. Man tritt zurück auf die Straße, als ließe man eine frühchristliche Katakombe hinter sich, wo die Entfaltung leidenschaftsloser Schönheit der Utopie einer Zeit gilt, in der die Erde von nichts so nachhaltig geprägt würde wie von der Silhouette der Frau. Aber sie ist nicht mehr da.

Konsumterror

Merkwürdig, als das Wort »Konsumterror« geboren wurde, gab es den dazugehörigen Sachverhalt noch kaum. Seit es ihn aber gibt, ist das Wort verschwunden. Dabei hat das Leben inzwischen den Charakter einer Dauerwerbesendung. Das Individuum verschwindet und wird durch einen Komplex aus Kaufimpulsen ersetzt. Der Terror ist echt, also unausweichlich, denn niemand kann überhaupt am öffentlichen Leben teilnehmen, der nicht bereit wäre, sich vom Spartenprogramm der Werbung atomisieren zu lassen. Dieser Eingriff ist prägender und kollektiver als sämtliche anderen Versuche gesellschaftlicher Bewusstseinsbildung.

Während die Konsumenten aber Werbung gerne als folgenlosen l'art pour l'art ansehen, beweist die Durchdringung aller Lebensbereiche mit Werbung das Gegenteil: Wirkte sie nicht, gäbe es sie nicht. Tatsächlich hat sich die permanente Aufforderung zum Konsum inzwischen zu einer gesellschaftlichen Zwangsvorstellung entwickelt, in der nicht nur der Kaufimpuls selbst manisch wirkt. In den Bildern des Lebens, die von der Werbung produziert werden, manifestiert sich die Tiefenschärfe des Banalen als Status quo des geistigen Lebens.

Verschwunden ist darüber die Betrachtung der politischen Relevanz der Werbung. Tatsächlich wird der Einzelne inzwischen weniger als demokratisches Individuum gefordert denn als Käufer. Dabei ließe sich beweisen, dass die Stimmabgabe heute geringeren Einfluss auf den Zustand der Wirklichkeit hat als die Wahl des Produkts.

In jedem Produkt nämlich manifestiert sich ein Verhalten zum Naturverbrauch, zur Lebens- und Landschaftszerstörung, zur Arbeit und vielfach selbst zur condition humaine. Werbung lässt sich ex negativo definieren durch das, was sie ausschließt. Sie vereitelt das Bewusstsein vom politischen Akt des Kaufens, sie produziert nicht nur durch ihre Bilder falsche Vorstellungen vom Leben, sie wirkt vielmehr fast sämtlichen Möglichkeiten einer Veränderung der globalen Situation entgegen, indem sie das Konsumieren als Akt im ›rechtsfreien‹ Raum beschreibt. Weil aber der Stolz auf die Demokratie im Wesentlichen Errungenschaften der Marktwirtschaft meint, deshalb ist, wer zur politischen Bestimmung des Konsums aufruft, schon fast ein Verfassungsfeind.

Die letzte sexuelle Revolution

Vor wenigen Jahren noch bot die Mammographie die einzige Möglichkeit, den nackten Frauenbusen in einen seriösen Nachrichtenkontext zu integrieren. Einerseits verhalf dies der Brustdurchleuchtung selbst zu großer Popularität, andererseits konnte eine Zeitschrift sinkenden Absatzzahlen schlicht mit großen Mammographie-Reports begegnen.

Von ehemals bis heute hat die Mammographie-Abbildung keine wesentliche ikonographische Veränderung durchgemacht. Sie bereitete allerdings den Weg für eine Parzellierung des Körpers, die den universalen Fetischismus der Gegenwart ebenso wie die Ausbreitung des Nackten im Nachrichtlichen vorwegnahm.

Heute werden die Top News durch Modenschauen und Bikini-Contests angereichert. Kein privatwirtschaftliches Reportagemagazin, in dem nicht verirrte Sexual-Desperados ihren Artenschutz genössen. So findet das Drama der Alltagskatastrophen vor dem Hintergrund der menschlichen Triebkomödie statt. Darin ähneln die Nachrichten- den Werbeblöcken.

Während die klassischen Sexfilme im Fernsehen zurückgehen, befindet sich die Sexualisierung der dokumentarischen Welt auf dem Vormarsch. Dabei handelt es sich nicht mehr um die sexuelle, eher um die ›perverse‹ Welt, und zwar nicht nur in der Spezialisierung auf Arten und Abarten, sondern vor allem im Hinblick auf die Kamera, deren Neigungswinkel meist dem der Lustmörder aus amerikanischen Spielfilmen nachempfunden wird, gierig, der kalten Begierde Betrachterlust einzuhecheln.

Die letzte sexuelle Revolution nach Oswald Kolle war eine friedliche. Sie hat dem Erotischen Substanz und Aggressivität genommen und es so weitgehend zu Design werden lassen, dass sich die Erscheinung des Nackten heute pawlowsch in einem Kaufimpuls abreagiert.

Nur noch kurze Zeit wird das Nackte vom Klima des Heimlichen und Verbotenen profitieren und gleichzeitig Lust suggerieren, Lust auf Güter wie auf Nachrichten. Dann werden seine Vergnügungen genauso falsch und schal werden wie die Männerhobbies aus den Versicherungsreklamen. Man wird durch den Sex nicht mehr ins Intimleben eintreten, sondern in die Öffentlichkeit und feststellen, dass diese gerade durch ihre Abbildungswut und die Bindung des Nackten an den Konsum alles Sexuelle in eine bilderfreie Zone verwandelt hat.

Adieu Softsex

Deutschlands Schwänze sind geknickt. RTL stellt seine Softsex-Abstrahlung ein und den Sex-Schwedinnen in Oberbayern ihr finales Rettungstextil zur Verfügung: den Mantel der Geschichte.

Vorbei die Zeiten, da man von den »Tagesthemen« direkt auf das zitternde Hinterchen frühreifer Zehntklässlerinnen schalten konnte, passé die Freiheit des Zappers, den »Bericht aus Bonn« mit »Agent in geiler Gegend« aufzumischen. Höhepunkte antiquarischer Fernsehkultur – die rammelnden Vorreiter des Interaktiven – werden hier mit dürrer Intendantenhand aus dem Intimbereich gejätet. Wer soll uns nun künftig nimmerschlapp in die Heimlichkeiten von Hausfrauen und Stewardessen einführen? Wer wird uns die Kriegsschauplätze deutscher Schlafzimmer, die Zerstörungslandschaften biederer Nacktphantasien schonungslos & ungeschminkt vor Augen führen? Und wer denkt an die Kinder, die einmal fragen werden: Vater, wo warst du, als das Fernsehen die Straße des 6. Gebots betrat und in pöbelnder Enthemmung der Knaben Wunderhörner besang?

Mit Wut & Trauer konstatieren wir, dass hier ein Stück urdeutscher Kultur unbewältigt verloren geht. Wer sich aber der Vergangenheit nicht stellt, für den wird sie wiederkommen, und sie wird schrecklich sein. Hausfrauen werden erscheinen mit Gesäßkugeln im HDTV-Format, Postboten werden ihre Unterleibswaffe schon am Briefschlitz wetzen, und die Viernächteabkommen toleranter Paare werden die Visionen eines Höllenbreugel beschämen. Dann trete niemand auf, der jetzt geschwiegen hat, und sage: das habe ich nicht gewollt!

Wir besaßen sie ja, diese pursten Artefakte deutschen Geistes. Sie waren noch Konsens-Sex, tapfere Etüden nach der Drei-Positionen-Partitur, dargeboten mit akrobatisch verdeckten Genitalien, ganz wie im Leben, von dem wir uns künftig kein Bild mehr machen sollen. Wo aber geht nun dieser gute unglaubwürdige und ungewaschene deutsche Sex hin? Ins Nimmerwiedersehen. Und was wird an seine Stelle treten? Spartensex und Hygiene. Wir haben es nicht anders verdient. Nach uns das Perverse!

Super, Wahljahr!

Ich wähle gern. Zukunft durch Leistung, Kraft durch Freude, Standort Deutschland in topmodischen aktuellen Farben. Neues Kreuz, neuer Look. Pack den Kanzler in den Tank! Mit Protecton und Lipposomen-Bekenntnissen. Das kleine Stück Freiheit mehr. Mann oh Mann, das macht an! Sind Sie fair beim Wählen? Sind Sie ein Kuscheltyp? Wähl and Go. Abgestuft dosieren, schonend regulieren. Mitbestimmen in bester Gesellschaft. Fun and fit – mach mit.

Freude – call Bundestag. Wählen und Genießen, für mich ist das Beste gerade gut genug. Ein neues Kapitel nobler Herrschkultur bricht an. Der große Horizont, über dem Tag für Tag der Bundestag aufgeht. Wer hätte gedacht, dass sich Exklusivität noch steigern lässt?

Scharping – ein Klassiker der Zukunft. Kohl – kostbar wie die

Zeit zu Zweit. Kinkel – es lebe die Leidenschaft! Aktivhemden mit Webgummibund, Hip Slip mutig dezimiert: die ersten Nostalgietypen in SchwarzRotGold. – A Single Kreuz Can Change Your Life! Sie haben es sich verdient. Werden Sie Herrscher im Land Ihrer Träume. Wahlkampf – das Ausdruckssiegel individuellen Stils: kleine Koalition – Mix and Match, große Koalition – United Colours. Rasse, Klasse, Eleganz, die Argumente aus dem Human-Touch-Kopierer.

Die Zukunft hat schon begonnen. Die Freiheit erleben, das Leben genießen: Wahlkreuz 94. Zukunftsorientiert. Good Morning Future – Zukunft ist unser Anspruch. Vivaldi, Stoiber, Neuer Duft. Der Erfolg hat viele Gesichter. Nicht auf die Zukunft warten, Zukunft starten. Merkel – die neue Qualität der Kompaktklasse. Nonstop gut drauf. Blüm – die kesse Fichte. Waigel – Ihr Wunsch ist uns Kredit. Politik zum Freu-dich-Preis. Den Aufschwung wählen. Das Parlament – Gruppentherapie live. Die neue Auslese, atemberaubend frisch. Mein Preisgespür, mein siebter Sinn, der bringt mich glatt zur Urne hin. Weltmarkt Provinz – Komm und wähl das Paradies. Unter die Haut gehn mir nur Kanzler und CD.

Politiker? Gott ja, ich habe viele ausprobiert. Teamwork, Herz und spannende Momente – Politik in Deutschland. Für Männerhände viel zu schade. Wir sind das Volk.

Mediendemokratie

Wenn Wahlergebnisse keine klaren Mehrheiten hervorbringen, sagen die Kandidaten: Das Volk ist unregierbar. Das hat etwas vom süßen Hauch der Anarchie, heißt aber nur: Die Regierung wird Wege finden, das Volk abzusetzen.

Wenn das Volk der Medienaufbereitung so genannter politischer

Prozesse und folgerichtig auch des Wahlgangs müde ist, sagen die Kandidaten: Das Volk ist ›politikverdrossen‹, und unterstellen: Der Bürger hat es aufgegeben, seine vitalen Interessen zu vertreten. Tatsächlich aber kann dieser Bürger in dem, was Politik, also Lebensgestaltung der Gesellschaft sein soll, sich und seine Interessen kaum mehr erkennen. Vielmehr erlaubt ihm die Betrachtung der Politik von außen nicht mehr, als dort isolierte Geheimbünde zu sehen, die uns primär dafür zu interessieren suchen, ob sie sich untereinander verstehen, ob die Koalition hält etc., statt die Frage zu beantworten: Was hilft's mir, ob die sich verstehen, was bedeutet es für mein eigenes Leben?

Die Politik hat es dem Zuschauer so weitgehend abgewöhnt, zu diesem persönlichen Anspruch durchzudringen, dass sie längst Inbegriff entfremdeter, undurchschaubarer Prozesse geworden ist. Sie fördert solche Undurchschaubarkeit und damit auch, dass der Skandal, die Aufdeckung des Verschwiegenen, zum Mythos des Politischen werden konnte. Wenn irgendetwas, so unterbricht der Skandal die Politikverdrossenheit. Der Politiker klagt dagegen, wir lebten in einer Fernsehdemokratie. Wohl wahr. Der Bürger schaut zu.

Was der Staat diesem Bürger als Politikverdrossenheit ankreidet, bedeutet nur: Für den Einzelnen findet Politik nicht da statt, wo der Politiker es gerne hätte. Denn da dieser Bürger in dem meisten, was ihm das Fernsehbild der Politik vermittelt, seine eigene Wirklichkeit nicht erkennt, folgt er einer von der Konkurrenz der Kanäle stimulierten Vernunft und wählt sich die wirklichere Wirklichkeit selbst.

Die Demokratie entpuppt sich in diesem marktwirtschaftlichen Wettbewerb um die Realität nicht als die Herrschaft, sondern als die Selbstbeherrschung des Volkes, das die Welt nicht mehr ändern kann, aber das Programm.

Parlando

 Du wachst auf, und sie sind schon am Werk, du gehst ins Bett, sie nicht. Du schrickst aus deinen Träumen hoch, sie arbeiten weiter wie die Zikaden. Sie sind nicht allein, sie sind Legion. Sie vermehren sich durch Zellteilung und sind einander völlig gleich. Ihr Deckmantel: Rundfunkmoderatoren, ihre Identität: inexistent, ihr Auftrag: die Abschaffung der Sprache, ihr Dienstgrad: Avantgarde der Verblödung.

Laberlaber, ächzstöhnseufz, vierundzwanzig Stunden täglich im Bann des Sprechblasenkartarrhs machen aus Familienvätern, Steuerzahlern, Verkehrsteilnehmern progressiv Imbezile, die aus dem Wühltisch ihrer Seele Monologe von der geistigen Spannweite eines Bonsai-Bäumchens heraustreiben.

Gegen das Weltbild modischer Hörfunkmoderatoren gehalten, ist das der Volksmusik vielschichtig und das der Reklame Metaphysik. Ein Grienen wird angeknipst, auf seinem schleimigen Film strauchelt die Sprache dahin, und die Welt, die in den Orbit des Rundfunks tritt, verglüht im Quatsch. Starke Emotionen? Nur behauptet. Probleme? Nur als Geräusche. Nichts gemeint, nichts gesagt.

Nicht das Fernsehen, das selbst unter der Last der Bilder noch syntaktisch sprechen kann, vielmehr das Radio hat sich zum Ausscheidungsorgan zersetzten Sprechens gemacht. Hier verfolgt man die Mitteilung in ihrer Agonie. Wurde da eben zwischen Musik- und Werbeblöcken etwas gesagt? Nein, nur geträllert. Ohne logisch nachvollziehbare Mitteilung ächzt es unter der bitterlichen Schwerverständlichkeit des Dummen.

Die positive Welt der Rundfunkmoderatoren besitzt die Strukturen einer Zwangsvorstellung. Traumatisiert vom Ernst des Lebens grinsen sie sich um eine Wirklichkeit herum, die sie dem Hörer nur noch zumuten können, nachdem sie diese, sich selbst und die Sprache gegenstandslos gemacht haben.

Das Einzige, das sie wirklich artikulieren, ist die martialische Energie jenes letzten Imperativs, der den Exitus der Aufklärung überlebt und sich aus ihrem Ende speist: Spaß muss sein! Dieser Spaß übergibt den Menschen zuletzt wieder seiner kreatürlichen Einsamkeit, weil er sich nicht einmal in seinen eigenen Hervorbringungen mehr wiederfinden kann.

Ich war eine Glotze

Als die »Titanic« einen Blechkruzifix mit der Unterschrift versah, »Ich war eine Dose«, erregte sich nicht die Kirche, sondern die Weißblechindustrie. Da wussten wir, wer unsere Moral wirklich verteidigt.

Als Lutz Hachmeister, der Chef des Adolf-Grimme-Instituts, Struktur und Effizienz der ARD angriff, kündigte ihm der Vorsitzende »jeden Anspruch auf Dialog«, benachrichtigte Rita Süssmuth und Johannes Rau und bewirkte indirekt, dass der Geächtete sich für die Dauer seiner Amtszeit »öffentlichen Stellungnahmen zu aktuellen kommunikationspolitischen Fragen« zu enthalten gelobte. Jetzt wissen wir, wer unsere Medienkritik reguliert: das kritisierte Medium selbst. Wenigstens Fernseh-Blasphemien können noch direkt geahndet werden – solange jemand sein Brot nicht unabhängig verdient.

Der verantwortliche Intendant erläuterte sein Verhalten mit dem »lebensnotwendigen Selbsterhaltungstrieb« der ARD. Nichts könnte den Zustand der Anstalt und den Standpunkt des Kritikers schöner ins Recht setzen als diese Wendung aus dem Tierreich. Hier fletscht die Hyäne eines Marler Volkshochschul-Ablegers ihre Fangzähne über der Aorta einer Multi-Milliarden-Anstalt und diese rettet das nackte Leben nur durch politische Drohgebärden und die Neutralisierung des Gegners.

Hier sitzt der Skunk in der ersten Reihe, und ganze zwei Wendungen hat er in Hachmeisters Pamphlet ausgemacht, die ihm stinken. Damit reduziert er die Substanz der Kritik auf den Stil ihrer Abfassung und das Ganze auf Geschmacksfragen. Was Hachmeister zu sagen hatte, war aber über Geschmackliches erhaben und wird nun in seiner Essenz die ARD wie die Öffentlichkeit nicht mehr beschäftigen. »Wer den Gedanken nicht angreifen kann«, hat Paul Valéry gesagt, »greift den Denkenden an.«

Bemerkenswert, dass jene Minderheit, die das Medium nicht als ARD-gewollt hinnehmen will, sich mit altmodischem Pathos noch ein anderes Fernsehen vorstellt und das alte sogar für reformierbar hält, gemeinsam mit diesem Fernsehen untergehen soll. Der Geist der Kritik, für die Hachmeister seit Jahren steht, ist aber exakt jener, den das Programm verdient, soll es kritikwürdig bleiben.

The Art of Arte

Ich habe gesehen, wie die Eskimofrau den blutigen Seehund vorkaute, wie ein Pärchen in Sarajewo die letzte Birke des Hinterhofs fällte, wie Vergès auf Schily traf. Ich habe Godard gehört, als er den Hörer auflegte und stöhnte: »Lassen Sie mich, ich bin müde«, habe verfolgt, wie Scorsese das Cinemascope-Format erklärte, wie Jean Seberg ihr erstes Casting absolvierte und der Papst in den Abruzzen betete.

Bockspringende Schäfchen haben mich ins Bett gebracht, blaue, rote, graue Artistinnen wieder aufgeweckt: Wunderbare Arte-Welt, die die Netzhaut nicht umsonst belichtet! Arte hat das Wunder vollbracht, dem Fernsehen seine Ehre zurückzugeben. Keine Shows, keine Serien, keine Übertreibungen. Keine Arbeit am Popanz eines Zuschauers, der saturiert und lüstern, nur noch oral und anal stimuliert werden möchte, keine Verlegenheit vor dem Geist, und vor dem Ungeist auch nicht.

Stattdessen ein Programm, das über Stunden von einem einzelnen Menschen verfolgt werden kann, ohne dass er auch nur einmal verraten würde. Arte kommt durch denselben Apparat wie alle Sender, aber bei Arte ist der Apparat ein anderer. Sein Umfeld aber lässt diesen Sender wirken wie ein Gegenprogramm, wie das Ergebnis einer Medien-Piraterie als der einzigen Strategie, die geeignet scheint, die Idee eines Massenmediums hochzuhalten, ohne die Masse zu korrumpieren.

Arte erbringt zugleich den Nachweis einer Phantasie, die in anderen Sendern sterben musste, weil ihr die Existenzbedingungen genommen wurden. Dafür stirbt Arte unablässig zwei Tode: den politischen, der mit Chirac hoffentlich nicht näher gerückt ist, und den öffentlichen, den alle vollstrecken, die zwar über die miserable Qualität des Fernsehens klagen, sich aber bei »Explosiv« doch besser aufgehoben fühlen.

Arte wird drei. Herzlichen Glückwunsch! Mit drei können Kinder Knöpfe aufmachen, bis zehn zählen, Farben benennen, mit Messer und Gabel essen, alleine auf's Klo gehen, ihr Fahrrad lenken und bremsen. Mit drei beginnen sie sich vor Dingen zu fürchten, die ihnen bisher keine Angst gemacht haben, und sie sorgen sich um das Wohlbefinden anderer. Wenn dies die frühe Kindheit von Arte war, dann betrüge man uns nicht um die Jugend!

Wo bleibt das Positive?

Vor gut zwei Wochen meldete die Frühausgabe der »Tagesschau«: die Entlassung der 1972 zu einer lebenslangen Haftstrafe verurteilten Terroristin Irmgard Möller stehe unmittelbar bevor und werde möglicherweise noch am selben Tag vollzogen. Aber als es Abend wurde, hatte sich Irmgard Möller ihre Freilassung doch noch nicht verdient. Sie wurde stattdessen für den 1. Dezember in Aussicht gestellt.

Seit über 22 Jahren bewegt sich die Justiz auf den Punkt zu, an dem die Sühne vollzogen ist, sodass der Freiheit eine Frau namens Möller zugemutet werden kann. Zwei weitere Haftwochen fehlten zur Vollendung des Besinnungswerkes, zwei weitere Wochen werden's richten. Unglaublich, die Präzision, mit der die Justiz Kalenderzeit und Sühne auspegelt, und so hat sie die Freilassung denn auch mit der Beobachtung legitimiert, Frau Möller habe »eine positive Persönlichkeitsentwicklung« durchgemacht.

Das heißt: Frau Möller hat Schwierigkeiten, gebunden zu sprechen, sie hat Orientierungsschwächen, eine Hautkrankheit, die sie die Öffentlichkeit scheuen lässt, sie befindet sich, was die Einübung ins Lebenspraktische angeht, 47-jährig auf dem Stand der 25-jährigen, die sie bei ihrer Verhaftung war. Wenn sie nicht gebrochen wäre, es wäre ein Wunder – ein Wunder, dass der Staat sie freiließe.

Wenn sie eine »positive Persönlichkeitsentwicklung« durchgemacht hätte, es wäre ein Wunder, weil sie Schwierigkeiten haben dürfte, ihre Persönlichkeit noch zu versammeln, und wenn der Staat etwas Derartiges beobachtet haben sollte, es wäre ein Wunder, weil er gesehen hätte, was er weder zur Zeit sehen wollte, da die Farce einer »Kinkel-Initiative« ihrem Namensgeber ein bisschen PR verschaffte, noch als vor Jahren Irmgard Möller die Abkehr der RAF von der Gewalt ausdrücklich begrüßte.

Das Wort von der »positiven Persönlichkeitsentwicklung« einer seit über 22 Jahren Inhaftierten hat Anspruch auf den Titel »Unwort des Jahres«. Es verrät, an welchem zerstörten menschlichen Rest der Staat noch Persönlichkeit exekutiert, sofern sie als Argument gegen die Freilassung dient. Irmgard Möller ist Deutschlands böseste Frau. Keine Frau saß hier länger in Haft als sie, kein Mann länger als Rudolf Heß.

Schwänze

Als ihr der Gott der guten Geschäfte riet: Mache dir den Äther untertan, gehorchte Teresa Orlowsky, alias Foxy Lady und gründete den ersten deutschen Sex-Kanal. In der Premierenacht bedrohte sie die öffentliche Moral mit Straßeninterviews und Damenboxen, abgeschmeckt mit einer Folge von Bettfluchten ohne Genitalansicht. »Gefilmte Geschlechtsteile«, heißt es lakonisch bei dpa, »würden aus solchen Sequenzen Pornographie machen.« Das ist die halbe Wahrheit, denn das weibliche Vlies ist dem sittlich gefestigten Betrachter zumutbar, der männliche Priapus ist es nicht. Frauen besitzen eben nichts so Intimes wie Männer.

Das aber würde Kirche, Staatsanwalt und Presse kaum empören, die Angst vor sittlichem Schaden ist es, die sie umtreibt. Zwar hat keiner von all den Mahnern selbst je Schaden genommen, jeder sorgt sich aber um jenes mythische Kind, das nie ein Pornoheft gesehen hat und kein Videogerät bedienen kann, nachts um drei aber unbemerkt einen Decoder knackt und vom Anblick extraterrestrischer Masturbationsworkshops bleibende Schäden davonträgt, die unmittelbar auf den Anblick des steifen Schwanzes zurückzuführen sind. Bleibt dieser nämlich unsichtbar und Frauen und Sexualität werden nur so verunglimpft wie in Werbung und Spielfilm, dann schadet es nicht.

Das Strafrecht ahndet den Mord, nicht seine Technik, die Zensur dagegen inkriminiert seine fotogenen Qualitäten. Analog gilt: Beischlaf im Film darf sein, aber nur ungenau. Faszinierend, welche Phantasie von diesen Ausblendungen bedient wird, faszinierend auch, wie stabil sich die Parallele von Sex und Gewalt, also von Lebensbejahung und -zerstörung hält.

So warnt Tilman Jens: Wenn Orlowskys Beispiel Schule mache, so könne bald ›antisemitische Hetze‹ via Satellit die Wohnstuben penetrieren. Worin besteht hier die Analogie? Sex und Rassismus – beides vom Teufel? Beides erregend? Beides verführerisch? Beides ansteckend und von der Unmündigkeit Besitz ergreifend wie der Schwellkörper vom Blut?

Solche Dämonisierung des Sex ist es ja gerade, die nach Pornographie schreit und darüber nicht mal merkt, wie sie im selben Atemzug implizit den Antisemitsmus verharmlost: Das Weltbild der Zensur.

Ehen der Volksmusik

Mann und Frau mögen nicht zusammenpassen, aber Heino und Hannelore sind zumindest ein Vorschlag zur Güte. Oder Marianne und Michael, die ebenfalls eine Alliteration mit in die Ehe bringen. Offenbar werden die zählebigsten Ehen im ewigen Dur der Volksmusik geschlossen, wo sie sich im tapferen Verdrängungswettkampf gegen alles Dissonante rhythmisch klatschend behaupten. Hier ist die Ehe wahrhaft Institution, also geschlossene Anstalt.

Auch die Volks- und Heimatmusik kann man am präzisesten durch all das beschreiben, was nicht in ihr vorkommt, zum Beispiel das Internationale, das Sexuelle und das Gesellschaftliche, Begriffe, die durch ihren gemeinsamen Ausschluss unwillkürlich in eine gewisse Verwandtschaft zueinander geraten. Der Stolz auf deutsche Landschaft und deutsche Mentalität ist also identisch mit der Abwehr der wieder erkennbaren Außenwelt. Anders gesagt: volksmusikalisch glücklich mit Deutschland kann man nur sein, wenn man das Land vorher seiner Wirklichkeit beraubt. Es ist leider dieser implizite Zusammenhang zwischen dem Internationalen, dem Kritischen, dem Sexuellen und dem Undeutschen, der das Volksmusikalische zugleich mit der Nachbarschaft zum Völkischen bedroht.

Zugleich aber ist die Weltanschauung der ruralen, vorindustriellen Einfalt so eng und so fiktional, dass man sich als lebendiges Individuum kaum in ihr bewegen kann. Begibt man sich nämlich einmal von der Scholle des Frohsinns herab, wird die Welt zu Krieg und Beulenpest, zu Aids, Rinderwahnsinn und Hieronymus Bosch.

So bekennt die Monomanie der Volksmusik eigentlich das Desaster der Außenwelt, und die Ehen, die unter ihrem Patronate blühen, stellen sich dar als traumatische Zwangsgemeinschaften mit fortgesetzter Kommunikation ohne Inhalt – offenbar Bedingung des Eheglücks. In der Zwingburg der guten Laune eingeschlossen, klatschen sich die Trachtenbummler die Realität vom Leib. Natürlich meinen sie auch das nicht ernst, sondern bierernst. Denn die letzte Utopie nach der gescheiterten Befreiung des Proletariats liegt im Prosit der Gemütlichkeit.

Die jecke Tageszeit

Wenn es Late Night wird in Deutschland und sich die Entertainer lustig machen, dann hat für den Deutschen wieder einmal die Stunde geschlagen, an seinem Deutschsein zu leiden. Der Deutsche, hat Goethe gesagt, wird schwer über allem und alles wird schwer über ihm. So wirkt auch der deutsche Late-Night-Gast nie tiefer, als wo er flach, nie gravierender, als wo er light sein soll. Er tut sich schwer, nichts zu sein als er selbst. Lieber möchte er ein Bild abgeben, und das so verbissen, dass er deshalb oft ein schlechtes abgibt.

Late Night, das ist die Zeit, da die Fernsehnation wehmütig gen Amerika blickt, wo auf der nämlichen Couch alle Gäste so gut gelaunt und randvoll mit schönen Geschichten, die Pointen nur so abfackeln, während hierzulande die Schauspieler mit ihrem Rollenfach hadern (»man will mich in eine Schublade stecken!«), die

Politiker die Themen vorher absprechen und alle zusammen Einblicke in die Schönheit ihrer Seelen gewähren möchten.

Das ist ihr Recht. Denn das Land ist so klein wie die Konkurrenz groß, und am größten sind die Anliegen der Gäste. Sie gehen nicht ins Fernsehen, um anderen Spaß und aus sich selbst Deppen zu machen. Sie bringen auch nichts mit zur Party, wie Jay Leno von seinen Gästen erwartet, sie wollen aufklären über sich, ihre Arbeit und ihren Auftrag auf der Welt, am liebsten würden sie die ganze metaphysische Welt mit ihrem Ego bespritzen, und dabei möchten sie vernünftig bedient werden.

Lustig ist das nicht. Lustig ist schon eher, die Leute dafür wenigstens schlecht zu behandeln. Aber das schreckt künftige Gäste ab. Lustig ist auch, alles Lustige abzusprechen, aber wem ist in Deutschland schon mal was Lustiges widerfahren? Und wenn, wer kann das auch noch lustig erzählen? Lustig ist, Gäste und Saalpublikum vorher mit Spirituosen abzufüllen. Alles schon geschehen, die Geschichten schmeckten trotzdem wie Underberg und wirkten sich auch so aus.

So ist die Late Night der einzige Ort in Deutschland, an dem die Ausländer das Lachen haben – weil sie es mitbringen. Für die Deutschen dagegen bleibt die Late Night der fluchwürdige Ort der Verlegenheitsbewältigung und Selbstbegegnung mit der eigenen Humorlosigkeit.

Schöpfungsgeschichten

Vor 5 bis 7 Millionen Jahren trennten sich die Hominiden von den afrikanischen Affen. Einstimmig. Südafrika war da nicht Savanne, sondern tropischer Regenwald, und da die größten Schöpfungsmythen der Welt nicht zufällig im Wald beginnen, finden sich hier auch die ersten Fußspuren des biologischen Menschen:

Die Spuren noch kleiner Füße, aber als der Wald dünn wurde, blieb der afrikanischen Baumbevölkerung nichts anderes übrig, als auf den Boden zu kommen und die Welt den aufrechten Gang zu lehren.

Vor ungefähr 3,5 Millionen Jahren ist ein solcher Hominide in eine Höhle gefallen, vielleicht ein dickfelliger, humorloser Materialist, der nie nach dem Sinn seines Lebens fragte.

Heute wissen wir, seine Bestimmung war es, der erste Mensch zu sein, von dem wir wissen. Gefunden wurde er liegend, das Gesicht in den angewinkelten Arm gedrückt, kontemplativ wie später »Ötzi«. Die Nachgeborenen sehen in diesen Todesschläfern die letzten kompletten Menschen. Denn seit ihren Tagen ist der Mensch in der Krise, der Krise des Homo habilis, der Krise des Homo erectus, und endlich der Krise, Homo sapiens genannt.

Das erste große Literaturwerk dieses Homo sapiens ist viertausend Jahre alt und bildete vermutlich die Quelle für die Geschichte der Arche Noah. Während nun in Südafrika gerade der Vormensch aus seiner Höhle geborgen wurde, fand man in einer Katakombe des Britischen Museums die ersten Zeilen dieses ersten Bandes der Weltliteratur, des »Gilgameschepos«. Die Verse sprechen von der Weisheit des Einen, der alles sah und das Land begründete.

Kurz vor Anbruch des letzten Jahrtausendjahrs fällt plötzlich mehr Licht auf den Anfang der Menschheit als auf ihr Ende: Der Affe, der Mensch wird, schreibt nicht, wird aber rekonstruiert. Der Mensch, der schreibt, ist verloren, wird aber in seiner Schrift rekonstruiert und über sie in seinem Traum vom vollkommenen Einen.

Im Frühjahr soll »Little Foot« aus der südafrikanischen Höhle komplett wiederhergestellt sein, im Herbst die nächste Sonde den Mars erreichen. Ein moderner Mystiker könnte anfangen, an den Menschen zu glauben, an dem er verzweifelte. »Daz Got Got heizt, daz hat er von den Creaturen«, sagt selbst Meister Eckart.

Abschied von Marlon

 Manchmal zieht sich die Ehre eines Berufsstandes in einer einzigen Person zusammen, zuweilen sogar in einer ohne hohe Meinung von diesem Beruf. So hat Marlon Brando immer darüber gespottet, einen Schauspieler ›Künstler‹ zu nennen, und was andere ihm als ein paar der prägnantesten Charaktere der Filmgeschichte anrechneten, das waren für ihn die Tricks eines reitenden Rosstäuschers.

Mit einem solchen Schauspieler konnte man sich abfinden. Statt großer Worte reduzierte er seine Monologe, krönte sie mit Pausen wie Miles Davis seine Soli. Zeitweilig drehte er nur noch für die Indianer und zog sich schließlich komplett aus der Öffentlichkeit zurück. Nur einmal hat er auf seiner Südseeinsel eine Journalistin empfangen, aber nur um sie für ihre Neugier zu bestrafen.

Als er schließlich seinen erklärtermaßen »allerletzten« Film drehte, tat er es als Rechtsanwalt gegen die Sache der Apartheid, tobte über das verstümmelte Resultat und fühlte sich aus der Welt herausgeekelt. Danke, Marlon.

Jetzt ist der große Mann wieder auf dem Festland der Weltöffentlichkeit. Sein Zopf ist ab, sein Sohn im Knast, die Schwiegertochter tot, und Larry King hat er im Interview ebenso geküsst wie die große Kukident-Anlage, die ihm Faye Dunaway in »Don Juan de Marco« entgegenbleckt, damit in dieser ebenso geisterhaften wie brünftig verkitschten Berührung die Schönheit des Sexus im Alter sowie die Unsterblichkeit des liebenden Begehrens abgebildet werde.

Früher hatte Marlon zur Darstellung desselben Markenbutter im Hintern von Maria Schneider verteilt, heute kehrt er als Gustav Knuth zurück, spricht, als hätte er Sascha Hehns Badehose im Mund und gibt einen Psychiater ab, so glaubwürdig wie Barbra Streisand, die in einem ihrer Filme als Prostituierte 300 Dollar für einen Handjob kassierte. Realistisch?

Als letzten Akt seiner Selbstzerstörung aber hat sich Marlon Brando ein Porträt bei HBO gewählt. Dort spricht er von Video-Animations Gnaden mit Terry Malloy, Stanley Kowalski und anderen seiner großen Figuren. Er selbst hat sich dabei durch digitales airbrushing hundert Kilo leichter machen, sein Doppelkinn entfernen und seine Hüften schwarzeneggerisieren lassen. Die Figuren wirken echt, der retuschierte Rentner dagegen erscheint wie ein Bad-Segeberg-Indianer, der am Ende seines Lebens sentimental genug wird, doch auch ein ›Künstler‹ genannt werden zu wollen.

Claudia in Wonderland

Aus grauer Städte Mauern hinaus ins weite Feld der Menschenrechtsproblematik bewegte sich in der vergangenen Woche die achtundzwanzigjährige Ministerin für Frauen-Affären, Claudia Nolte. Zunächst rochierte sie vom rechten Rand der CDU bis ins Reich der Mitte, auch »Land des Lächelns« genannt, wo ihr dasselbe sogleich verging. Dann besuchte sie die Weltfrauenkonferenz, inspizierte die eigene Geschlechtlichkeit, verglich die persönlichen Existenzbedingungen mit denen in chinesischen Legebatterien und ließ der vorbereiteten Empörung freien Lauf.

Ein Hauch von Hillarys »Opium« lag noch in der Luft, da befand die diensthabende Deutschfrau, Frauenrecht werde hier mit Barfüßen getreten. Das war gut gegeben und hat der Welt etwa soviel Eindruck gemacht wie ein Donnerwort des Koalitionskollegen Klaus Kinkel, von dem wir nach Ausbruch des Dritten Weltkrieges erfahren werden, dass er denselben »entschieden verurteilt«. Es lebt sich schön in der Gewissheit, dass dieses Land Politiker beschäftigt, die pointiert und immer wieder überraschend die Wallungen des Volkes auf den Begriff bringen.

Den empörten Augenaufschlag frisch im Repertoire, begibt sich die Ministerin anschließend an Bord eines Bumms-Bombers nach Bangkok, um sich »vor Ort« vom babylonischen Charakter der dortigen Sexual-Perfomances zu überzeugen, und, wo nötig, noch einmal dem tiefsten, alttestamentarischen Entsetzen über die organisierte Männerlust Ausdruck zu verleihen. Sicher, die Welt ist kein Maria-Carey-Video, und vielleicht hat Claudia Nolte – noch Twen und schon tugendhaft – gehofft, die weich gezeichnete Welt der »Emmanuelle« sei alles, was sie hier erwarte, aber es kam anders.

Wir wissen, Frau Nolte setzte ein Gesicht auf wie ein Abendkleid, dann trieb sie auf der Patpong und der Suoi Cowboy, was bei anderen Menschen ihr »Unwesen« genannt würde. Wir wissen nur unvollkommen, wie sie sich kleidete, um die Türsteher zu passieren, oder wie sie dem ersten blankbrüstigen Knaben auswich, der sich ihr als Instant-Sünde näherte. Wir wissen auch nicht, ob sie schon zugegen war, als man den Mädchen mit einem Baseballschläger in den Schritt fühlte, um zu sehen, ob kein Mann unter den Tänzerinnen sei. Aber wir wissen, der launische Zufall trieb sie in einen Schuppen, in dem »Genitalakrobatik« auf der Tageskarte stand, und das heißt, Claudia Nolte sah durch die Gläser ihrer apart und ein wenig altmodisch gestalteten, zur Therapie der Weitsicht aber unverzichtbaren Brille, wie Frauen ihrer Generation mit der Vagina Zigarillos rauchten, die Marseilleise schnalzten oder Colaflaschen öffneten. Ja, und sie durfte sogar Zeugin sein, als eine der Frauen mit einem vaginal eingeführten Dart-Pfeil einen Luftballon zerschoss. Kurzum, sie erblickte alles, was »Explosiv« ihr verschwiegen hatte.

Als ich sie zwei Wochen später fragte, warum sie nicht RTL sähe, statt sich auf eine so aufopferungsvolle Reise mit Ortstermin zu begeben, gab sie mir zur Antwort, sie habe »das Umfeld« kennen lernen wollen. Als ich etwas genauer nach Art und Charakter dieses Umfelds fragte, brachte sie zur Aufhellung dieses

»Umfelds« nur vor, es handele sich dabei zweifellos um das »Umfeld«, und das könne man nun einmal nur kennen lernen, wenn man sich direkt in das »Umfeld« begebe. Nachdem sie das gesagt hatte, lehnte sie sich zurück im festen Entschluss, fünf Tage lang schockiert zu gucken, und dachte: »Bangkok – Sie haben es sich verdient!«

Herr Biller läuft Amok

Die Welt leistet sich viele überflüssige Dinge, z.B. Atomtests, Cherry-Kaugummi, Wonderbras für den Hintern, postmoderne Zeitschriften und in denselben Maxim Biller, den Mann, der sprachlich nur die Ich-Form beherrscht, weil er begriffen hat: Anmaßung ersetzt Persönlichkeit und zur Not auch Stil.

Maxim Biller ist seit Jahrzehnten twentysomething, also irgendwo zwischen realer Pubertät und eingebildeter Avantgarde vergoren, von sich berauscht und vom Dritten Reich auch. Vor ein paar Jahren hat er sich dem Gegnerduo Saddam Hussein und deutsche Friedensbewegung gegenüber zu einem Offiziers-Standpunkt durchgerungen, der ihm selbst so modern vorkam, dass er Weltkrieg und Golfkrieg heute noch auf alles anwendet, was nicht schnell genug aus den Schlagzeilen ist.

Jetzt hat unser Veteran publizistisch den Fall der Atomtests auf Mururoa inspiziert und überrascht feststellen müssen: Eigentlich alles wie im Golfkrieg. Der »deutsche Konsum- und Wohlstandsfaschist«, der den Atomraketen »eine Menge Frieden und Freiheit« und die »verdammte Wiedervereinigung« zu »verdanken« hat, bringt im Protestverzicht auf französische Waren ein Opfer verwandt den NS-»Spenden für des Führers Winterhilfe«, und wenn »germanische Friedenskämpfer« (in klassischer Ungeziefer-Metaphorik als »Ameisen« und »Maulwürfe« bezeichnet) »champagner- und cognacfreie Zonen« ausrufen, so erinnert das an die Meldung, »Warschau sei endlich judenrein«.

Juden und Flaschen zusammengepfercht im toten Winkel der Vergleiche: Die hier gelungene Präzisierung des Holocaust wäre »antisemitisch« oder »volksverhetzend« genannt worden, hätte sie statt in »Tempo« im Zentralorgan der DVU gestanden. Aber dort wäre sie immerhin ernst genommen worden, während Maxim Biller durch die Tatsache, dass ihn niemand ernst nimmt, regelrecht in einen gedanklichen Amoklauf getrieben wird, der seine mit »Sexyrakete«, »Tornado (...) in der Lederhose«, Allerweltsfaschismus und falsch verwendeten Fremdwörtern befeuerten Texte längst um ihre Satisfaktionsfähigkeit gebracht hat. Als er aber diesen letzten, auch für seine eigenen Verhältnisse selten dämlichen Text beendet hatte, roch er an seiner Schreibhand und dachte: »smells like teen spirit«. Aber da war nichts als Landser-Mentalität.

Namenlos deutsch

Wiedervereinigung ist süß, Zusammenwachsen ist bitter. Nun haben wir vierzig Jahre Zeit gehabt, uns wenigstens sprachlich auf die Akquisition des Ostens vorzubereiten, und was sagen wir: die neuen Bundesländer, Wessis und Ossis, Neufünfland, Hüben und Drüben statt Schlemmerland und Kummerland!

Der Ansatz ist falsch. Man sollte nicht die Territorien voneinander abgrenzen, sondern die Kulturen. Also gilt nicht im Westen über allen Gipfeln die Neunte, im Osten die Puhdies, sondern: Der ehemalige Arbeiterstaat ist eine so genannte ›hackende Kultur‹, erkennbar am Kahlschlag. Früher lebte er von Bauern und Arbeitern, heute von der Hand in den Mund und hat sich die Erde noch nicht durch die Fernbedienung unterworfen. Diese Kultur erhielt schleunigst Know How, verlor dabei aber Know Why.

Im Westen dagegen blüht eine typische ›sammelnde Kultur‹, denn die wichtigsten Aktivitäten haben hier mit dem Aufhäufen zu tun. Deshalb sollte man sich auch abgewöhnen, vom ›Geld sparen‹ zu reden. Schließlich geht es nicht darum, sich die Währung förmlich vom Munde abzusparen, sondern um die richtige Organisation des Überschusses. Die West-Menschen legen Geldsammlungen an, und die meisten dieser Sammlungen überleben die stille Einfalt und stumme Größe ihre Begründer.

Im Zuge der rasch wachsenden ›Pauperisierung‹ (Marx) des Ostens ist nun die hackende Kultur mit wesentlichen Elementen der sammelnden durchdrungen worden. Sie hat eine westlich organisierte Hackordnung angenommen, das Land unter neues Management gestellt und den vollbärtigen Werktätigen zum Sammler umzumendeln begonnen. Die Entwicklung ist nicht abgeschlossen und das Ziel – alle Menschen werden Wessis – unerreicht. Wenn wir ihn also noch nicht verstehen – den Vertreter dieser nah-östlichen Kultur –, ihn in seinem Streben, uns zu gleichen, nicht begreifen, so sollten wir ihm doch die Ehre tun, ihn nicht länger einen ›Ossi‹ zu nennen. Der alte Ossi nämlich, das ist der Patient, von dem der Arzt sagt: Er ist erst gestorben, nachdem ich ihn geheilt hatte. Der neue Ossi dagegen ist Hermaphrodit, nur weil er sich die Vollendung seiner Geschlechtsumwandlung nicht leisten kann. Deshalb sollte man ihn bis zu seiner vollständigen Verwestlichung einen »Transwessiten« nennen.

Zehn

Eines Tages brachte Northcliff, der Vater der »Daily Mail«, an der Stirnwand seines Büros den rätselhaften Spruch an: »Es ist zehn«. Gemeint war das geistige Alter des Lesers. Das Publikum schätzt es, überschätzt, aber es belohnt, unterfordert zu werden.

Täglich müssen sich deshalb die Meister der Massenmedien neu motivieren, ihr Publikum fachmännisch zu unterschätzen, und

weil das Modell des idealen Konsumenten das Kind ist, lässt sich auch der Wettbewerb um den unreifsten Zuschauer gut in den Begriffen der Kinderpsychologie fassen. Offenbar mildert man so auch den Phantomschmerz, den der Verlust von Förmchen und Lätzchen hinterlässt.

Entsprechend enthalten die Massenerfolge des Fernsehens Spurenelemente aus dem Stolz der analen Phase und dem bangen Heraufdämmern der Pubertät. Zum Analen gehört nach Freud der Geiz, also das telegene Raffen, das zahlreichen armen Spielideen ihren materiellen Sinn verleiht. Zum Präpubertären gehören sämtliche Formen jenes frustrierten Paarungsverhaltens, durch das im Fernsehen erwachsene Formen der Gattenwahl vereitelt und durch priapistische Initiationen ersetzt werden.

In beiden Fällen vollendet sich das Medium durch die Befriedigung jener kindlichen Schaulust, die Freud als »primären Voyeurismus« bezeichnete. Da er diesen auf die Betrachtung des elterlichen Beischlafs zurückführte, können wir ebenso gut sagen: Die Kuppelshow etwa entsteht im infantilen Bann vor dem elterlichen Ehebett. So erklärt Freud Pflaume.

Als Widerspiegelung des psychologischen Allgemeinbefindens enthält das Fernsehen natürlich auch die psychotischen Störungen der Zeit. Es weichen zurück die klassischen Neurosen, Hysterien und Phobien, hervortreten die narzisstischen Kränkungen, Störungen im eigenen Bild. Nimmt man das Fernsehen als ein Medium, in dem die Menschen sich sogar erkennen können sollten, dann ist die narzisstische Kränkung vor dem Fernseher ein vernünftiges Verhalten. Hypnotisiert von der synthetischen Menschlichkeit, zu der sich die Lebenstauglichkeit hier zersetzt, wird das Leben des Zuschauers als gestört empfunden. Also verlangt die Schaulust wieder nach dem Fernsehen als einem Mittel der Anpassung an den bedrohten Lebensraum.

Spiegelfechter

In jedem »Spiegel« gibt es die Rubrik für den Liebhaber der aufgeklärten Moral, also der doppelten. Diese Rubrik wird getarnt als Fernseh-Vorschau, enthält aber eigentlich einen volkskundlichen Rundgang durch alle Bemühungen elektronischer Sinnstiftung. Hier ist der Ort, wo sich das Blatt gern ironisch, aber immer von einer angenehm hohen Warte aus mit dem wöchentlichen Talkshow- und Magazin-Müll auseinander setzt: »Sexsucht – Wenn das Thermometer in der Achsel platzt« oder »Mein Gesicht sieht aus wie ein Raucherbein«. Wenn »Arabella« also ankündigt: »Atombusen – Alle Männer haben Angst«, schreibt der »Spiegel«: »Um, o je, ihre Brennstäbe«. Das ist lustig, und gar nicht mal sooo tief unter Arabellas Niveau.

Neben dieser TV-Vorschau aber befindet sich ein farblich und moralisch abgesetzter Kasten, in dem der »Spiegel« seine eigenen Fernseh-Hervorbringungen beschreibt. Hier waltet reine Feierlichkeit: Die Ironie ist erloschen, der Ernst ergreifend, und wir lesen erleichtert, dass sich »Spiegel-TV« selbst von seinem ganz anderen, viel höheren Standpunkt aus ganz anderen, viel höheren Themen analytisch nähert wie: »Die Sexlügen der Männer«, »Hardcore New York«, »Ich habe zu viel Fett am Bein« oder »Wir recyclen eine ›Stern‹-Domina«.

So vieles und Feierliches auch zum 50. Geburtstag des »Spiegel« veröffentlicht wurde, niemand würdigte des Magazins beherzten, wenn auch vergeblichen Kampf gegen Ilona Christen. In fast einem Drittel aller seiner Ausgaben von 1996 nämlich feuerte der Fernsehteil des Blattes die köstlichsten Pointen ab gegen die populäre Moderatorin, die damit hinter Kohl und Stolpe Platz 3 der nicht-vom-»Spiegel«-aus-dem-Amt-zu-schreibenden Persönlichkeiten belegt.

Im Januar moderiert Christen »Weinen – wenn Gefühle Dämme brechen«, der »Spiegel« kommentiert noch dadaistisch: »Da lacht die Quoten-Koralle.« Ist natürlich schon witzig, aber noch nicht ganz so verständlich wie Ilona. Zwei Wochen drauf, Christen: »Wenn Tote reden«, »Spiegel«, voll warm gelaufen: »… müssen Außerirdische schweigen.« Verstanden? Die Christen eine Außerirdische, die besser die Goschn hält! Darauf eine Kaspar-Hauser-Unterhose! Wieder Christen: »Ich versuch es immer wieder – Selbstmörder«. »Spiegel« – versucht es auch nochmal, hahaha: »Ernst ist der Gegenstand, Hohlspiegel die wiedergängerische Formulierung der Ankündigung.« Da ist jetzt was durch die Übersetzung aus dem Koreanischen verloren gegangen, aber kritisch war's schon, oder? Anschließend Christen: »Man nennt mich ›Hexe‹.« »Spiegel« – das is jetzt ein bißchen leichter: »Wer kam bloß auf diese zauberhafte Idee?« Ein Brüller! Im Februar noch »Außerirdische«, jetzt schon »Hexe«, die traun sich aber auch was! Dann Christen: »Knapp am Wahnsinn vorbei.« »Spiegel«: »Ilona erzählt, wie sie zu ihrer Brille kam.« Wir haben auf dem Boden gelegen! Wo nehmen die bloß immer wieder diese Einfälle her? Das mit der Brille! Und dann gleich nochmal: Christen: »Sex an außergewöhnlichen Orten«. »Spiegel«: »Ilona mit der scharfen Brille sieht alles.« Genau, die sieht nämlich alles, mit ihrer scharfen Brille! Und wo wir gerade beim Sex sind, Christen zum Thema: »Ich krieg' sie alle ins Bett.« »Spiegel«, total irre: »Männer sind ja so dämlich. So rum oder so rum.« Kapiert? So rum oder so rum. Rektal oder dorsal. Ich mach mich nass! Komm, einen noch! Christen: »Ich wurde vermisst.« »Spiegel« saucool: »Von wem?« Doch, ich würde schon vermissen, wenn es nichts mehr im Blatt gäbe, woran man erkennt, wie hoch sein Niveau sein kann!

Neulich im Parlament

Im Frühstücksfernsehen, wo sonst entfesselte Trainingsanzüge den Schinkenspeck herunterturnen, da gab es jüngst, wie alle Jahre wieder, die Fortsetzung der Problemzonengymnastik mit anderen Mitteln, genannt »Parlamentsdebatte zum Jahreswirtschaftsprogramm«.

Dabei ging es um nichts Geringeres als die Massenarbeitslosigkeit, oder ernster: den »Standort Deutschland« bzw. das »Modell Deutschland« oder ganz ernst: die »Gefälligkeitsdemokratie« oder blutig ernst: Es ging um das, was aus Deutschland werden soll, also eigentlich um das Schicksal. Im Laufe dieser Dauerwerbesendung für die gelebte Demokratie hatten alle Anwesenden »den Ernst der Lage nicht begriffen«, »die Probleme nicht im Griff«, und alle, »Klein und Groß«, waren »aufgefordert«, zum »Dialog«, zum »Bündnis« oder zum »Konsens«. Dieser Konsens ging übrigens auch manchmal wie eine Fata Morgana am Horizont auf uns ab, verschwand aber dann wieder.

Helmut Kohl hielt eine Art Büttenrede, in der er sogar auf das Kochbuch seiner Frau zu sprechen kam, was sich als echter »Bringer« entpuppte. Klaus Kinkel gähnte auf dem Wort »Steuerlüge«, auf dem Wort »Massenarbeitslosigkeit« sah man einen Parlamentarier hantieren, als wolle er einen Kartoffeldruck vorbereiten. Einige stellten Fragen, aber nur rhetorische, andere zitierten herbeigewedelte Schriften aus Japan, Amerika und sogar Neuseeland, dritte telefonierten, lasen die Zeitung oder spielten vielleicht Schiffeversenken, ganz als seien sie nur Teil des virtuellen Nachrichtenhintergrunds im Privatfernsehen, und alle, die von einem Redner am Pult angegriffen wurden, brachen mit Pawlow'scher Verlässlichkeit in Gelächter aus, so unbeeindruckt waren sie.

Sollte dies wieder einmal ein »großer Tag für die Demokratie« gewesen sein, ich habe ihn nicht bemerkt. Ja, es ging nicht einmal so böse zu, dass Rita Süssmuth anschließend »mehr politische

Kultur« hätte fordern können. Ich dachte allerdings an Kultur, an Pieter Breughels Ikarus, um genau zu sein. Der stürzt ganz klein, ganz hinten ins Meer, während die Bauern weiterpflügen und die Parlamentarier die Zeitung lesen, gewissermaßen als Pantomime, betitelt »Bündnis für Arbeit«. Alles in allem war also das Bild des Parlaments ein Bild auch für das Schicksal der Arbeitslosen, die ja Zeit hatten, sich die Debatte anzusehen und in ihrem Verlauf zum letzten Mal gestraft wurden, als das Schicksal einen Rolltitel vorbeischickte mit den Worten: »Die Sendung Dalli Dalli entfällt.«

Das geht nun schon Jahre so, und eigentlich verändert sich an all diesen lieb gewordenen Ritualen wenig – die Zuschauer haben ihre Seh-, die Abgeordneten ihre Wegsehgewohnheiten. Trotzdem verlangt eine ansteigende Arbeitslosenrate von Zeit zu Zeit nach einem Geschmacksverstärker in der Rhetorik, und so hat der Kanzler jüngst das Wort »schwarz« semantisch neu gefasst, um auszudrücken, was wir alle sehen.

Wenn Dr. phil. Helmut Kohl »schwarz« sagt, meint er in der Regel »gehört mir«, »ist für mich« oder einfach »Ich«. Im erweiterten Sprachgebrauch benutzt er »schwarz« auch schon mal für »konservativ«, »CDU« oder »Deutschland 2000«. Jetzt aber hat er die Kohl-Philologie vor eine neue Herausforderung gestellt und das Wort »schwarz« gewissermaßen re-interpretiert Seither lastet auf ihm, dem Schwarz, der Glanz des Unsagbarkeitstopos.

Jetzt nämlich hat Kohl gesagt, »4 660 000«, das sei »die schärzeste Zahl« seiner Amtszeit. Nicht zufällig ist seine Wahl auf diese Ziffer gefallen. Er hat sie vom Arbeitsamt, wo sie die Stückzahl derjenigen Verlierer der Geschichte bezeichnet, die augenblicklich vom vielzitierten Recht auf Arbeit zwangsausgeschlossen werden müssen. Dass Kohl von der »schwärzesten Zahl« spricht, lässt zahlreiche Deutungen zu: Möglicherweise will er sagen, diese Zahl gehört ihm mehr als jede andere, sie ist sein Intimbesitz und die Quintessenz dessen, was schwarze Politik immer schon betrieben hat. Vielleicht soll der Superlativ aber auch unterstreichen, es gibt in Kohls Reich viele schwarze Zahlen, doch keine andere hat es bis oben aufs Treppchen geschafft.

Wir verstehen: Was Kohl »schwarze Zahlen« nennt, nennen Banker »rote Zahlen«, Defizite, Pleiten, Minus-Bilanzen. Da ist man froh, die harte Konkurrenz um Platz 1 entschieden zu wissen. Dass sich beispielsweise seit Einführung des so genannten »Asylkompromisses« 44 abgewiesene Bewerber das Leben genommen haben, ist jetzt – im Vergleich – keine eigentlich schwarze Zahl mehr, sie tendiert eher ins Anthrazit.

Die Arbeitslosenzahl aber, die schicksalhaft schwarze, sie sollte trotzdem auch mit Humor genommen werden. So war der »Schwarze Riese« noch kürzlich »überzeugt«, bis zum Jahre 2000 werde diese Zahl halbiert, während er jetzt »nicht mehr fest überzeugt« ist, dass sie sich bis 2000 halbiert, »der Trend« aber müsse »in diese Richtung« gehen, wenn er gehorcht. Anders gesagt, im Wochentakt macht sich Kohl einen neuen Spaß mit der eigenen Seriosität und der Interpretation der eigenen »schwärzesten Zahl«. Dabei ist diese Interpretation nicht minder fatal als die Zahl selbst. Schließlich werden Regierende in Ecuador schon wegen geringeren Unfugs aus dem Amt gejagt.

Nicht mit uns!

Mag die Diskussion um die Steuerreform auch noch so drücken, so erheitert sich doch das Gemüt bei der Gewissheit, dass die FDP mitdrückt und auch extra ein paar Absichten zusammengestellt hat. Gäbe es sie nicht, wer hätte den traurigen Mut, sie zu erfinden, die Partei des geistigen Teleshoppings?

Substantiell eine unscheinbare politische Kraft, verdankt sie ihre Existenz heute vor allem dem Gnadenbrot, das an altgediente Klassiker der Unterhaltungsbranche verfüttert wird, doch was verdanken wir ihr? Zunächst einmal den heutigen Sprachgebrauch für das Wort »liberal« – ein Meisterwerk geistiger Beutekunst, das früher von Voltaire und Leibniz aufgeblasen wurde und heute endlich auf drei Pünktchen passt – jene drei Pünktchen beispielsweise, die in Klaus Kinkels Rede entstehen, wenn er den deutschen Sympathiewechsel von Milošević (dem »Garant für Stabilität«), zur Milošević-Opposition (dem »Garant für Demokratie«) erklären soll. Außerdem verdanken wir der FDP die Erfindung des Kosenamens »Soli« für Solidaritätszuschlag, und dann und wann eine Illustrierten-Bildstrecke mit Wolfgang Gerhardt auf dem heimischen Küchenboden mit Maus und Marlies, exklusiv für jedermann. So normal sind unsere Paranormalen.

Alles andere ist auf dieser Erde mit der FDP eigentlich genauso wie es auch ohne FDP wäre. Aber wenn in der Welt der Erwachsenen manchmal irgendetwas entschieden wird, dann erscheint wie von Geisterhand Guido Westerwelle im Bild, hat ein Gesicht, so blass wie Kakaobutter im neunten Monat, und sagt: »Nicht mit uns!« Ein Donnerwort, zillionenmal verhallt! Auch dies bedeutet nichts in der Sache, sondern nur, dass er jetzt für irgendeine politische Maßnahme einen neuen Serviervorschlag unterbreiten wird. Flipper zu Fischstäbchen oder umgekehrt oder FDP.

Und das wäre es dann eigentlich schon, was es zur beharrlichsten regierungsbildenden Opportunistenpartei Deutschlands zu sagen gibt. Der Rest ist Gerede, also die bereitwillige Pressearbeit am Phantombild einer politischen Vereinigung, der nicht zufällig gleichermaßen Augstein und Markwort und Schulte-Hillen angehörten. Sie überlebt entsprechend, weil andere sie kommentieren. Abgesehen davon aber darf sie ruhig Dada sein, denn um zu bestehen, muss sie ja keine Politik machen, nur Wind.

Jil und die Sandler

Der alte Winter in seiner Strenge muss schuld daran sein, dieser Winter, der sich gerade als Hauptzulieferer von Elendsbildern bewährt, der die Bettler in Rudeln zusammendrängt und um die Ecke bringt, der jeder »Zeitschrift für die neue Frau« eine harte Sozialreportage über die obdachlose Vettel beschert (wenngleich auch die Männerdomäne Betteln ungebrochen besteht), dieser Winter also, er inspirierte offenbar auch Jil Sander, sich endlich dem Bündnis für Männermode anzuschließen. Die »Weltpremiere« ihrer Herrenkollektion wurde am Montag bei einer Mülltonne unter einer Brücke zelebriert und von Interviews flankiert, die entwickelten, was man in der Mode immer noch unbeanstandet ihre »Philosophie« nennen darf.

Auf ihren Rundgängen durch die Obdachlosen-Unterkünfte hatte Jil dem Elend beim Bäuerchen-Machen zugesehen und erkannt: »der Herrenbereich ist in der Krise«, der richtige »Push« fehlt einfach, denn »wenn man morgens etwas gegriffen hat, in dem man sich nicht wohl fühlt, ist doch der ganze Tag verdorben. Die inneren Qualitäten verstärken sich, wenn das Äußere stimmt.« Stimmt, so manchem Bettler war immer schon der Tag verdorben, wenn er sich jeden Morgen in demselben Grabbeltisch-Fummel wiederfand, nur weil er wieder mal »vergessen« hatte, »Gefühl in die Kleidung hineinzubringen«. Entsprechend schwach ausgebildet blieben natürlich seine »inneren Qualitäten«. Es reicht also nicht, dass sich dieser Bettler an Jil Sanders gutbeleuchteter Denkerstirn die Nase plattdrückt, er muss sich auch noch von ihrem phrasenhaften Designer-Talmud verspotten lassen und zuhören, wie sie den Verdrängungswettbewerb gegen all jene verschärft, die »innere Qualitäten« nicht von Klamotten abhängig machen.

Kein Wunder, dass diese Frau, die sich ja auch zu Kohl bekennt, ihren Näherinnen mit 15,60 DM Stundenlohn genug bezahlt, damit sie sich jährlich für 1000 Mark ein paar Sander-Schuhe leisten können. Warum sie das tun sollten? »Die halten dann auch.« Das klingt, wie wenn man einen Küchenquirl für 5000 Mark anpreist mit dem Anreiz: Der quirlt dann auch.

Da Sander aber die Elite nicht weniger ausnimmt, als sie ihre Näherinnen ausbeutet, passt es gut, dass zur Feier ihrer Männerkollektion beide, DAX und Arbeitslosigkeit, einen neuen Höchststand erreichten.

Terra incognita in Schwarz

Mit Somalia haben die Schwarzafrikaner wirklich Glück gehabt: Jeden zweiten Abend einen der vorderen Plätze in der »Tagesschau«! Kameras reisen am liebsten mit Stars oder mit Militärs. Aber diesmal sind sie allein wegen der deutschen Knobelbecher gekommen, die geradezu schwelgerisch ins Bild und zum Sprechen gebracht worden sind. Sie waren ein Politikum, Somalia war keins.

Somalia hat für die Nachrichten, wie der ganze Kontinent, jenes Pathos, mit dem Frauenzeitschriften das Wort ›Problemzone‹ verwenden. Von elftausend vor dem Somalia-Einsatz versendeten Minuten »Tagesthemen«, so hat Walter Michler recherchiert, befassten sich wie viele mit Schwarzafrika (also nicht mit den Maghreb-Staaten und nicht mit Nelson Mandelas Superstar-Archipel –: ganze eineinhalb. Macht: zwei verschlafene Perestroikas und hundert unterdrückte Anlässe, zu beschreiben, wie der Westen afrikanische Demokratisierungsbemühungen vereitelt, schon indem er den Ländern nicht einmal das Geld lässt, Wahlzettel zu drucken.

Nachrichten aus Schwarzafrika unterscheiden sich von weißen Nachrichten. Sie haben etwas Ethnologisches, betonen das Fremde, Trennende, Kultische. Ästhetisch sind sie so etwas wie die Fortsetzung der Missionarswitze mit anderen Mitteln – in der schwarzafrikanischen Drittwelt: Stämme, Blutopfer, Hirsestampfer, im aufgeklärten Westen: Packungsbeilagen, Gewerkschaftsbosse, Meinungsumfragen.

Das Afrika unserer Nachrichten ist unpolitisch, es kennt jene Bilder von Parlamenten, Konferenzen und Minister-Fuhrparks nicht, die unsere Politik so anspruchsvoll machen. Stattdessen stehen die dortigen Herrscher immer noch im Verdacht, das Alphabet nicht zu können und Kinderpisse zu trinken.

Die politische Information bildet insofern die Ergänzung zu jenen volkskundlichen Serien, in denen »Praline«-Leser über die »Begattungsriten der Mursi« und SAT-1-Zuschauer über die »Schwarzen Nymphomaninnen« aufgeklärt werden. Das ist kein Eurozentrismus, das ist Rassismus, und bevor man propagiert, »mein Freund ist Ausländer«, sollte man sein Land erst einmal jener adäquaten Berichterstattung würdigen, auf die man dem eigenen Land gegenüber so stolz ist.

Tatsächlich aber sind Nachrichten aus Schwarzafrika längst ein Genre, dessen unglückliche Monotonie dem Zuschauer weniger zumutbar ist als dem Opfer seine Wirklichkeit. Ihm trotzdem zuzusehen, gilt im Westen schon als eigene Caritas, als Akt der Großherzigkeit. Nichts blüht dem Kontinent, und eine Themenkarriere nur, wenn dort deutsche Politik betrieben wird. Bleibt diese fern, wird er von einem Informationsdarwinismus gestraft, der Länder auch dadurch tötet, dass er ihre politische Realität lange genug ignoriert.

Dustins Buchenwald

1988 legte Dustin Hoffman den Kopf schräg, murmelte und lief so komisch. Da war er der »Rain-Man«-Autist und heimste einen Oscar ein. Zwei Jahre später legte er den Kopf auf die andere Seite, murmelte und lief wieder so komisch. Da war er »der Murmler« in »Dick Tracy«, auch ein Autist. Seither gibt Dustin Hoffman den

immer selben Dustin Hoffman, eine überpräsente, nie lakonische, immer bühnenmittig agierende Charge, die jedermanns Klischee vom Schauspielgenie entspricht.

Jetzt endlich aber hat Hoffman seinen Kopf aufgerichtet, sich vernehmlich artikuliert und mit 33 anderen Verschwörungstheoretikern Hollywoods (wie Oliver Stone) die Bühnenmitte betreten, um ein neues menschliches Stereotyp zu geben: den politisch korrekten Kritiker der Bonner Regierung. In einem »Offenen Brief an Dr. Helmut Kohl«, abgedruckt in der »New York Times«, wird dessen Partei bezichtigt, sich bei der »organisierten Verfolgung« von Scientologen Nazi-Methoden zu bedienen: »In den dreißiger Jahren waren es die Juden. Heute sind es die Scientologen.« Ja, da war es wieder. Hätte es Hitler nie gegeben, man weiß gar nicht, woher man die Vergleiche nehmen sollte!

Noch nie hat Hollywood aus Menschenrechtsgründen an deutsche Politiker appelliert. Auch nicht, als hierzulande die ersten Ausländer von Rechtsradikalen exekutiert wurden oder als diese Art der Opfer-Berichterstattung zum Klassiker der Abendnachrichten avancierte. Ja, da waren die Analogien vielleicht noch zu unscharf, zu wenig deutlich herausgearbeitet. So konnten Hollywood einfach kein Vergleich, keine publizistische Interventionsmöglichkeit einfallen. Dafür wird die Traumfabrik nun dankenswerterweise aktiv, wo die Meinungsfreiheit eines Wirtschaftskonzerns tangiert ist, der aus psychisch Lädierten erfolgreiche Sozialdarwinisten macht. Soll er, und obendrein bekommt die Psychosekte noch die Märtyrerrolle. Schließlich adelt nichts so wie die Gleichstellung mit den Holocaust-Opfern.

In Wirklichkeit ist die Analogie zwischen Scientologen- und Judenverfolgung allerdings schlicht antisemitisch als Bagatellisierung der Massenvernichtung. Hoffman und seine Mitstreiter fordern auf, aus der Geschichte zu lernen, und das bedeutet, sie erst einmal gegen Hollywood in Schutz zu nehmen: »Wird es letztendlich ein Buchenwald für die Familien der Scientologen geben?«, fragen die Unterzeichner, jüdische Intellektuelle und Filmgewinnler und fürchten wohl nicht zuletzt den deutschen Publikumsboykott von Streifen mit Scientology-Stars. So hat sich Dustin, der politisch Korrekte, am Ende doch wieder in den Gesichtsvermieter aus der Albtraumfabrik verwandelt. Wieder raunend, wieder überkreuz mit der Realität.

Heldinnen der Wirklichkeit

Schönheiten in der gestreiften Hamm-Brücher-Bluse; gute Muttertiere, die nur noch rasch geworfen haben, um jetzt die Euphorie ihres Klimakteriums vorzubereiten; tapfere Protestantinnen mit Charmefalten von der Halbwertzeit einer Silikonbrust – kein Superlativ reicht aus, die Glorie der Hausfrauen des Werbefernsehens zu vollenden. Königinnenmütter, beherzt und übervoll mit unschädlicher Liebe, selbst das Baby auf dem Arm trägt schon das Gesicht einer Hausfrau.

Sie sind das letzte Relikt der Wirtschaftswunderjahre, Mehrbrünster, die aus der individuellen Passform ihrer Einbauküche heraustreten, um durch das Vorzeigen reiner Textilien die Porentiefe ihrer eigenen Gehirnwäsche zu demonstrieren.

Die Fernseh-Hausfrau ist das bizarreste Belegexemplar für die Geltung der Mendel'schen Gesetze: Kreuze eine bekennende Sozialdemokratin mit einem Klopfstaubsauger, und es wird eine Damenbinde daraus oder zumindest eine hauchzarte Graphik, die den behaarten Mann und Immerbrünster, den Pongo pygmäus in uns, ins Mysterium süßlicher Leibwäsche einweiht, in das, was hier »Freiheit« und »Sicherheit« heißt.

Das ist sehr schön. Der Charme der Szene aber atmet nicht

aus dem Gesicht und nicht aus dem Höschen, sondern angesichts solcher Bilder aus dem Triumph der Slipeinlage über die Frauenempanzipation. Und dann die Töchter! Ausdrucksstark wie ein Lufthansa-Frühstück! Und was apportieren sie nicht in der geballten Faust stolz wie das Kleinkind seinen Köttel: Ein echtes ›Ob‹, so ein zutrauliches Haustier der leisesten Leibesöffnung, sieh her, es beißt nicht, es will nur spielen.

Was Jahrhunderten der Familienpädagogik nicht gelungen ist, schafft das Werbefernsehen in Sekunden. Die ganze Familie versammelt sich um den Tampon und bewundert als Heldinnen der Wirklichkeit jene von Belanglosigkeit abgeschmirgelten Gesichter, die tief innerlich fasziniert sein müssen von Blut und Schmutz, sonst würden sie ihn nicht so leidenschaftlich bekämpfen.

Und wie es so kommt, entwickelt auch der Betrachter bei solchem Fanatismus des Properen ein ganz zärtliches Verhältnis zum Dreck als dem Inbegriff für Atmosphäre, Erotik, Aroma, und der Terror der Hygiene schlägt endlich in einen gesunden Widerstand um gegen alles, was Hemden, Binden, Hirne und sogar ganze Hausfrauen bleicht.

Wenn Filme zu sehr lügen

Fünfhundert Jahre Kunstgeschichte fragen: Imitiert die Kunst das Leben oder macht das Leben die Kunst nach? Zwanzig Jahre deutscher Fernsehfilm antworten: die Kunst imitiert das Kunstgewerbe, das Leben muss leider draußen bleiben.

Erste Szene: die rüstige mittfünfzigjährige Perle, abgeschliffen im Rollenfach der Perle, stürmt im klassischen Perlen-Habit in ein Schlafzimmer voll gedämpften Rama-Lichts, öffnet die Vorhänge – oh, goldener Morgen im Ruhrgebiet! – und ruft: »Es ist neun Uhr, Herr Bergmann!«

Und Herr Bergmann, der seidene Juniorchef, räkelt seine deutsche Fernsehphysiognomie in den Firmen-Kissen und stümpert unbeholfen schlaftrunken in die Dialoge. Jawohl, die mittelständische deutsche Industrie lebt nach dem Vorbild der Feudalherren des Ancien Régime, wo degenerierte Junggesellen in ungesunder Kohabitation mit starkknochigen Dienstweibern alleine aufwachsen und ihre Individualität ausleben lernen. Ach, Deutschland.

Auch die Kommissare in diesen Filmen – und jeder Kitsch hat seine Kripo – stecken randvoll mit derselben verirrten Fernseh-Irrealität. Wenn sie an einer roten Lache vorbeikommen, beweisen sie ihr Fingerspitzengefühl durch Reintunken, Reiben und Raunen. Dann der Befund: »Blut«. In der Tat. So identifiziert der bundesdeutsche Polizist vermutlich auch den Honig auf dem Brot und den Regen in der Pfütze, und genauso fällt es ihm immer noch leichter, einen Dieb als die Realität einzufangen.

Manchmal werden deutsche Kommissare aus Gründen der Spannungsentwicklung von deutschen Gangstern abgehängt. Diese Finstermänner stürzen aus dem Haus, hinein in den Wagen und losgebraust, und wenn zehn Minuten später der Kommissar auf der Straße angelangt ist, wird er immer noch zwanzig Meter hinter dem längst verschwundenen Fluchtfahrzeug hinterherlaufen. So realitätsnah und spannend kann eine Verfolgung sein.

Außerdem rufen in solchen Filmen manchmal Erpresser an, legen aber vor Einrasten der Fangschaltung meist den Hörer auf. In solchen Fällen, sagt die Dienstvorschrift, schlägt der deutsche Beamte bis zu zehnmal auf die Gabel und ruft »Hallo, wer sind Sie?«. Nun hat die Telecom schon genug Schwierigkeiten, eine normale Verbindung herzustellen, eine tote Verbindung aber durch wiederholtes Stören der Leitung wiederzubeleben, das wird ihr im Leben wie im Film so oft gelingen wie der Kuh das Fürzeflämmen.

Sind aber im deutschen Fernsehfilm einmal nicht nur die Leitungen tot, sondern auch die Menschen, und unter diesen vor allem die guten, so finden wir uns vor einer menschlichen Ursituation von strengster Formatierung.

Wir sehen: Die Härte im Gesicht des Täters, das blökende Entsetzen beim Zeugen, die Makroeinstellung der eregierten Waffe. Dann verliert der Opferkörper sein Gleichgewicht, und der Tod tritt in seine telegene Phase ein. Die Figur bricht krumm, das Auge wird glasig und der Atem schmeckend.

Der Tod ist ein Troubadour, er hat ein Sinfonieorchester im Gepäck, und seine Sprache ist ein Plagiat der Oper, wo noch der Dolch im Herzen singt. Also redet auch die werdende Heldenleiche Stereotypen der Helden-Poesie. Phase 1: Verherrlichung der Liebe und Elternschaft (»Helga, sag Florian, sein Vater hat ihn sehr geliebt.«). Phase 2: Pflichterfüllung (»Sag den Jungs, ich lasse sie nicht im Stich.«). Phase 3: Lobpreis des verhinderten Lebens (»Im Frühjahr fahren wir zur Apfelblüte nach Dinslaken, ich verspreche es«.). Phase 4: Abbitte (»Verzeih mir, Helga, ich musste es tun.«). Phase 5: Suspense des Fragments (»Der Schlüssel liegt ...«). Ausatmen, Abknicken des Kopfes, Augen auf den Indifferenzpunkt, Cut.

Dann das Herbei- und Niederstürzen der Witwe, samt ihrer geschrienen Wiederbelebungsversuche, der Freund, der sie beiseite führt, der Arzt, der die Halsschlagader befühlt, das Tuch, das über die Augen gezogen wird, Verharren. Pieta.

Im Leben ist das anders. Da kennt der Tod keine Agonie, der Sterbende keine guten letzten Worte, die Lippen stehen nicht offen, sondern werden mit Lippofix geschlossen, und Elbalmol-Spray verhindert das Quellen. Auch trauert der Hinterbliebene nicht, aber wenigstens hat er die Mitscherlichs gelesen, und ein Beamter sagt ihm, dass der Verlust unersetzlich sei.

Die Angehörigen kommen nicht an den Tatort, sondern in den Krankenhauskeller mit dem Schild »Vorsicht, Leichen nicht in Bauchlage aufbewahren«. Der Bestattungsunternehmer steht dabei und sagt: »Lassen Sie mich Ihnen mal den Sterbefall verhackstücken.« Dabei rechnet er insgeheim den Trauertaxameter runter: 1. Schockphase 2. aktive Phase 3. aggressive Phase 4. adaptive Phase. Und weil sich die Letztere besonders gut für das Überreichen der Rechnung eignet, deshalb wird der filmische Kommerz im Umgang mit dem Tod über die adaptive Phase nie hinauskommen.

Der typische deutsche Fernsehfilm ist folglich nicht schlecht, nur schrecklich. Er stellt nicht die Welt dar, sondern die Anstrengung, ihr auszuweichen; er enthält keine Wirklichkeit, denn er liebt keine. Er sieht und er spricht wie ein Snob, voller Degout und voller Empörung über die Zumutung der Wirklichkeit. Trotzdem ist er gut für den Reifeprozess von Kindern. Kaum haben sie ihn nämlich genossen, bekommen sie Lust, sich tätowieren zu lassen, eine dreckige Lache zu erwerben und wirklich zu werden.

Nachdenken über Dolly Buster

Dolly Buster gehört zu den interessantesten, nein, gemessen an der Häufigkeit ihrer Fernsehauftritte sogar zu den wichtigsten Menschen in Deutschland. »Peep«, »Arabella«, »Koschwitz« und alles, was mittags und nachmittags talkt – gewiss. Aber es braucht »Spiegel-TV«, »B. trifft« und die Tele-Sexual-Dependencen seriöser Zeitungen, sich dem Phänomen Buster profund und analytisch zu nähern, Porno und Adorno zueinander zu bringen. Ja, wahrscheinlich hat sich sogar kein Magazin so raumgreifend und unironisch mit Dolly Buster auseinander gesetzt wie »Spiegel TV« und alle seine Metastasen in allen Sendern, und ergo ist auch der Ruhm der Dolly B. – nach der sogar das erste geklonte Schaf genannt werden sollte – ursprünglich ein »Spiegel«-Verdienst.

»Dolly Buster«, der Name ist nicht minder nom de guerre als »Kiki de Montparnasse«, heißt übersetzt »Püppchen Pfundsding«

oder »Stampfer-Büste«, und es ist ein reizvoller, weich, wenn nicht wehmütig stimmender Gedanke, sich all die deutschen Fernsehmacher vorzustellen, die um die Wiege des imposanten Fleischbalgs stehen und sprechen: Es ist gut, wir wollen sie »Stampfer-Büste« nennen und unsere Quoten mit ihr aufpolieren.

Und Stampfer-Büste wuchs heran, sich ihres guten Namens zu freuen. Sie verdiente ihr Geld damit, Prag zu verlassen und männliche Zeugungsorgane in verschiedenen Öffnungen ihres Leibes unterzubringen, und weil man das ›Prostitution‹ nennt, baute sie Kameras davor auf und verzog bei der Arbeit so drastisch das Gesicht, dass sich ihre Tätigkeit automatisch in ›Pornographie‹ verwandelte und allmählich Prestige abwarf.

Anders gesagt: sie wurde zu einem Teil – wenn auch zu einem schönen und wirklich sympathischen Teil – der jugendgefährdenden Gesellschaft. Dabei zeigte sie sich im Fernsehen nie in Ausübung der Jugendgefährdung, sondern war allenfalls bereit, Auskunft über die Ausübung dieser Gefährdung zu geben, ohne dadurch neuerlich die Jugend zu gefährden.

Diese Auskünfte erwiesen sich im Fernsehen als so erfolgreich und gut dotiert, dass Stampfer-Büste ihren ursprünglichen Beruf endlich an den Dildo hängen konnte und, von Talkshows resozialisiert, zu einem nützlichen Mitglied der Fernsehgesellschaft wurde. Ihre Erscheinung allein garantierte dem Programm die größte Zustimmung, den Machern die geringste Anstrengung und den Verkäufern die besten Zahlen. So unberechenbar kann Erfolg sein!

»Das Publikum sieht Filme nicht mit den Augen«, hat Carlo Ponti gesagt, »und Talkshows und Magazine ebenso wenig«, fügten die Talkshow- und die Magazinmacher hinzu und lobten Gott dafür, dass er die Jugendgefährdung erfunden hatte und mit ihr den direkten Weg zum gemeinen allgemeinen Interesse.

Wenn er nit steht

Rudolf Stefen, damals Chef der Bundesprüfstelle, klang klar: »Pornographie is, wenn er steht, nit Pornographie is, wenn er nit steht.« Aber was, wenn er auf dem Wasser schwimmt oder durch die Luft schaukelt? Was, wenn die weibliche Brust nicht einfach beleuchtet, sondern herausgereckt und durch Lichtreflexe besonders beleuchtet wurde? Oder wenn der Bildrand die weibliche Scham abschnitt und sie dadurch desto mehr betonte?

Fragen von solch spekulativem Gehalt haben zuletzt die Scholastiker beschäftigt, als sie entscheiden mussten, ob die Ratte, die die geweihte Hostie verzehrt hat, nun selbst geweiht sei. Die Bundesprüfstelle, Pharisäervereinigung der Kolle-Jahre, entschied in allen genannten Fällen auf Pornographie, und in jeder ihrer Indizierungen wurde eine neue Lust geboren.

Das alles ist lange her. Nur haben es Frauen bis heute nachhaltig schwer, aus eigenen Kräften pornographisch zu wirken, Scham-Anschnitt und Brust-Beleuchtung haben sich als Kriterien nicht bewährt. So macht sich der sittliche Geschmack, als »Zensur« deklariert, an die altmodische, aber sicher Begierde erregende Schwellungsmessung und kommt zu dramatischen Resultaten. Kann man Sexualität überhaupt darstellen, ohne sie möglicherweise gleichzeitig aufzustacheln?

So treten sie denn wieder gegeneinander an, die Befreier der Sexualität, die seit Jahrhunderten erfolglos befreien, und die Unterdrücker derselben, die schon seit Jahrhunderten erfolglos unterdrücken. In Wirklichkeit bilden sie eine wunderbare Symbiose, in der jeder des anderen Parasit und Wirtstier zugleich ist und beide ungewiss ahnen, dass sie nur gemeinsam überleben können.

Wahrhaft unterdrückt wird dabei auch, und zwar zweierlei: Die Erkenntnis, dass die pornographische Zensur unfähig ist, einen Begriff des Obszönen zu definieren, der nicht vom Koitus, sondern vom Sachverhalt der Erniedrigung in allen öffentlichen

Sprechformen geleitet wäre, und die Einsicht, dass auch für die Liebhaber des Erotischen nichts erregender ist als eben Verbote.

Kleine Geschichte der 9.

Als Beethoven die Neunte schrieb, hatte er die Schicksalssinfonie schon hinter, die Neunte aber hatte ihr Schicksal noch vor sich. Verfasst in Misere und hereinbrechender Taubheit, wurde sie für hundert Jahre Nachwelt so sehr zum Ausdruck unerlöster Menschlichkeit, dass Thomas Manns verwirrter Tonsetzer Adrian Leverkühn sie sogar »zurücknehmen« wollte, zu grausam habe sich die Menschheit gegen den Geist der Sinfonie versündigt: »sie soll nicht sein«.

I wo.

Wo immer seither die Emphase menschlicher Verbrüderung beschworen und geschändet wird, die Neunte ist dabei. In den Siebzigern vulgarisierte den großen Tauben ein spanischer Blinder und machte aus der »Ode an die Freude« einen »Song of Joy«, zu deutsch »Freudengeheul«. So wurde die mundgemalte Einfalt des Schlagers endlich mit dem Geist Friedrich Schillers versöhnt, und der entsetzlichsten akustischen Hervorbringung des Menschengeistes, der Kaufhausbeschallung, war endlich die Kolonialisation Beethovens gelungen!

Als Nächstes rührte ein Würzwürfel-Hersteller die Neunte unter die TV-Spots für seine Hühnerbouillon. Freude, schöner Götterfunken, gemeint war: Alle Menschen werden Brüter!

Nachdem die »Ode« sich also derartig bewährt hatte, beförderte man sie zur »Hymne« und die »Freude« zur »Freiheit« und spielte das Ganze so mit blindem Spanier und Brühe Belastete zum Mauerfall ein, damit es uns heiß den Rücken runterlaufe oder hochkomme.

In wahrhaft enthemmter Glorie aber begegnete uns die Neunte an jenem Freudentag, da der französische Präsident, neben der englischen Königin oder einer Kartoffel mit Kopftuch stehend, jenen dunklen Schacht zu bejubeln hatte, durch den man von nun an in englisches Erdreich vordringen konnte. Der Channel-Tunnel war durchstochen!

Da standen sie, wie aus der Motorradstaffel eines Polizeisportfests herausgestanzt, wackere Bläser, keiner grämlicher als sein Regent, und dudelten ihr »seid umschlungen, Millionen« in den Regenhimmel. Vier Strophen hatte das Ding und ersparte den Anwesenden das Tragen eines Walkmans. So erzählen denn auch einmütig die Chronisten, wie vor dem finsteren Schacht Beethovens Utopie endlich eine Ruhestätte gefunden hat, denn wahrlich, bei solchem Tuten und Blasen war unter den Menschen an jenem Abend des Brüderwerdens kein Ende.

Farewell DSG

Berlin ruft die Jugend« steht so, in Fraktur gepinselt, seit Jahrzehnten auf einer Hauswand an der Strecke Hamburg – Berlin. Unverständlich. Heute ruft nichts. Es regnet bitterlich, die Wagen der ersten Wagenklasse halten wie immer »im markierten Wagenabschnitt A und B«. Das wird man in Jahrzehnten ebenso wenig verstehen.

Im Speisewagen, wo mich ehemals »das DSG-Team gerne erwartete«, haben die Uniformen gewechselt, zugunsten der »freundlichen Mitropa-Mitarbeiter« – »Mitropa«, ach, achtzig Jahre alt sind wir kürzlich erst geworden und haben uns rechtzeitig zum Jubiläum die Speisewagen unter den Nagel gerissen, »Mitropa«, das heißt seit 1916: Käsestreifen an Schinkenstreifen, »Salat Vital«, bedeckt von Putenbrustfetzen mit Schottenkaro in der Muskulatur, und der genetische Fußabdruck des Brontosaurus welkt im Salat. Wohin bist du gegangen, DSG-Team, DSG-Mannschaft,

Equipe, Clan und Clique?

Für »Mitropa« ist »Ungarische Woche«, d.h. Woche der gefüllten Paprikaschote in Tomatensauce. Die Sauce ist wirklich rot, die Schote sieht aus wie ein Kopfkissenbezug nach vier Wochen Sommerhitze. Jasnitz und Ludwigslust ziehen vorbei, zwischen den Tankstellen verendet ein Schlossflügel ganz aus Backstein, aus dem Regen kommt eine Frau herein mit den Fragen zum Transrapid.

Transrapid – das neue Jahrtausend auf Stelzen, ich verstehe den Namen nicht. »Was ist das Ziel Ihrer Reise?« Das Ziel? Berlin! Der Zweck? Je-m'-en-foutisme und die »Ungarische Woche«. Waldstücke, Feldränder, Lichtungen. Von hier aus betrachtet könnte Deutschland eine Agrarnation sein. Wir fahren den Weg der Zivilisation rückwärts.

Die Meinungsforscherin interessiert sich für Hochgeschwindigkeitszüge. Sie gebraucht Worte wie »vor Fahrtantritt« und »Zielbahnhof« und »Fahrtentgelt«. Sie kann das, sie hat schon unzählige Antworten in dem Laptop auf ihrem Schoß verschwinden lassen. Sie hat Geduld. Während der Antworten betrachtet sie die Glut ihrer Zigarette, anschließend übersetzt sie das Geantwortete in's Deutsch des Fragebogens. »Das heißt ...« Heißt es nicht. Ich gebe eine Antwort, in der das Wort ›Kornkammer‹ vorkommt. Sie unterbricht: »Ich habe die Fragen nicht erfunden, aber ich brauche jetzt eine richtige Antwort!« Ich versuche es wieder. »Da gebe ich Ihnen Recht!«, sagt sie plötzlich. Das hat sie noch nie getan. »Es stört Sie nicht, wenn ich rauche«, konstatiert sie, bevor sie zum vierten Mal das Päckchen ergreift. Es stört mich nie. Die Landschaft ist schön, die Rehe am Waldrand haben keine Angst mehr vor den Zügen, der Speisewagen serviert kein Wild.

Die Landschaft ist immer noch schön, der Regen immer noch dünn. Auf den Feldern sieht man kein einziges Rind zucken. Mit was ist die Paprikaschote eigentlich gefüllt? Würden Sie das gerne wissen? Nein, stattdessen: Würden Sie auch einen der auf der Strecke verkehrenden Schienenbusse benutzen? Schienenbusse, darin andere Mädchen mit großen Pupillen und anderen Umfragen?

Die Strecke führt durch frische Weiden, Berlin ruft die Jugend. »Wir kommen zum Umsteigen«. Nein! Die Anschlusszüge, der Mitropa-Pinot-Grigio, die markierten Wagenabschnitte, die Kornkammer Deutschlands, Salat Vital, die Ungarische Woche – ihr werdet den Weg aller DSG-Teams gehen. Gibt es dafür keine Meinungsforscherin? Kulturen haben auch nur ihren Lebensabschnitt, und Speisewagen verfallen wie der Glanz des Reisens. Der Transrapid wird antreten, dieser maroden Kultur hier den Garaus machen, und anschließend werden Menschen kommen, die auch ihn einmal nostalgisch finden. Nach uns die Bistros!

Echt

Eine Rose ist eine Rose ist eine Papierrose, Krepprose, Seifenrose, Seidenrose, eine Zuchtrose, eine gentechnisch veränderte, geklonte Rose, eine mit naturidentischem Aroma besprühte Rose, ist eine Plastikrose. Echt?

Der Sonnenuntergang ist eine Montage, eine Animation, eine holographische Illusion, eine Bildtapete. Selbst im Original erinnert er an ein Fernsehzimmer. Virtuelle Realität, Cyberspace, Morphing. Die Zukunft hat längst begonnen, sagen jährlich neu die Daten-Ingenieure. Wir sind dabei. Jeden Tag dämmert ein neues 2000. Aber auch auf der tiefgefrorenen Hähnchenbrust klebt ein Zettel: »mit natürlichem Knochen« – für die gesagt, die das Huhn für eine Molluske hielten oder im Vorgriff auf eine Zeit, in der die Hähnchen ohne Knochen zur Welt kommen werden. Echt?

Vor zehn Jahren wurde das »Simulacrum« zum philosophischen Passwort und »echt« zum Geschmacksverstärker der Jugendsprache. Seither ist die Kultur in die Epoche des Neo-Historismus und -Manierismus eingetreten. Ihre Schöpfungen sind Anleihen, ihre Hauptwerke Rückgriffe, ihre Originale Lookalikes, ihre Wahrnehmung arbeitet sich ab an Simulationen, ihre Star-Persönlichkeiten sind Doubles und Resultate medialer Kunstzeugung, und als Konsequenz kann man sich nicht mehr vorstellen, dass eine öffentliche Person anders als durch Kalkül entsteht.

Die Zeit der Realität ist vorbei, die der Realitäten tritt in ihre erste Blütezeit. Die Wirklichkeit des klassischen Realismus aber wurde nicht nur durch Fälschungen und Simulationen ad acta gelegt. Sie starb auch in all jenen Archetypen, die kommende Ereignisse zu Déjà vus degradieren werden: im Golfkrieg als dem letzten Computerkrieg, im Jugoslawienkrieg als dem letzten handwerklichen Krieg, im O. J. Simpson-Prozess als dem letzten globalen Justizfall um die Zerstörung eines Stars, im englischen Königshaus als der letzten großen Säkularisationsbewegung. Alles durchfühlt, alles bebildert und ein für alle Male in Teilnahmslosigkeit aufgelöst. Schon diese letzten Großereignisse der Realitätsbeschreibung sind durch Fälschungen und Übertreibung überformt und um ihren Rang als echte Originale gebracht.

Am Ende ist das einzige, wenigstens größtenteils nicht-simulierte Leben jenes, das der Betrachter mit sich selber führt, ohne allerdings daraus einen Weg in die Welt der Bilder zu finden. So bleibt ihm also in der Anstrengung, selbst bilderfähig zu werden und Eintritt in die Welt der Fälschungen zu gewinnen, nur die Möglichkeit, sich zum Double der eigenen Person zu veredeln, und als solches alle eingebildeten und angenommenen Erregungen mit dem Zusatz zu versehen: »echt«!

Oh Wildheit!

Vor über zehn Jahren wurde in einer Vorschule eine Umfrage angestellt zum Thema »Meine liebste Ferienbeschäftigung«. Von hundert Kindern sagten 76 »Fernsehen«, 23 »Fußballspielen«, ein Junge aber antwortete: »Maulwurfshügel zertrampeln«.

Inzwischen ist der Junge herangewachsen, und seine Generation wurde vom »Spiegel« einer Basisumfrage unterworfen: Nur für 10 % aller Jugendlichen ist Demokratie nichts Wertvolles, 19 % aber würden nichts für ihre Verteidigung tun, nicht einmal – wie 11 % unserer Jugend – Wände bemalen. 9 %, die nicht bereit sind, etwas ihnen Wertvolles zu schützen? 19 % Demokratiephlegmatiker? Und dann noch fast genauso viele, denen an Deutschland vor allem missfällt, dass es hier »keine Palmen« gibt!

Also weichen die kritischen Einwände gegen die Republik den klimatischen, stattdessen festigt sich das Vertrauen in die erzieherische Wirkung von Graffiti. »Politik ohne Palme« hätte die SPD der CDU vorwerfen sollen! Jetzt wird verständlich, warum 45 % Deutschland im Vergleich mit einigen anderen Ländern überlegen finden, vor allem den Polen (87 %), gefolgt von den Türken (74 %), die ja wenigstens noch Palmen vorweisen können.

Kein Wunder, dass 30 % Intelligenz für eine deutsche Nationaleigenschaft halten. Da andererseits 31 % keinen Ausländer persönlich kennen, können sie natürlich in dieser Hinsicht keine vergleichenden Studien anfertigen, bedienen sich aber offenbar gewisser inländischer Bevölkerungsgruppen als Ausländer. Auf Platz drei der spezifizierten Volksgruppen, die den alleinreisenden Bahnfahrer im Abteil stören, folgen nach Türken und Polen die Sachsen, die von halb so vielen Menschen abstoßend gefunden werden wie Mantafahrer sympathisch. Das bedeutet auch, Deutschlands Jugendlichen sind Mantafahrer sympathischer als Kinder, die 12 % nicht leiden können. Das bestätigt eine alte Vermutung: Blagen sind schlimmer noch als Sachsen.

Nun die guten Nachrichten: 48 % finden das Ausmaß von Sex in Kino und Fernsehen »gerade richtig«. Kommt ein Drogendealer auf sie zu, sagen 16 % »ich laufe weg«, doch nur 12 % wünschen sich im Leben »mehr Mut«. Das bedeutet, vier Prozent laufen weg in der Illusion, trotzdem mutig zu sein. Und auch sie gibt es noch: Leute, die Schwule »warmer Bruder« und Schwarze »Bimbos« nennen und die bei Europa an »Zahlmeister Deutschland« denken.

Fazit: sollte diese Jugend ihr Lieblingssterbealter, nämlich 81,4 Jahre erreichen, werden im Jahre 2050 in Deutschland noch alle Maulwurfshügel stehen.

Schau-Therapie

Außer dem Journalisten ernähren die Massenmedien keinen Berufsstand so großzügig wie den des Psychologen. Den Illustrierten dient er als Ferndiagnostiker, dem Hörfunk als Hochgeschwindigkeitstherapeut, dem Fernsehen als emotiver Regenmacher. Ganz gleich, welchen seelischen Mist all diese Medien auch zusammenkratzen, sie werden am Ende einen diplomierten Wetterhahn präsentieren, der darauf kräht. Denn Wissenschaft ist heute allem beigemengt.

»Send in the Clowns!«, sagt die Glotze, auftritt die Tele-Psychologin im femininen Hosenanzug, nimmt vor der Milchglasscheibe Platz oder an Jörg Wontorras Seite und spricht diplomiert: »Bruno, Sie brauchen sich nicht zu schämen.« Bruno bewegt sich hinter der Scheibe. Er schämt sich nicht. Ein kommender Psychologe wird ihm klarmachen müssen: Unter all seinen Triebtaten war die schamloseste jene, die ihn hinter die Fernseh-Doppelverglasung trieb.

Doch selbst dieses delikate Coming-out als psychologische

Grenzpersönlichkeit wird mit dem Interruptus bestraft: Preisgegeben, aber unerkannt, zur Offenbarung gebeten und zur Ausschlachtung gekommen, nährt der Befragte sich von der Illusion, durch die Tele-Prozedur zu etwas zu werden, zu etwas anderem. Beraten und bekehrt. Und was ist er geworden? Eine Tautologie! Aggressive sind aggressiv, und Beziehungsarme sind beziehungsarm, Geschäftsleute machen Geschäfte, und Verkehrsplaner planen den Verkehr, das weiß der Psychologe.

Und das rät der Psychologe: Dialog, Miteinander-Reden und auch mal Aussprechen wär' gut, Sich-Zeit-Nehmen füreinander und Konflikte nicht totschweigen, so in die Richtung. Psychologie durch die Glasscheibe ist dürftiger als Essen auf Rädern, hat aber eine Moral, die lautet: Die Menschen sind nicht für sich selbst verantwortlich, die Psychologen sind es.

Sie halten das Monopol auf die Menschenkenntnis, das Fernsehen hält das auf die Welterkenntnis. Deshalb Klappe, wer seine Outriertheiten im Fernsehen psychologisch behandelt sehen will! Er wird mit einem Begriff des Normalen totgeschlagen, von dem jeder Mensch eine bedenkliche Abweichung bildet, und wer hier sensible Kommunikation sucht, der sieht sich plötzlich einem Monstrum an gesundem Menschenverstand gegenüber.

Etwas anderes kann das Fernsehen, ein Massenmedium eben, gar nicht aufbieten, und was kann schöner und erhabener sein als Schau-Therapie? Zwar werden wir nicht zu Augenzeugen seelischer Gesundung, aber zu Beobachtern in dem Prozess, in dem sich Psychologie, das Mittel der Emanzipation, an die Zerstörung der Emanzipation macht.

Fernsehen im Tierversuch

Vor nicht zu langer Zeit trat in der »Volkstümlichen Hitparade« ein Kordillerenadler namens »Goucho« auf, begleitet von einem Eifelbarden namens Heino. Letzterer war das Volkstümliche an der Sendung, ersterer das Volksschädliche. Denn jener Gesang, der das Publikum in Wallung versetzte, der brachte den Vogel nach seinem Auftritt buchstäblich zum Kotzen. Womit zunächst einmal bewiesen wäre: Fernsehen im Tierversuch ist mit Artenschutz unvereinbar.

Der Vorfall brachte denn auch Tierschützer auf den Plan, die eine Ordnungswidrigkeit witterten, wo Zuschauer nur den Vollzug von Fernsehunterhaltung einräumten. Womit außerdem bewiesen wäre: Tierschutz ist schneller als Menschenschutz.

Während aus dem Büro des Adlers anschließend verlautete, Goucho sei durch Gehegehaltung zum »Verhaltenskrüppel« degeneriert und vor seinem Auftritt zur Beruhigung abgefüllt worden, ließ das Büro Heino wissen, es handele sich um einen fernseherfahrenen Adler, das Erbrechen sei folglich normal. Seither respektiert der Deutsche neben dem Bundes- und dem Gummiadler auch den fernseherfahrenen Heino'schen Krampfadler.

Die wahren Gründe für das Tierverhalten aber liegen nicht im Gastrischen, sondern im Textlichen, müssen also nicht medizinisch, sondern philologisch ergründet werden. »Adler, flieg hinaus«, sang Heino, während Goucho doch sichtbar an seiner Faust vertäut war – ein Akt besonderer Grausamkeit, in dem das Bewusstsein des Vogels geradezu auf die Freiheit gestoßen wurde, die ihm – wie uns allen? – fehlt. Unsicher ist ferner, wer schon einmal – außer Hannelore vielleicht – an Heino gefesselt, von ihm singend an der Brust getätschelt worden ist, sicher ist: nur ein solcher Mensch könnte Auskunft geben, welche Folgeschäden das grausame Martyrium für die Psyche gerade sensibler und einsamer Kreaturen zeitigen kann.

Eines aber ist ohnehin zweifellos: Gouchos Adleraugen konnte nicht entgehen, dass etwas mit Heinos Augen nicht stimmt, sang dieser doch: »Flieg hinaus ins Blau des Himmels«, aber da stand einzig jene bemalte Fernsehkulisse, die dem Firmament etwa so ähnlich sieht wie Malewitschs »Schwarzes Quadrat« der Silhouette von Mallorca. Anschließlich aber tendierte Heinos Fühlen geradezu ins Erhabene, als er seinen Adler in den himmlischen Raum geradenwegs hineinhalluzinierte: »über den Wolken, den Sternen ganz nah«, doch auch ein verhaltensverkrüppelter Kordillerenadler weiß: Von den Wolken aus ist es noch ein paar Adlerleben weit zu den Sternen. Als sich Heino dann aber auch persönlich dort hinaufwünschte – »Ich träum oft, ich wär einmal da« –, sah sich Goucho mit Heino plötzlich allein im unendlichen Raum und würgte erstmals.

Doch Heino setzte noch einen drauf und rief dem Adler zu: »Bleib für immer so stolz und ehrlich und frei«! Und dieser wusste: Wäre ich frei, ich säße nicht auf Heinos Faust; wäre ich stolz, ich erschiene nicht in der »Volkstümlichen Hitparade«; so will ich denn wenigstens ehrlich sein. Und Goucho kotzte.

Unverkäufliche Muster

Als im Jahre 1989 Deutschland mit Deutschland vereinigt wurde, überlegte man sich bei RTL eine flankierende Maßnahme und schuf »Der Preis ist heiß«, eine Art Erlebnis-Shopping für Mittellose. Das heißt, man adaptierte das amerikanische »Nicescheiß«, verpflichtete eine Fachkraft für Moderation und erwartete, länger populär zu sein als die Wiedervereinigung. Dieses Ziel ist erreicht, aber jetzt sinkt die Zuschauerbeteiligung etwa so wie die Bürgerbeteiligung am Aufbau Ost, und deshalb ist im Sommer Schluss mit einem Fernsehklassiker, der eigentlich immer schon so spannend war wie eine durchschnittliche Dreißig-Grad-Wäsche.

 Doch unvergesslich. Wo sonst wäre der Wert einer Sache so gleichgültig, der Preis dagegen alles entscheidend? Welche andere Sendung hätte die Menschen motiviert, auch mal selbst im Supermarkt Preise zu pauken? Wo sonst würde menschliches Versagen mit einer ähnlich traurigen Furzfanfare angezeigt? Wo sonst hätten die letzten natürlichen Feinde des Menschen, die Dosenmuscheln bei Penny, einen Galaauftritt im Fernsehen gekriegt? Wo sonst würde selbst ein Kanister Rostschutzmittel nicht liebloser gestreichelt als Anna Nicole Smiths verblichener Greis? Na bitte.

Und schließlich der Host, Harry Wijnvoord, als Phänomen Kult, als Moderator eher ein Erreger. »Margit, Sie sind dabei!«, musste er nur rufen, und schon stürzte Margit durch die Reihen – besinnungslos vor Habsucht. Manche wollten mal Hamlet werden und enden in Bad Segeberg. Harry sollte den elterlichen Kürschnerladen übernehmen, brachte es aber nicht übers Herz, Tieren das Fell über die Ohren zu ziehen. So wurde er Kaffeefahrer auf der Nordsee, erwarb den Namen »Harry from the Ferry«, trug denselben mit Stolz und Fassung und bereitete seine Karriere als Unverkäufliches Muster in einer Dauerwerbesendung vor. Dort angekommen, sagte ihm eine Abspeck-AG: »Schau hüftwärts, Engel«, und Harry hungerte sich zwischen den Slimfit-Verträgen auf 120 Kilo hoch. Zu den Höhepunkten seines Spätwerks gehört der »Blasmusik-Rap« auf der CD »Mallorca, wir kommen«, und er ist gekommen. Jetzt geht er. An irgendeinem Sommervormittag wird er zum letzten Mal schmollen, wenn jemand wieder den WC-Reiniger-Preis nicht weiß. Erst dann werden wir mit der Wiedervereinigung ganz allein sein.

Souvenirs

Den meisten hässlichen Orten auf dieser Welt wird man zumindest ein Zugeständnis machen und sagen: besser sie sind da als gar nichts. Anders bei Torremolinos, dem beliebten Badeort an der spanischen Costa del Sol. Sein Verschwinden würde das Gedächtnis der Menschheit erleichtern. Das macht ihn so reizvoll.

Der kleine Ort, der einmal von Fischern, Fischerinnen, Einzellern und Paarhufern besessen wurde, gehört heute der Schicksalsgemeinschaft internationaler Magenbrüter oder Pauschaltouristen und besteht aus Andenken mit Meerblick. Das Andenken ist ein billiger Bodenbedecker und hat das frühere Land inzwischen so vollkommen überzogen, das zwischen lackiertem Plastik, buntem Blech und geflochtenen Folklore-Geflügel nur ganz selten der frühere Boden aufblitzt. Der zu bestaunen wäre. Aber schon das Meer, das an die Andenken brandet, trägt wieder die trübe Farbe einer Sofastickerei.

Nach Torremolinos kommen Survivor aus aller Welt, um Andenken abzubauen. Kein Ort, von dem man sagen könnte: hier war mal was, hier wurde Testosteron vergossen. Stattdessen erinnern uns die Hotelfassaden, die auf Polaroid erbrochenen Fischgerichte der Speisekarten, die hysterischen Rüschenrascheleien heranbalzender Flamenco-Metzen am Abend immer wieder an dieselbe pathetische menschliche Materialermüdung, Urlaub genannt.

Und während der apokalyptische Reiter der Langeweile am wolkenlosen Himmel heraufzieht, in den Großküchen die Diarrhoe zu tausendfachem Leben erweckt wird und in Trillionen identischer Hotelzimmer gleichzeitig der Extremsport der Masturbation aufgenommen wird, schleicht Homo erectus, der Mustertourist, hinaus, um sich ein Souvenir zuzulegen, das ihn an nichts erinnern wird als an den Kauf dieses einen Souvenirs, einem Schiffchen mit dem Namenszug des Käufers oder einem aufziehbaren Torrero, der sich über den Boden bewegt wie die wandelnde Darmträgheit.

Ja, Torremolinos ist der einzige Ort, an dem die Souvenirs nur an sich selbst erinnern können. Denn der Name dieses Städtchens ist das Siegel auf der Summe des Verdrängten, und mehr als das: Man kann sicher sein, dass überall auf der Welt Verbrechen begangen werden, nur weil sich die Berührung mit diesem Trauma von einem Ort irgendwann gewaltsam einen Weg nach außen schaffte – eine Vergangenheit, die sich nur im Amok bewältigen ließ, und genau das ist es schließlich: Die Andenken von Torremolinos erinnern an den Amok, den man noch vor sich hat.

Gottpa und seine Söhne

Immer wenn man sich gerade durchgerungen hat, sein Leben durch Misanthropie zu vereinfachen, läuft gerade »Bonanza«, die einzige Serie der Geschichte, die mit einem Aufgalopp des Guten beginnt. Da sagen sie alle höflich erst mal »Guten Tag«, der eine lächelt verschmitzt, der andere berührt seinen Hut. Alle sind gut geraten.

»Bonanza« ist das Western-Evangelium, seine Helden tragen die typische Piz-Buin-Bräune alttestamentarischer Propheten, sie heißen nach ihren biblischen Vorbildern Klein-Joseph, Benjamin, Adam und Hoss – was die Abkürzung von Hosianna ist. Diese Helden werden durch die Dramaturgie als heilige Vierfaltigkeit charakterisiert, denn sie sind ein Fleisch und dabei allesamt so keusch, dass man sich selbst ihre Geburt nur unbefleckt vorstellen kann.

Diese vier Männer leben bescheiden auf einer Farm, die im Deutschen »Sonderangebot« heißen würde. Ihre »Perle« ist ein chinesischer Koch mit einem politisch nicht einwandfreien Sprachfehler, zum Beispiel sagt er »Blödchen« statt, wie es richtig heißen müsste, »Brötchen«. Weil er aber nichts dafür kann, schmunzelt die heilige Vielfaltigkeit nur und genießt nebenbei die Freuden des Zölibats.

Wenn sich je eine Frau in ihren Orden verläuft, kann es zwar vorkommen, dass der dicke Hoss auf sie fliegt, aber doch nur so, wie eine Hummel gegen die Fensterscheibe brummelt. Dann wird die Frau auf den Pfad der Tugend gebracht, der irgendwo hinter dem Haus in die Steppe führt, es kehrt wieder Ruhe ein, und Hoss sagt: »Pa, die Pferde sind im Stall, Pa.«

Auch diese Sorge für die Kreatur und die Fixierung auf den Vater sind ganz biblisch und bei erwachsenen Männern heutzutage keineswegs selbstverständlich. Im Grunde kann diese schöne, ein bißchen ungesunde Viereinigkeit nur durch den Auftritt von Frauen oder von Pharisäern gestört werden, die sich regelmäßig durch eine Staubwolke am Horizont ankündigen.

Was uns Bonanza überliefert, sind lauter kleine Wundergeschichten, und damit uns bewusst bleibt, dass wir uns in einer Erzählung befinden, sind die Prospekte extra ungeschickt gemalt und die kleinen Flecken Steppe ganz künstlich ins Pappmaché gepflanzt. So werden wir in jeder Einstellung ermahnt, »Bonanza« nicht für etwas Wirkliches zu nehmen, sondern es zu glauben und unsere Exegese auf das zu richten, was hier nur gleichnishaft ausgesprochen wird. Machen wir uns nichts vor: Realistisch genommen wären die Cawtrights triebgestörte Perverse, symbolisch gesehen sind sie so etwas wie die Evangelisten des neuesten Testaments, und ganzheitlich gesehen verkörpern sie die Einheit aus beidem, also die Perversion des Guten.

Showmaster

 Sie treten heraus aus dem Pappmaché, ein Stück Dekoration, das sich individualisiert. Der Zuschauer vermutet richtig: Ich glaube, er will uns etwas sagen!

Der Erste bestrahlt sein Millionenpublikum mit sinnlos gefletschtem Gebiss; der Zweite hat nichts zu sagen, sagt es aber von Herzen; der Dritte würgt seine Gedanken heraus wie ein durchs Maul gebärender Magenbrüter; der Vierte, ein entsprungener Konfirmand, kompensiert im Fistelfalsett den Wunsch, gleich wieder zu verschwinden; der Fünfte metzelt mit der Handkante imaginäre Kontrahenten; der Sechste vertritt das kleinste mit bloßem Auge erkennbare Karo; der Siebte rackert sich ab an fadenscheiniger Herzlichkeit und so weiter.

Was dann? Das Strahlen dauert, denn es ist nicht mehr kontrollierbar, die Arme öffnen sich nach nirgendwo, die Welt wird licht, sobald sie sich in der Erscheinung des Populisten spiegelt. Mit dem Eintritt in die Vervielfältigung werden die Gedanken geschmackvoll und die Gefühle populär, der Master der Show inthronisiert den Fetisch des Telegenen. Fühl dich wohl, Schnarchsack im Lande, Fleisch meines Fleisches, mein Gaffer, mein Bruder.

Jetzt entfaltet sich auf den Zügen des Showmasters das Repertoire einer in hundert Auftritten eingeübten und abgenutzten Ausdrucksskala: in der Anstrengung wird er zwanglos, in der Angst neckisch, in der Verlegenheit ungestüm.

Jeder Impuls wird sogleich übersetzt, nichts darf sein, wie es ursprünglich oder in seinem Wesen ist, die ganze Erscheinung ist ein heftig arbeitender Transformator, der das Trübsinnige ins Bekömmliche verwandeln muss, deshalb das Trostlose kennt wie kein zweiter und von der Arbeit, all dies Wohlgefallen aus sich herauszuwursten, selbst trostlos und ebenso fanatisch gefallsüchtig wird.

Der Showmaster ist ein trauriger Clown, der der Quintessenz

dessen, was die Öffentlichkeit als gute Laune kennt, einen persönlichen Ausdruck geben muss und Gefahr läuft, sich selbst dabei abhanden zu kommen. Oder ist dies am Ende keine Gefahr, sondern Erlösung? Die Eindimensionalität des Fernsehlebens schleift jenen Cordon sanitaire, in dem sich die Heimlichkeit der Individualität entwickelt. Das Lachen des Entertainers wird professionell, sein Gesicht ein Plakat, seine Witze bare Münze. Alles an ihm ist auf Tausch abgerichtet. Ja, er ist wie ein Lebewesen, das durch einen Irrtum der Natur als Lebensmittel zur Welt gekommen ist.

Uni-Age

Die Kinder sind an allem schuld. Denn Kinder, so hat die Marktforschung herausgefunden, sind die wahren Reiseleiter im Land des Konsums. Selbst kaufmächtige Verbraucher, leiten sie die Erwachsenen in der Wahl der Waren. Was in der Werbung auf Kinder wirkt, wirkt auch auf Alte. Deshalb muss auch alles, was wirbt, schon von Kindern verstanden werden.

Eigentlich ist demnach die Werbewelt Schmiede jener juvenilen Attitüden, die von der jungen und allzu jungen Generation kultiviert wird wie etwas Eigenes und nicht Zitiertes. Die Welt der unheilbar Erwachsenen besitzt dagegen nur mehr wenig Prestige. Während es früher dufte war, möglichst früh erwachsen zu werden, ist es heute cool, möglichst lange girliefrisch zu bleiben.

Deshalb ist im Grunde alle populäre Kultur Jugendkultur, und alle, die in ihr eine Rolle spielen, befinden sich auf dem Rückweg aus dem Alter in ein modisches und physiognomisches Niemandsland. Die wahren Erfinderinnen der Girlie-Kultur sind demnach nicht Drew Barrymore und Kylie Minogue, sondern Zsa Zsa Gabor und Barbara Cartland – erfolgloser zwar, aber nicht minder lieblich verrückt, exzentrisch, ungelenk und kultig bis ins Kalk-Mark. Niemand altert mehr wie Jean Gabin oder Buster Keaton!

Heutzutage werden Gesichter seltener alt, eher grotesk. Peter Kraus und Charlton Heston sehen in Jeans aus wie Greise mit Stützrädern. Fünfzigjährige Hausfrauen singen, dass man es ihnen besorgen möge. Sechzigjährige Halbstarke greifen sich in den Schritt und imponieren durch phallisches Drohen. Die Pantomime der Begierde ist Weltsprache. Zwar wird der Mensch durch die dauernde Vortäuschung seiner rasanten Alterspotenz nicht jünger, dafür aber seiner biologischen Klassifizierung als Immerbrünster noch gerecht. Und weil eine Sexualität zu haben schon identisch ist mit Jungsein, deshalb müssen auch die Alten unablässig Zeugnisse ihrer unerschlafflichen Libido absondern – wodurch nebenbei auch die Rockmusik zur Sammelkläranlage unausgegorener Liebeslyrik degeneriert ist.

Auf die Nivellierung der Geschlechter im Unisex folgte die Einebnung der Generationensprünge im Uni-Age. So sichert sich das Alter wenigstens die Gnade des Mitkonsums und lässt sich bereitwillig anwitzeln. Die letzten von Ernst umflorten Produkte sind Medizinalien, Zimmeraufzüge, Suspensorien und Stützkorsetts. Sie machen nicht lustig und nicht potent, aber ihre Verbraucherinformationen überragen die klassische Werbewelt wie Ruinen der Aufklärung.

Generation Fritz Jott

Das Periodikum heißt »Zeit« und stemmt sich gegen dieselbe. Verdienstvoll, aber jugendgefährdend. Wohl deshalb schickte man jüngst einen Grauen Panther raus zu den Teenies. Anders gesagt: Fritz J. Raddatz hat »Bravo-TV« gesehen, er war »nach dem Schulschwimmen unter dem Fön«, wo »Vierzehnjährige« »als

Erstes« »ihre Jacken auf die Erde« werfen, er hat die »Waschpulvermengen« kalkuliert, die das kostet und beobachtet, wie »diese Berufsjugendlichen« »im Schlurfgang auf der Straße Pommes aus der Pappschale (...) schmatzen, zutschen [zutschen?] und nuckeln und lutschen«.

Mit einem Wort, Raddatz war überall dort, wo man Jugend vergeblich vermutet. Aber eines bleibt trotzdem wahr: Es ist entsetzlich, dieses jugendliche »Zutschen«! Abgesehen davon beschreibt er, was er nicht sieht, so wie man anno dazumal die »No-Future-Generation«, dann die »Null-Bock-Generation« und jüngst die »Generation X« beschrieben hat. Nix Neues also, Captain Speersort?

Und ob! Sie sagen »abgefahren«, wo Raddatz noch »knorke« sagte; sie sagen »Spaßhaben«, wo Raddatz »Amüsement« vorzieht; sie verstehen sich manchmal selbst nicht, aber außer Jasmin Gerat hat auch Adorno gestanden, sich manchmal selbst nicht zu verstehen; »ihr Beichtstuhl heißt ›Wildfang – der Teenietalk‹«, doch den gibt es schon lange nicht mehr; und, ach, ihre »entsetzliche Gleichförmigkeit« ist auch nicht gleichförmiger als die Jugendkritik der Betagteren und Betuchteren.

Denn wer wird die dreckigen Hinterlassenschaften der Elterngeneration auslöffeln? Exakt, »diese industriefett verwöhnten Gören«. Und wer wird trotzdem in der Lage sein, eine Marssonde zu konstruieren? Exakt, jene, »deren Kopf gerade dazu gut ist, die Baseballmütze verkehrt herum aufzusetzen«.

Bleibt noch ein kräftiges »Ach, wenn sie doch nur protestierten!«, z. B. in der »Zeit«, dem Zentralorgan des Jugendprotests, mit ihrer »Magazin«-Rubrik »Helden der Popkultur«, wo branchennotorisch die Interviews verfälscht und die Interviewten ermahnt werden, keine Fremdwörter und keine Ironie zu verwenden, denn: »Das versteht doch sonst keiner.« Damit wir uns also recht verstehen, hoffen wir, dass Raddatz seinen Text dereinst als »Jugendsünde« betrachten und ihn dann selbst »voll assimäßig« finden wird.

Kasperles Kinderschänder

 Über nichts wird weniger geschwiegen als über die verschwiegensten Dinge, die so genannten Tabus. Daraus gewinnt man Kultur. In diesen Wochen nun werden aus allen Leibesöffnungen dieser Kultur engagierte Beiträge zum Kindesmissbrauch ausgeschieden. Eine Themenkarriere von Dutroux' Gnaden. Aber sechs Kindesmissbrauchsfilme in ein paar Tagen, mit runzligen Lüstlingen und appetitlichen Opfern, weggeschlossen im Hochsicherheitstrakt der Dämmerlicht-Erotik! Es ist zum Pädophilwerden! So viel Aufklärung klärt ab oder sie animiert.

Ihr dramaturgisches Grundproblem macht alle diese Filme gleich: der Akt der Verführung darf nicht explizit, Erotik nur vage gezeigt werden, die Opfer müssen süß, die Täter unmenschlich ausfallen, und das Ganze sollte in einem Klima der Moral niederkommen, in dem auch Selbstjustizideen ihren Nährboden finden können. Bei einer solchen Überdosis an Fiktionalität oder Unaufrichtigkeit im Umgang mit dem Thema verwundert es nicht, dass sich kürzlich zwei Drittel aller Deutschen für die chemische oder die ambulante Kastration von »Kinderschändern« aussprachen.

Fernsehfilme, die um 20 Uhr 15 gezeigt werden, dürfen mehr Geld kosten, aber dafür müssen sie ein Zigmillionenpublikum abfüttern. Das heißt: möglichst eindimensionale Handlungsführung und Psychologie, Massen-Effekte und Massen-Affekte. Wenn also diese Filme in ihrer Mischung aus blankem Kalkül und raunender Empörung über den »Missstand« nur einfältige Opferkinder kennen können, nur dämonische Täter, nur aufgewühlte, aber hilflose Eltern, nur eine ignorante Polizei, mit einem Wort nur Kasperletheater, dann sind Unwahrheiten keine Handwerksfehler mehr, sondern Fahrlässigkeiten mit fatalen Konsequenzen. Seltsamerweise nennt man es trotzdem löblich, wenn sich ein Film des Kindesmissbrauchs annimmt, statt umgekehrt dem schlechten

Thriller zu danken, dass er sich mit seinen dürftigen Mitteln nicht auch noch dem Holocaust genähert hat.

Gerade die Filme zum Thema Kindesmissbrauch aber zeigen, dass unter der Regie des Marktkalküls gewisse Probleme nicht mehr darstellbar sind. Wollten diese Filme etwas Wahres, sie müssten zuvor tatsächlich ein Tabu brechen und sich erst mal dem Thema verpflichten, statt der Kommerzialität.

Genre: Geiseldrama

Geiseldramen heißen noch »Geiseldramen«, längst nachdem die Geiseln befreit sind. Sie heißen auch noch »Dramen«, längst nachdem sie sich zur Farce entwickelt haben oder zur Posse. Das Geiseldrama ist nun einmal ein journalistisches Genre, so wie sein Held, der Gangster, ein Stereotyp ist wie der »Sittenstrolch«, der »Triebtäter« oder der »Sexunhold«.

Die Mannschaftswagen parken vor dem Wäldchen, der bestürzte Nachbar deutet im Profil hinaus aus dem Bild. Herabgelassene Jalousien, eine liegen gebliebene Zeitung, eine leere Telefonzelle, ein einzelner Mann hastet die Straße hinunter, ein Ortsschild, ein Schaulustiger beißt in ein Brot, ein Beamter observiert, während er spricht, ein Hund zerrt an der Leine. Zu sehen ist nichts, der Fluchtpunkt liegt außerhalb des Bildes, dort, wo man was sehen könnte?

Den eingekreisten Verbrecher in seinem Versteck, in panischer Angst vor dem Bild, das er abgeben könnte? Für wen? Wozu? Mit der Sichtbarkeit seiner Ergreifung beginnt die Strafe. Geiseldramen mit Verfolgungsjagden und der abschließenden Einkreisung des Wilds erlauben den Zuschauern immer wieder Ausflüge in das dörfliche Deutschland. Anders hätte kein Kameraauge je diese Mülltonnen gesehen, diese Straßensiedlung mit ihrem tonlosen, stecken gebliebenen Wohlstand, diese bürgerlichen Ensemble aus Frosytien, Teppichstangen und Amseln.

Das Verbrechen, das wir nicht sehen, macht dem bilderlosen Deutschland Platz, das wir nie gesehen haben und das wir nie zu Gesicht bekommen hätten, so wenig telegen stellt es sich an. Der Gangster ist ein lebender Zufallsgenerator. Sein Fluchtweg bestimmt, in welchen Zipfel deutscher Provinz-Trostlosigkeit wir gleich entführt werden. Der Pulk der Kameras macht dann aus dem beliebigen Ort den historischen Schauplatz.

Auch Geiseldramen gewinnen ihren Ereignischarakter dadurch, dass sie zum ersten Mal auf die Welt des Fernsehens kommen. In der Wiederholung fallen sie schwächer aus, denn die Gattung ist keiner wahren Erneuerung fähig. So sehen wir nicht das Drama, sondern das Fernsehen in seiner Anstrengung, es zu bebildern, und die armen Frontschweine vor Ort müssen sich hüten, Bilder zu haben, und sich ebenso hüten, keine zu haben. Denn eigentlich inszeniert das Fernsehen im Geiseldrama die Grenzen der Darstellbarkeit und gewährleistet, dass wir auch künftige Geiseldramen längst gesehen haben und als Mediendramen begreifen.

Sei doch kein Muselmann

Wer vor Monaten den »Focus«-Titel über Sozialschmarotzer als chauvinistische Großtat begriff, der konnte das letzte »Spiegel«-Cover zum angeblichen »Scheitern der multikulturellen Gesellschaft« dagegenhalten und denken: Jetzt wächst zusammen, was zusammengehört! Rücksichtsloser als das Münchener Zentralorgan für Sozialneid konnte sich auch das Hamburger »Sturmgeschütz der Demokratie« (Aug-stein) nicht an die Stammtische drängeln. Ja, wenn sich Dregger und Schönhuber auf ein gemeinsames Gesinnungs-Glanzbildchen einigen müssten, genau dies Cover käme dabei heraus. Denn hier richtet das »Sturmgeschütz« sein Sperrfeuer gleich mitten rein ins Fremdrassige.

»Ausländer und Deutsche«, sprach die Titelzeile: »Gefährlich fremd«. Zu sehen sind keine »multikulturellen« Ausländer oder Deutschen, sondern ausschließlich Türken. Und in wie vielen Aggregatzuständen existiert der Türke laut »Spiegel«? In zweien; weiblich: Koranschülerin im Chador, das Buch des Propheten, nicht das Heft des Proleten lesend; männlich: Bomberjacken, Klappmesser und Nunchako tragend. Doch weil man mit so viel Muselmann kein Blatt verkauft, musste noch irgendetwas mit Körbchengröße 2b davor, irgendwas mit Sexfaktor, das aus der letzten Mammographie-Reportage übrig geblieben war, also die Revolutionärin mit der roten Fahne der Türkei, »gefährlich fremd« und doch so Verkauf stimulierend.

Die Menschen nehmen ihr Ressentiment seltener aus der eigenen Erfahrung als aus der Zeitstimmung. Kanther braucht nur zu sagen, wir haben ein Ausländerproblem, schon versteht das Volk richtig und prügelt die Ausländer raus! Der »Spiegel«, moralische Anstalt von eigenen Gnaden, setzt statt einer Sozialreportage gleich die Feindmarkierung ins Bild und hält auch in der Titelgeschichte (»immer mehr Bürger ...«, »immer mehr Türken ...«) das traurige Niveau des Covers.

Es geht hier nicht bloß um des Blattes notorische Larmoyanz oder seine Biedermannsängste. Wer nicht privilegiert lebt, kann den Auswirkungen von Ausländerhass kaum mehr entkommen. Wer sich also diese Stimmung mit einem solchen Cover zunutze macht, zündet einen publizistischen Brandsatz. Doch ruhig Blut, dafür moderiert Stefan Aust die nächsten Attentate kritischkritisch auch wieder persönlich vom Tisch.

Uns Uwe

244 | Die »Schwarzwaldklinik« wird eingeführt und das bleifreie Benzin, die Verkaufszahlen von »Ganz unten« explodieren auf dem Buchmarkt und die Triebwerke der »Challenger« ganz oben am Himmel, 35 000 Menschen sterben bei einem Erdbeben in Mexiko, Günter Sare verblutet allein unter dem Wasserwerfer, und für einen Augenblick wird es ganz still. Dann passiert Barschel, und alles wird anders. Jede Generation entdeckt jetzt ihren Barschel. Die alten Nachrichtenmagazine kultivieren Verschwörungstheorien, die neuen Zeitgeistmagazine tragen pastos auf und titeln: »Ging Barschel wirklich baden?« oder »Wonne in der Wanne«, die Reportage über Luxusbadewannen.

Plötzlich konnte man von einem vermeintlich politischen Thema aus überallhin: zum Sanitär-Design wie zur CIA, zur Nuklearspionage wie zum »Tavor«-Beipackzettel, von Ghadafi zu Kashoggi oder Werner Mauss. Uns Uwe war der erste politische Held der deutschen Popkultur. Man durfte ihn schänden und fleddern, seine »schmutzigen Tricks« wurden noch posthum mit Spott vergolten, denn er war auch die erste humorfähige Leiche der Nachkriegsgeschichte und über Jahre immer »in« und »out« zugleich. Aufsteiger brauchen eben Absteiger-Geschichten, und niemand hatte sich schneller von der einen in die andere Liga promoviert als er.

Gewiss ist die Frage nach Mord oder Selbstmord nicht entscheidend für den politischen Kern der Barschel-Affäre. Dieser ist längst vergraben. Stattdessen beschäftigte man sich schon vor zehn Jahren vor allem mit der Schuldfrage und erfuhr von Barschel-Experten wie Cleo Kretschmer, Michael Frontzek oder Charlie Huber: Die Partei hat ihn umgebracht, das moderne politische Klima hat ihn umgebracht, Barschel hat nicht nach innen geschaut, Gott hat Schuld, Barschel hat Schuld, wir alle haben Schuld.

Zehn Jahre lang hat Barschel, das unendliche Thema, die Illusion genährt, hier enthülle Politik ihr Wesen. Nichts hat sich enthüllt, deshalb ist es Zeit, nicht die Akten zu schließen, sondern an den Kiosk zu gehen: »Tango« heißt jetzt »Barschel«, und man hört die Kunden bereits fragen: »Ist die neue Barschel schon eingetroffen?«, und die Reporterin mit dem abgerissenen Hemdknopf aus dem »Beau Rivage« stürzt durch den Werbespot: »Und weißt du was? Ich hab die Titelstory!«

Kohl uncool

Frühling lässt sein Cordon bleu wieder flattern durch die Lüfte. Kanzler Kohl macht es wie die Sozialhilfe und nimmt irgendwo ab, die Arbeitslosigkeit macht es wie der Kanzler und nimmt irgendwo zu. Alles wie immer also, doch ehe der Eindruck entstand, der Öffentlichkeit gingen allmählich die Themen aus, taten die Meinungsumfragen ihre Schludrigkeit und diagnostizierten ein Kanzlertief in der Volksgunst. Drauf fand der Kanzler zu einem Ego-Hoch und bekam Appetit auf nochmal fünfzehn Jahre Kohl.

Also nochmal fünfzehn Neujahrsansprachen, sechzig »Spiegel«-Titel »Stürzt Kohl?«, »Wann stürzt Kohl?« und »Wann gehorcht Kohl und stürzt?« und fünfzehn Fotoromanzi mit Fastenkuren am österreichischen Helmutsee! Na ja, wenn aus Vera int Veen eine Fernsehgöttin werden kann, warum sollte es Kohl nicht zum Bundes-Bismarck schaffen? Das Land ist eben ehrlich in der Wahl seiner Idole. Nur sie sind es nicht. Schließlich nennt man Kohl den »Architekten der Einheit«, obwohl er dem Osten bis heute nur Abbruchsanierung verspricht, oder den »Architekten Europas«, obwohl er auch diesen Entwurf offenbar am Schürmann-Bau orientiert hat. Trotzdem: Kohl ist weder Intermezzo noch Zufall, sondern der wahre Ausdruck dieses unseres Pfalzdeutschlands.

Doch was haben wir aus ihm gemacht? Besitzen wir eine Kohl-

Wissenschaft, eine Philologie der »pfälzichen« Phrase? Am Anfang noch dünkelhafte Herablassung, dann zwei Jahre »Birne« – das war's. Kohl-Kritik ist inzwischen uncool. Deshalb musste er selbst auch diese noch übernehmen und widerspricht sich jetzt so oft, dass er auch als seine eigene Opposition funktioniert. Trotzdem bekämpft er weiter tapfer imaginäre Gegner – sei es, indem er sich persönlich aus Selbstrespekt dauernd mit allen Titel von »Bundeskanzler« bis »Parteivorsitzender« anredet – also wie eine lebende Bauchbinde herumläuft –, sei es, indem er den Namen »Birne« verfolgt, wo er noch lebt. Einem westfälischen Schnapsbrenner untersagte deshalb das vom Volk dafür bezahlte Bundeskanzleramt die Verbreitung einer Spirituose namens »Helmuts Birne« und forderte den Hersteller auf, »etwa vorhandene Vorräte« zu vernichten. Wenn die Schwurhand bebt, wird selbst der Schnaps politisch. Die gute Nachricht ist: Birne Helene konnte entkommen.

Wurscht

Die Muttergottes hat es hinter sich, Tizians Flora hat es hinter sich, auch die englische Königin, Diana, Caroline, Ursula Andress, sie alle haben sich die Brüste machen lassen. Von Zeichnern, Collagisten, Malern. Mal wählten die Brüste-darstellenden Künstler das Brust-Braun des Teebeutels, mal das Weiß des Bovists. Mal hatten sie Geschmack, mal bloß Technik. Ganz gleich, ausgezogen wirken große Leute manchmal geradezu menschlich.

Bei kleinen Leuten kann das bisweilen auch umgekehrt gelten. So erfahren wir von der Persönlichkeit Claudia Schiffers erst dadurch, dass sie beleidigt wurde. Popartist Mel Ramos streckte unsere Claudia nazionale rücklings auf einem Hot Dog nieder, was ihre Brüste so weit auseinander trieb wie die Hälften des Basis-Brötchens, die Schamesröte der echten Schiffer aber so hoch trieb, wie das von ihr angedrohte Ordnungsgeld: eine halbe Million Mark, sollte die Galerie das Bild ohne Zensurbalken ausstellen oder es ein Käufer in Deutschland ohne diesen aufhängen. Den Hot Dog fröstelt es im Angesicht seiner Zensierung.

Nun kann man gewiss streiten, wo Claudias Scham am stärksten entwickelt ist, wo also der Zensurbalken am ehesten hingehörte. Ihr Geschäftssinn jedenfalls ist schon schamlos zur Welt gekommen, und der hat vor Gericht nun auch noch gewonnen.

Claudia Schiffer hat sich zwar bereits in jeder denkbaren Pantomime eines undenkbaren Koitus fotografieren lassen, ihre Persönlichkeit aber ist jetzt die geschützteste Deutschlands, und kein gemalter Hot Dog wird sich mehr an ihr vergreifen. Dafür posiert sie fotografisch mit den Daumen im Hosenbund, wie von der Sitte aufgescheucht, mit der Brunst im Gesicht, oder beim Laichen? Oder sie posiert im Fellbikini wie von Sinnen vor Erregung oder mit einem Post-coitum-Schmollen, die Steppdecke noch in der Hand. Würste waren nie zugegen.

Als die »Titanic« einen Blechkruzifix mit dem Slogan versah, »Ich war eine Dose«, klagte nicht die Kirche, sondern die Weißblechindustrie. Als Mel Ramos Claudia Schiffer nackt auf einen Hot Dog malte, klagte nicht der Hot Dog, sondern Claudia Schiffer. Anwalt Matthias Prinz, der ihre Persönlichkeitsreste juristisch verwaltet, begründete seine Klage mit dem Satz: »Wer liegt schon gerne ungefragt nackt auf der Wurscht?« Er wollte sagen: »Wer liegt schon gern unbezahlt auf der Wurscht?« Oder noch genauer: »Wer verteidigt schon gerne uneigennützig für die Katz?«

Dem Hot Dog bliebe die Berufung. Wenn bloß die Würde nicht wäre!

Warum ich mich auszog

Sie zeigt sich, wie Gott sie schuf. Im Adamskostüm. Ohne Feigenblatt. Ohne Hemmungen. Ohne Hüllen. Zeigt alles. Hat nichts zu verbergen. Will es nochmal wissen. Kann es sich leisten. Zeigt es allen, in gewagten Posen, ohne falsche Scham. Denn:

Die Fotos sind zufällig entstanden. Ich hab mich überreden lassen. Der Fotograf hat mich überredet. Ich hab gedacht, ich probiers mal aus. Ist doch nichts dabei. Ist doch eine Ehre, überhaupt gefragt zu werden! Ich wollte meine Grenzen ausprobieren. Wollte meine Grenzen überschreiten. Ich wollte einfach mal was ganz Verrücktes tun. Nacktheit ist doch was ganz Natürliches. Erst hatte ich furchtbaren Schiss, aber alle waren sehr nett zu mir. Am Anfang war's schon ein bisschen komisch, aber dann … Die Arbeit hat viel Spaß gemacht. Das war echte Arbeit! Es war unheimlich spannend, mich mal durch die Augen des Fotografen zu sehen. Der Fotograf war unheimlich sensibel. Der Fotograf hat ganz neue Facetten an mir entdeckt. Ich wollte meinen Körper erfahren. Ich habe ein ganz neues Verhältnis zu meiner Nacktheit gefunden. Selbst meine Mutter fand's mutig. Es musste natürlich alles ästhetisch sein. Ästhetisch schön musste es ein. Am Strand liegen die Frauen auch oben ohne! Wir sind ja nicht mehr im Mittelalter! Ruth Maria Kubitschek hat doch auch in einem Sexfilm mitgespielt! Außerdem zeige ich ja nicht alles. Ich wollte es mir nochmal beweisen. Wollte zeigen, dass ich noch nicht zum alten Eisen gehöre. Dass noch alles dran ist, dass man auch als Mutter noch tiptop in Form sein kann. Meine Tochter fand nichts dabei. Die Fotos sind für meine Enkel. Ist doch noch alles in Schuss, oder? Es war mir nur wichtig, dass ich nicht billig wirke. Die Bezahlung hat natürlich auch gestimmt. Ich hab mich überreden lassen. Mein Mann hatte nichts dagegen. Mein Freund ist stolz auf die Fotos. Meine Arbeitskollegen haben erst ein bisschen gekuckt, aber jetzt finden sie es alle ganz toll. Da gibt es nichts, wofür man sich schämen muss, oder? Eigentlich bin ich unwahrscheinlich prüde. Ich wollte meinen inneren Schweinehund überwinden. Deutschland ist immer noch so verklemmt. Ich würde es noch einmal machen.

Sweet Home Alabama

Immer, wenn es Sommer wird, verwandeln sich die USA in das Land der begrenzten Möglichkeiten. Wurden in der Scholastik Abhandlungen über die Frage geschrieben, wie viele Federn im Flügel eines Engels stecken, muss man in Florida bald die Frage beantworten, wie viel Pobacke schadet der Volksgesundheit? Denn wer hier im Jahre 2000 mehr als 66% seines Gesäßes am Strand entblößt, kann mit Gefängnis bis zu sechzig Tagen und drei bohrenden Fragen bestraft werden: Wo beginnt, wo endet ein Hintern? Welches Drittel Hintern ist das kriminelle, und wie resozialisiert man einen Hintern-Sünder? Durch Duschen in St. Quentin?

Noch schwieriger aber sind die wenigen Augenblicke, in denen der Hintern legal entblößt wird. In zahlreichen US-Bundesstaaten ist selbst unter Eheleuten die sexuelle Betätigung in der Nates-Region ebenso wie all das verboten, was Monica Lewinsky am Präsidenten durchführte, in Washington ist jeder Sex verboten, bei dem man sich nicht in die Augen sehen kann, in Connorsville/Wisconsin, ist es verboten, zur Feier des Orgasmus eine Pistole abzufeuern, in Tremonton/Utah ist Sex im Krankenwagen kriminell, in Willowdale/Oregon macht sich strafbar, wer einer Frau, und sei es der eigenen, beim Liebesspiel schmutzige Worte ins Ohr flüstert. An anderen Orten wiederum dürfen schlafende Frauen nicht geküsst werden und mit wachen darf man im Bett nicht mehr als drei Schluck Bier trinken.

Am härtesten aber trifft es die Frauen von Alabama, ihnen garantiert die Verfassung zwar Anspruch auf Glück, aber, wie soeben juristisch geklärt wurde, kein »Grund- oder Verfassungsrecht auf einen Orgasmus«. Ein Jahr Gefängnis kann es sie deshalb kosten, wenn sie beim Gebrauch eines Vibrators erwischt werden: Die weißen Männer haben hier nicht so lange für die Sklaverei und gegen die Bürgerrechte gekämpft, damit all die Southern Belles und Steel Magnolias sich jetzt in Abwesenheit ihrer Kämpfer an zwei Drittel Po-Freiheit und Dildos erfreuen. Das Urteil zeitigte allerdings ein ungewünschtes Resultat: Ganz Alabama vibriert im Streit um Vibratoren, und wer früher nicht einmal wusste, was ein Dildo ist, meldet jetzt ein Grundrecht auf Selbstbefriedigung an. Es ist vollbracht: Die Tugend vom Winde verweht, die Köpfe in Sünde verdreht.

Stargesprenkeltes Banner

Die neue Herbstkollektion der Verbote bahnt sich an. Der amerikanische Kongress zum Beispiel steht gerade vor der patriotischen Aufgabe, zu entscheiden, ob das Verbrennen der amerikanischen Flagge künftig strafbar sein soll. Bisher darf man Papst- und Präsidentenfotos zerreißen, das Kreuz abfackeln und Fisch in Bibelpapier einwickeln. Jetzt soll wenigstens das stargesprenkelte Banner mehr Schutz genießen, mehr Schutz auch als Regenwald, Klima oder Vierte Welt. Denn die sind ja bloß durch göttliche Schöpfung auf die Welt gekommen, während die amerikanische Flagge eine schöpferische Eigenleistung des Menschen ist und schon siegreich über manchem Genozid aufgepflanzt wurde: als der symbolische Ausdruck für all die Dinge, in denen sich Amerika gerne erkennt, wie Broadway, Boxen, Baywatch, und nicht McCarthy, McVeigh und McArthur.

In Deutschland ist die Fahne, wie der korrekte Ausdruck lautet, »belastet«. Im Unbewussten aber funktioniert Schwarzrotblond immer noch gut für Bierwerbung und Bausparkassen. In Singapur dagegen genießt die Fahne Artenschutz und darf überhaupt nur am nationalen Feiertag gehisst werden. In Amerika dagegen ist ein Bürger ohne Flagge im Vorgarten schon fast ein Systemveränderer.

Jetzt aber muss sich die dortige Justiz mit förmlich scholastischen Fragen auseinander setzen. Das Mittelalter fragte: Frisst eine Ratte die geweihte Oblate – ist diese Ratte dann ebenfalls geweiht? Heute fragt man in den USA: Fängt ein T-Shirt mit Flaggenaufdruck Feuer, muss sein Träger dann hinter Gitter? Bricht ein starspangled Kaffeepott, zählt das als Hausunfall oder als Akt wider die Verfassung? Ja, wird ein Haus abgefackelt samt Fahnenmast, kann der Täter auf Brandstiftung oder muss er auf Landesverrat plädieren? Und wie steht es mit geistesverwandten Akten im Ausland? Fahnenverbrennen in Bagdad, schreit das nicht nach Vergeltungsschlag? Und dürfen die Helden des Militärs danach noch in der Fahne kremiert werden? Fiat Iustitia!

Lauter neue Möglichkeiten, mit der freiesten Verfassung der Welt in Konflikt zu geraten. Dabei ist es ganz egal, dass in Amerika nur noch gut ein Drittel der Bürger wählen, Hauptsache hundert Prozent bekennen sich zu den Emblemen des Staates, den sie nicht wählen.

Deep Gott

Bei aller berechtigter, manchmal auch überzogener Kritik muss man zugeben: Gott hat viel für die Welt getan. Er hat z. B. die Sonne geschaffen, das ist gut, denn Franz Alt sagt: »Die Sonne schickt uns keine Rechnung.« Durch die Erschaffung der Sonne hat er außerdem Dinge ins Leben gerufen, wie den Sonntag, den Sonntagsfahrer und das Sonntagsbackverbot. Er hat ferner Otto Kerns

Jeans-Kampagne inspiriert und die Innenarchitektur des Vierundzwanziger-Türchens im Adventskalender, nur so zum Beispiel.

Auf der anderen Seite las ich einmal in der Packungsbeilage einer hochprozentigen Sonnencreme: »Auch die Sonne hat ihre Schattenseiten.« Dasselbe gilt für Gott. So möchte er nicht, dass wir unseres Nächsten Hof, Hab, Gut und Weib begehren. Vor allem aber hat er ausrichten lassen, wir sollen uns kein Bildnis von ihm machen. Mag er das auch vielleicht bei Leo Kirch abgeschaut haben, ein bisschen wunderlich wirkt es für uns Menschen schon. Schließlich sind wir auch sonst gewohnt, auf alles zwischen Himmel und Erde die Kamera zu halten, und darüber hinaus ist so ein Bilderverbot ohnehin überflüssig, weil sich eh jeder, der sich überhaupt noch ein Bild von ihm macht, Gott ungefähr so vorstellt wie Günter Strack tatsächlich aussieht. »Alt«, aber »mit Bart«, wie zu Weihnachten Britta Steilmann, Arabella Kiesbauer und Erich Böhme übereinstimmend der »Bunten« anvertraut haben.

Seit wenigen Tagen vor Pfingsten – dem Fest, an dem sich Gott zeigt – gibt es nun eine Gottesvorstellung ohne Bart und sie kommt Gunter Sachs am nächsten, der sich Gott immer schon als »das große Stellwerk« vorgestellt hatte. »Die Hand Gottes«, so sagte Gari Kasparow, habe durch »Deep Blue« die Figuren gerückt. Tiefblau: die Farbe des Madonnenmantels; zwei Millionen Züge pro Sekunde: »Stellwerk«; verborgen hinter einem Paravent: Bilderverbot; außerdem überlegen und, so frevelte Kasparow, nicht einmal fair beim Spielen: Apfel im Paradies aufhängen. Nach dem Tod Gottes stehen wir also erst jetzt vor einer neuen spirituellen Herausforderung: Wir haben uns einzurichten auf einen Gott ohne »große, warme, weiche Hände« (Eligmann), aber mit hoher Speicherkapazität und der Tendenz, mit allen Mitteln unseres Nächsten Turm, Bauer und Königin zu begehren.

»I feel great!«

Als Panzergrenadier im Golfkrieg schoss sich Timothy McVeigh
einen Orden. Da war er ein gesamtamerikanischer Held. Als Attentäter von Oklahoma erbombte sich Timothy McVeigh sein Todesurteil. Da war er nur noch ein teilamerikanischer Held. Denn immerhin taugt jetzt niemand besser zum Märtyrer für Amerikas Rechtsextreme als der Verantwortliche des bis dahin »größten Attentats in der amerikanischen Geschichte« – die zu diesem Zweck sogar die Indianer, Vietnam, Nicaragua, El Salvador etc. verdrängt.

Als strafverschärfend machte eine Vertreterin der Jury geltend, hier habe ein Amerikaner Amerikaner getötet, nichts Geringeres. Also begründete man das Urteil mit dem Satz: »Damit dergleichen nie wieder geschehe«, und verfehlte den Zweck: McVeigh wird am Ende tot sein, aber als »Kommando McVeigh« wiederauferstehen.

Die Justiz verlangte kein Abschreckungsurteil, sondern einen Vergeltungsschlag. Der aber ging ins Leere. Zuerst jubelten die Prozessbeobachter allein über den Schuldspruch und bewiesen so, dass ihr Vertrauen in die amerikanische Justiz genauso zerrüttet war, wie das von Timothy McVeigh.

Der hatte sich schon früher für ein härteres Durchgreifen gegen Kriminelle ausgesprochen. Zwei Tage später aber lag man sich vor dem Gerichtsgebäude wieder jubelnd in den Armen: Die Todesstrafe war verkündet worden. Doch auch McVeigh ist Anhänger der Todesstrafe.

Anders als er erreichten die Angehörigen der Opfer jedoch moralisches Neuland. Eben noch hatten sie weinend Teddybären und US-Flaggen am Mahnmal deponiert. Jetzt wusste man, den Täter würde eine Giftspritze vom Globus entfernen. Da sang man »God Bless America«, und ein Angehöriger frohlockte: »I feel great!« Die Trauer über die Toten und die Revanche gegen den zu Tötenden hatten sich in Hysterie verwandelt. Nur die seelische Vernichtung McVeighs blieb aus, »it's okay« befand er nur. So weidete man sich an den Tränen der Schwester, fand aber insgeheim: Er hätte mehr verdient als die Todesstrafe.

Zuletzt gratulierte der Gouverneur der Jury zu ihrer »Moral«, und Bill Clinton – selbst Anhänger der Todesstrafe – lobte das durch den Prozessausgang bestätigte »Vertrauen in das Justizsystem«. Doch von außen erkannte man kaum mehr einen Unterschied zwischen »Recht, extrem« und »rechtsextrem«.

Geschlossene Gesellschaft

Seit in Las Vegas Harald Juhnke mit 2,8 Promille Alkohol im Blut einen Afroamerikaner als »Nigger« beschimpft haben soll und in Tel Aviv ein Sinfoniker mit zwei Flaschen Weißwein im Blut seine Rechnung mit »Adolf Hitler« unterzeichnete, seit diesem Doppelschlag der verminderten Schuldfähigkeit hat der korrekt fühlende Deutsche ein neues Feindbild: den trinkenden Künstler. Zwar fand der betroffene Schwarze die Angelegenheit kaum der Rede wert, und auch ist in Israel Nazi-Schimpf-Vokabular so geläufig, dass sich auch hier niemand recht aufregen wollte, die Betroffenheit der Nicht-Betroffenen aber machte diese Nonchalance wieder wett. Programmdirektoren und Orchestermusiker traten vor den Vorhang, ihre aufgebauschte Bußfertigkeit reinigte die Atmosphäre.

Nun aber erscheint ein neuer anderweitig zu berücksichtigender Künstler auf dem Radarschirm der deutschen Innerlichkeit: David Helfgott, der Pianist aus »Shine«, tritt in vier deutschen Städten auf und ist, wie die Ferndiagnose der zuständigen Musikkritiker ergeben hat, »krank«, mehr noch, er ist, wie »Spiegel«-Mann Klaus Umbach weiß, »ein Psychopath« – womit endlich einmal wieder ein Ausdruck aus der Geistesmedizin und Serienmörder-Beschreibung auf das Feld der schönen Künste übertragen wurde. Unisono treten nun also die Musikkritiker vor den Vorhang und schützen diesen schönen Wilden, der ja ohnehin nur drittklassig spielen könne, vor der Ausbeutung durch die Musikindustrie. Um das zu sagen, bedrucken sie mehr Artikel als ein Rachmaninoff-Konzert Partiturseiten hat, und man kann nur hoffen, dass dies caritative Beispiel der Säuberung in Rockmusik, Malerei und Literatur Schule macht.

Verschwiegen wird, dass Helfgott weniges so liebt wie Auftritte, dass er vor »Shine« Wettbewerbe gewann, Preise errang, Konzerthallen füllte, dass er von denselben Kritikern gepriesen wurde, die erst durch den Film jene Idee vom wahnsinnigen Künstler gewonnen haben, die sie nun ausrufen lässt: Ab in die Psychiatrie! Dass jedoch nur ein Horowitz, der den Mental-TÜV der Musikkritik bestanden hat, deutsche Konzertbühnen soll betreten dürfen, ist so anmaßend wie reaktionär, und zwar im Verhältnis zur Kunst ebenso wie zum unterstellten Wahnsinn. Das bedeutet: Offener Vollzug, geschlossene Gesellschaft.

Glückwunsch, Königin!

Es muss in diesen Zeilen auch einmal Platz sein für einen großen Gedenktag der Konkurrenz: Die »Deutsche Zeitung« – die in São Paulo erscheinende »Brasilianische Wochenzeitung in deutscher Sprache« – wird am 12. Juni hundert Jahre alt, und sie enthält außer einer Anzeige für »Windhuk. Die deutsche Gaststätte« seit hundert Jahren alles Wissenswerte für den deutschsprachigen Nichtdeutschen und den Exilanten! »Österreichs Autobahnen für Behinderte kostenlos« ist hier ein Aufmacher, »Luftfracht: Überflüssiger Luxus?« ein echter Leitartikel, Sozialkritik artikuliert sich unter dem Titel »Diplomatendiener klagen an«, und der Gesundheitstipp ist mehr ein Befehl: »Frauen: Schickt eure Männer zur Prostata-Untersuchung!« Schon auf Seite 4 steht die Rubrik »Zu guter Letzt«, doch da hat der Leser zwei Drittel des Blattes noch vor sich, denn erst zuallerletzt, da sieht man ganz unten auf einer Seite die Vignette des Bräutigams, der die Braut über die Schwelle trägt zu dem Slogan: »Und am Anfang dieser Tat stand ein Heiratsinserat«. Und immer an die Leser denken! Deshalb hat »Der abgeschlossene Krimi« seine zwei Kernsätze in Kästen abgesetzt, nämlich: »Wie konnte das passieren? sagte Mary entsetzt« und »Es muss ein harter Schlag gewesen sein«.

In der mir vorliegenden Ausgabe kommt viel Blüm und Waigel, aber kein einziger Kohl oder Schröder vor, wogegen »Das unaufklärbare Geheimnis um das Ende einer großen Liebe« von 1694 noch raumgreifender nachvollzogen wird als die lästige »Nickel-Allergie« oder der Erfolg der Juwelen-Ausstellerin »Selma Jakob«. Nein, nicht umsonst spricht diese Zeitung gut auch von sich: »Die Zeitung: Königin der Werbung«! Hier werben noch exilierte Fußpfleger und Fleischermeister Seite an Seite, für Füße: »Pflegen Sie sie gut, denn Sie haben nur zwei«, für Würste: »Frigor Hans wenn's um die Wurst geht!!«

Mit einem Wort: Man muss es nur durch diese Zeitung sehen, schon sieht Deutschland bezaubernd aus. Alles Belanglose ist verschwunden, alles Bewahrenswerte bewahrt. Über Barockes wird berichtet, als sei es von gestern, über Gestriges, als stünde es noch bevor. Hundert Jahre alt wird diese Zeitung und hat alle hundert Jahre gleichzeitig auf ihren Blättern. Glückwunsch, Königin, Glückwunsch auch Frigor Hans!

Peterchens Marsfahrt

Ewig hängt er da rum, geht nicht auf und nicht unter, und die Liebenden suchen ihn auch nicht zwischen den Bäumen. Guter Mars, du gehst so stille – niemand hat ihn so besungen, trotzdem steht eine Solokarriere als Himmelskörper für ihn in den Sternen. Befahrbar und mit Hilfe einer vermeintlich deutschen Sehvorrichtung auch aus der Nähe betrachtbar, wird der Mars hier schon behandelt wie das siebzehnte Bundesland, dabei ist Deutschland aus der bemannten Raumfahrt praktisch ausgestiegen und hat die »Pathfinder«-Sonde nicht konstruiert, ihr bloß zugearbeitet. Sollte der Mars aber bewohnt sein, werden wir es schon daran merken, dass dem »Sojourner« eines Morgens die Außenspiegel fehlen.

Noch ist diese ganze Utopie ein Kind, das Interesse eher sportlich, und wie man während der Tour de France bald jeden Huckel am Wegrand beim Namen kannte, erfreuen wir uns jetzt an jedem rostigen Schlagloch, das unserem Pathfinder unter die Räder kommt. Da aber die USA von Zeichentrickfilmen sozialisiert wurden, heißen auch die Mars-Berge ganz wie bei Walt Disney »Yogi« oder »Scooby Doo«, während die unsrigen auf eher Goethe'sche Namen hören wie »Brocken« oder »Kahler Asten«.

Tatsächlich träumt die Welt ohne Deutschland von der Industrialisierung des Orbits, von gentechnisch entwickelten Weltraumpflanzen, von marsgerecht gehaltenen Geschöpfen mit Surviver-Genprogramm, und dahinter zeichnen sich schon die Umrisse neuen Lebens auf dem Mars ab, das heißt der Luftverschmutzung, der Verteilungskämpfe, der Arm-Reich- und der Nord-Süd-Gefälle. Erst ist es Utopie, dann »stellt sich die alte Scheiße wieder her«, wie der ebenfalls alte Marx gesagt hat.

Wozu also? Al Gore weiß, dass man sehr teure Dinge nur mit Unbezahlbarem motivieren darf. Deshalb attestiert er der Mission eine enorme »emotionale und spirituelle Bedeutung«. Richtig, sie ist niederschmetternd. Denn nicht nur werden wir am Ende – ähnlich wie bei der Mondfahrt – mit ein paar Homevideos und einer Hand voll chemischer Formeln abgefunden werden, auch vom »Wiedergewinn des Staunens« kann keine Rede sein. Es gibt keine Marsromantik. Je weiter die Expeditionen gehen, desto enger erscheint uns das All. Sie gebären also das Staunen nicht, sie begraben es.

Schluss mit lustig

Die Älteren werden sich noch erinnern: Vor einigen Jahren publizierte der Kulturkritiker Neil Postman die These: »Wir amüsieren uns zu Tode«. Inzwischen ist die letzte Ekstase dieser Weisheit erreicht und wir langweilen uns wieder zu Tode. Denn keine Ressourcen sind ähnlich erschöpft wie die der Unterhaltung. Vor kurzem bilanzierten Programmmacher aus aller Welt ratlos in New York: alle Formate kopiert, adaptiert und transferiert, alle Ideen erschöpft, alle Showerfolge gestrig. Nun ist Deutschland ohnehin kein Show-Exportland. Hier werden nur Formate erfunden, die niemand kopieren würde, deshalb gehört uns auch ihr Scheitern ganz allein: Keine große neue Show hat ihr Hauptziel, die Quote, und noch wenigere haben ihr Nebenziel, zu unterhalten, erreicht. Ist der Deutsche noch amüsierbar?

Weiß nicht. But the Show must go on, und deshalb wird diese immer gleiche Show durch immer neue Kulissen und immergrüne Misserfolge geschleift. Zu Recht, denn diese Show inspiriert sich am Trockeneis, am grellen Lack der Kulisse, am Stargast und an der Mitmachnummer. Gegenüber den Zeiten von Lou van Burg hat sich ausschließlich die Technik verbessert. Abgesehen davon folgt der Show-Humor asthmatisch und lustlos in seinen Übertreibungen wie in seinen Erniedrigung dem Credo: »Wenn's Arscherl brummt, ist's Herzerl g'sund.«

Die Menschen aber amüsieren sich nicht mehr am Gusto der Sechziger. Sie sind der reellen Shows wie »Heiteres Beruferaten« so überdrüssig wie der aufgeblasenen kolossalen Familienkacke, »Hausparty« genannt. Sie erheitern sich andernorts längst grausamer, amoralischer und unverspielter. Wo selbst Nachrichten und Wetter die Geschmacksverstärker der Show zugesetzt werden, darf jetzt nach Show nicht mehr schmecken, was Show sein will. Vermutlich hat sich also vorerst das Show-Prinzip überlebt: die Ereignisse sind nicht mehr groß, wenn sie im Fernsehen ankommen, die Performer nicht ergreifend, die Effekte nicht steigerbar, was das Publikum wirklich unterhält, hat mit gängiger Unterhaltung nur noch wenig zu tun. Bevor es wieder Shows geben wird, muss der Begriff der Unterhaltung wohl erst auf die Höhe der Zeit und der Unterhalter vor die fast unmögliche Aufgabe gestellt werden, sich sogar selbst zu amüsieren.

Go South!

Jahrelang war Schwarzafrika ein übersehener Kontinent. Plötzlich aber schafft er es immer wieder an die Spitze der News-Charts. Kinshasa und Liberia, Brazzaville und Sierra Leone … »Warum?« – würden »Tic Tac Toe« fragen. Warum jetzt? Warum uns? Die meisten dieser Kriege wurden doch schon jahrelang vor leeren Häusern gespielt, aber seit dem letzten Vorhang in Jugoslawien sieht sich die Kriegsbilder verarbeitende Industrie auch in den Drittweltländern um. Immer nur Steineschmeisser in Gaza – da wird der Reporter zum Tutsi-Fan.

So kam endlich auch Hillary Clinton nach Afrika, sehnte sie sich doch schon als Kind danach, »in einem Zelt schlafend die Löwen röhren zu hören«. Doch die röhrten anderweitig. Hillarys Ausrüstung bestand dabei nur aus ihrer Tochter Chelsea – denn »Menschen aus anderen Ländern sollen sehen, dass der Präsident der USA ein Kind hat« – und der Fotografin Annie Leibovitz – denn ihre Fotos »voller Hoffnung und Versprechen zeigen ein ganz anderes Bild von Afrika als das Fernsehen«: Nämlich Hillary und Chelsea mit Sonnenbrillen vor den Victoria Falls, Hillary und Chelsea mit Sonnenbrillen auf dem Capetown Airport, Hillary und Chelsea ohne Sonnenbrillen auf dem Kilimandscharo Airport, Hillary und Chelsea mit Ferngläsern auf Safari, außerdem ein Riverboat, einen Sonnenuntergang, Elefanten, Tänzer und Massai. Das völlig andere Afrika eben, und das war so schön, »dass wir es gar nicht abwarten konnten, Bill anzurufen und ihm alles zu erzählen«.

Gewiss, Worte wie Genozid und Aids, Dürre, Leid und Bürgerkriege müssen fallen. Die meisten dieser »Geißeln« bleiben aber höflich fern, wenn Hillary Clinton anreist, um für »Demokratie und Freie Marktwirtschaft« einzutreten und teure Ferngespräche mit Bill zu führen. Darauf, dass westliche Wirtschaftspolitik samt ihrer Unterstützung für die blutigsten Herrscher Afrika zerrüttete, hat sie nicht verwiesen, sondern auf die Verdienste der USA, aus afrikanischen Nationen »stärkere Partner für Frieden, Wohlstand und Demokratie« zu machen. Damit jedoch diese groteske Verkehrung der Tatsachen niemandem außer Bill auffiele, publizierte Hillary ihr Portfolio im »Wachturm« der Außenpolitik, der amerikanischen »Vogue«. Schließlich ist gerade in Afrika das Leben zu kurz, um sich trist anzuziehen.

Fünfzig Jahre Cannes

Toll! Aber, was sind fünfzig Jahre Cannes gegen fünfzig Jahre Cannes-Berichterstattung von »dieser einzigen großen Party«, aus der »Glamour- und Glitzerwelt der Schönen und Reichen«, aus den »Nobelcafés an der Croisette«, wo sich »die Stars ein Stelldichein geben« und »kräftig die Werbetrommel rühren«. Ja, »Cannes rief, und alle alle kamen«: »Stars und Sternchen«, »Stars und Superstars«, »Superstars und Megastars«, »Promis und solche, die es werden wollen«. Ihre Ankunft ist »ein perfekt inszeniertes Medienspektakel«, »Starlets« hoffen hier auf »ihre große Chance« oder »den Durchbruch«, sind »bereit, dafür alles zu tun«, »oder doch fast alles«, Paparazzi »liegen auf der Lauer«, »selbst Hobbyfotografen kommen voll auf ihre Kosten«, und wie lautet das Motto auch in diesem Jahr: »Sehen und Gesehenwerden lautet auch in diesem Jahr das Motto.«

Wie sagte noch Raymond Chandler, auch ein Filmarbeiter, von den Gangstern: »Das Kino hat sie alle gleichgemacht.« Ebenso die Familien und die Police Departments, die Zukunft, die Liebe, die Gewalt, die Stoffe, die Dramaturgie und die Cannes-Berichterstatter. Wie in jedem Jahr haben wir Autokolonnen gesehen und Bodyguards, das Defilé der Akteure und das Podium der Jury, das Blankziehen der Pipimädchen vor der Atlantikbrandung, die Fotografenpulks und die vermeintlichen Bosse beim Lunch – all das so stereotyp und aus den immer selben mythischen Bildquellen gespeist wie die Autokonvois und die Konferenztüren in der Politik, und dazwischen haben aufrecht wie alle Jahre wieder die hübschen Reporterinnen gestanden, die vom Film reden, als seien sie noch nie im Kino gewesen, hätten aber schon viel davon beim Friseur gelesen.

Wer also lange genug hinsieht, gewinnt den Eindruck, dass es sich bei Cannes um ein nicht-filmbares Ereignis handelt, um eine Veranstaltung, in der sich alles nur deshalb so auf das Sehen konzentriert, weil nichts zu sehen ist. Die Filmwelt der Cannes-Berichte wirkt schlicht hermetisch gegenüber der Realität. So musste mittendrin Marco Ferreri sterben, um ein Kino in Erinnerung zu bringen, das mit den Riesen von Cannes nicht die Prätention, nicht die Kommerzialität, nicht den Erfolg, aber dafür auch wenigstens nicht die Wirklichkeit teilte.

documenta XY ungelöst

Eine Ausstellung besteht wie eine Stadt aus Sichtbarem und Unsichtbarem, aus einer spezifischen Menge Publikum, aufgespalten in Gruppen und Einzelne, verteilt über einen Raum, angezogen von einem vagen Versprechen, eine Haltung einnehmend zu Objekten, die man für Kunst hält, als solche erklärt oder vermutet. Wäre danach nicht eigentlich der Mensch das Kunstwerk, der Mensch in seinem Verhältnis zum Objekt »Kunst«? Es bricht sich in ihm, er beantwortet es mit einer Attitude, wirft sich in den Strom der Informationsfetzen aus Angelesenem und Zugeflogenem und übersetzt es in die Pantomime des kunstsinnigen Kontemplativen. Das Nachleben des Kunstwerks beginnt erst, wo es bloße Hinterlassenschaft ist.

Zu Lebzeiten möchte das Publikum die Werke zwanghaft verstehen. Kunst könnte aber genauso gut ein vereitelter, unvollständiger oder scheiternder Kommunikationsversuch sein. Wäre er nicht vereitelt, würde man ihn Pop, Kommerz oder Massenkultur nennen. Insofern enthält die Stelle, an der die Kommunikation im Kunstwerk abbricht, das künstlerische Momentum. Ihr Paradoxon ist, dass sie kommunizieren will, was nicht verstanden werden kann. Das ist nicht minder absurd als Becketts Deutung der Werke Bram van Veldes, er habe sich in der Hervorbringung »inexpressiver Kunst« versucht.

Der Zuschauer, hinter dem sich jetzt die Tore der documenta X geschlossen haben, geht von dannen in dem Gefühl, einerseits selbst Kunstwerk gewesen zu sein, andererseits selbst Kunstwerke in sich zu tragen. Je einfacher ihm die Erfindung und Produktion solcher Objekte erscheint, desto künstlerischer wird der Betrachter. Anders als bei Leonardo. An diesem wie an fast allen Künstlern bis in die Moderne bewundert der Betrachter, dass er sie nicht nachmachen könnte. Am zeitgenössischen Künstler verachtet er das Gegenteil. Deshalb sind viele Millionen Besucher nach Berlin gefahren und haben den Klamauk der Reichstagsverhüllung »Kunst« genannt, nach Kassel aber kamen allenfalls 700000 und fanden die »documenta X« »zu unsinnlich«. Irgendwann werden auch sie zugeben, was den Kasselern auch ohne documenta immer schon schwante: Manchmal ist das Optische einfach das Uninteressanteste, an der Kunst wie an einer Stadt.

Journalismus aus dem Tunnel

Der Weg vom Mensch zum Mythos führt über einen gewaltsamen Tod. Aber irgendwo dazwischen wartet noch Barbara Eligmann, zu richten die Lebendigen und die Toten.

Ja, ein schöner Sommersonntag war das, dieser 30. August, gesättigt vom süßen Aroma dieser erhabenen, aus dem Olymp des Boulevard herabgestürzten Leiche, der größten, die es für lange Zeit auf Erden geben wird. Und weil das so ist, sollte sie sich zum Auftakt der quoten- und auflagenstarken Saison noch einmal unter der Tätigkeit ihrer Bestatter bewegen, ganz als sei sie noch am Leben.

Doch was für Bestatter! Geadelt durch pastos verschmierten Gram, durch ein Tremolo in der Stimme, das wie aus der Krypta des Sensationsjournalismus selbst heraufdröhnte, feierten sie alle ihre schöne Leich', und niemand hatte ein Wort dafür, wie sie doch alle selbst Nutznießer dieses herrlichen königlichen Körpers und seiner Heimlichkeiten gewesen sind und noch im selben Augenblick waren.

RTLs Eligmann und Ludowig, die sich seit Jahren von jedem belichteten Schnipsel Dianas künstlich ernähren, sie klagten bitterlich über jene skrupellosen Paparazzi, die ihnen selbst zwar sonst die Bilder lieferten, aber eben jetzt nicht liefern durften. Deshalb fragten sie ihren Korrespondenten über jene letzten, tabuisierten

Bilder: »Können Sie uns sagen, was diese Fotos ganz genau zeigen?« Und der Korrespondent vibrierte betroffen und erwiderte: »zerquetschte Leichen«.

Auch SAT 1 war untröstlich, unterlegte seinen Nekrolog aber mit der Musik aus »Spiel mir das Lied vom Tod«. Bei Pro 7 wurde als Bildquelle gleich »News of the World«, das Zentralorgan der paparazzistischen Bewegung, angegegeben. Die übrigen versuchten sich vereint in der investigativen Befragung des »Gala«-Chefredakteurs, der nun wirklich vergleichsweise pietätvoll mit Bildern umgeht, während die wirklich schmierige »Bunte« nicht einmal genannt wurde und natürlich ihre erschütternd triviale Chefredakteurin auch vorsorglich keine Interviews geben ließ. So konnte sich Ulkrich Wickert in den »Tagesthemen« an dem tapferen »Gala«-Mann abarbeiten, und jedes Wort darüber vermeiden, dass er selbst doch zu seiner »geheimen Hochzeit« in Südfrankreich zwei »Bunte«-Mitarbeiter geladen hatte, die dann ja auch eine schöne, kostspielige Titelgeschichte zu dieser Top-Secret-Wedding produzierten.

Mit einem Wort: alle hatten, mit mehr oder weniger Geschmack und Profit, die Schlüsselloch-Bilder zu Markte getragen, und das nicht minder heuchlerische Publikum hatte sie alle dafür belohnt mit gesteigerter Kaufbereitschaft. So funktioniert nun mal die freie, d. h. die instinktsichere Presse. Wäre es anders, die Zeitschrift »konkret« wäre heute Marktführer.

Zwischen Paparazzo und Star herrscht Krieg, sagte einer der Fotografen. Aber weil im Fernsehen hauptsächlich Kriegsgewinnler zusammensaßen, konnten sie ungestört die Bosheit der Waffen beklagen und die vernachlässigen, die sie bedienen. Ebenso konnten sie unwidersprochen ihre drei notorischen Glaubenssätze wiederholen, die da lauten: 1. Diana brauchte die Journalisten – möglich, aber vor allem für jene humanitären Anliegen, die so wenig Interesse fanden, dass eine eigens von der Prinzessin gefertigte BBC-Dokumentation über Landminen in Deutschland erst nach ihrem Tod ausgestrahlt wurde. 2. Diana hat die Presse ja selbst bedient – möglich, aber immerhin nur ein einziges Fernseh-Interview gegeben, und 3. Prominente ganz allgemein brauchen die Presse – möglich, aber nur aus Eitelkeit, denn viele, die (wie selbst Sascha Hehn) längst keine Interviews mehr geben, werden davon nicht arbeitslos. Abgesehen davon haben nichtprominente Menschen, die zwischen die Linien geraten, schon gar kein Recht auf Wahrung ihrer Integrität.

Unter Aufwendung von so viel Gesinnung waren die Journalisten dem Vorfall zwar moralisch gewachsen, aber nicht technisch – man feierte die Nacht der Pannen – und schon gar nicht journalistisch. Zwar begab sich RTL-Anchorman Peter Klöppel zum Moderieren vor den Pariser Tunnel, um vom Verkehrslärm und vom fehlenden Teleprompter gleichermaßen irritiert die Weltnachrichten herunterzuhaspeln, aber warum er das tat, weiß nur sein Chef Hans Mahr. Erwartete man hier eine Madonnenerscheinung?

Wer sich nicht gleich der BBC zuwandte, um eine Sternstunde journalistischer Professionalität und Selbstbeherrschung zu erleben, der wurde im deutschen Privatfernsehen mit immer neuen Exaltationen und Übertreibungen gefüttert. Man gewann den Eindruck, die größte Katastrophe der jüngeren Boulevardgeschichte war den Sensationsjournalisten am Ende doch noch nicht groß genug. In jedem neuen Kommentar war der Wagen noch ein wenig schneller gefahren als im vorangegangenen, bis am Ende des Tages herauskam: Der Tacho stand auf null.

Auch »Spiegel TV«, sonntags offenbar ohne Londoner Büro, gab jeden journalistischen Anspruch auf, recyclete nach bewährtem Muster bis zum Überdruss gesehenes, nur umgeschnittenes Material und wartete nur mit der Neuigkeit auf, Dianas Leibwächter sei verhört worden – womit man den Fakten ein paar Monate voraus war. Abgesehen davon sprach der »Spiegel«-Chef von »Paparazzis« wie andere von »Spaghettis« und schloss seinen Film mit dem Satz: »Der Tunnel, in dem sie starb, ist wieder offen.« Jetzt darf es gesagt werden: Diana starb nicht im Tunnel. Dafür ist der Tunnel wirklich wieder offen. Das ist zwar völlig belanglos, dafür aber sachlich korrekt.

Einig aber waren sich alle Journalisten in ihrer Sorge um die Kinder der Verstorbenen. Schließlich ist diese Form der lebenden Nachlaßpflege ein urjournalistisches Anliegen. Aber während sich Reinhold Beckmann noch eine imaginäre Träne aus dem Auge wischte und Karsten Speck die reizvolle Frage aufwarf: »In welcher Welt leben wir?«, fragte man bei SAT 1 schon den Reporter: »Wie haben denn die Kinder den Tod der Mutter aufgenommen?« Und der, der nicht dabei war, wusste trotzdem: »schockiert«, worauf man weiterspekulierte, mindestens eines der Kinder könne nun am Verlust »zerbrechen« – was für die Zukunft die interessantesten Bilder verheißt. Erhellend auch die Einsicht zur Seelenlage von Dianas Kindern bei RTL: Dianas Tod – »für Kinderpsychologe Dieter Speck ein herber Verlust«.

Den versiertesten aller Experten aber offerierte »Focus TV« in Michael Graeter. Der überraschte Deutschland mit der Enthüllung: »Ich kenne die Straße genau«, was man der Straße gar nicht ansieht, und folgerte: »Da kann man ganz gemütlich fahren.« Wirklich verstanden hatte er die Geschichte offenbar noch nicht, nannte abschließend die BBC-Bilder vom Abtransport des Autowracks »auch Paparazzi-Fotos« und trollte sich ins »Café Extrablatt«, wo er seither die Straße beobachtet. Vielleicht wird er ja wieder mal als Experte gebraucht. Warum bloß hatte man bei all diesen Leuten das Gefühl, sie hätten hauptsächlich Angst um ihre Erwerbsquellen?

Diana war zu Lebzeiten für die Öffentlichkeit eine Medien-Persona, eine literarische, von Gossip überwucherte, chimärische Erscheinung, über die man Glossen schreiben konnte, bestand sie doch nur aus Erfindungen, aus Tratsch und Vermutungen. Wer sich Diana so näherte, bildete nicht sie ab, sondern die Phantasie, die sich mit ihr beschäftigte. Journalisten haben ihr zeitlebens Realität gegeben und gleichzeitig verweigert. Auch zum Zeitpunkt ihres Todes hat sich nicht die Darstellung verbessert, sondern überraschenderweise die Rezeption. Die solideste deutsche Berichterstattung nämlich, die der ARD, hatte den höchsten Publikumszuspruch. Das allein war neu.

Darüber hinaus bot dieser Tod noch ein kathartisches Moment an: Er präsentierte einen Schuldigen, den Paparazzo, auf dem sich nun der heilende Zorn entladen konnte. Paparazzi haben Dianas Leben mitgestaltet. Gleich, welche Mitschuld an ihrem Tod man ihnen gibt, sie haben die Vorstellung propagiert, die Prinzessin habe kein Recht auf die Wahrung ihrer Persönlichkeit, und dennoch lieferten sie einen magischen Moment: Als die sieben Paparazzi nämlich im Polizeiwagen abgeführt wurden, bedeckten zwei der Festgenommenen ihr Gesicht vor den von außen in den Wagen filmenden Kameras. Die Paparazzi suchten auf der Flucht vor den Paparazzi also spontan jene Anonymität, die sie Diana nicht zugestanden. In diesem Augenblick hätte man fast denken können, auch für sie sei der intime Ausdruck plötzlich etwas Schützenswertes.

Homosexualität sündenfrei

Unter den großen Menschheitsfragen der letzten Jahre dieses Millenniums – zum Beispiel: Werden Vegetarier im Jenseits besser behandelt? Warum strahlt das türkische Fernsehen sein Programm im Weichzeichner aus? Oder: Warum teilen uns die Piloten die Reiseflughöhe mit? – also unter diesen Fragen ist die reizvollste: Wie viel Fegefeuer steht auf Schwulsein?

Die Antwort gab jetzt die amerikanische Bischofskonferenz, die in tagelanger Dark-room-Klausur ermittelte: »Homosexualität ohne Sex ist keine Sünde«. Hieraus ergeben sich zwei weitere Menschheitsfragen, für deren Beantwortung wir bei der Kirchensteuer nochmal tief in die Tasche greifen sollten, erstens: Warum auch sollte Homosexualität Sünde sein? Zweitens: Ist Homosexualität ohne Sex überhaupt Homosexualität?

Zur Begründung ihrer für viele schockierenden Liberalität führten die Bischöfe aus: Homosexualität sei »gegeben« und könne »deshalb« nicht verdammt werden – eine Aussage, die auch von Saddam Hussein, El Niño und Margarethe Schreinemakers begrüßt wurde. Letztere kommentierte: »Auch ich bin gegeben. Verdammt mich also fürder nicht mehr!«

Im Kleingedruckten aber hatten die Bischöfe noch ein paar echte Hämmer versteckt. Homosexuelle »Orientierung«, verkündeten sie, sei kein Ausdruck einer »freien Wahl«, deshalb unschuldig, »homosexuelle Aktivität« dagegen sei bewusst, ergo schuldig. Sündelos ist also heute nur der Schwule, der sich dem Wirken seines Sexualtriebs in Worten und Werken widersetzt. Zum Dank sollte er von seinen Eltern nicht verstoßen werden, warnen die Bischöfe. Schließlich könnte er sich umbringen, und damit neuerlich sündigen, Schwulsein ohne »sexuelle Handlungen« dagegen führt allenfalls zu Triebtäterei, Amoklauf, lebenslänglicher Verklemmung oder dem Zersägen von Lustobjekten, ein 08/15-Martyrium also.

Wir lernen: an der Sexualität ist nichts problematisch, außer das Sexuelle. »Tiefe Freundschaften« unter Männern dagegen sind Genuss ohne Reue. Nachdem sie diese neue Überdosis Antiaufklärung unter das Volk gebracht hatten, legten die Bischöfe ihre Dienstkleidung an, und machten sich in dem langen roten Fummel mit Bischofsring, Bischofsstab und Bischofshut so richtig schnieke für St. Christopher's Day.

Aktion Menschenrecht

Vor Jahren kulminierte eine der größten Sozialkampagnen der Nachkriegsgeschichte in der Formulierung von Artikel 3, Absatz 3 des Grundgesetzes: »Niemand darf wegen seiner Behinderung benachteiligt werden.« Etwa zwanzig Prozent der Deutschen haben dies bisher zur Kenntnis genommen. Die Formulierung des Paragraphen war ein Triumph für die Behindertenbewegung, aber leider ein weitgehend folgenloser.

Sieht man in Deutschland Behinderung als eine »Funktionsbeeinträchtigung« bei der Eingliederung des Einzelnen in die Gesellschaft, wird sie in Norwegen eher umgekehrt als die Diskrepanz zwischen den Fähigkeiten des Individuums und den Anforderungen der Gesellschaft verstanden. Also gilt hier: Das öffentliche Gebäude muss zugänglich, die Straßenbahn besteigbar, das Wahllokal, das Gericht, die Bibliothek, das Schwimmbad, sie müssen für alle erreichbar, benutzbar, bedienbar sein. Auch sehbehinderte, blinde, schwerhörige und gehörlose Menschen müssen in alle öffentlichen Prozesse einbezogen werden oder beziehbar sein.

In Deutschland dagegen spricht man zwar gerne im Interesse der Behinderten, aber nicht gegen die Interessen der Behinderer. Deshalb blieb das vermeintliche Antidiskriminierungsgesetz stumpf, folgten weder juristische Schritte zu seiner Umsetzung noch ein dezidiertes Gleichstellungsgesetz.

Die Formulierung eines Paragraphen ist gratis, seine Umsetzung aber verlangt manchmal geradezu eine Gesellschaftsveränderung, und weil diese von den Nichtbehinderten vor allem teuer und lästig gefunden wird, plädieren sie dafür, lieber etwas Preiswerteres zu ändern: nämlich das Bewusstsein.

Aber ist das nicht doch zu billig? In Wirklichkeit ändert sich dieses Bewusstsein meist erst, wo ihm selbst die Integration der behinderten Menschen unbequem, wo er an der Erfahrung der

Behinderung physisch beteiligt wird: durch untertitelte Filme und Gebärdendolmetscher, durch ausgebaute Sanitäranlagen in öffentlichen Gebäuden, entsprechende Signale in den Verkehrsmitteln oder auch durch die Revision eines entmündigenden Sprachgebrauchs.

Früher mussten Behinderte um all das bitten, heute können sie es fordern. Bis zur Einlösung steht jedenfalls weit mehr Menschenrecht im Grundgesetz, als die Nation sich leisten will.

Die neuen Nackten

Eine öffentliche Debatte ist immer nur so gut wie der Markt, um den sie ringt. Deshalb ist die Debatte um Pornographie im Fernsehen eine echte Debatte, denn sie bildet die Vorhut für den Versuch, dem Unterleib einen Riesenmarkt zu erschließen. Dass diese Debatte gerade jetzt geführt wird, hat zwei Gründe: Einerseits hat die Flächen deckende Erotisierung der meisten Fernsehprogramme zur generellen, aber fruchtlosen Überwärmung des Programmklimas und zur Vitalverstimmung der Konsumenten geführt, andererseits wird es im Zeichen der D-Box kein gängiges Publikumskollektiv mehr geben, sondern lauter hungrige Einzelzuschauer. Nach dem Recht auf Rausch reklamiert dieser düpierte Bildverbraucher nun das Recht auf Pornographie.

Das will ihm natürlich im Ernst niemand streitig machen, aber noch wehret den Anfängen ein abgetakelter Pornographiebegriff. Diesen muss man jetzt nur dehnen, dann wird das Programm schon ganz von allein spannend. Bisher gab es einen Pornographiebegriff der Bundesprüfstelle, die sich vor allem an der Sichtbarkeit des erigierten männlichen Genitals orientierte. Hier hätte man gut feministisch einwenden können: Frauen sollen auch etwas so Intimes und Anstößiges haben dürfen. Stattdessen aber stellten

Alice Schwarzers Scharfrichter schwammige moralische Kriterien in den Vordergrund, wie die Verherrlichung oder Verharmlosung weiblicher Erniedrigung. Damit wäre nicht nur die Domina nicht mehr pornographiefähig, sondern außerdem zu klären, was der Tatbestand des Chauvinismus mit der Textilordnung zu tun hat. Ist diese Erniedrigung in den massenpopulären bekleideten Formen der Werbung etwa weniger anstößig, und wird der Kampf dagegen vielleicht nur deshalb nicht geführt, weil er längst verloren ist? In der Debatte um die »Sozialverträglichkeit« von Diskriminierung ist Nacktheit bloß ein Fetisch.

Es ist nicht schwer, eine Bildwelt des Nackten zu definieren, vor der auch Jugend keinen Schutz braucht, schwer ist es, zu sagen, wann nackte Aktionen bedenklicher sein sollen als bekleidete, und weil das so ist, deshalb wird man bald wieder ein Bilderverbot am Wege der Aufklärung zurücklassen, was »pornographisch« hieß, »erotisch« taufen und der Phantasie so unwillentlich nur Wege zu neuen, horrenden pornographischen Vorstellungen weisen.

Sankt TV-li

Schau'n Sie mal rein bei Sat 1, lassen Sie sich ein bisschen verwöhnen, Französisch, Griechisch, Römisch-Katholisch: Nie war die Meile so rot wie heute!

Und so doof. Herbertstraße mit Bandenwerbung, Dolly Buster beim »Möpse-Casting« und Sat 1 als Erektionssponsor dabei: Das hat St. Pauli nicht verdient! »Life is taff, when you walk the miles of laff«, reflektiert der Vorspann. Das hat auch das Leben nicht verdient, aber es kommt ja auch nicht vor. Denn seit aus St. Pauli St. TV-li wurde, ist dort wieder alles wie daheim bei den Wedels: Die Gangster sind pockennarbig, die Huren haben Herz, die Freier Doppelherz, und der schwule Choreograph sagt Sätze wie: »Mädels, macht die Möpse scharf!« Der wollte auch mal King Lear spielen!

Dies also sind die Ausläufer jener filmischen Ölpest, die Big Wedel im Hamburger Hafen zurückließ, nachdem er dort mit dem »König von St. Pauli« havariert war. Für diesen aber hält er sich selbst, seit es ihm gelungen ist, aus Promotion, Plagiaten und Pappmaschee eine filmische Pleite zu gewinnen, die man ein Jahr später noch einmal, um siebzig verzichtbare Minuten gekürzt, vor ein desinteressiertes Publikum brachte, um anschließend diese siebzig Minuten auch noch zur Serie aufzublähen: Die Kopie der Kopie der Kopie als postmoderner Kiez.

Dass seinem Film Milieugeruch fehlte, kompensiert Wedel allerdings, indem er sich selbst umso mehr davon gibt: Erst suggeriert er der Presse eine Liaison mit der Hauptdarstellerin. Die heiratet einen anderen. Dann nennt Wedel sie öffentlich untalentiert, sie komme außerdem »aus einer kleinbürgerlichen Welt«, habe bei Filmküssen immer nur ihn angesehen, beim Strip »mager und eher unerotisch« auf der Bühne »rumgeturnt« und »rührend« bis »lächerlich« gewirkt. Immerhin hatte Wedel Striptease da noch als »Form der Befreiung und Selbstfindung« bezeichnet, heute weiß er: »Striptease ist was irrsinnig Reaktionäres.«

Man kann hier also doch was lernen: Wie man vom einen Unsinn auf den anderen kommt und von der Unwahrheit unter die Gürtellinie. Milieuschilderung aber, weiß Wedel, »funktioniert nur, wenn man die Menschen lieb hat«. Und eben deshalb funktioniert sie bei ihm und seinen Enkeln nicht.

Brave Rabatzkis

Wäre Politik verboten, jeder würde sich für sie interessieren.
So aber muss sie ihre eigene Verneinung immer selbst hervorbringen, damit der Bürger an ihr sein politisches Interesse wetzen kann.

Keine Spezies aus dem Bestiarium der politischen Typen besitzt danach ähnliche Verdienste um die lebendige Demokratie im Allgemeinen und die tote Demokratie im Besonderen wie jener historische Buffo, »CDU-Rebell« genannt. Stellt man sich unter dem »Rebellen« allgemein eine Kreuzung aus Klaus Störtebeker, Subcommandante Marcos und Mario Basler vor, befindet man sich schon mitten auf dem toten Ast der CDU-Geschichte. Hier werden nur Funktionsmasken gebraucht, die tanzen zwar nur einen Sommer, bekommen aber dafür ihr Gnadenbrot vom Frühstücksfernsehen.

Trutz Graf Kerssenbrock war einer der ersten, er wollte den Barschel-Ausschuss vom Filz, Friedbert Pflüger den Kanzler von der Alleinvertretung des Staates befreien, Stefan Schwarz wollte eine Intervention in Bosnien, Christian Wulff sogar eine Alternative zu Kohl. Anschließend laichten sie gemeinsam hinter einem geheimen Grundsatzpapier und brachten pünktlich zum Parteitag einen Schock weiterer, noch amorpher CDU-Rebellen hervor, die im Licht der Öffentlichkeit allerdings sofort verglühten, wie eigentlich alle ihre Vorgänger. Man braucht sie nicht einmal aus den Annalen der Parteigeschichte zu streichen, sie werden es nie bis dahin schaffen.

CDU-Rebellen wirken profund desorientiert, anders hätten sie sich keiner Partei angeschlossen, die den Gedanken der Rebellion nicht einmal denken kann. Sie wirken auch atemlos, denn kaum haben sie sich durch Kanzlerkritik ein öffentliches Podium erarbeitet, verröcheln sie sich wie nach erfüllter Mission: Doch, vermitteln sie, es gibt Kritik, aber nur unberechtigte, demokratische

Meinungsfreiheit ist gut, ihre Inanspruchnahme aber heißt Kanzler-Verrat, Staatsstreich o. ä.

Als England die Thatcher-Nachfolge zu regeln hatte, nominierten die Tories drei Kandidaten. Die befehdeten sich öffentlich, jeder Tory bekannte sich genauso öffentlich zu einem Liebling, und am Ende kam John Major. Eine Partei, die in Deutschland so vorginge, hätte sich automatisch gedrittelt. Wir haben immer bloß die Rebellen, England hat dazu auch noch die Rebellionen.

Keine Macht nirgends

Die Geschichte des deutschen Widerstands reicht von »Alle Macht den Räten« zu »Keine Macht den Drogen«. Ersteres führte zu ein paar Wochen kommunistischer Regierung in Bayern, Letzteres führte zu gar nichts. Nirgends. Keiner glaubt an Räte, keiner an Plakate, und schon gar keiner glaubt offenbar an »die Macht«.

Fragt man einen Kanzler nach gewonnener Wahl, wird er nicht sagen, »ich ergreife die Macht«, sondern »ich stelle mich dem Auftrag des Volkes«. Fragt man einen Parteisoldaten nach seiner Nominierung zum Minister, wird er nicht sagen, »meine Macht ist gewachsen«, sondern »meine Verantwortung ist jetzt größer«, fragt man einen Abteilungsleiter nach seiner Boss-Werdung, wird er sagen, »meine Pflicht ist jetzt schwerer« geworden.

Fragt man dagegen Michel Foucault, so wird er sagen, Macht sei aufgeschobene Gewalt, in ihr werde ein Verhältnis von Befehl und Gehorsam festgelegt. Demnach hätten also alle, die das Geld, die Arbeit, das Recht und seine Exekutiven unter das Volk bringen, sie alle hätten die Macht, Menschen zu Sein oder Nichtsein zu verurteilen. Trotzdem werden genau diese sagen, sie hätten statt der Macht nur einen Auftrag, und den auch nur nur vom Volk geliehen. Entweder darf man sich also rhetorisch die Macht nicht anmaßen oder sie geht irgendwo zwischen dem Volk und seinen Funktionsmasken verloren.

Trotzdem sagt man immer noch, Helmut Kohl sei an der Macht, wo er eigentlich an der Verantwortung ist, und man sah auch Gerhard Schröder, der angeblich ein Macht-, aber in Wirklichkeit ein Pflichtmensch ist, unter der langen Abstinenz vom Kanzleramt immer qualvoller gucken, was wiederum Giulio Andreotti schon früher vorweggenommen hat, als er sagte: »Die Macht reibt nur den auf, der sie nicht hat.«

Je mehr also von der Macht gesprochen wird, desto hohler scheint ihr Innenleben, ja, sie scheint substanziell so verflüchtigt, dass selbst die Intellektuellen keine Lust mehr verspüren, an der Kontrolle der Macht teilzunehmen. Je mehr von der Macht aber geschwiegen wird, desto kostbarer erscheint ihr Nimbus. So ist sie im Zeitalter der Realpolitik kaum mehr als ein gut verkäuflicher politischer Mythos, und am Ende haben die Kandidaten doch nicht die Macht errungen, sondern bloß den Sachzwang.

Hinter dem Sarg

Wenn sich der Bürger mit seinem Staat nicht mehr versteht, bleibt ihm das Recht, sich zu zeigen, zu deutsch: zu demonstrieren. Das ist nicht viel und bringt nicht viel ein außer dem Prädikat »gelebte Demokratie«. Beim letzten Mal, als Demokratie so gelebt wurde, war an einem einzigen Tag eine Million Menschen auf der Straße und demonstrierte keine einzige Pershing weg. Zurück blieb Fatalismus, später Null Bock, No Future oder Politikverdrossenheit genannt. Es hatte keinen Sinn. Das Demonstrieren wanderte auf die Out-Listen.

Jetzt aber sind die Straßen wieder voll, und das freut offenbar alle: Demonstranten, Professoren, Parteienvertreter, niemand, der seine Sinne beisammen hat, kann sich dem Schrei nach mehr Bildung verschließen. Und siehe, es lohnt sich auch: Die Studenten werden vom Kanzler eigenmündig ermuntert. Die Reihen zwischen Opfern und Verursachern fest geschlossen, demonstriert die Regierung also offenbar gegen sich selbst. Trotzdem verpassen die Studenten Kohl zu Nikolaus eine Rute, stellen ihre Schuhe raus mit ihren Wünschen, schwimmen im Freien, denn die Bildung geht baden, tragen einen Sarg durch die Menge, auf dem »Bildung« steht – eine mythische Handlung wie das antike Rauchopfer. Ja, die wunderbar phantasievollen Aktionsformen der Friedensbewegung sind wieder da, nicht effektiv und nicht erwachsen, aber in ihrer Absicht so hoch berechtigt, dass man im Augenblick kaum etwas Unpopuläreres machen kann, als hier Kritik zu üben.

Trotzdem muss man feststellen dürfen, dass in den letzten Jahren die Entpolitisierung der Gesellschaft von den Studenten maßgeblich mitgetragen wurde, dass kein Genozid, kein Menschenrechtsverbrechen, kein Militärschlag, keine deutsche Panzerlieferung an die Türkei, keine Kooperation mit den Henkern der chinesischen Regierung, kein Kohl'sches Schweigen in Indonesien etc. eine vernehmbare studentische Reaktion provoziert hätte. Dass sich jetzt eine Gegenöffentlichkeit ausgerechnet zum Thema Bildung formieren soll, wäre fast frivol, versäumte man dabei die Gelegenheit, Bildung nicht nur durch Budgets und Lehr-Kapazitäten zu definieren, sondern ebenso durch die Bereitschaft, sich die Sache anderer zu Eigen zu machen, weil man sie auch als die eigene erkennt.

Ihr Kinderlein kommet

Lasset die Kindlein zu mir kommen, sprach der Herr, Dein Programmdirektor, und gab sich diese unverwechselbare Fernseh-Kinderstimme, die wir alle kennen, in alberner Verschmelzung des Senilen mit dem Infantilen. Mit dieser Stimme kann man jeden Menschen unterfordern und ihm das als ›Entertainment‹ unterjubeln.

Doch alle alle Kinder kamen. Die Kinder in Not, die Kinder mit Aids, die SOS-Kinder, die Sorgenkinder, die Kinder aus den Kinderdörfern, die Misereor-, die Caritas-, die Brot-für-die-Welt-Kinder. Ja, wo immer ein Kind geboren wurde, entstand auch eine Wohltätigkeitsorganisation, und weil heute nicht nur die Katastrophen, sondern auch die Charities in einem erbitterten Verdrängungswettbewerb stehen, ließ sich bald für Männer und Frauen, Halbstarke und Erwachsene nicht mehr viel tun. Die größte Rührung geht nun einmal von Kindern aus. Ein röchelnder Rentner bringt keinen Rubel ins Rollen.

Also hob der Programmdirektor eine Kinder-Spenden-Gala ins Programm, und weil »für den guten Zweck« so viele Stars auftraten wie sonst nur für Deos und Banken, war das Programm so populär wie die Einschaltquote gut, und der Sender verdiente an den Werbeeinnahmen weit mehr, als er je selbst in den Spendentopf einzahlte.

Die Mildtätigkeit war ein Milchmädchen, die Rührung bloß rührselig, und so konkurrieren in Spots und Anzeigen weiter die waidwunden Samtaugen somalischer Negerbabies mit den Lumpenstaffagen südamerikanischer Straßenkinder, und ähnlich wie Zeitschriften fast nur noch mit Covergirls verkäuflich sind, bringt man den weihnachtlichen Spendenablass nur unter das Volk, indem man die kommende Generation verkitscht.

Für diese Kinder gibt man gern. Ihre Gesichter wissen noch nichts von Trip Hop, Cyberspace und Gaumenpiercing. Sie sind die idealen Projektionsflächen für die Sentimentalität der Spender, auch wenn sie zeitgleich in immer neue babylonische Laster hineinwachsen. Doch die Bibel ist nüchterner als die Glotze, und der Herr lässet die Kindlein zwar zu sich kommen, für die Blagen Babels aber kommt alle Hilfe zu spät. »Wohl dem«, so heißt es im Psalm über das Sündenbabel, »der deine jungen Kinder nimmt/ und sie am Felsen zerschmettert!« Stille Nacht!

Die rasende Retorte

Das Unheimliche am Fortschritt ist seine Normalität. So entpuppte sich 1984 nicht als das Jahr George Orwells, sondern General Kießlings und anderer Verklemmungen, und die mad scientists generierten in ihren Filmlaboren Kreaturen von der Leistungskapazität der Wirtschaftswunderkinder, über- und unterlegen zugleich, doch immer bloß menschenähnlich, nie menschengleich.

Dann kamen Dolly und jetzt Dollys Kinder und mit ihnen die Ratlosigkeit. Denn wer wollte eine solch durchschnittliche Kreatur wohl zweimal oder vielmals haben, und während man schon bei Menschen zu erforschen sucht, was sie wirklich meinen, wurde einem Dolly unheimlich, weil man denken musste, sie tue jeden Schritt, jeden Biss und jedes Blöken nur nach Vorlage einer Matrize, die jetzt andernorts ganz gleich beißen und blöken musste. Dolly, die man nicht mal zu verzehren wagt und in deren Hirn nichts Originales mehr vorgehen soll, sie war der Anfang einer großen Enttäuschung. Mit den Klons kamen die Tränen.

Denn jetzt plötzlich sah sich der Einzelmensch in seiner Einzigartigkeit und Individualität gefährdet. Die Millionen, die jeden Morgen in einer Hordenbewegung in ihren massenverbreiteten Fahrzeugen in die Massentierhaltung ihrer Maloche kriechen und am Abend in einer riesigen Massenchoreographie vor dem Fernseher zusammenzubrechen, um sich Menschen anzusehen, die sich alle so ähnlich sein müssen, wie man sein kann, wenn man nicht von derselben Mutter stammt, diese Millionen sahen sich plötzlich in der Einzigartigkeit ihrer Lebensführung gefährdet und sie wehrten den Anfängen einer gewissermaßen hochgerüsteten Uniformierung des Homo sapiens, dem menschenverachtenden Klonen.

Den besten Beistand in ihrem Protest hätten sie dagegen von Dolly selbst und ihren Jungen bekommen können. Denn so schafsköpfig sie auch in die Welt blicken mögen, nur im Fernsehen fühlt es sich von tief innen befriedigend an, ein Klon zu sein. Wie muss sich dagegen ein Schaf fühlen, wenn es erfährt, sein kostbarer Charakter ist nichts als die Reproduktion eines vorhandenen Genprogramms?

Den wichtigsten Einwand gegen das Klonen liefert also nicht die Angst um die Individualität, sondern die Einfühlung in das Selbstgefühl des Klons.

Acht Minuten

An diesem Abend betete George Bush junior besonders inbrünstig, denn er betete gegen den Papst an. Der saß im Vatikan und betete, Gott möge die texanische Todeskandidatin Karla Faye Tucker verschonen. Bush dagegen saß in seinem Gouverneurspalast und erfuhr »im Gebet«, er möge sie nicht begnadigen, sondern »einem höheren Gericht« überstellen. Amen.

Der Papst hatte verloren. Die Menge jubelte, die Vorbereitungen zur Hinrichtung konnten beginnen. CNN sprach von »festlicher Stimmung« und erklärte die Technik der Todesspritzen. Währenddessen bahnte sich ein Pizza-Service seinen Weg durch die Menge, und eine Videowand flammte auf, zu zeigen Täter und Opfer.

»Jesus? Jaja, den finden sie da drin alle«, empörte sich ein Yuppie. »Hätte sie ihn halt früher finden sollen!« Aber warum sie gleich hinrichten? Die Antwort war entwaffnend: »Warum nicht?«

Draußen wurden die Stimmen der Moderatoren immer feierlicher, drinnen im Studio erläuterte Camille Paglia, sie sei für die Gleichstellung der Frau, deshalb gegen eine Begnadigung von Faye Tucker. Frauen sollten lernen, Risiken zu tragen. »Nur noch wenige Minuten bis zur Hinrichtung«, sagte der Reporter zum Publikum, »Bleiben sie dran!« Eine Ordnung war.

Als die Delinquentin in den Hinrichtungsraum geführt wurde, rief der Gatte des Opfers: »Here she comes, baby doll. She is all yours!« Es muss wie Hysterie gewesen sein, schließlich würde sein parasitäres Verhältnis zur Täterin mit ihr sterben. Volle acht Minuten dauerte es von der Injektion bis zum letzten Atemzug. Faye Tucker hustete zweimal, dann blieb sie mit offenen Augen liegen. Den Ayatollahs von Texas blieb nur die Enttäuschung darüber, dass sie wohl nicht richtig gelitten hatte. Und die Europäer kommentierten, wie sie immer kommentieren: Wenn Karla Faye Tucker die Diskussion über die Todesstrafe neu entfachen hilft, dann ist sie nicht umsonst gestorben! Eine Woche später war auch die Diskussion gestorben. Umsonst.

Ein Heer von Journalisten begleitet jedes Jahr einen Delinquenten aus dem Todestrakt und protestiert – jede Saison ein tödlicher Countdown und immer blasse Europäer. Das Ritual der Henker, das Ritual der Presse: Nur noch symbolisch und nur für Minuten gewinnt das Einzelleben solche Bedeutung.

Bild dir meine Meinung

Heute Morgen ging ich an den Kiosk, um mir meine Meinung zu bilden, aber meine Meinung war schon da. Klein Marni hat die Wimpern von Dodi; Prost, Schoko-Spice braucht Trost; drei Witwen weinen an der Todesgondel, und wer mit Meerschweinchen jongliert, riskiert die Entlassung: Jetzt bin ich im Bild! Ungestraft jongliert in meiner Gegenwart kein Mensch mehr mit Meerschweinchen!

Es ist ein wenig altmodisch, wenn man immer noch glaubt, eine Meinung haben zu müssen, noch dazu eine eigene oder sogar eine eigene, die aus der »Bild«-Zeitung stammt. Wozu? Wen kümmerts? Meinungen sind gut, wenn einem die Wahrheit zu hoch hängt, sie stinken nach schlecht verdauten Vermutungen. Außerdem sind sie stets unverbindlich, also harmlos, und sind sie nicht harmlos, sind sie verboten. Wäre die Meinung dagegen eine Vorstufe des Urteils, nur die Sachlichen könnten meinungsbildend wirken.

Wichtiger als die Meinung sind deshalb auch der »Bild«-Zeitung die richtigen Fragen – z. B. Todes-Pastor: Überführt ihn eine schwarze Ameise? Pamela: Was ist an dieser Frau noch echt? Warum essen wir keine Puteneier? – oder die richtigen Informationen – z. B. Iwan Rebroff: Auf dem Fischmarkt verkaufe ich Schweine, oder: Der Cellist des Dalai Lama: Er spielt von Harmonie und Hölle.

Wer das liest, sollte meinen, es gäbe in »Bild« weniger Meinung und mehr Geschmack zu bilden. Aber doch: »Bild meint«: Knallhart, Tony Blair! Sparen, Herr Mielke! Langsam reicht's, Herr Suharto! »Bild« macht vor, wie man auf dem hart umkämpften Meinungsmarkt Meinungsführer wird. Einfach Weltereignis anklicken, Imperativ dazusetzen, fertig ist die Meinung! Das Geheimnis dieser Meinungsbildung ist: Man muss meinen können, ohne zu kennen, so wie das Vorurteil, der Kitsch, der Rassismus auch meinen, ohne zu kennen.

In diesem Paralleluniversum verliert man am Ende zwar die Realität, aber man gewinnt eine Art Meinungssolidarität aller als Mittel gegen die Einsamkeit. Das Ich der »Bild«-Zeitung besitzt vorbildliches Halbwissen, es ist emotional überwärmt und vom Status quo so gekränkt wie amüsiert. »Bild« produziert also nicht primär Meinung, sondern die Sehnsucht nach ihr, und an ihrer Stelle die Haltung, die es von überall gleich weit hat bis zur Masse.

Grazie, Trap!

Es sollte ein Ruck gehen durch Deutschland, und er ging ausgerechnet durch Giovanni Trapattoni! Dieser Gentleman, dieses Gesamtkunstwerk von einem Fußballtrainer, der schon den Spielfeldrand mit der Beinarbeit eines John Neumeier und dem Fingerspiel einer balinesischen Tempeltänzerin verzaubert, er wechselte jetzt ins dramatische Fach und stauchte seine pflegebefohlenen Millionäre aber so was von zusammen, dass den anwesenden Journalisten nur das Gesicht übrig blieb, das Lassies Besitzer immer macht, bevor er sagt: »Ich glaube, er will uns etwas sagen!«

Und ob er uns etwas sagen wollte! Etwas, das wie Deutsch klang, aber nicht Deutsch war, etwas, das in den Nachrichten untertitelt werden und zu dem jeder Gebärdendolmetscher die Hände in den Schoß legen musste, etwas, das als Rap im Radio und als Spott im Stadion verwertbar sein und als »Wut-Rede zum Ausschneiden« im Bayern-Fan-Shop zu vermarkten sein sollte – das große Ausmeckern, das Comeback der Standpauke, eine Wort-Kaskade, erhaben in der Wallung des gerechten Zorns. Bravo, Trap! Grazie, Trap!

Doch dies war nicht nur die Selbstoffenbarung eines Mannes, der trotz Millionenzirkus leidenschaftlich am Fußball hängt, es war eine Ekstase der Sprachkritik, wie sie zuletzt vor hundert Jahren formuliert wurde. Damals schrieb Hofmannsthals Lord Chandos: Die Worte »zerfielen mir im Munde wie modrige Pilze«, heute fragte Trapattoni: »Ist klar diese Wörter, ist möglich verstehen, was ich hab' gesagt? Danke.« Damals konstatierte Chandos elegisch, nicht einmal eine Ermahnung seines Kindes bringe er noch über die Lippen, heute spricht Trapattoni: »Ich bin müde jetzt Vater diese Spieler, eh.« Auch hier zittert Sprache zwischen Meinen und Bedeuten.

So ist unsere Muttersprache bei Trapattoni zwar im Exil, aber er gibt ihr neue Impulse. Während der Kanzler seine Komparative nämlich immer noch mit »wie« bildet, spricht »der Mister« bereits nach den Vorgaben der reformierten Rechtschreibreform. In einem italienischen Lokal fand ich mal ein Schild mit den Worten: »Der Dienst am Tisch reserviert ist nur am Ober.« Das war schon fließendes Trapattonisch, man kann es nur verstehen wie man Musik versteht und man ahnt bei so viel reinem Ausdruck: Nur frisch gebrochenes Deutsch ist gutes Deutsch. »Ich habe fertig.«

Unsere Kulturbeutel

Gut gerahmt, »SZ«! Die Headline zur Linken hieß »Kiffen heilt«, die zur Rechten »Die Angst vor der Leere«, in der Mitte versprach ARD-Programmdirektor Günter Struwe zwar nicht, Kiffen heile die Angst vor der Leere, aber etwas ähnlich Berauschendes, nämlich: »Keiner wird von uns so gut bedient wie unsere Kulturfreunde.« Von »unseren Kulturfreunden« sprechen eigentlich nur Menschen, die in der Kultur keine Freunde haben, Menschen, die »Kunstgenuss« lieben und »Klassik zum Kuscheln«.

Abgesehen davon ist die Aussage so dreist wie inkorrekt: Dreist, weil sie die Verschiebung der ARD-Kulturmagazine in die tiefere Nacht zum Dienst am »wirklich kulturinteressierten« Zuschauer umfälscht, und inkorrekt, weil jeder Sport-, Koch- und

Talk-Freund in der ARD besser »bedient« wird als »unsere Kulturfreunde«. Die bekommen zwar als Gebühren-Alibi im Bonsai-Kanal 3sat ihre tägliche »Kulturzeit« und etwa 100 000 Zuschauer, aber als Draufgabe einen Struwe-Satz der reifsten Periode: »Für Menschen, die an Hallenhandball interessiert sind, für die gibt es eine solche Regelmäßigkeit nicht.«

Stimmt, aber nicht einmal Oswald Spengler konnte ahnen, dass gegen Ende des Jahrtausends die gesamte Kultur mit dem Hallenhandball werde konkurrieren müssen, und das nur, weil manche Programmverwalter noch schneller degenerieren als die Programme. Dabei ist sicher: An einem Programmdirektor, dem solche Vergleiche kommen, sind seine eigene Kulturmagazine spurlos vorübergegangen. Umso nötiger sind sie.

Früher, meint Struwe weiter, blieben lauter falsche Zuschauer, fehlgeleitete »Tatort«-Kretis und Pletis, an den Kulturmagazinen hängen, heute dagegen wachen in der Nacht nur noch Werthers echte Kulturfreunde. Die falschen dagegen, aus dem mitgeschleppten »Tatort«-Plebs, die kriegen jetzt »Christiansen«, wo sie auch dringend gebraucht werden. Was Struwe ebenso wenig sagt: Die Kulturmagazine hatten einen hohen Anteil an Hauptschulabsolventen. Die arbeiten früh und sind jetzt nicht fürs Gebührenzahlen, aber fürs Kulturfernsehen verloren, doch wer weiß, wie oft man das Kulturpublikum noch halbieren muss, bis man nur noch die echte Haute-Culture-Elite vor dem Schirm hat?

Eine Kultur mit solchen Freunden braucht keine Feinde.

Alice unterm Ladentisch

Je mehr sich die Öffentlichkeit sexualisiert, desto schwieriger wird es, den Gegenstand »Pornographie« einzugrenzen. Mal ist was Schmuddliges gemeint, mal was Schweinisches, mal nichts Besonderes, aber grundsätzlich findet Alice Schwarzer, gegen »das allgemein sinkende Verantwortungsbewusstsein« der Medien tue eine »Ethik-Debatte« »bitter not«. Das walte Wickert!

1988 wandte Schwarzer den Pornographiebegriff auf die »Stern«-Titelbilder an, ging vor Gericht, gewann Publicity, verlor den Prozess und zog sich zwanzig Jahre zur Beratung zurück. Pünktlich zum Jubiläum ist sie nun mit einer neuen Gesetzesinitiative da, d. h. in der Zeitung, den Voyeuren zum Fraß vorgeworfen durch ein Porträtfoto von schamloser Selbstentblößung des nackten Gesichts. Unter dem Foto steht: »Unsere schlimmsten Befürchtungen sind eingetreten.« Meine auch, immer schon. Aber für Alice Schwarzer ist es noch härter: »Wir stehen vor einer umfassenden Pornographisierung der Medien.« Au fein, will man sich schon freuen, jetzt kommt Schrowanges Lust zu leben, doch dann versteht man: Gemeint ist nur der Rotlichtbezirk zwischen Vera Int Veen und Verona Int Feldbusch. Sodom und Gonhorroe! Pornokrates erhebt sein hässliches Haupt, und man erfährt, »dass es von der sadomasochistischen Phantasie bis zur Tat oft nur ein kleiner Schritt ist« – oft – und dass die »Kinder zunehmend Ersatzobjekte für Männer« werden, »denen die Frauen zu selbstbewusst geworden sind«.

Wovor machte Schwarzers Geltungsdrang je Halt? Erst treibt sie die Frauen ins Selbstbewusstsein, dann deren Männer in die Kinderschändung, anschließend zieht sie, begleitet auch von ein paar CDU-CSU-Frauen, vor Gericht mit der bis heute haltlosen Unterstellung, Gewaltbilder besäßen keine Ventil-, sondern Vorbildfunktion und mit einer Pornographiedefinition, die kein Kadi zulassen wird: »Pornographie ist sexualisierter Frauenhass« – und Putzsucht sublimierte Koprophilie.

Aber wen hasst die Schwulenpornographie? Oder ist die keine Pornographie und darf weiter schmuddeln? Egal. Am Ende schafft Schwarzers Rufen nach einem Verbot de Sades, nach Strafrecht und Sanktionen, schafft solch fundamentalistisches Spießertum exakt das Klima, das die Herstellung von Pornographie begünstigt. Endlich ist sie wieder Sünde!

Ode an Lodda

Füllest wieder Bild und Funk/still mit Schwafelglanz/Öffnest nur nach allem Stunk/Deinen Mund nicht ganz./Immer muss er offenstehen/selbst den Gegner schreckt sein Rosa/Schlimmeres kann nur geschehen,/spuckt er seine Fußball-Prosa!

Ewig, Lodda, willst du schweigen/so hast du dir selbst geschworen/um's nicht wieder zu vergeigen/liegst du niemand in den Ohren./Keiner soll dich stänkern hören/über Klinsi kaum ein Wort/unter »Lodda Lodda«-Chören,/trägt der Wind dein Sticheln fort. /

Lodda, sagst du, ist jetzt reifer/will jetzt nix mehr außer Siegen/doch was hilft dir all der Eifer,/fehlen dir zum Sieg Intrigen./Fehlt der große Mannschaftshader/ist das Morgen fad wie Gestern/und am Ende fängt im Kader/noch ein anderer an zu lästern.

Doch nicht provozieren lassen/über andere keinen Ton!/Lodda, niemand kann es bislang fassen,/schweigt in jedes Mikrophon./Sieh, er hat es doch geschafft/zählt noch nicht zum alten Eisen,/und vollbringt's durch Geisteskraft/schweigend zur WM zu reisen.

Ja, du hast es dir gerichtet,/Leitwolf, Champion, Kultfigur/hättest sogar noch verzichtet,/wär's nicht wider die Natur./Als gelernter Raumausstatter/machst du jetzt die Räume eng,/und als echte Rasennatter/schlängelst du dich durch's Gedräng,/tust, als wärst du nur zu offen/direkt, ehrlich, fast zu dumm,/dabei weiß, wer je betroffen:/Lodda agiert hintenrum./Wer ihn deshalb früher kannte,/fürchtet neue alte Fehden,/denn so schnell er immer rannte,/schneller war er doch im Reden.

Deshalb gibt's auch schon die Vielen/die nach allen alten Krächen/meinen, er soll weiter spielen/lieber aber wieder sprechen./Wir erwarten »Bild«-Geschichten,/und wie wär's mit dem Versuch,/es uns heimlich einzurichten:/»Das Geheimste Tagebuch«!/Aufgeschrieben eigenhändig,/unverbindlich, einfach so,/kommt's im Herbst dann siebenbändig:/»Leiden eines Libero«./Diese dicke Ego-Schwarte/wird dir endlich ganz gerecht/bringt sie doch, was »Bild« nicht brachte,/zeigt sie dich doch recht und echt,/auch die falsche Attitüde/und das Nach-der-Presse-Schielen./Lodda, wir sind deiner müde,/schon' die Stimme und geh spielen!

Groteske um Guernica

Das Dritte Reich dürfen wir nie vergessen – aber »nie«, wie lange ist das noch? Wie lange bleiben kollektive Erinnerungen frisch und treffen auf empfängliche Nachgeborene? Anders als Festredner gern meinen, hängt die Antwort nicht vom erinnerten Ereignis ab, sondern von der Qualität der Erinnerung.

Picassos Gemälde »Guernica« galt seit seiner Entstehung vor über sechzig Jahren als geronnene künstlerische Kriegserinnerung in ihrer expressivsten Form. Die dem Gemälde mitgegebene Entstehungslegende erzählt, wie am Nachmittag des 26. April 1937 gegen 16 Uhr Hitlers Kampfflugzeuge über den vollen Marktplatz des Baskenörtchens getaucht seien, die weitgehende Totalzerstörung des Fleckens und viele hundert Tote unter sich lassend. Es dauerte bloß 61 Jahre, bis Ende letzten Monats eine förmliche Entschuldigung der Deutschen in Guernica eintraf, wo sie vor schweigendem Publikum verlesen wurde.

Ungleich heftiger war die Resonanz in Spanien, aber auch in England auf einen hierzulande unkommentierten, dort »revisionistisch« genannten Beitrag des ARD-»Kulturweltspiegels« zum Thema. Dort referierte ein Militärhistoriker und ehemaliger Franco-General, der Angriff sei leicht gewesen, habe nur 126 Opfer gefordert, und die bekannten Zerstörungspanoramen zeigten nicht Guernica, sondern Madrid. Der Beitrag fährt fort, Picasso habe hier nicht eigentlich Guernica gemalt, nur ein Medley früherer Motive aufgewärmt, schließlich seien hier keine Bomben und Flugzeuge zu sehen, sondern Pferd und Stier. Auch sei der Künstler an der Wahrheit so wenig interessiert gewesen wie der Ort, der heute ja vom Tourismus der Bürgerkriegs-Wallfahrer profitiere.

Was also? Das vermeintlich »größte Kunstwerk des 20. Jahrhunderts« ist plötzlich nicht Schrei und Anklage, sondern Potpourri? Die am Ort lebenden Augenzeugen sind keine Opfer, sondern Schwindler und späte Kriegsgewinnler? Die Toten sind nicht tot, die Gebäude nicht zerstört? Nur Deutschlands Millionenentschädigung wurde dennoch bewilligt und ausbezahlt?

61 Jahre erst. Noch leben Zeugen, Text- und Bilddokumente sind erhalten, und wir wissen nicht einmal, was wirklich in Guernica geschah? Für die Kunst ist Abstand die erste Bedingung für die Nähe zum Ereignis. Die einzige Gewissheit über Guernica ist also, »Kulturreport« zufolge: Picasso hat es gemalt.

Bei Anruf Horn

In Deutschland ist jeder Aufstand, egal auf welchem Feld, zuerst ein Aufstand gegen die Ordnung. In jüngerer Zeit gab es derer zwei. Christoph Schlingensief brachte ein gutes Stück Chaos in die Welt der Talkshow, der documenta, des Theater-Guckkastens, Guildo Horn löste einen spontanen Akt nationaler Anarchie aus, indem er die Grand-Prix-Ausscheidung für sich entschied und damit neu definierte.

In beiden Fällen wurde die Unverbrüchlichkeit ehrwürdiger nationaler Rituale zur Voraussetzung für den Frohsinn des Frevels, und in beiden Fällen sah es aus, als wollte sich die Nation auf einem kleinen Feld so verwirklichen, wie es ihr als ganzer immer wieder misslingt: Man sollte endlich einmal wieder von der Utopie träumen dürfen, das Volk sei unregierbar.

Guildo Horn hat dabei mehr als den Schlager im Auge. Er besetzt deutsche Mythen, singt unappetitlich über die Liebe zu Steffi Graf, schießt barfuß auf die Torwand des »Aktuellen Sportstudios«, gewinnt eine Reise zum Europäischen Songcontest und konvertiert Menschen zu Schlager-Patrioten. Plötzlich wollen sie – die jeden »Leon«, jeden Einzelpunkt aus Malta stoisch ertrugen – plötzlich wollen sie »würdig vertreten« werden. Als gäbe es »Würde« in diesem Metier! Als wäre nicht der beste Vertreter des Landes die Schande der Nation!

Eine Vorausscheidung sollte es sein, mit einer Ausscheidung der besonderen Art wurde sie gewonnen. Scheiße, fanden die Buchhalter der heilen Welt in nackter Angst um die Erbhöfe der Einfalt. Guildo Horn dagegen, der über »Die Befreiung von der Vernunft« diplomierte Ex-Musiktherapeut, liebt diese heile Welt wirklich, aber er liebt sie zu Tode. Nach seinem Auftreten ist sie nämlich nicht mehr heil, sondern grotesk. Er zerstört, was er liebt, mit Geschmacklosigkeit, Gitarrenriffs und »Orthopädischen Strümpfen«. Sein Humor ist bis in die Rüschenhemden, die Bühnenperformance und den Mutterkult hinein »camp«. So ist er zugleich der Erste, dem in Deutschland eine Versöhnung des schwulen mit dem nicht-schwulen Humor gelingt, und deshalb ist er auch der Erste, für den sich selbst die BBC interessiert. Seine »Perestroika«, wie er sie nennt, ist also nicht zu stoppen. Die Einsätze sind gemacht: Den israelischen Beitrag wird bereits ein Transvestit vortragen.

Für Papst und Pam

 Es gibt auf der Welt gut eine Milliarde Katholiken, aber zwei Milliarden »Baywatch«-Zuschauer. Was, liebe Schulgemeinde, macht das Rettungsschwimmerwesen so viel attraktiver als die katholische Kirche? Ist es das Personal – hier Lazarus, dort Pamela? Die Dienstkleidung – hier Kutte, dort Einteiler? Die Vision der Erlösung – hier Seelen-Auffahrt zum Himmel, dort Triebabfuhr in der Brandung? Ist es der Verbote-Kanon – hier »Du sollst nicht begehren deines Nächsten Weib«, dort »Vom Rand Springen verboten«? Und hat am Ende der Vatikan, dem es um die Errettung des Menschen geht, nicht ähnliche Ziele wie der DLRG, der ja propagiert: »Ein Schwimmer, der nicht retten kann, ist wahrlich nur ein halber Mann«? Jedenfalls werden am Strand mehr Menschen gerettet als in der Kirche, und wenn gerade mal gut eine Milliarde Menschen zum Papst aufblicken, aber ein Drittel der Weltbevölkerung zu Pam, ist es da erstaunlich, dass es mehr Ungläubige gibt als Nichtschwimmer?

Eigentlich wünscht sich der Katholizismus die Verbreitung, die »Baywatch« schon hat, und das nicht wegen der Popularität allein, denn »Baywatch«, die erfolgreichste Fernsehserie der Welt, erkennt etwas am Menschen, das von keiner anderen Hervorbringung des Weltgeistes erkannt wird. Auf ihre Weise weiß diese Serie mehr über die Einfalt des Menschen als »Modern Talking«, und zu all ihrem Erfolg wendet sie nicht mehr auf als ein paar gelbe Mitsubishi Pickups, orange Badeanzüge, Schwimmbretter, dümpelnde Havarieopfer, immer brünstende Bademeister und collagengespritzte Lippenblütlerinnen. Die schmiegen sich beim Reden an die Männer, die wiederum an die Surfbretter, und tun dickhodig und erwachsen.

Der wahre Erfolg der Serie verdankt sich ihrer einzigen Radikalität, ihrer Organisation des Perversen, ihrem bürgerlichen Umgang mit dem Fetischismus der Bildeinstellung, mit einer dosierten

Nacktheit, die obszöner wirkt als Pornographie. »Baywatch« ist Obduktion am lebenden Objekt, hier werden die Darstellerinnen von der Begierde des Betrachters tranchiert, bevor man sie zum Apportieren von Wasserleichen abrichtet. »Baywatch« ist die Katholikin unter den Seifenopern Erst das nackte Leiden, dann der Triumph des Guten. Biblisch.

Die blonde Gefahr

Wir stehen mitten im wohl größten Medienereignis des Jahrhunderts, bereiten uns auf 38 Milliarden WM-Zuschauer vor, opfern ein Waldstück von der Größe des Taunus für Sonderbeilagen, erleben zum letzten Mal, wie sich das zusammenwachsende Europa patriotisch bekämpft, und haben doch keine Antwort auf König Fußballs letzte Fragen, z.B.: Warum rotzt der Spieler, sobald er eine Großaufnahme hat, auf den Boden? Oder: Warum ist dieser »Event«, wie die »Bunte« meint, nicht nur etwas für »eingeschweißte Fußballfans« (sondern auch für lose)? Und endlich: Warum haben wir bis heute das letzte Geheimnis des Männersports nicht gelüftet – die Spielerfrau, dein unbekanntes Wesen.

Warum? Die Spielerfrau hat Fußballgott im Zorn erschaffen. Nie bringt sie den Ball mit, lenkt lieber die Akteure ab, treibt die Transfersummen hoch und weiß alles besser. An Gaby Schuster hat sich die Presse so lange gerieben, bis ihr Mann nie wieder in Deutschland spielen wollte, Martina Effenberg dankte frech für das letzte WM-Aus und verschwand in die Ferien, Bianca Illgner entpuppte sich als wandelnder Ernstfall, Lolida als Lodde in den Leiden des jungen Loddas. Ja, durch die Geschichte Fußballdeutschlands geht eine bedenkliche Frauenbewegung!

Im wirklichen Leben dienen Frauen zwar dazu, Männer sensibler wirken zu lassen. Im Fußball aber gibt es keine Sensibilität.

Wer dort mit den Frauen spielt, wird durch sie umkommen. In seiner ungetrübten, herben Männlichkeit wird der wahre Geist des Spiels nämlich nur unter zölibatärem Reinheitsgebot gekeltert, und so ist die Unersättlichkeit der Spielerfrauen im Grunde Deutschlands schwerster Gegner. Schon im Trainingslager drängen sie über den Zaun, gefährden die Zweibettzimmerruhe und provozieren die Frage: Wird sich der Hormonstau wenigstens planmäßig auf dem Feld entladen?

Doch erst wenn sie da stehen, unsere Männer, steif aufgerichtet zur Hymne, die große nationale Triebabfuhr direkt vor Augen, erst dann entpuppt sich die sublime Bosheit dieser neuesten Strategie: Die Spielerfrauen wurden extra abgerichtet, den Druck zu erhöhen und die Räume eng zu machen. Nur so zwingen sie die Männer, förmlich auf den Platz zu fliehen, den einzigen Ort, an dem sie vor ihren Frauen sicher sind.

Jedermanns Hooligan

Gegen Ende des Jahrtausends hat die menschliche Rasse nur noch zwei natürliche Feinde: den Moslem und den Hooligan. Bei dieser Fußballweltmeisterschaft trafen sie erstmalig aufeinander. Die iranischen Spieler überreichten ihren Konkurrenten auf dem Platz weiße Rosen zum Zeichen des Friedens, verschleierte Frauen ließen weiße Luftballons steigen, und nie gesehene Bilder moslemischer Entgrenzung bezauberten die konsternierten Christen. Als aber einige iranische Frauen ihre Röcke entfalteten, die sich als Menschenrechtsfahnen entpuppten, wurden sieben Personen wegen politischer Agitation im Stadion festgenommen.

Auch die Hooligans hatten politische Botschaften mitgebracht: Sie entrollten die Reichskriegsflagge, zeigten den Hitlergruß und verwandelten den Fußball in ihr spezielles, interaktives Vergnügen. Zusehen reicht nicht, zum Klima des Wettbewerbs gehört die Befreiung der täglichen Dosis Amok. Aber die wirkt auch in der Inszenierung WM: Die Sprache der Sportkommentatoren ist kriegerisch, die Modeindustrie vertreibt Hooligan-Uniformen und Embleme, die Buchindustrie Hooligan-Memoiren, die Sportartikelwerbung spricht in Metaphern galaktischer Schlachten, und da soll eine Massenveranstaltung, die nach Lens mehr Fans spült als der Ort Einwohner hat, friedlich verlaufen?

Wo so viele Muskeln aufeinander treffen, lagert sich Gewalt dem Vergnügen an – kein sportliches, sondern ein gesellschaftliches Phänomen, und die Staaten reagieren: Mit Schleierfahndung, Meldeauflagen, Schnellprozessen, Sanktionen im Heimatland und dem Nein zu Michael Schumachers Vorschlag, Hooligans einzuschläfern. Neben dem Grundsatz der Verhältnismäßigkeit wurden mühsam errungene demokratische Rechte über Nacht geopfert. Schließlich handelt es sich um Delikte, die Deutschland repräsentieren. Wir verstehen: Hooligans sind unmenschliche Charaktere.

Begreiflich aber werden diese nicht durch die Feststellung des Abnormalen, sondern eher in ihrer Beziehung zum Normalen. So fremd sie nämlich jetzt wirken, so vertraut sind sie in Wahrheit und werden es in ihren bürgerlichen Berufen auch wieder werden, wenn es heißt: Eine WM entlässt ihre Kinder.

Ein Hauch von Tianmen

Ein Hauch von Clinton liegt noch in der Luft. Der hatte, anders als Kohl und Kinkel, Chinas wichtigsten Dissidenten Wei Jinsheng getroffen, sich von ihm Chinas Hinrichtungspraxis und Foltermethodik erklären lassen und war anschließend nach Peking gereist, wo er vom »tragischen Verlust von Menschenleben« auf dem Tianmen-Platz sprach, als handele es sich um einen Unfall.

Ein Hauch von Clinton liegt nun auch über Kambodscha. Denn offenbar hat die Region begriffen, wie man Menschenrechtsfragen umgeht, ohne dem Westen unsympathisch zu werden. Nachdem unter Pol Pot zwischen 1975 und 1979 etwa ein Drittel der Landesbevölkerung ausgelöscht, aber niemand zur Rechenschaft gezogen worden war, vielmehr Verantwortliche weiter Macht ausüben oder (wie der Chef des Konzentrationslagers in Phnom Penh) unbehelligt als Bauern arbeiten, brauchte eine schlecht beleumundete Regierung nichts dringender als die Anerkennung der internationalen Gemeinschaft, käuflich durch so genannte »freie Wahlen«.

An diesem Montag wird in Kambodscha frei und demokratisch gewählt, d.h. Premierminister Hun Sen darf ganztägig im Fernsehen für sich werben, die Oppositionsparteien erhalten zusammen fünf Minuten, die politisch-motivierten Morde der letzten Wochen werden vom UN Hochkommissar für Menschenrechte mit »mehreren Dutzend« beziffert, den Oppositionellen auf dem Lande teilten Mitglieder der Regierungspartei mit: »Wir werden euch nach den Wahlen ermorden«, den Oppositionsaktivisten Thong Sophal fand man kürzlich ohne Finger, Ohr und Teile seines Beines zu Tode gefoltert bei Phnom Penh. Seine Familie wird bedroht, schikaniert, erhält Redeverbot.

Die Wahlen werden geeignet sein, diesem Zustand Legitimität zu verleihen. Sie werden durchgeführt mit massiver, an keine Bedingung geknüpfter finanzieller Unterstützung durch die EU, schrieb doch der deutsche Botschafter akklamierend, »von einem Klima politischer Einschüchterung in Kambodscha zu sprechen« sei seines Erachtens »nicht zulässig«. Mit deutscher Hilfe bringt man also einem Volk ohne demokratische Tradition die Sakramente der Demokratie, wissend, sie taugen im Augenblick nur zur Waffe, die sich am Ende wieder gegen das Volk richten wird.

Gute Zahlen, schlechte Zahlen

Wenn man sechzehn Jahre lang das Land mit demselben Kanzler teilt, ist dieser Kanzler keine Personalie mehr, sondern ein System, ein Massiv überkommener Formen, die Politik zu denken, zu entsorgen und in den immer gleichen Stereotypen wieder aufzubereiten. Was Kohl auch sagt, es erhält politische Legitimität, weil er es sagt, und sein Mund hat die Gabe, jeden Gemeinplatz politikfähig zu machen. Folglich hat sich Kohl politisch und rhetorisch auch vor den Arbeitslosenzahlen nicht nur blamiert, er hat zugleich eine massenwirksame Form der Abstumpfung vorgeführt, die zur Folge hat, dass man diese Zahl inzwischen halb sportlich, halb naturgewollt einschätzt.

Am Donnerstag nun stellte sich der unglaubliche Glaubensmann, CDU-Generalsekretär Peter Hintze, vor die Presse und präsentierte die neuen Arbeitslosenzahlen. Sie lagen – saisonal bedingt und Wahlkampf-kosmetisch durch neue ABM-Plätze geschönt – nicht weit unter jener Marke, die Kohl ehemals als »die schwärzeste Zahl meiner Amtszeit« bezeichnet hatte. In welche Formulierung aber kleidete Pastor Hintze seine frohe Botschaft? Er sprach: »Sommer, Sonne, gute Zahlen«, d. h. weit über vier Millionen.

Man sieht von außen nicht oft, wie der Partei-Diskurs intern wirklich geführt wird. Hintzes Zuordnung von Sommerwetter und Massenarbeitslosigkeit aber, der obszöne Gestus, mit dem er das Drama dieser Zahl ignoriert, um sie zu einem wahlstrategischen Erfolg umzufälschen, die Skrupellosigkeit, mit der er unverhohlen diese Chiffre des Elends im eigenen Ornat verarbeitete, sie beweisen nicht nur eine schwere ›deformation professionelle‹. Hintze kann sich das wirkliche Leben offenbar nicht mehr vorstellen, zu dessen Verwaltung er sich mit berufen fühlt, er rechnet Arbeitslose in Stückzahl Stimmvieh.

Kohls Leute mögen die DAX-Rekorde persönlicher nehmen als

die der Arbeitslosennotierungen, sie mögen den Wählern selbst weismachen, die eine Zahl sei Politik, die andere Schicksal, deshalb wird doch niemand die Wiederwahl von Herrn Hintze als ebenso schicksalhaft hinnehmen. Denn wenn es nur einen einzigen Grund gäbe, die Regierung abzuwählen, vier Worte staatstragender Zynismus wären schon genug: »Sommer, Sonne, gute Zahlen.«

Kleine Kohl-Geschichte

Wer nicht vor Helmut Kohls Regentschaft gelebt hat, weiß nicht, wie sehr Politik einmal dazu taugte, sich mit dem eigenen Leben zu beschäftigen oder herauszubekommen, wer sich mit ihm beschäftigt. Vor Kohl dachte man noch entweder realpolitisch, also nur so vernünftig wie die bestehende Vernunft, oder man dachte radikal und ließ sich von der Einrichtung des Bestehenden nicht vorschreiben, wie man sich ein besseres Leben zu denken hatte. Die Ersteren verstanden sich als Pragmatiker mit Idealen, die Letzteren als Moralisten mit Utopien, ihre Gegensätze waren echt, ihre Auseinandersetzungen authentisch.

Vor Kohl haben die Moralisten resigniert. Er hat sie, in einem Aufwasch als Systemveränderer, Intellektuelle, Kulturträger, linksliberale Kampfpresse offen und verdeckt verdrängt oder eigenhändig entsorgt, hat sich zum Befremden seiner Gastgeber selbst im Ausland gegen die heimische Intelligenzija ausgesprochen und am Ende von dieser statt Feindschaft Fatalismus geerntet.

Inzwischen braucht ein Schauspieler in einer Fernsehshow nur zu sagen: »Man weiß ja gar nicht mehr, was man wählen soll«, und erreicht den Siedepunkt der Übereinstimmung im Saal. Die öffentliche Politisierung und ihr Raisonnement sind auf dem untersten möglichen Niveau angekommen – und zwar nicht nur als Folge der so verlegen etikettierten ›Politikmüdigkeit‹, sondern als

Folge einer offenen Feigheit, politische Positionen zu beziehen, einer Feigheit vor der Kontroverse wie vor den Karrierenachteilen. In dieser Hinsicht hat Kohl eine Atmosphäre genährt, die sonst nur als Folge offener Repression entsteht.

Kohl selbst aber stellt sich vor der Wahl allmählich über die Wahl und agiert wie einer, der letztlich nicht abgewählt werden kann. Er ist der Hausvater, er kann nicht unterliegen, er wird gleichsam erhoben in einen Stand über dem Staat. Also werden wir auch nicht Kohls Niederlage erleben, sondern seine Auffahrt und Apotheose, und vielleicht gibt es sogar Menschen, die sich nach der Wahl freiwillig, in Privatstunden, von ihm regieren lassen. Alle anderen hat er in eine Illusionslosigkeit geführt, in der es zum Inbegriff der Radikalität geworden ist, eine Zukunft ohne Kohl zu denken, let's face it: eine Utopie ohne Inhalt.

Schlüpfrige Schlüpfer

Vor dem ersten Dessous waren Mann und Frau noch gleich. Der formstabile, hautsympathische Hip Slip in Feigenblattoptik mit interessanten Verarbeitungsdetails bildete nach dem Sündenfall die preisrealistische Unisex-Wirkware für sie und ihn.

Man weiß nicht, wo man das Blatt montierte. Man weiß nicht, ob es noch am Körper kompostierte oder zuvor in einem neuen Sündenfall heruntergefetzt und geschreddert wurde. Man weiß nicht einmal, ob es die Scham eher verbarg oder betonte, ob es je einfach abgelegt oder stripgeteased wurde. Nichts weiß man, aber man darf vermuten, dass Eva mit Feigenblatt für Adam noch verführerischer war als ohne, weil dieses Paisley-Motiv in der Leistengegend einfach ihre Persönlichkeit und Individualität besonders zur Geltung brachte. Aus eben diesem Grund hat es sich schließlich durch Jahrmillionen als Stimulation der Sünde erhalten.

Mag es sich inzwischen auch noch so sehr verändert haben, das Feigenblatt ist die Mutter aller Dessous geblieben und hat sich im Laufe der Geschichte über den ganzen Frauenkörper ausgedehnt. Vor 2000 Jahren eroberte das Korsett Kreta, brachte den Busen der Kreterinnen besser zur Geltung und bestätigte die Vermutung: Solange es Brüste gibt, wird es den Wunsch geben, sie zu stützen. Schon 400 v. Chr. wurde der Bikini zum Dernier Cri. Das Mittelalter veredelte die Rüstung zur Eisenkorsage mit eingebautem Keuschheitsgürtel. Doch weil man dieser Reizwäsche ohne Schneidbrenner nicht Herr werden konnte, übersetzte man sie ins Geschmeidige mit Fischbeinbustier, Strumpfhaltergürtel und Seidenpantalons. Die Brüste wogten nun gefährlich prachtvoll über der textilen Stützbalustrade, und Napoleon I. fand, das Korsett künde von einem »drohenden Sittenverfall«. Tatsächlich hatte die erste Korsettwerbung in französischen Schaufenstern regelrecht politische Dimensionen, pries sie das gescholtene Textil doch mit den Worten: »Mäßigt die Mächtigen, stützt die Schwachen und bringt Entzweite wieder zusammen.« Im Grunde wurde also für das Korsett mit Worten geworben, die auch auf die Bibel gepasst hätten.

Nicht lange. Denn gegen Ende des 1. Kaiserreichs wurden die armen Brüste erst modisch auseinandergepresst, dann wieder künstlich plattgedrückt, und zwar nur, damit der Bauch zu besserer Geltung komme. Mit einem Wort: Die Historie der Leibwäsche hat den Frauenkörper jahrhundertelang orthopädisch drangsaliert, und deshalb wurde es zu Anfang dieses Jahrhunderts höchste Zeit, die Reformkleidung zu erfinden, praktisch, bequem und unsexy: Die Rückverwandlung der Dessous in die Leibwäsche. So hatten die Sufragetten und Feministinnen, die reformierten Frauen und unkonventionellen Gesellschaftsdamen wenigstens ihre eigenen textilen Erkennungszeichen.

Zur gleichen Zeit lebten die Korsellagen und Rüschenslips natürlich fort. Einmal stand Thomas Mann mit seinem kleinen Sohn

Klaus vor einer entsprechenden Schaufensterauslage. Der Kleine stierte fasziniert. »Na, findest du das schön?«, fragte der Vater. »Nein, schön finde ich es nicht«, erwiderte der Sohn. »Aber ich seh's gerne.«

Sie sahen es alle gerne, und es sollten ganze Wagenladungen an Korseletts und Torsoletts, an Strings und Strapsen über die Öffentlichkeit fluten, gespendet von der filmischen und der Welt der Reklame. Der Trümmerfrauen-Eros kannte ja keine Dessous. Aber jetzt bot der »Blaue Engel« seinen schön bestrumpften Donnerschenkel, räkelte sich Ava Gardner von schwarzer Spitze überwuchert, offerierten Silvana Mangano und Sophia Loren das dichtgeschlossene Maschenbild, die hohe Elastizität, den dehnfähigen Doppelrand ihrer schwarzen Nylons, strippte Jane Fonda als Barbarella, und Romy Schneider trug selbst einen Regenmantel wie ein Dessous.

Jede kann so aussehen, schwindelte die Industrie und schimpfte alle, die »den paradiesischen Zustand demokratischer Wäscheverhältnisse« nicht nutzten: »Freiwillig verharren sie in altmodischen Bekleidungsstrukturen.« Jawoll, »Strukturen« wurde nie so soziologisch-logisch angewendet, und »schlüpfrig« kommt von »Schlüpfer«! Die Männer trugen noch »Schiesser Tausendsassa«, warteten auf die Erfindung des Tanga »Arsch essen Hose auf« und waren mit ihrem Beinkleid erst versöhnt, als Sharon Stone erkannte: Die einzige Sprache, die Männer verstehen, heißt Feinripp, und so stieg sie nackt mit Zigarre in ihre Calvin Klein mit Fronteingriff und feierte die Überwindung der Dessous aus dem Geist der Herrenwäsche.

Alle Dessous beschwören die Heimlichkeit des Nackten. Doch sie ist vorbei. Und alle Dessous suchen die Steigerung der Nacktheit. Doch sie ist nicht mehr steigerbar. – Machen Sie sich jetzt bitte frei!

The Big Lewinsky

 Die Frau trägt einen billigen wattierten Mantel, sein Bleigrau beißt sich mit dem Himmelblau des Kopftuchs, die rissigen Hände bedecken das Gesicht über dem frisch ausgehobenen Erdreich. Warum interessiert sich »Vanity Fair«, also »Jahrmarkt der Eitelkeit«, für eine weinende Albanerin am Grab ihrer Toten?

Eine Seite weiter sind wir immer noch in der Natur, aber hier leuchten die Farben, die Mode ist trendy, das Modell jung, mit dem gefletschten Lachen der Southern Belle. »Zynisch«, denken die Gestrigen, »gutes Konstrastmittel« die Heutigen, »klassisches Layout« die Morgigen. Es gibt kein »Warum«. Denn hier liegt die Wiedergeburt Fergies aus dem Geist der Reagan-Ära, liegt der schwarze Skalp und große Körper, das gesunde Gebiss und die sündige Versuchung, hier liegt das Pin-up des Präsidenten eigenmächtig im Gras und lacht, als hätte es sich seit der Geschlechtsreife auf dieses Lachen vorbereitet.

Es sind die ersten offiziellen, künstlerischen Fotos von Monica Lewinsky, Herb Ritts hat sie geschossen. Vergessen das rotunde Speckgesicht, vergessen die schmachtende Barrett-Trägerin, willkommen barfüßige Nymphe mit dem verschossenen stargesprenkelten Banner vor der Brandung, mit der kurzfingerigen Fleischerinnenhand vor der Federboa, dem Chiffonsaum um die Wadenwölbung!

Monica Lewinsky hat alles richtig gemacht und Bill Clinton alles falsch. Er hat Marihuana geraucht, aber nicht inhaliert, hat Jahre mit Vorspiel zugebracht und ist nicht gekommen (sagt sie), und nun ist eben Monica, die nichts war als das Zentrum eines Gerüchts, Ikone und er nicht. Denn sie weiß, wie man die Aura bewahrt und sich ablichten, aber nicht aushorchen lässt. Ihr Schweigen ist die letzte Ekstase der Public Relations. Es hebt sie über ihre Rivalinnen, die ebenso nichtsnutzigen, aber schauspielernden, redseligen Supermodels. So konnte sich die Frau, die eben noch an ihrer Schwatzhaftigkeit zu zerbrechen drohte, in ihrem Ruhm einrichten. Sie will mehr davon als bloß ihre Viertelstunde, will im Gras liegen, sich interpretieren lassen wie die Maya und ihren Beitrag leisten zur Privatisierung der Politik …

Da bleiben Albanien nur die Tränen.

Du sollst dir kein Bild machen

Das Land heißt »Kongo« und interessiert uns sporadisch, also wenn Rebellen durch das Land ziehen, schicken wir Journalisten hinterher. Der Mann hat keinen Namen, wird aber von Rebellen zusammengeschlagen, von einer Brücke geworfen und von oben erschossen. Die Journalisten gehen ihrer Arbeit nach, denn dafür sind sie in den Kongo gekommen. Also erreicht uns der Vorfall in Wort, Standbild und Filmbild. Über die handelnden Personen und ihre Motive erfahren wir nichts.

Daran haben wir uns gewöhnt. Den Bildern nach zu urteilen sind Kriege kriegerisch, Rebellen rebellisch und Tote sind Menschen, die getötet wurden. Abgesehen davon teilen uns die Bilder nichts mit. Das Zeitalter ist »bildgesegnet und bildverflucht«, sagt Hermann Broch. Meist brauchen wir keine Bilder, um uns ein Bild zu machen.

Trotzdem reist die Filmsequenz nach Deutschland, kommt dort zwei Minuten vor Beginn der ZDF-Hauptnachrichten an, wo man sie wichtig genug findet, um sie unverzüglich auszustrahlen. A priori entschuldigt sich der Sprecher, a posteriori der Intendant. Am meisten aber leidet unter diesen Bildern der FDP-Generalsekretär, dessen Protest am nächsten Tag mehr Raum erhält als der ganze Kongo zusammen, worauf sich folgerichtig mehr Menschen über die Ausstrahlung der Bilder aufregen als über ihren Inhalt.

Vielleicht sollte man Guido Westerwelle aber daran erinnern, dass er der Bundestagsfraktion angehört, die den amerikanischen Militärschlag gegen eine angebliche Giftgasanlage im Sudan befür-

wortete, einer Fraktion, die nicht gegen sich selbst protestierte, als herauskam, dass es sich nicht um eine militärische Anlage handelte, also auch nicht um einen »Vergeltungsschlag«, sondern um ein Attentat auf das Leben afrikanischer Zivilisten. Dieselbe Fraktion unterstützte 1986 auch den amerikanischen »Vergeltungsschlag« gegen Tripolis und Bengasi, und heute, dreizehn Jahre später, ist immer noch keine libysche Schuld nachgewiesen.

In beiden Fällen haben sich die Nachrichten gut benommen, keine Toten, keine Morde gezeigt, allenfalls menschenleere Ruinen. Das schlimmere Bild ist eben meist nicht das drastische, sondern jenes, das veröffentlicht wird, damit wir uns kein eigenes Bild machen.

Kehraus

Tja, eines Tages ist der Wahlkampf dann doch vorbei und das eben noch umgarnte Volk fühlt sich von seinem Staat nicht mehr geliebt. Der Wind zerrt an den letzten »Wir-danken-unsern-Wählern«-Aufklebern, die politische Roadshow ist eingekehrt, leer streift nur noch das Lächeln der Kandidaten durch die Luft, als hätten sie immer noch nicht begriffen. Ihr habt verloren, aber euer Lachen ist noch immer vertrauenserweckend und optimistisch. Aber für wen? Kommt wieder, in vier Jahren werden wieder Weichen für das Jahrtausend gestellt, dann geht es wieder um »Aufschwung« und »Arbeitsplätze« und andere Attrappen. Kommt wieder, Lagerwahl und Richtungswahl, kommt wieder, Politikverdrossene und Wahlmüde, die ihr mühsam und beladen seid. Jetzt aber gehört die Straße wieder allem, was es außer Politikern noch zu konsumieren gibt.

Ja, es war ein Jahrtausendwahlkampf, aber nach ein paar Tagen kann man sich kaum an ihn erinnern. Also, was wird bleiben? Das Gesicht von Wolfgang Gerhard auf dem Plakat, als er sagt: »Es ist *Ihr* Land!« Heißt das: wir sind das Volk? Danke für das Kompliment, kommt ungebraucht zurück! Oder Heiner Lauterbach, der erst für Potenzmittel warb und dann für Kohl. Ersteres aus Liebe zu sich selbst, Letzteres »aus Verantwortung für Deutschland«. Oder der Tiger Darius Michalchewski, der erst mit Marie Luise Marjan der FDP nahe stand und dann ohne Marie Luise der SPD. Diese spontan politisierte Öffentlichkeit wird bleiben, wie die Luftballons, die von der Decke fielen, die Hymnen zum Einmarsch der Gladiatoren und der Glaube, in einer wichtigen Zeit zu leben.

In Wahrheit war der Wahlkampf auch eine unpolitische Zeit. Die Presse fand ihn hohl und sorgte mit Liebe zum Boulevard dafür, dass das auch so blieb. Und hinter jedem vermeldeten Schlagabtausch warteten unerhört alle Nachrichten, die statt seiner nicht vermeldet wurden, und hinter jedem Wahlkampfthema all jene, die sich zum Wahlkampf nicht eigneten, und hinter jeder Verherrlichung der Demokratie die Fragen, warum sie noch Werbung braucht, statt Information, warum derjenige am meisten Plakate kleben darf, der am meisten Geld hat, warum man also auch für die Demokratie vor allem mit nicht-demokratischen Mitteln eintreten muss.

Rapper in der Not

In Amerika klagt Arnold Schwarzenegger auf 50000 Dollar Schadensersatz, weil die Zeitschrift »Globe« die Gesundheit seines Herzens bezweifelt hatte. So hoch achtet man dort den Anspruch auf physische Integrität. In Deutschland klagt Rapper Moses P. nicht, nachdem er von Viva-Moderator Stefan Raab in dessen Sendung grob beleidigt worden war. Er schlägt ihm stattdessen die Nase ein. So hoch achtet der Rapper die eigene Ehre und die solide Handarbeit. Das Gericht spricht Stefan Raab 10 000 DM zu. So gering achtet man hier des Moderators Nase und Beleidigungsfreiheit.

40 000 DM aber muss Rapper Moses P. außerdem an eine Stiftung zahlen. Da lacht der gemeinnützige Dritte angesichts der Erkenntnis: Die Würde des Raab ist vielleicht unantastbar, seine Nase ist es nicht. Beim Rapper ist es genau umgekehrt. Er hat eine ähnlich hohe Meinung von der Würde des Einzelnen wie es die Väter des Grundgesetzes hatten. Alle anderen haben sich auf kollektive Würdelosigkeit verständigt.

Als Raab mit seinem Spottlied auf Berti Vogts in die »heavy rotation« bei Viva gelangte, wagte sich des Bundestrainers kleiner Sohn kaum mehr in die Schule. Das hat niemandes Geld oder Nase gekostet, nur die Verzweiflung eines Siebenjährigen. Der aber konnte inzwischen erfahren: Auch vor Gericht ist am Ende eine Nase mehr wert als die Würde. So gesehen erweist sich der Rapper als geradezu wertkonservativ.

Die Mehrheit der deutschen Prominenz aber hat sich zwischen Klagen oder Schlagen auf einen dritten Weg verständigt, den subversiven. Da das Fernsehsprechen vor allem ironisch ist und nichts wirklich gemeint haben will, lassen sich »Pur«, Westerwelle und Solms erst von Harald Schmidt beleidigen, dann sitzen sie in seiner Show.

Aus demselben Grund moderiert Ulla Kock am Brink mit Oliver Kalkofe Fernsehpolemiken, redet Verona Feldbusch über ihre Intelligenz so gern wie Ottfried Fischer über sein Gewicht. Der Beklagte unterwandert den Kläger und wird Teil von ihm. Weil das als »Selbstironie« missverstanden wird, erzeugen inzwischen nur noch Faustschläge und Prozesse manchmal die Illusion, das Gesagte sei etwas Gemeintes und die Würde etwas Wirkliches.

Der Kulturbeutel

Die fünfziger Jahre waren eine gute Zeit für Hellmuth Karasek, denn diese Zeit arbeitete für ihn: Billy Wilder drehte, Marilyn Monroe stripte, die Epoche miefte, und in Tübingen promovierte Hellmuth Karasek, der der Welt einmal sagen sollte, wie Wilder gedreht, Marilyn gestript und die Epoche gemieft hatte. Er würde das so oft sagen, dass diese drei Dinge bald die Vokale in Karaseks Texten bildeten, denn ohne sie wäre seine Welt unaussprechlich gewesen.

Im Nachhinein gewinnt man sogar den Eindruck, all diese Dinge wurden groß, weil sie Hellmuth Karasek begegnen und sich alsbald in seine Autobiographie verwandeln sollten: Mein Billy, meine Lieblingsfilme, meine fünfziger Jahre, mein »Magazin«, mein Handy – die Epoche wurde zum Schlüsselroman des Herrn K. Wer jedoch so maßlos »ich« sagt, läuft Gefahr, seine Texte am Ende nur noch durch Arriviertheit legitimieren zu können, und so erzählt uns Karasek unter immer neuen Überschriften von dem Abenteuer, Hellmuth Karasek zu sein. »Einer wie ich«, müsste seine Autobiographie heißen, wenn ihm nicht Franz Beckenbauer zuvorgekommen wäre.

Die fünfziger Jahre waren eine gute Zeit für Hellmuth Karasek, denn er beobachtete, sie seien eine »muffige Zeit«. Das war bis dahin kaum aufgefallen, stimulierte aber nach einem Siegeszug dieser Enthüllung Karaseks Nachfolgeerkenntnis, die achtziger Jahre seien eigentlich genauso muffig wie die fünfziger, und wer jetzt findet, letztlich sei auch der Späthellenismus eine denkbar muffige Epoche gewesen, geht nicht fehl und stimmt wohl ein in den Ruf nach dem großen Antimuff. Jedenfalls hat sich in den fünfziger Jahren einmal eine junge Amerikanerin im Zimmer von Herrn Karasek fast ganz ausgezogen, aber er hat ihr gesagt, er liebe sie nicht. Da ist sie wieder abgereist. So waren sie halt, die Fünfziger. Reingeschrieben hat er dies in ein Buch, auf dem der Autor den

Kopf auf die Hand stützt und den Finger an die Kinnlade. Das ist so etwas wie der röhrende Hirsch unter den Autorenfotos und deshalb recht passend.

Nach seiner Promotion schrieb Karasek vierzig Bewerbungen und erhielt vierzig Absagen. Gegen diese narzisstische Kränkung verabreichte er sich die Überzeugungen, erstens ein Besserwisser, zweitens ein Dandy und drittens ein geborener Muff-Exorzist und Kulturkritiker zu sein. »Stirb oder werde« sagte er sich, und bevor er also »Deutschlands Kulturkritiker Nummer 1« (»Gala«) recht werden konnte, machte er noch einen Abstecher, demonstrierte 1968 unter Wasserwerfern gegen den Springer-Verlag, und wurde dort, laut eigener Frontberichterstattung, »fast von einem Polizeihund gebissen«. Das war knapp!

Heute demonstriert er zum Ausgleich seine Sympathie für den Springer-Verlag durch Homestories, wird aber dabei nicht einmal fast von schlechtem Gewissen gebissen: »als Fernsehmensch ist man« eben immer »in Gefahr, dass die Leute glauben, man habe sich verraten und verkauft«, während man eigentlich nur andere verrät und lediglich sich verkauft, für ein Linsengericht namens »Informationshonorar«.

Das politische Bewusstsein des Fast-Gebissenen aber ist unverwittert: »Bei vielen, die 1968 für Ho Chi Minh schwärmten«, sei heute eher die Frage interessant, »ob sie einen Porsche kaufen sollen«. Mit so orginell und scharf gesehenen Beobachtungen qualifizierte sich Karasek Jahre später zum Verriss von Haufs »Stammheim«, zur kritiklosen Nacherzählung von Breloers »Todesspiel« und zu einem Hass auf jede Gesinnungsäußerung, die nicht von ihm selbst stammt.

Wer immer etwas anderes will, als zu amüsieren, ist Karaseks kritischer Popanz, und nur in weltpolitischen Schlüsselsituationen tritt er auch politisch vor den Vorhang spricht zum Volk: Er, Karasek, sei nicht nur für den Golfkrieg, sondern er hätte ihn sich radikaler gewünscht, gleichzeitig sei er, Karasek, der »Überzeugung, dass Kohl einer der größten Politiker dieses Jahrhunderts ist«. Und zwar erstens wegen der Einheit und zweitens und letztens »ist er mit vielen Staatsmännern wirklich befreundet, die auf ihn hören«. Das ändert alles, und kaum fragt man sich, was man mehr bewundern soll, die Insider-Kenntnisse oder das verfeinerte Politikverständnis, da liest man erleichtert, dass Karasek die historische Stunde der Wahl zum Anlass einer neuen Exegese des Politischen nimmt.

Schröder nimmt er vor allem und immer wieder seine »Blue Jeans« übel – ein Textil, das auch mit Karaseks Plastiken schon Berührung hatte – aber mehr noch, Schröder, der »Fleisch fraß«, »musste mit seiner Neuen, der Doris Köpf« – die den Kritiker andernorts zum Wortspiel »Köpf oder Zahl« inspiriert, köstlich ganz köstlich – »die Flucht nach vorn antreten, zeigen: Was ich jetzt brauche, ist ein bißchen Gefühl. Das wirkt oft ein wenig peinlich, und geschmacklos, wie er sich mit ihr auf Fotos zeigt«. Karasek weiß, wovon er redet, zeigt er sich doch selbst geschmackvoll in »Bams« und »Bunte« mit dem minderjährigen Töchterchen im kurzen Röckchen auf den Schultern, als Sättigungsbeilage zum Kritiker gewissermaßen, was weder Brutschande noch »peinlich« noch »geschmacklos« ist, sondern einfach zeigt: Was er jetzt braucht, ist ein bißchen Gefühl.

Abgesehen davon sind seine Attacken gegen Schröder eher Stutenbissigkeit, er neidet dem Kandidaten seine unverhohlene Kraft, seine Jeans, seine Frauen. Als Schröder dann auch noch ein Buch mit Briefen auf den Markt bringt, also in Karaseks Domäne wildert, befindet dieser mit literaturpäpstlicher Autorität, offene Briefe seien keine Briefe, sondern eher Geschrei, so wie wenn man über einen Marktplatz riefe – nur so zum Beispiel: »Ich liebe dich, Anna! Und Deine Brustwarzen waren Spitze letzte Nacht!« Man weiß nicht, wie er auf diesen Vergleich so schnell gekommen ist – durch Übung? Erfahrung? die Wiederkunft des Verdrängten? Ignorabimus. Aber Texte sind auch Hilferufe, und so besitzen gerade Karaseks Artikel der Post-«Spiegel«-Ära oftmals die unbeholfene Authentizität von Aufsätzen, wie man sie manchmal in Wochen- und Anzeigenblättern findet, wo Menschen ihr Innerstes preisgeben wollen und offenbaren nur Innereien.

Dass Karasek sich aber auch in der Politik so gut auskennt, hängt damit zusammen, dass er sich überall so gut auskennt, und Urteile ohne Anschauung sind überall gleich hohl. Im Grunde hat er die Attitüde des Großkritikers jovial auf alle anderen Lebensbereiche übertragen und ist weniger Kenner als Nutznießer der »Kunst«. Seine Rezensionen kreuzen die klassischen Genres der Schulaufsatzkunst: Nacherzählung, Besinnungsaufsatz und Erlebnisbericht, unterfüttert mit Lexika-Exzerpten, aufgeblasenen Gedankenlosigkeiten und Attitüden wie: »Alle guten Dramatiker waren mit 25 tot« außer Shakespeare, damit werden Brecht, Beckett, Ibsen, O'Neill, Strindberg zu Dramatikern von Karaseks Ungnaden, wofür man durch lichtvolle Unterscheidungen im Theatralischen entschädigt wird: Minetti ist »der große alte Mann des deutschen Theaters«, Quadflieg dagegen der »Grand Old Man des deutschen Theaters«, beide aber immer noch Schauspieler, Dominik Horwitz dagegen »wurde durch seine rotdurchglühten Ohren weltberühmt« und Karasek durch seinen Sprachfehler.

Zum »Spiegel« kam der Hoffnungsträger für Hosenträger in einer Zeit, in der der Kritiker noch Donnerer sein und Karrieren zerstören durfte. Davon hat er auch Gebrauch gemacht. Ehemals aber baute sich Papst Hellmuth der Erste zu imposanter Scheingröße auf, rezensierte Ute Lempers Beine, verriss Hildegard Knefs frühe Chanson-Versuche, nannte Edward Bond einen »sprachlosen Schwätzer«, Hochhuth einen »Gemeinplatzhirsch«, klagte über »Herzog, Kluge und Wenders«, ihre »verblasenen Selbstdarstellungen« und »sauertöpfischen Kinodefinitionen«, wütet bei Herzog über »den zur Kinski-Schmiere verkommenen Faschismus«, vermisst aber andernorts im deutschen Kino »Wille zu Pathos und Heroik«.

Mit einem Wort: Alles, was ihn überforderte – und das tat »die Kunst« offenbar ganz allgemein – alles Substanzielle, Ambitionierte, Engagierte, alles radikal Wahrhaftige, formal Gelöste, Experimentelle, Anstrengende, was nicht in die brachialen »Daumen-rauf-Daumen-runter«-Kategorien passt, was nicht ist wie er und nicht primär das Massenpublikum penetrieren will, all das ist »arrogant« und Frucht von »eltärem Dünkel«. Aber wer schützt uns vor der Arroganz des Kritikers, der uns den Phantomschmerz angesichts des Kinos, das fehlt, mit einer Hymne auf »Voll normal!« austreiben will.

Wie die meisten Journalisten ist Karasek zwar selbst oft ein böser Richter, in Fragen der eigenen Ehre allerdings überempfindlich. So schrieb Benjamin Henrichs einen milden Verriss des Theaterautors Karasek/Doppler (»ein Talent muss er noch werden«), Karasek kontert Jahre und wirft Henrichs in einem einzigen Artikel vor, zu »plappern«, zu »faseln«, sich in »frohgemuten Faseleien«, »sinnlos gedrechselten Antinomien« oder »Besinnlichkeitskitsch« zu ergehen, darüber hinaus ist Henrichs entweder ein »Theaterbuchhalter«, ein »Schreiber«, bei dem »es in die Hose geht«, oder ein »Kultur-Wichtel«. Man erhält den Eindruck, so böse wie auf Henrichs ist Karasek nicht mal auf Hitler, und das stimmt ja auch, denn große Leidenschaften gibt es in Karaseks Texten nie um einer Sache willen, nur wegen einer Person: der eigenen.

Karasek hat die Wucht, mit der er Leute verreißt, selbst selten erlebt. Mal nannte ihn die »taz« einen »oftmals peinlichen Selbstbespiegeler« oder die FAZ schrieb: »Karasek ist kein großer Kritiker«, der »Tagesspiegel«, er verspiele »durch Schlamperei sämtlichen Kredit«. Wer aber sonst karasek-krititisch hervortritt, wird mit Anwaltsdrohungen überzogen oder als »Drecksau« bezeichnet, was im Kampf um die eigene Person sogar ganz authentisch und sympathisch wirkt.

Entschädigt wird der Kritiker vor allem durch die berufsbedingten Möglichkeiten, Frauen kennen zu lernen oder sie wenigstens beschreiben zu dürfen. Karasek kultiviert das Genre des Artikels als unsublimierte Ranschmeiße: »ich war verrückt nach Barabara Auer«, »die vor verklemmter Sexualität förmlich dampfende Barbara Auer«, Veronika Ferres ist eine Frau, »für deren Beschreibung Männer ihre Hände mit kurvigen Bewegungen zu Hilfe nehmen müssen«, »wohlgeformt und gut ausgerüstet« ist sie, ein »üppig fleischgewordener Blondinenwitz«, bei solchen und anderen »busenschönen Frauen« kann der Kritiker selbst durch Strapse hindurchsehen, weil er das »Fleisch der Oberschenkel unter den Strapsen« erblickt, »Brustfleisch«, »ein in schwarze Seidendessous verhülltes weibliches Gesäß mit langen Beinen«, und der Leser weiß: Entweder ist dies das Gesäß des Höllenbreugel oder hier wurde zu viel Testosteron vergossen oder es handelt sich einfach um Karaseks »Hymnus auf die weibliche Urkraft«, wie er mal einen Courbet beschrieb, der ihm für den Kack auch nicht mehr gegen das Schienbein treten kann.

Eine unerwiderte Liebe allerdings pflegt Karasek zur deutschen Sprache, und da Herausgeber schlechter schreiben dürfen als Praktikanten, ist in der unredigierten Phase des späten Karasek so viel sprachlich Krudes, falsch Zitiertes, Agrammatisches und Asyntaktisches zu lesen, wie es bei einem Namen dieser Bekanntheit erstaunt. Man könnte sich noch abfinden mit all den zopfigen Schwulstformen wie »so steht zu fürchten«, »schließlich und letztendlich«, »ich stehe nicht an zu behaupten«, aber sie kommen begleitet von den juvenilen Ausreißern »echt geil«, Film »wird brummen«, war »der Hammer« oder auch Schülerzeitungsdeutsch: »Bautz! fiel die Tür zu, und klirr! lag die Klinke am Boden«. Diese Sprache ist deutlich jünger als Schröders Blue Jeans, aber nicht minder verwaschen: »Die Werbung für diesen Roman hat seinen innigen Bezug zur Musik als sein Herz ausgemacht.« Oder: »Aber die Busen, die Blumenberg kurz und herzlos ihre Eignerinnen entblößen lässt, sind echt.« Oder: »Dort liegt dann auch das Paar, aber züchtig zugedeckt, brav nebeneinander.«

Die deutsche Sprache klingt, als sei sie lange nicht zu Hause gewesen, das heißt sie klingt nicht, und im folgenden Beispiel hat sie sogar bis in die Kommata hinein jede Verbindung zur logisch organisierten Mitteilung verloren: »Der neue Film«, »Harry außer sich«, »gehört, für mich, zweifelsfrei zu den besseren, ja zu den großartigen ›Woody Allens‹, und ich stehe nicht an, ihn zu den Meisterwerken zu zählen.«

Mißtrauen Sie jedem Kritiker, der noch »ich stehe nicht an« schreibt, auch jedem, der sich nicht zwischen »besser«, »großartig«, »Meisterwerk« und später noch »genial« entscheiden kann, ein Wort, das er laut Eigenaussage nur »alle zehn Jahre« verwendet, das aber im Zweiwochenrhythmus, und allemal jedem, der »gehört, für mich, zweifelsfrei« schreibt, wenn er bloß seinen Geschmack promovieren möchte. Aber so sind Karaseks Filmkritiken meistens: »Mal vu, mal dit«, hätte Beckett gesagt.

Dass sich Karasek mit nachweislich geringer, aber selten infragegestellter Kompetenz im Kunstrichterlichen wie im Filmhistorischen überhaupt als Kinokritiker etablieren konnte, hängt wohl auch damit zusammen, dass die Filmkritik abgewrackt und er für die Filmindustrie ein bequemer, stets affirmierender Grüßer ist, der die Entertainisierung des kritischen Metiers ja auch in Gottschalks »Late Night Show« eingeführt hat.

Nicht nur Peter W. Jansen findet seinen Geschmack »enttäuschend gewöhnlich«. Karasek mag nur Filme, die ihn nicht überfordern, lässt sich nie mit Filmindustrie ein, folgt nur US-Blockbustern und ein paar antiquarischen Marotten. Er verfolgt kaum Europäisches, kaum Nicht-Amerikanisches, kaum Experimentelles, kaum den Independent-Film, er ist nie gegen die neo-amerikanische Formatierung der Filmsprache, gegen Verstümmelungen und Werbeunterbrechungen, Synchronisierungen aufgetreten, hat nie über das Verschwinden ganzer filmischer Kontinente geklagt, er leidet nicht daran, dass immer weniger Filme ins Kino kommen und große Regisseure keine tragbaren Produktionsbedingungen mehr finden, mit einem Wort, Karasek liebt *den* Film nicht, er ist vielmehr der phallische Begleiter des Kino-Milieus, der daran genießt, »dass man häufiger kluge, interessante und attraktive Frauen sieht und trifft«. Abgesehen davon hängt er nicht nur den Mantel in den Wind, sondern an seinem Mantel kann man erkennen, wo der Wind gerade steht.

Wer etwas anderes erwartet, wird feststellen, dass bei Karasek größte Teile der Filmgeschichte und -gegenwart nie vorkommen, und dass sich außer geschwätzigen Nacherzählungen kaum echte Beobachtungen oder Ideen finden, dafür aber so unsinnige Analogien wie »Larry Flint« stehe »in der Tradition von ›Citizen Kane‹« und Tom Gerhard habe denselben Humor wie Helge Schneider. Aber was will man ernsthaft von einem Menschen erwarten, der nach Oshimas »Im Reich der Sinne« welchen als den erotischsten Film der Filmgeschichte bezeichnet? Yessir, »Pretty Woman«! Und das findet nicht mal Richard Gere.

Könnte es sein, dass selbst dem alten Arbeitgeber »Spiegel« irgendwann die persönlichen Verflechtungen mit Eichingers Neuer Constantin und die Gefälligkeitsartikel zum »Superweib«, zu »Rossini«, »German Classics«, »Voll normaaal« etc. zu viel wurden, dass Karasek ferner nicht nur im firmeneigenen Flieger der »Neuen Constantin« zum Set von »Fräulein Smilla« gereist ist, sondern dass er auch noch gebeten hat, seine beiden Kinder mitnehmen zu dürfen, was auch geschah? Dann hätten wir allerdings eine Szene für einen Schlüsselroman namens »Das Magazin«, denn »Das Magazin« schlug zurück und ermöglichte Karasek ein Gnadenbrot als »Tagesspiegel«-Herausgeber.

Im Notfall aber richtet sich die Hoffnung schließlich auf Osnabrück, denn diese Stadt hat zwei von drei Komödien aus Karaseks Feder uraufgeführt, und wenn auch niemand diese Stücke zum zweiten Mal inszenieren wollte, so haben sie doch Karaseks Illusion, ein Dramatiker zu sein und also auch eine Fernsehserie schreiben zu können, überflüssige Nahrung gegeben: »Gemischtes Doppel«, hieß die Serie, für die der Autor in einem Anfall von Hybris selbst Boris Becker verpflichten wollte, und trotzdem winkten die Sender ab.

Die Serienarbeit aber nährte Karaseks Illusion, ein Humorist zu sein: »Für eine gute Pointe«, sprach er, »würde ich glatt meine Großmutter verkaufen.« Entwarnung, Oma, du bleibst im Familienbesitz! Die Pointen gehören nämlich entweder anderen Leuten oder lauten: Heribert Faßbender »hat so viel Humor wie eine vertrocknete Fichte«, Berti Vogts so viel wie »ein Rostfleck«, Till Schweiger so viel Gefühl »wie ein Schneidbrenner«.

Mit so viel Esprit kann man Moderator werden, fand auch Karasek und zwängte sich bald in die Sessel der NDR-Talkshow, aber auch das nur so kurz, bis ihn eines Abends Anita Kupsch erst seiner schlechten Fragen, dann seiner Uninformiertheit, schließlich seiner Herablassung überführte, ihn dann mit einem Hundelied direkt ansang, worauf der grimmig zuschauende Rudolf Augstein zu Hause befand: entweder Talkmaster oder Spiegel-Journalist. Damals war der »Spiegel« durch das Fernsehen noch blamierbar, und Karasek blieb beim »Magazin«.

Nachdem er 1993 die hauseigene Sendung »Spiegel TV Thema« in die ewigen Quotengründe geschickt hatte, teilte er ein Jahr später der Presse mit, dass er Einladungen von Hella von Sinnen und Karl Dall abgelehnt hat. Schon wenig später aber kann ihm schon niemand mehr den Vorwurf machen, je eine Einladung abgelehnt zu haben. »Karls Kneipe« und »7 Tage 7 Köpfe« (SZ: »offensichtlich stolz wie Bolle, dabei sein zu dürfen, aber wirklich kein Comedy-Talent«) beschenkt er mit (Blondinen-)Witzen, die selbst anwesenden Komikern peinlich sind. Dabei mag er frivole, keine Herrenwitze: »bei frivolen Witzen muss geistige Anstrengung dahinterstecken«, z. B. jene, die dazu führte, dass er Monica Lewinsky ins Deutsche mit »Barbara Bläser« übersetzte.

»Das Fernsehen«, schrieb Karasek Anfang 1997, »beutet die Leute für seine dummen Quizshows als unfreiwillige Clowns aus«, wenig später zierte er als freiwilliger Clown »XXO« die glücklose Quizshow von SAT 1. Er hat es nicht nötig, wimmerten seine Apologeten – inzwischen gibt es nichts mehr, das er nicht nötig hätte: Karaseks Homestory für die »Bams« mit Töchterchen und Erzählungen von der Geburt (»selig lehnt sich der Vater zurück und lauscht verzückt den Klavierklängen der schönen Tochter«), Karasek nascht Tutti Frutti für »Bunte«, Karasek verrät, was er zu Weihnachten schenkt (am liebsten Bildbände), Karaseks »Geständnisse zwischen Geld, Sex und Speck«, das alles wäre schon peinlich genug, schriebe er nicht parallel: »Letzte Woche saß ich im Flugzeug, und da bekommt man so Illustrierte, es ist wie beim Zahnarzt oder Friseur, und da las ich schon auf der Titelseite einer Zeitschrift, nennen wir sie ruhig ›Bunte‹« … vielleicht, dass Hellmuth Karasek 1997/98 in ganzen 33 Texten in der »Nennen-wir-sie-ruhig-Bunte« vertreten war?

Aber das ist legitim, und weil er selbst alles inszeniert, glaubt er natürlich, es sei grundsätzlich jedes Ereignis irgendwie inszeniert: »In der jüngsten Geschichte des Starwesens darf der Star sich zu Werbezwecken zum Beispiel auf dem Autostrich einen blasen lassen.« Nein, wir wollen gerne glauben, dass Karasek es in den »Tagesspiegel« ohne Besetzungscouch geschafft hat.

Seit aber auch das nicht hilft und keine »Karasek«-Talkshow über den Piloten hinauskommt, stellt sich der Kritiker verstärkt dem Wanderzirkus der Gala-Veranstaltungen zur Verfügung. Den Höhepunkt dieses Erwerbszweiges erreichte er mit der Moderation des Deutschen Videopreises – Videos der unsendbaren Veranstaltung werden auf Polenmärkten angeboten. Nachdem er dort vor einem am Ende regelrecht randalierenden Publikum alles kurz und klein moderiert, verwechselt, missverstanden und zugekalauert hatte, küsste er einen Piere Brice, der so fassungslos guckte, als habe ihm N'Tscho Tschi in den Schritt gefasst, und bat schließlich für einen Lebenspreis Sir Peter Ustinov auf die Bühne. Dieser sprach: »Ein großer Komiker wurde heute geboren, Herr Karasek. Ich muss sagen, das ist eine gute Reklame für Deutschland. Es gibt nämlich immer noch ein paar wenige Leute, die Angst haben vor Deutschland. Sie brauchen keine Angst mehr zu haben.« Anschließend beschrieb er Karasek als modernen Schwejk, der anfasse, wofür er sichtbar nicht geeignet, und folgerte: »Er zeigt auf, was für eine fabelhafte Karriere Schwejk gemacht hat, nachdem er die Streitkräfte verlassen hat. Er ist noch immer mit uns. Er hieß Hašek, aber jetzt heißt er Kar-Hasek. Selber Mann, anderes Regiment.«

Im selben Jahr erreichte Kar-Hasek seinen Zenit und belegte auf der »Bunte«-Liste der 200 wichtigsten Deutschen Platz 160.

Die zwei Soprane

Im Jahre 9 vor Christus gelang Drusus, dem Bruder von Kaiser Tiberius, der Durchbruch auf dem Gebiet der »Drüsenkitzler«, wie man die Schlager ehemals nannte: *Ad confluentes*, also »am Zusammenfluss« von Mosel und Rhein, gründete er die Stadt Koblenz. 21 Jahrhunderte lang passierte hier erst mal wenig. Dann aber flossen in einer hiesigen Diskothek die kreativen Energien zweier Falsettisten zusammen, die einmal die erfolgreichste deutsche Band aller Zeiten werden sollten, ja, das zwanzigste Jahrhundert sollte nicht zu Ende gehen, ohne in der Plattenküche von »Modern Talking« Hand an seine altehrwürdige Musikgeschichte zu legen, und der Standard dessen, was künftig »Musik« heißen würde und früher »Muzak«, »Gedudel« oder »akustische Umweltverschmutzung« genannt wurde – hier empfing er seine zukunftsweisende Interpretation.

Wo aber stehen die Herrschaften von »Modern Talking« heute? Dieter Bohlen hat kleine Füße, eine große Klappe und ein japanisches Teehaus im Garten. Thomas Anders hat das alles nicht, nur ein Auskommen beim Hörfunk, wo er Jugendliche in Liebesdingen berät. Dieter Bohlen braucht keine Beratung, besitzt dasselbe Haus zweimal, lebt also eigentlich wie die Kessler-Zwillinge. Thomas Anders dagegen besaß nach seiner Scheidung nur noch ein halbes Haus, aber das war dafür rosa. Nebenbei bewohnt er ein Solarium und erreichte dort Temperaturen, die den Goldschmuck an seinem Körper zum Köcheln brachten. Während es aber der eine als »Dieter Bohlen« zu Weltruhm brachte, schaffte es der andere eigentlich nur zum »Bei-Bohlen«, womit man sich allerdings auch ganz gut durchs Leben naddeln kann.

Apropos: Bei Wiedereintritt in die Galaxie des synthetischen pops waren beide Modern Talker solidarisch an Frauen gescheitert, die einfach irgendwie zu groß für sie waren. Die eine kaufte sich immer »Milieuschuhe«, sagte er, und strebte als Erfüllung ihres Lebenstraums nach einer »Schweinefarm am Amazonas«. Sie brachte es zu einer eigenen Modelinie und zu »Peep«, was ihre Träume also in etwa erfüllte. Die andere sperrte ihren Mann weg, verbat Fototermine mit Frauen und suchte gläserrückend Kontakt zu Toten. Man weiß nicht, welcher heimatlosen Seele sie den St.-Nimmerleinsschlaf geraubt hat, aber jedenfalls kehrten Bohlen und Anders wie die Untoten zurück, um sich die Welt durch ihren Soubretten-Sopran und die Bodenoffensive einer Tournee zu unterwerfen. Vergessen die beiden Magengeschwüre, die Bohlens Innenleben zerfressen hatten, vergeben das gekotzte Blut, das er dem Freund anlastete, der schließlich die Lieder, die feinsinnige Intonation verlangen, im Studio nur so runtergesungen hat, weil er, so Bohlen, »dachte, wenn er auf ein Stück Platte kotzt, kaufen das die Leute«. Weit gefehlt, sie reißen es ihm aus den Fingern.

Bei so viel Übereinstimmung jedenfalls kamen die beiden Vokalisten überein, sich die Haare in zwei verschiedenen Farben zu färben, die Showuniformen untergegangener Zeiten und Kontinente zu entmotten und allen komplexeren Harmonien und Rhythmen den Luftkrieg der Volksempfänger, Flughafenbeschallungen und

Aufzugsberieselungen zu erklären. In dieser Großoffensive wurden Zillionen von Tonträgern eingesetzt und über Amerika und Asien ebenso abgeworfen wie über dem pauperisierten Rußland, das Dieter Bohlen sogar einen kommunistischen Orden verliehen hatte.

Der Dreiklang, in sich ein komplexes harmonisches Gebilde, bei dem der Hörer nicht weniger als drei Töne gleichzeitig in sich aufnehmen muss, wich dem Zweiklang, bei dem man ja immerhin noch zwei eigenständigen akustischen Impulsen gleichzeitig folgen muss, und die ganze Welt nickte – vielleicht weil sie keine Muskeln im Nacken hatte.

Doch der Weg dahin war weit, zumal Bohlen die Laufbahn des Musikers nur eingeschlagen hatte, um später einmal die Pforte zu höherer Intellektualität zu durchschreiten: »Ich wollte Akademiker sein. Musiker hat in Deutschland das Image eines Halbidioten. So ein paar Noten – das kann jeder.« Und weil es eben nicht jeder kann, hatte er unter dem Namen »Steve Benson« und seiner Country-Western-Band »Monza« die Single »Taxi Nummer Zehn« produziert, auf sympathische Weise aber so völlig abgekackt, dass er erst mal andere kopierte, dann »Smokie« und schließlich die Duftmarke »Schlager«. Das hatte Erfolg, und da er als Studiomusiker wie als Stimme zu dünn war, wurde er Produzent: »Ich hab alles produziert, was bei 3 nicht auf den Bäumen war.« Außer: Protestlieder, denn gegen diese pflegte Dieter einen typisch intellektuelle Widerstand: »Ich kann auch mit 'ner Mistforke um mich schlagen und behaupten, ich drücke meine Persönlichkeit aus.« Später sollte das auch ohne Mistforke gelingen.

Für den musikalischen Erfolg aber braucht man nicht primär Musik, sondern Mode. Der schlimmste Bekleidungseinfall der siebziger Jahre, der Fransenlook, schien schon überwunden, da fand er in Dieter Bohlen, dem wandelnden Fransenlook, einen Wiedergänger. Mal machte Dieter mit fetten Epauletten und aufgenähtem Lametta auf sich aufmerksam und wirkte freiwillig wie jemand, der sich die Christbaumdekoration irrtümlich auf den Anzug genäht hat, mal kultivierte Thomas Anders ein Existenzialistenschwarz, das ihn aussehen ließ wie eine Travestie von Juliette Greco, und bald schlüpften überall auf der Welt kleine Bohlens und Bei-Bohlens in ihrer fröhlichen Jahrmarktstracht.

Man muss sich das mal vorstellen: Wenn der Kartenkontrolleur auf der Schmetterlingsbahn und der Schiffsschaukelbremser nach Feierabend auf Travolta machen und im Laserregen zwischen den Jahrmarktbuden Synchronschwimmen für Landgänger aufführen, dann johlt die Menge mit gutem Gespür für den unfreiwilligen Witz, für das Skurille, wenn nicht Groteske der Situation. »Modern Talking« aber haben diesen Showact globalisiert, woran vor allem der Mut bewundernswert ist. Doch war die Welt bereit für »Modern Talking«: Schon vor Jahren fand sich im Brieftext einer Einladung aus der Türkei der Satz: »Modern Talking kommt hier gleich hinter Allah.«

Wenn man sich aber vor Augen führt, dass sie sich ebenso gut einem geradezu kosmischen Gelächter ausgesetzt haben könnten, dann begreift man, wie verdient der Erfolg von »Modern Talking« ist. Diese beiden Herren wissen etwas über die Welt, das diese selbst nicht wusste, sonst hätten andere ihren Erfolg hingemendelt, und weil der Recht hat, der den Erfolg hat, deshalb sollte Deutschland vor »Modern Talking« kuschen, finden »Modern Talking«: »Ich bin der erfolgreichste Producer – trotzdem bin ich nicht anerkannt ... Wenn ich mein Leben nochmal starten könnte, wäre ich verlogener. So wie Grönemeyer oder Westernhagen. Die laufen mit Cartier für dreißig Mille rum, aber wenn sie auf die Bühne gehen, ziehen sie ihre Arbeitskluft an, Jeans mit T-Shirt.«

Früher suchte man entweder den künstlerischen oder den kommerziellen Erfolg. Für den Ersteren bekam man Prestige, für den Letzteren Knete. Neuerdings verlangen die, die die Knete bekommen haben, aber auch noch das Prestige. Sagen wir also, wir verbeugen uns vor der Lebensleistung zweier großer Deutscher!

Doch nein, die Mitwelt flicht dem Bohlen keine Kränze, und so wurde er denn erst wirklich berühmt durch die Eleganz seiner Paarungsrituale und die Schlagzeile: »Dieter Bohlen fast entmannt«. Seine Stimme aber klang vorher schon so. Der Bei-Bohlen dagegen erreicht auch ohne »Badeunfall« solche Register, und es hat den einzigen Dieter, der je Popstar wurde, »umgehauen«, dass der Thomas »immer noch in die hohen Lagen kommt«.

Mit solchen Stimmen können sie sich selbst in den höchsten Tönen loben, vergleichen sich mit Mozart, finden Prince »melodiemäßig Scheiße« und trauern zu Guildo Horn: »Das Niveau kann wirklich nicht mehr unterboten werden.« Ja, hier deutet sich so etwas wie Kulturkritik, wie ein Protestsong mit der Mistforke an.

Solche Verletzlichkeit vom Erfolg anderer zeigt Dieter Bohlen von einer neuen, liebenswerten Seite: Er tritt ein für die gute Musik, die wahren Entertainer, den gediegenen Geschmack, die ausgefeilte Performance, für all das steht er mit seinem guten Namen, so wie Herr Darboven, der mit seinem Kaffee und seinem guten Namen früher auch immer vor der Brandung oder der Lüneburger Heide saß und so vertrauenswürdig kucken konnte. Wenn Dieter Bohlen Guildo Horn kritisiert, das ist so, wie wenn Prof. Best die Zahnbürste in die Tomate quetscht. Nimmt man hinzu, dass Howard Carpendale sich selbst neulich unter die zwölf besten Entertainer der Welt gerechnet hat, dann wird die Luft für Bohlen und Bei-Bohlen plötzlich dünn und man versteht, welche furchtbaren Strapazen das Showleben für sie bereithält. Gut, dass sie wenigstens zu zweit sind, so neutralisiert sich der Eindruck, Dieter Bohlen sei Blümchen für Halbstarke.

Anders als Guildo Horn, der den Namen seiner »Orthopädischen Strümpfe« den Engländern nicht einmal zu erklären versuchte, hat sich unser Erfolgsduo jedoch einen international klingenden Namen gegeben. Nichts ist so alt wie was sich »modern« nennt, ja, der ganze Begriff »modern« ist irgendwie zopfig, so wie die Aufschrift »NEU« auf einer Tütensuppe, aber »modern« sind

Modern Talking ja auch nie gewesen, und all ihr »Talking« hing an einer Sprache, die bei genauer Betrachtung keine ist.

Sie selbst haben das von Bohlen geradezu elitär definierte »Niveau« in förmlich atonale Höhen getrieben durch Stotter-Hits wie »Brother Loui Loui Loui« und »Cherry Cherry Baby«, lauter lauter Kompo-Kompositionen, die von dem Napo-Napoleon-Wort angeregt geregt wurden: »Die einzige rhetorische Figur, die ich kenne, ist die Wiederholung, die Wiederholung.«

Außerdem haben sie den Hit ohne »Bridge« erfunden, das Thema geht also gleich in den Refrain über, und ihre Texte talken Modern, nicht englisch: *»O please, don't tear apart«*, vielleicht: »Heul nicht über die Rassentrennung«; *»You are the only«, »*Du bist es nur«; *»I'm dying in emotion«,* »Und steb' ich nicht in Iserlohn, so sterbe ich in Emotion« und *»You are walking out my dreams«*, »Du führst meine Träume Gassi.« Man soll Mozart nicht nach seinem Englisch beurteilen, aber dieses letzte Album musste so klingen, damit es in In- und Ausland nicht verstanden und deshalb ein Welterfolg werden konnte. Es hieß übrigens »Back for Good«, also auf Modern Talkisch entweder: »Zurück für Lebensmittel« oder »Der Rücken Gottes«.

Ein bisschen Friedensnobelpreis

Auf den Frieden, man kennt ihn, ist kein Verlass.

Verlass ist dafür auf die Preise, die jährlich in seinem Namen vergeben werden: Solange es irgendwo Kriege gibt, bekommt der Friede einen Orden, und das, selbst wenn es am Ende weniger Frieden auf der Welt geben sollte als Preisanwärter in seinem Namen. Um den Friedensnobelpreis jedenfalls kämpfen nicht, nein, bewerben sich mit gewaltlosen Mitteln insgesamt über hundert Nominierte, darunter zwei drittel Personen und ein Drittel Organisationen, womit bewiesen wäre, dass das überlebensgroße Individuum im Pazifismus offenbar leistungsfähiger ist als der blindwohltätige Verband.

Einer der Nominierten aber ist ebenso Person wie Organisation, und er ist eigentlich alljährlich nominiert: Es ist der Papst. Man weiß nicht, wie er es in die Finalrunde geschafft hat, man weiß auch nicht, welcher Frieden speziell auf sein Konto geht – der Hausfrieden? der Ehefrieden? der Bisschenfrieden? –, aber man weiß, dass sich der Stellvertreter Gottes früher schon unter anderem gegen die Nato und die Heilsarmee durchzusetzen versuchte. Das ist natürlich auch für Gott eine kleine Enttäuschung, hat er doch alle diese Wettbewerber des eigenen Vize selbst erschaffen, und sollte der Papst den Friedensnobelpreis nun nicht erhalten, wäre nicht nur erwiesen, dass man leichter unfehlbar wird als Nobelpreisträger, sondern auch, dass in diesem Jahr andere mehr für den Frieden getan haben als Gott.

Der Gedanke ist so frevelhaft, er könnte vom Teufel selbst eingegeben sein, und so hat denn der Papst unlängst ein neues Handbuch für den Exorzisten vorgelegt, das erste seit 1614. Die neuen Richtlinien legen fest, dass der Teufel in Menschengestalt umgeht, »wie ein Löwe röhrt« und dabei Seelen fängt, sofern er nicht mit Palmblättern und Olivenöl daran gehindert wird. Anders als 1614 aber dürfen während der Austreibung neuerdings keine Medienvertreter zugegen sein.

Wenige wissen, dass der Papst Exorzisten nicht nur bestellt, sondern dass er früher selbst als Exorzist gearbeitet hat. Sollte diese frohe Botschaft aber nach Stockholm gelangen, so könnte man sich entscheiden, ihm den Nobelpreis gleich für den Weltfrieden zu verleihen. Denn nur der Papst packt das Übel bei der Wurzel, das heißt beim Pferdefuß.

Gebrauchsanleitung für ein Wochenende

Wenn die Sonne frech wird, ziehe man die Vorhänge zu und begebe sich in Sofa-Haft. Misanthropie ist die beste Erholung.

Zuerst müssen Sie die Welt der Zeitung überwinden: Mischen Sie dazu ausländische mit inländischen, in hohem Ton verfasste mit echten Drecksblättern. Kaufen Sie grundsätzlich mindestens ein Periodikum von völlig entlegenem Interesse wie z. B. »African Soccer« oder die »Medical Tribune«. Hier finden Sie Artikel über die »Unbezähmbaren Löwen von Kamerun« oder Reportagen mit dem Titel: »Kriminelles Aussehen – Einfach wegoperieren«.

Nach fünf Stunden müssen die Schaumkronen der Zeitungen und Magazine, der rausgerissenen und zerknüllten Seiten die Sofabeine ganz umspülen. Zu dieser Zeit sehnen Sie sich nach Dingen wie Puffreis, glacierten Maronen, Salino, Nappa. Überzuckern Sie sich bis zur Vorahnung von Übelkeit, nicht weiter.

Jetzt schlägt die Stunde der Falknerei, der Heraldik, der Tiefseebotanik. Hier eine Abhandlung über die Sagopalme, dort Ermittlungen über das Paarungsverhalten bei Flatterfüßlern. Löschen Sie sich aus, assimilieren Sie sich, fließen Sie hinüber. Versuchen Sie wenigstens, auch ein bisschen zur Natur zu werden.

Anschließend suchen Sie Ideen, theoretische Abhandlungen mit geringer Berührung zu Ihrem Leben. Wie viele Federn stecken im Flügel eines Engels? Wird die Ratte, die die geweihte Hostie frisst, selbst geweiht? Vermeiden Sie das Relevante, nehmen Sie die Welt nur noch durch Osmose auf. Sie werden von draußen keinen Schritt mehr hören, kein Kindergeschrei, Sie bewohnen eine Welt ohne Dezibel.

Wagen Sie erst dann eine Annäherung an den Menschen, beginnend mit schwach belebten Büchern wie den Mikrogrammen von Robert Walser und Kluges »Chronik der Gefühle«, berücksichtigen Sie vor allem Blüchers Scheinschwangerschaft, die dreigeteilte Ewigkeit, das bestusste Lächeln. Abseitige Interessen, wunderbare

Genauigkeiten. Willkommen auf der öffentlichkeits-abgewandten Seite der Welt! Gönnen Sie sich eine Miso-Suppe.

Der Bücherstapel muss jetzt mit der Sitzkante des Sofas fluchten. Nach etwa acht Stunden sollten Zeitungen, Prospekte, Magazine, das Stanniol der Nappa-Verpackung, Puffreis-Reste, die Töpfchen des Magermilch-Yoghurts etc. eine homogene Masse ergeben, die nun langsam zu kompostieren beginnt. Öffnen Sie alle Knöpfe an Ihrem Hosenschlitz, beantworten Sie kein Telefon, keine Türklingel, lassen Sie nur noch die Gedruckten reden! Seien Sie Rekonvaleszent, gehen Sie zum Klo gebückt, schleppenden Schrittes, verwahrlosen Sie, lachen Sie das Lachen des Toten: Ris cadavris.

In der Nacht sollten Sie die Menschheit hinter sich haben. Sie können jetzt das Fernsehen anschalten. Arbeiten Sie sich über die Offenen Kanäle, TRT und TV Polonia langsam ins Weiße Rauschen hinein. Wenn Sie geschickt sind, treffen Sie gerade den Wellenkamm zwischen den verquersten Programmen der Nacht und dem größten Dreck der Tages-Wiederholungen. Die Verherrlichung des senegalesischen Hörfunk-Balletts stößt hier an die Schreierei zur Frage: »Genitaltätowierungen: Scheiße oder Weltklasse?« Sollte ein Mann ins Bild kommen, der sich den Schriftzug »Kein Trinkwasser« in die Schambehaarung gefräst hat, greifen Sie zu einem Band des engelhaften Mystikers Angelus Silesius: »Mensch werde wesentlich. Denn wenn die Welt vergeht, so fällt der Zufall fort, das Wesen nur besteht.«

Kann natürlich auch sein, dass die Welt vergeht, und das Wesen nicht besteht. Da ist es gut, dass ein Wochenende zwei Tage hat. So haben Sie für das Projekt Wesentlichwerdung also noch 24 Stunden.

Ich war Miss Moneypenny

Früher mochte ich Filme am liebsten, in denen Frauen im Bikini auftraten und man so nebenher noch die große weite Welt sehen konnte. Ein Bond-Film gehorchte diesem Bedürfnis immer. Also bitte, Bond versteht dich, dachte man sich, und kommt es nicht selten vor, dass Filme das Geheimste und Schwierigste im Menschen verstehen? Ach ja.

Inzwischen sind die Bikinis durch »Baywatch« verdorben, und die Welt ist nicht mehr groß und weit. Damals aber war Bond ein Säulenheiliger für alle, die einen guten schlechten Geschmack besaßen, und glücklicherweise gab es am Münchener Stachus ein Kino, das über Jahre jede Woche einen anderen Bond zeigte, im Keller, wo die U-Bahn oder die Titelmusik die Stuhlreihen zum Zittern brachte. Keiner von den Boys, die sich da nachmittags niederließen, um in die Welt der hohen Spionage abzutauchen, keiner nahm seine Freundin mit. Das lag an den Bikinis, aber auch daran, dass alle Männer gegen Bond verlieren, vor allem solange sie unterstellen, Frauen könnten ihn für bare Münze nehmen, seine Manieren, seine Dreistigkeit, seine Lust am Ambiente, dieses ganze Gerührte, nicht Geschüttelte an ihm, sein blöder Dom Perrignon, seine Allwissenheit, seine Fähigkeit, mit einer Augenbraue zu gestikulieren.

Nein, ich kann nicht sagen, ich hätte mich mit 007 identifiziert, ihm gegenüber war ich noch am ehesten Miss Moneypenny, eine alte Jungfer, die nie erhört werden wird. Nie! Und dann der Klassiker, die Art, wie sein Name eingeführt wird! »Bond« kann jeder sein, irgendein Allerwelts-»Bond«, einer von diesen knapp 350 »Bonds«, die im Augenblick alleine im Londoner Telefonbuch stehen und so wenig Gesicht haben wie »Smiths« oder »Jones«. Da muss man sich schon was einfallen lassen, eine Pause zum Beispiel zwischen Nach- und Vornamen, eine Pause wie: »mein Name ist Lear … King – Lear«, oder »Charles … Prinz – Charles«. Es ist schön, wenn junge Menschen eine hohe Meinung von sich selbst haben, und auch wenn »James Bond« so etwa der einfältigste Name ist, der einem im Englischen einfallen kann, hat er ihn regelrecht zur Waffe veredelt, und jedenfalls löst die Nennung dieses Namens mehr Respekt aus als die von SDI oder Pershing II.

Bond hat uns allen das Leben erleichtert und die Welt erklärt: Ja, es gibt Frauen, die, mit einem Becken wie mit einem Tresor ausgestattet, an einsamen Südseestränden Harry Belafonte imitieren. Ja, die Bösen der Welt streben die globale Herrschaft an, kümmern sich einen Scheiß um unser Leib und Leben, und sie haben weiße Katzen auf dem Schoß. (Bis auf den letzten Punkt hat die Politik in den siebziger und achtziger Jahren nichts anderes behauptet.)

Ja, »wo Gefahr ist, wächst das Rettende auch«, sein Name beginnt mit zwei Nullen, es hat »M« und »Q« hinter sich und immerzu eine Situation vor sich, in der der Sprengkapsel-Fernzünder Sekündchen vor der Detonation zum Krepieren gebracht wird. Und schließlich: Ja, das Glück liegt im finalen Rettungsschuss, wenn die übrig gebliebenen Adjutanten des bösen Curd Jürgens und Gerd Fröbe dem schnurrenden Bond seinen erlösenden Koitus vermasseln wollen und erst aus der Begattungszone herausgeschossen werden müssen.

Auf alle diese Dinge hat man als Bond-Freund Anspruch, und sie dürfen sich nienienie ändern. Die Bonds, die Bikinis, die Bösewichter, sie müssen alle ewig nachwachsen, die Attentäter müssen Attentate begehen, die Verräter müssen verraten, die Lockvögel müssen lockvögeln, denn wenn es sie eines Tages nicht mehr gäbe, wenn es sie einfach nicht mehr gäbe, dann wüssten wir, dass die Herren von SPECTRE, die mit den weißen Katzen auf dem Schoß, gewonnen hätten oder dass sie ausgestorben wären, und das wäre wohl beides gleich schlimm, nicht wahr, Mister Bond?

Vergesst das Gedenken

 Jetzt streiten sie wieder. Mal in der Historiker-, mal in der Goldhagen-Debatte; mal um die Wehrmachtsausstellung, mal ums Holocaustdenkmal; mal Strauß gegen Böll, mal Gauweiler gegen Simmel, jetzt Bubis gegen Walser. Sie ertragen, was sie »unerträglich« nennen, scheuen sich nicht vor dem »Abscheulichen«, wiederholen wie ein Mantra, dass die vergessene Geschichte sich wiederhole, wohl wissend, dass sie sich nie wiederholt. Sie möchten die Erinnerung »wach halten« und haben sie selbst sediert, möchten »die Jugend« erreichen, haben sie aber erst mal abgehängt, und je tiefer das Dritte Reich im Melodram eines riesigen deutschen Kostümfilms versinkt, desto aggressiver verteidigen sie jene Chimäre, »angemessenes Erinnern« genannt, die sie vor allem als eine Ekstase von Festtagsdeutsch verstehen.

Denn eigentlich wird hier nur um die Diskursordnung gestritten, um die angemessene Form des Vokabel-Setzens, Syntax-Bauens, um eine heikle Choreographie des Redens, die den Nachgeborenen so fremdartig erscheinen muss wie der Kontertanz oder das Menuett, geht es doch weniger um einen Widerspruch zwischen Erinnern und Verdrängen, als um ein Verdrängen durch Erinnern, um vages Gedenken, präzises Vergessen.

Wo das Erinnern nämlich präzise ist, da konzentriert es sich nicht steril auf die Massenvernichtung, sondern auf das System. Wo es verbindlich ist, da korrigiert es die geschönten Firmen- und Verlagsgeschichten und tut weh. Wo es aber Kompensation verlangt, da erhält es die genaueste Auskunft über den wirklichen Stand der »Vergangenheitsbewältigung«, wie jene Holocaust-Überlebende aus Osteuropa, denen man eine Entschädigung über fünfzig Jahre lang verweigerte mit der Begründung, die Sache erledige sich bald aus biologischen Gründen, sie lohne den Verwaltungsaufwand nicht. So schrieben Federn, noch warm vom Bewältigen.

Ich weiß nicht, wie ein Holocaust-Denkmal aussehen soll, zu dem, wie Gerhard Schröder sprach, »die Deutschen gerne gehen«, aber vielleicht sollten sie von der Vergangenheit erst wieder sprechen, wenn sie den Mut aufbringen, sie auszusprechen.

Kinderwahnsinn

Kinder, Kinder, was tut ihr uns an! Vor vierzig Jahren wurde entdeckt, dass man eine Boulevardzeitung besser verkauft, wenn man sie auf das Niveau eines Zwölfjährigen abstimmt. Vor zehn Jahren begann man mit ernsten Bemühungen auch um die jüngste Zielgruppe des Fernsehens, die Dreijährigen. Vor fünf Jahren führte man eine erbitterte Debatte um sexualisierte Kinder als Star-Imitatoren in der »Mini Playbackshow«, und gleichzeitig veröffentlichten amerikanische Forscher eine Studie, nach der die wichtigsten konsumanleitenden Impulse in einer Gesellschaft vom Kind ausgehen. Danach wurde die Werbewelt infantiler.

Heute legt Amnesty einen Bericht zu Menschenrechtsverletzungen an Kindern in den USA vor: Etwa 4000 Minderjährige sitzen hier schon für Schuleschwänzen, Graffiti-Sprühen oder Bierflaschen-Diebstahl im Gefängnis, teils mit Fußfesseln versehen. Doch was die Öffentlichkeit mehr erregt als diese konventionelle Abrichtung von Kindern zu Geiseln der Geschäfts- und Gerichtsbarkeit, das sind sechs unkonventionelle, als kindliche »Beauty-Träume« verkitschte Aufnahmen eines »Vogue«-Fotografen von seinen fünf- und siebenjährigen, teils nackten Töchterchen.

Niemals ist das Böse so böse, wie wenn es nackt ist. Da außerdem ästhetische Empörung gern als moralisches Verdikt formuliert wird, ersetzte das Geschmacksurteil gegenüber den hochgeschminkten Nymphchen eine plausible ethische Bewertung und man verbannte die »Vogue« unter den Ladentisch zu den »Schriften der RAF« und anderen nur »Erwachsenen« zumutbaren, ansteckenden Druckwerken.

 Der Anblick eines nackten Kindes soll also ausgerechnet Kindern gefährlich sein? I wo. Die Industrie ist in der Ausbeutung angezogener Kinder und ihrer Bilder schon viel weiter gegangen, und FKK-Organe wie »Sonnenfreunde« publizierten immer schon schamloseres Material. Dass die »Vogue«-Bilder einen Skandal auslösen konnten, verdanken sie ihrer unwillentlichen, quasi künstlerischen Provokation: Das sexualisierte Kind betritt die Bühne der kommerziellen Hochkultur, verrät, dass Modefotografie vor allem Szenarien der Selbstbefriedigung festhält, und blamiert so durch das Foto seinen Betrachter.

Mensch, werde wesentlich

Der Mensch hört in seinem Leben durchschnittlich etwa 3,5 Milliarden Worte – und kaum Widerworte. Zum Jahrhundertende wurde zumindest der halbe Jahresproviants an guten Worten vervespert, und sollten diese Adressaten finden, dann erleben wir am Ende wirklich noch jene »geistig-moralische Wende«, die man nicht den Enkeln Adenauers überlassen darf.

Der Rat der Evangelischen Kirche fordert mehr »Toleranz gegen Andersgläubige«, der Zentralrat der Juden ein »Miteinander von Juden und Nichtjuden«, der Bischof von Osnabrück die Pflege der »christlichen Wurzeln«, der muslimische Fundamentalist Osama bin Laden den Kampf gegen »Kreuzzügler« im Westen. Die christliche Kirche fordert eine Friedenstruppe auf den Molukken, der CDU-Ehrenmann Dregger die Freilassung des NS-Verbrechers Priebke. Die Queen fordert, die Zukunft zu umarmen, Gregor Gysi, aus der Vergangenheit zu lernen. Der Bundespräsident fordert »Zuversicht« und »Hilfsbereitschaft«, der Mainzer

Bischof Lehmann »Solidarität« mit allen, der britische Premier »Intoleranz gegen Obdachlosigkeit«, Kofi Annan fordert Regelungen zum grenzüberschreitenden Transport gentechnisch veränderter Organismen, CDU-Mann Merz fordert eine Senkung der Steuersätze, SPD-Mann Müller ein energiepolitisches Gesamtkonzept, Klaus Töpfer von der UNEP ein Frühwarnsystem zur Klimaentwicklung, Noel Gallagher von »Oasis« das Ende der Fuchsjagd und Christian Kracht das Ende der Ironie. Gleich, nur diese Kolumne noch!

Früher fasste man Vorsätze, heute erhebt man Forderungen – vielleicht weil man glaubt, sie brächten Ordnung in die Welt. Und welche Ordnung: Helmut Kohl des Betrugs, Dieter Baumann des Dopings überführt, Schwule unterwandern Volksmusik und Bundeswehr, in Schweden leben mehr Muslime als Katholiken, und die Weltklimaveränderung erreicht auch Europa.

Die Jahrhundertwende erfüllt unseren Anspruch an echte Zeitenwenden: Je mehr Ordnung wir schaffen, desto mehr Chaos kommt zutage. Ewige Gewissheiten kollabieren, Umbruch überall! Doch obwohl offenbar keine Forderung greift, wo die Zeit sich wirklich verändert, fordern wir blindlings weiter, und in dieser ewig sinnlosen Geste scheint die Zeit endlich stehen zu bleiben.

Schallmauer Mutterbauch

Als das Fernsehen entstand, pries man es als das Medium, in dem sich die Gesellschaft objektiviere. Aber sie wollte sich nicht objektivieren. Als das Privatfernsehen entstand, begrüßte man es als Ausdruck neuer medialer Vielfalt. Aber es erneuerte hauptsächlich den Ausdruck medialer Einfalt. Als das Internet an den Start ging, fürchtete man um die sittliche Gesundheit von Kindern. Man fürchtet weiter. Doch während sich noch vor wenigen Jahren

Zeitungsverleger trafen, um gemeinsam die Berichterstattung über den Anzeigen-Rivalen Fernsehen kleinzuhalten, besitzt heute jede Zeitung einen Medienteil, und wann immer ein neues Medium entsteht, wird auch ein Kongress zu »Gefahren und Chancen« der »neuen Medien« einberufen, der stets zu dem Resultat kommt, »mehr Medienkompetenz« sei gefragt.

Aber woher nehmen? Die Medienseiten der Tageszeitungen und Magazine konzentrieren sich auf Sendekritik, Quoten-Exegese und jene Analysen aus dem Inneren der Konzerne, die von den Medienjournalisten nur deshalb so gern überschätzt werden, weil viele von ihnen selbst einmal im Urnengrab eines solchen Konzernes ruhen möchten. Was sollen aber die Zeitungen und Magazine auch kritisieren, wenn sie selbst fernsehtreibend oder -produzierend auftreten?

Helmut Thoma ziselierte einmal den Satz: »Wir nehmen die Schlacht um die Sechs- bis Zwölfjährigen sehr ernst«, den Starr-Report gibt es in einer Kinderversion, und 3sat zeigt in diesem Monat eine Sendereihe zum Thema »Krabbeln, Laufen – Internet«, mit den Themen »Wir krabbeln in die Medienwelt« und »Medienkonsum und Schwangerschaft«.

Während sich die neuen Medien also zur Eroberung der pränatalen Phase anschicken und mit der Werbebotschaft bald die Schallmauer Mutterbauch durchstoßen haben werden, stellt der WDR mit »Parlazzo« das letzte TV-Medienmagazin ein. Ja, Fernsehmacher fordern gern eine Medienerziehung, die sie selbst nicht genossen haben; sie hüten sich, zu viel Medienkompetenz unters Volk zu bringen, und zu echter Selbstkritik ist das Fernsehen wohl gar nicht in der Lage. Deshalb geht RTL jetzt an die Schulen und unterrichtet »Soap« als medienkritisch verkappte Vorschulwerbung. Friede den Wiegen!

Vor Sonnenaufgang

Sind Sie der Marktführer in der Frühnebel-Berichterstattung? Besitzen Sie Zielgruppen-Kompetenz bei der Cumuluswolken-Coverage? Oder können Sie wenigstens auf dem werbewirtschaftsrelevanten Marktsegment bei den 3–49-Jährigen auf eine hohe Akzeptanz für Ihre Rauhreif-Reportagen verweisen? Nicht. Dann wird das 21. Jahrhundert wohl ohne Sie dämmern müssen.

Denn gewiss: die einen werden feiernd die Grenzen des Feierns erreichen. Die anderen werden die einen bedienen und Jahrtausend-Trinkgelder erwarten. Die Dritten werden im Dunkeln auf den Brücken und vor den Geleisen stehen und sich am kollektiven Selbstmord beteiligen, und dann wird es noch welche geben, die an diesem Tag auch nichts anderes zu tun haben als an jedem anderen. Die setzen sich vor die Glotze, sind lieber nur dabei statt mittendrin und beteiligen sich auch in dieser letzten Nacht des Jahrtausends am zeitlosen Kampf um die höchsten Einschaltquoten.

Und was erwartet sie da, was sie schon gar nicht mehr erwarten können? Der neue Tag, wie seit Anbeginn aller Tage angekündigt vom Sonnenaufgang, und wer es bei uns von Mitternacht in etwa acht Stunden bis auf die Straße schafft, der kann ihn auch selbst live über dem Horizont des Jahrtausends heraufkommen sehen. Wem das allerdings zu mühevoll, zu spät oder zu sentimental ist, der kann sich schon nachts vor die eigene Wohnzimmer-Bildtapete stellen, und wem das nicht echt genug ist, der hat schließlich das Fernsehen, und das wiederum hieße nicht so, wenn es nicht nachsehen könnte, wie in weiter Ferne dieselbe Sonne schon aufgeht, die bei uns noch untergegangen aussieht. Auch wäre das Fernsehen nicht das Fernsehen, wenn es nicht wirklich versuchte, uns das neue Millennium durch eine Sequenz von Live-Sonnenaufgängen schmackhaft zu machen.

Weil aber über dem Inselreich Tonga – das bisher vor allem durch seinen dicken König von sich reden machte – zuerst die

Sonne des neuen Jahrtausends aufsteigen wird, vermakelt der dicke König nun die Rechte am Sonnenaufgang – vielleicht mit Bandenwerbung von Piz Buin –, und wenn sich auch herausstellen sollte, dass der König von Tonga eigentlich »Thoma« heißt, dann freuen wir uns doch auf die erste Fernsehleistung des Jahrtausends: Einen Sonnenuntergang mit Werbeunterbrechung.

Solo für Joghurette

Unter all den wichtigen Fragen der vergangenen Woche – wurde Mozart ohne Kopf bestattet, stammen die Chinesen von den Afrikanern ab, wird die Goldammer ihre Ernennung zum »Vogel des Jahres« überleben – fesselte die launige Öffentlichkeit nichts so lange wie die Frage: Warum war Götz George so übellaunig bei »Wetten dass«? Kündigt er etwa den Gesellschaftsvertrag der Show und will nicht mehr »einer von uns« sein?

Die Deutschen behandeln den Star gerne, als sei er demokratisch gewählt. Nicht die Qualität der Einzelleistung zählt, sondern die Quantität der Zustimmenden. Soll er also dankbar sein! Während sich das Publikum in jedem Star also selbst feiern will, möchte George daran nur zu seinen Bedingungen teilnehmen. Wer sich dem öffentlichen Ritual aber entzieht, wird betrachtet wie ein Systemveränderer, und wer bei »Wetten dass« nachdenklich wird, wirkt wie jemand, der auf dem Hochaltar der deutschen Fernsehunterhaltung in die Monstranz spuckt. Der Typus Star, den man dabei erhält, fällt durch Wohlverhalten auf, nicht durch Charakter, und da inzwischen jeder weiß, wie man sich in »Wetten dass« zu benehmen hat, braucht man keine Klaus-Kinski- oder Oskar-Werner-Eclats mehr, ein Anliegen zu haben, erfüllt heute denselben Zweck.

Dass George keine glückliche Figur machte, gehört zur Natur

des Programms. Dass es fast keine Sendung mehr gibt, in der er etwas anderes als eine unglückliche machen kann, dass die Rituale der Werbung unwürdiger und unsachlicher werden, dass man den nackten Schimanski, den nackten George aus »Das Trio« und nun den nackten George aus »Solo für Klarinette« jedes Mal zur Sexsensation hochgefälscht hat, ja, dass schließlich fast die ganze Zeitungskritik des Films im Banne von »Bild« und »Wetten dass« standen, das hat George nicht zu verantworten, nur zu erleiden.

Da aber all dies so schwer verständlich ist, braucht man wie für jeden Eklat Prominente, die das Gesehene für alle verarbeiten. Deshalb fragte die »Hamburger Morgenpost« bei Nina Ruge an, und die sagte: »Ich habe die Sendung nicht gesehen, kann mir aber vorstellen, dass George ungehalten reagiert hat. Vielleicht hat er die Folgen seiner Knieverletzung noch nicht ganz auskuriert.« Noch Fragen? Out for Dinner. Kommentiere gleich wieder.

Volksbegierde

Manchmal verstehe ich das Begehren nicht, zum Beispiel im Wort »Volksbegehren«.

Manchmal verstehe ich auch die Begierde nicht, nicht einmal die Volksbegierde, am wenigsten aber verstehe ich, wenn das Volk über sie zu Gericht sitzt, um gegen das Begehren aufzubegehren: So geschehen in dem heiklen Gerichtsverfahren des Schweizer Volkes gegen einen Züricher Arbeitslosen. Dieser musste sich jüngst vor dem Bezirksgericht Uster gegen den Vorwurf der Sodomie verteidigen, der Unzucht mit Kühen und Kälbern. Denn was ihm selbst als Ekstase der Tierliebe erschien, wurde vom Tierschutzanwalt im Gegenteil als »Tierquälerei« bezeichnet, wofür eine Geldbuße und dreißig Tage Haft als Strafmaß gefordert wurde.

In einer zweistündigen Beratung musste das Gericht nun klären, ob die Kühe die Handlungen genossen, geduldet oder erlitten hatten. Der Ankläger sprach von den »Angstzuständen« der Tiere, hätten sie doch die Handlungen des Arbeitslosen als »widernatürlich« erkannt. Dass das natürliche Kalb wissen soll, was widernatürlich sei, erscheint zunächst kühn. Der Sodomit näherte sich seinen Opfern jedoch außerdem mit Gleitcreme und ließ sich für das Vorspiel »mehrere Stunden Zeit«. Zumindest Letzteres ist deutlich widernatürlich, und da die sittlich gefestigte Kuh auch keine Gleitcreme kennt, konnte die Anklage gleich doppelt punkten.

Die Verteidigung führte dagegen nicht minder überzeugend aus, den Tieren sei es alles in allem besser ergangen als vielen Menschen, auch sei die Prozedur keineswegs »ungewohnt« gewesen, handele es sich bei dem Stall doch um einen stadtbekannten Treff für Sodomiten. Auch habe der Täter dafür gesorgt, dass »auch die Rindviecher auf ihre Kosten kamen«.

Da dem geständigen Angeklagten jedes Unrechtsbewusstsein fehlte, wurde ein psychiatrischer Gutachter gehört, der von der »Geborgenheit im Landdienst« sprach und von der Suche des Angeklagten nach einer »näheren Beziehung« zum Tier.

Das Gericht berücksichtigte die »Behutsamkeit« des Mannes, stellte fest, »die sexuelle Integrität von Kühen« unterliege außerdem keinem gesetzlichen Schutz, und setzte eine Geldbuße wegen Hausfriedens-, nein Stallfriedensbruchs fest. Fiat Iustitia.

Das Fest der Liebe macht auch vor der Stalltür nicht Halt. Friede den Koben!

Recht auf Rausch

Die Religion, behauptete Lenin, sei Opium fürs Volk. Heute, da mehr Menschen Drogen konsumieren als zur Kirche gehen, ist der Rausch wohl eher Religion fürs Volk. Aber da die Staaten keine

Religionsfreiheit gewähren wollen, ersetzen sie diese durch eine Überdosis Irrationalität.

In den USA wurde vor einigen Tagen Oliver Stone wegen Marihuanabesitzes zu einer Therapie verurteilt, Robert Altman dagegen bekennt sich unbehelligt zum allabendlichem Joint. Einige Drogen entwickelte der CIA selbst mit Hilfe von Timothy Leary, den Richard Nixon gleichzeitig als »gefährlichsten Mann der Welt« bezeichnete. Die USA geben 17 Mrd Dollar für ihre »Kampf den Drogen«-Kampagne aus, decken aber bereits 30% des nationalen Bedarfs durch eigene Plantagen. Im jüngsten Haschisch-Regierungs-Report müssen sie nun auch noch zugeben, keinen Einstiegseffekt für härtere Drogen, eine Reihe von medizinischen Vorzügen, doch keine direkte Gefahr für den Konsumenten ermittelt zu haben. Danach müsste man auch Zigarettenraucher zu Gefängnisstrafen verurteilen, während soeben durch eine Unterschriftenaktion in Kalifornien und Arizona die Verabreichung von Marihuana auf Krankenschein durchgesetzt wurde.

In England erkundigt sich Prince Charles bei einer MS-Patientin, ob sie es mal mit Cannabis versucht habe, das mildere die Schmerzen und sei, soweit er wisse, »eine der besten Sachen dagegen«. Wenig später wird in London ein Mann für ein Jahr hinter Gitter geschickt, weil er sich Cannabis gegen Arthritis verordnet hatte.

In Deutschland wird es wohl noch lange dauern, bis der Bundespräsident den Kranken Cannabis empfiehlt und die Gesundheitsministerin den Vorschlag, kleine Mengen Haschisch in Apotheken abzugeben, nicht mehr als »eine interessante Überlegung« bezeichnet. Wie alt muss eine Überlegung sein, bis sie nicht mehr »interessant« genannt und nicht mehr gefordert werden darf, die Debatte müsse »unaufgeregter« geführt werden?

Nein, aufgeregter, denn obwohl die Einnahme von Rauschmitteln in unserer Kultur inzwischen eher Normalität als Ausnahme ist, können Gesetzgeber Drogenkonsum immer noch nur als Sucht oder als kriminelle Handlung denken. Ersteres ist er oft nicht, Letzteres nie.

Sophie's Choice

Er ist 34, halb kahl und wohnt bei den Eltern. Sie ist 33, Tochter eines Reifenhändlers und wohnt auch bei den Eltern – bei seinen. Er absolvierte die Hochschule mit mäßigem Resultat, brach den Militärdienst ab, wurde erst Mädchen für alles beim Theater, dann der Homosexualität verdächtigt. Sie absolvierte das College erfolgreich, jobte als Barmädchen und brannte mit einem Skilehrer nach Australien durch. Er gründete seine eigene Theaterproduktion, die ihm DM 1,8 Millionen, dann eine Film- und Fernsehfirma, die ihm DM 3,6 Millionen einbrachte: Schulden. Sie gründete ihre eigene PR-Firma, macht etwa DM 2,2 Millionen Umsatz und ernährt sechs Angestellte. Mit einem Wort: Sie ist eine schlechte Partie für den fünften in der Thronfolge derer von Buckingham.

Doch waren die Zugeheirateten in diesem Haus immer interessanter als die Eingeborenen, und schlechte Partien waren sie auch alle. Als Diana heiratete, war der Prinz ein erkalteter Sonderling, der Bäume malte, mit Blumen redete, doch nur von einer Dahlie Antwort bekam. Als Fergie in der Kirche ihr Jawort gab, brach draußen ein Paradepferd zusammen, und die Menge intonierte: »What shall we do with the drunken Sailor«. Nun also stand der weichliche Musicalprinz mit seiner »Ladenketten Diana« im Garten des St. James' Palace, verkündete den Übergang von fünf Jahren Royal Petting zu lebenslänglich Royal Wedding, und Edward, der Erste der Familie, der nicht in Uniform heiratet, und der Erste, dem eine haltbare Ehe gelingen soll, landete, als die Journalisten einen Kuss sehen wollten, einen linkischen Labiallaut auf ihrer Wange.

Dann kehrten sie geschwisterlich heim in den Palast, und während Sophie leicht über den großen Zeh dahinschritt, hofften die Journalisten, dieser Zeh möge sich eines Tages im Mund eines texanischen Millionärs wiederfinden. Wenigstens hatte somit das neue Paar die Presse für seine Zwecke »benutzt«. Die Jagd auf Sophie, von der sich Diana ohnehin immer kopiert gefühlt hatte, sie konnte losgehen. Zeitgleich wurde mit der Abwicklung der Hochzeit jener Armeeoffizier a. D. beauftragt, der schon mit der Organisation von Dianas Beerdigung Ehre eingelegt hatte: Nichts ist eben verlässlicher als Queen Windsors Gespür fürs Wunderliche.

Hundert Tage Schröder

Das Volk mag sich nicht. Und seine Regierung auch nicht. Die letzte nicht und die jetzige schon gar nicht. Also schüttelt es den Kopf und präsentiert nach hundert Tagen die Quittung. Häuslicher Fleiß: ausreichend, Betragen: mangelhaft, Führung: ungenügend. Das ist zwar nicht neu, denn schon nach fünf Tagen stand dies Urteil fest, aber das Volk ist ja auch kein normales Volk, sondern ein Journalistenvolk und hat sich in hundert Tagen Schröder hineingeschrieben in ein Delirium nationalen Lehrertums. Über dem Kanzler steht in Deutschland nur noch der Direx, und der sagt: Seine ersten hundert Tage Schröder-Presse hat der Journalismus jedenfalls mit Bravour bestanden!

Dass dieser Journalismus im Umgang mit der neuen Regierung so stereotyp begonnen hat, wie er mit der alten endete, fällt nur noch auf, wem die journalistischen Funktionsmasken nicht grundsätzlich sympathischer sind als die politischen. Alle haben Mühe, ihre Rolle zu finden: Die Regierung hat Angst, zu viel zu schnell zu tun und zu wenig oder zu langsam zu scheinen. Die Opposition kultiviert Exaltationen und Widersprüche – mal hat die neue

Regierung, so Schäuble, das deutsch-polnische Verhältnis um sechzehn Jahre zurückgeworfen, mal ist, ebenfalls laut Schäuble, Fischer der einzig fähige Minister. Die Presse schließlich stellt sicher, dass sich aus sechzehn Jahren lauwarmer Kohl-Opposition keine glühende Schröder-Gefolgschaft ergibt.

So befinden sich in diesem Land alle außerhalb ihrer Rolle und innerhalb ihrer Klischees. Das hat der Politisierung der Öffentlichkeit zwar geholfen, statt sich aber des noch unfesten Zustands zu erfreuen, verlangt man Kohl'sche Verhältnisse: Die Regierung soll mit einer Stimme reden, alles andere heißt »Krise«. Die Entscheidungen sollen nicht erstritten, sondern verhängt werden, alles andere heißt »Chaos«, und sobald etwas angekündigt wird, soll es auch schon Gesetz sein, alles andere heißt »Reformstau«. Welch neo-royalistisches Politikverständnis! Man hat den Wechsel gewünscht und keine Wende bekommen. Man hat die Neue Mitte gewollt und sieht verblüfft, dass sie mittig ausfällt. Man hat demokratisch gewählt und erwartet eine Systemveränderung? So was kann auch nur einem Volk von sanften Revolutionären einfallen.

Das walte Viva

Wer eine schöne Jugend haben will, verbringt sie nicht vor dem Fernseher, und wenn, dann nicht vor dem Jugendfernsehen. Weniges nämlich lässt einen Menschen schneller altern, als die Konfrontation mit der Tele-Jugend und ihrem Sender für die dritten Milchzähne.

Bei Viva hält man die Jugend nicht für interessant, sondern für interaktiv, und das ist nur ein anderer Ausdruck für »solvent«, nicht für rebellisch, sondern für retardiert. Man muss diese Jugend summarisch und pauschal vor dem Bild verteidigen, das die Konsumindustrie von ihr entwirft, und man muss auch die Musik verteidigen vor dem meisten, was Viva »Musik« nennt. Denn Viva-Chef Gorny sagt zwar: »Wir kümmern uns um Musikkultur«, aber er sagt nicht, ein Sender, der vier Plattenkonzernen gehört, hat nichts mit Musikkultur, aber alles mit dem Musikmarkt zu tun, der bekanntlich mehr verklappt als er versendet. Dieser leistet sich als einzige Ausnahme Charlotte Roche, die als Heroine der Independant-Szene allein im deutschen Fernsehen ein ganzes Habitat vor dem Tele-Tod bewahrt.

Wenn Gorny jetzt aber auch noch droht: »Wir werden journalistischer«, klingt das, als ob n-tv sagte: Wir bauen unsere Punk-Schiene aus. Warum nicht im Crossover: Milka führt durch die Börsendaten, Friedhelm Busch präsentiert »Was geht ab?«. Schließlich beweisen n-tv und Viva ihre Jugendnähe schon dadurch, dass sie Deutschlands einzige Sender ohne Nackte sind, und damit hat Viva so viel Erfolg, dass »Focus« schon meldet: »Täglich sehen durchschnittlich 3.53 Millionen der 14- bis 29-Jährigen Viva«. Entweder hat der Sender also am ganzen Tag so viele Zuschauer wie »Abenteuer Forschung« in einer schwachen Stunde oder es handelt sich hier nicht um Fakten, sondern um »Fakten Fakten Fakten«.

Doch es soll noch besser kommen: Viva wird polnisch, schweizerisch, fremdsprachig, und sprach schon der ehemalige RTL-Chef Helmut Thoma von der »Schlacht« um die Kleinsten, so verwendet Vivas Träller-Terminator Gorny bei der Beschreibung seiner operativen Ziele die Begriffe »Frontalangriff«, »einmarschieren« und »überrollen«, bestreitet so zunächst seinen Polenfeldzug, will aber eigentlich Europa und dann die Welt: »Wir sind erst dann ansatzweise fertig, wenn wir das Viva-Logo auf den Viacom-Tower in New York pressen.« Oder wenn die Rügenwalder Teewurst den Big Mac abgelöst hat. Liv Ullmann sagte einmal, die Deutschen hätten ihre Kriegsziele mit anderen Mitteln doch noch erreicht. Aber vorher soll erst mal an Vivas Wesen die ganze Welt genesen.

Der Froschkönig

In großen Teilen Chinas gelten Bauern als das beste Frühwarnsystem gegen Katastrophen. Sie lesen die Geheimschrift der Natur, deuten Vogelrufe und Pollenflug und können durch solche Lektüre Erdbeben und Zyklone oft mit größerer Genauigkeit voraussagen als meteorologische Messungen. Besonders verlässlich als Frühwarnsystem gilt ihnen die Welt der Frösche und Kröten. Aber hierzulande wie in Amerika ist ihr Quaken verklungen, die Populationen gehen zurück, und man spricht schon vom »weltweiten Mysterium des Fröschesterbens«, das auf eine tiefe Störung in unserem gemeinsamen Lebensraum hinweise und eine heraufziehende Katastrophe für Mensch und Frosch andeute. In den USA ist der »Las Vegas Frosch« schon ausgestorben, deformierte und Albino-Frösche mit fehlgeleiteten Sexhormonen grassieren.

Andererseits ist die Begattung der Frösche schon eigentümlich, vollzieht sie sich doch allein durch äußere Berührung. Wochenlang klammern sich die Männchen an die Weibchen, bleiben in regloser Ekstase auf ihnen sitzen, bewegen sich auch nicht, wenn man ihnen den Unterleib abschneidet, und warten, bis die Eier austreten. Mit anderen Worten: Frösche haben etwa denselben Sex wie Bill Clinton und Monica Lewinsky, und so ist es eigentlich auch kein Wunder, dass sie auf diese Weise allmählich aussterben.

Und doch: Vielleicht bildet nicht der sexlose Sex des präsidialen Froschkönigs die eigentliche Gefahr für unseren Lebensraum, sondern dessen Konsequenzen, auch in der Berichterstattung. Denn unabhängig von allem, was wir im Schatten von Monica Lewinsky nicht über die Welt erfahren haben – von Journalisten, die eine »Farce« nannten, was durch sie selbst täglich mehr Farce wurde –, den politischen Kern der Geschichte scheinen jedenfalls alle allmählich aus den Augen verloren zu haben. Ginge es um ihn, so müsste man von jenen sprechen, denen die Lewinsky-Affäre vielleicht den Lebensraum gekostet hat, jene Menschen in Afrika und im Mittleren Osten, die nach vage motivierten, innenpolitisch ablenkenden, amerikanischen Bombardierungen hilflos Transparente hochhielten mit der Aufschrift: »No Blood for Monica«. Wo sind sie? Wo ihre Medienanwälte? Wo die Antworten auf ihre Anklagen? Wir wissen es nicht. Aber dafür hat Bill Clinton eben das Budget der jährlichen Frosch-Forschung, tatsächlich!, um etwa 15 Millionen Mark aufgestockt.

Vorspiegelungen

Nein, sprachen die so unabhängigen Forscher im Chor, ein Zusammenhang zwischen Kreutzfeld-Jacobs und BSE sei inexistent, auf den Menschen übertragbar sei der Rinderwahn jedenfalls nicht. Dann kamen die Gegenbeweise, die Notschlachtungen, die Exportverbote.

Nein, sprachen die so unabhängigen Sachverständigen im Chor, Gefahr gehe von den Castor-Transporten nicht aus. Dann kamen die Messwerte, das Merkel-Martyrium, und die Waggons durften nur noch in Sicherheitsanzügen gereinigt werden.

Nein, sprach die niederländische Verkehrsministerin, die El-Al-Maschine, die 1992 in zwei Wohnblocks bei Schiphol gestürzt war und 93 Menschenleben zerstörte, sie habe nur »Blumen und Parfum« geladen. Dann kam es massenhaft zu Fehlgeburten, Missbildungen und 850 Menschen klagten seither über rätselhafte Beschwerden. Die Maschine habe auch Waffen und Nervengift geladen, korrigierten Den Haag und Tel Aviv.

Nein, sagte Klaus Kinkel, der amerikanische Angriff auf eine vermeintliche Waffenfabrik in Khartoum sei »legitim« und »gerechtfertigt«. Dann kamen die Untersuchungsergebnisse und erkannten auf nichts als eine Medizinfabrik.

Nein, sprachen die immer-noch-unabhängigen Gutachter, die gentechnische Behandlung von Nahrungsmitteln sei unbedenklich und für den Menschen folgenlos. Jetzt tauchten in England unterdrückte Forschungsergebnisse auf, nach denen der Immunschutz bei Versuchstieren drastisch gefallen und es zu Hypertrophien innerer Organe gekommen war. Und so weiter.

Was zuerst fällt im Krieg, ist bekanntlich die Wahrheit, und jede umstrittene Branche agiert nach Kriegsrecht. Wenn aber die Wahrheit auf die Welt kommt als der Inbegriff des Vertuschten, dann müssen echte Historiker auch Verschwörungstheoretiker sein, sonst darf die Wahrheit nur noch gesagt werden, wenn sie nicht mehr aktuell ist, also keinen empört.

Die Jurisprudenz spricht von der »Vorspiegelung falscher Tatsachen«: Ein Ausdruck, der sich selbst bestätigt, denn er spiegelt vor, Tatsachen seien der Wahrheitskategorie überhaupt unterworfen. Eine Tatsache aber ist nicht »wahr« oder »falsch«, sondern genehm oder unerwünscht, und deshalb kann man mit demselben Recht auf Verschwörungstheorien schwören wie auf »falsche Tatsachen« oder sogar auf »die Wahrheit«.

Krieg ohne Gegner

Vor hundert Jahren erhob der Pazifismus sein hässliches Haupt. 15 Jahre später war er so stark, dass der Erste Weltkrieg ausbrechen konnte und einige Intellektuelle die Ansicht vertraten, der Pazifismus habe den Frieden so dumm gemacht, dass der Krieg sich in seinem Schatten erst richtig vorbereiten konnte.

Auch den Zweiten Weltkrieg hatte der Pazifismus mitzuverantworten: schließlich sei Auschwitz, so Heiner Geißler, »ohne den Pazifismus der dreißiger Jahre (...) nicht möglich gewesen«. Erst seit dem jüngsten europäischen Krieg aber wissen wir, Kriege entstehen auch ohne Pazifismus, dafür manchmal unter Mitwirkung jener »größten Friedensbewegung«, »Nato« genannt.

Ein Krieg ohne Pazifisten aber ist ein Krieg, um den nicht gestritten wird. Stattdessen fühlt man sich in Waffen, Strategien und Zielobjekte ein und fragt erst nach einer Woche Burgfrieden verlegen: Irgendwelche Einwände? Zwar hat man von Ströbele und sieben grünen Rebellen, auch von Gysis Empörung erfahren, aber bis hinunter zur »taz« wird überall lieber berichtet, in welchem Sakko Gysi seine Standpunkte vertreten hat, als welche diese waren.

An solchem Unisono und der Verlegenheit vor dem abweichenden Standpunkt merkte man, es handelte sich um einen echten Kriegsausbruch. Also war es nicht korrekt zu sagen, dass Menschenrechtsverletzungen nicht zu Nato-Interventionen gegen Ceauçescus Rumänien oder Özals Türkei geführt hatten, zu sagen, dass Europa den serbischen Milošević-Widerstand, als es noch möglich gewesen wäre, nicht unterstützt hat, dass die serbischen Massaker vor dem Nato-Eingriff »von unabhängiger Seite nicht bestätigt« worden waren. Wären Pazifisten da gewesen, wir hätten Verschwörungstheoretiker gehört, die »den militärisch-industriellen Komplex« verantwortlich gemacht hätten. So aber erhielten die Bürger politisch unverständliche Nachrichten über einen angeblich legitimen Krieg, den man erst begann und dann infrage stellte.

Verkehrte Welt. Aber wie viel hätten wir von diesem Krieg überhaupt erfahren, wären seine Einschaltquoten schlechter gewesen? So blickten wir alle nach Kosovo und hätten fast übersehen, wie Margaret Thatcher General Pinochet in der Haft besuchte, um ihm für die Demokratie in Chile zu danken. Wer besucht, wer dankt in zehn Jahren Präsident Milošević?

Kriegsausbruch

 Es ist Krieg. Wer verkauft ihn am besten? Wer bucht die Werbeunterbrechungen? Wer sitzt im Tarnanzug in den Talkshows? Cora Stephan, unser Schwarzkopf? Es ist Krieg, wir gehen nicht hin, er kommt zu uns. Oben laufen die Comedy Shows, unten die Crawls: »Luftangriff auf Belgrad * Noch mehr Opfer als gestern * Mehr im Anschluss an diese Sendung«. Die Toten fallen im Rhythmus der Pointen. Die Herzen stehen in Flammen, wie beim Saalpublikum, also auch an der Front. So ist das Leben. So ist der Tod.

Der Krieg ist gekommen und zeitgleich der Frühling. Euer Krieg, unser Frühling. Es ist ein Krieg nach jugoslawischem Zuschnitt: undurchsichtig und handwerklich. Nach so vielen Jahren Blickrichtung Sarajevo kennen wir uns aus. Ein paar abendliche Bilder, schon fühlen wir – mitten im Krieg – einen Hauch von Vorkriegsstimmung. Zahlen, Kurven, Schätzungen gut, aber Einzelschicksale müssen her, und wenn nicht die von Menschen, dann die von Geräten – Tarnkappenbomber, Lichtspurmunition, Marschflugkörper, gebt eure Seele preis! Das Wort »Angst« muss man melken, das verkauft sich, das betrifft alle. Passen Sie gut auf sich auf!

Dass Krieg ist, erkennen wir daran, dass es wieder Pietät gibt, wieder Dinge, die man nicht ausspricht. Man sagt jetzt nicht: Militärschläge lenken von innenpolitischen Problemen ab. Man sagt auch nicht: Ein frühes Tor würde dem Spiel gut tun, oder ein früher Heldentod, aber in den Redaktionen denkt man es, und unter der Rubrik »Ihre Meinung« heißt es wieder: Leser machen Weltpolitik. Das heißt, sie machen dasselbe, was die Journalisten machen, geben Ratschläge, ermahnen nachdrücklich, verurteilen schärfstens: Die Serben müssen begreifen, die Albaner sollten einsehen … Wenn Milošević heute Morgen »N-Joy Radio« gehört hat, wird er sich schämen. Alle Menschen werden Landser, alle kennen sich plötzlich aus, waten knietief durch hektisch zusammengezapptes Halbwissen, alle quatschen Leitartikel für verteilte Rollen. Keiner will Taube sein, dann schon eher Falke light, so viel Heroismus passt noch in die kleinste Redaktionsstube. Urteile haben alle, Begriffe wenige, Anschauung niemand. Wenn schon die Waffen nicht schweigen, warum sollten die Moderatoren mit gutem Beispiel vorangehen? Aber ist, was Krieg ist, unter diesen Bedingungen noch darstellbar?

Kriegskinderaugen

Es gibt eine Zeit in jedem Krieg, da erfährt man die Wahrheit am ehesten, indem man die Kamera umdreht und sie in die Redaktionen richtet, um nachzusehen, wie der Krieg fabriziert wird. Dort entsteht zuerst unser Bild, das Bild eines lauwarm mitempfindenden, abgehärteten Publikums, das man immer neu stimulieren muss.

Anfangs entscheidet das Publikum für den Krieg wie es nach Jahren Daily Soap für mehr Action entscheiden würde, zuletzt zappt es gesättigt den Frieden sich herbei. Die Spannung verflogen, die Bilder verbraucht: Der »Overkill«, und wenn dann noch »Star Wars« in die Kinos kommt, wird Kosovo »der Krieg zum Film« und man fragt sich: Hätte der Film wohl auch ohne militärisch vorgewärmtes Klima den Erfolg des sinkenden Schiffs eingestellt?

Wie an den Jahresringen eines Baumes kann man das Alter eines Krieges an den Geschichten ablesen, die er favorisiert, damit wir Schaulustigen nicht von der Fahne laufen. Wenn die Rührung nachlässt, heißt es in den Medien: »Send in the Kids!«, und plötzlich werden überall auf der Welt die herzergreifenden Schnappschüsse von den Titelseiten verdrängt zugunsten von Kinderzeichnungen und ihren journalistischen Deutungen: Der Krieg ist in den Köpfen der Kinder angekommen, und das ist gut so, denn wie sollte vom Krieg noch gesprochen werden, da der Tod der Erwachsenen sein Pathos längst verloren hat?

Erst der »Bunten« aber war die Infamie vorbehalten, sich zu einer »In- und Out-Liste« für das zeitgemäße Seelenkostüm in Stahlgewittern herabzulassen. Wo eben noch Friedensmütter ihren Kriegs-Kaffeeklatsch abgehalten hatten, finden wir jetzt unter »In«: »Der ganz persönliche Kosovo-Konflikt: Bomben hassen und die traurigen Augen der Flüchtlingskinder lieben.«

Unter Lifestyle-Kriterien also hat der Krieg bestanden: »In« ist, sich aus dem Kosovo eine Masturbationsvorlage zu basteln und einen persönlichen Höhepunkt zu erleben, wenn die Lyrik des Herzens über die Prosa der Verhältnisse triumphiert. Zwar ist dir so, zarte »Bunte«, die widerwärtigste Kriegspornographie gelungen, doch wenn du genau hinsiehst, spiegeln sich in den traurigen Augen der Flüchtlingskinder schon die Farbbeutel, die sie dereinst in deine Redaktionen feuern werden, um sich für dein parasitäres Verhältnis zum Kriegsleiden zu revanchieren. Deinen Augenausdruck dabei werden sie sicher lieben.

Sterben im Stehsatz

In Deutschland ist ein Mensch zu keinem Zeitpunkt so tot wie am Tag nach seinem Ableben. Denn da erscheinen die Nachrufe, feuilletonistische Obduktionsbefunde, die dem Publikum ein für alle Mal sagen, wie tot der Tote ist, und dies gern in einer Prosa formulieren, die es nicht minder ist. Einer antiken Tradition folgend, darf dem Verstorbenen nichts Garstiges nachgerufen werden, was sich auf den deutschen Journalisten oft auswirkt, als nähme man ihm die Konsonanten weg. Das Schöne am Menschen erweist sich hierzulande als unaussprechlich, und so klingen Nachrufe auch meist künstlich wie Libretti.

Den Tod Stanley Kubricks handelten die meisten deutschen Zeitungen mit dienstlicher Bedröppelung ab, und teilten mit, dass der große Regisseur ein »Technik-Besessener«, ein »Control Freak« und ein »Perfektionist« gewesen sei. Seltener fanden sich Hinweise, zu welchem Ziel Kubrick Technik, Kontrolle und Perfektion aufwendete. Man versuchte einfach, wie Goethe gesagt hätte, den Mann nach den Schweinen und Ochsen zu beurteilen, die er gegessen hatte, und artikulierte die Überzeugung, hier sei ein ganzganz Großer von uns gegangen, in Artikeln von einem Umfang, wie er in jeder Zeitung für Nachrichten über Veronas neue Paarungen freigehalten wird. So groß!

Die englischen Zeitungen berichteten über den Tod Kubricks meist gleich auf mehreren Seiten, und das an bald jedem Tag der Woche aus immer neuen Perspektiven. So gewann man den Eindruck, der Regisseur werde publizistisch aufgebart, das Volk könne defilieren und dabei immer neue Beobachtungen an sich und an ihm anstellen. Kubrick wurde für den Zeitungsleser unausweichlich, das war im Tod der Nachweis seiner Größe, und da nicht nur mit ihm so verfahren wurde, begegnete man in dieser Zeit auch Dusty Springfield, Iris Murdoch und Yehudi Menhuin aus immer neuen Blickwinkeln und bewegte sich durch die Zeitungen wie über einen lebendigen Friedhof.

Deutschland dagegen hatte vor und nach Prinzessin Diana kaum Verluste. Da das Land jedoch keine großen Lebenden zulässt, kennt es auch keine Trauer um große Tote und ruft ihnen knapp, bürokratisch und einmalig nach. Hierzulande würden wohl auch die Nekrologe erst gut, wenn sie töten dürften.

Buchtwacht. Eine Soap sucht ein Gestade

Baywatch« ist die einzige Seifenoper, in der die Seife auch eine Hauptrolle hat. Die spielt sie nicht schlechter als die PH-neutralen Seifenspender Pamela Hasselhoff und Kollegen. Vor und nach dem Lebensretten nämlich, so will es der DLRG-Knigge, muss der Lebensretter unter die Dusche. Dort unterwirft er sich der wilden Frische der neuen marmorierten Fa, und schon ist wieder eine Folge vorbei. Was sonst sollte man auch aus einem geistbeseelten Einteiler herausholen als Seife?

Dies Konzept ist jedenfalls so überzeugend, dass ihm knapp eine Milliarde Menschen in 144 Ländern anhängen, also mehr als dem Protestantismus oder dem Masochismus, und so ist der Tag wohl nahe, an dem überhaupt nur noch die Freie Marktwirtschaft erfolgreicher sein wird als »Baywatch«. Ja, erst wenn sich in Alma-Ata der Fellhändler am Ofen zusammenrollt und über die Halbwertzeit der gerade entfernten Pamela-Andersen-Implantate nachdenkt, dann sind wir wirklich *global village* und nähern uns dem Zustand, in dem man seine eigene Welt nicht mehr verlassen kann.

Als aber jüngst der kalifornische »Baywatch«-Plätscherclan seine Wirkungsstätte nach Australien verlegen wollte, protestierten in Sydney mehr Menschen auf der Straße als am letzten Maifeiertag in Herne gegen die Arbeitslosigkeit. Den Australiern stand das Wasser bis zum Hals. Sie fürchteten, David Hasselhoff könne wieder mit der Wollweste in der Brandung Peter Maffays »Du« singen, ekelten sich vor den Ölteppichen, die entstehen, wo all das Piz Buin verklappt wird, und so ignorierten sie selbst die Großzügigkeit der Produzenten, die mit Glamour und Schwimmstunden lockten.

Zwar wütete selbst der australische Premier John Howard, wer sich verhalte wie seine Landsleute, dürfe sich nicht wundern, wenn die USA nur 4.5, Australien aber 7.5 Prozent Arbeitslosigkeit aufweise – aber wann hätte Gerhard Schröder (11,1 Prozent Arbeitslosigkeit) in diesem Zusammenhang auf die Schönheit des friesischen Jadebusens aufmerksam gemacht? Ein »Bündnis für Baywatch«, und eine Milliarde Köpfe hätten sich weltweit Ostfriesland zugewandt! Immerhin verzeichnete Südflorida nach Start von »Miami Vice« einen Tourismus-Anstieg um 20 Prozent. Zu spät. Nach wochenlangen diplomatischen Verwicklungen zieht »Baywatch« für die nächsten sechs Jahre nach Hawai. Denn dort schäumt nur die Seife.

Tätowierte Schweine

Jede Zeitschrift erfindet einen Leser. »Coupé« erfand die Mattglanz-»Praline« für Neureiche, »Gala« übertrug die »Schöner Wohnen«-Ästhetik von den Möbeln auf die Menschen, und »Focus« entdeckte den »Bordbuch«-Leser am Boden. »Das Neue in der Kunst«, hat Paul Valéry gesagt, »entspricht stets einem alten Bedürfnis.«

Das gilt auch für die journalistische Welt. Auch hier entspricht jedes neue Organ einem zeittypischen Charakter. Ist das Blatt erfolgreich, so hat es jenen Typus gefunden, der schon länger unerkannt in der Kulisse stand. Da aber die meisten neuen Zeitschriften inzwischen nach dem Zapping-Prinzip des Fernsehens funktionieren, finden die Veränderungen weniger in der Tiefe als auf der Bildoberfläche statt, und da das deutsche Zeitschriftenwesen eher reproduktiv arbeitet, muss man nach Großbritanien sehen, um ein Wetterleuchten des neuen Menschen im Spiegel seiner Zeitschrift zu empfangen.

Die beiden erfolgreichsten englischen Magazine, »FHM« und »loaded«, sind dicke Hochglanz-Publikationen für den konsumfreudigen, männlichen, weißen Proll. Sie mischen Motorengeräusch mit Luxus-Empfehlungen, schlechten Geschmack mit nackten Sternchen. Das Kostbare und das Geschmacklose, das Geile und das Dreiste, sie befruchten und bestrahlen sich wechselseitig. Dafür wurde ein Layout erfunden, das einer bekritzelten Klowand ähnelt, und ein neuer Bildtypus eingeführt, der des Ekel erregenden, Abstoßenden.

Man publiziert in diesen Magazinen Bilder von Ohrausfluss, Genitalwarzen, Penisherpes, brezelförmigen Exkrementen, Quallenbiss-Entzündungen, Leichen mit Haibissen, einen gefüllten Schwan oder Grizzly am Stock, gebratene Frettchen, gesottene Klapperschlangen oder heißen Eulenkuchen, dazwischen Fotos der »Russian Amputee Women« (RAW) einer Vereinigung für Amputierte und ihre Liebhaber, Aufnahmen von Frauen ohne Prothesen, außerdem Verbände, Suspensorien, Stützkorsetts und tätowierte Schweine …

Endlich ergreift die Welt des Fotogenen also Besitz auch vom Ekel – vielleicht weil das Schöne nur noch durch seine Kontrastmittel zur Geltung kommt, vielleicht weil die Erregung wichtiger ist als die Erscheinung. Der letzte neue Leser dieser Jahrhundertwende jedenfalls ist offenbar auf der Suche nach dem schuldlosen Obszönen.

King Kongs Enkel

Im 18. Jahrhundert hielt man den Orang-Utan für einen verkappten Waldmenschen, der sich nur zu sprechen weigere, damit man ihn nicht zur Arbeit heranzöge. Im 19. Jahrhundert wurde »King Kong« erfunden, der sich im 20. an Jessica Lange zu schaffen machte, und gerade wird im Kino mit Charlize Theron wieder eine Blondine dem Affen, alias Big Joe, vorgeworfen. Da passt es, dass man im Frühjahr 1999 in einer südafrikanischen Höhle

Knochen eines Hominiden fand, dessen Arme zwar noch zu den Lianen passten, dessen Fußballen aber schon auf den Erectus verwiesen – das »missing link« schien entdeckt, Mensch und Affe standen vor der Wiedervereinigung. Jetzt wächst zusammen, was zusammengehört, witterten Tierschützer und forderten schon mal Menschenrechte auch für Affen.

Länger dagegen ließen die Versuche auf sich warten, den Affen auch zum Sprechen zu bringen. Noch um diese Jahrhundertwende lagen auf dem Sektor der animalisch-menschlichen Kommunikation »die sprechenden Pferde von Elberfeld« mit ihrem Protagonisten »Hansi« vorn, der, wie sich später herausstellte, allerdings nur die Einflüsterungen seines Dompteurs verarbeitete.

Vor zwanzig Jahren brillierte dann der Schimpanse Washoe im Gebrauch einer raffinierten Gebärdensprache, bis pedantische Forscher monierten, alle diese Gebärden benutze der Affe in freier Wildbahn auch. Also erfand man eigens einen Symbolcomputer und schaffte es, einem gelehrigen Schimpansen mehrere hundert Symbole so gut einzuprägen, dass er die Frage: »Wohin gehst du, wenn du tot bist?« mit der traumhaft poetischen Antwort versah: »Bequemes Loch Adieu«. Besser sind die Texte von »Modern Talking« auch nicht.

Der Durchbruch aber gelang jetzt der Georgia State University. Dort bedient der Schimpanse Kanzi ein neues Computersystem: Auf Knopfdruck wird hier ein Symbol auch phonetisch übersetzt, sodass sich der Affe künftig zum Sprechen des Lautes wie des Bildes bedienen und affenartige Sätze formulieren kann wie: »Ich möchte eine Tasse Kaffee«. Gut, dass er das kann! Wir Menschen arbeiten nämlich schon wieder daran, solche komplexen syntaktischen Einheiten auf ein elektronisches Schwanzwedeln zu reduzieren. So bleibt die Summe des Sprechvermögens zwischen Mensch und Tier zumindest immer gleich.

Big In Japan

 Zu den größten Leistungen der Unterhaltungsindustrie in diesem Jahrzehnt gehört die dialektische Fassung des Ruhms, seine Überwindung durch Glorifizierung, durch Fetischisierung. Am Anfang des Jahrzehnts standen die Supermodels, Genies der Materie, für ihre Qualitäten bei der fotogenen Vervielfältigung verehrt. Gegen Ende des Jahrhunderts haben ihnen namenlose Vorschul-Morphinistinnen den Rang auf dem Catwalk abgelaufen, doch auch sie ohne Aussicht auf einen Ruhm so groß wie der von Lara Croft, der Heroine aus der Videoanimation.

Die nächste Stufe des Ruhms gehört den Helden des Augenblicks: Rodney King, John Wayne Bobbitt, Denise Brown, Monica Lewinsky. Auch sie Stars ohne Leistung, haben sie immerhin einer besonderen Form des Leidens Aura verliehen. Öffentliche Aufmerksamkeit wurde ihre Kompensation, Ruhm ihre Wiedergutmachung.

Die ultimative Stufe des Ruhms aber erklomm jüngst im japanischen Fernsehen ein kleiner Komödiant namens Nasubi. Er werde berühmt sein, hatte man ihm gesagt, wenn er es schaffe, eingeschlossen in ein kleines Appartement, etwa 15 000 DM in Waren durch Preisausschreiben zu gewinnen. Bis es so weit sei, dürfe er aber ausschließlich von den gewonnenen Waren leben.

Dass Nasubi Teil einer Fernsehshow war, die ihn mit zwei Kameras rund um die Uhr beobachtete und jeden Sonntag 15 Millionen Zuschauer vereinte, war ihm unbekannt, und weil er trotz Teilnahme an tausend Preisausschreiben lange auf seine erste, schlecht sitzende Hose warten musste, also meist nackt herumlief, wurde seine Blöße mit einem Auberginen-Symbol bedeckt. Das erste Klopapier kam nach zehn Monaten. Fünf Monate später war alles vorbei, und man führte ihn nackt in einen Warteraum. Als dessen Wände kollabierten, sah sich Nasubi nach fünfzehn Monaten Stille von einem johlenden Saalpublikum und einem Moderator empfangen, der dem völlig Überrumpelten großen Ruhm versprach.

Das Kino erzählte zeitgleich in »Trueman Show«, »Pleasantville« und »EdTV« ähnliche Leidensgeschichten des Fernsehens. In Japan ist Nasubi jetzt wirklich ein Star, aber nicht als Komödiant. Die Epoche hat aufgeräumt mit den überlebensgroßen Individuen, den Leistungen für den Weltgeist. Die Helden des nächsten Jahrhunderts werden jedermann sein, aber zuerst werden sie die Qualen der Unterhaltung überleben müssen.

Menschliche Übergrößen

Eine Opernsängerin saß auf Tournee in Europa im Fond ihrer Limousine. Weil ihr warm war, wies sie ihren New Yorker Agenten über Handy an, dem Fahrer der Limousine zu sagen, er möge die Air Condition hochdrehen. Solcher Art sind die Märchen unserer Zeit. Sie erfinden neuartige Individuen mit großen Leistungen nicht nur im Singen und Spielen, sondern vor allem in der Form, das Menschsein zu interpretieren.

Echte Stars gab es von jeher nur im Zusammenhang mit großen Budgets und großen Allüren. Inzwischen aber werden selbst die Allüren knapp. Brat Pitt und Gwyneth Paltrow, Sandra Bullock und Meg Ryan – nicht müde werden sie zu betonen, wie normal sie sind, und merken dabei nicht, dass ihre Kleider längst größere Stars sind als sie selbst.

Stars sollen keine Menschen sein, sondern Hominiden, menschenähnlich, nicht menschengleich. Der Star steht für Übermaß und Verschwendung, alles verwandelt er ins Immense. Während der Arbeit an »Mary Reilly« verlangte Julia Roberts wenigstens einen Jet gegen Heimweh, Demi Moore (alias »Gimme More«) forderte einen Jet, groß genug für ihr Gepäck, und Sean Penn begründete, Rupert Murdoch habe genug Geld mit der Ausbeutung von Penns privaten Leiden gemacht, um ihm zum Dreh einen Jet zu finanzieren. Murdoch verneinte.

Die Neunziger sind vorbei, Diana ist tot, Madonna übt sich in christlicher Kindererziehung, und wer doch noch ein Star sein will, lässt sich als Dekoration eines industriellen Trottels zum Wiener Opernball einkaufen und fühlt den Phantomschmerz verlorener Größe. Denn als die Zeit das Wort »Megastar« erfand, war es in Wirklichkeit aus mit den Stars: Vorbei die Jahre der Supermodels, der Genies der Materie, der menschlichen Übergrößen aus Sport und Show, willkommen der Ära der »Leistungsträger«! Zu Anfang des Jahrhunderts propagierten Ästheten einen Kunstbegriff ohne Werk – die Lebensführung allein sollte genial sein können. Zu Ende des Jahrhunderts propagieren sie den Kult des Stars ohne Leistung, wie Monica, wie Denise Brown. Der Star im alten Sinn begleitete die Geschichte wie ein Stern. Der Star von heute ist Schnuppe und kommt so unserm Zeitgefühl entgegen: Als Held für einen Tag beansprucht er kein Gedächtnis. Deshalb zeigte selbst die »Oscar«-Nacht keine Stars mehr, nur noch ihr Milieu.

Der Tarnkappenstar

Einer schönen deutschen Tradition zufolge sind Kulturvertreter im Krieg stets die ersten an der Front – rhetorisch, und weil ohnehin egal ist, was sie sagen, sagen sie es gerne drastisch. Eben noch auf der Showbühne, jetzt schon im Schützengraben, erläutern sie dem Publikum ihren heroischen verbalen Einsatz mit dem Gestus des Bedauerns: »Leider«, sagen sie, müssen wir der Notschlachtung einer noch unbekannten Gruppe noch unbekannter Kriegsopfer zustimmen, wir hätten auch lieber Frieden, aber Milošević – den sie schon richtig aussprechen können – hört ja nicht. Nicht auf sie, die mit ihrer Steuererklärung mehr Schwierigkeiten haben als mit einem Vernichtungskrieg, aber verstanden haben: Böser Mann will nicht hören, gute Nato macht ihn fühlen. Tiefer ist, den Statements nach zu urteilen, noch niemand aus der Showwelt in die Materie eingedrungen. Weniger Grips brauchte es also nie, einen Krieg mitzutragen, der hierzulande nur noch zwei echte Feinde hat: die Kriegsgegner und die Langeweile, und niemand lacht oder weint, wenn die »Scorpions« bei Maischberger Putin ihr Vertrauen aussprechen.

Für Showstars macht es wenig Unterschied, ob sie sich an der Aktion »Prominente malen die Sonne« beteiligen oder an der Aktion »Prominente befürworten Bodentruppen«, aber dass auch der große Verneiner Harald Schmidt Haltung annimmt und zum Bejaher der Bodenoffensive wird, unironisch von »unsern Jungs« schwadroniert und sich schon als Front-Entertainer zur Hebung der Truppenmoral sieht, ist ein Sündenfall. Jahrelang »Ja« zu deutschem Wasser, das macht nicht mehr Arbeit als »Ja« zu deutschen Bodentruppen? »Mühselig« will er sich seine »Meinung« durch Blättern und Zappen »zusammengebastelt« haben, oh, Mühsal des Blätterns und Bastelns, Sengens und Mordens, und wir sehen ihn schon, Seite an Seite mit den Fischer-Chören nach Priština ziehen: Mir nach, Kanonenfutter, auf die Marmorklippen, ihr Landser!

Es war immer Schmidts Prinzip, jedes Engagement der Lächerlichkeit zu übergeben. In Jugoslawien wie in Deutschland haben Menschen jahrelang in dieser Lächerlichkeit gegen Milošević und seinen Krieg demonstriert. Erst wurden sie ignoriert, dann wurden Pointen über ihnen abgeworfen, dann Bomben. Wir dagegen erfahren: Man kann jahrelang hinter moralischer Zentralverriegelung leben, Hauptsache, man findet zuletzt noch rechtzeitig in das Spalier der rhetorischen Kriegsgewinnler.

Hillarys Höllenfahrt

In der Liebe, sagte Michel de Montaigne, sei es das Wichtigste, den richtigen Zeitpunkt zu finden, das Zweitwichtigste, den richtigen Zeitpunkt zu finden, und das Drittwichtigste, den richtigen Zeitpunkt zu finden. Er meinte: Das »Timing« muss stimmen, und das stimmte nicht, als Hillary Clinton ihre Liebe zu New York und einem Senatorinnenposten endlich offen erklärte.

Denn zeitgleich erschienen Prognosen, die erst den weiteren Popularitätsrückgang für die Präsidentengattin und dann ihren Rückzug von der Kandidatur weissagten. Vorbei die weibliche Solidarität mit der gehörnten Ehefrau, mit der Betrogenen, die auszog, ihre Opferrolle zu disneyfizieren.

Hillary Clintons meinungsschwacher Karrierismus kostete sie die Gefolgschaft der Frauen; ihr Schwanken erst für, dann gegen eine Amnestie für puertoricanische Terroristen den Beistand der Hispanics. Ihr Kuss für Suha Arafat, die den Juden unterstellte, Christenkinderblut in die Matzen zu mischen, kostete sie die Anhängerschaft der New Yorker Juden. Ihre Toleranz gegenüber dem »Sensation«-Exponat einer Muttergottes aus Elefantenkot kostete sie die Liebe der Katholiken. Ihr plötzliches Bekenntnis zu den »New York Yankees« kostete sie Glaubwürdigkeit. Die Finanzierung ihres New Yorker Hauses mit dem »Kredit« eines Wahlkampfhelfers kostete sie Vertrauen, und wer für die »Vogue« Afrika bereist, wird ohnehin keinen echten Bronx-Geruch mehr erwerben. Nimmt man hinzu, dass beide Kandidaten, Hillary Clinton und Rudolph Giuliani, Wahlkampf mit ihrem Plädoyer für die Todesstrafe machen, dann haben die New Yorker eigentlich kaum eine Wahl.

Und doch hatten sie gerade eine, zugleich die erste, die Hillary für sich entschied: In der Millenniums-Umfrage der »New York Post« schaffte sie es als einzige Frau unter die Top 25, nämlich auf Platz 6 der Liste der »bösesten Menschen« aller Zeiten. Hier landete sie vor Saddam Hussein und Dschinghis Khan, ja, die Umfrageergebnisse ließen den Schluss zu, dass Hillary etwa doppelt so böse sei wie Mussolini und noch böser als Milošević, Marquis de Sade und Ghaddafi zusammengenommen. Es gibt also Hoffnung, denn wenn das stimmt, dann wird sie die Wahl auf jeden Fall gewinnen.

Und das tat sie dann auch.

Identisch praktisch deutsch

Fünfzig Jahre nachdem die Alten vom Petersberg herabstiegen und dem Volk die Grundgesetzestafeln offenbarten, tritt der Deutsche vor sich selbst und konzentriert erneut alle Selbstkritik auf die deutsche Lieblingsfrage: Was ist meine nationale Identität? Der Einwohner Burkina Fasos kennt dies Problem nicht, und erklären Sie mal einem Senegalesen, er sei nicht identisch mit sich! Entweder steht diese Frage also nur erklärten »Kulturnationen« zu oder sie ist ein Zeichen von Dekadenz. Der Deutsche weiß zwar offenbar nie, wer er ist, steht aber dauernd vor dem Spiegel und genießt, wie wenig er sich gefällt. Das war immer so, ist es also »deutsch«?

Als das Zeitalter »Romantik« hieß, war auch der Deutsche romantisch, und weil er sich in seiner Haut schon damals so unwohl fühlte wie in seinem Land, wurde er erst Meister der Sehnsucht, später Florist der Blauen Blume. Er besitzt eben das Talent, aus jedem Mythos einen Markt zu machen, und so war auch der Titel »Volk der Dichter und Denker« nur ein zündender PR-Einfall, für den man heute so viel hinblättern müsste wie für die Markteinführung einer Tütensuppe. Vielleicht ist aber das Sehnen auch nur Ausdruck der Aversion gegen sich, die den Deutschen immer treibt, sich von sich wegzubewegen, mal im Schnupper-Imperialismus, mal in der Landoffensive der Gruppenreise.

Oh ja, er kennt »das Land, wo die Zitronen blühen«, denn er hat sein Badehandtuch dort schon einmal ausgerollt, und er fühlt sich auch nirgends so deutsch wie in Arkadien. Aber eines Tages tritt er im abruzzesischen Hochland vor ein Denkmal der italienischen Flagge mit der Inschrift: »Mama Pace Patria«, und er erbleicht: Den Spaß an der Mutter hat ihm erst Freud, dann Hitler verdorben, für den Frieden bringt er selbst im Krieg eine eher rhetorische Leidenschaft auf, und das Vaterland hat er sich abgewöhnt. Übrig geblieben ist jener nationale Sperrbezirk, den man erst einmal gegen die Außenwelt definieren muss, damit klar ist, wer nicht hineingehört, und den man anschließend mit der berauschenden Substanz der so genannten ›nationalen Identität‹ anfüllt. So lautet der Terminus technicus für die Gewissheit: Mir san mir.

»Ich bin ein Deutscher«, sprach deshalb ehemals Richard von Weizsäcker, »wie ein Franzose ein Franzose ist oder ein Russe ein Russe. (…) Wäre ich ein Spanier und lebte im 18. Jahrhundert, so wäre ich nicht der, der ich nun mal bin.« Der Deutsche liebt solche Großtaten der rhetorischen Selbstfindung, und klarer und heilsamer ist ja auch von der nationalen Identität nie gesprochen worden. Die Nation ist die Gruppe, der Präsident ihr Therapeut, er beaufsichtigt die Volksgesundheit.

Wenn dieses Land aber nun mal das geringste nationale Identifikationspotential besitzt, vielleicht hätte hier eine Kultur ohne Primat des Nationalen entstehen können, ohne dichtenden Hirtenhund, der nur um die Schafe läuft, um ihnen das Gefühl einer Herde zu geben! Stattdessen muss man es dem Deutschen mit Menschen- und mit Präsidentenzungen sagen, dass es normal ist, ein Deutscher zu sein, und so wurde Schröders Lieblingswort »Normalität« zum Sakrament der Nation. Wir sind normal – wenn das kein Therapieerfolg ist!

Aber auch wenn die Hälfte aller Deutschen in ihrem Leben irgendwann mal Lehrer sind, verdanken sie ihren indifferenten Zustand weniger der Erziehung als vielmehr der Ironie. Ehe sie das

Richtige meinen könnten, wollen sie lieber nichts gemeint haben. Die Deutschen sind inzwischen ein zutiefst ironisches Volk. Irgendwann hat sich ihre Trauer, die Bitterkeit, die sie vermitteln, zu Ironie sublimiert. Sie vertreten weniges wirklich und nehmen an nichts echten Anstoß, sie haben zu »Weltschmerz«, »Innerlichkeit« und all den anderen Attrappen alter deutscher »Seele« längst ein uneigentliches Verhältnis. Sie sind nicht sentimental, sondern pragmatisch und werden für keine Überzeugung je wieder untergehen.

Aber das Chaos lauert überall, und der Deutsche liebt das Chaos so sehr, dass er sich dauernd damit beschäftigt, es zu verwalten. Deshalb rechtfertigt er auch seinen Verordnungswahn als eine Art Festlegung von Teilnahmebedingungen am Leben und liebt doch weder das Gesetz selbst noch den Gesetzesverstoß, sondern vor allem die Chance, die Übertretung zu ahnden. In jedem »Diskretionsabstand« schläft eine Strafmaßnahme. Der Wohlstand hat die Bequemlichkeit militant werden lassen.

Ebenso bekämpft der Deutsche auch die Unordnung in sich selbst. Er organisiert Erholung wie einen Wettbewerb und Genuss wie einen Kampfsport. Er befindet sich als Vertreter einer Verlierermacht noch dauernd auf dem Weg zum Sieg. Ja, er lebt, als stünde er unverändert im Wiederaufbau, als müsse er streng sein und diszipliniert, müsse überleben und sich gegen Neidfutterer durchsetzen. Ebenso bekämpft er die Unordnung, die Entgrenzung, Graffiti, den Eros des Verfalls, kämpft um Komfort und um eine klinische Außenwelt, kämpft mit der moralischen Energie einer Protestbewegung.

Endlich ist es ihm bei der Erfüllung seiner hauptsächlich materiellen Lebensziele sogar gelungen, sich von seinen eigenen Interessen zu emanzipieren. Eher als jeder europäische Nachbar scheint er bereit, auf Freiheiten zu verzichten, die er nicht errungen, aber offenbar auch nie wirklich genossen hat. Allein für die 47 Opfer der RAF im »Heißen Herbst« hat der Deutsche auf mehr Persönlichkeitsrechte verzichtet, als selbst Margaret Thatcher angesichts

Tausender IRA-Opfer in England anzutasten bereit gewesen wäre. Das Wort »freiheitlich« wirkt auf den Deutschen mit Placeboeffekt: Er braucht die Freiheit nicht, um sich frei zu fühlen.

Vielleicht kennt er, der sich selbst um das Grundrecht auf Vaterlandsliebe brachte, eben keinen nationalen, eher einen DAX-Patriotismus. Immerhin liegt ja auch die größte politische Kontinuität in Deutschland vor allem in den Firmengeschichten, und so dankt es das Land seiner Wirtschaft, dass ihr durch ökonomischen Erfolg die Resozialisierung des Made-in-Germany-Deutschen gelungen ist.

Also kennt dieser Deutsche, wie Oscar Wilde gesagt hätte, den Preis von allem, aber den Wert von wenigem und verhält sich rätselhaft folgsam dabei, den Wirtschaftsdaten die eigenen Wünsche unterzuordnen. Ihm ist im europäischen Vergleich wohl die zügigste Kommerzialisierung seines kulturellen Lebens gelungen. Aber offenbar konnte er Know-how nur gewinnen, indem er Know-why verlor. Wenn ihm also jemand erklärt, Fernsehfilme, die bei Nacht spielen, haben schlechtere Einschaltquoten, so wird der Deutsche als Erster auf die filmische Nacht verzichten und alle anderen arrogant nennen. Der Markt macht Genres und Gattungen, Sprech- und Gestaltungsformen den Garaus, er ersetzt auch die Zensur.

Der Deutsche aber wurde lieber zu einem Opportunisten des Reingewinns. Die einzige Demokratie, für die er herzlich fühlt, ist die Demokratie des Konsums. Indem er seine Stimme einem Produkt gibt, erhält er es auf dem Markt, und was sich dort nicht hält, verreckt zu Recht. Nun wäre aber »Penthesilea«, wie Gottfried Benn einmal anmerkte, nie geschrieben worden, hätte man vorher darüber abgestimmt. Leb also wohl, Penthesilea, vielleicht liegt es an deinem Aszendenten, vielleicht an der falschen Zielgruppe, aber wir leben hier, trotz anders lautender Beteuerungen, nicht zum Vergnügen und nicht in einer Leistungs-, sondern in einer Erfolgsgesellschaft. Wir hassen den Misserfolg wie einen Charakterfehler – auch wenn der größte Teil unserer bisherigen Kultur unter diesem Gesichtspunkt ein Mißerfolg ist. Wir lesen nicht Shakespeare und Seneca, sondern »Shakespeare für Singles« und »Seneca für Gestresste«, wir übersetzen das Sinnvolle ins Nützliche, aus der Frage »Wer bin ich?« wurde »Was hab ich davon?«.

Der Deutsche hat die Demokratie eben noch nicht lange und nicht aus freien Stücken, und so wendet er sie denn blindlings so lange auf jede geistige Regung an, bis keine mehr da ist. Im Grunde findet er die Demokratie gar nicht so schlecht, besser jedenfalls als die Versuche, auch noch Gebrauch von ihr zu machen, und so steht er also da, der Deutsche am Ende eines weitgehend vermasselten Jahrhunderts, feiert Goethe und Grundgesetz, feiert Nato und nationale Erweckung in der Berliner Republik. Eigentlich ist er nun endlich angekommen, in der neuen Republik und im neuen Selbstbewusstsein, und trotzdem wirkt er immer noch enttäuscht und irgendwie unglücklich in einem Leben, das ihm immer irgendwie als Zumutung erscheint: Vielleicht weil es ihm hartnäckig jede Gelegenheit verweigert, einmal mit Inbrunst auszurufen: Mama! Pace! Patria!

TV ohne Spiegel

Der »Spiegel« hat sein Niveau gehoben. Das ging nur, indem er seine Fernsehvorschau reduzierte, die Witzecke für alle, denen Fips Asmussen zu schwierig war. Wir hinterbliebenen Glotzer trauern um puppenlustige Verballhornungen der Talkshow-Themen und ausgewählte Hinweise auf Programme, die keine Auswahl verdienen und keinen Hinweis brauchen, Seiten voller Hochmut bei der Bewertung des Fremden, voller Stolz auf das eigene Schmuddeln. Aber da bei RTL die quotenschwachen »Spiegel-TV«-Werke in Ungnade gefallen sind, und da man mit »Spiegel«-Produktionen ja bald in der Mehrzahl aller Sender vertreten ist, was wollte man noch glaubwürdig kritisieren?

Trotzdem hat man kürzlich drei Autoren – zum wie vielten Mal eigentlich? – eine Philippika zum Niveauverlust des Fernsehens schreiben lassen und wieder zu sagen vergessen, dass den Protagonisten des Schmuddel-und-Blödel-TVs niemand so viel Raum gegeben hat wie die »Spiegel«-eigenen TV-Formate und dass auch ein Klassiker des telegenen Drüsen-Kitzelns wie »Wa(h)re Liebe« vom »Spiegel« produziert wird, wodurch Reinhard Mohrs notorischer Kulturpessimismus dem TV gegenüber sich als Phrasen getragene Heuchelei entpuppt.

So dampfte man denn die Fernsehvorschau auf eine Seite nahe der Heftmitte zusammen, dort erscheint sie, gespenstisch wie Hamlets Vater, und ebenso dichtend: Zu »Vera am Mittags« Sendung »Dir würd' ich gern mal so richtig die Meinung geigen« fiel dem »Spiegel« die lethale Pointe ein: »Duo infernal für Kontrahass und Watsche«. Schreib das auf, Schmidt!

Doch inzwischen sind selbst die Zeiten vorbei, in denen der »Spiegel« Vera Int Veen kritisieren dürfte, produziert er doch selbst das wochenendliche Boulevard-Magazin der »Bild«-Zeitung, und so, wie »Bild«-Chef und »Spiegel«-Chef gemeinsam auszogen, die Deutsche Rechtschreibung zu retten – und dort ist sie wirklich in den besten Händen –, retten sie nun gemeinsam das Fernsehniveau. Doch auf diesem Niveau ist es nicht zu retten.

Jesus im Hochsicherheitstrakt

Mit seiner Geburt beginnt des Menschen Verfall. Lässt man ihn gewähren, stirbt man alt und faltig, lässt man sich liften, stirbt man alt und grotesk. Leonardos »Abendmahl« verfällt nun seit fünfhundert Jahren, seine letzte und größte Komplettsanierung hat das

Fresko gerade hinter sich. Nun kann der Experte also noch einmal im Angesicht der frisch erblühten Züge aller Jünger feststellen: Der Verräter sitzt in der Mitte. Ist es der Restaurator?

Der Restaurator ist eine Restauratorin mit dem Nabokov'schen Namen Pinin Brambilla Barcilon. Sie will es nicht, aber die Berichterstattung beschäftigt sich mehr mit ihr als mit Jesus, Judas oder Leonardo. 21 Jahre lang hat sie Farbpartikel sortiert und Jahrhunderte der Übermalung, Ergänzung und Erneuerung ungeschehen machen wollen – um wo anzukommen? Waren im Laufe der Jahrhunderte nicht genügend putzende Schüler und Adepten über dieses Bild gezogen? Hatte nicht schon Charles Dickens 1845 die würdelose Restaurierung beklagt, und schrieben nicht jüngst noch Forscher, kein einziges Farbpartikel des Bildes stamme wohl noch aus Leonardos eigenem Pinsel?

Faszinierende Vorstellung: Ein Original, auf dem es nichts Originales mehr gibt – geradezu ein Symbol für unsere Art, uns der Wirklichkeit zu vergewissern. Je näher man hinsieht, desto weniger bleibt von ihm übrig, dem virtuellen Leonardo. Aber was ist dieses Wesen? Was darf man diesem Leonardo wegnehmen, bis man ihn nicht mehr einen Leonardo nennen darf? Genauso fragt der Gangster bei Godard: Hackt man mir ein Bein ab, sage ich: Ich und mein Bein. Hackt man mir Arme und Beine ab, sage ich: Ich und meine Gliedmaßen. Hackt man mir den Kopf ab, was sage ich: Ich und mein Kopf? Ich und mein Rumpf?

Um Jesu letzte Jause zu betrachten, dürfen nur noch 25 Touristen gleichzeitig für je 15 Minuten vor die Hochsicherheitszone des »Abendmahls« treten. Die Bedingungen für Betrachter sind unkünstlerisch, die Züge des Werks entstellt, seine Aura wirkt geliftet. Als ehemals der spanische König den Maler Goya zu Restaurierungsarbeiten bat, warnte dieser mit dem magischen Satz: »Auch die Zeit ist ein Maler.« Wäre es also nicht der zumindest wahrhaftigste Zugang zu Leonardo gewesen, man hätte ihn der Zeit übergeben und seinem Verschwinden zugesehen?

Das ist Fußball!

 Wer den Fußball liebt und folglich nicht auch noch den FC Bayern, der empfand dessen Untergang beim Championsleague-Finale in Barcelona dennoch als Unglück, Debakel und Katastrophe. Denn erst hier gelang den Bayern das wahrhaft Unmögliche, erst hier errangen sie das ihnen sonst Unerreichbare: Mitleid.

Mehr bedarf's nicht? Sie brauchte nur ihren zweiten Pfosten nicht anständig zu decken, schon erhielt diese hybride Kampfmaschine das Prädikat »menschlich«? Plötzlich wird der Heroismus der Fans, die durch jedes Tal der Tränen gehen, selbst den Bayern abverlangt? Leichter hat die Humanität nie gesiegt.

Trotzdem: Auch an diesen Tränen hängt ein Preisschild, und wirklich machte Manager Uli Hoeneß ein Gesicht wie ein Abendkleid und gab zu Protokoll, die Mannschaft habe sich in dieser Niederlage hervorragend … was? … ein Verb muss her …» verhalten«? … »dargestellt«? Nein, Uli Hoeneß wäre nicht Uli Hoeneß, Bayern nicht Bayern, wäre da nicht eine zwingendere Vokabel, und die fällt Uli Hoeneß immer ein: »Hervorragend vermarktet« hat sich die Mannschaft in der Niederlage. Die Tiefschürfrechte an seelischen Abgründen liegen natürlich auch beim Manager, der jede Grille seines Vereins auf seine kommerzielle Verwertbarkeit überprüft. »Das ist Fußball«, repetierten die Hinterbliebenen der Niederlage bis zum Stumpfsinn, denn so lautet nun einmal die sportliche Übersetzung von »C'est la vie«. Aber ist das Fußball?

Ist es Fußball, wenn ein Verein die Liga ökonomisch so dominiert, dass er anderen Vereinen die besten Spieler erst wegkaufen, sie dann auf die Bank setzen und schließlich allen anderen Mannschaften davonziehen kann, um sich zuletzt als europäischer Zweiter, aber Mitleidserster ganz vorne anzustellen? Ja, das ist Fußball, nämlich die niemals ganz vollendete Zerstörung eines sportlichen Vergnügens durch seine Kommerzialisierung, bekannt als Montezumas Rache der freien Markwirtschaft.

Aber wem macht es noch wirklich Spaß, den Spielern beim Geldverdienen zuzusehen? Die Fußball-Einschaltquoten waren nie so dürftig, die Bundesliga nie so langweilig, nie wurde der Abstiegskampf aus der ersten, ja der Aufstiegskampf aus der Oberliga so hysterisch begleitet wie der Meisterschaftskampf gelangweilt. Bayern gewinnt, der Fußball verliert und wird kaputt konkurriert. Damit dies so bleibt, muss der Verein nur noch Strategie und Inszenierung der Niederlage verfeinern und die Bundesliga dem theatralischen Kalkül einer Wrestling-Veranstaltung öffnen: Uli Hoeneß als Bestatter, Oliver Kahn als Undertaker der Bundesliga, alle Rollen verteilt, alle Gefühle künstlich, Raserei auf den Rängen und ein Ruf wie Donerhall: Das erst ist Fußball!

Alle Menschen werden Weiber

Zu den schönen Errungenschaften unserer aufgeklärten Zeit gehört auch der Sommer-Feminismus. Man weiß nicht warum, aber je wärmer es draußen wird, desto schwüler wird's drinnen dem Journalisten. Ja, in den heißen Monaten, da tendiert er gern ins Läufige und sucht jede Gelegenheit, sich mit »den Frauen« zu beschäftigen: Hier ein Durchbruch in der Mammographie (mit Fotos), dort ein neuer Gang-Bang-Rekord in Amerika (mit Video), Weltfrauenfußball in den USA, Neue Frauen in Europa, Starke Frauen, Powerfrauen, Selbstbewusste Frauen, Frauen, die sich ihres Körpers nicht schämen, Frauen, die Männern Angst machen.

Nur André Rieu kann das noch toppen. Ihm ist der Sommer so zu Kopf gestiegen, dass er die Frauen pauschal »gefühlvoller, spontaner, intuitiver« nennt und außerdem findet, sie seien intelligenter, schneller und präziser. Tatsächlich gibt es Frauen, die so intelligent und präzise sind, dies als dümmste Form der positiven Diskriminierung zu erkennen und spontan gefühlskalt und dickfellig zu werden. Ihnen hat Demokrit, an der Wiege der abendländischen Kultur, die Maxime mitgegeben: »Stuten, solange sie Mähnen haben, sind zu stolz, sich die Esel als Gatten gefallen zu lassen.« Und das gilt auch für langmähnige Salongeiger.

Doch wenigstens den »Spiegel« inspirierte André Rieu zu einer bangen Titelgeschichte unter der Zeile: »Sind Frauen klüger?« Zur Beantwortung dieser Gretchenfrage gewann man vier kluge Frauen, die zu dem überraschenden Ergebnis kamen: Frauen sind klüger – was man u. a. daran erkenne, dass sich Frauen jetzt sogar »für Umweltthemen und die Ausländerfrage« interessieren und dem »Spiegel« Sätze hindonnern wie »ich bin voll Power«. Ich übrigens auch.

Angesichts dieser weiblichen Perestroika können auch Deutschlands führende Feministen, Wolfgang Joop und die Bewegte Frau Alice Schwarzer nicht zurückstehen und nageln nach bilateralen Gesprächen die 95 Thesen der Geschlechter-Reformation an die Portale der Postille »Petra«. »Ich finde nicht, dass du dich jemals männlich verhalten hast«, sagt dort Alice dem Mann, den seine Freunde »die Joop'sche« nennen. Du auch nicht, erwidert er nicht. Doch Alice weiß: »Viele Männer verhalten sich heute anders als vor dreißig Jahren.« Das gilt zwar auch für Kraftfahrzeuge und Streifenhörnchen, ist aber trotzdem unwahr. Wie eh und je sind Männer nämlich geschmeichelt, wenn man ihnen den Quatsch abkauft, den sie über Frauen sagen, und stolz, wenn sie den Quatsch tolerieren, den Frauen über Frauen sagen. Neue Stuten mit Mähnen braucht das Land.

Nachkriegskater

Mit unserem Eintritt in das Zeitalter der Ironie verschwinden Begriffe wie »Proletariat« oder »Lohnabhängiger«, andere ändern ihre Bedeutung: Wer »Nie wieder Krieg« sagt, wird vielleicht nicht als Pazifist, sondern als Tyrannenfreund verstanden, wer »Menschenrechte« einklagt, nicht mehr als Humanist, sondern als Kriegstreiber. Die Bundeswehr-Werbung ist nicht martialisch, sondern caritativ, und wenn die US-Marines den Slogan prägten, »It's not just a job, it's an adventure«, so orientieren wir uns lieber an den Jugendfeuerwehren: »Rennen, Retten, Löschen«.

Nach dem Krieg im Kosovo ist Hitler nicht mehr Hitler, denn das ist nur sein Pseudonym, ist Auschwitz nicht mehr Auschwitz, sondern überall, wo es der guten Nato Willkür will, und wenn diese Nato vor zwanzig Jahren noch einen »bedeutsamen Beitrag« bei der »Schaffung einer menschenwürdigen Umwelt« leisten und »ökologische Kriegsführung« als »Kriegsverbrechen« ahnden wollte, so ist es heute der Krieg für Menschenrechte, der der menschenwürdigen Umwelt den Garaus macht. Die Verstrahlung der Landschaft, die Kontaminierung des Grundwassers mit Dioxin und abgereichertem Uran sind »Kollateralschäden«, und »Frieden« nennt man den Zustand, in dem die Menschen hier ihrem Ableben entgegendarben dürfen.

Auch gilt, dass die Grüne Partei trotzdem eine pazifistische und ökologische Partei ist, dass sie, einer alten Landser-Metapher folgend, in Stahlgewittern erwachsen, also wahrhaft regierungsfähig geworden ist und jetzt sogar den traurigen Mut zu einem Wahlslogan besitzt mit der Botschaft: »Frieden und Menschenrechte vereinbaren«. Es ist nicht nur makaber, mit diesem Krieg zu werben, es ist außerdem falsch: Im Kosovo wurde Völkerrecht gegen Menschenrecht ausgespielt, Krieg mit Krieg bekämpft, und man muss schon sehr grün sein in Sachen Humanität, wenn man sich den Frieden ohne Menschenrechte vorstellen kann.

Alle anderen aber werden sich künftig wohl hüten, die Einhaltung der Menschenrechte zu fordern, um den Humanismus der Nato zu ernten, und wenn man schließlich im Angesicht der Zerstörung und der Umwertung der Worte auch im Frieden den Frieden nicht mehr erkennt, dann geht die Satire in die Tragödie über, in der alle Beteiligten brüderlich ausrufen: Das habe ich nicht gewollt!

Helden des Lochs

Lauter schöne Tage. Einmal verschanzt sich ein Radiomoderator für vier Stunden im Studio und spielt abwechselnd nur »Dancing Queen« von Abba und »No Milk Today« von Herman's Hermits. Ein andermal doziert ein Fernsehpädagoge zum Thema Kindesmissbrauch im Leistungssport: Bei der »Hilfestellung« fängt »alles« an, deshalb brauchen wir einen Ratgeber zur sittlich unbedenklichen Hilfestellung im Kindersport! Helden des Sommerlochs.

Aber fehlt die sittlich unbedenkliche Hilfestellung nicht auch den Journalisten, wenn es darum geht, das Sommerloch zu löchern? Die Romanze zwischen Hilmar Kopperfield und Claudia Schiffbacher-Brandt wurde im Gossip-Himmel geschlossen und von »Spiegel« und »Stern« ratifiziert. Doch was sind diese ollen Kamellen gegen die DAX-erweichende Kraft solcher Liebe? Erdnüsse!

Partout nicht klüger wird auch der Kopf, der sich hinter der »FAZ« versteckt, nur virtuoser in der Handhabung der doppelten Moral. Die »FAZ am Sonntag« nämlich erhebt sich im doppelten Schirrmacher erst über die geistig unbeschenkte »Bild«-Zeitung, dann über den einfältigen Kopper, der sich von ihr bei Sentimentalitäten erwischen ließ. Dafür kriegt er in einer Spalte, die der

»Bild«-Zeitung abgeschaut sein könnte, ein Minuszeichen neben das Gesicht, das alle Menschen verdienen, die sich der Menschlichkeit schuldig gemacht haben. Doch weil das an Verachtung nicht ausreicht, wird Kopper in einem Text, der »Bild« weder sprachlich noch gedanklich das Wasser reichen kann, des Plapperns und der Lächerlichkeit geziehen.

Das ist schmerzhaft, vor allem für die »FAZ«. Denn wer saß noch vor Wochen doppelseitig als einer der wenigen, handverlesenen Werbeträger für eben die »FAZ« zwischen »Peanuts«-Waggons? Genau.

Erst wirbt man also mit dem Vater des Unwortes 1995, dann tritt man den Nachweis an, dass der Kopf hinter dieser Zeitung so klug nicht sein kann, sonst läse er keine Zeitung, die seiner Geliebten ihre »spitze Nase« ankreidet, und schließlich odelt man seinen Verkauf mit derselben Boulevard-Gülle, die auch die verachteten Mitbewerber verspritzen. Wenigstens aber erklärt sich endlich, warum man den Kopf der Werbeträger in der »FAZ«-Kampagne nicht sieht: Er möchte sich wohl bei der Lektüre nicht mehr erwischen lassen. Auch dies Gefühl kennt man bei der »Bild«-Zeitung.

Heiliger Strohsack

Auch der Papst hat ein Hobby, das Heiligsprechen. 283 Menschen hat er seit Beginn seines Patronats in den Adelsstand der selbst leuchtenden Köpfe promoviert, 821 auf die Warteliste der Seligen gesetzt und damit weit mehr tote Seelen glücklich gemacht und mehr himmlische Berufsheerscharen rekrutiert als alle seine Vorgänger im 20. Jahrhundert zusammen.

Heilige sind Verblichene, die entweder eines konventionellen Märtyrertods starben oder nach ihrem Ableben Wunder gewirkt haben an Menschen, die für Wunder anfällig sind. Mutter Teresa etwa erschien einem krebskranken Palästinensermädchen. Dieses wurde geheilt und die gütige Mutter aus Kalkutta in den Wartesaal mit augenblicklich dreitausend Heilig- und Seligkeitsaspiranten geschoben. Aber wer denkt an das Martyrium der hinterbliebenen Angehörigen designierter Heiliger, die nun täglich auf ein personenbezogenes Wunder warten müssen?

Wie gut, dass eben eine Französin in einem Autounfall von einem Mutter-Teresa-Medaillon ins Leben gerettet wurde. Das trug der barmherzigen Frau einen vorderen Listenplatz ein. Ketzer könnten zwar meinen, diese Rettung hätte Gott auch ohne Medaillon schaffen können, aber wer weiß, welches Medaillon er dazu hätte tragen müssen? Jedenfalls rettete ein Wunder auch Josemaria Escriva, dem berüchtigten Opus-Dei-Gründer, seine Seligsprechung und ein Martyrium dem umstrittenen Kroaten Aloysius Stepinać die seine.

Zwar schrumpfte unter Papst Johannes Paul II. die Frist der Heiligsprechung von fünfzig auf fünf Jahre nach Ableben, auch werden die Heiligen den Normalmenschen immer ähnlicher, aber jetzt hat jeder Winkel der Welt seinen Heiligen, ein riesiges Netzwerk der Aureolen und Stigmata umspannt den Globus, und außerdem bringt wohl jede in großem Zeremoniell begangene Heiligung dem Vatikan so viel Geld ein wie eine Championsleague-Partie. Allein 600 000 Gläubige feierten im Mai die Erhebung eines Stigmatisierten in den Stand der Seligen.

Solch massenhaftes Heiligsprechen ist die Antwort des Papstes auf die Globalisierung. Er bricht die Vormacht der Europäer und demokratisiert die Gemeinde der Beförderten. So geschieht dem Heiligen, was im Showbusiness den Stars passiert: Je mehr es davon gibt, desto banaler werden sie, der Heiligenschein wird zum Äquivalent der Sonnenbrille und kennzeichnet die Schein-Heiligen.

Der Unstern

Doch, es gibt ihn, den Augenblick, da eine Zeitschrift zur nationalen Herzenssache wird. Aber dazu müssen die Herztöne der Zeitschrift erst mal schwächer und ihre Schwächen offenbarer werden. Dann nämlich beugen sich die Diagnostiker der gesamten publizistischen Welt über den Sterbenden, lesen das EKG seiner Verkaufszahlen ab, finden, es sei »etwas Ernstes«, und zeigen sich bereit, den Todkranken entweder durch stabile Seitenlage zu therapieren oder gleich aufzugeben.

Dass die Zeit des »Stern« abgelaufen und das »Wundertüten«-Prinzip überholt sei, las man aus den Federn jener, die unlängst den 50. Geburtstag des Magazins noch mit Jubelprosa begleitet hatten. Eine schöne Leich' hatten sie sich da aufgebahrt, die Trauergäste, die alle ihre eigenen Blätter ein bisschen »Stern«-förmiger, und den »Stern« dadurch auch einförmiger gemacht hatten, und wenn man auch mit dem »Stern« selbst nicht mehr so gut Geld verdienen kann, so offenbar doch mit Berichten über sein Siechtum.

Nun konnte man in den letzten Jahren bis hoch hinauf in den Feder führenden Konzern kaum jemanden treffen, der den »Stern« mochte, aber viele, die ihn unter ihrem Niveau fanden. Gerade diese Hochgeschwindigkeitsblätterer hätten im neuen »Stern« eigentlich einen Gang zurückschalten müssen. Doch eben sie erfanden für die Anstrengungen des verflossenen Chefredakteurs ein neues Schimpfwort: Er habe das Blatt »journalistischer« machen wollen, lamentierten sie, und in der Tat war der Blut & Samen-Anteil in ähnlichem Verhältnis gefallen wie der Verkauf.

Es ist ein schlechtes Zeichen, wenn Journalisten aus dem Wort »journalistisch« ein Schimpfwort machen, aber es ist signifikant. Denn die gesamte Debatte um den »Stern« war eine Exegese der Verkaufszahlen. Es kann aber Journalisten wie Lesern ziemlich egal sein, wie sich ein Blatt verkauft, sofern es nur das Richtige verkauft.

Was niemanden zu interessieren schien, waren die Inhalte des »Stern«, was dagegen viel mehr interessierte, waren die stillosen öffentlichen Abrechnungen durch den Verlagschef. Daran, dass eine »journalistische« Debatte nur mehr rein ökonomisch geführt wird, erkennt man, welches Selbstverständnis der Journalismus erreicht hat und dass zumindest diesmal der »Stern« nicht schlechter sein konnte als seine Kritiker.

Derniere

Im Jahre 1991 entstand in der Hamburger Wandsbeker Chaussee die größte Bedrohung des herkömmlichen Fernsehens. Glaubte man. »Fernsehen war gestern, heute ist Premiere«, röhrte der Werbeslogan des neuen Pay-TV's, und vor allem Medienkritiker glaubten dieser Werbung. Ihnen erschienen schon die Televisionen einer Zwei-Klassen-Gesellschaft: Die Reichen leisten sich das bessere Programm, die Armen degenerieren in der schlechten Unendlichkeit konventionellen Programmschrotts.

Zunächst allerdings schien der Überdruss des Publikums am Medium so groß, dass man den Break-Even-Point immer weiter vor sich herschob, sich die Werbekampagnen manchmal kaum selbst finanzierten und in manchen Wochen der Abonnenten-Rücklauf sogar stärker war als der Zulauf. Trotzdem hielt man im Medienfeuilleton daran fest: Pay-TV nach Premiere-Art, das sei die Zukunft.

Inzwischen sind großspurige Werbekampagnen, unglückliche Personalien und Konzern-Zwistigkeiten alles, wodurch Premiere noch auf sich aufmerksam macht. Das Fernsehen von gestern sitzt sicher, und Premiere hat sich klammheimlich zum Fernsehen von Vorgestern entwickelt. Sämtliche Eigenproduktionen wurden eingestellt; die ehemals halbwegs findige Dokumentarfilm-Abteilung recyclet Hochglanz-Produktionen, die mit dem Genre des Dokumentarfilms kaum noch etwas zu tun haben; der europäische Spielfilm kommt so gut wie gar nicht mehr vor; der erotische Film wird in Exemplaren vorgestellt, die »Laß jucken, Kumpel« wie Nouvelle Vague aussehen lassen und nur bei Premiere das Prädikat »sendefähig« erhalten. Verlässt man sich ferner auf die filmische Wertung der immerhin durch den »Grimme-Preis für Medienpublizistik« ausgezeichneten »TV Spielfilm«, so kommt Premiere mit zwanzig guten, dreißig mittleren und sieben schlechten Filmen im laufenden Monat (Erotika nicht mitgerechnet!) auf ein prozentual ähnliches Qualitätsverhältnis wie tm3, ein Sender, der dafür aber noch so schöne Dinge wie »Ruck Zuck« und »Oprah« im Programm hat.

Premiere kann seine Kanäle noch so sehr vervielfältigen, auf der jetzigen Basis kommt doch nicht mehr heraus als eine Multiplikation der Belanglosigkeiten des Privatfernsehens, nebst der Überzeugung, dass es jenen »höheren Zuschauer« wohl nicht gibt, von dem die Fernseh-Romantiker immer schwärmen – jedenfalls nicht unter den Besserverdienenden.

Dick Tracy wird Tricky Dick

Ein gewöhnlicher Mann möchte im Leben zweierlei werden: Frauenheld und Volksheld, ein ungewöhnlicher, wie Woody Allen, wäre lieber »die Fingerkuppen von Warren Beatty«. Kein großer Unterschied, wie man sehen wird: Zuerst war Warren Beatty Frauenheld, teilte die Wüste mit Isabelle Adjani in »Ishtar« und das Bett mit Madonna in »In Bed with Madonna«. Dann heiratete er Annette Bening, zeugte mit ihr drei Kinder und trat ins verflixte siebte Jahr ihrer Ehe mit ihr ein.

Zu diesem Zeitpunkt, so lehrt uns die Filmgeschichte, sticht den

Mann gern der Hafer, und so besann sich auch Beatty jetzt auf den zweiten Teil seiner Jungs-Phantasie und suggerierte einer Journalistin von der »Los Angeles Times«, ihn als Präsidentschaftskandidaten vorzuschlagen. Anschließend konfrontierte sie ihn selbst mit dem Vorschlag und Beatty sagte zergrübelt: »Es muss doch noch jemanden geben, jemanden Besseres ...« *Noch* jemanden? Noch *Besseres*?

Prompt setzte sich die eigene Idee im eigenen Kopf ganz fest. Er habe »in den letzten Wochen viel darüber nachgedacht«, äußerte seine »Sprecherin«. Wer Beatty je selbst hat sprechen hören, weiß, das braucht Zeit. Diesmal aber kamen nach Wochen schon zwei Resultate: Erstens, so Beatty, wolle er denen, die ihn vorgeschlagen hätten, »Respekt« zeigen. Den soll nun das ganze Land ausbaden. Zweitens habe er in der Tat »some strong feelings«, und mehr braucht's nicht für einen Film. Er nahm die Nominierung also an.

Was aber seine politischen Ideen angeht, ist Warren noch etwas verworren. Stärkere Waffenkontrolle soll her, dafür steht er mit seinem guten Namen und seinem nächsten Film – an der Seite von Charleton Heston. Außerdem hat er erkannt, »deep down« sehnten sich alle Amerikaner nach einer »Reform des Wahlkampffinanzierungssystems«. So tief im Amerikaner war vielleicht noch kein Kandidat, und wer geglaubt hatte, deep down sehne sich der Amerikaner nach einer Nacht mit Pamela Anderson in Death Valley, der weiß jetzt, ähnlich unerhört bleibt nur die Blaue Blume »Wahlkampffinanzierungssystem«. Jetzt muss nur noch jemand her, der Beatty mit diesem Konzept offiziell nominiert. Und wer soll das sein? Ausgerechnet Ross Perot! Dann lieber zuerst eine Wahlkampfnominierungsreform, denn nun teilen sich das Rennen um den Sitz des »mächtigsten Mannes der Welt« ein Vize (Gore), ein Sohn (Bush), eine Ehefrau (Dole), ein Ex-Wrestler (Ventura), ein Ex-Basketballer (Bradley) und ein Schauspieler (Beatty). – Die Welt ist also in besten Händen, nur Woody Allen muss sich neue Fingerkuppen suchen.

Tod durch Rechtsstaat

Der Tod wird kommen, und er wird deine Augen haben«, schrieb Cesare Pavese einer Geliebten, nicht lange vor seinem Selbstmord.

Auch die 3500 Männer und 50 Frauen in US-Todestrakten kennen die Augen des Todes. Es sind die Augen des Gesetzes: Es wacht auch über 73 jugendlichen Straftätern, die hier ihrer Hinrichtung entgegensehen, ja, als einziges Land der Welt haben die USA 1998 nachweislich selbst minderjährige Straftäter exekutiert. Das Gesetz drückt hier auch kein Auge zu, wo es sich um Straftaten psychisch Kranker, geistig Behinderter, um fahrlässige Tötung oder Schuldunfähigkeit handelt. Im Jahresbericht von amnesty international finden außerdem auch jene 78 Häftlinge Erwähnung, die seit 1970 aus dem Todestrakt entlassen werden mussten, weil der Nachweis ihrer Unschuld gelungen war. Mehr als zwei unschuldig Hingerichtete pro Jahr – das zählt bei Mensch und Lebensmittel noch als »Schwund«, und neuerdings ist nach Forschungen durch Jurastudenten diese Zahl erheblich gestiegen.

Zur Kompensation für die Noch-einmal-Davongekommenen wird das letzte Jahrhundertjahr wohl trotzdem ein Hinrichtungs-Rekordjahr werden, und die Präsidentschaft von George W. Bush glorifiziert im ehemaligen Gouverneur von Texas ja auch den Mann, der jede dritte Hinrichtung in den USA und die steilste Steigerungsrate in den Neunzigern verantwortet.

Der immanente Rassismus der Todesstrafe drückt sich dabei nicht nur in der Farbe der Täter aus: In 82 % aller Fälle mit Todesurteil waren die Opfer Weiße. Längst ist auch unbestritten, dass zwischen dem Strafmaß und der abschreckenden Wirkung kein Zusammenhang besteht. Da man die Befürworter aber nicht einmal finanziell überzeugen kann – eine Hinrichtung kostet den Staat 3,2 Millionen, lebenslange Haft nur 600 000 Dollar –, bleibt als einziges Motiv für die Todesstrafe: Hass. Wo der Hass aber am stärksten ist, richtet er sich meist auf etwas Eigenes, und dort ist er auch am schwersten zu bekämpfen.

Der »taz« war es trotzdem in einem von allen guten Geistern (auch der Grammatik) verlassenen Exklusiv-Kommentar wichtig richtigzustellen, dass China noch mehr Menschen mit noch weniger rechtsstaatlichen Verfahren ermordet als die USA – womit die kugelsichere Weste des Menschenrechts-Weltpolizisten schon fast wieder weiß wäre.

Blut und Bohlen

Deutschland! Du hast dich stets für Dieter Bohlen interessiert, für seine Brunft, seine Badeunfälle, seine Bräute und deren Brüste. Jetzt interessiere dich auch für seine Beine! Denn er hat immer schon was auf diese Beine stellen wollen, sagt er, trotz ihrer Krampfadern, und du weißt, was das heißt: Verlangsamter Blutfluss, Gerinnselbildung, Blutklumpen-Pfropfen in den Gefäßen. Resultat: Blutmangel in wichtigen Organen, wie etwa dem Hirn, das trotz seiner Notlage noch zwei Impulse an die Öffentlichkeit leitete: Erstens, Dieter wird sich operieren lassen, zweitens, er kennt den Grund für seine Venenthrombose: »Ich flog zu viele Jahre Economy«!

Andere greifen zum Stützstrumpf, Dieter aber wusste nach der OP, was man nicht in den Beinen hat, muss man im Kopf haben. Also entschied er sich für musikalische Gerinnselbildung, gründete »Modern Talking«, konnte sich künftig die Business Class leisten und wurde gleich kiebig: »Wer gibt mir eine Milliarde«, fragte er, »die ich für einen eigenen Konzern bräuchte?«

Als Sicherheit bot er Thomas Anders an, den er aus der Eisdiele heraus »zum Weltstar« gemacht habe, und den er bei Bedarf wieder in eine Eisdiele verwandeln könne. Keine Antwort. Das lag an seinen letzten natürlichen Feinden, den »Intellektuellen«. Die dachten immer noch an Beethoven und Konsorten, wenn er sich selbst den »erfolgreichsten Komponisten aller Zeiten in Deutschland« nannte, erinnerten sich, wie er Verona das Gesicht demoliert hatte, und waren ein einziges Mal mit Dieter Thomas Heck einig, der fand, dem Mann müsse man die Pforten des Fernsehens verschließen.

Doch dann erbarmte sich das »Zeit«-Feuilleton. Dort stürzte man sich nach jahrzehntelanger Askese todesmutig in den Hades des Boulevard und fand für Dieter einen Raum unter der Martin-Luther-King-Schlagzeile »Ich habe einen Traum«. Hier entwickelte Dschingis-Dieter seine Phantasie vom Anschluss Deutschlands an Bohlen – inklusive Börsengang, Weltkonzern und Medienimperium. Geschmacklos? Peinlich? Vergessen wir nicht: Das alles wäre uns erspart geblieben, hätte Dieter früher nicht immer Economy fliegen müssen. Aber warum hat ihm nicht rechtzeitig jemand eingeredet, die Bahn trüge seine Initialen?

2000 – Odyssee im Postsack

Früher, als der Weltraum noch modern war und es jeder Orbit-Affe, der mit eingedrückter Nase einmal um den Mond geflogen worden war, auf die Seite drei schaffte, früher, als alle Produkte galaktisch wirkten, die die Werbeindustrie in der schönen Zwecklosigkeit des Universums fotografierte, sodass sich diese Zwecklosigkeit auch dem Konsum mitteilte, früher gab es nichts Zukünftigereres als das All.

Heute wirken Computer- und Gentechnologie irgendwie futuristischer. Zu lange haben wir das Universum aus der Perspektive der Plattenbau-Raumstation namens »Mir« betrachtet, zu oft die verwackelten Bilder eines Himmelskörpers nicht mehr von den endoskopischen Aufnahmen aus dem Menschenkörper zu unterscheiden gewusst. Jetzt holen wir die Science-Fiction aus dem Himmel auf den Boden der Science-Faction.

Fast. Denn vorher bläst Deutschlands frischestes Unternehmen mit dem Posthorn im Logo zur *Space Mission* und gibt zweitausend Gewinnern eines Preisausschreibens die Möglichkeit, ihre »Briefbotschaft für das neue Jahrtausend« mit einer »Rakete Richtung All« ins Universum zu katapultieren. Gebühr bezahlt Empfänger. Hier unten werden Filialen geschlossen, aber das All hat allzeit offen.

Der Kunde kennt das Gefühl, seine Briefe ins Ungewisse zu schicken, und für die Post liegt das Nirgendwo eigentlich immer in derselben Tarifzone, ob der Empfänger nun auf dem Orion sitzt oder in Bottrop. Aber während unter Ronald Reagan noch der VW Käfer, die Goldberg-Variationen, irgendwas von den Beatles und eine Umrisszeichnung von Mann und Frau in den Orbit geschickt wurden (garniert mit der SDI-bewehrten Versicherung »Wir sind friedlich«), darf heute jeder seine »Vorsätze, Gedanken, Grüße und Wünsche« ins All entsenden und sich die Schwerelosigkeit untertan machen. »Deutsche Post an Ground Control«: Wir beginnen mit der rhetorischen Weltumschmutzung!

Ist das euer Ernst? Was früher »Kinder schreiben dem lieben Gott« hieß, heißt heute: »Teilnehmer an Preisausschreiben grüßen die Aliens«? Wir haben den Weltgeist vermurkst! Denn was soll das erste im unendlichen Raum kauernde Alien nun denken: Dass wir eine Rakete bemannen, nur damit er »Veronas geheimes Tagebuch« und »Nichts als die Wahrheit« lesen kann? Hilf, Vatikan! Rette unsern Himmel, Papst!

Homo sapiens setzt sich durch

Alles stirbt. Der Bärlauch, der Enzian, der Meisenkönig. Die Paarhufer werden nicht verschont und die Bedecktsamer auch nicht. Am Rande ihrer Existenz verkümmern Ozelot, Orang-Utan und Tante-Emma-Laden. Eine Million Spezies haben seit 1975 den Globus für immer verlassen.

Nur wir sterben nicht.

Auch die Blondinen sind vom Aussterben bedroht, und damit es den Bären nicht ebenso ergeht, wird ihr Samen schon zur Befruchtung rund um die Erde geflogen. Nur wir tragen unseren Samen noch selbst, sind schneller als die Zellteilung und manche zeugen nicht, sie laichen.

Sechs Milliarden Menschen werden wir in dieser Woche. Aber an der Wiege des Jubel-Babies steht kein Sozialstaat und gratuliert zur sicheren Rente, sondern jedes neue Baby ist eines zu viel.

Für manches dieser ungewünschten Wunschkinder ist indirekt der Papst verantwortlich, duldet er doch nur das mürbe Kondom der Enthaltsamkeit. »Wahre Liebe wartet« – so lange, bis wir allein sind? Alle anderen sollen den Sex-Krebs kriegen! Seit die Hölle den Lüsternen keine Furcht mehr einflößt, droht die Kirche lieber mit dem Krankenhaus. Dadurch macht Sex endlich wieder so viel Angst wie früher, als die Onanie noch zu Rückenmarkserweichung führte – und ebenso viel Spaß.

Wir leben also in einem absurden Zustand, werden immer mehr, fürchten aber ständig unser Verschwinden vom Erdball. Dauernd gibt es irgendwo ein Aktionsprogramm für unser Überleben, mal in Rio, mal in Kairo. Wir verlassen diese Konferenzen zum Tod verurteilt, doch umso lebendiger und mit desto mehr Hoffnung für die Zukunft der Einzeller.

Die Folge ist: Auf unserer Vermehrung lastet das Pathos antiker Tragödien: Schuldlos sind wir schuldig. Vermehren wir uns nicht, drohen uns Hospital und Hölle. Vermehren wir uns doch, droht uns die »Stiftung Weltbevölkerung« mit Verdursten, Verstrahlen, Verhungern.

Früher hätte man genau dies »die Hölle« genannt, heute nennt man es »Leben in den Widersprüchen einer postmodernen Gesellschaft«. Die aber lässt sich nur aushalten mit einem realpolitischen Ansatz zum Genozid, also mit Toleranz gegenüber maßvollen Seuchen, selektiven Katastrophen und einer beißenden Ironisierung aller Fortpflanzung.

Wahl der Qual

Früher, das heißt im späten 20. Jahrhundert, warb die Politik um die Gunst der Wähler. Wer sich nicht für Politik interessiert, hieß es damals, merkt nicht, wie sie sich für sie & ihn interessiert. Also diskutierte man im Volk die neue Mannschaftsaufstellung, die neue Taktik, entschied sich, nicht mehr über die Flügel zu kommen, sondern durch die Neue Mitte, und da man begriffen hatte, dass große Partien im Kopf entschieden werden, suchte man diesen so wenig wie möglich ins Spiel kommen zu lassen. Das gelang, und zuerst begriffen die Intellektuellen, dass ihre wahre Heimat die innere Emigration ist.

Kaum aber war ein Jahr vorbei, da hatte diese Botschaft das ganze Land erreicht. Der Jahrhundertwende-Kanzler errang triumphale Siege bei den Nichtwählern und brachte den Wählern eine empfindliche Schlappe bei. Bis zu sechzig Prozent blieben der einfachen Wahl zwar fern, der Multiple Choice aber stellten sie sich. Franz Müntefering bot an: Nennen Sie die Ergebnisse eine »schallende Ohrfeige«, einen »Denkzettel« oder ein »Debakel«. Die Journalisten schlugen auch diesen rhetorischen Serviervorschlag aus und bevorzugten: »ein Desaster«.

Ein Desaster, weil sich das Volk nicht mit den Parteien, sondern mit dem System überworfen hat? Oder weil laut Grundgesetz »alle Staatsgewalt« zwar vom Volk ausgeht, dieses aber nur sagt: Wir sind das Volk, sonst jedoch friedlich und am Staat nicht interessiert? Oder weil man Wahlen als Vollmacht für ein Handeln begreifen könnte, das vom Konsens des Volkes ohnehin unabhängig wird? Oder weil zu viele Nichtwähler die Legitimität des politischen Systems infrage stellen? Oder weil das Volk künftig nur nach dem Wunsch derer regiert werden könnte, die so konservativ sind, noch zu wählen, und zwar konservativ? Oder weil das Volk unregierbar ist?

»Wir haben verstanden«, sagte Schröder nach der Europawahl. Wir auch, erwiderte das Volk. Zu unserer Politik gibt es keine Alternative, konterte er. Zu uns auch nicht, das Volk. Keine vernünftige Alternative, ergänzte er. Und zur Stimmenthaltung?, fragte das Volk. Und der Kanzler wandte sich ab im Gefühl, nicht nur die meisten, sondern die besten Nichtwähler der Geschichte hervorgebracht zu haben.

Die schrecklichen Kinder

Reichenhall, Meißen, Littleton: Kinder, die keine Kinder mehr sind, entwachsen Familien, die keine Familien mehr sind, und töten Mitmenschen, die sie als solche nicht empfinden. Stattdessen empfindet die Mitwelt: Mitleid mit den Opfern. Mitleid gilt seit Nietzsche als ein grausames, herablassendes Gefühl, aber wenn Kinder töten, treten die üblichen Verdächtigen vor die Kameras und sagen, solchen Kindern fehle Mitleid, »Gewaltvideos« und »die Medien« seien schuld, sie setzten »die Sensibilität« herab.

Diffuses Mitleid übersetzt in diffuse Medientheorie. Auch eine Zahnpastareklame lässt sich nur mit herabgesetzter Sensibilität ertragen, und »Lola rennt« hat keinen Jogger-Boom ausgelöst.

Wenn aber Gewaltfilme gewalttätiger machen, machen Soaps dann seifiger? Und da das Fernsehen mehr Geschöntes über die Welt verbreitet: Wären wir grausamer, wenn uns die Kraft des Kitsches fehlte, oder ist es die Revolte gegen sie, die Kinder Amok laufen lässt? Die »Zeit« schlägt eine Quote der erlaubten Toten pro Sendetag und -stunde vor. Auch das ist Amok. So lange aber unsere Bildwelt vor allem kommerziell organisiert wird, ist sie zur subtilen Gewaltdarstellung wie zur filmischen Reflexion über Gewalt kaum in der Lage.

Außerdem sehen wir deutsche Panzer zum Einsatz gegen Kurden rollen und schicken unsern Testpanzer hinterher, sehen den indonesischen Demonstranten, in den Rücken geschossen, auf der Straße verbluten und erinnern uns der lächelnden Bootspartie der Regierungschefs beim letzten deutschen Staatsbesuch, sehen den chinesischen Dissidenten im Stadion nach einem Genickschuss Blut kotzend zusammenbrechen und den jetzigen Kanzler enttäuscht, dass ihm die Journalisten in China immer mit Menschenrechten kämen. Die Antworten auf die Gewaltbilder sind politisch längst gegeben, sie ästhetisch therapieren zu wollen, ist Heuchelei.

Der Staat Oregon verurteilte einen 17-jährigen Amokläufer zu 111 Jahren und acht Monaten Haft. Nachdem ein 15-Jähriger in Meißen 22-mal auf seine Lehrerin eingestochen hatte, läuft der Film zur Tat, »Tötet Mrs. Tingle«, trotzdem an. Im Umgang mit Gewalt und Gewaltbildern ist diese Kultur nur zu doppelter Moral fähig. Denn alles andere wäre System verändernd.

Pünktchen und Wolfgang

In Deutschland werden politische Parteien erst richtig interessant, wenn sie unter die Fünf-Prozent-Hürde fallen. Das macht die FDP so reizvoll. Früher wurden große Journalistenleben wie das von Augstein und Markwort mit einer FDP-Mitgliedschaft gekrönt, und Gerd Schulte-Hillen rief sogar ein liberales Forum ins Leben, dem niemand Geringeres als Mutter Beimer und Dariusz Michalchewski wertvolle Impulse gaben. Heute hat jeder, der »Standort Deutschland« und »Eigeninitiative« buchstabieren kann, eine Chance bei den immer liberaleren Liberalen.

Spitze also, wenn Wolfgang Joop, dessen Lebenswerk immer schon gelb verpackt war, der Pünktchen-Partei nun sein Ausrufezeichen aufsetzen und als »Spitzenkandidat« der FDP für die Bürgerschaft in Hamburg gebeten werden will, und zwar von Guido Westerwelle selbst. Der hat zwar mit Hanse-Liberalien so viel zu tun wie Rupert Murdoch mit dem Ohnsorg-Theater, aber bald ist die FDP so klein, dass Guido Liberale jedes Mitglied selbst begrüßt.

Joops Qualifikation für die vor allem aus PR bestehende FDP besteht darin, dass er im Zwei-Jahres-Turnus seine Bisexualität bekennt, von der auch Jil Sander schon profitiert haben soll, außerdem ausstatterisch »Modern Talking« mit dem anderen großen FDP-Wähler Dieter Bohlen unterwandert hat und es als sein Programm bezeichnet, »die Kinder vor gewalttätigen Kindern zu schützen«. Wer aber schützt sie vor guten Onkels, die mit »nettem Lächeln« und gerade mal 54 Jahren die »Stimme der Jugend und Liberalität« sein wollen?

Moment mal, sagen da die Älteren, war selbiger Joop nicht kürzlich noch prominentestes Mitglied in Christoph »Tötet Helmut Kohl« Schlingensiefs Partei »Chance 2000«, und ging es damals, also vor ein paar Monaten, nicht gegen alles, wofür die FDP seit Adam und Schwätzer steht? In der Tat.

»Wähle dich selbst!«, riet Schlingensief seinen Wählern, und Joop stand auf und wandelte, kostümierte die FDP, benebelte und annektierte sie, und in ehelicher Duldungsstarre ließ sie ihn gewähren. Verführt, verfügbar gemacht und missbraucht – die Geschichte der FDP nach Voltaire, Kant und Kinkel. Als gute Nachricht bleibt da nur: Joop wird Wolfgang Gerhardt 2000!

Spott zum Gruß

Nichts ist gemeint. Das macht nichts. Auch dass nichts gemeint ist, ist nicht gemeint. Auch dass es nichts macht. Die Zeit ist vorbei, in der eine »Botschaft« todernst wäre, deshalb ist auch die Botschaft des Selbstmörders nicht ernst. Auch dass es ihm ernst ist nicht.

Die »Zeit« schreibt, der deutsche Schlager sei aus dem Klofenster gesprungen. Das ist nicht wahr, nicht ernst und nicht gemeint. Rex Gildo ist aus dem Fenster gesprungen, der Mensch, nicht seine Medienpersona. Ihn aber hatte der deutsche Schlager schon zu Lebzeiten überlebt. Hatte er deshalb nichts Besseres verdient, als dass man ihm Stilblüten nachwarf?

Ein Möbelhaus war es, so die Nachrufer mit schaurigem Behagen, wo Rex Gildo zuletzt auftrat. Ausgerechnet durch ein Klofenster zwängte er sich in den Tod. Kann einer, der so tief gesunken war, überhaupt noch fallen? Wird man je wieder eine so kurze Verbindung finden von der Showbühne zur Latrine? In seinen Nachrufen büßt Rex Gildo dafür, jemals Erfolg gehabt zu haben. »Die *Fiesta Mexicana* ist vorbei«, schreibt die »Zeit«. Es gab nie eine »Fiesta Mexicana«. Schlager bestehen aus dem, was nicht ist, also nicht aus Homosexualität, Alkoholkrankheit, Selbstmord oder »Zeit«-gemäßer Ferndiagnostik: »Mit der postmodernen Camouflage aber, mit dem verwirrenden Spiel um Authentizität und Selbstzitat ist er nicht klargekommen.« Mit diesem Satz wäre es ihm kaum besser ergangen.

Die Tragödie des lächerlichen Menschen endet mit einer Herzquetschung. Die Pointen bleiben ihm also treu bis in den Tod. Das Herz des deutschen Schlagers war immer schon gequetscht, das ist seine Natur, und so sterben denn beide, Roy und Rex, am Herzen und am Widerspruch zu einer Musik, die sie nicht wirklich machen wollten. Indem man dem Arbeiter am kommerziellen Seelenkitsch aber auch privat das Recht auf Unglück aberkennt, wendet man das Prinzip des Gedudels ganz ernsthaft auf sein Leben an.

Daran könnte Rex Gildo tatsächlich gestorben sein, und deshalb wird er wohl auch nicht im »Hossa«-Super-Remix fortleben, sondern in den Nachrufen auf den ersten deutschen Star, der noch im Selbstmord Ironie erntete. De mortuis nihil nisi comedy.

Die Zukunft der Zukunft

1984 schaute sie schon mal vorbei, die Zukunft: Aus gegebenem Anlass inspizierte damals der Datenschutzbeauftragte Orwells »Big Brother«, fand kaum Übereinstimmungen zur BRD, und so konnte die Zukunft wieder entlassen werden. Nichts ist eben älter als die Science-Fiction von gestern, und der Futurismus wird auch schon bald hundert.

Anschließend brach erst das Reich des Bösen zusammen, dann die Bonner Republik, Viagra wurde erfunden und Verona erschaffen, die Mauer fiel und die Hemmschwelle folgte. Doch der Stoff, aus dem die Zukunft ist, wurde so schnell zu Bildtapete verarbeitet, dass kaum jemand merkte, wie für kurze Zeit die Nation mitten in der konkreten Utopie gelebt hatte. Sie mag noch so schön sein, genießbar ist die Zukunft offenbar nicht, vielleicht wurde sie überhaupt nur als »Moralkeule« erfunden, damit wir unseren Kindern die Mutter Erde nicht verhunzen, für die wir keine Leihmutter im Kofferraum haben oder so ähnlich. Je gleichgültiger uns die Kinder, desto gleichgültiger könnte uns schließlich die Zukunft werden.

Da aber die meisten Menschen kein moralisches Verhältnis zur Zukunft haben, sondern ein pragmatisches, und da die großen Zukunftsträume ausgeträumt oder wahr geworden sind, stellen sich die Menschen die Zukunft oft nur noch vor wie ein Mittelding aus dem Haus von Bill Gates und den letzen Aufnahmen der Marsoberfläche, ergänzt durch den allabendlichen Durchbruch in der

Medizin. Nur Zeiten, die vieles zu wünschen übrig lassen, sind auch stark im Visionären. Diese Zeit ist es nicht, deshalb befindet sich die Zukunft auch eher im Stillstand. Die »Welt des Werdens« aber ist, wie Aristoteles sagte, »keiner wahren Gewissheit fähig«, und so wird die Zukunft einstweilen weniger imaginiert als vielmehr organisiert und kontrolliert.

Das letzte Jahr der Utopie hat begonnen, und wie alle Ressourcen wird auch die Zukunft knapp. Am Ende aller Berechnungen ist sie eben keine Unbekannte mehr, und was kommt, kommt nicht als Utopie, sondern als Realpolitik, und da die wahren Paradiese ohnehin jene sind, die wir verloren haben, stellen sich viele die ideale Zukunft schon vor als die Wiederkehr des Vergangenen oder schlicht als Erlösung. So gesehen hat die Zukunft keine Zukunft.

Unverhofftes Wiedersehen

Es sitzen immer noch Menschen in Kellern, auf Kerzen und Dosensuppen, bereit für den Tag eines Weltuntergangs, der die Erde, nicht die Kerzen und Dosen vernichtet. Das Millennium war pünktlich, der Untergang nicht. Enttäuscht, Apokalyptiker?

Die vereinigten Kirchen von Birmingham schenkten der Stadt ein Ewiges Licht, »Flamme der Hoffnung« genannt. Sechs Tage später ging der Hoffnung das Gas aus, die Flamme erlosch. Zufrieden, Doomsters?

Rund um die Jahrhundertwende wird alles symbolisch. Die Hoffnung erlischt, Treueschwüre werden gebrochen: Ted Turner trennt sich von Jane Fonda, Mel G. geb. B. von ihrem Gatten, Angela von Icke Häßler. Zum Jahreswechsel, so ein Anwalt, haben die Eheberatungen so viel Zulauf wie der Winterschlussverkauf. War die Erlösung nirgends pünktlich, die Hoffnung nirgends maßlos, die Liebe nirgends verlässlich?

Liebe Gemeinde, sie war. Im Alter von 26 Jahren fiel die Sioux-Frau Patti White Bull bei der Entbindung ihres vierten Kindes in ein Koma. Ronald Reagan stellte sein SDI vor, das ZDF startete »Denver Clan«, Rainald Goetz ritzte sich die Stirn auf, die USA besetzten Grenada, Erik Ode starb und, so der Dichter, »die Ackerleute säeten und schnitten. Der Müller mahlte und die Schmiede hämmerten, und die Bergleute gruben nach den Metalladern in ihrer unterirdischen Werkstatt.«

Und da, kurz vor dem Jahrtausendwechsel, lösten sich die Fäuste von Mrs. White Bull aus ihrer Verkrampfung. Erwacht, sprach sie ihre ersten Worte nach vier Legislaturperioden im Jenseits: »Laßt das!« Und die Krankenschwestern standen steif vor dem Wunder von Albuquerque.

Dann umarmte die Erwachte erstmals ihr Jüngstes, verlangte nach einer Pizza und freute sich auf die Bergluft New Mexicos. Und ihr Gatte, der nach drei Jahren Koma die Scheidung eingereicht hatte, eilte aus einem Reservat in South Dakota heran und sprach: »Wenn sie mich noch will, bin ich bereit!«

Das Jahrhundert hat sein erstes Liebespaar: Die Flamme von Birmingham soll wieder brennen, die Ängstlichen dürfen aus den Kellern kommen, die Eheberater werden in die Wüste geschickt und Patti White Bull in den Winterschlussverkauf: »Ja«, musste sie nur noch sagen, »Ich bin bereit.«

Der lachende Tragöde

In ihrem Alter verfinstern sich oft die Herrscher, ziehen sich in die Berge zurück, mahnen ein bisschen und geben sich sonst ihren Marotten hin, dem Rosenzüchten (Adenauer), dem Ausspähen von Schauspielerinnen (Mitterrand), der Jagd und alten Filmen (Jelzin). An seinem Ende stand Nero vor dem brennenden Rom und sprach: »Was für ein Künstler wäre ich gewesen!«

Am Ende seiner Laufbahn steht Kohl vor der brennenden CDU, und seine gute Laune verrät ebenfalls Selbstgenuss im Spektakel. Nein, er hat keinen Schaden von der Partei gewendet und weigert sich beharrlich, ihren Nutzen zu mehren. Dennoch entert er die Bühnen, selig, seine Dosis Applaus noch als Gesetzesbrecher zu ernten, und plötzlich ahnt man: Sein Leben im zweiten Glied muss ihn so geschmerzt haben, dass ihm die jetzige Aufmerksamkeit, ungeachtet ihrer Gründe, zutiefst behagt. »Ich bin wieder hier, in meinem Revier«, scheint er zu sagen, und schwenkt dazu die alten Insignien der Presseschelte wie des Selbstlobs.

Was wir erleben, ist nicht der Bruch in der Legende Kohl, sondern ihre Vollendung in einer Omnipotenz außerhalb des Gesetzes. Kohl steht für Konstanz und verspricht, sich gleich zu bleiben: Einmal über dem Gesetz, immer über dem Gesetz. Da wird das Ganovenehrenwort zum obersten Wert, und die einzigen Vorwürfe, die er akzeptiert, sind die ungerechtfertigten. Die allerdings braucht er dringend, kann er sich doch nur ihnen gegenüber als Saubermann darstellen. Entrückt wirkte er immer, jetzt wissen wir, wie weit er es damit gebracht hatte. Ausgesessen hat er immer, jetzt wissen wir, wie lang sein Atem wirklich war.

Bei alle dem sähe Kohl sein Dilemma gern so tragisch wie Antigones Konflikt zwischen Staats- und Naturrecht. Schuldlos schuldig möchte er sein, als einer, der sich zwischen dem Bruch der Verfassung und dem Bruch des Ehrenworts nur unglücklich entscheiden kann. Wo aber Vorteilsnahme im Kern des Konflikts steht, verwandelt sich die antike Schuld in banale moralische Verfehlung, verwandelt sich die Tragödie ins bürgerliche Trauerspiel. In dessen Zentrum lärmt Helmut Kohl, lächelt wie immer und genießt offenbar noch in seinem Sturz, wie viel Fallhöhe er sich erarbeitet hat.

In Schönheit gestorben

Kann etwas höchste Verbreitung genießen und gleichzeitig verschwinden? Doch. Wer früher auf dem Land lebte, begegnete in seinem Leben dem Schönen nur selten: In der Natur oft, in der Kunst selten, unter den Menschen bisweilen. Lebte er in der Stadt, traf er in Kirchen, Museen und Privathäusern wohl auf das Kunstschöne, hatte auch mehr Gelegenheit, das Schöne unter den Menschen zu finden, musste es aber immer als Ausnahme und Ereignis empfinden.

Die Vervielfältigung bringt das Schöne heute massenhaft in die Welt. Der Wirklichkeit gegenüber ist es laut einer Studie allein im Fernsehen um das Zehnfache überrepräsentiert. Es ist kein Ereignis mehr, sondern eine soziale Macht, die wichtigste bei der Einleitung und Begleitung des Konsums, eine imperiale Macht, die die Formen des Ästhetischen überall auf der Welt nivelliert und den weißen westlichen angleicht. Sie ist eine soziale Macht der Begünstigung und Auslese, ja, Oscar Wilde war sogar der Ansicht, die soziale Frage wäre wohl leichter lösbar, wenn die Armen besser aussähen. Schließlich konnte auch Michael Jackson ein internationaler Star wohl nur werden, nachdem er sich selbst kosmetisch in die Rasse der spitznasigen Bleichgesichter promoviert hatte.

Nie war es leichter, ein schöner Mensch zu werden oder eine schöne Seele, nie schwerer. Die Schnittmuster für ein neues Gesichtslayout liegen vor, die Hilfsmittel für die Schönheit von innen reichen von den Esoterika bis zu den Enzymen. Wir brauchen also nicht darauf zu warten, bis der Tränensack modern wird, wir können die Spuren des Lebens verwischen, die Individualität opfern, und mag mancher auch finden, die wahre Schönheit liege im Auge des Betrachters, wird er sich doch nicht im Auge operieren lassen, sondern sicherheitshalber am Körper. Auch der Mona Lisa täte eine Lippenaufspritzung ganz gut, und wenn ich Tizians Flora wäre, ließe ich mir mal das Fett absaugen.

In Ordnung. Nur ein Ereignis ist die Schönheit nicht mehr und eine Ausnahme nicht wirklich. Denn als sie demokratisch wurde, wurde sie auch durchschnittlich, und da alle Massenmedien durch den Akt des Konsums gewählt werden, musste eine schönheitsversessene Zeit die Schönheit abschaffen, indem sie sie verbreitete.

Das walte Fußball

Deutschland ist Vize-Weltmeister und zieht jetzt aus, sich zu verbessern. Das ist nicht leicht. Aber nachdem man schon Europas Fußball-Brasilien Schweiz ein Unentschieden abtrotzte und die Kicker-Kontinente Mallorca und Tschechien unter einer dem Massentourismus abgeschauten Angriffswelle niederwalzte, weiß Kaiser Franz der Einzige: »Die anderen sind auch nicht besser.«

Denn erstens haben wir jetzt ein Kompetenz-Team, in dem jeder fließend »Ja gut«-Deutsch spricht.

Zweitens hat die deutsche Nationalmannschaft historisch immer nur einen echten Gegner gehabt: die sexgierigen Spielerfrauen, die nachts über den Zaun kamen und die Jungs lendenlahm liebten. Martina, Bianca, Angela, eure Tage sind vorbei.

Drittens ist Fußball der Ort, an dem der Deutsche die Unausweichlichkeit seines Charakters erlebt: Disziplin, Ehrgeiz, Aufopferungswillen. Wir sind nun einmal eine Turniermannschaft, so wie die FDP eine Wahlkampfpartei ist.

Viertens haben wir die besten Fans. Zu Welt- und Europameisterschaften erhält der blassbäuchige Homo sapiens seine singuläre Chance und identifiziert sich mit lauter hoch versicherten Kampfmaschinen, der unsportliche Intellektuelle sublimiert seinen Speckgürtel und als Europameister im Zuschauen sind wir mit »Laktatwerte-Update« und »Klinsmann-TÜV« bestens organisiert. Der deutsche Zuschauer lebt die Metaphorik des Ernstes, des Entscheidungsspiels, des Kampfs an der Grenze der körperlichen und rhetorischen Selbstzerstörung.

Fünftens haben wir die besten Kommentatoren. Dass wir auf lauter ebenbürtige Gegner treffen, folgt nämlich nicht der Fairness, sondern den Prinzipien der Spannungsbildung. Sollte aber ein anderer tatsächlich gut spielen, so »haben wir den Gegner aufgebaut« oder »ins Spiel kommen lassen«, sollten wir gar am Ende ausscheiden, dann nur, weil keine warme Kohl'sche Kanzlerbrust auf der Tribüne wartet.

Doch andererseits: Wenn, wie die Forschung eben meldet, die Engländer aus BSE-Fleisch Strom gewinnen, warum sollten wir nicht unsere nötige Energie aus dem EM-Kader ziehen?

Aktion Wortwechsel

Die »Aktion Sorgenkind« wurde in einer Zeit gegründet, als man eine Programmzeitschrift »Hör zu« und eine Einsteckkrawatte »Reseda« nannte, »Rondo« hieß der Raumspray und »Comet« der flotte Freizeithut. Passé.

Längst denkt bei »Spiegel« keiner mehr an einen Spiegel, bei »Stern« niemand mehr an einen Stern, und nur bei »Aktion Sorgenkind« denkt man an Sorgenkinder, weil Rollstuhl-Aktivisten immer wieder lautstark demonstrierten, dass sie sich nicht als »Sorgenkinder« verstünden. Der Name sei »nicht mehr zeitgemäß« räumen die Verantwortlichen ein. Er war es nie, aber dass sich inzwischen überhaupt ein Bewusstsein für das Anstößige an diesem Namen gebildet hat, ist Teil jener gesellschaftlichen Sensibilisierung für Behindertenfragen, an der gerade die »Aktion Sorgenkind« mitgearbeitet hat: Die Revolution frisst ihre Eltern.

Der Name »Sorgenkind« musste also weg und ein PR-Manöver her: Wie viel kostet die Markteinführung eines Beuteltees? Wie viel die Änderung eines Markennamens? Wie viel die dazugehörige Kampagne? Wie viel kostet das alles die Behindertenarbeit? Wie

hoch ist der Preis der »political correctness«? Erst als die Marktforschung sicher war, der neue Name werde das Spendenaufkommen nicht zurückwerfen, sondern eher steigern, fiel die Entscheidung für »Aktion Mensch«.

Geschafft. Jetzt ist also amtlich, dass Sorgenkinder Menschen sind. Nicht »Aktion Homo erectus« oder »-Lebewesen«, »Aktion Mensch« soll sie heißen, damit alle alle gemeint sind, die auf Gottes kaltem Stern den Hominiden geben, anders gesagt, damit niemand nicht gemeint sei. Jetzt also ist alles korrekt und die Besonderheit, die einen Behinderten von einem Nicht-Behinderten unterscheidet, ist zumindest sprachlich getilgt. Ist das ein Vorzug?

Ein emanzipierter Umgang mit der Behinderung wäre erst erreicht, wenn man sie nicht unaussprechlich machen müsste, sondern die Differenz in der Gemeinschaft aller ohne Diskriminierung ausdrücken dürfte. Denn wenn endlich alle mit einem untadeligen Namen angesprochen werden und die Diskursordnung stimmt, wird man doch feststellen: Politische Korrektheit ist billig, Moral ist es nicht.

Demokratisch Taktisch Dumm

Dass Pontius Pilatus den Barnabas laufen ließ und den Christus nicht: Ein Blackout? Dass Barschel sein »Ehrenwort« gab, und Kohl seines hält: Dummheiten, oder? Wenn man aber bedenkt, dass Möllemann ehemals wegen einer »pfiffigen Idee« zurücktrat, Roland Koch wegen einer »Dummheit« jedoch nicht, wer möchte da nicht lieber dumm sein und dem Volksmund folgen, der da sagt: Bleibe im Amt und nähr' dich unredlich?

Derselbe Volksmund sagt ja auch: »Dummheit und Stolz wachsen auf einem Holz«. Das Kerbholz ist es nicht, denn was Otto Normalverbrecher als Falschaussage, Verfassungsbruch und Dokumentenfälschung betrachtet, war laut Koch ja eben bloß eine »Dummheit«, und die hat für uns Wähler nur Vorteile, erfahren wir doch so, laut Koch, dass es keine perfekten Menschen, also auch keine perfekten Politiker, also auch keinen perfekten Staat gibt – wie wir hierzulande immer geglaubt hatten.

Und endlich wissen wir, was uns die deutsche Politik immer so unmenschlich hat erscheinen lassen: ihr Mangel an Dummheit, lernen im Crash-Kurs gleich dazu, dass die Wahrheitssuche vom Teufel ist und die Politik mit menschlichem Gesicht wie Koch aussieht oder wie der Dorfrichter Adam bei Kleist, der auch über seine eigenen Verfehlungen zu Gericht sitzt und zuletzt den Teufel als Verdächtigen zitiert.

Gleich dabei sitzen übrigens die Wahrheitsfinder der »FAZ«, die am Tag nach Kochs Geständnis mit der Falschmeldung aufmachte, die Affäre stünde wohl unmittelbar vor ihrer »brutalstmöglichen« Aufklärung, nur nebenbei sei Roland Koch ein kleiner Patzer passiert. Wie viel Dummheit oder Kalkül schluckt er eigentlich, der kluge Kopf, der hinter der FAZ steckt?

Einstweilen aber bedroht uns der Patron der Unverfrorenen weiter mit seinem Sitzfleisch: »Ich bin niemand«, sprach Koch, aber da war der Satz nicht zu Ende, »ich bin niemand, der sagt, ich muss das sein.« Was? Dumm, Ministerpräsident oder Chefaufklärer? Wer jetzt nicht zurücktritt, der bereitet Hessen, das Reich, in dem die Sonne der Wahrheit nie aufgehen soll, auf eine unendliche Amtszeit vor, und wie heißt es bei Ödön von Horvath: »Nichts gibt so sehr das Gefühl der Unendlichkeit als wie die Dummheit.« Entsprechend wurde Roland Koch dann bei der nächsten Wahl – Dummheit hin oder her – mit fünfzig Prozent der Wählerstimmen bestätigt. Nicht dumm.

Der eiserne Schatzkanzler

 Es begab sich aber zu der Zeit, da wurde die Große Steuerreform, die allen Menschen verheißen war, im Bundestag beschlossen, und der eiserne Eichel trat den Nachweis an, dass er mit Zahlen besser als mit Worten umgehen kann: »Nur wer eisern spart, kann sich auch was leisten«, ließ er das Land in großflächigen Anzeigen wissen.

Er hatte eisern gespart, also konnte er sich so eine Doppelseite gleich vielfach leisten oder besser gesagt: *Wir* hatten gespart, deshalb konnte *er* sich die Anzeige leisten. Was aber kriegten wir für unser Geld außer dem Slogan: Ein Schwarz-Weiß-Foto von Eichel und etwas Kleingedrucktes. Wir haben es uns verdient.

»Deutschland erneuern« steht dick unter dem Kleingedruckten. Doch gibt es etwas Altbackeneres als die Vorstellung, ein Gemeinplatz und ein Ministerfoto reichten aus, um sich der Anhänglichkeit des Volkes zu versichern, noch dazu in einer Woche, in der die Rentenreform ganz ohne Mitwirkung des geneigten Volkes im Parlament schon beschlossen worden war!

Und gibt es etwas Zopfigeres als die Attitüde des Ministers als Hausvater, der in seiner Güte andere den Gürtel enger schnallen lässt und so tut, als erhöbe sich jetzt unser aller Wohlfahrt wie die Trümmerfrau aus der Asche? Könnte man Deutschland nicht auch erneuern, ohne es vorher verblöden zu müssen?

Denn wer glaubt noch, jene, die sich hierzulande »etwas leisten« könnten, hätten es sich zuvor vom Mund abgespart? Eher haben sie es durch Profitmaximierung erwirtschaftet, ererbt, durch Spekulationsgewinne aufgehäuft, haben ihr »Geld arbeiten« lassen, wie es so irreführend heißt, und das »eiserne Sparen« nie kennen lernen müssen.

Das Volk bekommt für sein Erspartes also eine Anzeige, in der man ihm erst als braven Patron anbietet, was ein Parteipolitiker ist, und diesen lässt man dann ökonomische »Tugenden« propagieren, die irgendwie nur für die Verlierer der Ökonomie gelten. Dass das nicht einmal mehr auffällt, beweist, wie überflüssig die Investitition in unsere Einfalt war. Sollte also wieder mal ein Slogan des Bundesfinanzministeriums gefragt sein, warum nicht: »Brave Kinder denken: Armen muss man etwas schenken.« Kommt besser.

Der große Brudermord

Keine Metapher sagt mehr über die Entwicklung der Medien in den letzten fünfzig Jahren als die vom »Big Brother«. Als Phantombild totalitärer Regime 1948 von George Orwell eingeführt und 1957 erstmals verfilmt, überlebt sich die Schreckensvision des Überwachungsstaates ausgerechnet im Jahr 1984, als die zweite, drastischere Verfilmung herauskommt: Nach den Überwachungsexzessen des realen Staates in der RAF-Fahndung scheinen die Drohungen des fiktiven Staates plötzlich passé.

Sechzehn Jahre später eignen sich die Medien die Metapher im postmodernen Stile an: Ironisch, experimentell und in entschiedener Unterhaltungsabsicht. Nur die Kohorten der öffentlichen Organe stellen sich dem Phänomen so, als ginge es um die Inthronisierung von »Big Brother« als Staatsform, und zur Halbzeit der ersten Staffel von »Big Brother« steht fest: Vor dem ersten TV-Gesellschaftsereignis seit Jahren hat sich das Gros der deutschen Medienpublizistik gründlicher blamiert als jeder, dem zu Shakespeare nichts einfällt.

Fast unisono erkannte die publizierte Meinung zwar auf die Höchststrafe: »langweilig«, bedient sich dabei aber der Orwell'schen Big Brother-Attitüde, Zuschauern vorzuschreiben, was sie langweilig finden sollen. Anschließend setzen Medienwächter eine überwachungsfreie Stunde durch, wodurch sich die Situation der

Insassen, wie diese drastisch beklagen, erheblich verschärft. Dieses einfallslos repetierte Verdikt »langweilig« sollte auch sagen, weniger unterhaltsam als das Journalistenleben, das seinen Höhepunkt erlebt, wenn es anderen vorschreibt, was sie langweilig finden sollen: z.B. Hausbewohner, die sich nicht nach der Gattungsnorm der Soap bewegen und dem Unterhaltungshunger saturierter TV-Kritiker nicht gerecht werden. Die Insassen sollen nicht einander, sondern der Medienkritik gefallen, also gefälligst interessanter leben.

Schaffen sie aber nicht, denn wo der Kritiker Menschen statt Medien rezensieren kann, wird Vitalverstimmung frei. Der »Spiegel« in seiner Menschenliebe bezeichnet die Insassen als »geistig sparsam ausgestattet«, »Totalausfall«, »Großmaul«, »dumm wie ein Billigsofa«, »großspurige Zuhältertypen«, »affektierte Studentenzicken«, und vernachlässigt neben der Tatsache, dass die Charaktere durch Kürzung »gemacht« werden, den Umstand, dass selbst ein »Spiegel«-Redakteur, 24 Stunden mit der Kamera begleitet, nicht immer die Freude jeder Volkshochschule wäre.

Anschließend wird der Sendung Kultpotential abgesprochen, auch werde sie wohl bald »mangels Voyeuren dem eigenen Ende entgegensenden«. Dass die Voyeure dem Land nicht ausgehen, hätte man allerdings an der »Spiegel«-Produktion »Wa-(h)re Liebe« ablesen können, die von der »Big Brother«-Quote wie vom erreichten Kultstatus seit Jahren träumt und entsprechend Jahre vor »Big Brother« eingestellt wurde. Unter Missachtung der sozialen Bedeutung dessen, was die Insassen als ihr »Projekt« bezeichnen, schrieb der »Spiegel« voller Ressentiment an Sache und Publikum vorbei und bot gegen die »Big-Brother«-Psychologen einen eigenen auf, der genauso fließend Psychologisch sprach: »menschenverachtend«, »Gehirnwäsche« etc. Mit »Spannersendung« schloss man dann zum »Stern«-Prädikat »Sozialporno« auf, was niemand daran hinderte, die Gehirn gewaschenen Dummköpfe auf dem Cover, die affektierten Zicken nackt unter der Dusche zu zeigen.

Gegen so viel Bigotterie und Dünkel lehrt »Big Brother« zwei Mittel: Nominieren und Rauswählen.

Unterdessen brütet man auf der Seite des Staates weiter. Der Innenminister, gewissermaßen der große Stiefbruder, nennt die Sendung dann allen Ernstes den »schlimmsten Verstoß gegen die Menschenwürde seit 1945«, also nach dem Holocaust, ein Satz, den man seinerseits als schlimmsten Verstoß gegen die Opferwürde ansehen darf, ausgesprochen von einem, der zwar die Würde von Asylverfahren ebenso wenig wie die einer vernünftigen Medienpolitik garantieren kann, dafür aber im Abendprogramm von RTL 2 den Satan ausmacht – Chapeau!

Und eines Tages darf man hinzufügen: Geschafft! Nun sieht auch Bundespräsident Johannes Rau »Big Brother«, oder wenn er ihn nicht sieht, dann kritisiert er ihn zumindest, und zwar scharf, weiß er doch, wovon er redet: Schließlich leben die Menschen im Container eigentlich wie er, haben sich gegen alle Mitbewerber durchgesetzt, stehen unter ständiger Beobachtung, können dauernd rausfliegen und tun es nicht um des Geldes, sondern um der Medienpräsenz willen. Man muss die Kritik also verstehen als eine Familienangelegenheit zwischen »Bruder Johannes« und Bruder »Big Bruder«.

Als »traurig« empfinde er es, so Rau, »wenn Medien Menschen dazu verlocken – scheinbar freiwillig – ihre Freiheit aufzugeben«. Das könnte als Abrechnung mit dem eigenen Machtwillen verstanden werden, ist aber noch trauriger. Wenn Menschen an die Urne gehen, will Rau sagen, tun sie es aus Freiheit. Gehen sie stattdessen in den Container, tun sie es aus scheinbarer Freiheit. Vielleicht haben wir ja einen Präsidenten auch, damit er uns sagt, wo die Freiheit, die wir meinen, nichts ist gegen die, die er meint. Warum wir aber in aller Freiheit jemanden wählen sollen, der uns dann sagt, wo wir scheinfrei sind, die Freiheit zu fragen, nehm ich mir.

Umso besser, dass Rau in einem früheren Wahlkampf in NRW seine »Freiheit« selbst definiert hat: »Freiheit«, sprach er da,

»heißt saubere Luft atmen zu können« – heißt also, auf beiden Seiten des Containers ist die Freiheit gleich getrübt. »Freiheit heißt, bei Krankheit und Not nicht allein gelassen zu werden.« Keine Sorge, bei »Big Brother« wird garantiert niemand allein gelassen. Schließlich: »Freiheit, das ist ein Dach über dem Kopf.« Die bei »Big Brother« brauchen also nur den Kopf in den Nacken zu legen, schon sehen sie ihre Freiheit.

Wenn das stimmt, also wenn die Freiheit, mit der man in NRW Wahlen gewinnen konnte, dieselbe ist, mit der man in Ganzdeutschland Bundespräsident wird, dann haben die bei »Big Brother« ihre Freiheit gar nicht aufgegeben. und da sie, wie Bruder Johannes, ihre Position ja auch freiwillig wieder aufgeben können, sind sie eigentlich ach so frei wie eine LBS-Maschine über den Wolken von Spiekeroog, und da soll die Freiheit ja grenzenlos sein.

Offenbar verwandeln sich vor »Big Brother«, der Serie, die Menschen leicht in Big Brother, den Despoten. Schade, denn eigentlich ist hier zum ersten Mal seit langem ein Fernsehereignis entstanden, über das sich die Gesellschaft überall austauscht, weil sie sich in ihm reflektieren kann, eines, das der exaltierten TV-Fiktionalität wie Anti-Fernsehen entgegentritt und es nebenbei geschafft hat, dass sich Politik, Medienwächter, Kirche und Kritik unisono vor ihm blamieren: Big brüderlich mit Herz und Hand.

Die kalten Hände

Erst wenn man nachts zum Fernsehen das Licht ausmacht, merkt man, wie es strahlt. Ich kannte mal eine alte Frau, die mit dem Fernseher das Zimmer heizte. Manchmal konnte man sie sehen, wie sie sich in dem blauen Licht vor dem Schirm die Hände rieb.

Grenzenlos sind die Illusionen des Fernsehens. In die kargsten

Lebensräume bringt es ein Moment des Überflusses und befriedigt das Bedürfnis nach Verschwendung, das es nicht befriedigen kann. Das Fernsehen ist ein Miniaturmedium. Dreißig mal vierzig Zentimeter, das ist nicht die Welt, soll sie aber sein. Die Zimmer haben keine Decken und keine vierte Wand, die Liebe tritt nur mit Musik auf, die Menschen sitzen ganz possierlich an winzigen Tischen, laufen durch Puppenstuben und fürchten sich vor Mördern im Spielzeugformat.

Der Zuschauer ist ein Gulliver, der sich von einem einzigen Blick bannen lässt. Unter der Magie dieses Blicks sinkt er in sich zusammen, arrettiert von einer Welt, die gerade mal so groß ist wie sein Bauch, und die er sich nie wirklich ins Große übersetzt.

So nivelliert das Fernsehen alles, was in ihm erscheint, und tut nur immerzu so ernst, als müsse es einen Minderwertigkeitskomplex kompensieren. Es will bloß nicht niedlich sein und nicht übersehen werden. Dabei kann es keifen und flennen, es fällt doch kaum auf, und alle seine Anstrengungen, unsere Wahrnehmung einzuzingeln, laufen darauf hinaus zu sagen, dass wir durch das Fernsehen nichts zu befürchten haben, keinen Schmerz und keine Veränderung, dass wir schon in Ordnung sind, solange wir bleiben, was wir sind: Zuschauer. »Das Fernsehen hat immer nur Vergessen produziert«, sagte Jean-Luc Godard.

Es will dafür nicht mehr verehrt und bewundert, aber desto heftiger will es behandelt werden wie es uns behandelt: mit Duldung. Es simuliert eine Auseinandersetzung mit der Wirklichkeit, die nicht mehr geführt werden muss, wo wir uns damit abgefunden haben, sie durch das Fernsehen führen zu lassen und selbst von der Medienkritik allenfalls eine Interpretation der Zuschauerzahlen, nicht aber eine Übersetzung der Bilder und Thesen einfordern. Im Fernsehen hat sich der Status quo ein eigenes Medium gegeben, ein Medium für die Pause der Entsorgung, das unseren Drang nach Veränderung so wenig kompensiert, wie es unsere Hände wärmt.

Laetitia, Cindy, Edelgard

Politiker sind keine Soap Stars. Im Gegenteil. Denn bei den Soap Stars fragt man sich immer, wer sich als Nächster auszieht, bei den Politikern, wer sich als Nächster anzieht – für »InStyle«, »Geil und Style«, »Stimmvieh in Style« oder »Hinterbänklers Hochcouture«.

Nach Schröder, Trittin, Schäuble, Röstel und Guido Nazionale, alias Westerwelle, ist jetzt die Bundesministerin für »Life & Style« Edelgard Bulmahn dran, die nebenbei auch in »Bildung & Forschung« ministriert. Und ich sehe sie schon in den Labors hochschrecken, die im internationalen Wettbewerb minderbemittelten Wissenschaftler, sehe sie aus den überfüllten Hörsälen strömen, die schlecht ausgebildeten, inderfürchtigen Jungstudenten, gemeinsam gehen sie auf die Straße – »Bildung verpiss dich, keiner vermisst dich!« – bis zum Kiosk und holen sich die wilde Frische der neuen frühsommerlichen Bildungsministerin in ihrer exklusiven Modestrecke. Was sie suchen: Ein Ministerium mit menschlichem Gesicht! Was sie kriegen: Glaubwürdigkeit in »H&M«. Denn welcher Satz steht dort zwischen den seltsam marmorierten Füßen der Ministerin: »Showpolitiker sind mir ein Gräuel«.

Ganz ohne Show hat sie sich also in den »Anzug von Odeon, Shirt von H&M, Schuhe von Aygill's« zwängen, sich nebenbei noch ein wenig als Werbeträgerin mißbrauchen, das Haar mit Allerwetter-Taft hochblähen und »mit ihrer schlanken 38er Größe« den Beweis führen lassen, dass »die Ministerin alles tragen« kann – und ich kann alles ertragen, nur keine Politiker-Pinups.

Denn dies ist leider die Bürde von Politikern: Sie haben mehr Anspruch auf Privatleben als andere Prominente, ihre Sex-Drugs-and-Alcohol-Exzesse werden nicht vermeldet, damit niemand seine politische Meinung an der privaten Entgleisung ausrichtet. Dafür sollen sie uns aber auch nicht ihre Person für ihre Politik verkaufen, sollen uns mit ihrer topmodischen Spind-Fotografie in

Ruhe lassen und nicht in derselben Woche Studiengebühren beschließen, in der sie uns unter der Rubrik »Stars & Style« als Politikerin zum Anfassen und Anziehen entgegenkommen. Wenn es um Werbung geht, gibt's nämlich immer noch einen Peinlichkeitsabstand zwischen »It's cool, man« und »It's Bulmahn«.

Das Jahr des Hundes

Schwieriger noch als das Verhältnis des Deutschen zum Chinesen ist sein Verhältnis zum Kampfhund. Der Kampfhund »tut nichts«, sagt sein Besitzer, und »will nur spielen«. Trotzdem reißt er sich regelmäßig ein Menschenkind, wird mit Empörung und Strafandrohung bestraft und sieht schließlich seiner Einschläferung entgegen.

Auch der Chinese »tut nichts« und will nur ein bisschen Wirtschaftskooperation. Trotzdem foltert er Regimegegner, treibt sie immer noch in Stadien zu Massenexekutionen zusammen und hält den Weltrekord im Vollstrecken von Todesstrafen. »Wir müssen leider draußen bleiben?« I wo. Anders als beim Kampfhund werden die Beziehungen daraufhin nicht eingeschläfert, vielmehr befinden sie sich »auf einem sehr, sehr guten Stand«, sagt des Bürgers und des Hundes Kanzler, und macht nicht minder lächelnd da weiter, wo »Es-reicht-Helmut« (SPD-Slogan) aufgehört hatte. Es reicht nie.

Die »Menschenrechtsfrage«, hören wir, wurden bei Zhu Rongjis Staatsbesuch »angesprochen«. Zwar ist die »Frage« längst Antwort, aber angeblich leistet ja schon seit Jahrzehnten die wirtschaftliche Öffnung der humanitären Erneuerung Vorschub. Vor zehn Jahren wurde diese Reformarbeit des Westens mit dem Massaker auf dem Tianmenplatz besiegelt, und das Jahr 1999 verzeichnete die schwersten und umfangreichsten Gewaltakte der chinesischen Regierung im gesamten Jahrzehnt! Was sich gleich bleibt, sind da nur die jeweiligen Regierungsphrasen von der läuternden

Kraft der Wirtschaft, dem »Rechtsstaatdialog«, der geeignet ist, die Unrechtsstaatspraxis zu beantworten.

Während die deutsch-chinesische Wirtschaft immer neue Triumphbögen schlägt, in deren Schatten das Töten also umso exzessiver weitergeht, und man dachte, niemand fühle noch für ein Menschenleben, da trat der Kampfhund auf den Plan, wurde so schonungslos mit Menschenrechten konfrontiert, wie es noch keinem chinesischen Handelspartner ergangen ist, und rettete den moralischen Entrüstungshaushalt. China wird man also mit Humanität nicht mehr belästigen, für Kampfhunde aber könnte es ernst werden, es sei denn, es endet mit: »Kampfhundfragen wurden angesprochen.«

Thomas Mann und Bertelsmann

Was war für die Menschheit wichtiger: Der Buchdruck oder der Buchclub? Genau. Der Traum des Buchdrucks ist ausgeträumt, ohne Buchclub aber wäre Bertelsmann nicht der drittgrößte Medienkonzern der Welt, Gütersloh nur ein Flecken bei »Miele« und die Welt sähe anders aus, auch auf der Weltausstellung. Denn dort muss man verdeutlichen: Das einsame Fährtenlesen des frühzeitlichen Jägers war nur eine Vorbereitung auf Gutenberg und dieser nur ein Ahnherr derer zu Gütersloh. Wer Matratzen herstellt, sieht die Geschichte unter dem Motto »Von der Laubstreu zum Reformbett«, wer einen Medienkonzern geschaffen hat, sieht den Bogen von den Engubinischen Tafeln bis zum Teletext, über den der ehemalige Bertelsmann-Chef promovierte.

»Tief ist der Brunnen der Vergangenheit«, schrieb ein Bruder von Bertelsmann, Thomas Mann, und da ungefähr greift die Bertelsmann'sche Selbstdarstellung in Hannover die Weltgeschichte auf. In der Gegenwart angekommen aber endet der Vorfilm des Gütersloher Expo-Pavillons mit dem Satz: »Medien verbinden unsere Welt«. Mit was? Mit Gütersloh? Manchmal kriegt man die Weltordnung leichter in den Griff als die Satzordnung. Nur schade, dass die Geschichte so mit einem Grammatikfehler enden musste. Zuletzt wendet sich eben die Aufklärung gern gegen sich selbst.

Im Hauptfilm sehen wir dann Kindern aus aller Welt beim Lösen von Menschheitsfragen zu, d. h. eigentlich nur beim Verschicken der Fragen via Internet. Und wunderbar: Mögen die Menschen auch noch Knochen in der Nase haben und Ratten verehren, überall sehen die Kulturen wie im Werbespot aus: Archaisch unangetastet, aber mit ISDN-Anschluss. Offenbar ist der Welt eine unverkitschte Darstellung neuer Technologien nicht zumutbar, also eine, die auch sagt, wie diese die Kulturen umformen. Nicht ohne Ironie hören wir deshalb zuletzt: »Am Ende werden wir nur bewahren, was wir lieben, und wir werden nur lieben, was wir verstehen.«

Müssen wir also den Bertelsmann-Konzern wirklich lieben, um ihn zu bewahren? Und haben wir nicht auch den Wald, die Luft, die »Transatlantik« geliebt und doch zerstört? Lieben wir nicht Marilyn Monroe und die »Kindertotenlieder«, obwohl wir sie nicht verstehen? Offenbar hat Bertelsmann auf der Expo die Technik mehr geliebt als die Inhalte. Aber mussten die deshalb gleich sterben?

Der Planet der Fälscher

Jetzt fälschen sie wieder. Erst hat Chefankläger Helmut Markwort Tom Kummer als journalistischen Borderlineskater demaskiert und niemand fragte: Hat nicht derselbe Markwort ehemals als »Focus«-Interview mit Ernst Jünger ausgegeben, was zwei Jahre zuvor schon in der »Bunten« abgedruckt worden war? Hat nicht derselbe Markwort ein Mitterrand-Interview sinnentstellt aus dem »L'Express« übertragen, ein Taslima-Nasrin-Gespräch verfälscht gebracht und einen Toten unter Deutschlands besten Ärzten aufgeführt? Nein, als Bock mit Gärtner-Ambitionen im deutschen Magazin-Journalismus weiß man: Irgendwann ist auch die Wahrheit über Fälschungen noch wahrer als wahr, nämlich passé.

Nun aber hat die englische »GQ« den Hintern von Kylie Minogue gefälscht. Nicht, dass er zum Gesäß »hochsterilisiert« worden wäre, nein, auf dem Weg in den Druck ging ihm nur irgendwie der Slip verloren, und da Melanie Sykes der Zeitschrift »Maxim« gegenüber gerade denselben Verlust beklagt, nehmen sich Zeitschriften jetzt offenbar das Recht, aus Frauen Ärsche zu machen.

Oder ist all dies nur die Anwendung jener »suggestofiktiven Methode« auf zwei Hügel, die in der Berliner Ausstellung »Sieben Hügel« auf eine ganze Kultur angewendet wurde? Ehemals Skandal, dann Hoax, jetzt Jux – was soll's, auch die Wahrheit leidet mal unter saisonaler Schwäche.

Wozu also die Aufregung? Hat nicht Karl May das Wilde Kurdistan gefälscht und Gerd Konzelmann das Morgenland, fälscht nicht Edmund Stoiber seine Empörung und die FDP ihr Selbstbewusstsein, sucht ein TV-Beitrag etwa die Wahrheit leidenschaftlicher als den Erfolg und hat das ungeliftete Haupt dieser Wahrheit je so strahlend ausgesehen wie die erschwindelte Kultur oder der gefälschte Hintern?

Der Erfolg triumphiert über die Wahrheit, und dass deren letztes Stündlein geschlagen hatte, weiß man eigentlich seit dem Tag, als das Wort »echt« zum unverzichtbaren Bestandteil eines gut gebauten Satzes wurde. Echt wahr.

Die Allee der Mahnmale

Fast unbemerkt von der Weltöffentlichkeit hat sich letzte Woche im brasilianischen Urwald etwas Poetisches ereignet: Der seit hundert Jahren ausgestorben geglaubte indianische Stamm der Naua tritt aus dem Dschungel des Amazonas plötzlich mit 250 Repräsentanten vor die zivilisierte Welt – im Protest gegen die Zerstörung seines Lebensraumes. Das Poetische daran: Es gab gedruckte und gemeißelte Denkmäler für die Naua, vom Fortleben des Stammes aber erfährt die Welt nur durch seinen Protest. So wird der Einspruch zum Existenzbeweis: Ich protestiere, also bin ich.

Ironischerweise traten die Naua an die Öffentlichkeit im Kampf gegen die Errichtung eines Nationalparks auf ihrem Territorium. Während der Mensch also einerseits die Natur vor dem Menschen zu retten sucht, bedroht er andererseits jene, für die diese Natur noch im unmittelbaren Sinn Lebensraum ist, und weil der Mensch offenbar nicht beide, die Ureinwohner und ihr Territorium retten kann, entscheidet er sich für das Land. Schließlich waren die Naua vermeintlich schon hundert Jahre tot. Am Ende wird also ein Nationalpark übrig bleiben, mit einer Tafel zum Gedenken an die unglücklichen Naua, die für ihn ihr Leben lassen mussten.

Auch in Deutschland hat man ganzen Volksgruppen erst Leben und Lebensraum entzogen, dann hat man ihrer gedacht und Mahnmale aufgestellt. Dann haben sich die Betrauerten im öffentlichen Leben zurückgemeldet, und darauf hat man ihnen das Leben noch schwerer gemacht oder ihnen gleich neuerlich nach demselben getrachtet. Und obwohl dieser Kreislauf das Errichten einer Gedenktafel fast zur Farce werden lässt, wünscht sich jede verfolgte Volksgruppe nichts Dringenderes, als von der ganzen Wucht der politischen Korrektheit getroffen und in die Allee der Mahnmale aufgenommen zu werden.

In den letzten Jahren haben sich Roma und Sinti als die schwerstzugängliche dieser Gruppen erwiesen. Wer über ihren Zentralrat an Informationen über ihre Kultur und ihr Leben zu kommen suchte, wurde oft brüsk abgewiesen. Jetzt also lieber ein Mahnmal statt Kommunikation? An den Naua kann man sehen: Ein Mahnmal rettet keinen Lebensraum, auch keinen geistigen, eher besiegelt es sein Verschwinden.

Götter, Gene und Genome

Gott erschuf den Menschen nach seinem Ebenbild. Lange her. Anschließend setzte er ihn in seiner Eden-Expo aus, genannt »Garten der Erkenntnis«. Der Mensch aber hatte nichts Besseres zu tun, als vom dazugehörigen »Baum der Erkenntnis« zu essen, verlor so das Paradies und den Sinn für die Frage: Wer ist böser, der den Apfel aufhängt oder der von ihm isst?

Inzwischen hat sich der Mensch daran gewöhnt, dass alle Paradiese verlorene Paradiese sind. Er erschafft sich den Menschen nach dem eigenen Ebenbild und hängt den Äpfel selbst dazu, indem er sich sagt: »Man soll dem Herrgott nicht ins Handwerk pfuschen.« Vielleicht aber hat Gott ja gar nicht den Menschen, sondern vielmehr der Mensch Gott geschaffen und kann nun endlich von der Erklärung der Natur zu ihrer Verbesserung voranschreiten. Das wäre weniger sentimental, dafür praktischer und profitabler.

Also formuliert die humangenetische Industrie als Alibi, man könne ja mal den Krebs heilen oder Aids, und meldet sicherheitshalber ein Patent an. Der Biochemiker Erwin Chargaff sagt: »Patente sind für Erfindungen, nicht für Entdeckungen. Heute hätte der Newton ein Patent auf die Schwerkraft.«

Trotzdem lässt man das ganze Paket auf die Öffentlichkeit los. Die freut sich an der Aussicht auf ein paar Krankheiten weniger, ein paar Lebensjahre mehr und ein paar kosmetische Verbesserungen. Angst dagegen zeigen die Bürger nur, wenn man sie fragt, wovor sie Angst haben. Dann sagen sie: Vor »neuen Frankensteins« und vor »Missbrauch«. Am meisten Angst aber haben sie um ihre Individualität, denn irgendwie wollen alle immer nur ihren Körper, nie ihren Charakter liften lassen. So wird die populäre Gen-Debatte zum Hymnus auf die unverwechselbare Persönlichkeit, formuliert in so gleichförmigen Überzeugungen wie: »Ich will so bleiben wie ich bin« oder, mit dem Titel von Zladkos CD: »Ich bleib, wer ich bin«. Merkwürdig, das Phantom der Verdoppelung des Menschen trifft diesen im Augenblick, als er seine Individualität genauso beschreibt, wie es ein menschlicher Klon auch täte: Ich bin ich und bleib mir gleich. Was also, wenn auch die Individualität nur noch durch Genmanipulation zu retten wäre?

Lucy in the Sky

Als die Expo begann, bekämpfte Äthiopien, das drittärmste Land der Welt, im Süden eine Hungersnot, im Nordwesten den Nachbarn Eritrea. Kein Land hätte bessere Gründe gehabt, der Weltausstellung fernzubleiben. Doch Äthiopien errichtete einen kleinen Rundpavillon, zeigte Haushaltsgeräte, kunsthandwerkliche Arbeiten und bot Kaffee feil. In der Mitte des Pavillons stand unter einem Glassturz eine Originalkopie des Skeletts »Lucy«, bis vor kurzem als der älteste Menschenfund der Welt bekannt, ein

Nationalheiligtum, das den Anspruch der Äthiopier, als Nachfahren der Abessinier und auserwähltes Volk mitbegründet. Nichts

Wertvolleres als dieses Skelett hätte das Land ausstellen können, und doch habe ich keine Zeile darüber gelesen.

Der Maler Odilon Redon träumte einmal von einer Zeit, in der die Menschen nur noch »aus Bewunderung oder aus Mitgefühl in andere Länder eindringen« würden. So viele Besucher die Expo auch in diesem Sinne genutzt haben, die öffentliche Debatte kultivierte lieber einen Patriotismus des Geldes und trat unermüdlich für seine Ehre ein. Kein einziger Inhalt band so starkes deutsches Interesse wie die Frage von Tarifen, Ermäßigungen, Rabatten und Schuldensummen. Am Ende sprachen alle vom Preis der Expo, wenige von ihrem Wert. Vielleicht aus Verlegenheit vor dem Fremden, in Ermangelung von Enthusiasmus oder aus Ratlosigkeit vor den Inhalten baute man dem eigenen Merkantilismus einen Pavillon aus Bilanzen. Diese Debatte bot dem Gastgeberland die Möglichkeit, seine genuine Selbstverachtung auszustellen, die eigene Weltausstellung zum »Flop« zu erklären und beim Bürokratischen zu bleiben.

Für den potentiellen Besucher war die Diskussion weitgehend irrelevant. Die Kosten ließen sich kaum mehr korrigieren, die Lasten werden hinterher verteilt. Dafür hat Deutschland die Debatte um die Weltausstellung geführt wie um der Welt aus dem Weg zu gehen und sich mit sich selbst zu beschäftigen. Man weiß gar nicht, was man mit der Expo hätte anfangen sollen, wäre sie kein »Flop« gewesen. Im Rückblick wird von ihr ein Schuldenberg bleiben, der auch daran erinnert, was Deutschland sich selbst an Interesse und an Bewunderung schuldig geblieben ist.

Big Brüter

An einem Abend Ende Juni – der Container ist seit Wochen unbewohnt und längst verfolgt das Auge des öffentlichen Interesses die hektische Aktivität der ehemaligen Insassen – zieht es Kerstin noch einmal zurück auf das »Big Brother«-Gelände. Allein und ohne Absicht fährt sie an den Schauplatz der Erfahrungen, die ihr Leben veränderten. Eine Mondlandschaft, die Kulisse erkaltet. Zäune und Absperrungen, die einmal zu schwach waren, die Brandung der Massen zurückzuhalten, markieren ehemalige Sicherheitsabstände. Wie nach einem Rockfestival liegt das Gelände da, abgeschält, zertrampelt, nackt, inmitten eines Industriegebiets, der Wallfahrtsort der Faszinierten: Aus ganz Europa sind sie hierher gekommen, und weil die Produzenten von »Big Brother« gewünscht hatten, dass das Feld zum Erlebnisraum für das Projekt würde, wurde es erst Erlebnisraum und dann Bühne für die Hasstiraden des Mobs.

Unbeeindruckt von aller öffentlichen Verachtung für die Container-Insassen und ihr Projekt zeigten vor allem Jugendliche unter 25 eine erstaunliche Anhänglichkeit, wählten unter den Nicht-Helden ihre Helden, machten ein vermeintlich »langweiliges« Fernsehprojekt zu einem maßgeblichen Teil der Jugendkultur und fühlten sich wieder mal von den Fan-Magazinen tiefer verstanden als von der flankierenden Presse.

Als Kerstin an jenem Juniabend auf das »Big Brother«-Gelände tritt, ist sie überrascht, nicht die Einzige zu sein. Eine Traube von ungefähr fünfzig Jugendlichen hängt am Zaun und blickte auf den Container. »Was wollt ihr hier?«, fragt sie. »Es ist doch vorbei.« »Nur kucken«, sagten die anderen und starren da hinüber auf den einsamen, unbelebten Container. Es hätte Stonehenge, ein Druidenmal, der Stille Brüter, der Acker von Woodstock sein können. Jedenfalls ist es eine dieser Stätten, an denen sich die Kultur ein Symbol geschaffen hat, ein Ort, an dem das Sakrament des Ruhms verabreicht wurde, ein Hochaltar der Massenkultur, vom Rampenlicht mystisch beleuchtet.

Tatsächlich hat sich die Kultur des beginnenden Jahrtausends in »Big Brother« ihre erste verbindliche Metapher geschaffen, eine Metapher, die in Windeseile in den Wirtschaftsteilen, den politischen Kommentaren, den Leitartikeln auftauchte und dem Fernsehen gesellschaftliche Relevanz gibt, weil sie die meisten erreicht und erregt. Und von hier in die Welt: In 25 Ländern soll das Originalformat bald gelaufen sein, zu schweigen von den Ablegern. Die Welt wird »big brotherisiert«, die lang gesuchte, bahnbrechende Idee des Unterhaltungsfernsehens ist gefunden: Der normale Mensch ist sein Held, das Leben, die Arbeit, der Abenteuerurlaub sind seine Themen. Weit über 60 000 Bewerber haben sich in Deutschland für die zweite Staffel beworben.

In »Big Brother« läuft vieles von dem zusammen, was die Zeit am Fernsehen interessiert. Der ganze hausbackene Apparat mit seinem Schwulst, seinen Siebziger-Jahre-Shows, seinen Übertreibungen und zopfigen Formen der Unterhaltung, er weicht zurück vor den ältesten Ansprüchen: Die Menschen wollen sich selbst im Fernsehen finden. Es geht um den wirklichen, um das Ideal des »authentischen« Menschen, auch wenn er benutzt, manipuliert und verschlissen wird – »Big Brother« schuf die Bedingungen, unter denen er erscheinen konnte.

Menschen suchten sich zu verstehen oder dezidiert nicht zu verstehen. Sie tauschten sich über Handlungen und Motive aus, erlebten sich in Zuständen der Ermüdung, Überforderung, Anspannung, der Ausgelassenheit und Euphorie, sie wohnten Zärtlichkeiten ebenso bei wie Aggressionshandlungen, und am nächsten Morgen gingen die Zuschauer in ihr eigenes Leben und tauschten sich mit anderen Menschen über ihre Erkenntnisse am Menschen aus. Mag sein, dass mancher am Ende über Manu genauer Bescheid wusste als über die eigene Frau. Aber das spricht gegen die Ehe, nicht gegen das Fernsehprogramm, und das sublime Vergnügen an »Big Brother« konnte am Ende nur empfinden, wer sich auf die Möglichkeiten des Identifikation einließ.

Irgendetwas an »Big Brother« hat die Zeit im Nerv getroffen, und es ist nicht sicher, ob dabei das Erscheinen »normaler« Menschen die wichtigste Rolle spielt oder das Element des Voyeurismus, des Mobbings, der Einheit von Ort, Zeit und Handlung. Jedenfalls wird der Umgang mit diesem glanzlosen Fernsehformat zu einem eigenen Phänomen, und Politik und Medienpublizistik blamieren sich bald gründlicher als jeder, dem zu Shakespeare nichts einfällt.

In einem Machtrausch ohne Vorbild steigert sich die veröffentlichte Meinung in die Rage des Scharfrichters und vergisst, Programme, nicht Menschen zu rezensieren. Welche Logik: Naddel schafft es auf das Cover von »Spiegel Reporter« zum Thema Islam, die Hausbewohner von »Big Brother« aber sind, laut »Spiegel«: »geistig sparsam ausgestattet«, »dumm wie ein Billigsofa«, »großspurige Zuhältertypen«, »affektierte Studentenzicken«, »Langweiler«, »Großmaul« und sie wirken »wie Stammkunden der Bahnhofsmission«.

Andere votieren für »gefühlsduselige Klugscheißer«, »Zwangsneurotiker«, »psychisch labile Schlaftabletten«, »eine Kreuzung aus Fladenbrot, Freischärler und Schaf«, »zehn Vollidioten«, Opfer eines »Sozial-Mengele«, »menschenverachtend«, »Opfer einer Gehirnwäsche« etc. Dem »Stern« fiel außerdem »Sozialporno« ein, was ihn aber nicht hinderte, die gehirngewaschenen Dummköpfe aufs Cover zu setzen, wo sich Zlatko übrigens als erheblich verkaufsträchtiger erwies als Marius Müller-Westernhagen oder Steffi Graf.

In der FAZ bot Michael Hanfeld gegen »das Vegetieren im Container« Landesmedienanstalten, »die Rechtssprechung des Bundesverfassungsgerichts«, »Grundgesetz«, »Medienaufsicht«, »Jugendschutz« und die »Zehn Gebote« auf, also das ganze Instrumentarium, mit dem sich nicht einmal der mediale Rechtsextremismus herumzuschlagen hat. Irgendwie hatte man das Gefühl, »Big Brother« sei zum Staatsfeind Nummer 1 avanciert. Das half der Popularität enorm und gab noch dazu einem Stück Jugendkultur das wohlige Gefühl des Subversiven.

Am Ende hatte auch der Bundespräsident als Bruder Johannes seinen Einspruch gegen »Big Bruder« vorgebracht und der Bundesinnenminister die Sendung den »schlimmsten Verstoß gegen die Menschenwürde seit 1945« genannt. Man konnte also selbst gegen die Würde von Holocaust-Opfern verstoßen in dem Versuch, das größte menschliche Übel im Abendprogramm von RTL 2 auszumachen.

Übrigens ist dieser ganze Zugang – inklusive der staatlichen Intervention – ein weitgehend deutsches Phänomen. Deutschland blieb auch das Privileg vorbehalten, ein Verbot der Sendung zu erwägen und auf Wunsch eine kamerafreie Stunde durchzusetzen – so viel sollte den Insassen ihre seelische Gesundheit wert sein. Sie verwahrten sich gegen diese Schildbürgerei. Die Medienpolitik der SPD-Regierung, bisher weitgehend unbemerkt, kulminierte in einer erfolgreich bestandenen Verbotsdiskussion. Irgendwer musste vor »Big Brother« geschützt werden – das Abendland, die Kinder, die Insassen, der Abendbrotstisch, die Zukunft des Fernsehens … Ja, man pflegte wieder eine hohe Vorstellung vom Menschen, eine sehr hohe.

Sporadisch wurde sogar der Schutz der Scham wieder für wichtig erachtet. Dabei gab es im Container wenig Schamloses zu sehen, und das Publikum hat in der Quotenentwicklung dokumentiert, dass nicht Sex, nicht Nacktheit diesem Projekt Zuschauer sicherte, sondern: Das Gespräch. Aber sind die beliebten Familienzusammenführungen, in denen sich Mutter und Tochter nach dreißig Jahren vor der Kamera wiederfinden, sind die Ekelshows, in denen Menschen mit Fuß-Phobie vor der Kamera fremder Menschen Füße ablecken, nicht obszön, vorausgesetzt man empfindet mehr als eine nur strohfeuerartige Liebe zur »Menschenwürde«. Und hat nicht schließlich die zwanghafte Fixierung der Kontrollbehörden auf Sex und Gewalt jeden substantiellen Bezug zum Moralischen ohnehin ausgehöhlt?

Die negative öffentliche Bewertung von »Big Brother« wurde zusätzlich stimuliert durch zahlreiche Pannen, lieblos inszenierte Studiosendungen mit »Ballermann«-Anklängen, windigen Fernsehpsychologen und -astrologen und das hauseigene »Big Brother«-Magazin mit seiner unverhohlenen Stimmungsmache gegen Einzelne, die später zur Entfesselung des Volkshasses auf Manu beitrug. Weder ihre Würde noch ihre physische Integrität fand übrigens später den Schutz der zuvor so Besorgten.

Das Interesse der Fernsehproduzenten ist die Einschaltquote, nicht die Moral, und auch die Möglichkeit des Erkennens war nur ein Abfallprodukt der Unterhaltung. Doch die erzwungene Anteilnahme an Menschen, denen man im Leben vielleicht eher aus dem Wege gehen würde, vertiefte die soziale Spur des Projekts. Noch nie hatten in der Geschichte Menschen anderen Menschen in ihrem Alltag zusehen können. Noch nie hatten sie deren Zeiteinteilung, Eßgewohnheiten, Überforderung, Ressentiment so genau beobachten können wie in dieser Versuchsanordnung. Letztlich hat erst »Big Brother« Öffentlichkeit hergestellt für Dinge, die bislang keine Öffentlichkeit hatten. Unmöglich also, die Sendung zu verfolgen, ohne sich selbst zu begegnen und die eigene Zeit zu entdecken. Erstmalig entwickelte sich das Drama des Alltags zum Gegenstand kollektiver Betrachtung. Ein Drama ohne Happy End, aber wer in dieser Betrachtung keine Ergebnisse erzielte, der wird sie auch außerhalb des Fernsehens nicht erzielen.

Doch nein, dies sei ja gar nicht das »wahre Leben«, wandte die Publizistik ein. Dass ein vom Fernsehen gefilmtes Leben nicht das »wahre« ist, bleibt ein Allgemeinplatz, doch wie langweilig hätte man dieses »wahre Leben« erst gefunden, wenn schon das halbwahre von »Big Brother« nicht reichte? Längst haben Webcams und Internet-Wohngemeinschaften dazu beigetragen, diese Form des Zuschauens verfügbar und gesellschaftsfähig zu machen, das Kino erzählt in »Trueman Show«, »Pleasantville« und »EdTV« die

dazugehörigen Leidensgeschichten, und bald haben alle Nationen ihre diplomatische Vertretung im Container.

Das englische Haus hatte mehr Design, das Ensemble mehr Stil als hierzulande. Der Umgang miteinander verfolgte höheren rhetorischen Anspruch, man psychologisiert und moralisiert viel, Nacktheit erscheint zwangloser. Bei zwei Schwarzen im Haus sind hier ethnische Fragen, die in Deutschland immer wiederkehrten, offenbar schon überwunden. In Nick, einem ehemaligen Börsenspekulanten und großen Manipulator, bringt das englische Haus einen echten Schurken hervor, der von den Produzenten aus dem Haus entfernt werden musste.

Das amerikanische Projekt trifft von Anfang an auf geringeres Interesse. Man zeigt sich prüde, erstickt an politischer Korrektheit und verstößt zuerst einen kämpferisch-emanzipatorischen Schwarzen. Geweint wird über der Agonie eines Huhns. In Holland verliert der Pseudo-Zlatko Ruud im Finale gegen den eher farblosen Bart. Die wie in vitro entstandene Liebesgeschichte zerbricht wie in Deutschland rasch.

Die größte Überraschung bot bislang das spanische Team, denn hier verbündeten sich die Bewohner, änderten den Modus der Abwahl, zeigten sich in ihrer sexuellen Aktivität so schamlos, dass man die entsprechenden Szenen nicht ausstrahlen konnte, und zwei Container-Liebende versprachen sich sogar die Ehe. Dass sie eine Prostituierte war, erfuhr der glückselige Freier erst nach seinem Auszug. Am Abend, da im Championsleague-Finale zwei spanische Mannschaften gegeneinander antraten, hatte »Gran Hermano«, so der spanische Name, die höheren Einschaltquoten.

Inzwischen hat »Big Brother« einen Öffentlichkeitswandel vollzogen. Der Ruhm, den das Programm für seine Teilnehmer generiert, scheint verdienten Show-Veteranen wie Mike Krüger anstößig. Doch gab es je ein kongruentes Verhältnis zwischen einer

Leistung und dem Ruhm, den sie einernten half? Unterhaltung in diesem Jahrhundert überwindet die Kategorie des Ruhms, indem sie ihn zum Fetisch erhebt. Aber weil das so ist, konnte man dieses Projekt in seiner reinen Form nur solange verwirklichen, wie die Insassen ihren Ruhm nicht kannten. Jetzt kennen sie ihn.

Perestroiker

Wenn mir etwas Bronx-Gefühle erregt, dann Hera Lind, Deutschlands einzige Hausfrau mit Hirn-Piercing. Diese Milieuschläue, diese Street Credibility! Iron Hera, born to kill, so muss ihre Tätowierung lauten, und so stand sie da an der brennenden Mülltonne des Frühstücksfernsehens und gangsta-rappte sich die Einfalt vom Herzen: »Ich hab Super vollgetankt im Ozean der Gefühle« – auch diese musikalische Ölpest wurde im Meer ihrer öffentlichen Peinlichkeiten verklappt. Es war Welt-Asthmatag, aber erst Hera verschlug mir den Atem.

Stoisch, doch super-vollgetankt mit Sinnsuche wandte ich mich also an das Zentralorgan für geistige Orientierung, »Mensch und Büro«. Je kleiner die Veröffentlichung desto größer der Horizont. Und tatsächlich grüßen vom Cover diesmal statt Earnie and Bert Franz Alt und Michail Gorbatschow und verhandeln nichts Geringeres als die »Geistige Perestroika«. Die haben unsere beiden vermutlich schon hinter sich. Deshalb richten sie aufrüttelnde Appelle an Weltwirtschaft, UNO, NATO, Papst, USA und alle Regierungen der Erde, und da es Gorbatschow »wichtig« findet, »dass die Wirtschaft nicht allein an Profit denkt«, passen seine Gedanken ganz gut in ein Blatt, das in der Bahn kostenlos rumhängt, während Franz Alt immer schon Vorträge hielt mit dem Titel »Die Sonne schickt uns keine Rechnung«.

Gorbatschow beklagt, die Globalisierung habe zum Profitstreben der Wirtschaft geführt, während ich immer dachte, das Profitstreben habe zur Globalisierung geführt. Macht aber nichts. Franz Alt, Zuträger der rechten Esoterik-Szene, glaubt ohnehin an den Teufel und liest seine Texte »einer grünen Florfliege ganz langsam« vor. Sie versteht ihn, wir verstehen ihn: 712 (selbstgezählte) Preise hat ihm sein Gesamtwerk eingebracht.

Ich wollte schon kapitulieren: Hera Lind rappt, Franz Alt wird Gorbatschows Eckermann, und gemeinsam mischen sie die Welt auf – in »Mensch und Büro«. Erst fand ich es makaber, dann schien es mir schön wie die Schaumdolden auf einem umgekippten Gewässer oder die »Todeskotze eines Aussätzigen« (Flann O'Brian), und so fand auch ich, Mensch im Büro, den Weg vom Stoiker zum Perestroiker!

Priština Mon Amour

Solange ein Krieg dauert, nennt ihn »Krise«. Ist er vorbei, wird aus der »Krise« ein »Krieg«. Nur so kann man sagen, er sei zu Ende. Der Kosovokrieg wurde vor einem Jahr für beendet erklärt – ein paar Symposien noch, und er ist endgültig vorbei. Die Kosovokrise dagegen ist nie zu Ende gegangen – ebenso wenig wie die »humanitäre Katastrophe«, die dieser Krieg vereiteln sollte, die ökologische, die er mit sich brachte, die ethnische, die täglich etwa in Übergriffen auf Roma im Kosovo fortlebt, die soziale, die sich in massenhaften Verschleppungen, Überfällen und Morden niederschlägt. Es »herrscht faktisch Straffreiheit für Verbrechen jeder Art«, kommentiert amnesty international.

Der UN-Menschenrechtsbeauftragte für das ehemalige Jugoslawien, Jiri Dienstbier, nennt den NATO-Krieg einen »Fehlschlag«, der bestehende Probleme vervielfacht und neue geschaffen habe. Heinz Loquai zieht in seinem Buch zur Legitimation des »vermeidbaren« Kriegs das unvermeidliche Fazit: »Kein Staatsanwalt würde es in einem Rechtsstaat wagen, mit so schwachen Beweisen Anklage zu erheben.« Doch solche Analysen existieren in einem Paralleluniversum, sind völlig konsequenzlos für Amtsinhaber hüben wie drüben und eine rasch militarisierte Gesellschaft, deren Interesse am Kriegsspiel mit dem »Game Over« erlosch.

Und doch sehe ich sie alle noch da sitzen, die Talkshow-Landser aus der Showbranche, unvermittelt politisiert bis an die Zähne und wie einberufen als publizistische Fronthelfer: »Sollen wir etwa zusehen?«, höre ich sie belfern, denn das war damals ihr Generalschlüsselargument für Völkerrechtsbruch und einen nicht-erklärten Angriffskrieg. Wenn aber ihr Zusehen gleich in Mobilmachung umschlägt, ist es wohl besser, wenn sie nicht zusehen.

Denn in Wirklichkeit folgten die Blicke den Waffen – nicht die Waffen den Blicken, und da ohne unsere »Intervention« der Kosovo kein Interesse verdient, spendet die vernichtende Bilanz dieses Kriegs Trost für die Kriegsgewinnler der deutschen Politik, die Meinungsführer der Show- und Informationsbranche und alle, die solche Bilanzen hätten scheuen und fürchten können, ein Krieg habe für irgendjemanden Folgen, außer für die Opfer.

Wow

High Noon am Samstagabend: Gottschalk kommt aus der Sommerpause, zieht sich was Kariertes an die Beine, unterwirft sich die Halle 20 der Expo und erklärt die »Wetten dass«-Zuschauer zu »Intellektuellen«. Die Schwachköpfe weiß er bei »Big Brother«, dem Konkurrenz-Container zu Hürth.

Zur gleichen Zeit verlässt Guido »Nazionale« Westerwelle sein Generalsekretariat, packt als politische Avon-Beraterin seinen Musterkoffer voller bunter Flaschen und Argumente und macht sich auf den Weg, den Container zu kolonialisieren. Verona heißt jetzt Guido, bringt nur eine Stunde Zeit und kein Dixie-Klo mit, aber dafür die wilde Frische der neuen marmorierten Pünktchen-Partei. »Wow, das sieht ja toll aus!«, ruft Guido. »Wow« sagt er oft, das hat er von seinem Hund, der heißt Anton und ist eine »Promenadenmischung«. Was sonst! Guido wird schnell »Guido« genannt – »Du ist kein Problem« – und senkt den Altersdurchschnitt zumindest sprachlich, erzählt von Fotografen, die ihn »voll abschießen«, wow, von EU-Sanktionen gegen Österreich, um die sie in der Krabbelgruppe im Bundestag einen »Wahnsinnsstreit« hatten, wow, verabschiedet sich mit »tschüss, Leute«, und alle finden es »toll, super«, dass »der Guido« da war, und als der Moderator im Studio fragt: »Na, ham wir mit Guido 'n guten Griff gemacht?«, röhrt die Westkurve: »Joooaaaa!« Wann ist einem FDP-Politiker das zum letzten Mal passiert? Als Scheel »Hoch auf dem Gelben Wagen« sang? Als Genscher umfiel und mit Kohl auf Wende machte? Als Lambsdorff verurteilt wurde? Als Kinkel NVA-Panzer an die Türkei lieferte? Als Ruth Wagner in Frankfurt Roland Koch an der Macht hielt?

Nein, vor ein paar Monaten noch ist das passiert, als Jürgen Möllemann ebenfalls bei »Big Brother« seine Landtagswahlen entschied. Politikverdrossenheit? Mag sein, aber keine Politikerverdrossenheit! Man muss eben nur einen Weg finden, vergessen zu machen, wofür die FDP in ihrer moralischen Liberalität außer für »Big Brother« noch steht. »Nicht käuflich, verkäuflich sollen Politiker sein«, sprach jüngst ein PR-Manager. Die politische Fünf-Minuten-Terrine war es wert und kostete Gottschalk am Ende sogar ein paar Millionen »intellektuelle« Wähler.

Republik Seeblick

So viel Wandel war nie: Ein neues Jahrtausend, eine neue Regierung, eine neue Hauptstadt! Da wollen auch wir uns erneuern, sagt das Volk, bestieg Berlins populärste Touristenattraktion der jüngeren Vergangenheit – die rote Besucherbox am Potsdamer Platz – und blickt in die Zukunft: Ein Bauloch, vom Besten im Westen.

Doch weh dem, der Symbole sieht! Was neu tut, altert am schnellsten, und das Jahrhundert geht zu Ende, egal, wo die deutsche Regierung sitzt. Eine Baustelle bewahrt ihren Zauber nur als unerfülltes Versprechen, und die Bauten, die hier entstehen, wurden noch unter der Kulturkompetenz Helmut Kohls konzipiert. Dass sie am Ende danach auch aussehen werden, beklagen schon jetzt die enttäuschten Architekturtheoretiker in London und New York: Von Geburt an mutlos, hat man den Geist von Marzahn überwunden, aber nicht den von Prince Charles, man denkt global, aber am liebsten in einer avancierten Schmuckkästchenarchitektur. Ist das Jahrhundertprojekt einer baulichen Manifestation des Wandels in einer urbanen Großstadtarchitektur je aus den Blaupausen herausgekommen?

Wenn Berlin jetzt voller Erwartung ist, dann weil es unfertig wirkt. Zum Leidwesen ihrer Liebhaber aber wird die Stadt ja nicht immer, schwankend zwischen Ruine und Fragment, ihre spätere Vollendung versprechen. Wir kennen sie seit einem halben Jahrhundert nur noch als eine vereitelte Stadt. Das hat ihre Individualität geprägt und bei allem Unglück ihren Charakter bestimmt. Eines Tages aber wird Berlin nun einfach fertig sein. Wie soll sich die Stadt davon erholen? Durch eine Kulturrevolution der Metropole vielleicht, »Berliner Republik« genannt?

Wo genug Menschen zusammenkommen, entsteht immer irgendeine »Kultur«, und zwar schon in der Anpassung an den veränderten Lebensraum. Für diese Arbeit braucht Berlin keinen

Bundestag und der Bundestag braucht für seine Arbeit kein Berlin. Vielleicht ist also die »Berliner Republik« auch der Versuch eines Image-Transfers, durch den die gerade dem Wasserwerk Entsprungenen sich selbst etwas von der Kultur der Zwanziger-Jahre-Metropole verleihen möchten.

In Wahrheit werden alle Rufe nach einer neuen Kultur ohnehin unerheblich erscheinen, sobald so wichtige Fragen anstehen wie: wo wohl die deutsche Bronx entstehen und mit wie viel Polizeikraft man sich im sozialdemokratischen Deutschland an die Lösung echter Großstadtprobleme machen wird.

Eine »Berliner Republik« soll geboren werden – wer könnte dagegen sein und was schadet es, zu träumen! Aber während man dem Osten des Landes nicht einmal eine würdige Mitbestimmung gegeben hat, befrachtet man diese Republik noch vor ihrer Entstehung mit Mythen, träumt von einem Neuschwanstein auf Neudeutsch, vom Zusammenhang zwischen Topographischem und Politischem, von Globalisierung mit Wannseeblick. Hat die Nähe zur Loreley je die Bonner Politik inspiriert? Hat das sozialdemokratische Personal, das jetzt wie ein Haufen Halbstarker nach Berlin stürmt, je genug Elan für die viel leichtere Aufgabe gehabt, Bonn aufzumischen?

Dass wir in einer »Bonner Republik« lebten, erfahren wir erst jetzt, da sie vorbei ist. Man legt einen Regierungssitz in die miefige Provinz, und vierzig Jahre später befindet man, Bonn sei »miefig« und »provinziell« – was hat man denn erwartet? Die Sünden von Lesbos in Höxter? Wenn Bonn so langweilig war, dann gerade als Spiegel des Desinteresses all jener, deren Lebenserotik aus Berlin jetzt das deutsche Kultur-Gomorrha machen soll. Jetzt aber werden so viele publizistische Mikroskope über dieses Berlin gehalten, dass es ein Wunder wäre, wenn man nicht plötzlich »eine neue intellektuelle Szene« hier fände, neue Salons und Werkstatt-Gespräche. Haben Sie eine Ahnung von den Intellektuellen Iserlohns!

Nein, die »Berliner Republik« birgt so viele Erwartungen und so viel Hohlraum wie »die neue Mitte«. Das viel beschriebene »Vakuum« Bonns aber war nicht das von Helmut Kohl, und so wird die Fülle Berlins auch nicht die von Gerhard Schröder sein. Londons Kulturleben etwa war unter Thatcher weit lebendiger als unter Blair.

So enthält das Schattenboxen um die »Berliner Republik« im Grunde den Versuch, die Hauptstadtdebatte noch einmal zu führen und mit rührender Anhänglichkeit an alte Denkgewohnheiten hier sogar noch einmal eine Rechts-Links-Debatte anzuschließen. Wenn aber so die Flügelkämpfe einer künftigen Berlin-Kultur antizipiert werden sollen, dann bleibt die »Berliner Republik« besser unbeflügelt. In einer Zeit, da die Parteien näher beieinanderliegen als je zuvor, da Pragmatismus und Realpolitik triumphieren, soll die Stadt zum letzten Rückzug der Utopie werden: Berlin, die Blaue Blume der Demokraten!

Solches Sehnen, geboren in der kübelbepflanzten Realität deutscher Großstädte, ist zwar romantisch, aber eigentlich wird hier ein größeres Thema neu orchestriert: Deutschland möchte wieder einmal seinen Nationalcharakter loswerden. Bonn ist keine geographische Größe mehr, sondern eine anthropologische. Plötzlich ist diese arme Kleinstadt der Inbegriff dessen, was der Deutsche an sich nicht mag. Deshalb will man nicht Bonner, nicht ordentlich, spießig und unlustig sein, sondern lieber ein Berliner Bonvivant mit der heimlichen Hoffnung: Du brauchst nur umzuziehen, schon wirst du mediterran. Was soll dieser Umzug nicht alles lösen oder besser: Erlösen!

Schließlich aber zieht nach Berlin ja nicht nur das Rudel der flamboyanten politischen Lebemänner, sondern auch die Banker, die Autohersteller, die Großversicherer, mit einem Wort die geballte Kraft der Business Class eines morgendlichen Frankfurt-Fluges! Da wird die Atmosphäre so schrill und heiß, dass einem das Thermometer in der Achsel platzt.

Ist es angesichts solcher Veränderungen aber nicht wahrscheinlicher, dass Berlin eher nach Atem ringen wird, als sich der neuen Freiheit zu freuen? Ist nicht absehbar, dass der Stadt erst mal ihr Geist ausgehen und sie erst mal zur Hauptstadt der schlechten Laune werden wird? Berlin hat keine Erweckung aus dem Geist der Hauptstadt oder des Parlaments nötig, vielmehr ringt es um die wenigen Zonen mit Artenschutz für abweichendes Denken und Gestalten, um die Reviere der Subversiven und der Erneuerer. Die sollen sich jetzt freuen, wenn abends Wolfgang Gerhardt in der Tür steht und die wilde Frische der neuen Hauptstadt-Kreativität schnuppern will? Ist dieses Deutschland, das augenblicklich keinen Begriff so liebt wie den der »Normalität«, nicht viel zu normal, um die Begriffe »Berlin« und »Republik« mit Emphase auszusprechen?

Nein, der Geist des Aufbruchs ist schön. Ihn soll keiner madig machen, denn er ist vermutlich schöner als der Aufbruch selbst. Die bloße Erwartung, etwas werde sich ändern, etwas sei verheißen, schafft ein nahezu künstlerisches Klima. Aber wie lange ist es her, dass eine kulturelle Bewegung in Deutschland entstanden, wie lange, dass sich ein Medium mit europäischer Bedeutung in Deutschland erneuert hätte, wie in Finnland die Architektur, in Spanien der Film, in Frankreich die Philosophie, in Italien der Feminismus, in Island die Popmusik, in England die Mode, die Clubkultur, das Magazindesign, – nein, Deutschland pflegt seit Jahren eine weitgehend nationale, hoch kommerzialisierte, großenteils neo-amerikanische Kultur mit lokal-provinziellen Spurenelementen. Nur weil sich der Austragungsort der Politik verschiebt und die Karawane die Futterplätze wechselt, deshalb soll das Gespenst von Bonn sein Bettlaken abwerfen und darunter die Nation als Kultusgemeinde erscheinen? Geht's nicht kleiner und reeller?

Für Berlin liegen wie für jede Weltstadt die größten Hoffnungen auf den Schultern der Minderheiten, der Zugereisten, der türkischen, der schwarzafrikanischen, der muslimischen und der jüdischen Gemeinde, der Exilanten, der hier Gestrandeten, der subkulturellen Aktivisten, die sich von der neuen Hauptstadteuphorie hoffentlich nicht verschrecken lassen. Die Qualität der »Berliner Republik« wird von ihrer Bereitschaft abhängen, Fremdes nicht nur zu tolerieren, sondern zu lieben. Wer allerdings empfangen wird mit der Auskunft, die Belastungsgrenze für Einwanderer sei überschritten, und wer bei jeder Gelegenheit mit dem Entzug des »Gastrechts« bedroht wird, der wird zur Berliner Republik wenig mehr beizutragen haben als die Angst, in ihr aufzufallen oder schlimmer noch, ein Teil von ihr zu werden.

Scheitern ist alles

Die populärsten Kulturleistungen liegen heute im Bereich der Körperkultur. Dabei sind Sportler heute die Letzten, die wirklich antike Traditionen wahren und mit stürmischem Kraftaufwand selbst schwer verständliche Übungen nach tausendjährigen Schnittmustern absolvieren. Bei den Olympischen Spielen entpuppt sich jeder Sport als Extremsport, als Extrem der Energie-Entladung oder Selbstbeherrschung oder der Entfaltung des Komischen. Diese Leistungsschau liefert endlich den Nachweis für die Höher- und Weiterentwicklung des Menschen oder zumindest seines Schuhzeugs, seiner Arenen oder seiner Laktatwert-Forschung.

Insofern bewundert der Zuschauer im Olympioniken immer auch die eigene Evolution und erkennt sich gerne in allem, was seiner Spezies möglich ist. Er steckt in der o-beinigen russischen Gewichtheberin ebenso wie im »explodierenden« Hammerwerfer. Der Sport ist die einzige Sphäre, in der ihm eine solche Identifikation gelingt.

Mag die Höchstleistung auch Ziel des Wettkampfs sein – und Cathy Freemans 400-Meter-Lauf überstrahlte die Olympischen

Wochen –, sind Siege doch eigentlich nur die Abfallprodukte des Wettbewerbs. Was viel vernehmlicher spricht, ist die Poesie der Nebenumstände oder des Scheiterns: Wenn die Gewichtheberin unter der hoch gestreckten Last in Gelächter ausbricht, wenn die elegische Kunstturnerin den Holm küsst, den ihre Hand verpasst hat, wenn der Schwimmer aus Äquatorialafrika kurz vor dem Ziel zu ertrinken droht, wenn die Tränen der chinesischen Kraftsportlerin in ihr Handtuch fallen, wenn sich die koreanischen Bogenschützinnen den Mund mit der Saite fischmäulig ziehen, wenn die verhärmten, brustlosen Pferdspringerinnen unter ihr Gerät fallen, wenn die Marathonläuferinnen mit dem Lächeln mittelalterlicher Mystiker die Ziellinie überqueren, wenn ein Handyklingeln in Reihe eins den Gewichtheber-Koloss zum Einsturz bringt, wenn der Kugelstoßer sein Leibchen küsst und der Langläufer die Flasche durch die Reihen seiner Konkurrenten reicht, dann produzieren Olympische Spiele ihre schönsten Bilder, und obwohl sie nur im Schatten von Triumphen vorüberziehen, erweisen sie sich am Ende als die die haltbarsten: Was bleibet aber, stiften die Sportler.

Vom Segen der Korruption

Man hat das Vatikanische Museum fast hinter sich, Raffaels Stanzen, die Sixtinische Kapelle und die Vaticana. Auf der Netzhaut tummeln sich noch die leidenden Opfer der Apokalypse, die Auferstehenden und die Erlöserfiguren, die Getretenen und die Erhobenen, die Heiden, die hinabmüssen, und die Getauften, die noch hoffen.

Doch dann stellt sich dem Besucher nicht weit vom Ausgang eine einzelne Vitrine in den Weg, bewohnt von etwas, das eine Hinterlassenschaft des Jeff Koons sein könnte: ein Plastikschwan, mit seinen beiden Jungen, lebenswirklich und gefühlsecht hineingeklebt in ein künstliches Habitat, imponierend aufgerichtet und entschieden doof. Wer aber einen Schwanenhals macht, um nachzusehen, wie sich dieses erschütternde Exponat in den Vatikan verirren konnte, findet auf einem Messingschildchen die einzige und einzig befriedigende Erklärung: Dies ist das Gastgeschenk, das dem Papst anläßlich einer Audienz eines amerikanischen Präsidenten gemacht wurde.

Präsident und der Papst tauschen Schwäne aus! Ich sehe sie da stehen, zwei plastic hippies in hohen getäfelten Zimmern, gebeugt über eine Vitrine voller Schwan-Imitat, Innerlichkeit chargierend, und da alles Schenken auch ein Sprechen ist, lässt sich die Obertonreihe dieser kostbaren Kommunikation etwa auf den Begriff bringen: Zwei Pastoren, zwei Hüter des Volkes, verneigen sich vor dem tertium comparationis ihrer Verwandtschaft, der Unbeflecktheit, der Friedfertigkeit, der Unschuld.

So, liebe Staatsmänner und Präsidenten, soll geschenkt werden, nutzlos, als eine Verletzung des Tauschprinzips, aber doch ohne Demütigung für die Komplizen auf beiden Seiten. Ein Plastikschwan hat eine Halbwertzeit von etwa fünfhundert Millionen Jahren, das ist schon fast die Ewigkeit, und trotzdem hätte er diese Ewigkeit wohl nie erreicht, wäre er nicht in der Vitrine des Papstes niedergekommen. Ein perfektes Geschenk also: symbolisch für Geber und Empfänger, erhaben und doch materiell wertlos, ein Geschenk für den Herrn, der schon alles hat und im Überflüssigen seinen eigenen Überfluss genießt.

Der Austausch von Geschenken zwischen Menschen, die durch nichts als Zwecke miteinander verbunden sind, mag antiqiert wirken, ist aber mehr noch geradezu archaisch. Schon die Stammeshäuptlinge so genannter primigener Völker unterlagen einer »Schenkungspflicht«, ihre Macht erlosch, sobald sie zu schenken aufhörten. Francis Huxley schreibt sogar: »Es ist die Rolle des Häuptlings, großzügig zu sein und alles zu verschenken, worum man ihn bittet; in einigen Indianerstämmen lässt sich der Häuptling immer daran erkennen, dass er weniger besitzt als all die anderen und den ärmlichsten Schmuck trägt.«

Entsprechend kommt es geradezu einem Rücktrittsgesuch gleich, wenn bei Lévi-Strauss ein Häuptling in seiner Verzweiflung ausruft: »Es ist aus mit den Geschenken, aus mit der Großzügigkeit, nun soll ein anderer großzügig sein.« Zur Kompensation seiner Großherzigkeit nämlich hat der Häuptling im Grunde nur sein Amt erhalten und darüber hinaus das Privileg, dieses zu vererben. Seine Macht drückt sich also nicht im materiellen Wohlstand aus, sondern in der Kontinuität der familiären Herrschaft. Moderne Monarchien dagegen bewahren ihre Sonderrechte auch ohne solchen Aufwand.

Dies dient zwar nicht als Parabel auf Präsident oder Papst, könnte also als ethnologische Besonderheit abgetan werden, aber etwas bleibt bestehen: In der Person des Staatenlenkers sind Geiz und Macht unvereinbar, und das nicht nur aus psychologischen Gründen. Der Staatsrepräsentant spricht durch Geschenke den Wohlstand seines Volkes aus, selbst wenn niemand mehr an diesen glauben sollte. Er streift in seinem großzügigen Gebaren sogar die Verschwendung, nur um die Illusion einer gesunden Nationalökonomie aufrechtzuerhalten. Insofern besitzt das Staatsgeschenk doppelte Signalwirkung, nach innen und nach außen. Auch aus diesem Grunde wird vermutlich der Akt des Schenkens meist öffentlich vollzogen.

Und mehr noch: Eine Gesellschaft definiert sich nicht zuletzt durch die Organisation ihres Warenverkehrs. Beim Austausch von Geschenken unter Staatsmännern wird dieser Umstand auf eine sentimentale Ebene transponiert, wobei auch die Geschenke als bloße Statthalter und Repräsentanten ideeller oder archaischer Gesten fungieren. Gerade indem immer beide Seiten ihre Geschenke tauschen, etablieren sie eine sentimentale Währung, in der gleichzeitig die Prinzipien der Verhältnismäßigkeit festgelegt werden.

Einzig Gott und sein Statthalter besitzen das Privileg, einseitig Gabe und Hingabe zu fordern, ganz gemäß der Worte an Moses auf dem Berg Sinai: »Dass niemand vor mir mit leeren Händen erscheine!« In der irdischen Ordnung dagegen schreit das Geschenk nach dem Gegengeschenk. Als wolle sie diese Maxime unterstreichen, hat die Antike dem einseitigen oder unerwiderten Geschenk gerne zerstörerische Wirkung zugeschrieben, so dem Trojanischen Pferd, so dem Schmuck, durch den Medea Kreusa, die Tochter des Kreon und Jasons Geliebte, um ihr Leben bringt.

Unerwidert könnte die Gabe auch als Bestechungsobjekt betrachtet werden, so wie sie ja auch in der galanten Literatur die Verführung einleitet. Tausch ist deshalb unerlässlich. Nur bewirkt das Staatsgeschenk in dieser Form eben nicht die Durchbrechung, sondern die Bestätigung der materiellen Prinzipien der Staatsmaschine, und so hat auch das vom politischen Repräsentanten überreichte Geschenk vielleicht einen Preis, aber meist wenig Wert, und ist verdonnert, nachdem es symbolisch gesprochen hat, in einer Kellervitrine auf seinen Eintritt in die Welt des Tinneffs oder der Antiquitäten zu warten.

Das Wechseln der Geschenke ist symbolisch nicht nur als gemeinsamer, sondern auch als Akt der Ebenbürtigkeit, verwandt der Geste des zusammen getrunkenen Weins in einem Ritual der Besiegelung. Eintragungen in mittelalterlichen Registraturen zufolge, so hat Valentin Groebner nachgewiesen, wurden solche offiziellen Geschenke meist in flüssiger Form verabreicht: als Wein, gefüllter Pokal, Becher oder auch Becher voller Geld. ›Schenken‹ und ›Einschenken‹ gehören also nicht nur wortgeschichtlich zusammen, sie bilden einen ideellen Zusammenhang.

Im Mittelalter verlangen gerade Krisenzeiten nach dem Austausch von Geschenken, die man übrigens in einer eigenen »Geschenkbuchhaltung« minuziös erfasst. Im öffentlichen Charakter des Geschenks werden so Bindungen, Rechtsverhältnisse, Verpflichtungen und Abhängigkeiten augenfällig, weshalb Zeugen,

Verträge und Garantien eigentlich nur noch als flankierende Maßnahmen eingesetzt werden.

Gemessen an der hochdifferenzierten Kultur des politischen Schenkens ist die heutige Kultur der Korruption degeneriert und ohne Pathos. Ein bißchen Anfüttern mit Pralinen, eine kleine Vorteilsnahme, mal ein Bed and Breakfast mit der Hautevolee der Finanztristesse, das ist schon beinahe alles, was die Grauzone rund um die eingleisige Großzügigkeit hergibt. Es reicht nicht, um aus Deutschland einen Staat von den literarischen Dimensionen Italiens zu machen, aber es reicht für den Ruf nach der finalen Ekstase der politischen Langeweile, dem »gläsernen« Abgeordneten.

»Transparency International« heißt deshalb auch die globale Anti-Korruptionsorganisation, deren Vorsitzender seine Arbeit der Überzeugung opfert, die Korruption widerspreche den »Prinzipien der Demokratie«, was erstens jede Staatsform für sich in Anspruch nimmt und zweitens nicht stimmt.

Auch in der Demokratie wird schließlich der Zugang zur Macht materiell gestützt, auch die Demokratie entzieht wesentliche Einzelentscheidungen dem Volksurteil, und auch an der so genannten »Herrschaft des Volkes« nimmt dieses Volk nie leidenschaftlicher teil, als eben wo deren Prinzipien geschändet wurden.

Der Skandal der Korruption hat insofern eine hygienische Funktion: Er ist das wirksamste Mittel gegen Politikmüdigkeit. Nie zeigt der Bürger solch leidenschaftliche Anhänglichkeit an die Politik, als wo er sich übervorteilt und betrogen glaubt. Insofern bestätigt jeder Skandal die Volksmeinung, eigentlich lebe man in afrikanischen Verhältnissen, in einer Bananenrepublik, in einem verluderten, dekadenten und betrügerischen Staat, dessen Utopie – symbolisiert durch Embleme, Hymne und Repräsentanten – man gleichwohl wie seine bessere Hälfte patriotisch trägt. Genauso liebt der Bürger seinen Staat: materiell beschmutzt, ideell unbefleckt.

Die Politik vermittelt dem Bürger selten die Vorstellung der Transparenz, stattdessen erweckt sie die Idee einer im Grunde undurchsichtigen, von hoher Kompetenz gesteuerten, hintergründigen Veranstaltung, zu der der Einzelne keinen Zutritt hat. Gerade weil das so ist, und gerade weil sich der Staat gerne als moralisches Massiv oder als das edelste Individuum darstellt, unterstellt der Bürger dem Politiker gerne einen dramatisch bewölkten Hintergrund der Absichten und Vorteilsnahmen.

Aber was bekommt er: Krauses Putzfrau und Umzug auf Staatskosten, Streibls Amigo-Urlaube und Testfahrten auf Firmen-Motorrädern, Möllemanns Einkaufschips, Späths Traumreisen auf Unternehmerkosten, Schwaetzers Grußwort in der Immobilienfirmen-Zeitschrift, Scheels champagner-gesponserte Hochzeit, Stücklens Beteiligung an der Plenarsaal-Elektronik, Schwarz-Schillings Kabel-Nutznießung, Steinkühlers Insidergeschäfte ... Nie gab es so viele Zugeständnisse an den kleinen Machthunger zwischendurch wie unter der Regierungskoalition der Ära Kohl, und doch ist all dies lässliche Sündigen zu nichts gut als zur immer neuen Hochkonjunktur der Worte »Selbstbedienungsmentalität«, »Unrechtsbewusstsein«, »Spitze des Eisbergs« sowie zur Pawlow'schen Forderung nach »schärferen Kontrollen und härteren Strafen«, gekrönt vom finalen »Spiegel«-Spruch: »Die Sitten sind verludert.«

Yes Sir, aber doch auflagensteigernd verludert, denn zu jedem Skandal lacht den Zeitungen Bargeld, obwohl man zugeben musste, dass die deutschen Korruptionsskandale der letzten Jahre lächerlich spießig und kleinteilig waren, dass die großen Schweinereien der Politik eben doch die sind, die nicht heimlich, sondern ganz öffentlich vollzogen werden, und dass es nicht die illegalen Gefälligkeiten sind, die zu politischen Vorteilen führen, sondern die ganz legalen Verwachsungen zwischen Konzernen und Parteien oder Gremien.

Zudem besagt der entscheidende Paragraph 108e des Strafgesetzbuches, dass zum Nachweis eines Bestechungsdelikts die »Unrechtsvereinbarung«, die materielle Beeinflussung des Abstimmungsverhaltens erwiesen werden muss – was in der Vergangenheit kaum je gelang –, wobei Honorare für Beraterverträge, Gutachtertätigkeiten oder Vorträge delikaterweise nicht berücksichtigt werden.

Obwohl sich also Politiker durch Akte der Korruption um die Popularität der Politik verdient machen und ihre Entgleisungen im Hinblick auf die allgemeine Schlechtigkeit der Welt auch immer relativieren können, umgibt den Bestechungsakt dennoch das muffige Klima des Peinlichen.

»Wenn einer Wechsel fälscht«, bemerkte Oscar Wilde einmal tröstend, »sagt das noch lange nichts gegen sein Geigenspiel.« Man muss also schon eine sehr verzopfte Vorstellung von der kontinuierlichen Persönlichkeit haben, um zu unterstellen, der biedere Schnäppchenjäger sei deshalb schon ein schlechterer Politiker.

Nimmt man hinzu, dass die kriminelle Energie der Politiker in der Regel schwächer ausgebildet ist als der Spürsinn der Journalisten, und konzidiert ferner, dass Journalisten die Dienste der Firmen und Personen, über die sie berichten, in der Regel selbst viel schamloser in Anspruch nehmen als die inkriminierten Politiker, so werden Skandale vielleicht schon bald aussterben, weil niemand mehr da ist, der ohne Bigotterie über sie berichten könnte. Es kursiert ja schon heute das Prädikat »unbestechlich« eigentlich nur noch im Geistigen. Da sind die Werte zwar höher, die Verluste aber geringer.

Leidenschaftlich interessiert sich die Nation für die Politik nur, wenn sie etwas weniger Kohl'sches Königsdrama ist und etwas mehr elisabethanische Rüpelkomödie. Das Volk hängt also an seinen Helden nicht mehr als an seinen Schurken, erwartet aber am Ende doch die Katharsis, zu der ein Politiker an die Rampe treten und sprechen möge wie jener mexikanische Taxifahrer, der 86 000 Dollar in einer Tasche fand und selbst den Finderlohn ablehnte mit den Worten: »Ich dachte, wenn ich den Lohn annehme, verliere ich das Schöne in mir.« Zum Ersatz dafür gibt es Schwäne.

Wir Kunden vom Bahnhof Zoo

Wer je von der Atmosphäre alter Bahnhöfe berührt wurde, auf denen Menschen, noch ganz mit Fremde behangen, ankommen, um ihren ersten Blick auf das Neuland zu werfen, oder wo jene unglücklich hängen bleiben, die keine Möglichkeit haben, ihre Stadt oder ihr Leben zu verlassen, der sieht der Umwandlung dieser sozialen Umschlagplätze von Hoffnung und Elend in Zentren des Erlebnis-Shoppings mit Widerwillen zu.

Der Berliner Bahnhof Zoo hat diese Umwandlung gerade exekutiert und den Vollzug mit einer Plakatserie und einem Slogan gefeiert, der da lautet: »Bunte Geschäfte rein. Dunkle Gestalten raus. Aktion Freundlicher Bahnhof«.

Die erste Freundlichkeit des Bahnhofs besteht in der praktischen Trennung von Geschäften und menschlichem Sondermüll; die zweite in einer unanfechtbaren Umschreibung des »Ausländer raus«-Slogans; die dritte in der Unterstellung, dass dort, wo die Kälte des Konsums am exklusiven Kreis der beautiful people exerziert wird, automatisch eine Atmosphäre des Wohlwollens und der Herzlichkeit entsteht, während sich das strahlende Bahnhofsfoyer eigentlich nur ein Piktogramm verleiht, auf dem der Nichtkonsument durchgestrichen wird und erfährt: »Wir müssen leider draußen bleiben«.

Die wirklich dunklen Geschäfte aber werden in der Regel gerade hinter den Fassaden der so genannten ›bunten Geschäfte‹ abgewickelt, und die dunklen Gestalten sind solche, die drogenkrank, abhängig von Schwarzmarkt und Prostitution, oft am Lebensminimum existierend, zu Volksschädlingen erhoben werden müssen, damit das ebenso spießige wie grausame Konsumklima keine Störung erfährt.

Mit dieser Initiative wird die Bahn wirklich zu jenem »Unternehmen Zukunft«, das – mit Smiley auf der Kelle – im Dienste der Sauberkeit die Gesellschaft verschmutzt, und zwar mit einem Sadismus der Zwischentöne, der die Zeit schon vorwegnimmt, in der man bei »dunklen Geschäften« nicht mehr an das denkt, was einem aus den ICE-Klos immer entgegenkam und was auch nicht ekliger ist als eine Volkshygiene, die ihr Ziel erst ereicht hat, wenn in die beschissenen Parketts der Bahnhofs-Malls eine Plakette eingelassen werden kann mit der Aufschrift: »Hier waren mal Menschen«.

Zum Fressen gern

Die Liebe geht durch den Magen. Mag sein. Aber dann? In den Darm? Verzeihen Sie die barocke Formulierung, aber ist es nicht ziemlich egal, welchen Weg die Liebe nimmt, wenn wir sicher sind, dass sie zuletzt am Arsch ist?

Die Liebe soll durch den Magen gehen, weil es die Kochbücher so wollen, aber seit wann machen wir unser Triebschicksal von Saucen und Mehlschwitzen abhängig? Seit wann vertrauen wir die Erlösung unserer Libido dem Geschnetzelten und Pürierten an? Nein, Lilo Aureden und Mary Hahn, in Wahrheit macht die Liebe einen Umweg um den Magen und geht vom größten Geschlechtsorgan, dem Gehirn, zum Herzen und von dort geradenwegs in den Schoß.

Der Magen ist es, der sich der Liebe in den Weg wirft, er ist die letzte Hoffnung vor der Schwärmerei und dem immer drohenden Liebeskummer. In wunderbarer Isolation und Selbstherrlichkeit stemmt er sich der Liebe zu allem anderen entgegen, elementar und eigensinnig in seinem Begehren, unsentimental in seinen Absichten und anspruchslos in seiner Gier.

Die Liebe dagegen? Das ganze Gegenteil: Zuerst schlägt sie uns auf den Magen, dann raubt uns jede ihrer Launen den Appetit, und indem sie endet, schmelzt sie uns das Fleisch so von den Knochen, dass wir noch magern, wenn sie längst auf und davon ist. Die Liebe und der Magen, sie folgen antagonistischen Prinzipien. Wer liebt, hat für die Freuden des Essens nur noch eingeschränktes Interesse, und wer aus vollem Herzen isst, will von der Lyrik des Herzens verschont bleiben. Einmal verzehrte ich auf der Straße in Manila einen Satay Stick. Prompt wurde ich von einer Passantin belehrt: »Eating in the street – no sexy looking.« Das auch noch.

Man hat einmal behauptet, Sex sei wie Hunger, Erotik wie Appetit. Ich weiß nicht. Vielleicht ist der Sex auch nicht mehr als die Sättigungsbeilage zur Liebe. Friedrich Hebbel schreibt in sein Tagebuch: »In dem Sinn, worin eine Verbeugung ein verhüllter Stoß ist, ist der Kuss auch ein verhüllter Biss«, und Casanova, der es wissen muss – und der sich vor »großen Einsätzen« eben auch nicht den Ranzen voll schlug, sondern sich einen »Salat aus dem Weißen von Eiern« machte –, Casanova also notiert sogar, der Kuss sei nichts anderes, als ein Ausdruck des Wunsches, »das geliebte Wesen aufzuessen«. Die Liebe ist eine brotlose Kunst Sie geht nicht durch den Magen, sondern sie kompensiert den Hunger und der Hunger kompensiert sie. Beide sind Ersatzbefriedigungen.

Deshalb finden von der Zivilisation unverdorbene Männer Frauen auch gerne »zum Fressen«, nennen sie »appetitlich« oder »lecker Mädchen«, während uns das Werbefernsehen andererseits über Frauen lehrt, dass sie selbst an einer geöffneten Dose Katzenfutter mit einer Inbrunst schnüffeln können, die wie die Vorstufe zum Sex agiert und uns deutlich macht, dass Frauen ihre Begehrlichkeit dem Liebhaber ebenso gut wie einem Haufen Matsch aus Pansen und Labmagen-Fibrillen zueignen. Zu schweigen von männlichen Trotteln, die von nackten Frauenkörpern essen oder ihre Gespielinnen in Kompott oder Honig wälzen, weil sie dies für den Inbegriff der lüsternen Verfeinerung halten.

Die Zeiten, in denen man eine Frau durch eine warme Mahlzeit eroberte, sind vorbei, und eine Dose Ravioli hat noch keine Ehe gestiftet. Heute dient ein üppiges Essen eher dazu, den stürmischen Liebhaber zu sedieren. Dann verlässt das Blut alle übrigen Organe und setzt sich im Bauch fest, und aus diesem Bauch heraus entscheidet der Mann, sich heute keinen motorischen Ekstasen mehr hinzugeben. Neinnein, die Liebe und den Bauch, man hält sie besser getrennt, denn eine Liebe, die durch den Magen geht, die geht auch in die Hose.

Medientagebuch 2000

Weihnachten 2000. Früher saßen wir rotwangig da, wenn Mariah Carey ihre Weihnachts-Hotpants, ihre fellbesetzten Stiefeletten anzog und – vom Himmel hoch, da schnulz ich her – ihre aktuelle Christmas-CD abwarf. Heute steht auf Platz 1 der Deutschen Charts stabil: »Es ist geil, ein Arschloch zu sein«. Das ist es wohl auch, das Fest der Liebe krönt ein Jahr der Lieblosigkeit.

Was ist z. B. mit unseren Müttern los, den großen Schweigerinnen: Die eine, die zornige Hera, verlässt erst ihre Sippe für einen »Traumschiff«-Seemann, dann bricht sie durch das Dickicht der Mikrophone wie ein irres Rind und produziert den schönsten Satz des Jahres: »Sorry, ich hab exklusiv!« Soll heißen: Meine Tratschsucht gehört mir nicht mehr, sondern der Boulevard-Glucke von der »Bunten«, einem Periodikum, das nach einem TV-Movie eigentlich »Beichtstuhl der Begierde« heißen müsste.

Die andere, Jenny, verkauft ihren frisch gerundeten Bauch erst an den »Playboy«, dann den Inhalt des Bauches an »Bild«, und als Günther Jauch in »Menschen 2000« das Geschlecht des Fötus wissen will, muss Jenny schweigen, bis am Tag drauf die Mutterbauch-Paparazzi die Resultate ihrer Arbeit vorlegen. Exklusiv. Da schweigt auch Barbara Eligmann und zieht sich nach acht Jahren »Mordwaffe Pistazieneis« aus der zärtlich »Explosiv« genannten Sendung zurück. Dass sie ein Privatleben hat, wird sie erst merken, wenn jemand darin herumwühlt.

Wie in dem von Christoph Daum, der das Opfer einer Denunziation wurde, auch wenn sich der Inhalt der Denunziation bestätigt haben mag. Anschließend wurde er mit der Höchststrafe einer auf niedrigstem Niveau geführten Drogendiskussion bestraft und muss jetzt sein Leben vor einer Bildtapete in Florida absitzen. Das ist ungerecht, denn immerhin ist Gotthilf Fischer auf der Love Parade mit Ecstasy in Berührung gekommen, was sich auswirkte, als habe er drei Mon Cherie auf einmal eingeschmissen. So viel Liebesrausch passt ihm gar nicht, sitzt er doch gerade an einem Musical über seinen ehemaligen Geschäftspartner, Arbeitstitel – tatsächlich! – »Die Drecksau«. Bestraft wurde Gotthilf aber nur mit dem Ende der »ZDF Hitparade«.

Thematisch verwandt die Sieger in der Gattung »Western von Gestern«. Die ehemaligen Geschäftspartnern Kohl und Schäuble brachten die schöne pietistische Bekenntnisform des Poesiealbums, nein, des »Tagebuchs«, gegeneinander in Stellung und begriffen nicht, dass die Zeit wichtigere Probleme hat als jene, die sie uns machen.

Ihr Parteifreund Roland Koch dagegen überzeugte mit dem Versuch, der bessere Fujimori zu sein. Jener wurde »wegen permanenter moralischer Unfähigkeit« abgesetzt, dieser aber schaffte mit Hilfe der Konkubine FDP and a little help from the FAZ den Machterhalt auch als stabiler Rückfalltäter, der eine Fälschung beglaubigte und die Öffentlichkeit notorisch, ja, »brutalstmöglich« belog, und da frage ich mich noch: Was wird eher seinen Geist aufgeben, die christliche Liebe, die Demokratie, das Abendland oder mein Fernsehgerät?

Lust am Tier

 Wollen wir auf sie verzichten, die reichen Damen an der Schinkentheke mit ihren Luchs- und Cincilla-Manschetten, den Puffärmeln mit Pelzbesatz und Karakul-Litzen? – Das Tier, aus dem der Schinken kommt, wird an den Füßen aufgehängt, aufgeschlitzt oder mit Elektrostößen vor die Stirn erlegt. Der Karakulpelz wird dem Lamm gleich nach der Entbindung vom Leib gemetzgert, der Luchs mit Insektenschutzmittel abgespritzt, totgeschlagen oder vergast, der Cincilla mit analen oder vaginalen Stromstößen von seinem Leben getrennt. Die pelzbewehrte Kundin mit dem Parmaschinken ist ein wandelnder Tierfriedhof mit Kadaver-Aura, bestialischer als jede tierische Bestie durch die Intelligenz industrieller Tötung und der Indifferenz gegenüber dem Schmerz. Aber wollen wir auf sie verzichten?

Wir wollten, vor ein paar Jahren. Da vereinte die Tierschutzorganisation PeTA ein paar Topmodels unter dem Slogan »Lieber nackt als im Pelz«. Das erregte zwar keine Angst, aber Aufmerksamkeit, und wenn in der »Max«-Fotoaktion eine nackte Cosma Shiwa Hagen auf dem Tigerfell weint, dann löst auch das zuallerletzt Mitleid mit dem Tiger aus. Egal, anders als die Schocker der Konkurrenten von »Lynx«, die in ihren Spots Models in blutigen Fellen über den Catwalk schickten, setzte PeTA auf Glamour mit Gesinnung und die Pelzabsätze fielen.

Aber nichts, was die Mode verworfen hat, war je für immer vorbei. Naomi Campbell, erst Frontfrau, jetzt Pelz-Mannequin, wurde von PeTA maliziös verabschiedet: »Wenn wir schon eine Sprecherin verlieren, dann lieber eine, die ohnehin Schwierigkeiten mit dem Beenden von Sätzen hat.« Doch Lagerfeld, Fendi, Galliano, de la Renta, Sean »Puffy« Combs, sie verkaufen, Mary J. Blidge, Lil Kim, Missy Elliot und zahlreiche Rapper, sie tragen Pelze. Pünktlich zum PeTA-Geburtstag hat sich der Gang der Aufklärung wieder umgekehrt, Pelz ist »in«, und wir erfahren, dass alles, was die Mode berührt, irgendwann außer Mode gerät, auch die Moral. Sollte die Modewelt also noch einmal eine Überzeugung gebären, behält sie sie besser für sich oder es geht ihr wie dem Karakulschaf und man zieht ihr gleich nach der Geburt das Fell über die Ohren.

Faustcamp

Er hatte nun, ach, jede Menge Schulweisheit, aber nicht das Fernsehprogramm durchaus studiert, der Doktor »Faust«. Deshalb ließ er sich, knapp zweihundert Jahre nach seiner Erschaffung, erst von Peter Stein auf die Bühne bringen, dann vom ZDF ausstrahlen: In einer wertvollen Inszenierung, einer vorsichtigen Aneignung durch das elektronische Medium, an einem sternenklaren Spätwinterabend im Februar 2001. Ja, lang hat er gelebt, viel hat er gewusst, der Dr. Faust, aber nicht, dass es einen Pakt gibt, der noch schlimmer ist als der mit dem Teufel, nämlich mit dem Fernsehen.

Denn während er die letzten Fragen der Menschheit, hin und her gerissen zwischen Himmel und Hölle, für uns alle diskutierte, fanden sich vor seiner TV-Studierstube durchschnittlich 0,21 Millionen Zuschauer ein. Das entspricht der Hälfte aller, die sich die Nachtwiederholung von »Girlscamp« ansehen und vor jedem verrutschten Bikini seufzen: »Verweile doch, du bist so schön!«

Man hat schon erlebt, dass eine Bildstörung bessere Einschaltquoten hat, und »Faust« im Fernsehen wirkt eigentlich auch wie eine Bildstörung. Jedenfalls saßen am nächsten Tag die ZDF-Redakteure vor dem 5-Minuten-Quotenprotokoll und konstatierten: »Gretchen am Spinnrad« total gefloppt, »Osterspaziergang« ein Wegschalter ersten Ranges, und wenn man den Pudel wenigstens mit Mooshammers »Daisy« besetzt hätte! Und wenn man dem

Teufel schon eine so spannende Wette anbietet, dann künftig gefälligst in »Wetten dass«!

So vertieft sich der Eindruck, das Fernsehen selbst sei vom Teufel. Ein Eindruck, den auch 24 indische Moslems hatten, die jüngst für das Erdbeben von Gujarat die unmoralischen TV-Programme verantwortlich machten und ihre Apparate verbrannten, während der Medienzar Lowell Paxton (PAX-TV) gerade gestand, Gott sei ihm im Gebet erschienen und habe gesagt: »Gehe hin und kaufe TV-Stationen!« Sein Wille geschah, aber »Faust« im Fernsehen sieht nicht mal er, und das irdische Publikum ist auch nicht besser als das Programm. Da aber das Wertvolle unserer Kultur zu neunzig Prozent aus Misserfolgen besteht, verrät der »Faust« im ZDF immerhin, dass man die Kultur nicht den Fernbedienungen überlassen darf.

Geld und Gloria

O happy day, heute und immer und immer wieder: Der Chef der Deutschen Bank verkündet der Weltpresse die größten Firmengewinne der Nachkriegszeit: Zehn Milliarden Mark hat das »Peanuts«-Institut heuer erwirtschaftet. Smile mal, freie Marktwirtschaft.

Oder auch nicht. Denn am Rande solcher Profite teilt die Deutsche Bank ebenfalls mit, dass sie demnächst über 2000 Arbeitsplätze einsparen werde. Ja, liebe Bankangestellte: Leistung muss sich wieder lohnen! Aber nicht für euch. Ihr müsst lernen: Geht es einer Firma schlecht, werdet ihr entlassen, geht es ihr gut, werdet ihr auch entlassen, schließlich arbeitet ihr ja freiwillig. Solltet ihr aber als Zwangsarbeiter tätig gewesen sein, werdet ihr zwar nicht entlassen, aber erst entschädigt, wenn eine reelle Chance auf »sozialverträgliches Frühableben« besteht. Demnächst. Bestimmt.

In den Nachrichten und Kommentaren werden Gewinne und Entlassungen behandelt, als hätten sie nichts miteinander zu tun. Dafür werden wir angewiesen, uns in die Fieberkurven der Gewinne leidenschaftlicher einzufühlen als in die der Arbeitslosenstatistik. Warum: Weil die Deutsche Bank ein so gewichtiger Werbekunde ist? Oder weil sich auch Wirtschaft besser verkaufen lässt, wenn man sie erzählt wie die Becker-Ehe, voller Helden und Dunkelmänner, voller »Brothers in Crime«, »Friendly Fires« und »Feindlicher Übernahmen«.

Zeitgleich veröffentlicht Shell seine Jahresbilanz mit einer Wachstumsrate von 85 %, das entspricht einem Profit von über drei Millionen Mark stündlich. Shell stellt daneben Tankstellenschließungen und Stellenabbau in Aussicht, verwahrt sich gegen den Vorwurf, von der Energieverteuerung schamlos zu profitieren und kringelt sich wohl bei dem Gedanken, dass der Hass der Öffentlichkeit die Ökosteuer trifft, nicht die Shell-Gewinne, anders gesagt: dass die Bürger die eigenen Interessen denen der Ökonomie wieder einmal unterordnen.

Firmen werden heute wie Stars beschrieben und ökonomische Erfolge wie Großtaten des Glamours. Der Arbeiter, den man nicht mehr so nennt, begrüßt Gewinne, von denen er nichts hat, und wenn sie ihn dann verdrängen, weiß er wenigstens, dass er sie erwirtschaftet hat.

Riecht nach Teen Spirit

Wer in seiner Jugend kein Revolutionär war, wird angeblich nie erwachsen. Joschka Fischer wurde erwachsen, zu erwachsen. Die jetzige Jugend wird es nie. Denn zuvor muss sie noch Girlgroup, Boygroup, Soap- oder Doku-Soap-Star werden, Big-Brother-Ruhm ernten, serienkompatibel werden und einen Platz an der

Sonne finden in der klaustrophobischen Enge zwischen Britney und Blümchen. Das süße Leben der Jugend ist überzuckert.

Bis so ein Teenager mit der Flinte seine Mitschüler auslöscht oder eine Neunjährige erdrosselt, einen Siebenjährigen entführt, ersticht, vergewaltigt. Dann sprechen die Zeitungen von »Bestien«, die »Bestien« von bestialisch-anregenden Home Videos und die Psychologen vom Verbot solcher Videos. Mit dieser Empfehlung schicken sie die Teenager zurück in die Welt von »Melrose Place« und »Wahre Liebe wartet«, und »die alte Scheiße stellt sich wieder her«, wie Lenin gesagt hätte.

Was aber ansteckend wirkt an der Jugendkultur, ist nicht die Gewalt, sondern die Ironie. Nichts ist gemeint, sagt sie, nicht Liebe, Wahnsinn, Schmusepop, nicht Mord, Amok, Gangsta-Rap. Krepier an Krebs oder Aids, mir doch egal, singt Sabrina Setlur, das macht sie nicht minder »Gala«-tauglich. Wut oder VIP-Wut, nichts wirkt mehr wörtlich.

»We don't need no education«, sangen einst »Pink Floyd« und bekamen wenigstens Rundfunkverbot in Bayern. »Smoke weed, take pills, drop outta school, kill people and drink«, singt Eminem, der Rapper of the Month und darf in Sheffield nicht mehr auftreten. Die Höchststrafe, verschärft durch eine öffentliche Debatte! »Privat bin ich gar nicht so«, sagt er, Maulheld, wie alle, »privat bin ich nett«. So nett wie der fünfzehnjährige Kanadier, der jüngst seine Hausaufgabe, einen persönlichen Monolog, der Klasse vorlas und dann für gut einen Monat ins Gefängnis ging. Er hatte von der Sprengung der Schule phantasiert.

Jetzt diskutiert der PEN-Club den Fall, und er ist zuständig. Denn als alles ironisch wurde, hungerte die Sprache nach Ernst und suchte ihn im Drastischen. Dort aber fand sie nur die Erkenntnis, dass die Sprache nicht mehr Ernst machen kann, nur die Justiz.

Sündenstolz

Let me entertain you: Die Welt verglüht, verfault, verdirbt, in den Meeren steigt der Wasser-, in der Atmosphäre der Ozonspiegel, im kollektiven Bewusstsein des »Je-m'en-Foutisme«, da zeigt auch noch die zäheste der Sieben Plagen ihr hässliches Gesicht, die so genannte »lebendige Demokratie«, ein Nebenerwerbszweig der Christlichen Debatten Union. Führt diese gerade keine Debatte, kündigt sie eine an. Heute: Erörtern Sie bis nächste Woche die Vernichtungsfeldzüge Ihres Landes und begründen Sie anschließend Ihren Stolz darauf, Deutsche zu sein!

»Lebendige Demokratie« erlaubt eine Menge folgenloses Palaver über irrelevante Themen. Oder glaubt man, der Ausdruck »Skinhead« sage etwas über die Herren Meyer oder Trittin aus und nicht alles über den Stand der politischen Rhetorik? Und glaubt man, ein Land, das fünfzig Jahre nach dem Holocaust seine Zwangsarbeiter noch nicht entschädigt hat, könne durch Stolz etwas anderes ausdrücken als Ignoranz? Nein, man muss schon absehen von allem Missliebigen in Vergangenheit und Gegenwart des Landes, damit nur noch Grund zum Stolz übrig bleibt, oder?

Aber ganz so selbstlos wird diese immergrüne Debatte ja nicht aufgewärmt. Denn was wäre Patriotismus ohne Pater? Im Grunde ist ja der stets überhitzt artikulierende Guido Westerwelle auch nicht primär stolz, Deutscher, sondern er ist stolz, Guido Westerwelle zu sein, und um das zu schaffen, muss er einfach nebenher Deutscher sein. Mit einer solchen Doppelbelastung wäre manche Hausfrau überfordert, aber unbeirrt dehnen Guido und seine Mit-Guidos ihr hohes Selbstgefühl über Personen- und Parteigrenzen hinaus auch auf ihre Staatsangehörigkeit aus. Also wann wird »Modern Talking« Weltkulturerbe?

Nein, die Deutschen hatten in jüngster Zeit die Wahl zwischen der Single-Auskoppelung der innerparlamentarischen Opposition »Ich bin stolz, ein Deutscher zu sein« und dem Chartbreaker-Hit

»Es ist geil, ein Arschloch zu sein«. In einer »lebendigen Demokratie« liegt die Wahrheit meist in der Mitte. Der Vorschlag zur Güte also wäre: Wer stolz darauf ist, ein Arschloch zu sein, der soll sich auch selbstbewusst deutsch dabei fühlen.

Das Weißeste Haus

Das Weiße Haus trägt seinen Namen nicht umsonst. Erbaut im Landhausstil der reichen Pflanzer des Südens, symbolisiert sein Weiß die Unschuld eines Präsidenten namens Paulus, der bis zu seinem 40. Geburtstag noch ein trinkender, koksender Saulus war und dieselbe Unschuld einem Al Gore nicht hätte durchgehen lassen.

Die Unschuld eines Präsidenten, der vorgibt, »Schurkenstaaten« zu bombardieren, während er in Wirklichkeit Menschen bombardiert, die gleich doppelt unter Schurken leiden: denen des eigenen Landes und denen, die das eigene Land ohne UN-Resolution bombardieren.

Die Unschuld eines Präsidenten, der sich zum Laurenz-Meyer-Gefühl bekennt, »Compassionate Conservatism« genannt. Dieser, so Bush, beinhalte, »nie auch nur ein einziges Kind aufzugeben«. Es sei denn, es lebt im Irak, wo man es vielleicht opfern müsste, oder in Texas, wo fast ein Viertel aller Kinder ohne Krankenversicherung lebt.

Die Unschuld eines Präsidenten, den nach der Deklassierung eines verflossenen »Reichs des Bösen« (Reagan) die kleineren »Schurkenstaaten« (Bush) so verängstigen, dass er ein 40 bis 60 Milliarden Dollar teures Raketenschutzschild errichten lassen will, um damit seine Angst zu kompensieren und nebenbei auch noch die Wahlkampfspenden der Rüstungsindustrie?

Die Unschuld eines Präsidenten, der den Umweltgipfel von

Kyoto und alle seine Resultate zur Farce werden lässt, indem er an der beschlossenen Reduzierung der Treibhausgase »kein Interesse« bekundet, die ohnehin lauen Übereinkünfte als »gestorben« bezeichnet und stattdessen lieber »neue Forschungsergebnisse« und danach irgendwann »eine neue Technologie« ins Auge fasst?

Die neuen Forschungsergebnisse gibt es: Laut UN-Studie werden die Temperaturen in diesem Jahrhundert wohl um 5.8 Grad steigen. Die neue Technologie gibt es nicht, denn wer Irak und Nordkorea gefährlicher findet als die Entwicklung des Weltklimas und deshalb bis zu sechzig Milliarden Dollar in ein nukleares Schutzschild investiert, dem bleibt nicht viel für die Katastrophenprävention. Anders gesagt: Die amerikanische Wirtschaft fordert Menschenopfer. »Wir haben das nicht zu kritisieren«, würde Joschka Fischer sagen. Wir sterben nur daran.

Die Klatsch-Gesellschaft

Zwei Dinge, wusste man Anfang der Neunziger, beherrschen den Kiosk, »funktionieren« aber nicht im Fernsehen: Autos und Klatsch. Zehn Jahre später fahren zwar einmal wöchentlich ein paar tapfere Karossen durch das Abendprogramm von »Vox«, Klatsch und Tratsch aber besetzen längst mehr Programmplätze als die Kultur, und auch der im Rundfunk-Staatsvertrag verankerte Klatsch-und-Tratsch-Auftrag der Öffentlich-Rechtlichen macht vor der Pseudo-Wichtigkeit von Showbiz-News nicht halt: Claudia Schiffer liebt den Optimismus der Frauen von Bangladesch, der Hund von Esther Schweins hat sich den Zeh gebrochen. Achwas?! Der Tratsch ist ein »Grundbedürfnis«, sagen die Tratschmacher, und Kultur etwas für Regentage.

Und nicht nur Kultur, denn ebenso gut lamentiert es sich über die Entpolitisierung des Politischen. Erst hieß das mit Neil Postman »Wir amüsieren uns zu Tode«, dann beklagte man das »Infotainment«, inzwischen hängt eigentlich an allem ein -tainment: An der Liebe, der Krankheit und dem Tod. Die Welt ist ein Boulevard geworden, die Öffentlichkeit ein Nacktbadestrand, und die große Demokratie des Banalen hat alle ergriffen: Der Verteidigungsminister ist liebestoll, der Außenminister auf dem langen Magermarsch zu sich selbst, und an allem profitiert der große Zuhälter Gossip. Die Beckers werden geschieden, tausend Sonnen stehen am Himmel und eine Lust wird es, den großen Fortsetzungsroman täglich weiterzudichten. Tatsächlich, wir lieben die Ernährung durch künstlich beleuchtete Charaktere, Helden des Tages und Dramen für eine Nacht. Unser Anteil Privates am Star macht uns selbst ein bisschen privat mit ihm.

Der Absatz von »Gala« und »Bunte« steigt, bunte Trivialitäten glänzen auch von »Spiegel«-Titeln. War Glamour früher eine Eigenschaft von Schauspielern, Sportlern und Mannequins, melden jetzt auch Medien- und Wirtschaftslenker, Parvenus und Politiker Regenbogenrechte an. Doch erst als ich Wolfgang Gerhardt als das Centerfold der Pünktchen-Partei im Jeansanzug auf dem Boden seiner Einbauküche lagern sah, wusste ich: Hier dämmert das Zeitalter spätrömischer Dekadenz.

Wer mit dem Boulevard spielt, wird nicht mehr darin umkommen, er wird gewählt, gekauft, begafft als Mitglied einer Seicht-Society, die alle gleichmacht und sich als gesellschaftliches Über-Ich spreizt. Sie steckt voller sinnlicher Schlüsselreize, aber gibt es noch einen Bedeutungsunterschied zwischen der neuen Küche von Barbara Eligmann und dem Krebs von Michael Lesch? Man verrührt doch nur Farben auf der Palette: Neid, Mitleid, Rührung, Geilheit, und nennt Gefühle, was Talmi ist. Nein, auch die Moral wird nicht mehr von der Hochkultur produziert, sondern vom Boulevard, der heute rigider bestimmt, was man tut, was nicht.

Vorbei die Zeiten, als man Bedeutung durch Leistung definierte. Heute redet niemand über seine Arbeit, allenfalls wird das Private als Köder verfüttert. Wer einen Fernsehpreis bekommt, streckt sich als Nächstes für eine Modestrecke ins Heu der »Gala«, wer keinen bekommt, muss in die Wellness-Badewanne der »Bunten« und verrät seine exklusiven Beauty-Tips, und weil so viel Eitelkeit peinlich ist, tun alle so, als caste Dominik Graf seine Schauspieler nach den Glanzbildchen der Boulevarblätter: Ich brauch Präsenz, schreit es von überall.

Sagt eigentlich niemand mehr »nein«? Ist sich keiner mehr zu schade, pflegt niemand mehr von der eigenen Person eine Vorstellung, die nicht boulevard-compatibel ist? Kaum. Deshalb erntete Barbara Auer vor Jahren fassungslose Gesichter, als sie ein Fotoshooting für das Cover einer Fernsehzeitschrift mit dem Satz ablehnte: »Da legen die Leute doch nur ihre Füße drauf.« Sie streifen sie sogar ab. Boulevard tut, als pflege er Persönlichkeiten, in Wirklichkeit werden diese nur simuliert und um das amputiert, was sie zur Persönlichkeit macht, ihr Bei-sich-Sein, ihre Eigenart, ihr Widerstand.

So, wie Society heute beschrieben wird, ist sie tot und bewegt sich eigentlich nur noch kraft der Maden, die sich in ihrem Leichnam tummeln. Auch »3sat Kulturzeit« und »Zeitmagazin« lassen sich zu ihr herab, auch die vermeintlich Seriösen befassen sich ernsthaft mit einem Paul Sahner, der Frauen »Teile« nennt, im Suff Udo Jürgens Onanie-Geheimnisse entlockt und für diese Sekundär-Onanie als »Interviewer« hofiert werden will. Nein, Klatschreporter arbeiten daran, dass der schöne Gossip in Deutschland nie geistreich ist, nie »Vanity Fair«-Niveau erreicht, sondern tautologisch bleibt: Die Reichen sind reich, die Schönen schön. Mehr braucht's nicht.

Eigentlich lebt der Klatschreporter von seiner Verachtung für jene, die sich für ihn ausverkaufen. Zwar hat er selbst meist nichts vollbracht, als sich von den süßlichen Hinterlassenschaften Anderer zu ernähren, doch sieht er sein Amt darin, zu richten die Würdigen und die Unwürdigen: Eine unwürdige Tätigkeit, wie er

selbst weiß, und deshalb tritt er ironisch an und signalisiert augenzwinkernd, dass er selbst klüger ist als die Objekte seiner täglichen
 Arbeit.

»Die Grundlage für allen Tratsch«, hat Oscar Wilde gesagt, »ist die Verlässlichkeit der Unmoral.« Regenbogenpresse, Fernsehen und Internet haben von drei Seiten aus begonnen, das Private zu zertrümmern. Jetzt wird es in Spurenelementen der täglichen Nahrung zugesetzt. Die Unmoral, das Heimliche, das Private, seit dem 18. Jahrhundert galten sie als das Wirklichste. Als dann die Leistungsgesellschaft starb und die Erfolgsgesellschaft geboren wurde, bewährte sich der Klatsch als Mittel, das kollektive Bewusstsein zu penetrieren. Nimm mich, rufen Star und Unstar nun unisono und verschwinden prompt in jener gut ausgeleuchteten Finsternis, die man Schoß der Öffentlichkeit nennt.

Kulturgeschichte des Wasserbads

Am Anfang aller Tage schwebte »der Geist Gottes auf dem Wasser«, sagt die Genesis. Am Ende aller Tage schwimmt der Geist Scharpings darin, entnehmen wir der »Bunten«. Venus, die Göttin der Liebe, ist in der heidnischen Mythologie eine Schaumgeborene und kommt aus dem Wasser. Die Gräfin Pilati dagegen geht ins Wasser und erscheint in der »Bunten« allenfalls chlorgeboren. Eine Najade oder Melusine? Eine Sirene oder Loreley, die den wehrlosen Verteidigungsminister verführt wie alle Frauen im und am Wasser alle Männer auf dem Wasser? Viel einfacher: Bevor er den »Hafen der Ehe« ansteuern kann, muss er zu Wasser gelassen werden, feuchtfröhlich zwischen Meeresrauschen und Mazedonien.

Das passt. Denn das Wasser steht für beides: Einerseits entwickelt sich alles Leben aus der Hydrokultur. In den unterschiedlichsten Schöpfungsmythen wird das Meerwasser sogar dem Fruchtwasser gleichgestellt. Andererseits schickte Gott, als er die Schöpfung rückgängig machen wollte, ein Wasser über die Welt mit Namen Sintflut. Was vom Wasser gegeben wurde, kann vom Wasser wieder genommen werden. Für Scharping heißt das: Vor das Stahlbad hat das Schicksal das Bad in der Menge Wasser gestellt.

Übertrieben? Wenn ein Politiker ins Wasser geht und sich dabei fotografieren lässt, ist das kein unschuldiger Akt. Traditionellerweise wird dem Wasser heilende oder stärkende Wirkung zugeschrieben, wie in Lourdes so auch am Jordan und am Ganges. Zahlreiche Religionen taufen im Wasser, und im antiken Griechenland und Italien durfte zur kultischen Reinigung nur Meerwasser benützt werden. Im stehenden Gewässer, so glaubte man, bleibt auch das Unreine stehend.

Der Eintritt des Politikers ins Nass säkularisiert das Wasser. Friedrich Ebert und Gustav Noske standen am Anfang dieser Bewegung. Sie unterwarfen die Fluten einem profanen Zweck und taten dies wie als Teil der Kampagne: Politiker machen sich die Elemente untertan. Die Erde: Von Carstens bis zu Clement wird gewandert. Die Luft: Strauß navigierte Flugzeuge, von Geißler zu Möllemann kommen sie per Gleit- oder Fallschirm zu Boden. Das Wasser: Von Mao zu Scharping schwimmen sie uns was vor. Mao aber durchschwamm den Jangtse, als wieder einmal Zweifel an seiner Gesundheit aufgetaucht waren. Töpfer dagegen schwamm im Rhein, als Zweifel an dessen Gesundheit aufgetaucht waren, und der Minister war robuster als der Strom.

Eine ganze Bildersprache des politischen Bades hat sich inzwischen entwickelt, und gerade weil diese Bilder ursprünglich propagandistisch eingesetzt wurden, besitzen sie eine genaue Dramaturgie: Politiker zeigen sich nicht im Wannenbad, nicht bei der Bade- oder Kneippkur, und nur Richard von Weizsäcker erneuert sein Sportabzeichen immer noch vor unseren Augen in einem Hallenbad. Sonst bevorzugt der Politiker keine stehenden Gewässer (sie könnten umgekippt sein!), er sucht das bewegte Meer (Clinton), den reißenden Strom (Jelzin), den trägen (Mao), den verseuchten Fluss (Töpfer) oder den unergründlichen Bach (Schlauch). Nur der unbeholfene Scharping tobt sein aquarisches Leben wirklich im Swimmingpool aus, mit Frau und Beckenrand in Griffweite.

Der Politiker lässt sich zu Wasser, eine Esther Williams ist keiner von ihnen. Damit aus dem zuschauenden aber zustimmendes Stimmvieh werde, darf sich der Politiker nicht als trainiert oder athletisch erweisen. Schließlich soll er seinem Körper nicht mehr Aufmerksamkeit schenken als dem Staat, doch lebenstüchtig soll er sich zeigen. Eine Ungeschicklichkeit wie die des ehemaligen Landwirtschaftsministers Ertl, der sich als Gast auf einem Schulsportfest die Haxen brach, verzeiht der Wähler nicht.

Gleichzeitig unterscheidet der Politiker natürlich die Art der fotografischen Präsentation. Maos Bad war schon Poster-Fotografie, bevor es in den Siebziger-Jahre-Studentenbuden so ankam. Töpfers Rheinbad war ein nachrichtliches Motiv, das etwa so viel Aufklärung betrieb wie das des englischen Landwirtschaftsministers Gummer, der zum Beleg für die BSE-Unbedenklichkeit britischen Rindfleischs mit seinem minderjährigen Töchterchen vor der Presse Beefburger verzehrte. Clintons Badehosen-Tänzchen am Meer war zu günstig für ihn, als dass es sich um einen echten Paparazzo Shot hätte gehandelt haben können. Scharpings Wasserspiele dagegen kultivieren offen jene Form kalkulierter Paparazzo-Ästhetik, durch die zuvor Jenny Elvers bekannt wurde, das heißt, sie wirken nur wie heimlich aufgenommen, während Rezzo Schlauch als Undine keine geringeren ästhetischen Maßstäbe anlegt als Verona für ihren Fotokalender. Trotzdem sieht das Motiv am Ende aus, als sei es für das Cover des Fachbuchs »Was lebt in Tümpel, Bach und Weiher« fotografiert worden.

Man muss jedoch ausdrücklich hinzufügen, dass es sich bei

dem politischen Formationsschwimmen um eine rein männliche Angelegenheit handelt. Bis auf Moana Pozzi, die Cicciolina oder Alessandra Mussolini sind die politischen Frauen in der Entfaltung ihrer erotischen Reize weltweit noch zurückhaltender. Aber inzwischen hatten doch die meisten deutschen Parlamentarierinnen ihre Modestrecke in der »In Style«, und wer weiß: Vielleicht dauert es also auch nicht mehr lange, bis Hertha Däubler-Gmelin in der »Bunten« Bademoden vorführt?

Für den Mann dagegen hat die fotografische Unternehmung eine weiterreichende Bedeutung: Er beweist sich gegen das Element, das Hegel als »das unsicherste und lügenhafteste« bezeichnete. Er zeigt dem Undurchsichtigen und Unvorhersehbaren gegenüber Kraft und Courage, und dieser Nimbus teilt sich seinem Amt mit. In Amerika muss jeder Präsident das Reiten beherrschen, in Deutschland ist nicht mal Wellenreiten, nur Dümpeln gefragt. Aber es gibt eben auch nicht viele Gelegenheiten für einen Politiker, etwas spezifisch Männliches zu demonstrieren: Einen nackten Torso, Bizeps, Kraftanwendung und die Beherrschung einer physischen Fertigkeit. Immerhin aber nährt er so die Illusion, wer so sehr Mann sei, könne kein schlechter Politiker sein.

Dazu gehört nicht zuletzt sein physisches Erscheinungsbild, seine partielle Nacktheit, die Demonstration von Körperbehaarung und die Grimasse der Anstrengung. Töpfer trug ehemals Alain Delons Einteilerleibchen aus »Nur die Sonne war Zeuge«, Clinton führte Hillary in Bermudashorts vor die Ozeanwellen zum Tänzchen, Rezzo Schlauch trägt ein undefinierbares Schleppnetz um die Hüften: Weiter kann die Erotisierung des Politikers nirgends gehen. Allerdings hat sie ihre natürliche Grenze in seiner Erscheinung. Kein Mensch wird sexy davon, dass er die Senkung der Lohnnebenkosten fordert, da hilft nicht mal ein mausgrau melierter Brustpelz.

Zuletzt sei nicht vergessen, dass sich früher die Menschen dem Wasser auch näherten mit dem Vorsatz der Selbsterkenntnis. Als

Zenon, der Begründer der Stoa, seinen Begleiter einmal zögernd über eine Pfütze schreiten sah, sagte er: »Er tut Recht daran, einem Gewässer zu misstrauen, in dem er sich nicht spiegeln kann.« Was die Selbstbespiegelung angeht, da ähnelt der Politiker eher Narziss, der sich in das eigene Spiegelbild verliebte und ertrank. Für Politiker gilt nur der Anfang der Geschichte. Wo sie baden, ist das Wasser so flach wie die Intention, aber wenigstens auch genauso durchsichtig.

Steinwerfer, Scheinwerfer

Da stand er, und das war doch schon fast Wohltätigkeit genug, denn er, der Außenminister aller Deutschen, war gekommen, das Elend in Mosambik nicht nur zu überfliegen, sondern zu verinnerlichen. Das tat er mit einem Satz, der nie falsch ist, also eigentlich immer: Wir möchten doch, appellierte er in den blauen Himmel, das Elend nicht vergessen, auch wenn es nicht mehr im Scheinwerferlicht stehe. In diesem Augenblick trug das Elend im Scheinwerfer den Namen Joschka Fischer, der gegen all dies Elend früher Steine geworfen hatte.

Clinton, Albright, Fischer, sie alle reisen widerwillig in die »guten« Länder des »Verlierer-Kontinents« Afrika (Fischer) und besetzen das Charakterfach Sorgendarsteller. Doch nicht sie, die Scheinwerfer waren oft zuerst da. Ganze Militäroperationen – wie die in Somalia – haben ihren Ursprung in Fotostrecken und Filmbeiträgen gehabt. Im Verfolger der Scheinwerfer reisen die politischen Mimen, und meist sind nicht die Scheinwerfer zuerst verschwunden, sondern sie.

Wir erinnern uns dennoch durchaus, dass die USA eine Medizinfabrik im Sudan in Schutt und Asche legten, ohne je eine triftige Erklärung beigebracht zu haben. Wir erinnern uns, wie humanistisch die Nato ihre Kosovo-Einsätze beschrieb und nun doch zugibt, die Bevölkerung mit abgereichertem Uran verstrahlt zu haben. Wir erinnern uns sogar, wie krank Pinochet England verließ und wie gesund er in Chile ankam, wo eine Verfassungsänderung gerade seine Immunität sichern soll. Wir erinnern uns an grüne Proteste gegen den Einsatz deutscher Panzer gegen Kurden und hören die Regierung Panzerlieferungen an die Türkei diskutieren. Wir erinnern uns an Grosny, das von Putin in ein modernes Golgatha verwandelt wurde, und hören noch die Glückwünsche des Kanzlers zur Präsidentenwahl Putins und durchblättern ein Coffeetable-Book mit Putin-Fotos, erschienen im Verlag von Günter Grass.

Politik profitiert mehr vom Vergessen als vom Gedenken. Trotzdem wird jeder politische Feiertagsredner dauernd an unser Gedächtnis appellieren. Wenn wir uns dann aber erinnern, zerreißt es uns manchmal vor Zorn über so viel Bigotterie. Denn wenn unsere Aufmerksamkeit mal nicht mit dem Scheinwerfer geht, fällt uns sogar ein, dass derselbe Fischer 1999 versprach, bei der Entwicklungshilfe nicht mehr zu sparen, die Unterstützung für Afrika nicht weiter zu reduzieren und nun die radikalste Kürzung in der Geschichte der BRD durchsetzen hilft, weitere 2,5 Mrd. Mark in den nächsten drei Jahren. Daran wollen wir uns noch erinnern, wenn sich die Scheinwerfer einmal selbst von Joschka Fischer zurückgezogen haben sollten.

Unschöne Schönheit

Kann etwas höchste Verbreitung genießen und gleichzeitig verschwinden? Durchaus.

Wer früher auf dem Land lebte, begegnete in seinem Leben dem Schönen vor allem in der Natur, in der Kunst dagegen selten, unter den Menschen bisweilen. Lebte er in der Stadt, traf er in Kirchen, Museen und Privathäusern wohl auf das Kunstschöne, hatte auch mehr Gelegenheit, das Schöne unter den Menschen zu finden, die zu jeder Zeit kräftig nachhalfen, musste es aber immer als Ausnahme und Ereignis empfinden.

Die Vervielfältigung bringt das Schöne heute massenhaft in die Welt. Der Wirklichkeit gegenüber ist es laut einer Studie allein im Fernsehen um das Zehnfache überrepräsentiert. Demnach ist das Schöne kein Ereignis mehr, sondern eine soziale Macht, die wichtigste bei der Einleitung und Begleitung des Konsums, eine imperiale Macht, die die Formen des Ästhetischen überall auf der Welt nivelliert und den weißen westlichen angleicht. Sie ist eine soziale Macht der Begünstigung und Auslese, ja, Oscar Wilde war sogar der Ansicht, die soziale Frage wäre wohl leichter lösbar, wenn die Armen besser aussähen. Schließlich hat auch Michael Jackson den Olymp der internationalen Stars erst betreten, nachdem er sich selbst kosmetisch in die Rasse der spitznasigen Bleichgesichter promoviert hatte. Oder ist es Zufall, dass ein rätselhaftes Zwitterwesen der erste Schwarze sein sollte, der diesen Status errang?

Nie war es leichter, ein schöner Mensch zu werden oder eine schöne Seele, nie schwerer. Die Schnittmuster für ein neues Gesichtslayout liegen vor, über Gesichtstransplantationen wird bereits nachgedacht, die Wirkstoffe für die Schönheit von innen reichen von den Esoterika bis zu den Enzymen. Wir brauchen also nicht darauf zu warten, bis der Tränensack modern wird.

Die Spuren des Lebens lassen sich verwischen, die Herkunft von den Eltern lässt sich physiognomisch vertuschen, die physische Individualität kann man opfern, und mag mancher auch finden, die wahre Schönheit liege im Auge des Betrachters, so wird er doch weniger auf die Veränderung des Blicks setzen, als auf die des Körpers. Im Grunde täte ja auch der Mona Lisa eine Lippenaufspritzung ganz gut, und wenn ich Tizians Flora wäre, ließe ich mir mal das Fett absaugen.

Nein, ein Ereignis ist die Schönheit nicht mehr und eine Ausnahme nicht wirklich. Denn als sie demokratisch wurde, musste sie durchschnittlich werden, und da Massenmedien nur durch den Akt der Konsumwahl entstehen und erziehen, musste eine schönheitsversessene Zeit die Schönheit abschaffen, indem sie sie verbreitete.

In Stahlgewittern

Zu den Lieblingsfloskeln demokratischer Staaten gehört das Eigenlob dafür, dass sie sich in Krisenzeiten als demokratische Staaten bewähren. Und wie: Was am 11.9. ein Anschlag auf das Symbol der Weltwirtschaft war, wird zum »Krieg gegen die zivilisierte Welt« und verlangt nach einem Krieg gegen die offenbar unzivilisierte. Was eine Voraussetzung völkerrechtlich »legitimierter« Kriege war, nämlich ein UN-Mandat, existiert nicht mehr. Was ein Grundwert des Kriegsrechts war, nämlich die Achtung der Trennung zwischen ziviler und nicht-ziviler Bevölkerung, ist hinfällig. Was »Grün« war, trägt jetzt Camouflage. Was man noch vor kurzem bei George W. Bush als eine von Cowboy-Metaphorik gezeichnete Rache-Rhetorik bezeichnet hätte, gilt jetzt als »große politische Rede« voller »Mäßigung«, und was mühsam errungene Grundrechte demokratischer Individuen waren, sind jetzt verzichtbare Privilegien des Datenschutzes, die bloß die Weltsicherheit gefährden. Eine Gesellschaft wendet, ehrt die Opfer des Anschlags durch den Abbau von Grundwerten des Demokratischen und des Humanismus. Haben sie das verdient? Hätten sie das gewollt?

Doch wo sind wir: Im Krieg, wie Bush, im »Terror-Krieg«, wie die SZ sagt, im »Krieg im 21. Jahrhundert«, wie der »Spiegel« titelt, als sei dies der Erste, im Krieg gegen die zivilisierte Welt, wie der

Kanzler dreimal wiederholt, oder »nicht im Krieg«, wie er Tage später sagt?

Krieg ist, wenn Kriegsreporter knattern und es unpatriotisch wird, unkriegerisch zu sein. »Spiegel«-Reporter Thomas Huetlin jedenfalls schreibt aus New York, als habe er nach jedem Satz salutiert, bereit, auch ganz allein die freie Welt »gegen ein paar mittelalterliche Fundamentalisten« zu »verteidigen«, »auch wenn wir uns die nächsten Jahre die Zähne mit Mineralwasser putzen müssen«. Die einen rasseln mit dem Säbel, die anderen mit der Zahnbürste und besiegeln ihr Sendungsbewusstsein trotzig: »Wir werden unsere Art zu leben nicht ändern.« Eine Art, die exakt zu jenem Anschlag geführt hat auf das Symbol der Trennung von Arm und Reich, von kostbaren amerikanischen Toten und belanglosen anderen. Welche fatalere Konsequenz könnte man ziehen als zu sagen: Wir ändern uns nicht?

Dass etwas Ernstes auf der Welt passiert sein muss, erkennt man daran, dass Frauke Ludowig Schwarz trägt, dass es sehr sehr ernst sein muss, daran, dass Giulia Siegel zu geschockt ist, um das Oktoberfest zu besuchen. Erschütternd, wie erschüttert Stars sein können! Den bunten Rest zum Attentat besorgt dann eine Sendung, die passend »Explosiv« heißt und auch ihren Voyeurismus auf Halbmast trägt. Wir sind so erschüttert, dass wir die Bilder behandeln wie ihre Blockbuster-Pendants aus »Independence Day«, als Bildtapete, als Rückprojektion im TV-Studio, als Endlosschleife. Sie erschüttern? Sie tun nicht nur das. Die Katastrophe ist erhaben, das Auge kann nicht genug von ihr bekommen, und in Wahrheit wird ihre Größe auch bestimmt von der Größe unserer Schaulust.

Die Presse ist in Deutschland so frei wie die Gedanken oder die Meinung. Wer aber für Springer schreiben will, muss sich per Arbeitsvertrag zu »Solidarität mit den USA« verpflichten. Ende der Freiheit. Unter die »100 Gründe, Amerika zu lieben« zählte »Bild« kürzlich auch das Gesäß von Jennifer Lopez. Winkt Autoren mit Arsch-kritischen Aussagen künftig das Arbeitsgericht?

Am liebsten beschränkt man in diesen Wochen die unbeschränkte Meinungsfreiheit durch die Phrase, die Kritik sei vielleicht berechtigt, aber dies sei »nicht der richtige Zeitpunkt«, sie zu äußern. Maybritt Illner etwa schafft so eine dauernde Verbindung zwischen Toten und Mundtoten.

Also gibt es eine Saison des Trauerns, in der schläft die Vernunft und gebiert ihre Ungeheuer, und es gibt eine Saison des Raisonnements, in der über zerstörten Landschaften und toten Zivilisten betrauert werden darf, dass militärische Racheakte vor allem der kathartischen Triebabfuhr dienten? Welche ist die richtige Zeit der Kritik? Die posthume? Dann sind beide nicht wahr, die Kritik wie die Trauer nicht.

Nein, es ist nicht schwer, in diesen Tagen Henryk M. Broder zu sein und als bis an die Zähne bewaffnetes Ampelmännchen rhetorisch in die Schlacht und die Feuilletons zu ziehen. Schwerer scheint es merkwürdigerweise, sich im Angesicht der amerikanischen Toten zu den Lebenden zu bekennen und zu ihrer Menschenwürde, als Bekenntnis zu einer Zivilisation, die vermeintlich so viel höher steht als jene, die sie bedroht.

Die Schockwellen des 11. September zittern nach im demokratischen Selbstverständnis: Sie haben der politischen Lüge, der Fälschung von »Beweis«-Material, der Fahndung durch Krieg zu neuer Legitimität verholfen, haben die Kritik marginalisiert und demokratische Grundrechte beschädigt, haben einem Präsidenten das Prädikat politischer Größe verliehen, dessen Rhetorik die unterste Stufe argumentativer Einfalt besetzte, haben einen massenhaften Mord an Unschuldigen legitimieren und keinen Schuldigen ergreifen helfen. Das Desaster dieses Krieges ist zum Desaster der Demokratien geworden, die ihn mit diktatorischen Mitteln und der Unterstützung patriotischer Publizisten auch gegen den Willen des eigenen Volkes geführt haben. So viel zur Basis, aber was sprach der Überbau?

Der erste Satz einer Kultur des Tröstens, an den ich mich erinnere, war der eines Glaubensmannes im Fernsehen. Im Angesicht der aus dem brennenden World Trade Center stürzenden Menschen, sagte er, habe ihn nichts so sehr getröstet wie der Gedanke: Sie können nicht tiefer fallen als in Gottes Hand. Das klang zunächst fast infam, als sei der Tod nicht wirklich tödlich, sondern eine Größe im christlichen Kalkül. Mit etwas Abstand aber klang der Satz groß, vermachte er doch den Untröstlichen das einzig Tröstliche: Das Paradoxon des Glaubens. Und schließlich klang er auch ökumenisch, denn zwischen den Christen, die in Gottes Hand stürzen, und den Muslimen, die in Allahs Hand fliegen, vermittelt die Vorstellung eines höheren Lebens jenseits des Lebens: Hier eine fatale Vorstellung.

Diesseits aber sprachen die einen vom »Kreuzzug« gegen »das Böse«, die anderen vom »Heiligen Krieg« gegen »die Ungläubigen«. Christen und Muslime sollen gleichermaßen Gottes Willen tun, und manchmal spricht Gott eben durch Bombenteppiche. Muslimische Glaubensführer haben die Attentate »verbrecherisch« genannt. Deutsche Bischöfe haben in ihrem Hirtenwort »Gerechter Friede« daran erinnert, dass Gewalt nur ein »letztes äußerstes Mittel« sein darf. Manchem friedlichen Hirten macht es offenbar nichts aus, wenn die Schafe hochrüsten.

Ein bisschen heilig ist der Krieg auch im Westen – dem Westen. Heilig genug, um jetzt eine Dosis Kirche zuzusetzen. Die segnet bekanntlich erst die Waffen, dann die Toten und ruft dann zum Frieden auf? Nö. Ein klerikales Murmeln eher, von dem man nicht weiß: Ist das noch die Entschuldigung für die Inquisition oder schon die frohe Botschaft, wir sollen in Frieden leben?

Zum Glück gibt es ja Kompromisse zwischen Realpolitik und kirchlicher Liebe, zum Glück gibt es Peter Hahne und Walter Mixa. Letzterer ist Militärbischof und, was noch besser ist, er ist nicht für den Krieg. Dagegen allerdings auch nicht. Aber er findet den »Luftkrieg gegen das Regime in Afghanistan« bedenklich und hat gegen den »Einsatz deutscher Soldaten in Afghanistan« sogar »große Bedenken«. Sehr große Bedenken wiederum habe ich gegen den inflationären Gebrauch des Wortes »bedenklich«, ich finde ihn geradezu bedrohlich. Denn eine katholische Kirche, die sich zu keiner entschiedeneren Haltung durchringen kann, als zu »Bedenken«, ist die überhaupt noch christlich? Ich habe da meine Bedenken.

Eine der bitteren Fragen zum Attentat auf das World Trade Center lautet dagegen: Hätte die Welt ähnlich getrauert, wenn die Opfer in einem anderen Bauwerk, etwa, wenn sie auf offenem Feld umgekommen wären? Anders gefragt: Teilte sich die Symbolkraft des Ortes, an dem über Arm und Reich entschieden wird, der Form und Stärke des Trauerns mit?

Dann wäre das Resultat noch trauriger. Denn im Dienst der »Allianz gegen den Terror« finden jetzt Staaten und Großmächte zusammen, die einander bisher wegen unterschiedlicher Menschenrechts-Auffassungen mieden. Jetzt kultivieren sie plötzlich unter dem Mantel der Anti-Terror-Allianz robuste wirtschaftliche Interessen, und Schröder spricht in China keine Menschenrechte mehr an, kommt aber mit einem Milliarden-Auftragsvolumen für die deutsche Wirtschaft heim.

Die Zeit, in der man China aus humanitären Gründen ächtete, ist vorbei. Das bedeutet: Der Anschlag auf das Welthandelszentrum eröffnet einen Abbau der Menschenrechte und wird, wenn sich die neuen Wirtschaftsallianzen bewähren, zu einer Verschärfung der Kluft zwischen Erster und Dritter Welt führen. So wird er unweigerlich die Verhältnisse verschärfen, die den Anschlag auf das World Trade Center maßgeblich begründeten.

Auch die »European Aeronautic Defence and Space Company« hat das Zeug zu großer Aphoristik. In einer ganzseitigen Zeitungsanzeige bildet sie einen allein stehenden Igel ab und wirbt darüber mit dem Satz: »Wer in Frieden leben will, sollte sich verteidigen können.« Das ist zwar Unfug, aber immerhin geben sich Menschen, die so denken, sonst mit der Installation eines Maschendrahtzauns zufrieden. Jetzt aber kann der gemütliche Zeitungsleser gleich Eurofighter, Schiffsradar TRS-3D, Militärflugzeug A400M oder die Polyphem-Rakete erwerben. Die Igel-Werdung des Menschen steht bevor.

»Um Frieden und Freiheit verteidigen zu können, sollte man jedoch einen starken, leistungsfähigen Partner an seiner Seite haben.« Was dem Igel die naturgegebenen Stacheln, soll das heißen, sind uns die EADS-Verteidigungssysteme. Armer Igel. Er weiß weder was Frieden noch was Freiheit ist, und wenn ihn der Wolf umdreht und zerknuspert, stirbt er unwissend. Wir dagegen haben »die ganze Bandbreite« an Rüstungssystemen, die zur »Bewahrung oder Erlangung des Friedens erforderlich sind«, können seliger leben als der Kleinsäuger und haben dafür mit nichts bezahlt als der Fähigkeit, »Frieden und Freiheit« anders als militärisch zu definieren.

Ein Gegner steht allerdings in jedem Krieg fest: Die Friedensbewegung. In einer Zeit voller Kriegsbilder wirkt sie noch friedlicher als im Frieden, und wer sonst keinen Standpunkt hat, exzelliert in Fingerübungen zum Thema: Wie treudoof sind die Demonstranten!

Jeder Krieg blamiert die Pazifisten. Denn das Bild demonstrierender Menschen ist unverbindlicher als die Demonstration der Waffen. Anders gesagt: Die Friedensbewegung könnte man nur ernst nehmen, wenn sie nicht friedlich wäre, und deshalb werden dieselben, die sich sonst über politikmüde Jugendliche mokieren, spotten, wenn 30000 von ihnen das einzige Recht in Anspruch nehmen, das ihnen bleibt und gewaltfrei demonstrieren. Worüber lohnt sich also das Spotten: Über eine Demokratie, die ihren Bürgern kein anderes Recht einräumt, oder über eine Menge, die sich von der Militarisierung ihres Lebensraums stärker politisieren lässt als mancher politische Journalist?

Im Frieden hält es der Sonntagsredner für Wahrheit, dass es kein Schwarz-Weiss gibt, dass wir nicht in Freund-Feind- oder Gut-

Böse-Kategorien denken dürfen. Aber dann sind es bloß Plattitüden. Im Krieg sind es keine mehr, deshalb hört man sie jetzt weniger. Denn nachdem wir schon vom Kampf der zivilisierten gegen die unzivilisierte Welt haben reden hören, nachdem wir Schurkenstaaten und das »Reich des Bösen« mal hier, mal da ausmachten, sagt Bush jetzt »Wer nicht für uns ist, ist gegen uns.« Die Meinungsfreiheit endet immer dann, wenn man sie braucht.

Sollten wir also überzeugt sein, dass der Gegner, den er ausgemacht hat, mit militärischen Mitteln nicht zu bekämpfen ist, dann sind wir Staatsfeinde, Freunde des Terrors, Anwälte des Bösen? Und Giuliani gibt dem saudischen Kronprinzen eine 10 Millionen-Dollar-Spende zurück, weil der sein Mitleid verknüpft hatte mit dem Wunsch, die USA möchten ihre Palästina-Politik »überdenken«? Und wir geben es in Bushs Hand, unser aller Leben zu verändern, und dürfen nicht einmal Mitspracherecht beanspruchen? Ist das nicht, wie sagt man, fundamentalistisch?

Und je länger nun sein »Krieg gegen den Terror« dauert, desto mehr Kriegsziele wirft er ab. Anfangs kämpfte Osama bin Laden noch gegen die Freie Weltordnung oder die zivilisierte Welt. Nach etwas Bedenkzeit aber hat Rezzo Schlauch herausgefunden, er führe Krieg »gegen die Moderne«, und da fühlt sich der Guido der Grünen persönlich angegriffen. Denn »Moderne« das ist doch, wenn ein Politiker sich oben ohne im Waldtümpel seiner Jugend für »Bunte« fotografieren lässt. So ein Foto fehlt uns von Khomenei oder Bin Laden tatsächlich. »Moderne« ist auch, sich über die Bilder von explodierenden Twin Towers, dem Weissen Haus oder Airforce One zu amüsieren, sobald sie Blockbuster-Profite erlösen, und »Moderne« in all ihrer Überlegenheit heißt Jerry Springer, »Meine Mutter ist eine Hure« oder »Ich heirate einen Millionär«.

Nicht schwer, unsere Kultur so fremd darzustellen, wie uns die islamische erscheinen soll, und keine Frage, dass Bin Ladens repressive Vorstellungen von Frauenrechten und zivilem Leben gewaltsam und rückwärts gewandt sind. Keine Frage aber auch, dass unsere Leitkultur, die der Unterhaltung, ihr substanziell wenig entgegenzusetzen hat – wie ja auch auf der Seite des Westens in diesem Krieg keine einzige Frau eine bedeutende Rolle spielt.

Doch wo Gefahr ist, sagt Hölderlin, wächst das Rettende auch. Anders: Wo Krieg ist, ist auch FDP, und die gute Nachricht lautet: »FDP legt Aufbau-Plan für Afghanistan vor.« Schließlich hat die Achtzehner-Partei (gefühlte Prozente) mit 0,1 Prozent über dem Aus auch einen Aufbau-Plan für die Hansestadt vorgelegt, inklusive Kastrationshilfe für Schills Straftäter. Für die Freiheit, die sie sich nehmen, heißen sie schließlich »Die Liberalen«.

Jetzt wenden sie sich dem Mittleren Osten zu. Und während Mullah Omar, Kofi Annan, Donald Rumsfeld und die muslimische Welt fragend gen Westerwelle blicken, zückt dieser gleich eine Agenturmeldung, die mit den Worten beginnt: »Die FDP fordert …«, dann folgt ein 12-Punkte-Programm für das Afghanistan der Nachkriegszeit. Unklar ist noch: Von wem fordert die FDP? Hat sie was zu fordern, ist sie mit ihrem Fordern nicht überfordert, und wer fordert Nachrichtenembargo für FDP-Nonsens?

Wie wäre es stattdessen: mit Frieden? Doch Vorsicht: Man ist ja heute, wie Petra Roth erfuhr, schon illoyal, wenn man an der Seite der UN-Menschenrechtskommissarin eine Waffenpause fordert. Humanismus ist gut, aber nur als Beilage zum Krieg. Recht hat deshalb Joschka Fischer, wenn er sagt: »Die humanitäre Frage ist mitentscheidend für den Erfolg im Kampf gegen den Terrorismus.« Dann nämlich, wenn sich der Außenminister rechtzeitig um die Frage kümmert, in welchen Staaten die USA durch unfreie Wahlen unfreie Regierungen installiert, Waffen geliefert, wo multinationale Konzerne die Länder ausgebeutet, Krankheiten und Zerstörung über sie gebracht und eine Situation geschaffen haben, der gegenüber Osama bin Laden »Notwehr« für sich in Anspruch nehmen konnte.

Bei aller humanitären Schönfärberei, allen Lippenbekenntnissen zur Selbstbestimmung des künftigen Afghanistan behalte man im Kopf, was Bush – völlig unkommentiert – von den Taliban forderte: Wenn sie Osama sofort rausrückten, »dann werden wir überdenken, was wir mit euerm Land tun«. Es ist diese Haltung, die den Amok der Notwehr provoziert.

Mit jedem US-Krieg wird die Medienpräsenz größer, die Sicht schlechter. Der Westen setzt seine Journalisten auf die Diät der Pressekonferenzen. Dann kommt der Augenblick, da die Gegenseite Bilder anbietet und scharfe Medienkritik erntet: »Kalaschnikow-Mullahs starten Medienoffensive« (SZ) und Regime lässt Reporter ins Land, »um die Stimmung im Ausland zu beeinflussen«. Wir lassen uns unsere Stimmung nur einseitig beeinflussen! Da vertreibt der freiheitliche Westen kein Bild ohne Kalkül, aber schon der Versuch der Gegner, mit der Kamera von der Existenz der Opfer Rechenschaft abzulegen – ein ur-journalistisches Anliegen –, wird mit militärischen Vokabeln als Propaganda diffamiert.

Bush muss diesen Krieg nicht nur zu Land und zu Luft, sondern vor allem im Fernsehen gewinnen. Der Grund, warum er keine passenden Bilder hat, liegt in der Sache: Die afghanischen Ziele geben kein Drama her. Sie sind so ärmlich, dass sie die Supermacht blamieren, die täglich stolz ihre Treffer meldet.

Also verzichten wir, sind für den Krieg, ohne seinen Verlauf, seine Auswirkungen, sein Drama zu kennen, verzichten auf Persönlichkeitsrechte und auf Informationen. Wir verzichten: Denn je weniger wir wissen, desto loyaler sind wir. Ist wenigstens auch der Umkehrschluss erlaubt?

Die Lieblingsfrage der Deutschen lautet: Darf man schon wieder lachen, nicht: Darf man schon wieder denken? Innerhalb Deutschlands ist das schwierig, denn Feuilleton-Landser wie Henryk M. Broder und Reinhard Mohr kontaminieren die Publizistik, und kritische Stimmen werden lieber aus dem Ausland, vor allem den USA, importiert: Arundhati Roy, Susan Sontag, Noam Chomsky, Dario Fo, Stephen King, lauter Anti-Amerikaner!

Dass im Golfkrieg, lange verschwiegen, 200 000 Menschen starben und an den Sanktionen der USA 6000 weitere monatlich sterben, darf man jetzt nicht sagen. Es ist nur wahr, nicht patriotisch und wurde von Colin Powell mit dem Satz quittiert: »Ich interessiere mich nicht sehr für Zahlen.« Wenn Tony Blair sagt, man müsse jene treffen, die die Terroristen mit Waffen versorgten, sollte man meinen, er spricht von den USA: Auch wahr, doch unpatriotisch.

Der wahre Konflikt hat nichts mit Anti-Amerikanismus zu tun, sondern mit der Frage, ob Burgfrieden, Gleichschaltung und Desinformation die richtige demokratische Antwort auf die Attentate sind oder ob man den Toten vielleicht eine Position schuldet, die die Betrachtung der eigenen Schuld mit einer Reflexion veränderter eigener Praxis verbindet. Der Rest ist Fundamentalismus, auf beiden Seiten.

Die »FAZ« verurteilt Europas »hysterische« Reaktion auf Bush. In den USA ist die Realität selbst hysterisch: Bush will bevorzugt Schulen finanzieren, die sexuelle Enthaltsamkeit vor der Ehe propagieren. Zeitgleich zeigt die Soap »That's My Bush« den Präsidenten beim Dinner mit einem Fötus. – Ein Richter lehnt die Verurteilung eines Achtjährigen ab, obwohl er einen Mitschüler mit einer Papierpistole bedroht hatte und die Schule eine »no violence policy« verfolge. In »That's My Bush« erfreut der Präsident seine Brüder zeitgleich mit ein paar Hinrichtungen. – In der wirklichen Welt stoppt der Präsident den Klimaschutz. Im Hotel lese ich auf einem Schild: »Schützen Sie den Planeten! Benutzen Sie Ihre Handtücher zweimal!« Planet sei Dank, das Schild wurde auf recyceltem Papier gedruckt. Wie sagte Bushs Wahlkampfmanager McKinnon: »Wenn du in der Politik anfängst zu erklären, hast du schon verloren.«

Nichts, da war die Welt sich einig, nichts werde mehr sein wie bisher. Gut vier Monate nach dem 11.9. hat der Satz seine Haltbarkeitsgrenze überschritten. Alles ist ebenso.

Mit den Taliban hat man einen Gegner besiegt, dem man nie den Krieg erklärt hatte, und der Weltöffentlichkeit musste man ihn nicht mehr groß erklären. Wie in allen Kriegen traten Gefühle an die Stelle von Gedanken, und so degenerierte der Krieg zu einer Kolumne im hinteren Teil der Nachrichten, samt Großaufgebot an Bildern. Bildbände zum 11.9. wurden in den USA und auch in Deutschland ernsthaft zum Schmuck der Gabentische, die USA schnitten aus über 120 heimischen Filmen einen Clip mit den patriotischsten Szenen als Durchhalte-Hilfe für die Bürger zusammen, und in den gedruckten deutschen Jahresrückblicken durften die Bilder nicht fehlen, deren Vertrieb dort geächtet ist: Die aus den brennenden Türmen stürzenden Opfer: Pornographische Bilder – wenn es denn eine konsistente Definition von Pornographie gäbe –mittels derer es Osama Bin Laden gelang, sich unseres wahren Königreiches zu bemächtigen, dem der Bilder.

Doch da inzwischen fast alles ist wie bisher, hat er dieses gleich wieder verloren. Gut vier Monate nach dem 11.9. zeigt Pro 7 »Independence Day«, RTL zeitgleich »Airforce One«, reaktionäre Hauptwerke westlicher Lust am Terror, die durch spektakuläre Zerstörungsszenarien ihr Publikum amüsieren. So bewahrheitet sich, dass die vermeintliche Erschütterung der ästhetischen Welt und ihre Selbstkritik exakt so heuchlerisch war wie die Aussage, nach Dianas Tod werde es keine Paparazzi mehr geben.

Dazu passt: Englisch »to tease«: Bei Menschen »necken«, bei Tieren »quälen«, im Fernsehen »kurzes Anreißen des Folge-Programms«. Auf NBC sah man kürzlich einen Teaser mit dem Bild des brennenden World Trade Centers, darunter die Worte: »Weitere Highlights gleich«. Neckisch.

Weniges verrät mehr über eine Kultur als ihre Technik, Katastrophen in sich aufzunehmen. Zuerst geht ein Bruch durch alles und »nichts« soll mehr sein »wie zuvor«; zuletzt liegt nur noch ein unsichtbarer Filter über allem, der die Farben der Katastrophenfilme stärker hervortreibt und erlaubt, dass Bernhard Brink beim

Schlager-Contest im Andenken »an den 11. September« singt und dafür nicht vor das Haager Tribunal muss.

So konnte sich endlich auch Ground Zero in eine Sehenswürdigkeit verwandeln, zu der man Eintrittskarten lösen und mit Hilfe von Andenken dran denken kann. Und gleich nebenan beherbergt ein Museum die architektonischen Entwürfe für den Nachfolgebau – sie reichen vom Geflecht einander stützender Türme bis zum Skyscraper-Solitär, der an jedem 11. 9. einen Nebel aus Tränen weinen soll.

Da aber der Grund und Boden nicht nur kostbar, sondern teuer ist, wird es zur kostspieligsten Lösung nicht kommen, zum Verzicht auf Wiederbebauung. So muss denn etwas entstehen, das zwischen einem Massengrab und einem Bürokomplex vermittelt. So droht das imaginäre Bauwerk wieder zum Welthandels-Symbol zu werden.

Kriegstagebuch

Der Krieg ist da. Wenn er vorbei ist, wird die Weltmacht Nr. 1 eines der ärmsten Länder der Erde aus dem Leben gebombt haben, und auch die Gefühle dazu sind vorgeschrieben: unpatriotisch wird es sein, nach Opfern zu fragen oder Mitleid mit ihnen zu haben. Kriege sind die Stunde der Opportunisten, und die werden mit jenem Bedauern, das sie schon Tschetschenien oder dem Kosovo spendeten, versichern, dass es leiderleider sein musste.

»Wer nicht hören will, muss fühlen«, begründete Reagan ehemals die Bombardierung von Tripolis und Bengasi nach dem »La Belle«-Attentat und berief sich auf »Beweise«, die heute, 15 Jahre später, immer noch fehlen. BND-Chef Wieck trichterte der Presse damals ein, es sei den USA gegenüber illoyal, »Beweise« bloß

»Hinweise« zu nennen, und sämtliche EU-Außenminister, die sich noch abends zuvor gegen einen Militärschlag ausgesprochen hatten, waren am nächsten Tag spontan dafür.

Im Westen nichts Neues also. Für einen Militärschlag sind die juristischen Hürden niedriger als für die Bestrafung eines Handtaschenraubs, und für die moralischen Hürden stehen Schreibtisch-Landser allzeit bereit. In großen Kriegen entspringen nun einmal auch große journalistische Karrieren.

Und wenn man zuletzt vor einem oder zwei zerstörten Ländern steht und den »internationalen Terrorismus« trotzdem verfehlt hat, und wenn dann noch das Gefühl der kathartischen Reinigung ausbleibt, dann endlich wird man diesem Krieg immer schon »sehrsehr skeptisch« gegenübergestanden und einen »Militärschlag mit Augenmaß« gefordert haben.

Sicher, wir sind im Krieg. Auf der Buchmesse war ich trotzdem, denn sonst hätten die Terroristen gewonnen. Privat bin ich natürlich schon betroffen, »Wetten dass« habe ich trotzdem gesehen, denn sonst hätten die Terroristen gewonnen. Was will die Unterhaltung schon mehr, als ein bisschen Entspannung in diese dunkle Zeit bringen – wenn auch natürlich ohne die Gewalt, an der man Unterhaltung sonst erkennt. Aber man muss doch lachen, sonst hätten die Terroristen gewonnen.

Jawohl. Das Lachen des Deutschen ist eine Dienstleistung an der Humanität. Zwar ist nichts mehr wie zuvor, damit aber dennoch alles so weitergehen kann, haben wir dieses neue Mantra der Korrektheit. Nur bei der dringend erforderlichen Kritik an den USA funktioniert es nicht. Denn wenn solche Kritik jetzt erlaubt wäre, dann hätten die Terroristen gewonnen.

Wir sind eben im Krieg, es ist wichtig, »Krieg« zu sagen, damit wir Entbehrungen besser annehmen. Wir entbehren jetzt ein paar Grundrechte, das muss im Dienste der inneren Sicherheit sein. Wir entbehren Bilder, Zeugen oder Angaben über die Opfer. Das muss sein: Die Wahrheit wäre uns weniger zumutbar als den Afghanen der Krieg.

Im Krieg ist auch die freie Welt unfrei, und auch wenn es unser aller Leben ist, das hier gestaltet und gefährdet wird, bestehen wir doch nicht darauf, dass dieser Krieg mit der Genauigkeit abgebildet wird, die wir für Heiner Lauterbachs Hochzeit aufwenden. Und wenn wir uns an der nicht mehr freuen könnten, dann hätten die Terroristen gewonnen. Meine Meinung.

Abtreibungsverfechter, Feministinnen, Schwule und Lesben. Ihr alle habt dazu beigetragen, das dies geschehen konnte.« So kommentierte Jerry Falwell, TV-Prediger und Bush-Wahlkämpfer, den 11. September. Das ist der christliche Fundamentalismus, aus dem Bushs Ideologie sich speist. Aber die Größe des Attentats schreit offenbar nach einer Sünde, größer als ein paar islamische Aktivisten.

»Al Qaida« heißt die Terror-Hydra, ein Name, den wir gelernt haben, flüssig in jede Diskussion einzuführen. Aber wie eine Organisation, die erwiesenermaßen vom amerikanischen, pakistanischen, saudi-arabischen und ägyptischen Geheimdienst seit Jahren überwacht wurde, das Attentat vom 11.9. unbemerkt soll planen und ausführen können, das blamiert entweder die Geheimdienste oder unsere Intelligenz.

Unsere Intelligenzija blamiert es zumindest insofern, als man dort höhere Ansprüche an die Aufklärung der Trennung zwischen Naddel und Ralph Siegel stellt. Wo es um Krieg geht, ist der Wahrheitswille weniger ausgeprägt, und wir verstehen richtig, dass auch dieser nicht führbar wäre, sagte man die Wahrheit über ihn.

Die Wahrheit etwa auf die Frage: Warum können plötzlich 19 bärtige Männer und drei rasierte präsentiert werden, die der Welt größte Bedrohung darstellen, wenn noch vor gut einem Monat die größte Bedrohung von Nordkorea und dem Irak ausging, gegen die nur ein Weltraum-Raketenabwehrsystem helfen sollte? Man hat doch nicht etwa 22 Terroristen verschwiegen, um nicht am Bau des siebzig Milliarden-Dollar-Schutzschildes gehindert zu werden?

Isaac Stern hat bei Giftgasalarm in einem Konzert, das er während des Golfkriegs in Israel gab, mit Gasmaske weitergespielt. Übrigens Bach. Auf der anderen Seite moderierte Peter Arnett mit Gasmaske und schusssicherer Weste. Hätte er sich geweigert, er wäre von CNN entlassen worden, verriet er später. Seither stehen Reporter gerne hunderte Kilometer vom Geschehen entfernt mit kugelsicheren Westen, an denen man erkennen soll, wie teuflisch mutig auch sie sich der Gefahr aussetzen. Eine eigene Spezies Kriegsgewinnler.

Im jüngsten »Spiegel« stehen also auch die beiden New Yorker Reporter Hüetlin und Osang vor dem Chrysler Building (!) und tragen lächelnd Mundschutz zur Schau. Das schamlose Angeben mit den Trophäen der Katastrophe, mit der Suggestion der eigenen Gefährdung gehört so sehr in die Bildsprache von Landserheftchen wie das rituell vorgetragene Mitleid, das doch nie so viel Raum gewinnt wie das eigene Ego.

Hält man im Kopf dagegen das berühmte Foto des kleinen Vietnamesenmädchens, das nackt, schreiend unter Napalm-Verbrennungen, die Straße hinunterläuft, so hat man ein Motiv vor sich, das kaum mehr freizulegen ist unter all den moralischen Sedimenten von Sentimentalität und echter Rührung. Was hat es bewirkt? Vergleichbare Fotos ließen sich heute in Afghanistan aufnehmen, doch es gibt kein Organ, das sie sieht. Denn im Krieg ist die Anstrengung, zu legitimieren, so groß, dass schon Mitgefühl den Falschen gegenüber zu einer illegitimen Regung wird. So bieten sich als Gegenstand der Rührung die Reporter lieber selbst an.

Etwas Kathartisches liegt in der Rache, im Kalkül der Vergeltung, der Bereitschaft, dem ersten Impuls mit archaischer Unmittelbarkeit zu begegnen. Es liegt auch etwas Kathartisches in Spenden, Aktionen für den Frieden oder dem Abusus der Augenzeugenberichte. Die Handlungen dieser Wochen haben ihren Sinn oft weniger in der Sache, als in der Psyche der Überlebenden, und so ist auch der Krieg, der das Elend Afghanistans mit einem Bombenteppich bedeckt, weder eine Antwort auf den Terrorismus noch ein Angriff auf seine Voraussetzungen noch ein Anschlag auf seine Wurzeln. Er bildet vielmehr das Kontinuum der Vergeltung, und das umso mehr als Rumsfeld gerade einräumt, vielleicht werde man Bin Laden nie finden, denn – wirklich! – die Erde sei zu groß. Soll also der sonore Lärm der kriegerischen Rache-Kampagne das Basso Ostinato unserer Kultur bleiben?

Für solche Situationen der Gefährdung und Selbstgefährdung rühmen sich Staaten ihrer Rechtstaatlichkeit. Die bewahrt sie selbst davor, die Gewalt über das Gesetz zu stellen, und legt in die Hände von Richtern, was jetzt Politiker in Händen halten: Das Recht, »Beweis« zu nennen, was kein unparteiisches Auge je gesehen; das Recht, einen zur Exekution freizugeben, der nicht gehört wurde, ihn persönlich mit dem Tod zu bedrohen, was kein Rechtsstaat seinen Führern gestattet; das Recht, die Zerstörung eines Landes als Kollateralschaden zu deklarieren, das Recht schließlich, die Gemeinschaft derer zu sprengen, die sich zuvor wenigstens durch ihre Vorstellung von Recht verbunden glaubten.

Auch Kriege sind ein Saisongeschäft. Es gibt die Saison der Begeisterung in der Mobilmachung, dann die Saison des Nachdenklich-Werdens und Ernsthafte-Bedenken-Kriegens, abgelöst von der Saison des Den-Krieg-Bis-Hier-Habens, die zuletzt übergeht in Gleichgültigkeit gegenüber Propagandalügen und wahren Opferzahlen.

Wir befinden uns im Übergang von der Haupt- zur Nachsaison, d. h. es mehren sich jene, die erschreckt feststellen, dass es im Krieg Tote gibt und dass ein Krieg, dessen humanitäre Großtaten im Abwurf von Keksen und Himbeermarmelade in Minenfelder besteht, in der Zerstörung von Krankenhäusern und Rot-Kreuz-Depots, im Einsatz von Streubomben, dass dieser Krieg nicht einmal eingeschränkte Solidarität verdient.

Und weil dieser Krieg selbst in England keine Mehrheit mehr findet, trug Nebenfeldherr Tony Blair nun pastos Rührseligkeit auf und mahnte sein Volk: Vergeßt die Nachrichten nie, die die Opfer auf den Anrufbeantwortern hinterließen. Ja! Zum Drama der Afghanen gehört, dass sie keine SMS-Botschaften, keine Voice Mails hinterlassen, bevor sie aus dem Leben gebombt werden.

Wer aber hört, in welcher Sprache westliche Regierungschefs afghanische Opfer beklagen, der versteht: Rührung muss sich spezialisieren, sonst wäre sie illoyal. Und während die Helden der griechischen Tragödie am Ende ausrufen: Das habe ich nicht gewollt, wird der Kriegstreiber im Westen am Ende – wie in Sarajevo, wie im Kosovo – die Achseln zucken und sagen: Schicksal! Und damit meint er nicht mal sich selbst.

Doch doch: Der Krieg steuert auf ein Happy End zu. Täglich. Vor dem Hintergrund der Wirren des Afghanistan-Feldzuges mit dem Namen »Stunde der Wahrheit«, »Grenzenlose Gerechtigkeit« oder »Grenzenlose Turban-Ernte« entfaltet sich eine bittersüße Romanze zwischen Donald Rumsfeld und der Weltöffentlichkeit. Er wirbt mit ein paar verliebten Torheiten, so stark und doch so verletzlich, sie »gibt sich hin wie eine gekitzelte Sau« (Pietro Aretino) und glaubt ihm gern.

Rumsfeld sagt: Nein, es handelt sich um eine Lüge der Taliban, wir hätten ein Krankenhaus zerstört, eine Lüge. Tags drauf: Na ja, bei näherer Betrachtung des Krankenhauses mussten wir feststellen, wir haben es offenbar doch in Schutt und Asche gelegt. Rumsfeld sagt: Noch nie ist in der Geschichte des Krieges so genau getroffen worden. Z.B. haben wir schon vier von fünf Rot-Kreuz-Depots komplett zerstört. Rumsfeld sagt, der Einsatz unseres Delta Force Kommandos war ein Riesenerfolg. Der »Guardian« belegt tags drauf: Der Einsatz war ein desaströser Fehlschlag, die Elitesoldaten gerieten in einen Hinterhalt und wurden verletzt, das Lager des Mullah Omar fanden sie geräumt und von jeder informativen Spur gereinigt vor. Und so weiter.

Komisch, dieser Krieg ist so gerecht, wie man es gar nicht – jedenfalls nicht wahrheitsgemäß – sagen kann, und so verhält sich die Öffentlichkeit wie eine Geliebte, die sich dankbar belügen lässt, solange die Emotionen nur stark klingen. Denn sie versteht: So viel Lüge muss sein, so wahr uns die bedingslose Solidarität helfe.

Bedingungslos«: Ist das nicht eigentlich ein Fundamentalisten-Wort, geeignet, die Liebe zwischen Göttern und Menschen zu beschreiben, aber nicht die zwischen Super- und Solidar-Mächten? Kann sich ein Kanzler mit geborgter Macht »bedingungslos« über ein Volk hinwegsetzen, das Bedingungen stellt? Kann er den Übergang eines Krieges in einen Exzess bedingungslos bejahen? Kann er sich der Jagd einer Großmacht nach Terroristen anschließen, wenn diese Großmacht gleichzeitig Terroristen selbst trainiert: In der ehemaligen »School of the Americas«, kürzlich zu »Western Hemisphere Institute for Security Cooperation« umbenannt, wo seit 1946 Staatsterroristen, Massenmörder und Diktatoren ausgebildet wurden, darunter die Folterer aus El Salvador, die Romero- und die Estrada-Mörder, die Führer dreier KZs von Pinochet und die seiner Geheimpolizei, die der Todesschwadronen von Fujimori und Noriega, die Offiziere der paramilitärischen Einheiten in Kolumbien und Honduras?

Was, wenn sich der »bedingungslose« Kampf gegen den Terrorismus als unvereinbar mit Grundwerten herausstellt, unvereinbar, weil sich in den Handbüchern von »Whisc« Anleitungen zur Folter, Erpressung, Exekutionen finden, Anleitungen, die exakt dem US-Terrorismusbegriff entsprechen? Unvereinbar auch, weil in den USA schon offen die Legitimität von staatlicher Folter diskutiert wird? Dann kennt der bedingungslose Kampf gegen den Terrorismus eben doch eine Bedingung: Er darf der bedingungslosen Solidarität nicht in die Quere kommen. Um keinen Preis.

Wenn die Bindungen fallen, bleiben nur die Formen übrig, hat Robert Musil einmal geschrieben. So wird auch die Solidarität kaum mehr frisch empfunden: Mehr und mehr Menschen bekennen gewunden, keine wirkliche Verbindung zur afghanischen Bevölkerung fühlen zu können, ein Fünftel aller Amerikaner hält die humanitäre Hilfe für übertrieben: Der Krieg tritt jetzt in die Phase seiner Formalisierung ein.

So verwandelt sich das moralische Kalkül in strategisches, militärische Logik dominiert die Leitartikel. Und jeder, der die Nationalmannschaft glaubt, besser zum Sieg führen zu können, weiß auch, wie man, die »Bild«-Zeitung in der Hand, Osama in seinem Versteck ausräuchert. Irgendwie hat die Vertrauensfrage des Kanzlers die Debatte zugleich abgeschlossen und gewendet. Jetzt ist die afghanische Bevölkerung wenigstens glücklich zu wissen: Sollten wir mit deutscher Beteiligung ums Leben kommen, dann doch nur ganz knapp und nicht ohne sehr sehr ernste Bedenken der Grünen.

Damit wurde der Widerspruch gegen diesen Krieg über die Koalition hinaus marginalisiert, und die einzigen echten Kriegsgegner im Parlament müssen sich vom kritischen Journalismus veralbern lassen, der nie so kritisch war wie mit den Kriegskritikern. Erich Böhme zu Gregor Gysi: »Würden Sie heute Bin Laden besuchen, ihm die Hand geben und sagen, komm mit, Junge?«

So ist das eben mit dem Eintritt des Krieges in die Sphäre der Normalität: Übrig bleiben Strategen, die anderen finden schon wieder, man dürfe nicht immer alles so verbissen sehen. Der Spaß kehrt zurück.

Kabul gefallen, die Ratlosigkeit gestiegen, das Drama das gleiche. Erst war der Anschlag, dann die Solidarität, dann die »uneingeschränkte Solidarität«. Als der Krieg kam, bröckelte die Solidarität. Das ist immer so, es braucht Zeit, bis die Enthusiasten merken, dass Bomben Menschen treffen, nicht den Terrorismus. Dieselbe Zeit brauchte jeder fünfte Amerikaner, um in einer Umfrage zu klagen, es gebe zu viel humanitäre Hilfe für Afghanistan.

Gegen das Zerbröckeln der Solidarität wirkten drei Dinge: 1. Anthrax brachte die Bedrohung potentiell in jedes Haus. Kurzfristig hielt man Bin Laden sogar für einen Gegner des Arbeitsamtes in Neumünster. 2. Immer mehr Alliierte wurden einbezogen, es war wirklich plötzlich vieler Länder Krieg, ja, der halben Welt Krieg. 3. Erfolgsmeldungen. Da aber Bush weiß, wie oft sein Pentagon schon die Unwahrheit in diesem Krieg gesagt hat, kündigte er mal wieder eine Rede an die Nation an.

Aber plötzlich erklärte sich von vier großen TV-Anstalten nur eine einzige bereit, für die Ausstrahlung der Rede Prime Time zu räumen – man sagt, weil auf dem Sendeplatz sowieso ein Quotenverlierer saß, während den Konkurrenten die Ausstrahlung von »Friends« und »Survivor« wichtiger war. So strahlte nur ABC jene Rede aus, die die Einheit der Nation in Kriegszeiten beschwören sollte und unwillentlich verriet: Es gibt auch im Krieg höhere Werte als die Einheit, z. B. die Einschaltquote. Die »Friends« und die »Survivor« aber sind jetzt in Kabul zu besichtigen, demnächst auch im Fernsehen.

Je länger der Krieg dauerte, desto heftiger begleitete die Rhetorik der Kriegsbefürworter die täglich massiveren Einsätze der Amerikaner. Seltsam, hat doch das Votum der Gegner keinen einzigen Einsatz wegdebattiert. Allenfalls als moralische Gewinner treten sie gegen die Bombardierung Unschuldiger auf, was andere meinen in Kauf nehmen zu müssen.

So eine Situation bringt leicht den Journalisten hinter dem Journalisten zum Vorschein. Plötzlich ist nicht mehr alles Pop, sondern Politik und persönlich. Schon aus journalistischen Gründen wünscht man sich, es wäre wieder Pop. So bekennt sich der Journalist Peter Praschl in einem Internet-Kriegstagebuch zu dem Gedanken: Er befürworte den Krieg, denn eigentlich seien ihm die Menschen in Afghanistan egal. Und da er sich selbst gegenüber den imponierenden Mut dieses Geständnisses aufgebracht hat, dehnt er ihn gleich auf die Menschheit aus: Im Grunde, findet er, sind allen Menschen die Afghanen egal, und daraus folgert er, darf man sie auch ruhig im Dienst der höheren Sache bombardieren. Andere würden sagen, sie sind minderes, gewissermaßen unwertes Leben.

Stimmt. Mit dieser Moral kann man Zivilisten leichter zur Notschlachtung freigeben und die Basis schaffen für künftige Kollateralschäden, künftige Anschläge, den Abbau von Grundrechten zum Schutz der inneren Sicherheit etc. Daran aber, wie sich die selbstbewusste Amoral zum höchsten moralischen Maßstab erhebt, erkennt man, wie weit sich der Krieg bereits auf das zivile Leben der Publizistik ausgedehnt hat.

Argumente bleiben in einem Krieg meist folgenlos, aber greifen Sie mal einen Journalisten an! Auf vier Sätze über Peter Praschl in einem meiner letzten Notate, antwortet der »Amica«-Journalist mit »ungefähr einem Kilometer Text« (Selbstaussage) im Internet, einem Brief an die Chefredaktion, der Einforderung einer »Entschuldigung« und ehrenrührigen Unterstellungen. »Wer den Gedanken nicht angreifen kann, greift den Denkenden an«, hat Paul Valéry gesagt.

Am ärgerlichsten sind im Krieg jene, die erst meinen und bei Widerspruch nichts gemeint haben wollen. »Die afghanische Zivilbevölkerung ist uns völlig egal«, bekannte Praschl für sich. »Andere würden sagen, sie sind minderes, gewissermaßen unwertes Leben«, folgerte ich und folgere es wieder. Im Krieg eine mörderische Gesinnung. Praschl machen »die Kriegsgegner mehr Angst als seine Propagandisten«, »nicht ertragen« kann er, »wie die Deutschen amerikanische Kriegsführung rezensieren«, und »Ich wollte, dass jemand eine Bombe auf Arafat warf« ist auch so ein Satz, den er selbst wohl erst begreift, wenn es jemand wirklich tut.

Aufmerksam wurde ich auf Praschl nach Hinweisen von Lesern, die seine Texte die (neben Broders) widerlichsten zum Krieg nannten. Praschl dagegen erklärt sich selbst sicherheitshalber für nicht satisfaktionsfähig, schließlich werde er täglich nur von 300 Menschen gelesen. Was in seinem Kopf brummt, wäre aber traurig selbst dann, wenn er es für sich behielte.

Der Krieg hat viele Gesichter. Er hieß schon »Krieg«, als er noch »privatisierte Gewalt« (Eppler) war. Dann hieß er »Krieg der Welten« (»Spiegel«). Das ist merkwürdigerweise etwas Milderes als »Weltkrieg«. Dann taufte man ihn »Krieg gegen das Böse«. Doch die Bomben fielen besonders auf die Guten. Vor allem aber war er nie »ein Krieg gegen das afghanische Volk«. Die Zahlen der »Kriegsopfer« unter Zivilisten wurden bisher trotzdem lieber nicht veröffentlicht. Dann wurde er bescheidener zum »Krieg gegen die Taliban«, der weder erklärt noch aus dem 11. September ableitbar war. Anschließend mutierte er – noch kleiner – zu einem Krieg gegen die »Terror-Organisation Al Qaida«, von der Experten allerdings behaupten, sie bestehe in Afghanistan aus wenig mehr als einer Sicherheitstruppe zum Schutz von Bin Ladens ehemaligem Haus in Kabul. Dass Kabul der Sitz der Al Qaida sei, erlog man so lange, wie es kriegsdienlich war. Inzwischen ist Bodenkrieg, und Donald Rumsfeld lacht, wenn man ihn fragt, ob er das Erschießen von Kriegsgefangenen favorisiere. Das Gelächter trifft die Genfer Konvention.

Jetzt besiegt also eine Supermacht eine Organisation, die in Afghanistan weniger Mitglieder hatte als der FC St. Pauli und die eine kriegerisch gewordene Öffentlichkeit spontan als Weltkriegsgegner akzeptiert. In der Geistesgeschichte gilt solcher Verzicht auf Rationalität als Indiz für »Kriegsbegeisterung«. Das weisen wir entschieden zurück. Denn dieser Krieg ist unsere Daily, die uns darüber hinwegtäuscht, dass wir eigentlich in einer Vorkriegszeit leben.

Und endlich: Was für ein Sieg! Ein Sieg über ein Volk, dem man nie den Krieg erklärt hat, das unter Streubomben stirbt, auf der Flucht oder in Flüchtlingslagern, wo man sich auf 100 000 tote Kinder einrichtet. Ein Sieg über eine Volksgruppe, deren Kriegsgefangene massakriert oder in Containern erstickt, deren letzte Kämpfer mit »Daisy-Cutter«-Bomben vernichtet werden, Bomben, die nach geschnittenen Gänseblümchen benannt werden, aber im Radius von 600 Metern alles Leben vernichten. Ein Sieg über ein Land, das nach bisherigen Kenntnissen wohlgemerkt keinen einzigen Bürger hervorgebracht hat, der unmittelbar oder mittelbar an den Attentaten des 11. September beteiligt war. Ein Sieg, der in einem Höhlensystem vollendet wurde, das von der CIA finanziert und von Pakistan logistisch entwickelt wurde. Ein Sieg über jene, die »den internationalen Terrorismus beherbergt haben«, aber vermutlich nicht viel mehr zu ihm beigetragen haben als die Städte Hamburg und Bochum. Ein Sieg auf der Suche nach einem Mann, der in einfältiger Dämonisierung durch George Bush als »das Schlimmste« bezeichnet wird, »das die Zivilisation hervorgebracht hat«, und der doch, wie Donald Rumsfeld noch vor Wochen einräumte, vielleicht nie gefunden werden kann. Ein Sieg mit vielen Opfern doch ohne Besiegten, denn seit Beginn des Krieges haben wir ebenso oft gehört, es gäbe »Beweise« gegen Bin Laden wie es gäbe »Hinweise«. Ein Sieg also, der die Zerstörung eines vermutlich völlig unbeteiligten Landes auf der Basis von »Hinweisen« vollendet, ein Völkermord also. Was für ein Sieg!

Die Ansprüche an Kriege sind gesunken: Verbrecherfahndung darf jetzt mit Streubomben betrieben, ein Land zerstört, ein Massenmord an Zivilisten begangen werden, auch wenn am Ende kein einziger Verdächtiger gefasst ist, die Zahl der Kriegstoten verschwiegen und das »Beweisvideo«, wie man heute weiß, in der Übersetzung entscheidend gefälscht werden musste.

Das Ergebnis dieses Krieges ist auch in den Maßstäben der Kriegsführer ein Debakel. Es ist kein fadenscheinigerer Vorwand für einen Krieg, kein schnellerer Abbau demokratischer Rechte, keine dümmere Rhetorik denkbar als die von Bush. Es ist auch kaum eine konformere kriegsbegleitende Publizistik denkbar, keine uneingeschränktere Partnerschaft und keine entschiedenere Marginalisierung der Kritik. Kein einziger politischer oder humanitärer Einwand hatte auch nur den geringsten Einfluss auf den Verlauf dieses Krieges, den keine Diktatur hätte reibungsloser durchführen können.

Mit dem Ende des Afghanistan-Feldzuges haben die Kriegsmächte vielmehr dem Hass der Dritten Welt neuerliche Legitimität verliehen: Kein demokratisches Gelöbnis, kein Bekenntnis zu Völkerrecht und Humanität, keine Beschwörung der freien Meinungsäußerung wird noch klingen wie zuvor. Vielmehr wird man Demokratien künftig daran messen können, wie rasch, wie gewaltsam, wie eigenmächtig sie wenden, wie verlogen sie das Pseudos ihres Humanismus beschwören und wie umstandslos sie im Namen des Volkes den Feinden des Volkes zuarbeiten dürfen. Das bleibt.

Verlegenheitsbewältigung

Viel hat Joschka Fischer in seinem Leben schon gemacht: Gewaltbereit für den Frieden demonstriert und gewaltlos für den Militärschlag. Das Erstere ist Jahre her, das Letztere Tage. Warum soll man ihn also für seine Vergangenheit schelten? Reicht seine Gegenwart nicht?

Unter Kohl/Reagan bombardieren die USA – Völkerrecht brechend – zwei Städte in Libyen, um sich für ein Attentat auf eine Berliner Diskothek zu rächen. Unter Clinton/Kohl bombardieren die USA – Völkerrecht brechend – eine Fabrik im Sudan, um sich an deren Besitzer, einem vermeintlichen Terroristen, zu rächen. Unter Schröder/Clinton bombardieren die USA – Völkerrecht brechend – die Serben im Kosovo, vermeintlich, um Menschenrechtsverstöße zu rächen. Unter Schröder/Bush jr. bombardieren die USA – Völkerrecht brechend – den Irak, vermeintlich, um die Verletzung der Flugverbotszonen zu rächen.

Auf welcher Basis? Die Auftraggeber des Disco-Attentats standen zwanzig Jahre später noch nicht fest. Der Besitzer der sudanesischen Medizinfabrik ist unschuldig, was niemanden, Fischer am wenigsten, interessiert. Die Liste der Kosovo-Kriegslügen wird täglich länger, die »humanitäre Intervention« fragwürdiger, die irakischen »Flugverbotszonen« kommen in der Waffenstillstandsresolution von 1991 nicht einmal vor. Und wir formulieren Proteste? Nein, denn Schröder ist »nicht besorgt«, nur »berührt«, Fischer weiß, »wir haben die USA nicht zu kritisieren«, das traut sich wenig später nur sein französischer Kollege.

Von »Opfern« hat wieder niemand gesprochen, sondern vom »großen Erfolg« von Fischers USA-Reise, von Toten keiner, aber alle davon, dass man dem Partner nicht auf den Tisch spucke, d.h. Völkerrechtsbruch auch so nennt. Wenn aber Rezzo Schlauch dann noch den Kritikern Fischers zuruft, ihre humanitären Einwände bedeuteten »mitten in schwierigen Wahlkämpfen« doch nur die

Teilnahme an einer »Schmutzkampagne«, dann haben wir die ganzen Grünen heute: Wer wie Frankreich, China, Russland auf den Statuten des Völkerrechts besteht, schadet doch nur dem Grünen Landtagswahlkampf in Baden-Württemberg! Gibt es eigentlich irgendetwas, das Klaus Kinkel in dieser Sache anders gemacht hätte? Nein, aber laut Fischer war er Deutschlands »schlechtester Außenminister«.

Das Feld der Unehre

Am Ende haben sich alle geschämt und dafür die Formulierungen gefunden: »Ich schäme mich« (Kahn), »ich kann nicht viel sagen, außer: Ich schäme mich« (Scholl) oder »Wir schämen uns« (Wosz). Die Scham über ihren Fußball üben die Deutschen inzwischen wie eine Standardsituation, und das ist sie ja mittlerweile auch.

Wichtig an dieser rituellen »Operation Selbstzerknirschung« ist, dass sie stets heftiger ausfallen muss als die Verachtung des Publikums. Deutschland wird Demuts-Europameister, nur so beweisen die Spieler, dass sie eben doch haben, was ihnen vermeintlich fehlt: Charakter.

Im Fußball aber beweist man Charakter weder rhetorisch noch strategisch, ja, nicht einmal durch Siege, sondern zuerst, indem man die Liebe des Publikums zum Spiel erwidert. Das ist das Feld der Ehre, auf dem sich beide treffen. Doch weil die Deutschen schon lange Fußball so spielen als verachteten sie ihn, und weil sie sich zur EM eine geradezu obszöne Zurschaustellung ihrer Gleichgültigkeit gegenüber Spiel, Publikum, Mannschaft und Fans erlaubten, warfen ihnen ihre achtzig Millionen Kritiker vor, wenn sie schon schlecht, erfolg- und charakterlos spielten, dann hätten sie es wenigstens »für Deutschland« und deshalb besser machen müssen.

Eine romantische Idee. Überall, wo Geld verdient wird, tun es die Menschen für sich, für den Spaß, die Ehre, die Bilanz, die Dividende, selbst der Politiker stellt seine Partei über das Land. Nur im Sport und beim »Grand Prix d'Eurovision« sollen die Bewerber »für Deutschland« auftreten, also mit nationaler Charaktermaske und ebensolchem Pathos. Anschließend ist die Heimat dann regelmäßig entsetzt und will sich weder in Kahns noch in Raabs Truppe wiedererkennen.

Offenbar hat Deutschland also entweder eine überzogene Meinung von sich selbst oder die Motivationskraft der Nationalehre wird überschätzt, und während Oliver Kahn noch fand, jeder Spieler müsse sich jetzt fragen, »was er Deutschland angetan« habe, taten es die Spieler Deutschland an, dass sie am Abend der finalen Niederlage »Der Anton aus Tirol« gröhlten und agierten, als seien sie weder von den Fans noch vom DFB noch vom Bundesadler je wieder resozialisierbar. Da ihnen die Zustimmung des Landes wenig bedeutet, wie soll sein Tadel sie schrecken?

In der Zeit des Bosman-Urteils, der Global Player, der Weltfußballer und Legionäre, der Zeit, in der Sportartikelhersteller bei der Mannschaftsaufstellung mitreden und Ausrüster persönliche Trainer stellen, lösen die Marken vielleicht mehr Patriotismus aus als die Nationen. Schließlich sagten auch die Kinder auf dem Bolzplatz früher: Ich bin Netzer, ich Müller, ich Libuda. Heute bedeutet ihnen das Logo auf dem Leibchen mehr oder sie sagen: Ich bin Figo, Davidtz, Kluivert, del Piero. Die Globalisierung hat die Stadien erreicht und neue Anhänglichkeiten hervorgebracht.

Und jetzt? Ein Held muss her, rief es, eine Führungsfigur! Wenn schon der Star nicht die Mannschaft ist, braucht die Mannschaft einen Star. Das Prinzip des Individualismus fällt den Deutschen meist erst bei Pleiten ein. Bis dahin reicht ihnen die Persönlichkeit von Lothar Matthäus, die nicht stark ist, dafür aber ähnlich gespalten wie seine Zunge. Ausgerechnet er, einer der unglücklichsten auf dem Feld, nennt die Mannschaft abschließend »charakterlos«

und ist »froh, dass es aus ist«. Auf dem Platz aber hatte er nach der Niederlage gegen Portugal sein letztes Nationaltrikot in einer langsamen, telegenen Bewegungsstudie vom Körper gezogen, als wolle er den scholastischen Leitsatz illustrieren: »Die Scham sitzt im Hemd.« Die Selbstgerechtigkeit nicht.

Sollte es aber um echte Persönlichkeiten und Leitfiguren des Sports gehen, so fallen einem auch in Deutschland einige eher unbotmäßige Charaktere ein: Helmut Rahn ein Enfant terrible, Paul Breitner ein Freigeist, Günter Netzer ein Eigensinniger, Bernd Schuster ein Rebell, Effenberg ein Stinkstiefel, Mario Basler ein Schwererziehbarer. Eine Nebenlinie, verglichen mit jenem Königsweg, der von Sepp Herberger über Fritz Walter und Franz Beckenbauer zu Lothar Matthäus führt, aber es gab Gestalten, die auf dem Platz mehr als ihre Pflicht taten, mehr als eine solide Arbeitsauffassung verrieten.

Es gab genialische Individualisten, die etwas anderes wollten, als bloß die Masse zu penetrieren, sondern die außer durch spielerische Brillanz durch abweichende Standpunkte, Meinungsstärke, Mut oder Ungehorsam auf sich aufmerksam machten. Sie waren nicht notwendig die besseren Patrioten, sondern die leidenschaftlicheren Liebhaber eines Spiels, das im Länder-Wettbewerb inzwischen nur noch symbolische Rivalitäten simuliert. Die Identifikation mit Einzelspielern, Kollektiven oder Stilen wird allmählich stärker als die mit der Nation.

Wozu also die Sentimentalität? Kann man die Kommerzialisierung des Fußballs wollen und glauben, ausgerechnet eine so morbide Substanz wie der Charakter sei unempfindlich? Heute beschreibt der Fußballspieler seine Tätigkeit gerne in der Sprache des Beamten, und auch außerhalb des Platzes wird er nicht müde, alle Spuren von Exzentrik oder spielerischer Genialität dem Kadavergehorsam gegenüber Verein, Verband oder Sponsor unterzuordnen. Normalität ist die erste Bürgerpflicht der Schröder-Ära, Individualität nur ein Slogan. Aber seit man Erfolg als das

Resultat der Anstrengung begreift, genauso zu werden wie alle, also ein demokratisch nivelliertes Kollektivindividuum, seit man also Didi Hamann und Breatney Spears nach ihren Standpunkten nicht mehr auseinander halten und schon gar nicht vom gesunden Menschenverstand unterscheiden könnte, seitdem hat der Fan keinen Grund aufzusehen, außer zu sich selbst.

Echte Nachweise von Individualität nämlich werden bei Spielern als Selbsterhöhung gelesen. Etwas Besonderes soll der Star sein, doch sich besondern soll er nicht. Das Normale aber gibt keine Orientierung, es sei denn auf dem Weg in den Durchschnitt. Die deutsche Mannschaft ist wider Willen auffällig geworden. Das ist ihr Pech. Dass sie nur auffällig werden konnte, indem sie den Durchschnitt verfehlte, ist ihr Dilemma.

Tschüs, Neunte!

Klassische Musik schwer verkäuflich? Ach was: Ihr Goldenes Zeitalter ist angebrochen. Fast drei Millionen Euro erlöste gerade das handschriftlich korrigierte Druck-Manuskript von Beethovens Neunter Sinfonie. Und die Musik selbst: Früher galt sie als zweckfrei, Kunsterfahrung als »interesseloses Wohlgefallen«. Heute hat Klassik endlich einen Sinn als Kuschel-Klassik und Gute-Laune-Klassik, Klassik zum Kochen, Bach zum Brunch und Gluck für Gestresste. Doch in der Klassik ist niemand ein solcher Bohlen wie Beethoven. Schon gibt es die Neunte als Handyton und bald die Fünfte als Drei-Ton-Hupe. Oder?

Als Beethoven die Neunte schrieb, hatte er die Schicksalssinfonie hinter sich. Die Neunte aber hatte ihr Schicksal noch vor sich. Verfasst in Misere und hereinbrechender Taubheit, wurde sie für hundert Jahre Nachwelt so sehr zum Ausdruck unerlöster Menschlichkeit, dass Thomas Manns Doktor Faustus sie so-

gar »zurücknehmen« will. Zu grausam, findet er, habe sich die Menschheit gegen den Geist der Humanität in dieser Sinfonie ver-
 sündigt: »sie soll nicht sein«.

Das hätte er wohl gerne, der Herr Weltklassedichter und Nobelpreisträger! Umgekehrt wird ein Schuh draus. Sie soll sein, immer und überall. Wo immer der Geist menschlicher Verbrüderung beschworen und geschändet wird: Nicht ohne meine Neunte!

In den Siebzigern vulgarisierte den großen Tauben ein spanischer Blinder namens Miguel Rios, machte aus Schillers »Ode an die Freude« einen »Song of Joy«, zu Deutsch Freudengeheul, und versöhnte die mundgemalte Einfalt des Schlagers mit dem Geist Friedrich Schillers, der zwei Jahrzehnte später auch in Julio Iglesias fuhr wie der Teufel in die Schweine.

Auf diesem Wege war der schlimmsten akustischen Hervorbringung des Menschengeistes, der Kaufhausbeschallung, die Kolonialisation Beethovens gelungen. Darauf rührte ein Würzwürfel-Hersteller die Neunte unter die TV-Spots für seine Hühnerbouillon. Die Botschaft kam an und sie lautete: Alle Menschen werden Brüter!

Nachdem sich die »Ode« auch vor den Suppentellern nicht blamiert hatte, beförderte man sie zur »Hymne« und die »Freude« zur »Freiheit« und spielte das Ganze, mit Iglesias und Brühe Belastete zum Mauerfall ein, damit es uns heiß den Rücken runterlaufe oder hochkomme. Ja, auf der Freude der Wiedervereinigung schwammen ein paar Fettaugen.

In geradezu enthemmter Glorie aber begegnete uns die Neunte an jenem Freudentag, da der französische Präsident, neben der Queen stehend (die an diesem Tag leider einer Kartoffel mit Kopftuch ähnlich sah), jenen dunklen Tunnel-Schacht zu bejubeln hatte, durch den man nun in englisches Erdreich vordringen konnte. Ich sehe sie noch da stehen, wie aus der Motorradstaffel eines Polizeisportfests herausgestanzt, wackere Bläser, keiner grämlicher als sein Regent, dudelten sie ihr »seid umschlungen, Millionen« in den Regenhimmel.

Doch wer geglaubt hatte, in jenem finsteren Schacht habe Beethovens Utopie endlich eine letzte Ruhestätte gefunden, der täuscht sich im Einfallsreichtum der Kopisten: Jetzt gibt es die Neunte als Handyton und Warteschleife, bald gibt es sie auch als Wash and Go und Body Lotion, und wenn das so weitergeht, dann ist des Brüderwerdens bald kein Ende. Denn endlich gibt es Humanität auch als Produktlinie. Doch wie adressierte Beethoven am Rand des gerade versteigerten Manuskripts handschriftlich seinen Kopisten: »Du verfluchter Kerl!«

Sagt, ist es Liebe?

Auf dem Beipackzettel eines Sonnenöls fand ich einmal den Satz: »Auch die Sonne hat ihre Schattenseiten.« Wohl wahr! Schon der Sommer ist eine solche, denn er macht den Touristen zum »Sommerfrischler«, den Ohrwurm zum »Sommerhit« und die »Sommerliebe« zum »Sommerloch-Thema«. Ja, selbst die stets sachliche CSU wahlkämpfte mal mit dem Slogan: »Sommer Sonne CSU« und errang damit absolute Mehrheit.

Seit das Sommerloch in den Neunzigern seine Themenkarriere begann, kam das Lochartige immer stärker zum Vorschein. Seit aber Wissenschaftler auf seismische Aktivität zurückführten, was wir immer als das Schnaufen des Ungeheuers von Loch Ness interpretierten, sucht die Völkerpsychologie eine Erklärung dafür, dass Menschen Jahrzehnte lang das Fehlen von Politik und Fußball durch die Beschäftigung mit Tieren in Löchern sublimierten. Seither hat die Beobachtung stöhnender Liebespaare die Betrachtung schnaufender Monster abgelöst, vive la difference!

Es war Sommer. Da ging der verwirrte Dichter Nikolaus Lenau

an einer Büste Platons vorbei und sagte: »Das ist der Mann, der die dumme Liebe erfunden hat.«

Es ist Sommer, und inzwischen ist die platonische Liebe so dumm, dass sie nicht mehr so heißen darf. Sie heißt jetzt »walken« und ist so etwas wie die Luftgitarre des Gesellschaftslebens. Walkman Udo Waltz walkt neben Sabine Christiansen, Rechtsanwalt Wolfgang Seybold walkt neben Uschi Glas, Joop walkt neben sich selbst. Es geht ein Walken durch das Land, das unfruchtbare, gefolgt von Walken und Talken. Auch dafür gibt es Bayreuth, die Croisette für Walküren, wo Prominente in erschütternden Kleidern das Glück der Paares spielen, ehe sie sich Schlingensiefs Avantgarde der Herzen stellen.

In der Liebe, sagte Michel de Montaigne, sei es das Wichtigste, den richtigen Zeitpunkt zu finden, das Zweitwichtigste, den richtigen Zeitpunkt zu finden, und das Drittwichtigste, den richtigen Zeitpunkt zu finden. Er meint: Das »Timing« muss stimmen, und das stimmte bei Guido Nazionale. Sommerzeit, und das Leben ist einfach, dachte der sich, die Fische springen, die Baumwolle steht hoch. Da will auch ich mich vor die Boulevardpresse begeben und zeigen, dass ich bin, was alle wissen. Das passt in die Produktlinie zu »(T)Raumschiff Surprise«.

Früher wurde Praunheim wegen »Outings« zu Rosa non grata. Heute outet sich der liberale Prominente selbst. Und so kam es, dass Guido Westerwelle seinen Lebensgefährten auf die Geburtstagsparty von Angela Merkel mitbrachte. »Ja, es ist Liebe«, schrie die »Bunte«, und dieses Outing, flankierte der »Stern«, kann Partei, Koalition, Union, ja die »Selbstwahrnehmung des ganzen Landes« verändern.

Da sieht man plötzlich die ganze Welt durch die rosa Brille. Nachdem in den letzten Jahren turnusmäßig Thomas Mann, Goethe und Hitler für schwul erklärt wurden, tritt auch der lebende Schwule aus dem Schatten seiner Diskriminierung: Schwule heiraten, Schwule machen Volksmusik, Schwule adoptieren Kinder und arbeiten als TV-Kommissare oder Politiker. Inzwischen haben es die Schwulen in die Bundeswehr geschafft, gehören zum Abschreckungspotential des Landes, und Egon Friedell steht ganz allein mit dem Satz: »Ich kann nicht verstehen, wie man schwul sein kann, das Normale ist doch schon unangenehm genug.«

Vorbei die Zeit, da Guido als politische Avon-Beraterin mit einem Musterkoffer voll Argumente das Big-Brother-Haus verzauberte, wo er von Fotografen erzählte, die ihn »voll abschießen«, was er seither selbst besorgt; vorbei sein Säbelrasseln in der Krabbelgruppe des Bundestags, wo er ehemals warnte, Saddam Hussein könne mit seinen Massenvernichtungswaffen in wenigen Stunden München erreichen. Das vergisst man. Was man nicht vergisst: Guido ist schon lange schwul, aber seit zwei Wochen ist das auch gut so.

Damit könnte man es gut sein lassen, hätte man nicht noch im Ohr, wie die »Bild« in praktizierter Offenheit gegenüber dem Schwachsinn fragte: »Kann Sabine Christiansen Wowereit umdrehen?« Und jetzt vielleicht ihren Lieblingsgast Guido? Für »Bild« sind Schwule immer noch unbekehrte Heteros. So viel Normalität war nie.

Andererseits war es derselben Sabine Christiansen vorbehalten, als Kenneth Starrs kleine Schwester das Sakrament der fleckenlosen Liebe gegen seinen Zerstörer Bill Clinton zu verteidigen. Mit dieser Sabinenpredigt im Gepäck reiste jener zum Kongress der Demokraten in die Staaten und legte mit Hillary ein Partnerschafts-Pas-de-deux von Pilcher'schen Ausmaßen auf die Bühne, dicht gefolgt von John Kerry, samt Frau und Suppen-Erbin, die eine gute Gattinnen-Darstellerin ist, wenn sie nicht gerade sie selbst ist und Journalisten anherrscht: »Halten Sie jetzt das Maul!« Ehefrauen sind in der Politik wie in Hollywood dazu da, Männer weicher erscheinen zu lassen. Aber so weich?

Und doch: Die Politik, nicht das Showgeschäft liefert in diesem Sommer die Bilder des reinen Guten in der Liebe. Nicht verwunderlich angesichts so vieler sommerlicher Liebesdramen: Lionel Ritchie lässt sich scheiden, Ben Kingsley trennt sich von seiner Frau, bei Sven Hannawald ist alles aus, Halle Berry trennt sich von »Sex addict« Eric Benet, Stefanie von Monaco von Artist Adans Lopez Peres, und schmerzlich entzerrt sich auch die Mesalliance der Schaumburg-Jette.

Jahrelang lebten sie im Munkeltrakt der feinen Gesellschaft: Jette Joop, die wie alle großen Töchter Schmuckdesignerin ist, und ein Mann, der es ohne Hochadelsprädikat nicht in die fotogene Welt geschafft hätte, Alexander Fürst zu Schaumburg-Lippe. Nun hat Jette mit eingewachsenem Missvergnügen im Gesicht, per Agenturmeldung die Trennung eingereicht und dann »kein Kommentar« gesagt und gesagt und gesagt. Das sichert ihr ein Wiedererscheinen im eigentlichen Medium des sommerlichen Prominenten, der Paparazzo-Aufnahme: Hier steigt sie aus einem Wagen, hier ist sie auf dem Weg zur Aussprache, hier spricht sie sich gerade aus, in einer ergreifenden Trennung mit Bandenwerbung und Kopfsponsor.

Auch Oliver Kahn zog aus, seine Opferrolle zu disneyfizieren. Ich möchte als Fußballer wahrgenommen werden, sagte er, wie immer zu einem Indifferenzpunkt in der Ferne sprechend, womit man aus jeder Banalität eine den Horizont des Menschlichen übersteigende Weltweisheit macht, die in fließendem »Ja-gut-Deutsch« vorgebracht wird. Doch vor diesem Horizont saß Reinhold der Glaubwürdige. Wie gefährdet muss ein Privatleben sein, wenn man glaubt, es bei »Beckmann«, nicht vor Beckmann schützen zu müssen?

Zum Glück gibt's dafür jedes Jahr Politiker mit ihrem sommerlichen Eheglück, mal Doris und Gerhard vor Brandung, mal Stoiber und Landesmutter vor Hochgebirge, mal Roland Koch und Frau Anke mit Eisbecher auf einer Caféterrasse in Wiesbaden. »Jeder Mensch darf seine Gefühle offen zeigen«, sprach ehemals Selbstverteidigungsminister Scharping. Darf er. Aber warum nie

Zorn, Raserei, Neid und Habgier? Hat die Politik nur Barbara Cartland im Herzen?

Auch im Charakterfach »öffentliches Lieben« hängt Sorgendarsteller Joschka Fischer das Verfolgerfeld ab. Doch man muss Sebastian Graf von Bassewitz, Vize-Chefredakteur der »Bunten« und »Intim-Kenner des Außenministers« sein, um eine Perle herauszuwursten wie diese: »Wer Joschka Fischer kennt, der weiß, dass er im Urlaub Ruhe sucht«? Wer ihn nicht kennt, glaubt, er suche in den Ferien Krawall und Pflastersteine, aber wer die »Bunte« kennt, weiß, dass er die Ruhe, die er sucht, nicht kriegt.

Denn schon zu Ostern zoomte ihr Fotograf per Teleobjektiv über eine Bucht hinweg in die Villa eines Fischer-Gastgebers: »Einen Sichtschutz auf der zum Meer hingewandten Seite besitzt das Grundstück ... nicht«, begründete die »Bunte«. Denn wer als Prominenter eine Villa am Meer hat und das Meer auch noch sehen will, wird mit Fotostrecken nicht unter Pilati-Peinlichkeit bestraft.

Doch Fischers Anwälte kapitulierten: Ja, Minu Barati sei im September in die Fischer-Wohnung in Berlin-Mitte eingezogen, und so zeigt er sie jetzt wie Guido sich: Ganz offen. »In der Liebe«, folgerte »Bunte«, »kann er fast kopflos sein.« Man kann schwarzweiß denken und »Bunte« heißen, aber »kopflos« ist eine dieser Sachen, die man nie »fast« ist. Dafür ist »die Neue« Fischers mal die neue »Soraya«, mal »die neue Caroline« – nicht Reiber, wohlgemerkt.

Paparazzi fotografieren den immer selben Fetisch des Heimlichen. Doch wie klingt dies abgelichtete Lieben von innen? »Ich hab Super vollgetankt im Ozean der Gefühle«, hat Kapitäns-Kebse Hera Lind mal gedichtet. Das sagt alles, wie bei Silvio Berlusconi, der früher als Schmusesänger auf Kreuzfahrtschiffen arbeitete und jetzt Ehefrau Veronica Lario andichtet: »Tief drinnen fühl ich: Du bist mein. Denn ich will dich.« Männer! Kaum spüren sie überhaupt was, glauben sie, es gehört ihnen. Kein Wunder, dass Dario Fo über Frau Lario schreibt: »Sie lehnt die Welt ihres Mannes ab.«

Brava.

So bleiben wir, die Öffentlichkeit, zurück wie die Eltern, die nachsehen, wie's den Kleinen geht, Bärbel Schäfer und Michel Friedman hatten Surf'n'Turf zur Hochzeit, Lance Armstrong und Sheryl Crow trugen im Partnerlook das Gelbe Trickot, Kati Witt und Automulti-Manager Siegfried Wolf sprachen ihr Outing nicht ab, Ex-EM-TV-Vermittler Werner Klatten (58) heiratet Jessica (28) auf einer »Crazy pink Party«, die Kristall-Erbin Fiona Swarovski liebt Ex-EM-TV-Finanzboss Florian Haffa, der Jessica Stockmann im Stich ließ. Da brüsten sich all diese Paare im Scheinwerferlicht und stellen sich der finalen Frage aller Frager nach dem »Läuten der Hochzeitsglocken«, und als hätten sie sich abgesprochen, erwidern sie ganz crazy pink entweder: »Mal sehen, was die Zukunft bringt« (Swarowski) oder »Wer weiß, was die Zukunft bringt.« (Seybold) Und »Bild« folgert: »Wir lassen das mal so stehen.« Ein Aufgalopp der Null-Botschaften.

Was die Gegenwart bringt, das ist die Maxime eines Idols der publizistischen Selbstbeschränkung, Prof. Hellmuth Karasek, Richtbild für unser aller Umgang mit der Eigenliebe: »Auch in größter Verliebtheit«, sagte er einmal, »habe ich mich nie öffentlich geküsst«. Standhaft, denn seither sitzen die Paparazzi vergeblich in den Hecken und flüstern: Küss dich, stupid!

Wehret den Müttern!

Die Babys schreien, wenn sie auf die Welt kommen, denn sie kommen aus einer Mutter. Alles, was sie sehen und fühlen und ertasten, ist Mutter. Davon erholen sie sich nie. Schrien sie nicht, sie wären nicht ganz bei Trost. Ich weiß, wovon ich rede: Vor der

Entbindung hielt man mich für einen Spulwurm. Fast wäre ich der Mutterliebe noch entkommen.

Andererseits sind junge Mütter die schönsten Frauen von der Welt. Dieser Porzellan-Teint, dieser beseelte Ausdruck, diese Schwärmerei! Aber dann kommt so eine Saft verschmierte blökende Wurst aus ihnen heraus, und, Wunder der Schöpfung, die lieben sie dann, spontan und unkritisch und büßen ratzfatz alles Erotische ein, müssen Pos abwischen, Pipipfützen feudeln, Rotz verreiben, Breichen kochen. Alles verwandeln sie ins Konturlose und machen auch noch eine Religion daraus. Immer zu Diensten, halsloses Monster. Kein Wunder, dass die Caritas klassischerweise mit spendender Brust dargestellt wird.

Aber doch nicht mit schwangerem Bauch! Warum also müssen sich alle diese modernen jungen Frauen dauernd mit trächtigem Bauch ablichten lassen, als trügen sie Brunelleschis Florentiner Domkuppel in die Welt? Demi Moore, Monica Bellucci, Giulia Siegel und dann auch noch diese unbeschenkte deutsche FDP-Politikerin, die den Frauen mit ihren Fotos ausgerechnet »Mut machen« will. Es wäre schon deshalb schön, wenn Frauen nicht ängstlich wären, damit sich niemand mehr ermutigt fühlte, ihnen Mut zu machen.

Und wir Männer? Wir sind ja schon schuldig, weil wir nicht entbinden.

Inzwischen gibt es selbst Mütter, die ihrer schlafenden Zellmasse schon vor der Entbindung mit endoskopischer Kamera zu Leibe rücken und das Resultat in Illustrierte drucken. Wie symbolisch: Der erste Mutterbauch-Paparazzo, das ist die Alte selbst.

Es sind beklagenswerte Männer, die so auf die Welt kommen. Oblomow zum Beispiel, von dem Gontscharow schreibt: »Sein Erscheinen auf der Welt wurde von niemand außer seiner Mutter bemerkt.« Und schon beginnt der Kampf gegen die mütterliche Stärke, diese schützende, Atem beraubende, Luft abschnürende Stärke und Fürsorge. »Bring beim nächsten Mal die Wäsche mit, damit sie mal wieder richtig sauber wird«, sagen sie. »Mir ist kalt, also zieh dir was an!«

Diese Mütter sind Hexen. Sie setzen einem die Idee ein, da sei jemand. Da gäbe es ein instinkthaftes, blindes Kümmern und Sorgen. Aufgehoben sei man. Das alles nennen sie »mütterlich«. Aber was, wenn man lieber bevatert würde? Dafür gibt es nicht einmal einen Ausdruck.

Nein. Muttersprache und Vaterland, Heiteitei und Fahne. Man kommt nicht daran vorbei: Der erste Glaube eines Lebens, das ist der Glaube an die Mutterliebe. Mütter! Sie ahnen ja nicht, wie sie uns mit ihrer Güte ruinieren. »Manchmal fragt man sich, ob Mütter überhaupt noch Menschen sind«, hat Joseph Vogl einmal gestaunt, kollabierend unter Wohltaten.

Doch man glaube ja nicht, in Anbetracht solcher Selbstlosigkeit dürfe man seine Mutter einfach so vor sich hin lieben. Eine ganz genaue Vorstellung kultiviert sie von dieser Liebe, von ihrer Sprache, ihren Gesten, ihrer Exklusivität. »Ich wollte sie auf meine Weise lieben«, schreibt Bert Brecht über seine Mutter. »Aber sie wollte auf ihre Art geliebt werden.«

Und wenn nicht? Die Währung der Mutter ist Liebesentzug. Wenn Mütter so etwas Schnippisches kriegen und sich nur noch unkonzentriert daran zu erinnern scheinen, dass sie Kinder haben. Oh ja, dann strafen sie, dann soll man mal sehen, wie das ist, wenn man sein Glück einrichtet, wie man selbst es mag, nicht wie sie es wollen. Dann lernt man ihr ganzes Ressentiment kennen, allen gegenüber, die das Frau-Sein anders interpretieren als sie selbst.

Im Grunde wollen sie ihre Kinder ja niemals neu verstehen, sondern hören meist an der Stelle auf, an der sich das Kind aus der Abhängigkeit der Mutter löst. Deshalb fallen Kinder, wenn sie lieb sind, immer wieder in die Kinderrolle, mögen sich aber selbst nicht dafür und mögen dafür wiederum die Mutter nicht. Es gibt Menschen, die können nie unreif sein, denn das waren ihre Mütter schon immer.

Ich sehe mir die meine an: Da sitzt sie, meine Mutter, ein Massiv, eine Institution, nein, eine Behörde. Ja, meine Mutter ist eine Behörde. Beim Essen hat sie einen kleinen Stapel von Dokumenten neben ihren Teller gehäuft. »Kennst du eigentlich dieses Foto von mir?«, fragt sie und nimmt das oberste Blatt auf, reicht mir eine Fotografie von sich über den Tisch, auf der sie gekleidet ist wie eine russische Präsidentengattin zur Zeit des Kalten Krieges, allerdings mit schmachtenden Augen. »Möchtest du, dass ich dir dies kopiere?« Sie hat es bereits getan. Ich lege es zu den übrigen, die sie mir früher schon gab.

In einem Berliner Hotel habe ich einmal mit dem Chef des Hauses, einem runtergekommenen Laden, gesessen: »Ja, ich habe meine Mutter geliebt«, sagte er. »Aber immer musste ich es sagen. Und es ging immer um sie. Einmal rede ich von einer Frau mit schönen Beinen, sie antwortet: Ich weiß nicht, ob dir bewusst ist, dass ich als junge Frau ebenfalls sehr schöne Beine hatte. Da habe ich viele Komplimente für gekriegt. Glaubst du mir nicht? Sie ist sogar in ihr Zimmer gegangen und hat mir ein Foto gezeigt. Da saß sie am Strand im Badeanzug und ihre Beine lagen so parallel im Sand. Ganz normal.«

Wie vertraut das klang! Eine Internationale der Mutterliebe tönt da durch, eine Achse matriarchalischer Repression. Als Kind, ja, selbst als junger Mann, ja, selbst als Erwachsener musste dieser Hotelier immer noch gleichzeitig mit seiner Mutter in ein und dasselbe Bett. Schon ab acht Uhr abends lag er da, hellwach, neben seiner Mutter, und durfte sich nicht rühren, so leicht war ihr Schlaf. Nicht einmal auf die Toilette durfte er, während sie schlief. »Immer musste ich mich verhalten«, klagte er, dem jetzt per Pawlow'schem Reflex der Harndrang die Mutterliebe assoziiert. Ach, wer zählt die Deformationen, die die Mutterliebe in die Welt bringt, weh, Mutter Saddam!

Doch ich glaube, durch Freud haben die Mütter erst richtig Oberwasser gekriegt. Jetzt muss man alles auf sie zurückführen, und von Beckett bis zu Eminem fängt jeder wieder und wieder an, diese bleierne Glucke abzuschütteln, die ihnen das Leben schwer gemacht hat. Und die Mütter freut's: Wer nicht ein bisschen Ödipus hat, ist doch nicht normal! Und breiten ihre Waschfrauenarme aus.

Das wird nicht besser. In den fünfziger Jahren sagte der deutsche Bundespräsident Heinrich Lübke den schönen, scharf beobachtenden Satz: »Jeder Mensch hat eine Mutter.« In jenen Zeiten gab es Vorsicht, die Mutter der Porzellankiste und das Müttergenesungswerk.

Seither sind immer neue Mütter entwickelt worden, die Supermamas, die Supernanny und am schlimmsten: die amerikanische »Mom«. Früher konnte man mit Müttern noch rühren durch Protestsongs: »Mutter, dein Sohn ist Minister,/doch dass er auch Mensch ist, vergisster.« Damals wurden in italienischen Städten Denkmäler errichtet mit der Aufschrift »Mama Pace Patria«. Doch so nah sollten sich Mutter und Frieden lange nicht mehr kommen, denn für so manchen ist die Mutter selbst inzwischen nichts anderes als die Mutter aller Schlachten, der verlorenen.

Wer erlebt hat, was sich in der Nachfolge der Studentenunruhen der späten sechziger Jahre als »kritische Öffentlichkeit« entwickelte, weiß, sie ist nicht mehr. Die Gründe sind vielfältig. Sie liegen in der Konzentration der Konzerne, in der mangelnden Wirtschaftlichkeit von Projekten mit abweichender Meinung, im Niedergang einer links-liberalen Kultur an den Universitäten, in den Sendern und Zeitungsredaktionen, an einer Tendenz großer Häuser, Blatt- und Konzernlinien über die Köpfe der beschäftigten Journalisten hinweg festzulegen, an der Willfährigkeit der Journalisten aus Angst um ihren Arbeitsplatz, am Rückzug der »Gegenöffentlichkeit« in Innerlichkeit oder Internet, am wachsenden Einfluss von Anzeigenkunden auf den redaktionellen Teil der Zeitungen, an der nur noch wirtschaftlich, aber kaum mehr in Standpunkten erkennbaren Konkurrenz zwischen den meisten großen Häusern.

So mögen »Spiegel« und »Focus« wirtschaftlich Wettbewerber sein, ihre »Blatt-Linien« aber verlaufen sich gemeinschaftlich irgendwo in den Niederungen dessen, was man FDP nennt. Der Chefredakteur des einen Organs schreibt überhaupt nicht im eigenen Blatt, der des anderen schreibt eher humoristisch zu berücksichtigende Editorials. Der »Spiegel« kultiviert einen dünkelhaften Kulturpessimismus, den nur noch die doppelte Moral zusammenhält, hat das Blatt doch in Print und Fernsehen an allem partizipiert, was es andernorts zu geißeln und mit Leidensmiene zu ertragen vorgibt. »Focus« hat in wenigen Jahren erstaunlich viele Desinformationen an die Info-Elite verfüttert und leidet am Phantomschmerz über das Fehlen einer »Linken«, die nur hier noch als gesellschaftliches Grundübel reanimiert wird. De facto geht es beiden Magazinen um nichts, und das ist, mit Blick auf ihre Chefredakteure, vielleicht auch besser so. Das »Humane« einer klassischen Kulturtradition jedenfalls hat als Movens einer Kritik in der Zeitung oder durch die Zeitung ausgedient. Journalisten bezeichnen heute das »Carolinen-Urteil«, dass ihren Paparazzismus einschränkt, als Angriff auf die Pressefreiheit. Dass ihnen Konzerne vorschreiben, was sie zum Golfkrieg zu schreiben haben, hat niemand ebenso bezeichnet. Aber was will man erwarten in einer Zeit, da der »Spiegel« das Fernsehen der »Bild«-Zeitung produziert?

Zugleich ist der Einfluss des Print-Journalismus de facto geringer geworden. Über hundert Artikel hat der »Spiegel« über Manfred Stolpe veröffentlicht mit der unverhohlenen Absicht, diesen zu stürzen. Er hätte nicht stabiler stehen können. Auch das geschriebene Wort wird von dem erreicht, was seit den ausgehenden siebziger Jahren von Frankreich aus als »Ende der Aufklärung« beschrieben wurde: Es wirkt nicht oder flüchtig. Das macht den Kritiker zur absurden Figur: Er tut zugleich das Nötigste und das Überflüssigste. Er nutzt sein Rederecht, um sich nicht einverstanden zu erklären, um seine Sprache Sprachlosen zu verleihen, um einer alten Funktion kulturellen Agierens zu genügen, nämlich im Medium der Kritik von dem zu sprechen, was nicht sein soll und was vielleicht sein könnte. Doch es ist niemand da, der antwortete, keine reale Veränderung geht von ihm aus, und er dient allenfalls zum Nachweis der Resistenz des Faktischen.

In dieser Situation ist es gleichwohl beachtlich, dass keine gesellschaftliche Institution oder Gruppierung, keine semiöffentliche Lebensäußerung der Kritik entzogen ist, bis auf den Journalismus. Das Fernsehen besitzt kein einziges im engeren Sinne medienkritisches Magazin. Die Medienteile der Zeitungen ergehen sich am liebsten in der Geschmackskritik des Unterhaltungsprogramms vom Vorabend und den Konzernverlautbarungen, samt Personalien. Eine Kritik dessen, was Medien strukturell, politisch, ästhetisch, Interesse geleitet bei der Herstellung der Wirklichkeit leisten, fehlt fast völlig, und wer je einen Journalisten angegriffen hat, weiß: Keine Kaste reagiert empfindlicher, drakonischer und eitler als jene, die am freigebigsten austeilt. Kein Organ ahndet maßloser als der »Spiegel«, was manchmal humoristische Seiten hat: Henryk M. Broder etwa bastelt in seiner Freizeit Collagen aus Würstchen, denen er die Köpfe seiner Kritiker aufsetzt, um sie dann ins Internet zu stellen. So viel aus der Krabbelgruppe des »Spiegel«.

Die vorliegenden Arbeiten aber sind zu einem erheblichen Teil medienkritische, und so bin ich, meist als Konsequenz meiner Arbeit als Kolumnist, oft Zielscheibe solcher Angriffe gewesen. Manches habe ich verdient, manches weniger, und manchmal bin ich sogar besser davongekommen, als ich es vielleicht verdient hatte. Aber die mangelnde Souveränität dieser Institutionen, ihre Bereitschaft, Kritik mit Höchststrafen zu vergelten und die Kritiker einzuschüchtern, ist signifikant.

Sie hat mich erschreckt in der Folge des 11.9., als kritische Stimmen nach Deutschland fast ausschließlich aus den USA, Indien oder Frankreich importiert und hier anders als im europäischen Ausland Einwände gegen das Vorgehen der amerikanischen Administration mit Rufmord in jeder Form geahndet wurden. Das wird einen bei einem notorischen Kriegstreiber wie Broder nicht wundern, aber dass mir meine (hier nachzulesenden) Einlassungen zur amerikanischen Kriegspolitik den Vorwurf der »Freislerei« (Helmut Krausser) eintrugen, müsste selbst ihm zu denken geben.

Wenn man die demokratische Kultur eines Staates am Umgang mit der freien, auch abweichenden Meinung erkennt, dann waren Deutschlands Medien nach dem 11.9. nicht besonders demokratisch und nicht besonders kultiviert. Deutschlands Öffentlichkeit war es durchaus.

Von einem unabhängigen Autor, der diesen Namen verdient, darf man erwarten, dass er nach bestem Wissen und im Sinne eines erkennbar Besseren urteilt. Man darf auch erwarten, dass er seinen geistigen Lebensraum und den der Seinen schützt und dabei auch im Sinne der Sprachlosen auftritt. Die Glosse kann von einer Geste der Notwehr in diesem Sinne getragen sein. Sie ist eine humoristische, auch polemische, überzeichnende, meist aber auch analytische Form. Manchmal entdeckt sie in etwas Banalem etwas Großes, die Zeit Charakterisierendes, manchmal macht sie das vermeintlich Große banal. Die gut dreihundert Glossen in diesem Band beleuchten Zeitereignisse aus gut fünfzehn Jahren. Manchmal sind die Anlässe verwittert, aber ihre Prinzipien sind es nicht. Manchmal wirken Ereignisse immer noch fort, die zur Zeit der Niederschrift gerade eingetreten waren, manchmal sind sie vehement aus Empörung, und manchmal muss von ihrer Vehemenz auch nicht mehr bleiben als ein Amüsement.

Die vorliegenden Texte erschienen zwischen 1988 und 2005 unter anderem in der »Zeit«, im »Zeit-Magazin«, in der »Süddeutschen Zeitung«, im »Magazin der Süddeutschen Zeitung«, in der »taz«, im »Merian«-Heft, im »Magazin« des »Zürcher Tagesanzeigers«.

Die große Mehrzahl aber wurde für Manfred Bissingers Wochenzeitung »Die Woche« geschrieben. Dieser exemplarische Chefredakteur und Herausgeber – selbst seit Jahrzehnten eine faszinierende Figur der Zeitgeschichte – hängt einem unzeitgemäßen Ideal der journalistischen Unabhängigkeit an. Er hat in den neun Jahren, in denen »Die Woche« bestand (und in der ich jede Woche meine Kolumne schrieb), auch dort auf der Seite der Texte gestanden, wo er ihre Meinung nicht teilte. Er hat den Ärger von Anzeigenkunden wie von Betroffenen ausgebadet und gab dennoch das Kostbarste, das ein Blattmacher geben kann: Gedankenfreiheit. Mir ist er als Beispiel seltener und verlässlicher Loyalität Richtbild. Ich danke ihm sehr.

Die Anordnung der Texte in diesem Band folgt nur etwa der chronologischen Reihenfolge der Entstehungsdaten. Im Zweifelsfall hatten thematische Bezüge Vorrang. Für diese Ausgabe wurden die Text manchmal leicht redigiert, die Urteile aber habe ich nicht geändert, auch wo ich heute bisweilen anders formulieren würde. Retuschen wären mir unaufrichtig erschienen.

Inhalt

Roger Willemsen

Deutschlandreise

Band 16023

Wochenlang reiste Roger Willemsen mit dem Zug durch Deutschland, von Konstanz nach Kap Arkona, von Bonn nach Berlin. Aus seinen Begegnungen mit Menschen unterschiedlicher Art entsteht das facettenreiche Bild eines Landes. Mit wachem Blick entdeckt er das Wesentliche im Alltäglichen und das Typische im Zufälligen – das Glück und Unglück des ganz normalen Lebens.

»Was ist das für ein Buch, ein Sachbuch? Nein, das ist viel mehr, das ist eine grandios erzählte Reise ins Innerste eines Landes, das unser Land ist, bereist von einem Autor, der Klischees nicht auf den Leim geht, vor Obrigkeiten und ihren Vorschriften nicht in die Knie bricht und der Menschen so zuhören und sie so beschreiben kann, dass wir in ihr Herz sehen. Das können nur die Dichter. Willemsen ist einer.«

Elke Heidenreich

»Willemsens exakte Portraits von Deutschen gehören zum Besten, was man in diesem Genre lesen kann.«

Frankfurter Allgemeine Zeitung

Fischer Taschenbuch Verlag

fi 16023 / 1

Alexander Osang
Schöne neue Welt
50 Kolumnen aus Berlin und New York
Band 15541

Dieses Buch sammelt Alexander Osangs Kolumnen aus New York, die vor dem 11. September 2001 entstanden sind. In ihnen legt er die Städte Berlin und New York – und natürlich auch die beiden dazugehörigen Länder und Mentalitäten – wie Folien übereinander und zeichnet Unterschiede wie Gemeinsamkeiten mit spitzer Feder nach. Wie in seinen Reportagen gilt auch hier Osangs Interesse vor allem Menschen und ihren ganz alltäglichen Lebenssituationen, die mit all ihren Tücken und all ihrer Komik durchschaut werden.

»In New York reden jetzt viele mit Ehrfurcht von Berlin. Sie haben offensichtlich Angst, etwas zu verpassen. Die Deutschen in New York fragen sich, ob sie in der falschen Stadt leben. Viele Deutsche gingen nach New York, weil es die schärfste Stadt der Welt war. Und weil es heißt, die Stadt treibe einen an wie keine andere. Aber wieso sollen sie die aberwitzigen New Yorker Mieten zahlen, wenn man sich jetzt von Berlin viel besser antreiben lassen kann?«

Fischer Taschenbuch Verlag

fi 15541 / 1

Eckhard Henscheid
Oliver Maria Schmitt
Erotik pur mit Flirt-Faktor
Worte der Woche und Verwandtes
Band 15322

Wenn die »Erotik« beziehungsweise die allgemein grassierende »Sinnlichkeit« nicht mehr »niveauvoll« ist, sondern schon »pur« daherkommt, trotz aller »Leidkultur« in diesem unseren mit »Ludern« voll gestopften »Millionium« mit all seinen »Recruiting-Events« und zumal im »spannenden« Umfeld von »Fraport«: dann wird's alle Mal kriminell, dummdeutsch und zum Fürchten.

Wenn aber von »Karasex« und anderen »Urknall«-Betreibern dann auch noch die »Entfeindungskultur« zumal mit »Flirt-Faktor« vorangetrieben wird, dann muß man manchmal aber auch lachen. Und darf – um 17 Ecken herum – vielleicht sogar bald wieder hoffen: Das bald alles vielleicht noch ein bißchen dööfer werde.

52 Glossen aus den Federn von Eckhard Henscheid und Oliver Maria Schmitt: Worte der Woche und Verwandtes.

Fischer Taschenbuch Verlag

fi 15322 / 1

Stephan Wackwitz

Walkers Gleichung

Eine deutsche Erzählung aus den Tropen

Band 15656

Der Botschaftsangestellte Siegmund Walker behauptet, er schreibe an einem Roman über das auslandsdeutsche Personal der kleinen tropischen Stadt. Und schon ist der Teufel los: die einen wollen unbedingt im Roman auftauchen, die anderen haben Sorge um ihr mögliches Erscheinungsbild darin, und so rückt Siegmund Walker ins Zentrum einer Staatsaffäre.

»Dieser Roman zeigt,
dass Deutsche in Ausnahmefällen
auch mal leicht und souverän über ihr eigenes
Land schreiben können. So spannend, so witzig und
so erotisch wurden jene gesellschaftlichen Bande,
die Deutschland im Inneren zusammenhalten,
noch selten geschildert.«
Die Weltwoche

Fischer Taschenbuch Verlag

fi 15656 / 1

Marie Pohl
Maries Reise
Band 16034

Die zwanzigjährige Marie Pohl macht eine Reise in sieben Weltstädte: Havanna, Buenos Aires, San Francisco, Hanoi, Tiflis, Jerusalem und Helsinki. Es wird eine eigenwillige und mutige Reise. Neun Monate ist Marie unterwegs. Sie lebt, liebt, tanzt und sammelt Geschichten.

»Bevor ich studiere, bevor mich alle mit Sie ansprechen, bevor sich das Fräulein Marie auf seinen auserwählten Weg macht, möchte ich meine Generation in ihrer Anfangs-Aufbau-Zeit finden und porträtieren. Meine Zeit fasziniert mich, und ich will mehr über ihre Menschen erfahren ... Ich suche: die interessantesten Personen meiner Generation.«

»Sie sieht immer ganz leise und lange zu und findet so mit der Zeit wunderschöne, verblüffend klug erzählte Geschichten.«
Die Welt

Fischer Taschenbuch Verlag

fi 16034 / 1